"丁玲与二十世纪中国文学的历史经验"

全国学术研讨会论文集

中国丁玲研究会　常德市丁玲文学研究中心　编

吉林文史出版社
JILIN WENSHI CHUBANSHE

图书在版编目（CIP）数据

"丁玲与二十世纪中国文学的历史经验"全国学术研
讨会论文集 / 中国丁玲研究会，常德市丁玲文学研究中
心编. -- 长春：吉林文史出版社，2024. 6. -- ISBN
978-7-5752-0327-2

Ⅰ. I206.6-53

中国国家版本馆 CIP 数据核字第 20244XZ526 号

"丁玲与二十世纪中国文学的历史经验"全国学术研讨会论文集

"DINGLING YU ERSHI SHIJI ZHONGGUO WENXUE DE LISHI JINGYAN"QUANGUO XUESHU YANTAOHUI LUNWENJI

编　　者：中国丁玲研究会　常德市丁玲文学研究中心
责任编辑：王　新
封面设计：四川悟阅文化传播有限公司
出版发行：吉林文史出版社
地　　址：长春市福祉大路 5788 号
邮　　编：130117
电　　话：0431-81629357
印　　刷：成都市兴雅致印务有限责任公司
开　　本：170mm×240mm　1/16
印　　张：28
字　　数：445 千字
版次印次：2024 年 6 月第 1 版　2024 年 6 月第 1 次印刷
书　　号：ISBN 978-7-5752-0327-2
定　　价：98.00 元

印装错误可与印刷厂联系退换。

目 录
CONTENTS

理论研究

作家作品研究

史料研究

其　他

理论研究

"从延安走来的人"

——丁玲与《在延安文艺座谈会上的讲话》的发生及其当代阐释

何吉贤

  丁玲是第一位到达延安地区的有全国性影响的新文学作家，在到达延安之前，她不仅已是新文学界有代表性的新锐作家，而且是当时少数几位具有长期和成熟左翼文学创作和文学组织经验的作家之一[1]，因此，到达苏区后，受到了毛泽东等中共领导人的高度重视[2]。她长期从事延安文艺的组织和领导工作，也是延安文艺运动的重要推动者。

  对于毛泽东等中共领导人来说，丁玲及其周围文人朋友的创作、言论、人际关系和生活方式，是他们重要的观察对象，也是毛泽东《在延安文艺座谈会上的讲话》（以下简称《讲话》）之前"调研"的主要对象，在相当程度上，也是《讲话》诉诸的对话对象和重要听众。对于丁玲他们而言，《讲话》及与其伴随的"文艺整风"与"文艺下乡"运动[3]是一次总结、反思和改变自己文学道路和文学思想的重要机会，《讲话》对于绝大多数经历过延安生活的文艺家来说，几乎是自己创作思想和艺术生涯的一个分水岭。尽管以个人经验而言，丁玲在《讲话》前后经历了一段喜忧参半甚至"煎熬"的过程，但就思想和创作方式而言，《讲话》确实使她如唐僧取经，获得了某种蜕变。毛泽东专门称赞了她《讲话》之后写的《田保霖》，也肯定了《太阳照在桑干河上》[4]。作为"从延安走来的"作家代表，《讲话》之后，丁玲一直是《讲话》精神的阐释者和践行者，如其所言，这一过程贯穿了她之后的人生。

  1942年《讲话》发表后，关于对《讲话》的阐释、纪念和回忆的文章数不胜数，这是中国当代文学史的一个显著现象，也构成了研究《讲话》

传播和阐释史的丰富文献基础。近些年来，学界已注意到了《讲话》发表之初，在"国统区"的传播现象[5]，以及胡风、冯雪峰和胡乔木等对《讲话》的某种差异性乃至龃龉性的解释[6]。但大多数作家和文艺理论家对《讲话》的当代阐释是顺着《讲话》精神从正面阐发的，有鲜明的时代印记；因为往往结合了自己的创作经验，也富有个人特色。"十七年"时期，这一现象尤其明显，不同阶段被推举为代表性作家的赵树理、周立波、柳青、李准、浩然等人，都留下了纪念《讲话》的文章，它们是理解不同的作家、理解相关时段的文学史的重要史料。丁玲则不仅是《讲话》发生时的密切亲历者，而且，作为"从延安走来的人"，其在20世纪四五十年代，以及"复出"后的20世纪80年代初期，都留下了不少关于《讲话》的文章、讲话和回忆文字。这些有着鲜明丁玲特色的文字，在一定意义上，丰富和深化了《讲话》精神，也构成了丁玲关于革命文学和社会主义文学探索和建设的宝贵经验。

一、左翼文学经验、苏区文艺实践与《讲话》

丁玲晚年在一篇正式回忆《讲话》的文章中，一开始讲的却是"一点很早的事"，也即毛泽东1936年11月在苏区中国文艺协会成立大会上的讲话。毛泽东在讲话中对苏维埃的文艺运动寄予了很大的期望："中华苏维埃成立已很久，已做了许多伟大惊人的事业，但在文艺创作方面，我们干得很少。今天这个中国文艺协会的成立，这是近十年来苏维埃运动的创举。"[7]丁玲解释说，毛泽东的这个讲话表明，苏区建立后就已有了自己的文艺，不是抗战期间大批知识分子进入延安后才有的；苏区文艺的特点是"工农大众文艺"[8]。这是丁玲在《讲话》发表四十周年之际重提"往事"，但纪念《讲话》，却先提到苏区文艺传统，这是非常特别的，与一般把《讲话》当作一个封闭性的文本加以阐释的路径不同，丁玲把《讲话》及其发生放在了一个历史的过程里。丁玲在这篇回忆中谈到的历史背景是苏区的文艺实践，实际上，除了这一历史背景和资源，还有另一个历史的脉络，即20世纪30年代的左翼文学经验，而在这两方面，丁玲都是重要的参与者。

唐弢在纪念《讲话》发表二十周年的长文《论作家与群众的结合》中，

将《讲话》中的核心问题，即"作家与群众的结合"问题，放在从"五四"开始的中国现代文学发展的脉络里加以详细论述。他总结现代文学的经验，认为只有到了延安时期，"'五四'以后贯穿在中国现代文学史上的一次又一次地提出，但是一次又一次地无法实现的'到民间去'的要求，在人民政权下得到了保障和鼓励，一切人为的困难消除了，一切禁锢、隔绝、压迫已成过去，革命的文艺工作者有了'到群众中去的完全自由'，有了'创作真正的革命文艺的完全自由'。另一方面，'五四'以后不同阶段提出的'平民文学''民众文学''文艺大众化'等口号，它们在理论里包含的优点和错误，对照现实（抗日战争的现实）的需要在群众的海洋里获得实际的考验"[9]。对于唐弢的总结，丁玲以自己的亲身体验提供了验证。

丁玲是"后五四"时代进入文坛的"新锐作家"，早期创作以大胆、孤绝、犀利的笔调和突出的文学才能，震动了文坛，但所涉题材多为青年人尤其是青年女性对社会、爱情的迷茫和反抗。由于经验和题材的限制，她也很快陷入了"室内硬写"[10]的困境。开始"左转"后的初期，丁玲的创作还是纠缠在"革命"和"爱情"、革命的"志业"与文学的"志业"的分离和冲突的主题上，丁玲自己也坦陈："我也不愿写工人农人，因为我非工农，我能写出什么！"[11]

1931年春，丁玲的爱人胡也频被捕牺牲，"从1931年夏起，丁玲再不是中国左翼作家联盟阵外的'同路人'，而是阵营内战斗的一员"[12]，承载着"死人的意志"[13]，参加"革命文学"的工作，主编"左联"机关刊物《北斗》，并开始有意识地摆脱"革命加恋爱"的公式，以革命现实主义的方法创作表现工农现实革命斗争的作品，发表了《某夜》《田家冲》《水》《法网》《夜会》《奔》等一系列作品。冯雪峰将《水》评价为"我们所应当有的新的小说"，其最高的价值"是在最先着眼到大众自己的力量，其次相信大众是会转变的地方"。他总结丁玲从《梦珂》到《田家冲》"所走过来的这条进步的路就是，从离社会，向'向社会'，从个人主义的虚无，向工农大众的革命的路，好多的进步的知识分子同走过来的路，是不能被曲解为纯是被作用，或只是惨暗的消极的觉悟的结果。我们必须理解这是作者被新思想所振荡，就据这新思想来作用，觉悟了自己阶级的崩溃，就更毁坏着自己的阶级，感到了自己的倾向，就进一步地向它斗争的表现"。

而从《田家冲》到《水》，这段包含了丁玲直接参与"左联"工农通讯员运动等实际斗争经验的过程，"是一段明明在社会的斗争和文艺理论上的斗争的激烈尖锐之下，在自己对于革命的更深的理解之下，作者真正严厉地实行着自己清算的过程"[14]。

丁玲本人在1932年《北斗》杂志关于"创作不振之原因及其出路"的征文总结中提出，当时创作不振的原因，除了一部分小资产阶级知识分子走不出自己的趣味和意识，或者沉默躲懒之外，对于那些"有阶级的觉悟，为大众的革命在文化上做斗争的"青年来说，由于理论理解上的贫乏，实际生活的缺乏，写出来的东西就空洞、不正确，处处显露着"残余的旧意识的气氛"。丁玲认为，他们的出路，"主要的是改变生活。所有的理论，只有从实际斗争的工作上，才能理解得最深刻而最正确。所有的旧感情和旧意识，只有在新的、属于大众的集团里得到解脱，而产生新的来。所以，要产生新的作品，除了等待将来的大众而外，就最好请这些人决心放弃了眼前的、苟安的、委琐的优越环境，而穿起粗布衣，到广大的工人、农人、士兵的队伍里去，为他们，同时就是为自己，大的自己的利益而做艰苦的斗争，这样子，再来写东西，我想大致的困难，是可以解决的了"。[15] 所以，丁玲结合自己的经验，号召青年作家"不要把自己脱离大众，不要把自己当一个作家。记着自己就是大众中的一个，是在替大众说话，替自己说话"[16]。

丁玲早期的创作多基于个人生活经验，以青年（女性）知识分子题材为主，此时她要扩展创作题材，表现工农的斗争，但"对于大众的生活，没有经验"，"觉得很苦闷"。丁玲承认，加入"左联"后，"我的生活有了一个新的转变"，这个转变大概是指1932年3月自己加入中国共产党，并出任"左联"党团书记，积极参加各种实际的革命活动[17]。从实际工作中，丁玲体会到，"每一个作者，对于一切现象，都应该去观察、去经历、去体验，因为只有在经验中，才能得到认识"[18]。

唐弢在谈到20世纪30年代初期的无产阶级革命文学运动时，曾分析说，由于介入无产阶级革命文学的多为非无产阶级出身者，所以，革命文学的提倡者以"外部注入"为理由，提出知识分子可承担普罗文学的责任。但唐弢指出："问题在于：他们一方面将主观原因强调到了绝对的地位，另一方面又自以为经过了彻底的改造,都已经无产阶级化。他们把从一个阶级转到另一个阶级的思想变化看得十分容易,认为昨天还是资产阶级的人,只要今天受了无产阶级精神的洗礼,就可以写出无产阶级文学作品来。这样不但否定艺术创造过程的复杂性与具体性,同时也抹杀了精神生产者思想改造一个重要的规律:让主观认识和客观实践结合起来。"因此,在唐弢看来,普罗文学的实践者及与其伴随的文艺大众化运动的参与者(在人员上有相当的重合),都有历史的局限性:"如果说二十年代'民众文学'讨论者是站在群众之外,那么,三十年代文艺大众化的倡导者们却是站在群众之上,因此,虽然他们和'民众文学'讨论者不同,主观上诚诚恳恳地要为大众服务,却仍然没有取得真正能够为大众服务的成果。"[19]丁玲处在这一个历史潮流里,也是带着这样的经验及其连带的局限性来到陕北苏区的。

丁玲1936年11月到达陕北后,立即投入了实际的革命工作,先后当过随军记者、中国文艺协会主任、中央警卫团政治部副主任。抗战全面爆发后,作为从延安出发的第一支大规模抗日宣传文艺团体"西北战地服务团"(以下简称"西战团")的团长,带领"西战团"转战山西抗日前线和西安等地将近一年,回到延安后,又担任《解放日报》文艺栏主编,以及陕甘宁边区文艺协会副主任等职务。这些经历,是丁玲从一位上海"亭子间"里的时髦女作家、激进左翼文化组织"左联"的组织者之一,成长为一位中国共产党革命事业中的有机工作者和革命作家的重要促进因素。尤其是作为准军事组织"西战团"负责人的一年经历,主要由文人、艺术家和知识青年组成的这个宣传团体,在战时流动状态下带来的诸如军事性的组织生活与个人性、较散漫的文人习性的矛盾,有目的的事务性工作与个人艺术创作工作的协调,宣传、艺术工作与地方势力、地方团体的关系,集体性、流动性的宣传工作与固定的、日常性的创作之间的差别,等等问题,对丁玲个人处理各种具体事务的能力、主体状态、在复杂的抗日统一战线背景下推进革命工作的耐心和平衡能力等,都是一种集中的锻炼和考验。

在丁玲本人和"西战团"同人当时的记述中,都会不约而同地谈到"西战团"中的"生活会"[20]。对于这些大多参加革命不久的知识分子和文人来说,"生活会"是其思想和习性改造、主体重塑的重要契机和思想交锋的场合。[21]丁玲本人也是"生活会"及其相关连带形式的积极参与者和受益者，实际上，在"西战团"期间，丁玲也一直是一位积极、热情的学习者，努力改变着自己，试图适应新的形势、新的工作要求。"西战团"的成员史轮这样评价丁玲在此间的工作方式："就我个人的观察（诸同志们也一致承认的），就是她和我们每一个工作人员、事务人员一样地在——'学习，学习，再学习！'，一样地在抗日工作中、在战场上、在集体的生活里艰苦地学习着。也就是——'从实践中学习'着。举凡所遇到的事物，她总一点不轻易放过，不惮麻烦，不辞劳苦地去思索，去分析，务要找出它的核心，它的根源来。"[22] 史轮认为："我觉得她的确把过去写小说的天才如今完全献给眼前的工作了，她把观察力、透视力完全应用到团里来了，她想使她领导着的团成为一件艺术品，一件天衣无缝的艺术品。她了解我们每一个人的个性，知道对待某一个人用某一种方法。"[23] 按史轮的观察，丁玲一方面在实践中努力学习和改变自己，另一方面，又发挥自己作为作家观察和理解人的长处。应该说，这是丁玲在苏区和抗战前期的一种典型的主体状态，相比于"左联"时期，她更深入和具体地介入了实际工作，与群众有了更具体的结合。但这种结合仍处于两分的状态，这种状态也体现在丁玲对于文艺形式的理解中。

在为苏区为什么没有产生像《阿Q正传》那样成熟的作品进行辩护时，丁玲说，苏区文艺虽然没有产生成熟的作品，"然而却自有它的特点，那就是大众化、普遍化，深入群众，虽不高超，却为大众所喜爱"。不过，尽管在受群众欢迎的程度和活泼、轻快、雄壮的风格上肯定了苏区文艺的成就，但丁玲对文艺的理解方式还是在原有"新文学"的框架内，将"高等博士之流的幻想"与"实实在在生长在大众之中"互相对立[24]。这也表现在她投身"抗战"宣传后的认识中，她说："我们现在要群众化，不是把我们变成与老百姓一样，不是要我们跟着他们走，是要使群众在我们的影响和领导之下，组织起来，走向抗战的路，建国的路。"[25] 在这里，知识分子（作家）和群众（老百姓）之间还是处于某种引领者和被引领者的分离关系中。

不论是在当时还是事后，丁玲在关于苏区文艺的叙述中都会突出大众化的问题，把它当作革命文艺最重要的特点和根本性目的，而主体的转化问题，则是在这一目的之下的必然要求。在离开延安、途经河北时写的一篇回忆瞿秋白的文章中，丁玲主要谈了大众化问题。她回忆说，20世纪30

年代瞿秋白提倡大众化的时候，她也是参与者，瞿秋白的文章她都读过，也曾按这些文章的要求去做，但经过十多年的实践，经过毛泽东的《讲话》，才认识到当时并没有真正理解瞿秋白的文章，"我很难受我'脱胎换骨'之难"[26]。丁玲当然是有感而发，因为这个"难"也体现在《讲话》前后她自己的经历和思想蜕变中。

二、作为"事件"的延安文艺座谈会——丁玲在《讲话》中

前文提到的写于20世纪80年代初的回忆录《延安文艺座谈会的前前后后》中，丁玲用绝大部分篇幅谈了诸多与《讲话》并没有直接关系的事，除了谈到《讲话》的渊源，大量的篇幅谈到了与自己有关的一些事，比如"文协"和"文抗"的情况、民众剧团与延安的演剧情况、《讲话》前她曾主编的《解放日报》文艺栏的情况，当然也专门谈到了《"三八"节有感》这篇文章的情况。1982年，丁玲虽已"复出"，但政治上的彻底平反还有待时日，在这篇回忆延安文艺座谈会的文章中，针对之前和当时众多的误解和责难，为自己的行为做出某种解释和辩护，是其目的之一。但即使是在这样一篇有自辩倾向的文章中，丁玲也不避讳对自己某几篇文章乃至行为的自我批评和检讨。这当然不能仅仅以压力下的"表白"来理解，对丁玲这样一位"从延安走来的人"，延安经历中具有标志性的事件《讲话》，是已经融进了血液的养分，对它的言说也必然带有事件发生时的某种现场感，甚至震惊感，也体现出这种事件性带来的思想、情感和行动的影响和后果。

延安文艺座谈会是一系列经过周密准备、有很强针对性的会议，主要有1942年5月2日第一次会议（毛泽东做"引言"，大会讨论）、5月16日第二次会议（大会讨论）、5月23日第三次会议（毛泽东做"总结"、大会讨论发言）。除此之外，还有会议之前和进行中毛泽东等中央领导人找文艺工作者的个别谈话和调研、会议进行期间的小组讨论、《解放日报》的专栏讨论等。会议参加者除了在延安的文学、理论、戏剧、美术、音乐工作者以外，还有中共主要领导人毛泽东、朱德、贺龙等。会议中的讨论非常开放，争论也非常激烈，有的发言还涉及工作中的具体问题，但毛泽东

的《讲话》只谈原则问题，最后发表的毛泽东《讲话》，是由第一次和第三次会议的"引言"和"结论"两部分构成的。

丁玲作为延安文艺界的领导人、有代表性的文艺工作者，会议前就被毛泽东找去谈话。据丁玲回忆，毛泽东跟她的谈话只涉及了有关批评的问题[27]，而没有涉及诸如"写光明"与"写黑暗"等问题[28]。另据刘白羽回忆，座谈会前，中央组织部部长陈云曾找他和丁玲谈话，"谆谆开导，要我们在会上站稳立场"[29]，足见中央对这次会议以及对丁玲本人的重视。

延安文艺座谈会期间，丁玲公开发表了两篇文章，分别是《关于立场问题我见》和《文艺界对王实味应有的态度及反省》。前一篇文章最初发表在《谷雨》杂志专门为文艺座谈会编发的文艺理论"特辑"[30]中，编入《丁玲全集》时，只标注了"一九四二年六月"这一时间，未做其他说明，但据研究者考证，这篇文章可能是丁玲在5月16日第二次会议中作为第一个发言者的发言整理稿[31]。不管这一考证是否属实，阅读《关于立场问题我见》，不难发现，文章现场感很强。对于丁玲而言，此文是她对文艺座谈会的最直接反应，也是内在于座谈会和《讲话》现场的重要文献。它反映了作为延安最有代表性的作家之一，丁玲对《讲话》内容和精神的即时和内在理解，当然，更重要的是这种理解仍然是丁玲式的，有其独特的角度和重点。

文章谈了两个问题，第一个是"文艺与政治"的关系问题。关于这一点，丁玲说得简单而直接："文艺应该服从于政治，文艺是政治的一个环节。"[32]这是丁玲第一次提"文艺服从于政治"，结合毛泽东《讲话》原稿，"引言"部分并没有这样的表述，5月23日的"结论"中才有了如此的表述[33]。至于"文艺是政治的一个环节"，丁玲虽没有具体展开，应该也包含了她此前参与和组织革命文艺工作的经验和体会。文章谈的第二个问题是"立场与方法"。丁玲提到，在根据地和革命队伍中的作家，立场肯定是没问题的。但丁玲提出，"这只还是理论的认识，方向的决定，路途的开端。有了大的整个的朦胧的世界观的前提，但如何养成在每个具体问题上随时随地都不脱离这轴心，都不稍微偏左或偏右，都敢担保完全正确，我想是不容易的。何况反映在作品中的思想，决不能靠我们的认识或企图，而是由于我们的意识，由于我们的理论与情感的一致"[34]。《讲话》"引言"中关于立场问题讲得较为简略，丁玲结合自己作为作家的经验，在理论认识到世界观、意识的变化，理论和情感的一致等方面，做了更充分的展开。

接下来的问题是，如何才能获得比较正确的立场与方法？丁玲提出，"我以为除了生活，到大众里面去，同群众的斗争生活结合在一起以外，便是马列主义的学习"〔35〕。当然，在理论学习和生活中，她更强调的是生活："要改变自己，要根本去掉旧有的一切感情意识，就非长期地在群众斗争生活中受锻炼不可。要能把自己的感情融合于大众的喜怒哀乐之中，才能领略、反映大众的喜怒哀乐，这不只是变更我们的观点，而是改变我们的情感，提高自己的情感，才能捐弃那些个人的感伤，幻想，看来是细致，其实是委琐的情感，才能养成更高度的热爱人类，热爱无产阶级事业，热爱劳动者的伟大的热情。对这些如不能寄予生命的最高度的情感是不能写出感动人的伟大作品来的。"〔36〕所以，知识分子要"改造"，"在克服一切不愉快的情感中，在群众的斗争中，人会不觉地转变的。转变到情感与理论一致，转变到愉快、单纯，转变到平凡，然而却是多么亲切地理解一切。即使是苦痛过的、复杂过的，可是都过去了，那些个人的伟大，实在不值得提起了。与其欣赏那些，赞美那些个人的伟大，还不如歌颂那些群众的平凡的事业。这才是真真的伟大"〔37〕。这里，有两点值得注意：第一，丁玲提到的"长期地在群众斗争生活中受锻炼"的问题，是毛泽东在《讲话》"结论"部分谈到"为群众和如何为群众"中具体展开的问题，也就是说，丁玲的这一"发言"——如果这篇文章是她5月16日第二次会议上的发言稿的话——在一定程度上"激发"了毛泽东此后的总结，至少它是高度符合毛泽东的思路的。第二，《讲话》之后，丁玲关于《讲话》精神的理解和阐释主要在"深入生活"上展开，而且形成了自己一套独特的观点和方法。《讲话》作为一个事件，在丁玲的这一思路上，是一个起点。

丁玲在《讲话》期间发表的另一篇文章是《文艺界对王实味应有的态度及反省》。这是延安文艺座谈会之后，6月11日她在"中央研究院与王实味思想做斗争"座谈会上的发言。王实味的《野百合花》是丁玲主编《解放日报》文艺栏期间编发的，丁玲作为"责任人"，必须有所表态，但在对已经定性的王实味问题做出表态之后，这篇文章的主要内容是丁玲的自我反省和检讨，因为除了主编刊发王实味的上述文章外，丁玲还刊发了自己写的、引起极大争议的文章《"三八"节有感》。对于这篇文章，丁玲公开表态说："我要向一切同感者说：这篇文章是篇坏文章。""尽管我贯注了血泪在那篇文章中，安置了我多年的苦痛和寄予了热切的希望，但那文章本身仍旧表示了我只站在一部分人身上说话而没有站在全党的立场说话。"[38] 有研究者考证指出，丁玲是《讲话》之后第一个公开进行"检讨"的延安文人[39]，对于丁玲而言，尴尬之处在于，尽管在"整风运动"中由于毛泽东的"保护"[40] 和中组部的"结论"，她最后得以过关，但主编《解放日报》文艺栏以及《"三八"节有感》的问题，连同其他问题，在之后的不同历史时期，仍一再被提起。即使是在《讲话》四十周年之际写的回忆文章中，还要为是否"两篇文章引出延安文艺座谈会"的问题进行澄清和辩护[41]。

作为事件的延安文艺座谈会和《讲话》，也给丁玲带来了另一个重要影响，即一种内在化的批评和自我批评（自我反省和检讨）的倾向和习惯，这一习惯她保持终生。这体现在1949年初在东北对萧军的批判[42]，体现在她20世纪50年代初主编《文艺报》时对萧也牧的批判[43]，甚至在她20世纪80年代初复出后对文坛和思想界一些问题的批判上。应该说，作为"从延安走来的人"，不仅在习惯上，而且在观念和表达上，作为事件的《讲话》，其精神在丁玲那里一直有不断的体现和延伸。

1942年6月，延安文艺座谈会已经结束，丁玲在谈到自己学习《讲话》和"整顿三风"的感受时说："回溯着过去的所有的烦闷，所有的努力，所有的顾忌和过错，就像唐三藏站在到达天界的河边看自己的躯壳顺水流去的感觉，一种翻然而悟，憬然而惭的感觉。"[44] 可以说，《讲话》重塑了丁玲及属于她那一代的众多文艺家。40年后，在为纪念《讲话》发表四十周年而写的一篇文章中，丁玲还是这样说："毛主席在文艺座谈会上的讲话教育了一代知识分子，培养了一代作家的成长，而且影响到海外、未来。每回忆及此，我的心都为之震动。特别是，在我身处逆境的二十多年里，《讲话》给了我最大的力量和信心。我能够活过来，活到今天，我还能用一支破笔为人民写作，是同这一段时间受到的教育分不开的。"[45]

三、"深入生活"作为创作论——丁玲对《讲话》的当代阐释

丁玲是中华人民共和国成立后新文艺体制创建的重要参与者，考察其在20世纪50年代上半期的工作经历，她先后担任中华全国文学工作者协会（中国作协前身）副主席（1950年初至1952年底任常务副主席，主持工作）、《文艺报》主编、《人民文学》主编，筹备建立了中央文学研究所（后改称文学讲习所，以下简称"文讲所"），任所长等职务。这些职务，主要与创作、批评和文艺体制的建立和组织工作有关。20世纪50年代初也是丁玲论文（很多是相关会议上的讲话）和杂文的丰收期，多数文章与其主管的工作内容有关，也即以作家和艺术家为主体的创作、批评及相关文艺生产的组织和推进，以此为目的而建立的新的文艺体制，以及为符合新的"工农兵文艺"的需要，对新的作家的培养。

作为"从延安走来"的作家，丁玲个人的生活、思想和创作都经过了《讲话》的重新塑造，中华人民共和国成立前后，丁玲是作为"知识分子改造"的典型被推介的[46]。"知识分子改造"是《讲话》包含和引申出来的重要议题，但对于这一20世纪50年代初具有"国家发展战略"意义的议题[47]，丁玲着墨并不多，作为文艺界的负责人，她主要还是从作家和艺术家的工作特点出发，寻找一条既能达成"知识分子"改造的目的，又能促进新政权所需的高质量的文艺作品生产的有效途径。丁玲找到的这条途径是"深入生活"。

《讲话》之后，丁玲每谈文学和创作，必提"生活"，而且都放在最重要和最显著的位置，可以说，如何"深入生活"的问题，是她思考和探索得最多、最深入的问题。这一看法和习惯，丁玲终生保持，即使是在她复出后政治和思想氛围迥异的20世纪80年代初，也是如此。

20世纪50年代初期，主持作协工作的丁玲发表了一系列讲话和文章，包括《从群众中来，到群众中去》（1949年7月召开的第一次文代会上的专题发言）、《知识分子下乡中的问题》（1950年7月）、《跨到新的时代来——谈知识分子的旧兴趣与工农兵文艺》（1950年）、《创作与生活》（1950年10月）、《要为人民服务得更好——纪念毛泽东〈在延安文艺座谈会上的讲话〉发表十周年》（1952年5月）、《作家需要培养对群众的感

情》（1953年）、《生活、思想与人物》（1955年3月）、《到群众中去落户》（1953年9月召开的第二次文代会上的专题发言）等。这些讲话和文章既是丁玲作为一位"从延安走来"的作家对已被中华人民共和国确认为文艺工作总方针的《讲话》精神的具体阐述，也是在人民政权建立后，对如何促进和繁荣文艺创作的方法的探索。作为对《讲话》精神的阐述和发展，这些讲话和文章贯穿了一条红线——深入生活。对为什么要深入生活、怎样深入生活、深入生活中会遇到怎样的问题等，展开了系统、全面的论述。除了上述这些讲话和文章，丁玲在20世纪50年代初创办文讲所，培养新政权所需的工农兵作家时，其教育思路的核心也是如何处理生活经验和提高创作的关系问题。对于那些从各种实际岗位上选拔上来的工农兵"业余"写作者，根据他们的具体情况，分别制定不同的培养方案。对于多数有独特而丰富生活经验的写作者，通过高强度的文艺理论、文学史知识的学习和讨论，帮助其提高文化水平和艺术表达技巧。但其中的佼佼者最后还是要回到自己的生活之地，如丁玲非常看重的徐光耀和陈登科，都遵循了她关于"深入生活"的想法，分别回到了河北雄县和安徽老家，扎根基层，进行长期的"深入生活"。

丁玲关于"深入生活"的观点和论述，不仅是毛泽东《讲话》精神在当代文学中的具体展开和贯彻，本身也构成了中国当代文学的一条独特路径。总结而言，丁玲作为创作主体论的"深入生活"，包含着以下内容。

首先，作家要"深入生活"，通过"深入生活"的方式，达到自我改造，与群众结合，成为革命需要的新作家的目的。而在以作家或艺术家的身份"深入生活"的过程中，不能以外来者的身份，置身于群众的生活和利益之外，而应该担任具体的工作，卷入群众的生活中。

抗战初期，参加了具体抗战动员工作的丁玲就有感而发："我们希望这些文人多多接近下层，最好参加一点实际工作，化除成见，改变一点个人的习惯。那么，一些空空洞洞的印象，就会成为具体生动的文章了。"[48]在丁玲看来，知识分子在变革落后的中国社会的过程中，是能起"媒介作用"的[49]，这已为"五四"以后的历史所证明。但若要在变化了的革命形势中起到更大的作用，知识分子必须要改造自己，改变自己的生活和意识、情感，打掉自己的优越感。1946年，离开延安的丁玲在张家口的一次讲话中谈到，"知识分子如不同群众运动、群众生活相结合，最好，也只可以起点小小的作用；但如果一到群众中去，和群众生活结合，则立即可以成为英雄人物"[50]。对于普通的工农群众，她结合自己的经历，总结说："我说要学习他们的品质是从我亲身体验出来的，我以为工人农民，尤其是有了觉悟的工农，有着最好的品质。"[51]相比于20世纪30年代"左联"时期和抗战初期，丁玲的看法已经发生了明显而清晰的变化。在20世纪50年代，丁玲一直强调，"深入生活""下去的目的应该只有一个，就是在那里改造自己"[52]。

丁玲很少谈到群众中的落后面，这与丁玲对"深入生活"方式的理解有关。她的"深入生活"，是要求担任具体工作，介入现实的具体斗争，而要处理具体工作，则必须掌握生活的全态，把握生活中的主要矛盾和新的趋势，如此必然会关注生活和群众中的积极面。对历经延安时期"暴露黑暗"与"歌颂光明"之争，且《讲话》之后创作的《田保霖》受到毛泽东激赏的丁玲来说，这也应该是其从延安经历和《讲话》精神中体会较深的一点。

但怎样处理"深入生活"中具体工作和创作的关系？关于这点，丁玲本人的看法有一个变化的过程。《讲话》之前，丁玲在谈到"深入生活"时，着重点还在作家的身份。在写于1940年的一篇文章中，她提出，"文艺工作者参加群众生活，抱着深深的热情的态度，能与大众打成一片是很好的；但如果忘记了自己的文艺的任务，那虽变成了大众的一员，却也只能成为大众的一员，而不是一个带有特殊性的艺术任务的战斗员了。所以作家必须时时记住自己的任务，艰苦地、持久地、埋头地、有计划地做着收集材料的工作，咀嚼它、揣摩它、糅合它、消化这些材料。……作家在消化这些从生活中得来的材料中，培养出现实的同时也是自己的人物；这些人物都像在自己的口袋中，随时就可以拿出来的，活的人物的典型。"[53]而《讲话》之后，丁玲的看法发生了变化。工作和创作之间的关系变得更加内在和辩证了。在1949年的第一次文代会上的发言中，丁玲谈到"深入生活"时强调："我们下去，是为写作，但必须先有把工作做好的精神，不是单纯为写作；要以工作为重，结果也是为了写作。"[54]所以，下去不是做客人，而是要同群众一同做主人。这种说法突出了作家的创作主体身份，也将工作和写作置于一种较为辩证的关系中，但对于具体工作中遇到的实际问题与创作的矛盾关系，丁玲并没有处理，其逻辑还比较粗疏，还需放在另外的层面中再展开。但到了这一阶段，以丁玲的观点看，无论是"深入生活"，还是参加具体实际工作，都是创作者的手段，而非目的。"深入生活"是为了打破自我的封闭，通过与群众的密切互动创造一种新的生活感觉和生活欲望，把创作主体从一种固定的"生活"状态中解放出来。只有这样，"工作"和"生活"才能互相重新界定，写作也才能从观念束缚中摆脱出来，才能回到真正意义上的写作。

在写作《讲话》发表十周年纪念文章的1952年5月，丁玲正处于人生的顶峰，是国家文艺工作的主要负责人。在这篇文章中，丁玲主要回答的问题是中华人民共和国成立十年来文艺界实践着《讲话》的方向，但为什么"比较站得住的作品不多"。丁玲对十年来的创作在主题、"典型人物"塑造、"思想和政策"等方面存在的问题进行了有针对性的分析，认为不是《讲话》方向有问题，而是在理解《讲话》中犯了教条主义的错误，没能把握住现实和实际生活[55]。丁玲这篇文章为纪念《讲话》十周年而写，但讲的却是当前文艺创作中存在的问题，不是表面的表态，而是要正视和解决问题。丁玲提出的解决方法还是"到生活中去"，只有深入生活的内部，掌握决定斗争发展的基本东西，才能找到正确的、积极的主题。

其次，深入一地，长期"深入生活"，达到工作、生活和创作互相促进。

在1949年第一次文代会的发言中，在谈到未来努力的方向时，丁玲提出的第一条就是"深入生活"，她说："深入生活，较长期的生活，集中在一点。以前由于环境不同，我们流动太多，以后就有可能了。我们不只要熟悉他们的生活，而且还要熟悉他们的灵魂，要带着充分的爱爱他们，关心他们，脑子中经常是他们在那里活动，有不可分的联系，这样我们就可以运用自如了。"[56]这是丁玲第一次提出"较长期的生活""集中一点"的说法，它显示了丁玲在中华人民共和国建立后"深入生活"思想的发展及其核心观点：第一，深入生活，集中在一点，找到自己的生活、经验和文学的"根据地"；第二，不仅要熟悉群众的生活，而且要与他们灵魂相通，用爱来爱他们——情感上的相通是一切工作的基础和目的。

在1953年9月召开的中国文学艺术工作者第二次代表大会上，作为文艺界的领导人，丁玲发出了"长期深入生活""到群众中去落户"的号召。她说："如果真的要创作，想写出几个人物或一本好书出来，就必须要长期在一定的地方生活，要落户，把户口落在群众当中，在那里面要有一种安身立命的思想，不是五日京兆，而是要长期打算，要在那里建立自己的天地，要在那里找到堂兄、堂弟、表姐、姨妹、亲戚朋友、知心知己的人，同甘苦，共患难。"〔57〕她补充说："我们不要做一个随风漂荡的小船，在这个码头上停一天，在那个港口上弯一夜；我们要在那里发现新大陆，要开辟，要建设，要在那里把根子扎下去。每一个人要为自己创造一个环境，一个比较长期的生活圈子，这个生活圈子是和我们要写的生活相一致的。……我们要钻到我们所写的生活里去，钻得深些，沉得长久些，同时要跟着那个圈子逐步扩大。"〔58〕丁玲提出"落户"号召的1953年，户口制度还没有实行，但随着新政权的建立，知识分子和干部入了城，革命时代知识分子、干部与群众原先那种密切融合的状态改变了。因此，丁玲的这一号召是有现实针对性的。

但是，不说"落户"的可能性，即使"落户"了，是否就必然"深入生活"了呢？是否会带来其他问题？对此，1955年丁玲在电影剧作讲习会上的讲话中又做了进一步的补充："我所说的'落户'，主要是指：我同我所住的地方的群众或者是我去工作的地方（这里当然不是指机关或创作组里），特别是我们要描写的工农兵群众的生活和感情是息息相关的。不是一个人要老住在一个村子里面。现在要我们老住在一个村子里面，是办不到的，而且也不一定就好。"〔59〕这应该是针对当时已有不少作家和艺术家到各自生活地"落户"后产生的问题而做的补充，也是符合当时的具体情况的。

丁玲发出"长期深入生活""到群众中去落户"的号召，是相对于当代中国也曾长期存在的一种文艺创作方法——"体验生活"而言的。丁玲批评说，抱着"体验"观念的人，"他们的生活方式是：站在生活边缘上看着，在生活的表面上晃荡着，听着一些极为概括了的、简单化了的、不知重复了多少次的报告、发言和谈话，他就更为简单地记录了下来，这些小本本就是所谓材料，就是满载而归的财富"〔60〕。这种方式当然要不得。那么，在丁玲的理解中，什么是真正的"体验（生活）"呢？丁玲说："我的理解是：一个人生活过来了，他参加了群众的生活，忘我地和他们一块前进，和他们一块与旧的势力、和阻拦着新势力的发展的一切旧制度、旧思想、旧人做了斗争。他不是一个旁观者。他的生活中不是一个游手好闲的人，不是一个说轻松话的人，不是要把群众生活用来装饰自己的人，不是一个吹嘘的人。他踏踏实实地工作着，战斗着，思想着。他在生活中碰过钉子，为难过，痛苦过。他也要和自己战斗，他流过泪，他也欢笑，也感到幸福。他深刻地经历了各种感情，他为了继续战斗，就必得随时总结，而且继续在自己的思想有了提高的情况下再生活。"[61] "深入生活"是一个长期的过程，这个过程中，创作（工作）者不仅要长期牢牢抓住对象，而且要进入对象，而对于作为对象的"生活"，则不仅要长期扎根，而且要利益相关，多次出入，这才能克服"概括/抽象""旁观/轻松"的状态，真正"深入"生活，让生活成为创作主体内在的因素。

再次，情感作为中介和标志的"深入生活"。

毛泽东在《讲话》开篇就讲到了"情感变化"的问题："我们知识分子出身的文艺工作者，要使自己的作品为群众所欢迎，就得把自己的思想感情来一个变化，来一番改造。"[62] 丁玲作为一位"有情"的革命作家，[63] 作为一位以"热情"为自己从事创作基本动力的作家[64]，情感因素是其须臾不离的考虑因素。在关于"深入生活"的论述中，情感不仅是其考虑的起点，而且是其达到目的的中介，也是其最后力图完成的目标。

在1950年一次与文艺工作者和文学爱好者的座谈中，丁玲谈到"生活"问题。"去生活是应该的，但'生活'不是'搜集材料'"[65]。要想了解每一个你所描写的人物，"首先要和他们感情相通"。"要想写工人也是这样，必须和他们在一块，有血肉相连的感情"[66]。"要写出他们，你必须参加群众的斗争生活，理解他们新鲜的、战斗的、热情的感觉才能启发自己的感情有所变化；在这种生活中，你的脑子才可能灵敏、新鲜、开朗，处处想到别人而不想自己"[67]。

1952年在对部队文艺工作者的长篇讲话《谈与创作有关诸问题》中，丁玲提出，作家最根本的问题是要解决为什么要创作的问题，是"有没有对创作的热情，对生活、人民的热情"。"作家不能是个为拿工资的匠人，创作者自己首先要有创作的感情，热爱生活的感情，要爱新的人物，爱新鲜的东西。一个创作者要懂得爱和恨，要有最深的恨，更要有最深的爱，深深地恨人民敌人，深深地爱人民群众，只有这种思想情感，才可能有革命的宽大的胸怀，才能有满腔革命战士的热情，感觉到一肚皮的话非写不可，非宣传不可，而从事创作。创作者非具备这样的创作热情和革命的热情不可。这些东西从哪里来呢？是从各方面来的。但也要创作者在生活中改造了自己之后，才可以丰富起来的。"[68] 这里，感情——对生活的感情，对与生活相连的人民的感情，以及因感情相连而产生出来的热情是"深入生活"及创作的基础和出发点。

在"深入生活"的过程中，"下去"了的我们"在那里是一个负责任的人、严肃的人、热情的人、理解人的人，而且最重要的是没有私心的人，我们慷慨地、勇敢地把力量拿出来，我们也将会得到最多的、丰富的、各种各样的情感。到那个时候，我们就不贫乏了，我们就富有了一切生活中多彩多样的人的心灵的、生动的生命的跃动，我们就会觉得写不胜写，而且写得那样顺手，那样亲切了"[69]。这种情感上的变化也可以使工作和创作中的"态度—感情—方法—结果"达成沟通，形成一致。丁玲说，作家在"下去"的时候，"最好是老老实实、坦坦白白、诚诚恳恳、谦虚谨慎，热情地（一定要有热情）拿出自己的劳动来。在哪个地方工作，就把那个地方的工作搞好。不要在这里还有什么个人打算，好像干好了，个人还可以拿到什么。创作不是个人的，创作的结果就是大家的。你做了一个茶壶，这个茶壶就是社会的，不归自己了"[70]。在丁玲看来，人对感情的需求，人与人的情感关系是"生活"的本质，是革命政治的内在要素，也是创作的依托。

情感沟通以及因情感沟通而产生的"热情"和决心也是克服"深入生活"中诸多困难的有效方法。在1950年应《中国青年》约稿而写的《知识分子下乡中的问题》一文中，针对知识分子下乡中的问题，如生活太苦、工作不上手、与老干部和工农干部的结合、与群众的相处、个人的心情等，丁玲一一进行分析，并提出了解决办法。她提出，克服这一切问题的前提是要"有革命的热情，有为人民服务的决心"[71]。决心大了，意志才会坚定，"热情"才不会容易消退。

与群众情感相通以及改造后的情感本身也是增强和扩展文艺作品感染力和艺术性的有效途径。在1953年的一篇文章中，丁玲谈到，现在许多文艺作品中没有感情。毛泽东在《讲话》中反对过小资产阶级分子津津有味的自我描写，所以作家不敢写感情。但丁玲反问："我们改造了自己的感情后，和人民的感情一致了，为什么不可以写？"问题是我们的感情太渺小了，"我们只关心自己，没有对人民群众的感情，这是不行的。我们到群众中去，改造、丰富、培养、扩大对他们的感情。我们对他们的责任感强了，崇高的、无私的感情就会培养出来。我们的社会活动多，与人民的关系扯不开了，我们的感情就会丰富起来"[72]。这种扩大和增强了的情感是"深入生活"后的理想结果，它是丁玲"深入生活"论的鲜明特色，也可能是其理想性和局限所在。

最后，"深入生活"是对生活的提炼。

"生活论"是20世纪中国革命文艺理论的重要命题。丁玲的"深入生活"论源自《讲话》，在理论渊源上，又与冯雪峰和胡风有对话关系[73]。20世纪50年代初，丁玲在回答"什么是生活"的问题时这样说："所谓生活，绝不是指琐碎的生活现象，而是从实践中，从生活里面发现并提出最基本的问题，最能代表现实的问题。"[74]丁玲从创作主体的立场出发，强调"生活"高于观念，这个经过主体体验过的"生活"，其前提是创作主体"忘我"的投入。"什么是体验呢？我的理解是：一个人生活过来了，他参加了群众的生活，忘我地和他们一块前进，和他们一块与旧的势力、和阻拦着新势力的发展的一切旧制度、旧思想、旧人做了斗争"[75]。在这个过程中，创作主体和群众经由感情的互相激发和融合，处于一种水乳交融、不分彼此的共同体的状态，"生活"也不再是原来的原生状态了。

丁玲并非一位以理论见长的作家，但在阐述"深入生活"时，她常常提到理论的重要性。在1951年对中央文讲所第二期学员的讲话中，她特别强调了学习理论的重要性。"我们要认识理论对我们的重要性。我们有了理论，就更能够认识生活。没有理论，似是而非的东西一来，我们就会上当"[76]。丁玲提到，有人说搞文艺的不会接近群众，但她认为这是由于理论水平、思想水平低，"没有'本钱'去接近，与外人接近，连问题都提不出来"[77]，怎么接近呢？

当然，作为一位作家，丁玲从其创作经历出发，不会把理论学习当作解决一切问题的灵丹妙药。在丁玲看来，作家的理论敏感（思想水平）还有一个重要表现是对时代的敏锐把握，这也是一种政治意识。1950年，在谈到"五四"时期的文学经验时，丁玲有一个有意思的观察。她认为"五四"时期的文学作品，大半都是在说明一个问题，并且是要解决这个问题的。尽管这个问题以今天的标准看也许并不复杂，"但却充满了强烈的政治情绪，有不解决不罢休之势。我们很强调作品的政治的社会价值，而今天我们作品里的那种政治的勇敢、热情，总觉得还没有'五四'时期的磅礴，可是我们又处于军事、政治、经济大变革的时代，所以就更觉得问题工作不相适应，文艺反映现实未免落后"。丁玲认为，"五四"时期的作家写小说、写诗，不是为了要当小说家或诗人，"就是为的要反对一些东西，反对封建，反对帝国主义去写的"，形式上也不十分讲究，"只为要把自己的思想说出来，就用了这些形式"，所以，"五四"时期的新文学，"年轻的时代是为政治服务得非常好的。那时好像没有人怀疑文学与政治的关系"〔78〕。

这里丁玲强调的是，五四新文学的出现是现实和实际斗争的结果。而到了20世纪50年代，创作者因为陷于日常的工作中，缺乏从实际经验和工作中提炼出来的政治的感觉和视野。"我们在实际工作中脑子里有一件东西，是当时当地一般干部也都可以有的感觉、认识和经验，我们还没有养成我们自己的较深刻的，较敏锐的，较远大正确的见解，所以我们不能表现出比当时一般干部更高的政治思想来"〔79〕。也就是说，相比于30年前的"五四"时期的新文学，文学的政治性、文学与政治的关系到了20世纪50年代初反而减弱了，因为在后者那里，问题的意识消失了，政治的视野减弱了，作家成了一般干部的"尾巴"。正因为如此，丁玲才强调作家要重视理论学习，要打开视野。"写作品主要是写思想（也就是对政策有了消化），一切人物和事件都为透出一个思想，而不是写一段材料，一个故事"〔80〕。

"深入生活"论是丁玲结合自己的创作经历，从《讲话》中总结和引申出的一套观念和指导创作、培养作家的具体方法，丁玲自己一直走在这条道路上，而她关于"深入生活"的理念和方法也影响了一批当代作家。除了上面提到的受其指导和影响的文讲所培养出来的青年作家以外，革命战争时期业已成名、新政权建立后已在北京落户和工作的作家赵树理、周立波、马烽和柳青等，都在丁玲提出"到群众中去落户"的号召前后，分别回到了自己的文学"根据地"——赵树理回到了山西晋城老家，周立波回到湖南益阳老家，马烽回到山西汾阳老家，柳青在陕西长安皇甫村蹲点落户14年，也各自进入了自己文学创作的另一个高峰期。

丁玲"深入生活"论最直接的来源是《讲话》"结论"中的这一段话："中国的革命的文学家艺术家，有出息的文学家艺术家，必须到群众中去，必须长期地无条件地全心全意地到工农兵群众中去，到火热的斗争中去，到唯一的最广大最丰富的源泉中去，观察、体验、研究、分析一切人，一切阶级，一切群众，一切生动的生活形式和斗争形式，一切文学和艺术的原始材料，然后才有可能进入创作过程。"[81]《讲话》中，关于"（生活）源泉"的问题是放在普及和提高的部分里讲的。正如上文已提到的，丁玲在20世纪50年代初作为文艺界的主要领导人，她主抓的是文艺创作的组织问题，也就是说，在文艺生产和传播中，她关注的是生产，是作为"生产者"的文学家文艺家的主体变化问题，在普及和提高的关系问题中，她注重的是提高的问题，是《讲话》中所谈的"高级文艺"问题。在相当程度上，丁玲"深入生活"论的诉求是创作出符合《讲话》要求的、高质量的、高级的文艺作品，而对于《讲话》中所说的作为"普遍启蒙"的在"提高指导下的普及"问题，并没有涉及。当代文学中，"普遍启蒙"意义上的"真正的工农兵文艺"的要求，与作为一个新生的社会主义政权、现代民族国家所需要的"高级文艺"之间，一直存在相当紧张的关系，丁玲的"深入生活"论，也是这种紧张关系的体现之一。

近期也有研究者指出，丁玲重构的"深入生活"原则固然在创作上是有力的，但它却与"文艺服从于政治"所衍生出来的"及时反映现实"的要求之间构成冲突。因为根据"深入生活"原则的要求，这是一个长期、缓慢的过程，而革命工作、革命运动的变化却需要及时地反映和宣传。因此，对"深入生活"后可能遭遇的危机，丁玲只能用一种理想主义、浪漫化的道理加以弥合，并不能有针对性地予以解决[82]。但不管怎样，丁玲关于"深入生活"的思考不仅贴近创作主体，且深入而系统，是认识当代中国文学的宝贵资源。

余　论

20世纪70年代末80年代初，丁玲复出文坛。在一个众说"伤痕"、告别过去的时代，丁玲作为一位历经磨难的"归来者"，却再次强调了其"从延安走来的人"的身份。她谈"文艺与政治的关系"，强调"作家是政治的人"，在纪念《讲话》发表四十周年之际，重新又提出"到群众中去！"的口号。除此之外，她还直接就延安文艺座谈会发表了《答外国驻京记者问》《回忆与期望——为纪念〈在延安文艺座谈会上的讲话〉发表四十周年答中国青年报〈向日葵〉编者问》《回顾与追求——在〈延安文艺丛书〉首次出版发行座谈会上的发言》《重视生活深入生活——与〈延安文艺研究〉编者的谈话》等众多文章。在一个"告别历史"的时代，她却在自己身上重重地打上了"延安"和《讲话》的印记。

1984年底，《延安文艺研究》创刊，丁玲作为"从延安走来的人"，作为延安作家的代表性人物，向该刊编者发表了谈话，再次强调了"深入生活"的重要性和必要性："群众生活是创作的唯一源泉，这是毋庸置疑的。"[83]但毕竟时移世易，丁玲在强调"深入生活"的重要性时，对不同的人如何"深入生活"提出了需要探讨的问题。"不同的人，不同的条件，可以有不同的深入生活的方式，不必一个样。"她再次界定了"深入生活"的问题："所谓深入生活，就是要求我们和群众一起，在改造社会、推动历史前进的运动中，成为战斗的一员，不是浮光掠影的走马观花，更不是拢着双手的隔岸观火。这就要求我们文艺工作者要有热情，也就是要有革命的激情。""对生活要有热情，也就是对人民、对国家、对民族的责任感。如果没有这种热情，不能始终保持这种热情，就会缺少对群众生活的正确理解，更谈不上正确的表现。把仅有的那点生活写完了，就难以为继了。形势在发展，生活在前进，作家的思想感情也得跟上去。否则，你只能视而不见，可以看见生活，看见种种表面现象，其中革命的东西却看不见了，抓不住了。"[84]感情，以及最内在于丁玲感情深处的"热情"，成为她20世纪80年代初最常用的词汇。这也许是一位革命作家对滋养其成长的精神的共鸣，也许是一位优秀作家对时代的敏感，事后看来，不仅令人感动，也可谓切中时弊。

在表现自我、表现内心成为文学主流，新一波的现代派潮流即将喷薄而出的时代，丁玲的声音显得突兀、生硬而顽强，这位曾经引领文学新潮的新派作家，终于站到了潮流的对立面。我们也能看到，在丁玲不变的背后，也有因时代和潮流的变动而带来的"变"，也就是在强调"深入生活"的不变之中，"深入生活"的基调和重点有了调整——调整到了作为创作主体的作家的情感上，对于因强调"自我"而走向某种历史和价值虚无的"新时期"文学潮流，这是有明确的指向性的。丁玲复出之后，一直以各种方式表示自己经过那么多年的人生沉浮，有了深厚的生活积累，还能创作，还希望写出另"一本书"。但遗憾的是，时不我待，最终未能如愿。在20世纪80年代的众声喧哗中，丁玲的声音也走进了历史深处，发出了与历史特有的共鸣。

注　释

〔1〕20世纪30年代初期，丁玲是有明确左翼意识，且有创作实绩的代表性左翼作家，鲁迅称其为"唯一的无产阶级作家"（语见朝鲜《新东亚》1934年第4期）。她曾担任"左联"书记，主编"左联"机关刊物《北斗》。

〔2〕丁玲1936年11月到达保安，受到毛泽东等人的热烈欢迎，毛曾赋诗："壁上红旗飘落照，西风漫卷孤城。保安人物一时新，洞中开宴会，招待出牢人。纤笔一枝谁与似？三千毛瑟精兵。阵图开向陇山东，昨天文小姐，今日武将军。"

〔3〕赵卫东将"延安文艺体制"的建立解释为一个以《讲话》为标志点的多重建构过程，包括延安文艺座谈会及座谈会之后的"文艺界整风运动""文艺工作者下乡运动""秧歌剧运动"，还有除《讲话》之外的毛泽东的《文艺工作者要同工农兵相结合》、党务广播《关于延安对文化人的工作的经验介绍》，以及中共中央宣传部印发的《关于执行党的文艺政策的决定》，"四事""四文"相互连动、环环相扣。参见赵卫东：《"四事"与"四文"的连动：重论延安文艺体制的建构过程》，《中国现代文学研究丛刊》2021年第3期。

〔4〕胡乔木在回忆延安文艺座谈会时说："丁玲写的《田保霖》，毛主席很称赞。……后来《太阳照在桑干河上》写出以后……毛主席对丁玲更加看重。他曾说：丁玲下乡，到农民里面生活，写出小说来了，而有人经常说与工农兵结合，也没有写出什么作品，到底结合了没有？"参见胡乔木：《胡乔木回忆毛泽东》（增订本），人民出版社，2014，第56页。

〔5〕参见蔡清富：《〈在延安文艺座谈会上的讲话〉在国民党统治区的传播》，《中国现代文学研究丛刊》1980年第1期。

〔6〕参见程凯：《政治与文艺的再理解：从胡乔木讲话反观〈在延安文艺座谈会上的讲话〉》，《文学评论》2017年第5期。

〔7〕毛泽东：《在中国文艺协会成立大会上的讲话（1936年11月22日）》，《毛泽东文集》第一卷，人民出版社，1993，第461页。

〔8〕丁玲：《延安文艺座谈会的前前后后》，《丁玲全集》第10卷，河北人民出版社，2001，第263—264页。

〔9〕唐弢：《论作家与群众的结合：纪念〈在延安文艺座谈会上的讲话〉发表二十周年》，《西方影响与民族风格》，人民文学出版社，1989，第78页。

〔10〕参见姜涛：《公寓里的塔：1920年代中国的文学与青年》，北京大学出版社2015，尤其是第5章。

〔11〕丁玲：《我的自白》，载《丁玲全集》第7卷，河北人民出版社，2001，第4页。

〔12〕茅盾：《女作家丁玲》，《文艺月报》，1933年7月15日。

〔13〕丁玲：《死人的意志难道不在大家身上吗？—在中国公学讲演》，载《丁玲全集》第7卷，河北人民出版社，2001，第6—7页。

〔14〕何丹仁（冯雪峰）：《关于新的小说的诞生——评丁玲的〈水〉》，《北斗》第2卷第1期。

〔15〕丁玲：《对于创作上的几条具体意见》，载《丁玲选集》，上海天马书店，1933，第268—269页。

〔16〕同上，第270页。

〔17〕丁玲在晚年回忆录中说："三十年代初，我们战斗的士气是很高的，大家都不愿坐在家里写文章，到处跑、接触工人、上街游行、写标语、贴墙报、散传单、参加飞行集会。"参见丁玲：《入党前后的片段回忆》，载《丁玲全集》第10卷，河北人民出版社，2001，第249页。

〔18〕丁玲：《我的创作经验》，载《丁玲全集》第7卷，河北人民出版社，2001，第12页。

〔19〕唐弢：《论作家与群众结合：纪念〈在延安文艺座谈会上的讲话〉发表二十周年》，载《西方影响与民族风格》，人民文学出版社，1989，第72页。

〔20〕参见丁玲著《一年》（生活书店1939年版）中的《第一次的欢送会》《忆天山》等篇，以及西北战地服务团集体创作的《西线生活》（生活书店1939年版）中的相关文章。

〔21〕关于"西战团"时期"生活会"情况的具体分析，可参见何吉贤：《"流动"的主体和知识分子改造的"典型"：40—50年代转变之际的丁玲》，《中国现代文学研究丛刊》2018年第5期。

〔22〕史轮：《丁玲同志》，载西北战地服务团集体创作《西线生活》，生活·读书·新知三联书店，2014，第176页。

〔23〕同上，第196页。

〔24〕丁玲:《文艺在苏区》,载《丁玲全集》第7卷,河北人民出版社,2001,第21页。

〔25〕丁玲:《迎合群众与取媚群众》,载《丁玲全集》第7卷,河北人民出版社,2001,第22—23页。

〔26〕丁玲:《纪念瞿秋白同志被难十一周年》,载《丁玲全集》第5卷,河北人民出版社,2001,第267页。

〔27〕丁玲:《延安文艺座谈会的前前后后》,载《丁玲全集》第10卷,河北人民出版社,2001,第281页。

〔28〕丁玲特意强调这一点,主要是针对1979年周扬接受赵浩生的访谈时谈到的一些人事问题。详见《周扬笑谈历史功过》,《新文学史料》1979年第2期。

〔29〕刘白羽:《延安文艺座谈会的前前后后》,《人民论坛》2002年第5期。

〔30〕即《谷雨》第1卷第5期(1942年6月15日)。同期发表的还有艾思奇的《谈延安文艺工作的立场,态度和任务》、刘白羽的《对当前文艺上诸问题的意见》、萧军的《杂文还废不得说》、严文井的《论文人的敏感同自我意识》等。

〔31〕高杰:《延安文艺座谈会纪实》,陕西人民出版社,2013,第107—110页。作者从文本内部出发,并引用多方旁证,试图证明《关于立场问题我见》是丁玲在5月16日第二次会议上的发言稿,但因没有直接证据和丁玲本人的证言,仍只能是一种推测。

〔32〕丁玲:《关于立场问题我见》,载《丁玲全集》第7卷,河北人民出版社,2001,第65页。

〔33〕5月2日的《讲话》"引言"中,毛泽东一开始就谈到,座谈会的目的是"研究文艺工作与一般革命工作的关系,求得革命文艺的正确发展,求得革命文艺对其他革命工作的更好的协助"(《毛泽东选集》第3卷,人民出版社,1991年版,第847页),"要使文艺很好地成为整个革命机器的一个组成部分"(同上书,第848页),并没有直接谈文艺和政治的关系问题。5月23日的"结论"第三部分中,毛泽东从党内问题和党外问题两个角度谈了文艺与政治的关系。在党内,"无产阶级的文学艺术是无产阶级整个革命事业的一部分……党的文艺工作,在党的整个革命工作中的位置是确定了的,摆好了的;是服从党在一定革命时期内所规定的革命任务的。……文艺是从属于政治的,但又反转来给予伟大的影响于政治。革命文艺是整个革命事业的一部分,是齿轮和螺丝钉,和别的更重要的部分比较起来,自然有轻重缓急第一第二之分,但它是对于整个机器不可缺少的齿轮和螺丝钉,对于整个革命事业不可缺少的一部分"(同上书,第865-866页)。在党外,文艺服从于政治的体现则是抗日民族统一战线的问题。

〔34〕丁玲：《关于立场问题我见》，载《丁玲全集》第7卷，河北人民出版社，2001，第66页。

〔35〕丁玲：《关于立场问题我见》，载《丁玲全集》第7卷，河北人民出版社，2001，第67页。

〔36〕同上，第68页。

〔37〕同上，第69页。

〔38〕丁玲：《文艺界对王实味应有的态度及反省》，载《丁玲全集》第7卷，河北人民出版社，2001，第74页。

〔39〕高杰：《延安文艺座谈会纪实》，陕西人民出版社，2013，第133页。

〔40〕毛泽东将丁玲与王实味做了区分："《'三八'节有感》虽然有批评，但还有建议。丁玲同王实味也不同，丁玲是同志，王实味是托派。"参见丁玲：《延安文艺座谈会的前前后后》，载《丁玲全集》第10卷，河北人民出版社，2001，第280页。

〔41〕丁玲在《延安文艺座谈会的前前后后》中提道："在'四人帮'垮台以后，我听到有人传说，延安文艺座谈会的召开是因为有这两篇文章（指王文与丁文——引者），是这两篇文章才引起的。这样的说法，据我记忆，在延安的时候，我没有听说过。在一九五五年划丁、陈反党集团时没有听说过，在一九五七年划我为右派时也没有听说过。"（《丁玲全集》第10卷，第277页）值得注意的是，在这篇带有"自辩"色彩的文章中，丁玲仍然承认，写这篇文章时，"我的确缺少考虑，思想太解放，信笔所之，没有想到这将触犯到什么地方去"，"四十年之后，现在我重读它，也还是认为有错误的"。

〔42〕1949年初的萧军批判中，丁玲写了《批判萧军的错误思想——东北文艺界座谈会发言摘要》，主要批评了萧军的"个人英雄主义""极端自私的个人主义"。

〔43〕萧也牧批判中，丁玲写了《作为一种倾向来看——给萧也牧同志的一封信》，主要批判了萧也牧作品中的"小资产阶级意识""小市民的低级趣味"。

〔44〕丁玲：《文艺界对王实味应有的态度及反省》，《丁玲全集》第7卷，第75页。

〔45〕丁玲：《延安文艺座谈会的前前后后》，载《丁玲全集》第10卷，河北人民出版社，2001，第282页。

〔46〕1949年8月出版的《论思想改造》（读者书店）是最早出版的有关知识分子改造的书，该书第一篇收录了丁玲的文章《同青年朋友谈谈旧影响》。

〔47〕毛泽东在中国人民政治协商会议第一届全国委员会第三次会议的开幕词中

说："思想改造，首先是各种知识分子的思想改造，是我国在各方面彻底实现民主改革和逐步实行工业化的重要条件之一。"毛泽东：《毛泽东文集》第六卷，人民出版社，1999，第184页。

〔48〕丁玲：《说到"印象"》，载《丁玲全集》第7卷，河北人民出版社，2001，第29页。

〔49〕丁玲：《青年知识分子的修养》，载《丁玲全集》第7卷，河北人民出版社，2001，第83页。

〔50〕同上，第88页。

〔51〕同上，第87页。

〔52〕丁玲：《谈谈文艺创作问题》，载《丁玲全集》第7卷，河北人民出版社，2001，第247页。

〔53〕丁玲：《作家与大众》，载《丁玲全集》第7卷，河北人民出版社，2001，第44页。

〔54〕丁玲：《从群众中来，到群众中去》，载《丁玲全集》第7卷，河北人民出版社，2001，第109页。

〔55〕丁玲：《要为人民服务得更好——纪念毛泽东同志〈在延安文艺座谈会上的讲话〉发表十周年》，载《丁玲全集》第7卷，河北人民出版社，2001，第301—302页。

〔56〕丁玲：《从群众中来，到群众中去》，载《丁玲全集》第7卷，河北人民出版社，2001，第113页。

〔57〕丁玲：《到群众中去落户》，载《丁玲全集》第7卷，河北人民出版社，2001，第363页。

〔58〕同上，第365页。

〔59〕丁玲：《生活、思想与人物》，载《丁玲全集》第7卷，河北人民出版社，2001，第420—421页。

〔60〕丁玲：《到群众中去落户》，载《丁玲全集》第7卷，河北人民出版社，2001，第361页。

〔61〕同上。

〔62〕毛泽东：《在延安文艺座谈会上的讲话》，载《毛泽东选集》第三卷，人民出版社，1996，第851页。

〔63〕李杨：《"革命"与"有情"：丁玲再解读》，《文学评论》2017年第1期。

〔64〕何吉贤：《"热情"与20世纪中国文学的基本情感动力》，《汉语言文学研

究》2022年第1期。

〔65〕丁玲：《谈文学修养》，载《丁玲全集》第7卷，河北人民出版社，2001，第150页。

〔66〕同上，第150—151页。

〔67〕同上，第151页。

〔68〕丁玲：《谈与创作有关诸问题》，载《丁玲全集》第7卷，河北人民出版社，2001，第348页。

〔69〕丁玲：《到群众中去落户》，载《丁玲全集》第7卷，河北人民出版社，2001，第363页。

〔70〕丁玲：《生活、思想与人物》，载《丁玲全集》第7卷，河北人民出版社，2001，第430页。

〔71〕丁玲：《知识分子下乡中的问题》，载《丁玲全集》第7卷，河北人民出版社，2001，第190页。

〔72〕丁玲：《作家需要培养对群众的感情》，载《丁玲全集》第7卷，河北人民出版社，2001，第372页。

〔73〕冯雪峰在1936年的总结性论文《论民主革命的文艺运动》中将"生活力"与"思想力""艺术战斗力"并称，以此批判他所称的公式主义、经验主义、自然主义错误倾向，在谈到艺术与生活的关系时，他说道："作者虽然也有了为了人民的战斗和为了艺术的创作的意志和热情，但因为作者自己不能深入到客观对象中去，使自己和人民一起战斗，一切都在现实生活和斗争的深处燃烧，锻炼和生长出来，所以自己和对象是隔离的，思想是抽象而无生气的，题意是外在地机械地塞到形象里去的，而想象大半还是为了题意或概念而制造出来的，都不是真实生活的概括；就是那些确实是观察了社会生活而得来的现象，也终于被抽去了生活的根，或和那根接连不起来的。"（冯雪峰：《冯雪峰全集》第4卷，人民文学出版社，2016，第39页）。可以看出，冯雪峰的出发点还是创作主体的意志，他所称的生活仍是对象化的。胡风在1936年的《文学与生活》中承认"文艺是从生活产生出来的，而且是反映生活的"（胡风：《胡风全集》第2卷，湖北人民出版社，1999，第293页），但他又提出"到处都有生活"之说，而不限于工农兵生活，试图扩大文艺创作题材和范围。这与丁玲的"深入生活"论有实质的不同。

〔74〕丁玲：《谈谈文艺创作问题》，载《丁玲全集》第7卷，河北人民出版社，2001，第247页。

〔75〕丁玲：《到群众中去落户》，载《丁玲全集》第7卷，河北人民出版社，

2001，第361页。

〔76〕丁玲：《怎样迎接新的学习》，载《丁玲全集》第7卷，河北人民出版社，2001，第232页。

〔77〕同上，第233—234页。

〔78〕丁玲：《"五四"杂谈》，载《丁玲全集》第7卷，河北人民出版社，2001，第157页。

〔79〕同上，第156页。

〔80〕丁玲：《"五四"杂谈》，载《丁玲全集》第7卷，河北人民出版社，2001，第157页。

〔81〕毛泽东：《在延安文艺座谈会上的讲话》，载《毛泽东选集》第三卷，人民出版社，1996，第860—861页。

〔82〕程凯：《"深入生活"的难题——以〈徐光耀日记〉为中心的考察》，《中国现代文学研究丛刊》2020年第2期。

〔83〕丁玲：《重视生活深入生活——与〈延安文艺研究〉编者的谈话》，载《丁玲全集》第8卷，河北人民出版社，2001，第427页。

〔84〕丁玲：《重视生活深入生活——与〈延安文艺研究〉编者的谈话》，载《丁玲全集》第8卷，河北人民出版社，2001，第428页。

"人的文学"资源与革命信仰的融合

——论丁玲20世纪30年代初的习性及话语系统重造

徐仲佳

习性是内化为作家性情系统的社会关系。它一经形成，便具有一定的稳定性，潜移默化地规范着作家的实践。习性也随着一定时空条件而发生变化。20世纪30年代初，无产阶级革命信仰重造了丁玲的习性并改变了她文学实践的话语系统。

丁玲是"五四"的女儿。她最初的文学乳汁是以个性主义思想为核心的"人的文学"。《在黑暗中》中的莎菲有着鲜明而坚定的女性自我定义意识："我了解我自己，不过是一个女性十足的女人。"这句话是丁玲的文学徽章。此时，她的周围虽然有当时最优秀的共产党人，革命文学论争也如火如荼地展开，但她并没有吸取革命文学的资源。那么，当丁玲1931年接受无产阶级革命这一政治信仰的改造时，"人的文学"资源与这一新的政治信仰在丁玲"这一个"的习性结构和创作实践中如何冲撞、整合？这是涉及丁玲个性习性改造，也是涉及中国现代文学转型的重要问题。

一、习性重造的两个缘由

个性主义、批判精神、国民性改造的功能性目标构成了20世纪20年代"人的文学"信仰的核心。丁玲最初的文学创作只是一种苦闷的宣泄，所以，国民性改造的目标在她的作品中并不显豁。除此之外，丁玲早期的作品具有"人的文学"几乎所有特质，尤以带有无政府主义色彩的个性主义追求和对男权社会的强烈批判性最为突出。这些特质在1929—1931年间丁玲完成向革命文学作家转型的过程中，与新的文学信仰、文学规范之间发生了冲撞。有研究者将这一冲撞的结果归结为"'革命意识'与'个性思想'共时的'二项并立'"，即丁玲的"转折"，"表现出了对'个性思想'的持守"[1]。但是，在丁玲的转型中，其"个性思想"与"革命意识"只是简单的"二项并立"吗？"人的文学"与革命信仰这两种资源在丁玲那里只是混悬液吗？它们没有发生化合反应吗？

对丁玲而言，1931年前后的创作转型是对于一种新的文学信仰的自觉皈依，即力争使自己成为一个"新的小说家"："在现在，新的小说家，是一个能够正确地理解阶级斗争，站在工农大众利益上，特别看到工农劳苦大众的力量及其出路，具有唯物辩证法的作家。"[2]丹仁（冯雪峰）对"新的小说家"的这一定义来自革命文学（无产阶级文学）规范。革命文学，这一在20世纪20年代中期新出现的文学信仰背后有着强大的理论和实践支持。自20世纪20年代初开始，马克思主义世界观及其革命实践深深吸引着中国的知识分子。它以阶级分析、唯物辩证法、历史唯物论等方法为中国知识分子勾勒出了一幅人类社会改造的总体性画卷。革命文学作为这一总体性社会改造的一环则在20世纪20年代中期因其巨大的吸引力而被中国的文学实践者所接受。这一新的批判武器和美好的人类社会前景使得"人的文学"所勾勒出来的由个人进而社会化的改造思路失去了合法性。五四新文化运动被判定为资产阶级性质的。文学革命及其追随者的文学实践被革命文学的倡导者视为"悠闲的资产阶级，或者睡在鼓里面的小资产阶级"的趣味主义[3]。在倡导革命文学的知识分子那里，以阶级意识、唯物辩证法为代表的新信仰很快替代了"人的文学"的信仰。丁玲像当时绝大多数左倾的知识分子一样，带着自己个性主义烙印投入这一庞杂但却激切的潮流中来。

丁玲的左倾起于何时？丁玲自己说，是始于1928年底，即《中央日报》副刊《红与黑》主动停刊："但不久，我们逐渐懂得要从政治上看问题，处理问题，这个副刊是不应该继续编下去的（虽然副刊的日常编辑工作，彭学沛从不参与意见）"[4]。有研究者对此提出疑问，认为这是"后来的叙述，并非事实，《红与黑》的停刊并不是胡也频、丁玲他们的主动选择……是整个报社所有编辑的集体辞呈，是上海《中央日报》整体停办并要迁往南京……我们与其认为是胡也频他们因革命的选择而主动放弃编辑《红与黑》，毋宁说这是上海《中央日报》全体同人的'革命姿态'展示"[5]。这是有道理的。事实上，在1931年胡也频罹难前，她始终摇摆于革命文学与"人的文学"之间。不过，丁玲的左倾应该不晚于1929年。《韦护》（1929）是丁玲有意识地写革命的开始。她试图"用辩证法写它，但不知怎样写"[6]。这种写作状态体现在《韦护》中的情节与人物的设置上。《韦护》在处理爱情与革命关系时，爱情在小说情节中仍然有着与革命并立的独立价值。这与蒋光慈的"革命+恋爱"小说将爱情附属于革命的设置迥然有别。在革命者韦护与虚无思想甚深的女性——丽嘉关系的处理上，丁玲给予了他们近乎同等的感情。甚至在丽嘉那里，丁玲的认同与同情还更多一些。当韦护为了革命，舍弃丽嘉的时候，丁玲给予丽嘉的同情是巨大的："唉，什么爱情！一切都过去了！好，我现在一切都听凭你。我们好好做点事业出来吧，只是我要慢慢地来撑持呵！唉！我这颗迷乱的心！"丽嘉在革命与爱情之间摇摆的"这颗迷乱的心"也可以看作丁玲的。这当然有丁玲个人的情感在里面，她无法在革命面前贬低爱情，更不会批判她最亲爱的朋友——王剑虹（丽嘉的原型）。何况，丽嘉身上的虚无思想同属于她和王剑虹呢。另外，韦护也是丁玲所爱的人，她深切地同情着这个落在革命与爱情矛盾中的、有着诗人气质的革命者。这种个人情感的强力渗透与对辩证法写作方法的不熟悉使得《韦护》仍然带有丁玲早期创作的痕迹。《韦护》所体现出来的转变中的摇摆，在《一九三〇年春上海》（之一、之二）中仍然存在。不过，在这一过程中，革命的召唤越来越强烈，显示出"人的文学"资源与革命信仰在丁玲那里开始了化合反应。当然，这种化合反应的进程是缓慢的。

丁玲虽然于1930年5月加入了"左联"，但革命信仰并没有彻底重塑她的创作。从丁玲的创作历程看，在1931年前，革命文学资源还没有真正地融合到丁玲的血肉中。丁玲后来追溯这一段她的思想变化时说："他（指胡也频——引者注）很少在家。我感到他变了，他前进了，而且是飞跃的。我是赞成他的，我也在前进，却是在爬。我大半都一人留在家里写我的小说《一九三〇年春上海》。"[7]丁玲将自己此时的"前进"称作"爬"，并不仅仅是自谦，也是事实。丁玲没有像胡也频那样发生飞跃式的转变，其原因可能是"五四"的个性主义思潮在丁玲的习性中占据着比胡也频更重要的分量。胡也频是一个"叛逃的学徒"。他的家庭、教育、生活道路没有使五四新文化的思想成为他习性的核心。因此，他很容易接受新的革命理论。这一点从丁玲对她和胡也频接受革命理论的情形差异就可以看出来："也频有一点基本上与沈从文和我是不同的。就是他不像我是一个爱幻想的人，他是一个实际行动的人；……也频却是一个坚定的人。他还不了解革命的时候，他就诅咒人生，讴歌爱情；但当他一接触革命思想的时候，他就毫不怀疑，勤勤恳恳去了解那些他从来也没听到过的理论。"胡也频对革命的信仰几乎是不需要怀疑的。他回答丁玲的疑问时，说："我觉得要懂得马克思也很简单，首先是要你相信他，同他站在一个立场。"丁玲把胡也频的这种对革命的几乎迷信的态度和飞跃式的转变归结为"同他的出身、他的生活、他的品格有很大关系"[8]。这说明胡也频在接受新的革命理论时并没有受到五四新文化运动的理性精神、怀疑论的影响。

丁玲则不一样。她不可能像胡也频那样急速地建立起新的信仰并外化为实践。由于母亲的影响，丁玲几乎是从小就接受五四新文化运动和个性主义思想的哺育。这些在丁玲的习性中成为基础性的架构。一种社会结构一旦内化为个体的习性，就具有稳定的心理结构，会无意识地支配个体的行为。当时的上海是一个多元化的社会，个体行为的选择基本上体现着自己的习性。丁玲对革命文学理论的接受便体现了这一点。1927—1930年中国文坛上庞杂的革命文学资源开始影响丁玲时，她习性中的个性主义思想不可能轻易让位给后来者，即使丁玲的理性已经辨明了新的革命文学资源的历史合理性，也是如此。在胡也频发生飞跃式转变的时候，丁玲并不认同这种转变。她不相信胡也频的所谓信仰马克思主义很简单——"首先是要你相信他，同他站在一个立场"——的说法[9]。丁玲与胡也频在革命文学理论接受情形上的差异显然就是他们二人在习性结构上的差异。五四新文化运动的自由、个性、理性、怀疑精神都应该是阻碍丁玲不假思索地接受革命理论的东西。革命文学资源要化为丁玲的血肉，还缺少一点催化剂。

1931年2月，胡也频罹难成为丁玲习性重造的催化剂。胡也频的罹难对丁玲道路选择的作用自然是巨大的。这一变故如何影响了丁玲的习性，使得她能够选择了新的行动策略？按照布尔迪厄的观点，个体习性在危机情境中可以被打破并为其他原则所取代。胡也频的罹难对于丁玲来说就是这样的危机。它不仅意味着痛失爱人，还意味着丁玲面临着生与死的两难抉择："也频的被害一下把我们年轻有为的，充满希望的生活前途掐断了。……这给予我的悲痛是不能想象的，没有经验过的人是不容易想象的，那真像是千万把铁爪在抓你的心，揉搓你的灵魂，撕裂你的血肉。怎么办呢？我该怎么办呢？我在外面已经跑了七八年了，但独立生活的能力是很差的。这时，我真正感觉到：生，实在是难啊！""生是难的，可是死又是不能死的。我怎么能死呢？我上有老母，下有幼子，怎么能够死呢？我死了，他们将怎么办呢？……生，实在是难；死也不应该。"〔10〕这段话是丁玲1985年重病期间的回忆。时隔54年还念念不忘，可见当年这一危机对丁玲的冲击之大。在这一危机面前，丁玲习性构造中的个性主义显然是无能为力的。它不能帮助1931年的丁玲找到出路。李达在胡也频罹难之后告诫丁玲："无论如何不能再参加政治活动了；老老实实写点文章。"〔11〕李达是一个从革命战线上退下来的前辈。他的劝告既是务实的，也具有榜样意义：从革命的大潮中被冲刷下来，退回到教书、写作的本行是当时许多知识分子的选择。但丁玲已经不是那个"要怎样就怎样"的无政府主义者。胡也频罹难的危机猛烈地冲破了她旧有的习性结构。她刚烈的个性也不容许她走李达所指出的出路。在生与死的两难中，她渴望有一条新的出路。

走胡也频的路是最符合丁玲的习性的选择。《从夜晚到天亮》（1931）现场性地真实记录了丁玲选择道路时痛苦、彷徨的心境。"她"在"弟弟"死去、"小平"被送走之后，孤独地在上海的夜晚奔突，想把自己从丧夫、别子的痛苦中救赎出来。她陷在了两种感情的冲突中："为什么要哭？忘记一切吧！为什么倒在爱人怀里的时候，不趁机痛哭呢？现在只应该振作……""为什么不，应该哭一次，我忍耐得太多了，我要像过去一样，我要任性，我要扰乱一切，破坏一切，我只要痛痛快快的一会子……"但是，"她"最终还是选择了按照理性的道路（也就是胡也频的道路）前进："多么可笑的感情！我还在一种无意识中生活呢！我不应像别人想象的那样。把握着，正确的，坚忍地向前走去。不要再这么了，这完全无价值。"她用冷水洗脸，强迫着自己去写《田家冲》。50年后，丁玲回忆她当时的心境："怎么才能离开这旧的一切，闯进一个崭新的世界，一个与旧的全无瓜葛的新天地。我需要做新的事，需要忙碌，需要同过去一切有牵连的事，一刀两断。"〔12〕丁玲所要告别的"旧的一切"就是她熟悉的、无意识地支配着她的行为方式，包括她之前在革命与个性主义之间的摇摆；而她要闯进的这个崭新的世界则是胡也频为之牺牲了生命的革命。在丁玲看来，苏区就是这一崭新的世界。因此，她向来安慰她的革命者（冯雪峰、潘汉年）表达了去苏区的愿望。丁玲的转变在某种程度上是对危机的应激性反应，但这一反应的确帮助她闯过了人生中的第一个难关[13]。

胡也频罹难是丁玲转向革命的最重要契机，而朋友（或者说爱人）冯雪峰的理论引导、感情吸引则是另一重要催化剂。冯雪峰在丁玲的生命中占据着重要地位。1933年5月，丁玲被秘密逮捕，一时谣传已被杀害。战友们把她的"遗墨"公之于众。其中，她给冯雪峰的信以《不算情书》为题发表于1933年9月1日《文学》杂志1卷3期。这三封信分别写于1931年8月11日、8月13日和1932年1月5日。它可以看作是现代女性最坦诚、最炽热的情书。从这些信里，我们看到，丁玲把冯雪峰看作她真正爱着的异性："我真正地只追过一个男人，只有这个男人燃烧过我的心，使我起过一些狂炽的（注意：并不是那么机械的可怕的说法）欲念。"丁玲认为，她和胡也频的爱更多的是出于"纯洁无疵的天真"，而她和冯雪峰的爱则是基于相知："我们的相互的理解和默契，是超过我们的说话，超过了一般人所能理解的地步。"她"真有过宁肯失去一切而只要听到你一句话，就是说'我爱你'"[14]！丁玲和冯雪峰的爱情一直延续到他们生命的终点。1986年2月9日，大年初一，垂危的丁玲感叹："雪峰就是这个时候死的。"[15]可以想见，这样深挚的爱情能够怎样深刻地影响着人的行动。

《不算情书》大胆吐露了丁玲对冯雪峰的爱，也揭示出这种爱情的力量如何支持着她选择新的道路。"××！只有你，只有你的对我的希望，和对于我的个人的计划，一种向正确路上去的计划，是在我有最大的帮助的"[16]。我们可以推想，当年冯雪峰对丁玲有着明确的希望，讨论过关于丁玲创作"向正确路上去"的"个人的计划"。冯雪峰被认为是"中国优秀的马克思主义批评家"。他"较注重从中国的革命文学运动的实际出发去接受与理解马克思主义文论"[17]。这样一个理论家对丁玲的引领显然是要导向革命文学的。这一点从丁玲创作初期就开始了。1928年，《莎菲女士的日记》甫一发表，冯雪峰便写信给丁玲，一方面表达了读小说所受到的感动，另一方面指出这部小说中有浓厚的虚无主义倾向，是"要不得的"。"他以一个共产党员，满怀着对世界的光明的希望，他觉得'莎菲'，不是他理想中的人物。"丁玲读到这封信很不高兴，但冯雪峰的这一观点对丁玲触动很大："因为人家都说好，他却说不好；尽管他哭了，他还说不好！这一点我印象很深，而且牢牢的。经常要想：是不是《莎菲》有不好的倾向？"[18]冯雪峰对丁玲的希望是她能够从一个"进步的知识分子的作家"，通过"理解了新的艺术的主要条件，而逐渐克服着自己"，而"成为我们所需要的新的作家"[19]。丁玲显然是向着冯雪峰所希望的道路走去的："而我呢，我一定勤快；因为你喜欢我那样，我一定要有理性，因为你喜欢我那样，我一定要做一个最好的人，一点小事都不放松，都向着你最喜欢我的那么做去。"[20]

如果说，胡也频罹难让丁玲陷入了生与死两难的危机情境使丁玲冲破了旧有习性的规范，那么，她对冯雪峰热烈的爱则使得她有足够的动力克服着旧我，重造自己的习性。冯雪峰作为理论家的理论引导规定着丁玲重造习性的构成。丁玲在《不算情书》中所说的，要克服自己、"要有理性""向正确路上去的计划"便是习性重构的表现。由于这种重造带有强烈的生命体验，使得丁玲对革命文学的理解及其转向具有了生命存在的意义。至1931年5月左右，丁玲完成了习性的重造。这一重造否定了五四的个性主义，接受了唯物论和阶级斗争论。

二、话语系统的更新：习性重造的文学外化

来自生命体验与理性自觉相结合的习性重造使丁玲全身心地投入了向"新的作家"的转变。这种转变并不仅仅是观念上贬抑个性、崇尚革命的倾向，更重要的是按照新的信仰和文学规范重造话语系统。话语系统，尤其是已经风格化的话语系统与作家是血肉相连的，要重新构建它，对于一个已经成名的作家来说，是一个痛苦而艰难的过程。

丁玲首先要面对的是摆脱旧话语系统的焦虑。1933年，丁玲追述了这种痛苦："在写《水》以前，我没有写成一篇东西，非常苦闷。有许多人物事实都在苦恼我，使我不安，可是我写不出来，我抓不到可以任我运用的一支笔，我讨厌我的'作风'（借用一下，因为找不到适当的字），我以为它限制了我的思想，我构思了好多篇，现在还留下许多头，每篇三五千字不等，但总是不满意，就搁笔了。"[21]丁玲说她讨厌自己的"作风""抓不到可以任我运用的一支笔""写不出来"新的人物事实，这些

都是旧话语系统改造所带来的焦虑。理性上和情感上接受了习性重造的必要性和旧话语系统的实际改造还有着很大的距离。风格化的话语系统因为带有作家鲜明的个性印记，实际上是作家在文学场的身份证。它既联系着作家现实的利益又与作家习性深层结构具有同构性。要抛弃旧的，重造新的话语系统，对于作家来说可谓脱胎换骨式的转变。理性、情感与话语系统之间的脱节是她上述精神苦闷的来源。她恳求"有思想的读者，有见地的批评者"能够"负起责任，恳切地"给她以"批判、指导"，或者"痛痛快快地驳斥与攻击"："我是大张着诚恳的胸怀，预备接取一切不客气的、坦白的，对于我作品上的缺点的指示和纠正，无论表现上的、技术上的、思想上的，我希望这不成为失望。而且我相信好些作者都正与我有着同感，也正是有着我一样的希望。"[22]对于一个已经成名的作家来说，这种恳求是令人诧异的。它说明当时丁玲的焦虑是多么严重。

　　丁玲话语系统的自觉改造经历了一个渐进的自我否定过程。丁玲此前文学实践的话语系统与其以个人主义为基础的习性相适应：无论是小说的题材、情节、故事、人物塑造，还是叙事角度、声音等都带有鲜明的个人印记。《莎菲女士的日记》《梦珂》《过年》《岁暮》《他走后》《年前的一天》等小说不必说了，几乎可以看作她的个人自传（甚至《从夜晚到天亮》这样记录她转变情形的作品也是如此，由此可以看出这种习性构造强大的惯性）。即使像《日》《庆云里的一间小房里》这些涉及工人、妓女的小说中，丁玲的个人痕迹依然很明显。例如，《日》的前半部大量描写了上海这个大都市的市声，但小说的主要部分仍然是表现忧郁的女主人公伊赛一天无聊生活所带来的虚无感。《庆云里的一间小房里》中的妓女阿英也带有鲜明的莎菲味儿。钱杏邨将丁玲早期作品中的话语方式称为"固定的伤感的型"，带有"非常浓重的'世纪末'的病态的气氛"[23]。这样的话语系统显然不符合革命文学的要求。重建新的话语系统，丁玲首先要否定它。

　　丁玲提到1931年她有"好多篇"未完稿，它们可以看作丁玲新旧文学话语系统交替的蹒跚步态。《杨妈的日记》写于1931年1月，丁玲试图通过一个女佣的眼睛和经验来表现革命者与无产阶级的生活。在这篇未完稿中，丁玲重建话语系统的努力与困境十分显眼：一方面，她选择以熟悉的，也是她赖以成名的日记形式来叙事。另一方面，她力图在题材上突破

"Modern Girl"（钱杏邨对丁玲早期笔下女性的称谓）的日常生活，将之扩展到无产阶级革命者的生活。女佣杨妈不仅是大都市上海的无产阶级，她还与压迫日深的农村紧密结合着。这可以看出丁玲题材拓展的企图。在人物设置上，孙先生不再是充满着世纪末感伤情绪的"Modern Girl"，而是"正正经经"的、"不爱玩耍"的革命者。她与杨妈的关系不再是旁观者与受苦者的关系，而变为革命者与无产阶级的关系。由此看来，在小说的题材、人物、故事等方面，丁玲均努力按照革命文学的规范来重造自己的话语系统。但是，这部小说的日记体裁、叙事语言等方面显示出旧话语系统还具有顽强的生命力。日记是与个性主义的故事、情节、人物相适应的叙事体裁，用来表现带有无政府主义色彩的莎菲强烈的情绪是适宜的；用来表现像杨妈的生活和内心已显捉襟见肘，用来处理农村与都市这样广阔的社会生活更是举步维艰。另外，小说的叙事与人物语言仍带有浓厚的丁玲的个人痕迹，没有做到人肖其口。我们无法知道《杨妈的日记》没有完稿的所有原因。我推测，重造话语系统的不成功应是一个重要原因。

这一结论在另一篇未完稿《莎菲日记第二部》那里可以得到反向证明：丁玲要自觉地抛弃日记体这种个人化叙事体裁。《莎菲日记第二部》记录着1931年5月左右，曾经为求一颗真正懂得她的心而不得，苦闷、绝叫的莎菲力图与过去告别的情形。与《莎菲女士的日记》中莎菲只注重自己的内心不同，《莎菲日记第二部》中的莎菲已经感受到，"这是一个关键，一个危险的时代"。她要"审判我自己，克服我自己，改进我自己，因为我已经不是一个可以只知愁烦的少女了"。她通过"洗冷水"来克服自己的懒惰；痛彻反思自己"旧的情感残留得太多"。重要的是，此时的莎菲已经自觉到日记这种叙事体裁已经不适合于走向革命："我的心一天比一天平静起来，有理性起来。""不，不能再这样写下去，不像日记体裁，我的文章也随着心境变得完全不同了。……我想我写不出像那样的文章（指《莎菲女士的日记》——引者注）了。"要走向革命的莎菲发觉日记这一叙事体裁不再适合自己，正是丁玲对重造话语系统的自觉。《莎菲日记第二部》未完恐怕就是这种自觉的产物。虽然丁玲在新时期之后一再否认莎菲与她的对应关系，但读过《莎菲日记第二部》，多数人会认同这种对应关系的。莎菲的转变在很大限度上也是丁玲的。

既然日记这种叙事体裁不再适应革命化了的莎菲，丁玲必然要选择另一种适应革命文学规范的叙事体裁。《一天》（1931）可以看作丁玲重造话语系统的重要尝试。这部小说采用全知视角，表现"一个刚刚离开大学球场的二十一岁年轻人。为了一种直觉，一种信仰，在这明媚的正宜于郊游的春日，来到这沪西区开始另一种生活"。这个年轻人叫陆祥，指引他走进沪西区——当时的工人聚居区——的信仰就是无产阶级革命理论。这部小说的特殊之处不在于它的全知视角（丁玲在此之前已经多次用过这种叙事视角），而在于它的故事、人物、语言等与丁玲的旧话语系统完全不同，出现了崭新的特质。《一九三〇年春上海》（之一、之二）虽然也有知识分子参加革命的情节以及对工人的描写，但它的着力点是知识分子而非工人的生活。《一天》则不一样，小说虽仍以陆祥为叙事焦点，但这一视角所聚焦的不再仅仅是知识分子个人的革命体验，而将革命的主力——工人——置于故事的中坚。在陆祥的眼里，工人聚集区拥挤、肮脏、吵闹，到处都是生活压迫下变形的生命表现着粗鲁无知。但是，在这嘈杂的生存中，革命的火种在慢慢燃起。张阿宝就是象征着革命火种的工人。对于丁玲来说，他是一个新的、与她旧有话语系统完全不相容的人物。丁玲用了不少笔墨来刻画他。另外，与《一九三〇年春上海》（之一、之二）那种躲在书斋里揣想革命不同，《一天》毫不隐讳地展示出知识分子走进革命、走进工人的艰难和痛苦。陆祥走进沪西区不仅要"模仿一些属于下层人的步态"，忍受工人区的肮脏、嘈杂，甚至还要忍受工人们的误解、侮辱。蔡包子的寡母为了不让儿子参加危险的革命，痛骂上门的陆祥；作为革命启蒙者的陆祥居然受到了工人的侮辱——他被当贼抓住。这些情节多出于丁玲的体验。多年以后，丁玲回顾了她第一次走进工人生活区的感受："以前，当我到工厂区去时，总有点儿害怕，因为街上的工人戏笑我们。然而现在我去访问工人了。我记得我第一次的访问。我爬上一只狭梯到一间极小的房间，里面黑得很。有三个工人住在那里。虽然独个儿去，我可非常害怕，因为我以前未曾遇见过这几个工人的。一个在丝厂里做工，一个在筷厂里做工。后者能写，我已修改过他几篇稿子。但我结识以后，我不再害怕了。"[24]同样的回忆也出现在40年后，时间虽然消磨了一些体验的真切性，但是回忆的内容基本没变——知识分子要进入工人生活中是艰难的："在三十年代，知识分子要到工人当中去很不容易。我去时总换上布旗袍、平底鞋，可是走路的样子就不像工人，很引人注意。再说，人家都是互相认识的，你到那里去，左右不认人，又不像从农村来走亲戚的，只能到跟自己有联系的工人家去坐一坐，谈谈他们的生活。"〔25〕如果忽略性别，陆祥几乎就是当年努力走向革命、走近工人的丁玲。陆祥的那个指导者——石平可能就是冯雪峰。石平给陆祥的指示也许就是冯雪峰对那时丁玲的"希望"："记着，虽然暂时，你与其他许多人一样，可是我们的出发点不同，我们是站在文化上的，我们给他们文学教养，我们要训练我们自己，要深入到他们里面，我们刚刚开始，我们好好地慢慢地来吧。"

除了故事之外，《一天》的人物关系设置与人物语言重造也显示出丁玲重造话语系统的努力。相对于《一九三〇年春上海》（之一、之二），《一天》中知识分子与工人的明/暗设置发生了颠倒：工人已经站到小说故事和情节的中心位置，陆祥作为观察者有逐渐隐入背景的趋势。陆祥虽然还是故事和情节的驱动者，也作为革命的启蒙者（"他觉得自己要振作。他应同情这些人，同情这种无知，他应该耐烦地来教导他们"）存在于故事的人物谱系中，但他与若泉、望微已经有了本质的区别：他不再是生活在小资产阶级知识分子的圈子里，而作为工人生活的参与者、见证者出现。

另外，随着工人在情节中位置的凸显，丁玲试图使用色彩化的工人语言来塑造他们。《一天》中工人第一次出场就带着两个"他妈的"。其他类似的词语还有"妈格屁的"等。这些词语在小说中几乎成为无产阶级的符号之一。在陆祥的个人世界里充满着关于革命意义的思考，而一进入工人世界，这些粗鲁的异质性词语便具有与知识分子世界相区隔的功能："他们在家里，仿佛脾气很坏，骂他们的妻子，打他们的小孩子，可是这不要紧，一切粗鄙的话，在这里已失去了那骂人的意义，即使是当他们搂着妻子的时候，第一句要说的，也仍然是拿骂人的'妈格屁的！'"陆祥从这些"粗声的，嘎省的笑骂"和"油腔滑调"中"看出一些纯真的亲切来"。这些粗鄙的语言并不曾出现在《日》里。《庆云里的一间小房子里》的阿姆虽曾爱怜地骂过阿英"懒鬼，挺尸呀"，但这些词语并没有区隔两个世界的功能，只是带有一点个性化而已。这种对比显示了丁玲在《一天》中试图通过带有区隔性的人物语言来重造一个与知识分子世界相区隔的崭新世界的努力。由此，《一天》虽然不能看作丁玲重造话语系统的成功之作，但是从故事、情节、人物、语言等方面的变化已经显示出丁玲自觉改造的努力。

《田家冲》是丁玲进一步重造话语系统的作品。相对于陆祥与丁玲之间强烈的互文性，《田家冲》的叙事者要隐蔽得多，叙事者与真实作者之间几乎不再有互文关系，故事获得了相对的独立性。作者的倾向性被叙事者有机地隐藏在故事中。同时，故事脱离了与真实作者的互文，便于展示更为广阔的社会生活。《田家冲》所展开的农村生活和革命活动场景是丁玲之前的作品所没有的。另外，知识分子与无产阶级（幺妹一家）的关系也与《一天》中陆祥/工人的关系相比发生了重要的变化。三小姐和幺妹一家的关系十分融洽。三小姐不再像观察者兼记录者的陆祥，而是一个融入幺妹一家生活中的启蒙者。这些变化发生在很短的时间里[26]，两篇作品之间如此大的差异说明丁玲重造话语系统的努力是巨大的。

另一个值得注意的细节是，在《田家冲》写作期间，丁玲还穿插了《从夜晚到天亮》的写作。这一穿插写作显示出丁玲在重造话语系统时，面对两种资源的矛盾和游移。《从夜晚到天亮》选用了她惯常的内视角叙事来完成情感宣泄式的记录。其中的语言和人物也是莎菲式的。"她"最终选择的是，摆脱"无意识"支配的生活（即莎菲式的生活），"把握着，正确的，坚忍地向前走去"。这理性选择便是写《田家冲》——这一革命文学所需要的作品。《从夜晚到天亮》中的"她"选择了理性的生活，却仍然要抱怨："虚伪的理性呵！你只想泯灭人性……"这种犹疑的心态是丁玲当时话语重构时痛苦心境的真实写照。《从夜晚到天亮》与《田家冲》之间的巨大张力正是当时丁玲情感与理性、新旧两种习性之间强烈冲突的结果。当然，《田家冲》还不能视为丁玲新的话语系统已经诞生，直到《水》的出现。

《水》在《北斗》上连载后，被丹仁（冯雪峰）称作"新的小说"。它的新质被归纳为三点："作者取用了重大的巨大的现时的题材""显示作者对于阶级斗争的正确的坚决的理解""有了新的描写方法"。在丹仁的判断里，《水》意味着丁玲已经完成了文学话语系统的重建。这其中被排除出去的是知识分子的"穷屈的虚伪的身边琐事"取材、知识分子身上的"旧倾向旧习气"、对无产阶级工农大众的轻视、"旧的写实主义"写作方法。丹仁认为，从《田家冲》到《水》，丁玲经历了"更其艰苦的对于自己的一切旧倾向旧习气的斗争"[2]。那么，对比《田家冲》和《水》，丁玲重建新的话语系统时发生的蜕变就清楚了。

故事取材的变化不必说了，丹仁在《关于新的小说的诞生——评丁玲的小说〈水〉》中重点分析了这一变化。我们从知识分子与工农的关系、工农语言两方面的变化进一步讨论这种变化。《田家冲》的三小姐扮演着引导幺妹一家由蒙昧到觉醒的导师角色，而《水》中的受灾农民完全靠自己觉悟，"显出灾民的农民大众的自己的伟大力量，只有这个力量将能救他们自己！"知识分子在《水》中完全没有出现。按照时间顺序把《韦护》《一九三〇年春上海》《从夜晚到天明》《一天》《田家冲》《水》排列起来我们发现，在丁玲转变的过程中，知识分子逐渐淡出，直至消失。他们不仅失去了革命的主体、工农大众导师的身份，甚至连参加革命的合法性也一同失去了。与此同时，工农大众（无产阶级）逆着这一顺序逐渐走到革命叙事的中心位置。人物关系的这一改造对于丁玲这个"五四"的女儿来说，不能不说是巨大的变化。它显示出丁玲已经完成了自我克服："我把我的作风，从个人自传似的写法和集中于个人，改变为描写社会背景。水是新作风的第一篇小说。"⁽²⁷⁾从《一天》《田家冲》到《水》，工农大众的语言也发生了明显的变化。《一天》中工人的粗话被单纯地视为区隔性的符号；《田家冲》中幺妹一家的口中几乎没有粗话，甚至不无诗意；而《水》中灾民的粗话则与特定的情境——如危堤难保、饥饿难耐、愤火欲喷的时候——有机地联系在一起，成为塑造情境、性格化人物的有效手段。小说中工农语言的这一变化显示出丁玲对新的话语系统的操作由生疏到熟练的过程。

《水》的成功意味着丁玲完成了话语系统的重造。丹仁的肯定意味着这一话语系统重造符合无产阶级文学规范的要求。这给她带来极大的自信和满足。七个月前还"大张着诚恳的胸怀"，恳求读者和"有见地的批评者"能够给以"批判、指导"的丁玲，在《北斗》二卷一期《创作不振之原因及其出路》征文总结中完全转变成为一个革命文学的指导者。她不仅分析当前创作不振的原因，还为那些"已经有阶级的觉悟，为大众的革命在文化上做斗争的"青年作家们指示出路："主要的是改变生活。所有的理论，只有从实际的斗争工作中，才能理解得最深刻而最正确。"在文末，丁玲还以提纲的形式为他们列出了十条"意见"：

不要太欢喜写一个动摇中的小资产阶级的知识分子。这些又追求又幻灭的无用的人，我们可以跨过前去，而不必关心他们，因为这是值不得在他们身上卖力的。

——不要凭空想写一个英雄似的工人，或农人，因为不合社会的事实。

——用大众做主人。

——不要使自己脱离大众，不要把自己当一个作家。记着自己就是大众中的一个，是在替大众说话，替自己说话。

——不要发议论，把你的思想，你要说的话，从行动上具体地表现出来。

——不要用已经用滥了的一些形容词，不要模仿上海流行的新小说。

——不要好名，虚荣是有损前进的。

——不要自满，应该接受正确的批评。

——写景致要把它活动起来，同全篇的情绪一致。

——对话要合身份。[28]

这十条意见涉及题材、人物、作家主体改造、语言、对话、景物描写等写作的方方面面。如此详细而具体的意见罗列显示出完成话语系统重建的丁玲有意将它们作为无产阶级文学的规范确立下来。这一自信显示出丁玲的习性重建已经彻底完成，革命文学的信仰已经在她的习性中确立。无产阶级文学的话语系统已经掌握了她的文学实践。

结 论

1931年丁玲的习性重造和话语系统重造的典型意义在于，它揭示了一种政治信仰借助政党政治的力量在多元化文学场域的确立，最终要通过与文学场的其他力量进行博弈，经过作家的主动选择，内化入作家的习性并在文学实践外化才能够真正得以实现。革命信仰顺畅地内化入胡也频习性显示出政党政治在这一内化过程中所起的支配性作用。但这种内化往往缺少个体生命的丰富性与血肉感，其外化的文学实践也会偏枯而无力。丁玲习性重造过程中的艰难曲折和丰满的血肉感则是多元化文学场接受新信仰时所显示出的多重权力、多种资源复杂整合的结果。它显示出，多元文学场的相对独立性要求政治场域的信仰必须经过文学场的转译才能有效地被接受。这种转译既与文学场域各种力量的博弈有关，也与个体习性的特殊性、偶然性有关。它使得作家在习性重造的过程中有可能保留着个体实践者鲜活的生命体验，因而具有丰富多彩的内容和元气淋漓的生命。

注　释

〔1〕秦林芳：《"转折"中的持守："左联"时期丁玲创作中的个性思想》，《文学评论》2008年第6期。

〔2〕丹仁（冯雪峰）：《关于新的小说的诞生：评丁玲的〈水〉》，《北斗》第2卷第1期。

〔3〕成仿吾：《从文学革命到革命文学》，《创造月刊》第1卷第9期

〔4〕丁玲：《胡也频》，载《丁玲全集》第6卷，河北人民出版社，2001，第94页。

〔5〕张武军：《"红与黑"交织中的"摩登"：1928年上海〈中央日报〉文艺副刊之考察》，《文学评论》2015年第1期。

〔6〕丁玲：《我的自白》，载《丁玲全集》第7卷，河北人民出版社，2001，第3页。

〔7〕丁玲：《一个真实人的一生：记胡也频》，载《丁玲全集》第9卷，河北人民出版社，2001，第70—71页。

〔8〕同上，第68—69页。

〔9〕同上，第69页。

〔10〕丁玲：《死之歌》，载《丁玲全集》第6卷，河北人民出版社，2001，第318-320页。

〔11〕丁玲：《魍魉世界》，载《丁玲全集》第10卷，河北人民出版社，2001，第3页。

〔12〕丁玲：《回忆潘汉年同志》，载《丁玲全集》第6卷，河北人民出版社，2001，第208页。

〔13〕丁玲：《死之歌》，载《丁玲全集》第6卷，河北人民出版社，2001，第320页。

〔14〕丁玲：《不算情书》，载《丁玲全集》第5卷，河北人民出版社，2001，第21—22页。

〔15〕王增如：《无奈的涅槃》，上海书店出版社，2003，第15页。

〔16〕丁玲：《不算情书》，载《丁玲全集》第5卷，河北人民出版社，2001，第24页。

〔17〕温儒敏，《历史选择中的卓识与困扰：论冯雪峰与马克思主义批评》，《学术月刊》1994年第5期。

〔18〕丁玲：《我与雪峰的交往》，载《丁玲全集》第6卷，河北人民出版社，2001，第268页。

〔19〕丹仁：《关于新的小说的诞生：评丁玲的〈水〉》，《北斗》第2卷第1期。

〔20〕丁玲：《魍魉世界》，载《丁玲全集》第10卷，河北人民出版社，2001，第24页。

〔21〕丁玲：《我的创作生活》，载《丁玲全集》第7卷，河北人民出版社，2001，第16页。

〔22〕丁玲：《〈一个人的诞生〉自序》，载《丁玲全集》第9卷，河北人民出版社，2001，第9—10页。

〔23〕钱谦吾（钱杏邨）：《丁玲》，载袁良骏编《丁玲研究资料》，天津人民出版社，1982，第228页。

〔24〕威尔斯：《续西行漫记》，三联书店，1991，第308页。

〔25〕丁玲：《关于"左联"的片段回忆》，载《丁玲全集》第10卷，河北人民出版社，2001，第243页。

〔26〕《一天》写于1931年5月8日，只写了一夜。《田家冲》起笔于1931年4月 [《从夜晚到明天》（1931年4月23日）中谈到《田家冲》那时候已经写到了15页，大约三分之一强]，完成于1931年夏。

〔27〕威尔斯：《续西行漫记（下）》，三联书店，1991，第307页。

〔28〕丁玲：《创作不振之原因及其出路》，《北斗》第2卷第1期。

士绅家史与"写家事"

——关于丁玲的家族书写

熊 权 张 弛

在已有研究中，早期丁玲被定位为言说个性主义、女性主义而闻名的作家。发生"左转"之后，研究者主要在革命文学视野下阐释其人其作，如剖析政治/个性的冲突、探究现代知识分子的主体性等。值得注意的是，丁玲作为曾经的传统世家子弟，对士绅阶层有忍不住的关怀。晚清以降，士绅阶层随着社会变迁与文化转型发生分化流动，直至走向消亡。丁玲以文学反映士绅阶层嬗变的历史细节，融入作为"逆子贰臣"的身世之感，留下对传统转型的独特思考。已有研究对丁玲与士绅历史文化虽有关注但散见于生平资料，这一议题还有拓展与深入的空间。

临澧蒋家和常德余家是丁玲出生、成长之地。清末民初，蒋余两大家族的人事变动反映了士绅阶层在近现代中国的命运走向。丁玲的父系蒋氏家族逐渐没落，而母系余家后代，尤其是身为女性的丁母，尽力趋新求存。在丁玲生命的前十几年中，她见证了父母、舅父、伯父等在时代变局中的不同遭际，产生爱、憎、同情等复杂感情。正如丁玲自言："我的家庭本身就是一部有丰富内容的小说。"[1]

一、没落与新变：对蒋、余家族的不同记忆

丁玲原名蒋冰之，受五四运动中的"废姓"潮流影响才改名换姓。丁玲的父系蒋氏、母系余氏在湖南当地都是世家大族。随着清王朝衰亡、科举制度废除，蒋余子弟丧失了读书取仕的进身之阶，由此造成的家族人事

变迁给丁玲的童年生活造成巨大震荡。基于现实经历，丁玲对蒋余两家的记忆呈现出完全不同的面貌。蒋氏一脉黯然没落，余氏则力求新变焕发出新鲜活力，二者形成鲜明对照。

丁玲父亲蒋保黔所在的湖南安福蒋家，自明朝以来就是当地大家族。1914年，安福县改称临澧。据临澧县志记载，蒋家为清朝三个半财主之一[2]。安福蒋家先祖是明朝初年平苗有功的武将蒋官一，他安家于湘黔之交界处，子孙繁衍。清代蒋家政治地位虽然不如前朝，但积累了大量财富、田产。及至康乾年间，蒋家开始开设当铺、兴办钱庄，其典当业一度垄断湘西北。丁玲所属这一支为渥沙溪蒋家，其肇基祖蒋光清是乾隆年间官吏，由于他留着浓密的黑胡子，人称"黑胡子老爷"，渥沙溪这一带的蒋氏祖产也被称为"黑胡子冲蒋家大屋"。在蒋光清以后，黑胡子冲的族人每一代都有士子通过科举取仕。丁玲曾在回忆录中提到，由于蒋家是望族，安福县每年在正额以外，都会留两个秀才名额给蒋家[3]。丁玲的几位近祖，都通过正额考取功名。她的曾祖父蒋徽瑞在道光二十九年（1849）考中进士，后以二品官的官衔督办财赋方面的事务[4]。祖父蒋定礼的应试之路因清王朝的内部动乱颇受影响，他考取拔贡后本应赴京应朝考，但由于太平军与清军鏖战导致南北交通阻塞，他失去了这次机会。蒋定礼直到十年后才再次参加乡试，被擢升为补知府。

蒋定礼的第三子蒋保黔，即丁玲父亲，则成了社会时势转移之下的牺牲品。他十五岁便考上秀才，但由于清政府废除科举而无缘乡试。黑胡子冲蒋家在这时也已现颓势，从外部看还有大族气派，但内里却被蛀空："女则研究刺绣，专务装饰。男的嗜好尤多，争竞外排场。子弟取得一青襟，则弃书本矣。族丁数千口，生产日繁，无一顾忌者，其所谓梦生醉死者。"[5]进入20世纪，曾经"诗礼传家"的蒋家已无多少人读书，丁玲的二伯父蒋保仁属于其中一个另类。丁玲在《遥远的故事》中讲述了二伯父的故事：他自幼好学，性情孤傲，是一个有学问的人。然而几次参加举人考试都因腹泻不能完篇，他怀疑自己遭陷害，悲愤之下出家，从此云游四方，只偶然返回一两次。科举改废后新式教育蔚然成风，丁父保黔有意追随潮流，也曾东渡日本留学。但由于家族难以负担学费，再加上体弱多病缺少毅力，他留学半年后便放弃。尽管保黔留学无果，总算走了读书的正道，而有的蒋氏后人偷窃家里粮仓，做了土匪，其女眷沦为"破鞋"。从蒋家子弟的人生走向可以看出，士绅家族的命运完全依附于王朝的命运，具体说来完全取决于科举这项基本制度。一旦科举废除，士绅阶层便难以为继，拥有的各种特权也不复存在。

在中国传统社会，个人出身由父系家族决定。但丁玲在父亲去世后便随母亲迁居武陵（今常德市鼎城区），与蒋氏相对疏远。相较于临澧，丁玲对此地更有归属感。蒋氏子弟颓废没落，父亲去世后族中叔伯上门逼债、侵夺孤儿寡母资产更给丁玲留下憎恶印象。与之形成对照的是母亲、舅舅坚韧好学，给余氏家族注入新鲜活力，也让丁玲开阔了新的人生视野。

丁玲外祖父余泽春早年考取拔贡，后在云南多地任知府，官从四品。"太守"为知府别称，余泽春自认为太守公。"太守府"在丁母余曼贞的儿时回忆中是一个开放式环境，既包含余泽春在祖籍常德的府宅，又包含他在云南任上的府宅。

丁母在回忆录中将自己30岁以前的人生概括为"繁华梦"，前半生的所有美好记忆都与两座太守府相关。余家作为官宦世家家风良好，余泽春之父一生中门生众多，每年冬季赴京考试者都有百余人。他的妻子即丁玲外祖母一直都自己烹饪缝衣，生活俭朴，子女们也均着布衣。余府虽有仆役，但各有职责，小孩子们是不能使唤的。不论是在常德还是在云南，余府都设有两间书房。余泽春在此处教习子女，规定等闲人不许进入。

尽管家教严格，但丁母的童年生活并不单调。不同于其他未出远门的闺阁女儿，她十岁时便跟随家人从常德来到云南，与任上的父亲相聚。一路南下地势渐险，风俗迥异。她见识了许多以前从未见过的花草，还看见许多穿短裙、戴银项圈的苗人。到达云南后，丁母的玩伴众多，常与伙伴游荒园探险。由于大人们都有事要忙，无暇顾及小孩子，丁母及其伙伴便成了"一班小神仙"。丁母十三岁时，余泽春卸任太守，全家才由云南返回湖南。余泽春夫妇将小女儿视为掌上明珠，她常常伏于母亲膝头，听父亲讲述圣贤遗迹。丁母健谈，爱与人结交，若家中宴客亲友，必让她侍坐陪饮。父亲赏花时，她便举杯相陪，"量可饮雕花七八斤"。丁母在1942年创作回忆录时已是六十多岁的老人，但当回忆起幼时在太守府的时光时笔尖含情，笔触宛若小儿女，可见温情的家族生活是丁母牢固的情感依托。

丁玲父亲去世后，已经30多岁的丁母不顾世俗眼光，决意离开夫家求学："社会上有先觉者，欲强家国，首先提倡女学。因女师缺乏，特先开速成女子师范学校……阅后雄心陡起，我何不投考，与环境奋斗？自觉绝处逢生，前途有一线之光明。决定将一切难关打破……即携子女，一肩行李，凄然别此伤心之地，一路悲悲切切，奔返故里。"[6]丁母先后在常德女子速成师范学校、湖南省立第一女子师范学校求学。她先后就职于常德桃源女校、常德女子高级小学，还创办了女子俭德会以及附属学校。丁母由于在教育、社会事务方面的贡献，成为常德妇女界的领袖。在她的组织、推动下，当地的平民女校、工读女校逐步发展。

除了母亲，丁玲在余氏亲族中与三舅余笠云最为亲近。1909—1915年，丁玲随母亲在三舅家中居住了六年。从人伦亲情的角度来说，三舅是丁玲的"补位父亲"；从文学创作的角度来说，三舅是丁玲书写民国新绅的"模特"。余笠云与丁父蒋保黔本是好友，十多岁时也考中秀才，后来两人结伴前往留学日本。保黔无奈中止学业后，余笠云继续求学，归国后在当地提倡女学。他与他人共办常德女子师范学堂，帮助丁母余曼贞入学，也可以说间接为幼年的丁玲开启了新的人生契机。

在清末民初的中国社会，余笠云的前半段人生凝聚着集体性的历史经验。1898年，清政府谕令各省改革学校制度，湖南当局积极创办新式学堂。为培养新式人才，湖南巡院于1902年、1903年共派遣33人前往日本留学。这些人都曾获得举人、贡生、生员的功名，属于下层士绅[7]。由于官方的推动作用，再加上留学日本具有"路近费省文同"的优点，有不少士绅选择私费留学，湖南留日学生运动由此形成热潮。以小小的临澧县为例，1902—1924年出国留学的33人之中，有25人都是去往日本。他们大多就读于岩仓铁道学校、法政大学、陆军士官学校、弘文学院、早稻田大学[8]。从"秀才""举人"到"留学生"，不仅意味着身份的转变，更意味着思想的转变。这些留日学生目睹了明治维新以后日本的迅速发展，很快产生了反清排满思想。在清末民初的留学潮流中，余笠云得时代风气之先，成为士绅转型的一员。

二、为母亲作传与描画士绅女眷新路

在丁玲笔下，小说《母亲》《梦珂》《过年》，还有散文《遥远的故事》《向警予同志留给我的影响》等，都关涉家族记忆。虽然丁玲曾与友人说起父亲潇洒慷慨、行医乡里的事迹，但创作中很少正面提及蒋家人物。她主要以母亲、三舅为原型，塑造出过渡时代的士绅"新人"。

丁母对丁玲的影响，体现在性格志趣、社会交往等各个层面。成年丁玲考虑写家族题材小说时，首先想到的就是以母亲为原型："《母亲》是真人真事，但写成文学作品还需要提炼。"[9] 小说主人公曼贞与丁母同名，既描绘了新旧交替的社会面貌，又留下了士绅子弟求变的种种举动。《母亲》里的曼贞裹了小脚，一开始不愿意上体育课，受到同学夏真仁（原型为向警予）的鼓励才开始跑步，并且在同学们的影响下开始放足。"清末民初是中国女性妆饰经历一场空前革命的时代，废缠足无疑是最有革命意义的。"[10]

在现实中，余曼贞在放足后拥有了人生中第一份工作。1914年，常德县周边的桃源县建立女子小学，校方邀请余曼贞担任体育教员。起初，余曼贞并不愿意接受这份教职。当时女校的师资实在匮乏，体操更是无人可教。校方再三劝说，才使她勉为其难地答应[11]。当了体育教员以后，余曼贞不仅有了固定的收入，还使女儿开始对体育活动产生兴趣。1978年，丁玲在致孙女的信中提到自己中学时喜欢唱歌和体育，"开运动会时，也是我带队喊口令。我妈就曾当过体育教员，我对喊口令的事，看得很平常"[12]。由此可见，以余曼贞为代表的"前一辈女性"（茅盾语）通过行使身体自决权而打开了新的人生篇章，也影响了下一代的成长。在《母亲》第三章、第四章中，丁玲以女性交往为中心讲述了两个情节，一是杜淑贞邀请大家游园，二是曼贞与其他姐妹义结金兰。有的文学批评家认为《母亲》写杜淑贞园中宴会这一段属于"封建世家家庭生活的描写"，有些"浪费笔墨"[13]。但深入作家的情感与生活便会发现，丁玲之所以会有这些"闲笔"，是因为母亲的社会交往给她留下了太深的印象。清朝末年，以丁母为代表的士绅女眷们走出闺阁、走进女学堂，开始进入广大社会空间，尝试与家人以外的各色人等打交道：校长、教员、同学、官员、校役、同学的家人……在《母亲》中，女学堂里气氛自由、平等而和睦。她们还开始强身健体，培养国民意识，参与丰富的课余活动。在这一由"旧"转"新"的过程中，同学之情、师生之情就显得弥足珍贵。女学生在学堂内"甚至会形成影响她们一生的社交圈"[14]。

"女学生"身份赋予丁母结交朋友的合法性与合理性，进入女学堂后，她开始形成自己的交际圈，与向警予、蒋毅仁等结拜为姐妹。这些女性间的交往活动远不同于革命志士间的歃血为盟，她们之间的结交或许仍未脱闺阁风雅，但难能可贵的是，她们能够自主选择与谁交往、如何交往，她常在暑假与一班志友讨论文学与中外时局，述古谈今[15]。丁玲自小与母亲一起东奔西走、寄宿于学校之中，她几乎是被母亲的好友们看着长大的。《母亲》中记录的女性入学、游园、结交等细节，对丁玲产生了潜移默化的影响。据王增如考证，《母亲》里的"杜淑贞"可以找到原型，她是丁母现实中的好友蒋毅仁[16]。对于丁母而言，向警予如同一只传粉蝴蝶，将自己在长沙、法国、广州等地看到的、听到的新闻悉数讲来。蒋毅仁则是始终陪伴在丁母左右的挚友与战友。蒋毅仁与丁母相识于学堂之中，她出身于家境颇丰的士绅大族。丁母在回忆录中将蒋毅仁称为"琳"，二人一起筹办妇女俭德会，一起在纺织工厂中学习纺纱，一起创办学校（丁母为校长，琳任会计）。1924年，校内突发大火，丁母的多年心血几乎毁于一旦。在这种时刻，是丁母的好友陪伴在侧。"琳女均来，面面相视，默默怅惘。"她们振奋精神、齐心协力，历尽艰险又将校舍恢复，使学校重新招生办学。幼年丁玲耳濡目染于"女学堂"这一社会开放空间，见证了母亲与其好友们如何由家庭主体转变为社会主体。

丁玲发表的首篇作品《梦珂》，也镌刻着丁母的印记。《梦珂》从题目到情节，都透露着一股"洋味"，其字里行间的感伤、失落情绪却牵连一个遥远的家庭记忆。"梦珂"二字是法语"我的心"之音译。主人公梦珂先在上海美术学校学习西洋画，后来化名林琅去影片厂试镜。随着空间的转移，梦珂的身份也从女学生变为摩登女郎、电影明星。然而，梦珂是一个矛盾的个体：她的身体虽进行着都市体验，她的心中却羁绊着乡土记忆。丁玲利用三组"蒙太奇"来加强梦珂的分裂感：小说开篇如电影般急促紧凑，场景不断在网球场、学校走廊、教务室、画室中切换，镜头掠过打网球的女学生、喧闹的人群、红鼻子先生、半裸模特，最后聚焦于梦珂身上。此时作家对梦珂的叙述以"她是一个退职太守的女儿"匆匆作结，突兀地将镜头对准梦珂的父亲——一个生活在古屋花厅中，与诗酒之士结交的失意老士绅。当梦珂离开学校，在好友匀珍家做客时，作者又宕开一笔，开始"拍摄"梦珂年少时在岩洞里读《西厢》、与父亲在花厅中听雨下棋的场景。丁玲连续用"顶有趣""像梦一般""越想越恍惚""最可忆的"等形容词来建构一种乌托邦乡居生活。当梦珂寄住于姑母家中时，她似乎已经完全适应都市上流社会的生活，为了实现去巴黎的梦，她甚至开始跟着表哥学习法文。作者此时再次介入，通过一封信来交代父亲对梦珂的物质支持与情感关怀："梦儿，接得你的信，知道你很需钱用，所以才又凑足两百元给你……我会替你设法，不愿使你受苦的。"[17]这是梦珂父亲第二次寄钱过来，第一次他寄了三百元钱。这三组蒙太奇使得摩登女郎梦珂始终拥有一个"旧尾巴"。

很明显的是，丁玲将母亲的身份、记忆移植到了梦珂身上。太守在民国社会早已是过去式，这种身份在民国不具备任何优越性。在小说中，梦珂的父亲年轻时耽于享乐、挥霍家产，被革职后便一蹶不振，性格偏感性放荡。从价值评判的维度上来说，丁玲显然对这位老士绅持否定态度。但从情感态度的维度上来看，他始终是梦珂的经济后盾与心灵港湾。在社会评价体系中，老士绅处于劣势；但在人伦亲情评价体系中，他在梦珂心中却具有不可替代的地位。正如有的研究者指出，丁玲在《梦珂》中表现出了都市边缘人特有的焦虑感受，她试图借助于对儿时家庭生活的回忆，为自己寻找情感上的安慰[18]。实际上，与其说丁玲从自己的儿时家庭生活中寻找情感资源，不如说她是从母亲的太守府回忆中攫取了一些温情片段。

三、湘省绅权扩张下的士绅形象

三舅余笠云也是丁玲家族书写的重要原型。余笠云在丁玲童年、少年时代是一个至关重要的人物，甚至可以说决定了丁玲母女走出蒋家以后的命运。余笠云作为日本留学生、民国地方新绅，相较丁母余曼贞有着更广阔的社会空间。

在丁玲笔下，他既是封建家长又是地方精英人物，其面貌更为复杂。

将《过年》与《母亲》进行对读，会发现尽管两篇小说同样是以儿童视角来"写家事"，但丁玲形塑"舅父"的侧重点完全不同。在《过年》中，丁玲集中表现家庭结构中的三舅。八岁的小菡寄居在舅舅家中，妈妈弟弟不在身边，常常陷入孤独，生活充满着不可支配性。她没有在饭桌上夹菜的自由，想念妈妈却不敢说出来。当舅舅提出要差人去学校接小菡妈妈的时候，小菡感激地望向舅舅，只觉得他"很尊严，很大，高不可及”[19]。丁玲自述“《过年》是我童年生活的写照”[20]，她将舅舅放置于“补位父亲”的位置上进行书写。小说的叙述者、主人公、作者几乎三位一体，丁玲反复咀嚼自己寄人篱下的孤独感，仰视在家庭中拥有话语权的舅舅。

在《母亲》中，叙述者小菡与舅舅于云卿之间没有直接互动。小说始终通过曼贞之眼（一种平等视角）来观察于云卿，避免了创作者情感的过度介入。更重要的是，丁玲将三舅的形象从家庭结构中释放出来，开始着重表现他在社会结构中的位置。于云卿与王宗仁、吴鼎光等一起在武陵城中筹建女学堂与幼稚园、组织“朗江学社”、创办《朗江之光》报纸，还在演讲时宣扬民权共和理念。小说第四章末尾，于云卿前往上海寻找救国之道：“中国要想不被瓜分，就要赶跑满清，这是一定的，我想赶快学点应用的东西，所以才想再到外边去看看。”[21]然而，于云卿在国外穿洋服、留短发，回到家乡后又不得不戴上假辫子，穿上长袍。丁玲描写他的形貌，留着“蛇一样的一条黑辫”。在开学那天，女学堂堂长王宗仁穿着“白实地纱长袍，玄色马甲，钩云玄色缎鞋”。清末民初士绅阶层那种新旧杂糅的特质，被淋漓尽致地表现了出来。

丁玲的抗婚事件，成为她与舅父决裂的标志，也象征着新旧过渡中士绅与新青年的冲突。1922年1月，丁玲与王剑虹欲结伴前往上海入读平民女校。由于丁玲自幼与表兄余伯强有婚约，余笠云反对她去上海，希望她从长沙岳云中学毕业后便结婚。在丁母支持之下，丁玲最终与表兄解除包办婚姻。丁玲的执意而行令舅舅愤怒，后来他以丁玲闯入有男客的后花园为由，斥责她不遵守男女礼防。青年丁玲不能忍气，一气之下搬出余家，而且在常德《民国日报》上发表文章，痛斥余笠云：

> 我骂他，骂这个豪绅……他管育婴堂，管慈善事业，实际是为了赚钱，是剥削幼婴的。……我三舅家里生活这么好，靠田地是不能过得这么好的，一定还从社会上捞钱。当时，我们年龄还小，只在底下乱猜测，如果他们不赚外快，哪来那么多钱？[22]

如此大胆斥三舅为“豪绅”，既说明受过新文化熏陶的丁玲懂得运用报刊这一大众传播媒介来为自己造势，也说明在当时的语境下“豪绅”能够引发民众公愤。

在《母亲》中,丁玲以余笠云为原型而塑造的于云卿积极反清、倡导新学,堪称辛亥前后的进步人物。时至20世纪20年代,丁玲眼中的余笠云对内蛮横专制,对外则利用职权之便谋取私利,成为地方腐化势力。丁玲不仅反抗舅父在家内的"父权",还站在新知识阶层立场上来反抗他在社会上的"绅权"。从晚清到民国短短几十年间,士绅何以蜕化为引发公愤的"豪绅"?清朝中后时期以来,湘省绅界一直在积蓄力量,湘军崛起、科举改废成为绅权扩张的两大前提。为镇压太平天国,清政府不得不让曾国藩、左宗棠、刘坤一等湘籍官员在地方上自主募饷、办团练,许多士兵依靠捐纳、军功而成为士绅,甚至一些乡村地主也乘势而起,依靠捐资办团练而融入士绅阶层之中。其次,科举改废催生了一批不中不西、土洋结合的新士绅,这不仅是湖南也是全国的趋势。这批人自幼习得儒家经典,还曾参加科举考得功名;因恰逢学堂教育兴起,于是转而进入各种军事学堂与专业学校。戊戌变法时期,维新派鼓吹开绅智、张绅权,调动了他们的参政意识,随之而来的清末新政,尤其立宪运动成为绅权扩张的引爆点。各省纷纷成立的谘议局与资政院,主要被转型中的士绅阶层独占。后起的辛亥革命虽然摧毁了皇权的威势,却不可避免地形成了军阀与当地士绅联合执政的局面。在绅权失去限制的扩展情况之下,湘省绅界多有腐化。许纪霖认为,士大夫阶级在社会变动中腐化迅速,"民国以后,人人欲显身手,进入政坛,只问目的,不择手段。不仅旧式士绅道德变质,而且新式知识分子有过之而无不及"[23]。我们可以从时人留下的日记中管窥湘省士绅群体之腐化。清末秀才黄尊三为湖南泸溪县人,他早年读遍经史,后就读于湖南高等学堂,于1905年由湖南官费赴日留学并开始写日记。1912年7月,黄氏正式归国,开始与包括余笠云在内的湘西士绅有诸多交往,这些日常生活细节都被他记在日记之中。1913年2月,黄尊三作为选民参与了湘西府各县的国会议员选举大会,他见证了选票被士绅明码标价、暗箱操作的全过程:

现在选举票竞争最烈,国会议员,每票二百元,省会则一百元,……余闻之甚为吓异,以民国初次选举,即用金钱收买,将来何从取偿,议员为国民代表,以贿而得,何能代表民意,为国谋利益[24]。

在财欲与权力欲的驱使下，这些半旧不新的湘西士绅们不断钻营投巧，可见一斑。

丁玲自小便跟随母亲寄住余家，三舅社会交际种种，均被她看在眼里。一方面，以三舅为模特，丁玲对民国士绅的劣化过程获得了具体的认识；另一方面，丁玲在新文化报刊上阅读的信息使她了解到三舅父"统治"威权的不合理。丁玲晚年提到，她在周南读书时最喜欢阅读邵力子主编的《民国日报·觉悟》里的政论文章，所以启用那些反封建、反豪绅的观点来批判三舅父[25]。当常德《民国日报》不愿登载此文时，丁玲显示出了十足的激越与勇猛，她表示自己将去上海告发他们勾结豪绅、压制青年的行为。可以说，作为新知识青年的丁玲是以激公愤的方式来抒个人之气，以反绅权的名义来反父权。这场冲突发生后，丁玲从此再未进过舅父家门，丁母还是一直保持与三弟的往来。余笠云家本就土地不多，算不上大地主。抗战胜利时，余笠云已无土地，在城里一所中学教书。土地改革时，他被划为"自由职业者"[26]。

余笠云生逢"三千年未有之大变局"，可以说是由传统士绅向现代知识分子转型的"历史中间物"。相对于丁玲父系家族的蒋保黔、蒋保仁被时代浪潮抛下，余笠云则较为顺利地参与到新的历史进程中来。从舅父身上，丁玲看到了"个人"与"社会""历史"发生互动的可能。

结　语

丁玲早年的生活经历与人生境遇，与传统士绅阶层有着不可分割的联系。她既深受家族没落的刺激，也受惠于士绅历史文化的传承。追踪蒋余家族的人事变迁细节，并非将丁玲创作与现实机械对应，而是摆脱既定阶级斗争眼光，尝试从社会阶层的分化流动来把握其笔下观念、事件的生成逻辑。丁玲所接触、所塑造的士绅人物面目多样、新旧交错，既是闺阁小姐又是独立女性，既是秀才又是留学生，还有统治家庭、控制地方的豪绅……他们令人可敬也有可怜之处，难以简单进行定义。

历史学家认为，不论社会变革最终爆发的形式和烈度如何，它的爆发力量和变动的历史趋向，早在社会生活的一般进程中缓慢聚积着和适度体现着。以近代中国为例，辛亥革命是一次伟大的政治革命，1911年可视为历史波峰段。在这之前的历史作为波谷段，一直在为这一次变革积蓄力量，晚清以来士绅阶层的嬗变便是其中的重要一环。晚清政府的制度变革，加速了士绅阶层的社会流动，他们逐步转变为现代社会的教育者、工商业者、职业革命者等。若将这种抽象的阶层变动具体化即落实为个体命运的沉浮，丁玲及其家族成员的不同遭际正是其中生动的例子。

参考文献

〔1〕丁玲.丁玲全集：第8卷[M].石家庄：河北人民出版社，2001.

〔2〕临澧县史志编纂委员会.临澧县志[M].北京：中国社会出版社，1992.

〔3〕丁玲.丁玲全集：第10卷[M].石家庄：河北人民出版社，2001.

〔4〕蒋祖林，李灵源.我的母亲丁玲[M].沈阳：辽宁人民出版社，2004.

〔5〕蒋慕唐.丁母回忆录[C]//丁玲：丁玲全集：第1卷[M].石家庄：河北人民出版社，2001.

〔6〕丁玲.丁玲全集：第1卷[M].石家庄：河北人民出版社，2001.

〔7〕伍春晖.群雄崛起：辛亥长沙精英[M].长沙：湖南教育出版社，2011.

〔8〕临澧县史志编纂委员会.临澧县志[M].北京：中国社会出版社，1992.

〔9〕丁玲.丁玲全集：第8卷[M].石家庄：河北人民出版社，2001.

〔10〕罗苏文.女性与近代中国社会[M].上海：上海人民出版社，1996.

〔11〕丁玲.丁玲全集：第1卷[M].石家庄：河北人民出版社，2001.

〔12〕丁玲.丁玲全集：第11卷[M].石家庄：河北人民出版社，2001.

〔13〕东方未明（茅盾）.丁玲的〈母亲〉[J].文学，1933（3）.

〔14〕张莉.中国现代女性写作的发生：1898—1925[M].北京：北京十月文艺出版社，2020.

〔15〕蒋慕唐.丁母回忆录[C].丁玲.丁玲全集：第1卷.石家庄：河北人民出版社，2001.

〔16〕王增如.丁玲《母亲》第三部残稿探析[J].现代中文学刊，2019（6）.

〔17〕丁玲.丁玲全集：第3卷[M].石家庄：河北人民出版社，2001.

〔18〕凌云岚.五四前后湖南的文化氛围与新文学[M].北京：北京大学出版社，2008.

〔19〕丁玲.丁玲全集：第3卷[M].石家庄：河北人民出版社，2001.

〔20〕丁玲.丁玲全集：第9卷[M].石家庄：河北人民出版社，2001.

〔21〕丁玲.丁玲全集：第1卷[M].石家庄：河北人民出版社，2001.

〔22〕丁玲.丁玲全集：第10卷[M].石家庄：河北人民出版社，2001.

〔23〕许纪霖.家国天下：现代中国的个人、国家与世界认同[M].上海：上海人民出版社，2017.

〔24〕黄尊三.黄尊三日记[M].南京：凤凰出版社，2019.

〔25〕丁玲.丁玲全集：第6卷[M].石家庄：河北人民出版社，2001.

〔26〕蒋祖林.丁玲传[M]北京：人民文学出版社，2015.

大文学视野下的党员作家丁玲

阎浩岗

在新时期以来的丁玲研究中，慨叹丁玲20世纪30年代"左转"、思想与创作前后期呈现重要差异、延安整风之后渐失"自我""政治"损害其"文学"者，占据主流；惋惜丁玲1979年复出之后由"右派"变为"左派"者，更不在少数。笔者认为，这些观点只看到了丁玲的"变"，忽略了丁玲毕生人生追求的一贯性；看到了政治给丁玲的压力和"规训"，而没有认识到政党政治对丁玲成全的一面；从"纯文学"或"个性主义"立场对丁玲的转变予以负面评价，而未能从"文化"和"文化革命"及丁玲自我实现角度来理解这一现象。

一、"大文学"视野下的丁玲

20世纪80年代初，中国大陆的文学创作和文学研究界在反思此前政治过多干预文学、文艺为政治服务观念的同时，兴起一股"纯文学"思潮。文学创作领域借鉴西方现代主义文学的形式实验，在文学批评与研究领域，俄国形式主义、法国结构主义及英美新批评同时登场，到20世纪90年代，叙事学成为最流行的文学批评和文学研究方法之一。对于文学内容的研究，来自西方、发端于五四的"启蒙现代性"则成为主要的思想资源和价值尺度。在此背景下，在"重写文学史"的倡导与实践中，对于在中国现当代文学史上贴近政治的"革命作家"的评价，出现了"翻鏊子"式的颠覆：原先因"政治正确"或"政治先进"而享有崇高地位的作家，又因靠近政治而被贬抑：对郭沫若、茅盾及包括丁玲在内的其他左翼或解放区作家、"十七年"主流作家的作品评价趋低，而远离政治的沈从文、张爱玲等成为最被推崇的文学大师；对于鲁迅，也更加侧重从"启蒙现代性"角度解读，而相对忽略他的政治关怀。

实际上，中国新文学从其发端迄今的一百多年间，一直是不"纯"的文学占据主流：五四文学借文学以进行现代性启蒙，左翼文学借文学以推动政治革命，解放区文学和1949年后的社会主义文学更是将"文学为政治服务"置于首位。如果把这些在"文学"和"艺术"之外另设一目标（不论是"启蒙"还是"革命"或"政治"）的文学都排除出去，中国现当代文学就所剩无几了。当然，还有一种比"纯文学"观念宽泛一点的文学观，就是强调文学相对于政治的"独立性"，但赞同以文学进行个性主义和人道主义的现代性启蒙。"玩文学"的形式主义文学观在20世纪80年代中期昙花一现，而持启蒙现代性立场者目前在中国现当代文学研究界似乎仍占多数。笔者想特别指出的是，即使像巴金这样过去被称为"革命民主主义"或"自由主义"的作家，其文学观念也并不"纯"。他曾说：

> 我不是一个艺术家。人说生命是短促的，艺术是长久的。我却以为还有一个比艺术更长久的东西。那个东西迷住了我，为了它我甘愿舍弃艺术。艺术算得什么？假若它不能够给多数人带来光明，假若它不能够打击黑暗。[1]

鲁迅在成为左翼作家、"听将令"之前，也是抱着"改良人生"的宗旨进行文学活动的。既然在"文学"之外另有更高目标，那么"文学"起来就各种手段并用，而不太在意其"纯粹"与否。鲁迅晚年多写杂文而未曾潜心锻造长篇小说，"听将令"而加入"左联"集体行动，就是逻辑的必然。

丁玲的文学道路走向也是这种逻辑的结果。我们评价丁玲及其成就，实在不应局限于"纯文学"的狭小视野，因为那样会导致对研究对象的误读，无法全面认识和理解其总体价值。丁玲是20世纪中国特别是文化、文学界的"现象级"人物：她甫登文坛便连占全国最有影响的文学刊物《小说月报》头条，一举成名；她是最早坦率、直接地表达女性生理和心理欲求的中国现代女作家，她与中国共产党的早期活动家或领导人向警予、瞿秋白等有密切接触并受其直接影响，"左转"后曾任"左联"党团书记，亲聆鲁迅教诲，被鲁迅誉为当时"唯一的无产阶级作家"[2]；1933年，丁玲被国民党特务逮捕，成为轰动国内外的重要事件；她是第一个到达陕北解放区的著名作家，受到党中央最高领导层的热情接待，并被毛泽东赏识，委以文艺界领导的重任；中华人民共和国成立后她与周扬同为文学界的党内主要领导人，办中央文学研究所培养青年作家，并曾主编或副主编《文艺报》《人民文学》等国内顶级刊物；她获得的斯大林文艺奖二等奖是中华人民共和国作家最早获得的国际奖项中的最高奖；她后来先后被打成"丁陈反党集团"首领及右派分子，下放北大荒，住进秦城监狱，在文坛消失二十多年；复出后，她再度成为文坛争议人物。晚年访美，在美国与苏珊·桑塔格、阿瑟·米勒等世界著名作家及文学界代表性人物交流；访法时被法国总统密特朗在爱丽舍宫接待，进一步扩大了国际影响。对这样一个重要人物，应以"大文学"乃至"文化"的视野予以研究和评价。

五四文学从属于新文化运动，最早以"德先生"和"赛先生"相号召。新文化是一种西方启蒙现代性的文化，或曰资产阶级文化，个性主义或个人本位主义是其核心概念之一。相对于封建文化，它是一种更先进的文化。但是，19世纪末期以后特别是20世纪二三十年代，资本主义和资产阶级文化的弊端日益显露，中国一些知识分子转而寻求一种既能颠覆封建文化又能避免资产阶级文化弊端的全新文化，苏俄的社会改造试验令他们神往，马克思主义理论的雄辩及对人类未来社会的乐观主义想象和科学设计论证令他们信服。但苏联社会改造实验中的失误和方法弊端逐渐引起中国的警觉，以毛泽东为代表的中国共产党人决定创造一种历史上从来没有过的全新文化，毛泽东将其表述为"民族的、科学的、大众的文化"，一种中国化的社会主义和共产主义的文化。丁玲左转以前虽是自由主义者，但她并非只沉溺于个人生活小天地的狭隘个人主义者，母亲和向警予等都有对她在社会上做一番事业的期许。1923年，向警予曾对她说："你母亲是一个非凡的人……她为环境所囿，不容易有大的作为，她是把全部希望寄托在你身上的。"[3] 她青年时的挚友、闺蜜王剑虹对她影响很大。王虽不是共产主义者，但思想兴趣方面有"对社会主义的追求"。因而，丁玲一直"向往着广阔的世界"，不满足于过世俗的"甜蜜的生活"[4]。这些与其他现代女作家如冰心、庐隐、林徽因、凌叔华、萧红和张爱玲等判然有别。丁玲的弟弟早夭，母亲并不仅仅把她当女孩子培养，"左转"之前丁玲的社会关怀虽未付诸行动，却已深埋在心里。胡也频加入党的组织以及后来的牺牲成为丁玲彻底"左转"的催化剂。除了个人生活与心理的困境，丁玲此时在文学创作方面也面临发展瓶颈。她的初期创作写的都是青年知识分子特别是女性知识分子的苦闷，虽然在社会上产生了很大影响，但她"觉得老是这样写是不行的"[5]。在这种情况下，"左联"和党组织确实为她提供了人生和事业的新出路。很想在社会上有一番作为的她日益认识到"莎菲"式的个人成不了大事，加入"集体"才能更大限度地自我实现，成为对社会有益的人。"左转"之后，特别是1932年正式加入中国共产党之后，丁玲就将自己的文学事业与中共领导的无产阶级革命事业紧紧联系在一起了。从此，评价丁玲及其创作就不宜离开"无产阶级文化"或"社会主义文化""共产主义文化"的创造这个20世纪中国最宏大的文化革命和文化建设事业，不能离开丁玲的重要社会活动及其广泛的国内国际影响、深远的历史影响而单论其"艺术性"。许多研究者为丁玲的"政治化"而遗憾，但我们可以反过来思考：假如丁玲一直按《莎菲女士的日记》的方向走下去，她真的会取得比现有更大的成就吗？丁玲多次表示，她写完《在黑暗中》那些作品后，已感到无法再写下去，不仅人生苦闷，创作上也陷入迷惘，而创作上的迷惘又与人生苦闷直接相关。她不想再重复自己。我们可以设想，假如她像萧红、张爱玲那样一直与主流文学保持距离、与社会运动保持距离，离群索居，那她要么成为另一个萧红或张爱玲，要么因不断重复自己而被读者逐渐厌弃。萧红31岁时早逝，其后发展无从判断；张爱玲发表成名作的年龄与丁玲一样（都是23岁），但成名之后近十年间张爱玲的创作题材与写法基本没有突破自己，1954年发表的《秧歌》《赤地之恋》在内因和外力共同驱使下转向写社会，而这两部作品虽然在写世态人情特别是家庭及男女纠葛描写方面保持了早年功力，但其对社会政治的介入是失败的——如果可以批评左翼政治意识形态对丁玲某些作品的影响及对其真实性、客观性的损害，那么我们同样可以批评右翼意识形态对张爱玲《秧歌》和《赤地之恋》的影响及对其真实性、客观性的损害；如果肯定张爱玲这两部介入政治的小说仍有一定的艺术价值，我们就不应否定《太阳照在桑干河上》乃至《杜晚香》的艺术价值。况且，1936年到陕北之后的丁玲，更用自己与其文学创作相一致的社会活动，创造了比后期张爱玲价值大得多的关于女性奋斗与自我实现的"文化"价值。

二、丁玲的人生追求

丁玲的文学道路和人生道路是她自觉自愿选择的结果。一方面，自少年时候起，她就不是一个逆来顺受、安于天命、想随波逐流过一生的人；另一方面，其一系列关键时刻的人生选择显示出，她一直是一个将精神追求看得高于物质享受的人、一个追求最大限度自我实现的人。

不墨守成规，力求有所作为，这是一切事业成功者的共性。但成功者中又有精神追求至上与物质追求至上或二者并重的不同类型。丁玲也并非丝毫不考虑物质、不考虑生计及养家问题，例如，即使在幽禁南京时期，她也一直想到给帮她养一对儿女的母亲寄钱，不想让母亲和女儿沦为乞丐。她也并非不在意名声。但是，她从未将"出名"看得重于一切，也从未想借名声赚大钱、过优越的物质生活。这可从她的日常表现及多次在人生十字路口的抉择得到印证。她追求个人自由，而这种个人自由的追求又与其向往光明、追求平等和正义的远大理想，与寻求个人价值最大限度实现的终极目标联系在一起。

与萧红、张爱玲不同，而与茅盾类似，丁玲虽然幼年丧父，但不缺乏母爱。在她小时候母亲就给她讲鉴湖女侠秋瑾及法国罗兰夫人的故事；丁玲入学时，母亲给其起名"蒋伟"，给其弟起名"蒋宗大"，是以"伟大"期待子女未来的。虽然丁玲不喜男性化的"伟"而自改为"玮"，后又改行小名"冰之"及笔名"丁玲"，但她与其他女作家的最大不同，恰在于其大气，做到了男性的大气与女性的敏感细腻的统一。这种大气不仅普通女子做不到，一般男子也难以企及。有了这种大气，她才会成为中国现当代文坛乃至社会上引领潮头、叱咤风云的人物，这种气质又使得她的作品特别是参加革命之后的作品具有了开阔的视野与独有的气度。丁玲最初离家求学固然也有谋生考虑，但并非仅为找个职业养活自己。如果那样的话，她即使不愿嫁给三舅的儿子做少奶奶，也要等中学毕业有了文凭再去考大学。但她对文凭并不在意：她小学毕业后就读过的学校依次有桃源的省立第二女子师范预科、长沙的周南女中和岳云中学、上海的平民女校和上海大学，她在哪里的学习时间都不长，都未坚持到领毕业证。之所以如此，是因丁玲对学习内容本身的重视：她学习的目的是真正增长见识、提升自己的精神境界，不只为求职谋生。后来，在北京、在上海与胡也频同居、与沈从文交往密切时，三人的不同追求就逐渐显示出来。丁玲后来回忆：

也频有一点基本上与沈从文和我是不同的。就是他不像我是一个爱幻想的人，他是一个喜欢实际行动的人；不像沈从文是一个常处于动摇的人，既反对统治者（沈从文在年轻时代的确有过一些这种情绪），又希望自己也能在上流社会有些地位。……那时我们三人的思想情况是不同的。沈从文因为一贯与"新月社""现代评论"派有些友谊，所以他始终美慕绅士阶级，他已经不甘于一个清苦的作家的生活，也不大满足于一个作家的地位，他很想能当一个教授。[6]

按今天的观点来看，想让自己的生活包括物质条件方面好一些、想当教授，这没什么不好，这也是相当多出身底层的青年的共同愿望；在对政治形势认识不清、判断不准时有所动摇犹豫，也可以理解，毕竟人各有志。但我们在此要说的是，丁玲内心深处的追求与世俗的普通青年知识分子不同，与一般青年女性不同，她不在意吃，也不太在意穿。1922年秋与王剑虹在南京读书游玩时，她们"过着极度简朴的生活。如果能买两角钱一尺布做衣服的话，也只肯买一角钱一尺的布"，"没有买过鱼、肉，也没有尝过冰淇淋，去哪里都是徒步"；吃穿极力俭省，精神生活却不将就，"把省下的钱全买了书"。她们对此不以为苦，反而觉得"生活得很有兴趣，很有生气"。1925年在北京西山与胡也频同居时同样如此。沈从文初见她时，感觉"她不知道如何去料理自己，即如女子所不可缺少的穿衣扑粉本行也不会"[7]。重精神生活、轻物质享受，这种性格是"左转"之前就显示出来的。在这一点上，丁玲与王剑虹、胡也频一致。王剑虹与之不同的是将爱情看得高于一切，胡也频或许也把他与丁玲的爱情看得高于一切，或许他后来"进步"速度超过丁玲，其中有借此获得丁玲青睐的因素，而他本人也喜欢实际行动；丁玲则有超越爱情的更高追求，因此，她与胡也频后来都参加了实际的革命斗争。

这在丁玲是性格逻辑的自然结果。

《莎菲女士的日记》中莎菲的失落间接映射出作者的精神追求：莎菲不想当华侨阔少凌吉士的太太，她对凌吉士的拒绝，是对肉欲和物质享受的超越，也是丁玲高远志向的象征。因此，她当时就觉得与沈从文志向不同，二人渐生隔阂；而当她读到《记丁玲》中沈从文暗示她与胡也频靠近政治、转向左翼是莽撞无知的文字时，竟冲动地撰文骂沈是"市侩"。在沈从文眼里丁玲、胡也频靠近政治是"误入歧途"，在丁玲眼里沈从文的人生选择是"庸俗"，而在我们这些后来者眼里，他们都是对文学、对社会有重大贡献的了不起的人，却又是性格与人生追求迥然不同的人。

随着夏志清《中国现代小说史》译介到中国大陆，随着社会进入"后革命"时代，20世纪80年代以来，沈从文与张爱玲在中国大陆文学史上被重新"发现"，如沈先生自己戏称如出土文物一般，张爱玲与沈从文一起被相当多的文学研究者视为与鲁迅水平接近的重量级作家，甚至超过了茅盾、老舍和巴金，丁玲早已不在话下。我们比较一下丁玲和张爱玲的人生追求很有意思，也很有必要。张爱玲与丁玲的差异如南北极，虽然她们都有杰出女性的共同特征。张爱玲年轻时毫不掩饰自己追求的就是名和利，是物质享受，是世俗的成功。丁玲也追求成功，也喜欢成名，也想多挣点钱，但她似乎并不特别急迫。她最早写小说投稿时完全是试试看的心理，而且主要是由于寂寞与苦闷。她成名之后不喜欢娱乐界和商界对她借机炒作。20世纪30年代初，丁玲在全国已是大红大紫，影响应该是超过张爱玲十年后的巅峰时期的，因为张的影响主要在市民中，限于上海等大都市，而丁玲的影响波及北方乡村读者，超越左右立场。孙犁在晚年给丁玲的信中回忆：

在三十年代，我们还是年轻人的时候，都受过您在文学方面的强烈的影响。我那时崇拜您到了狂热的程度，我曾通过报刊杂志，注视你的生活和遭遇，作品的出版，还保存了杂志上登载的您的照片，手迹[8]。

在此情况下，她若想像当时和今日之"明星"那样在钱财物质上大捞一把，是万事俱备的。然而，她还是"左转"了，因为她要寻找新路，因为精神与理想在驱使着她。按一般人来说（或许也包括萧红和张爱玲这样的杰出女性），丈夫因参加政治活动而被杀，这会使其因恐惧而远离政治，丁玲却逆流而上，选择了彻底投身政治激流。这足以见出丁玲的非凡。张爱玲的名言是"出名要趁早"，她毫不掩饰自己的拜金与物欲，自认"小市民"身份，并在作品里为拜金价值观辩护。近三十年来张爱玲热过丁玲，在普通读者中甚至萧红也热过了丁玲。有学者著书，开首即说"萧红是中国现代文学重镇，能够与她比肩的女作家只有一个，那就是张爱玲；张爱玲也是中国现代文学重镇，能够与她比肩的女作家也只有一个，那就是萧红。"[9]眼中全无丁玲，似乎丁玲无法与萧、张二人相提并论。其原因，无非还是认为丁玲因靠近"政治"损害了她的"艺术"，细究起来，这或许也与丁玲的人生追求与价值观念分不开：张爱玲的艺术世界与普通读者特别是市民读者特别贴近，其基本价值观念也更接近普通人，而丁玲的人生历程与社会地位太不一般，她的人生选择也太不一般，她的作品表现的思想与情绪使得和平年代、市场经济条件下的普通读者和部分研究者感到有些"隔"。

1936年，当丁玲在中共地下组织帮助下逃出软禁她的南京时，潘汉年曾建议她去巴黎，她拒绝了，她毫不犹豫、毅然决然地选择去贫瘠的陕北。虽然都是为党工作，但论物质生活条件，巴黎与陕北反差太大。当1958年被打成右派时，组织上又让她选择留北京还是去北大荒，她仍然是选择去条件极其艰苦的北大荒。近年学界习惯从"空间"角度研究文学，"巴黎""北京"与"陕北""北大荒"的空间对比值得注意。我们可联系张爱玲对"上海""香港"的依恋、对"乡村"的恐惧，分析丁、张二人价值观念和人生追求的两极反差。张爱玲很少写到乡村，在《秧歌》和《异乡记》等少数写到乡村的作品中，城市之外是可怕的世界，她看乡民如同文明世界的人看非洲部落，她作品中的乡村景观令人联想到晚清民国时来华的西方人所拍摄的中国乡村照片。丁玲亦非乡村人——她虽出生于临澧黑胡子冲，但很小就离开，在常德城里长大，以后又居住和往返于长沙、上海和北京等大城市。不同的是，张爱玲选择"逃离"乡村、远离乡村，丁玲却选择深入乡村、深入农民，挑战自我、突破自我。1944年春她在陕北下乡，与患"柳拐子"病的村长婆姨住在一个炕上；后来在华北参加土改，也是与农民同吃同住，而且没有显出对环境、对农民的丝毫厌恶——农民能和她成为朋友，说明他们之间已融合得很好了。被打成右派后她选择去北大荒，即使住在鸡舍附近、住在茅棚里，她也能慢慢适应。丁玲能在极其恶劣的自然和人文环境中生存下去，是因她寻求或期盼的是精神的最终解放与升华。

丁玲的人生追求体现于其不同时期的作品中，并给这些作品带来不同于他人的思想蕴含、精神气质、文化价值与文学价值。没有这样的人生追求和独特精神气质，是写不出《莎菲女士的日记》《我在霞村的时候》《在医院中》《太阳照在桑干河上》和《杜晚香》的，而没有上述这些作品的中国现当代文学史，会是残缺的。

三、丁玲的党性与生命价值观

丁玲是个党员作家。党员作家很多，但达到丁玲这样成就、有这样国内外影响力的党员女作家，绝无仅有；而且，她不是普通党员，自入党起便是左翼文坛领军人物之一，中共建政后她又一度是国内文学界主要领导人之一。"中共党员"这一身份并非只是填在表格上的"政治面貌"，它对丁玲的人生与创作来说都至关重要。至于"党员"和"作家"这两种身份比较起来哪个更重要，"党员"身份对其作为作家的成就有何影响，我们有必要以客观求实态度予以学理上的分析评估。

丁玲有很强的党性。她的党性体现在她对入党非常慎重，而一旦加入，便全身心投入，对党非常忠诚，矢志不移。如前所述，丁玲很早就接触了中共早期党员乃至主要领导人，但直到1931年丈夫胡也频牺牲之后她才彻底左转、在白色恐怖笼罩的1932年正式入党，这说明她入党不是投机，是多年观察与思考之后的决定。她被国民党逮捕和软禁期间，一直拒绝与国民党合作、为国民党工作，保守共产党的秘密；一旦有机会就不顾一切想方设法找到党组织，投奔陕北。与之形成对比，被软禁期间和她做邻居的姚蓬子被捕后宣布脱党，并担任了国民党中央文化运动委员会委员、国民党中央图书杂志审查委员会委员。在丁玲为找党组织而由南京到北平时，与丁玲关系密切的中共一大代表李达曾劝丁玲"以后老老实实写文章，不要再搞政治活动"[10]。丁玲不为所动，坚持找党。到延安后，在"抢救运动"中，为了表示自己对党的绝对忠诚，她交代自己在南京时曾写过一张"以后出去后，不活动，愿家居读书养母"[11]的条子，这给她后来的人生带来很大麻烦和巨大痛苦。丁玲晚年一直为争取平反而奔波。1979年复出后部分平反，待遇恢复，但因"历史问题"留有尾巴，她仍不遗余力为彻底还自己政治清白而奋斗，以致耽误了本可用于创作的时间。这说明她对党员身份看得比生命还重。所以，1984年接到中组部彻底平反通知后，她才会说"我可以死了"。

丁玲的党性还体现在始终从党的利益出发看待问题，她坚信党是代表人民利益的。1958年被开除党籍，她为此无比痛苦，但还是接受了，被开除之后在北大荒仍然以共产党员的标准要求自己。被关押秦城监狱期间她还认真读《马克思恩格斯全集》。晚年复出后，她的言行被文学界认为"左"，有些人从她与周扬的对立关系解释此事（因为周扬先选择了右，所以她必须选择"左"）；也有人从个人功利角度理解，认为丁玲这样做是为避免再"犯错误"贻害家人。笔者认为，更应该从丁玲本人的党性与政治信仰、从她对文学功能的理解来解释其晚年言行。

单看丁玲复出后发表谈话和文章的标题（例如《作家是政治化了的人》《改善和加强党对文艺工作的领导》），凭她选择以《杜晚香》而非《牛棚小品》"亮相"，凭她多次声称自己"首先是党员，其次才是作家"，还有她访美期间对自己北大荒生活的"美化"，多数人留下了关于丁玲思想僵化、与新时期主潮不合拍乃至逆流而动的印象。这些其实需要具体辨析。

在《作家是政治化了的人》一文中，丁玲开首即说："文艺为政治服务，文艺为人民服务，文艺为社会主义服务，三个口号难道不是一样的吗？"反映出她确实对当时的政治走向不够敏感：1980年7月26日，《人民日报》发表社论《文艺为人民服务，为社会主义服务》，提出"二为方向"以取代原先"文艺为政治服务"的口号，这是一个具有实质性的变化，丁玲没有认清不同提法之间的实质性差异。但看她下面的具体阐述，她实际观点其实与"二为"方向一致，而不同于原先的"文艺为政治服务"观念。她对"政治"的理解是以人自己的"奋斗"来"改变自己所处的环境"，是"入世"而不逃避社会现实。她主张的是作家要"有志向""有理想"，是重视作品的社会效果，而且是"以多数人的感受和评价来看社会效果"。[12]这实际上也是五四以来所有"为人生"的现实主义作家们的共同价值取向。在《谈谈文艺创作》一文的最后一部分《改善和加强党对文艺工作的领导》中，丁玲强调的其实是如何"改善"党对文艺工作的领导，主张"一般作品，应该由编辑决定，权力下放，领导不要管那么细""不要轻易采用行政手段，给以组织处分"，这其实与当时巴金和赵丹们的主张是一致的。但巴金等给人留下了"思想解放先驱"的印象，丁玲却给人"左"的印象。其原因主要在于她提出"要批评社会的缺点，但要给人以希望"[13]。她本人当时既写了类似"伤痕文学"的《牛棚小品》，也写了充满乐观主义精神的《杜晚香》，前者虽然获得了"《十月》文学奖"，但她更希望大家重视《杜晚香》，原因就在于后者更多"给人以希望"。由此可见，她并不反对"伤痕文学"和"反思文学"，但她认为文学应该给读者鼓劲，不让大家消沉、悲观、绝望。这是她告别"莎菲"时期之后的一贯主张，后来不论是《在医院中》还是《我在霞村的时候》，都贯彻了这一精神。在今天看来，思想解放是20世纪80年代的时代主潮，揭示伤痕、反思历史非常必要，对此应充分肯定，因为不充分揭示极左路线给人民带来的心灵"伤痕"、不反思历史错误，历史悲剧就可能重演。但丁玲在大潮涌动时发出一点"不协和音"，提醒大家注意避免偏差，社会上与文学界也应予以理解。作为一个党员，丁玲当时担忧的是党的威信受到损害；作为一个有社会责任感的作家，她担心社会凝聚力的涣散，尽管她的担心可能是杞人忧天。读丁玲晚年访美的散记，平心而论，丁玲对资本主义物质文明和某些精神文明并不否认，还表达了赞赏之情。但她对资本主义文明弊端的某些批评，虽不见得完全切中肯綮，却反映了她一贯的价值观，就是人活着的意义不只为了物质享受，重要的是活得充实，活得有理想、有价值、有意义。

关于党员作家"首先是党员，其次才是作家"的说法，实际上并非源自丁玲，而是来自陈云1943年《关于党的文艺工作者的两个倾向问题》的讲话[14]。陈云原话并非如此，这是后来作家们依照陈云讲话精神进行的概括。来自解放区的党员作家们都知道这句话。那么，在丁玲这里，她是如何处理"党员"和"作家"两种身份之间关系的呢？

丁玲的党性意识很强，但她的"作家"身份意识同样很强。大家都知道丁玲曾受到批判的"一本书主义"。不论丁玲是否确有这么一个"主义"，她强调必须以作品说话、必须以自己的创作体现自己的价值，这是众所周知的。王蒙说"丁与其他文艺界的领导不同，她有强烈的创作意识、名作家意识、大作家意识"，这是同为作家兼文艺界领导的他在近距离观察丁玲、研究丁玲之后得到的印象，总览丁玲一生，可知其言非虚。但王蒙把这进一步解释为"名星意识"⁽¹⁵⁾就有些不妥了：丁玲的作家意识其实是与其党性意识结合在一起，并与其人生追求和生命价值统一的。她是以自己的文学创作实现自己的生命价值，以自己的文学成就为党的事业、为人民和人类解放事业服务的。即使在她写《"三八"节有感》《在医院中》等作品的时候，本意也是为了党的事业更健康地发展。只是作为作家的视点和视野与政治家不同，她对作品社会效果的预判也与政治领导人有差异，这才受到误解和批评、批判。经历整风挫折之后，她的政治意识增强，出言发文更慎重，但作家特有的敏感和意念还是表现于《太阳照在桑干河上》乃至《杜晚香》中，因此，她才会发现黑妮和顾涌，会想到他们在历史巨变中的个人命运问题。有些研究者将《杜晚香》视为不合时宜的"歌颂好人好事"的报告文学或散文，笔者反复阅读后认为，还是将其当作小说来读更好：不只因为它将主人公原型改了姓名，还因在杜晚香身上渗透着丁玲自己的生命意识和价值观念、理想追求。作品写杜晚香在劳动中找到乐趣，在逆境中保持乐观，写她适应各种艰苦环境的顽强生命力，写她以卑微之身最终获得社会承认和尊重的经历，乃至写她坐火车去北大荒途中的见闻与感触，让人觉得这分明是在写丁玲自己！杜晚香对人始终保持善意，面对别人的不理解仍然我行我素坚持，这未尝不是丁玲自己的做法和生命感悟。丁玲晚年怀念北大荒，谈北大荒经历的得与失，应该是发自内心，并非仅出于"政治上得分"的功利意图。《杜晚香》不能完全避免写作年代的时代局限，个别地方教条话语偶有显现，但它特别写到杜晚香在当了标兵之后演讲时，念别人帮她写的讲稿时感到不安，觉得那是"在讲别人的话，她好像在骗人"，于是脱稿讲自己的真心话。这是主人公，也是作者努力摆脱教条话语的写照。有人从理论和观念出发，批评杜晚香的女权意识、女性自觉意识不足，但若设身处地，以杜晚香的身份、经历和环境，她所走的道路或许是最可取的道路——假设她与丈夫离婚，离家出走创业，这固然会使女权主义者满意，却未必是实现杜晚香本人生命价值、使其获得成就感和幸福感的最佳途径。那样的话她或许会成为另一个"阿毛姑娘"。

丁玲的一生是一曲生命的赞歌。她顽强的生命意志和强大的生命力不仅表现在不断挑战和突破自我、开拓新的人生疆域、适应各种环境方面，还表现在她宠辱不惊的人生态度（人生巅峰时没有自我膨胀忘乎所以，低谷时没有自暴自弃），表现在她为了证明自己而活下去的勇气上。在被软禁的南京、在北大荒、在秦城监狱，她都顽强地挺了过来、活了下去，虽然她一度感到活着比死去更难。她将自己非凡的人生经历与独特体验，倾注在自己的小说和散文中，使得这些作品具有了无可取代的文献价值和文学价值。张爱玲、萧红是中国现代文学史上成就卓著的女作家，她们的作品各有自己的价值，各有自己的读者群，但张爱玲缺乏丁玲的视野和大气，萧红因生命短暂也未及充分、全面伸展其人生的和文学的可能性。丁玲的靠近政治给她带来了曲折和磨难，极左路线使她失去了二十多年宝贵的创作时间，但另一方面，各种磨难与底层体验也成全了她，给她的作品带来独有的内蕴和意味。

参考文献

[1] 巴金.电椅·代序[C]// 巴金.巴金全集：第9卷.北京：人民文学出版社，1989.

[2] 李政文.鲁迅约见朝鲜友人的一封信[J].新文学史料，1983（3）：176-180.

[3] 丁玲.向警予同志留给我的影响[J].收获，1980（1）：184-187.

[4] 丁玲.我所认识的瞿秋白同志[J].文汇增刊，1980（2）：3-15.

[5] 丁玲.死之歌[C]// 丁玲.丁玲全集：第6卷.石家庄：河北人民出版社，2001.

[6] 丁玲.一个真实人的一生：记胡也频[C]// 丁玲.丁玲全集：第9卷.石家庄：河北人民出版社，2001.

[4] 李向东，王增如.丁玲传[M].北京：中国大百科全书出版社，2015.第26-27页。

[7] 沈从文.沈从文全集：第13卷[M].太原：北岳文艺出版社，2002.

[8] 孙犁.孙犁同志的复信[C]// 丁玲.丁玲全集：第12卷.石家庄：河北人民出版社，2001.

[9] 高路.萧红与张爱玲[M].北京：中国国际广播出版社，2018.

[10] 王增如，李向东.丁玲年谱[M].天津：天津人民出版社，2006.

[11] 李向东，王增如.丁玲传[M].北京：中国大百科全书出版社，2015.

[12] 丁玲.作家是政治化了的人[J].文艺理论研究，1980（3）：20-21.

[13] 丁玲.谈谈文艺创作[J].文汇增刊，1980（6）：3-6.

[14] 陈云.关于党的文艺工作者的两个倾向问题[N].解放日报，1943-03-29（1）.

[15] 王蒙.我心目中的丁玲[J].读书，1997（2）：88-98.

丁玲延安前期创作中的"五四"文学传统

梁向阳　马晨薇

我国跨越现代与当代的著名女作家丁玲,其文学创作深受"五四"时期的文学作品影响。她在文章《"五四"杂谈》中写道:"我们作品里的那种政治的勇敢、热情,总觉得还没有'五四'时代的磅礴。"[1]可以说,"五四"时期的文学作品深刻影响了丁玲的文学审美,她在品鉴与评价作品优劣时,习惯以"五四"时期的文学作品为准绳和标杆。在她的创作转型过程中,"五四"文学更是表现出了强大的"惯性",尤其是在延安前期("延安文艺座谈会"之前),丁玲越是寻求转型,这种"惯性"就越如同"反作用力",使得"五四"文学传统在丁玲此时的作品中依旧醒目。

丁玲首次发表小说是在1927年。那时,五四浪潮已过,二十出头、写作学步阶段的丁玲,在小说中复刻"五四"时期文学作品中常见的人物形象,莎菲、梦珂都可看作"五四"文学的遗留。从1930年《小说月报》连载《韦护》开始,丁玲小说创作逐渐"左转",即向"左翼"转型。这部小说中"革命"字眼出现的频率增加,内容仍然是"学生式的浪漫"、小资产阶级知识分子与左翼知识分子对人生道路的选择以及女性自我意识与夫权之间的碰撞,是"梦珂"们换了新场景。1936年11月,抵达陕北保安城、投身革命的丁玲比第一次"左转"还要迫切地摆脱此前的创作理念和创作"舒适区",主动表示"个人"要服从"集体"和"纪律",急于寻求集体力量并尽可能发挥文学的功利作用。从部分作品的内容中不难看出,尽管丁玲主动求变,但还是无法做到与"五四"完全切分,新作品和她提出的创作理念不完全吻合，作品中保留着知识分子的启蒙立场、对"人"的关注等承袭自"五四"的文学创作传统。

一、聚焦"人情"与"人性"

"五四"文学彰显着"自我意识"与"个人"的发现。"五四"文学多强调"个人"在"群体"之上，坚持不能以集体、国家的名义胁迫个人放弃自由、权利，个体为真，团体为幻。来到延安的丁玲主动表示"个人"要服从"集体"和"纪律"，在创作理念上把文学当作是"船上的桨、篷、缆索"[2]，在文学创作中要尽量克制"自我"，要为政治和革命服务。配合这样的创作理念，丁玲在早期创作中，那种来自"五四""莎菲"式的浪漫主义，对个性的张扬和对自由的追寻会尽可能削减。但同时，"五四"新文学要求创作以"个人主义"和"人道主义"为两翼，一方面指向追求人的自由和独立，另一方面也指向普遍的"人性"。所以，"五四"时期的文学作品不止有对自身的关注，也聚焦他人的生活。

来到陕北的丁玲，不止活跃在文艺战线的"前线"，还活跃于战争前线。她借短小的速写、通讯、印象记来观察革命、记录革命，这无疑又为她的小说创作提供了鲜活的素材。尽管参军的时间非常短暂，所做的工作多在后勤、文化、娱乐等方面，但这些经历足够让丁玲告别她"左联"时期对"革命"的想象，以及早期创作中对"我"的"顾影自怜"，关注点从"自我的个体"转向了"他人的个体"。就算带有明确政治宣传作用的文学作品，也留下了不少"五四"文学传统中"合人性""近人情"的成分。丁玲的创作背景变得更为广阔，却没有因此忽略掉"人"在大环境中的生活状态。

在这一时期的创作中，最能说明丁玲聚焦"人情"和"人性"的，是一些主题和政治目的非常明显的、具有宣传作用的小说和话剧，虽然小说中多出现"敌军"和"我军"、英雄人物和反面角色，但丁玲没有完全将某些角色简单地视作阶级符号，不会因为"阵营"和"队伍"的对立而模糊掉人的特殊性格、心理，很少刻意拔高正面人物。在宏大主题之下，人物的"小"与"具体"更难能可贵。

比如，丁玲1937年创作的小说《一颗未出膛的枪弹》，其中充满对

"人"的关注、人物复杂心理和情感的描写。革命队伍中不乏典型的、完美而英勇的革命战士原型，丁玲似乎不打算按照军人和战士的标准去塑造"小红军"的形象，她不惜笔墨描写小红军的心理活动、回忆和言行。在小说的开篇，小红军甚至不像战士，只是十多岁因战乱而辗转、成长的小孩，"热情望着东南方"的思乡之情、漂泊之感；躲飞机和队伍走散，自己在陌生的环境中行走多时的孤独恐惧；在与热情淳朴的村民相处后短暂忘记"忧愁"的孩童心性。这些细节的出现让小红军的形象更贴近现实。另外，年轻的小红军同样是强大革命队伍中的一员，丁玲写年纪小、不成熟的红军，正是说明革命者、战士不是天生的强大和完美的，而是从脆弱、懵懂和无数次战争历练中成长起来的，帮助他成长为战士的，是革命队伍、战争经历以及组织的思想教育。丁玲和"五四"时期写"零余者"的作家们一样，把目光投向那些队伍中"走得慢"和"掉队"的人。

同时，丁玲的作品没有将反面人物脸谱化、符号化。《一颗未出膛的枪弹》中的"连长"就是其中之一。小说篇幅不长，但丁玲用了不少篇幅来写"连长"情感上的波动和转折：从执意搜查到冷眼旁观小红军的反抗，直至最后听到小红军说"留着子弹打日本人"，才彻底表露出自己的情感。连长在受到小红军感召后政治立场发生了转变，这种立场转变的背后，是人的身份困境，以及人面对人性拷问时内心深处的挣扎与痛苦。

值得一提的是1938年创作的话剧《河内一郎》，因为该作品是为配合抗日宣传而写，所以存在一些无法避免的问题：太多口号式的台词，情节设置过于理想化。在角色塑造上，丁玲还是保留了人物的个性特征，让这个"战俘"的形象立体可信。第一幕，主角河内一郎短暂地与家人相聚后又分离，热爱读书，不得不去当兵参加战争。第二幕，河内一郎在与其他士兵的交谈之中反复表达对故乡、亲人的思念，在法西斯政府的统治下，敌军中普通士兵的人生同样充满悲凉和无奈。丁玲没有简单、无差别地将"人"划分为"敌""我"两方，河内一郎在被俘后发出"消灭战争的祸根"，消解了民族之间的仇恨，某种意义上意味着人性的复归。丁玲对战争中"具体的人"的关注，让这部政治色彩浓厚的话剧，充满了"反战"的理念和元素。

道德的沦丧和人性的覆灭是伴随战争而来的，比战争本身更可怕的"次生灾害"。在丁玲小说中，普通乡民纵使面对残酷的现实，仍然拥有人性中可贵和光辉之处。丁玲在呈现人情之美时，不是只写单一的某个人，而是多描写人与人之间的关系，和在此关系中人与人的互动，让人情之美自然地呈现出来。这类表现"人情之美"的人物关系大致可分为三类：其一，小家庭中的亲人。小说《新的信念》本质上一个非常残酷的故事，家庭中多人受到日本侵略者的伤害，数名亲人丧命。好在幸存的家庭成员没有沉湎于悲痛，充满顽强的生命力将痛苦与仇恨转化为克敌制胜的信心、力量，在严酷战争中相互扶持着生活。"奶奶"生死未卜，两兄弟外出寻找，女儿性格莽撞被母亲斥责又被父亲和叔父包容，普通家庭的日常拌嘴、矛盾出现在战争年代和灾难之后显得格外温馨；奶奶劫后余生，家人团聚的场景描写令人动容。其二，革命同志之间、抗日战士与普通乡民之间的关系。话剧《重逢》里的白兰，先与王光仁、齐新、张大山等被捕的抗日战士在日军的"特高科密室"中相见，再与过去的爱人马达明相见，所有人物都视死如归，在短时间内团结在一起，冷静地想出应对敌人的策略，把生还与继续斗争的希望传递给白兰。《一颗未出膛的枪弹》中小红军与"老太婆"两个毫无血缘关系的人，能在危险关头为对方挺身而出，充满了悲悯情怀和人道主义的色彩，村民与小红军之间的相处过程展现出人性中的善与美。其三，女性与女性之间的相互理解、关切。作为女性作者，丁玲在小说中涉及不少女性心理创伤和女性精神困境的问题，《新的信念》《我在霞村的时候》两篇小说中的女性在遭遇身体和心理上的双重痛苦之时，帮助她们、疏导她们的都是女性角色。这些女性角色是妇女会的成员，为受到日军凌辱的陈奶奶打开了情感宣泄的缺口；是"宣传科的女同志"阿桂，在听到贞贞经历后发出"我们女人真作孽""她吃的苦真是想也想不到"的感叹。这正是女性之间相互体谅、互相理解的体现。

二、延续救亡与启蒙任务

到达陕北的丁玲加入了一场更严峻的抗争，反抗对象由抽象的"敌人"，转变为日本侵略者赤裸裸的暴行和残酷的战争。丁玲从国统区出逃，看到东三省已经沦陷在日本侵略者的铁蹄之下，看到衰弱、落后的民族与贫穷、受难的民众，丁玲所见的种种危机都比一个知识分子的"自我""个性"更加要紧。丁玲寻找组织、汇入集体，本质上是在爱国主义精神的感召下，展开一场更大规模的"独立运动"，即追求全民族的独立。反侵略和救亡的要求是自"五四"延续而来，在丁玲的意识中从未动摇和改变。

对于侵略者最有力的控诉，就是告诉世人被侵略者欺辱了什么。抗战之初，"她于1938年秋编辑并于次年3月出版了'零碎小品'的合集《一年》，其中所收纪实性的特写（如《河西途中》《临汾》《冀村之夜》等）记录了西战团在前线进行抗日宣传的行迹和片影"[3]，都是生活实录；小说《新的信念》充满日军对中国平民尤其是妇女儿童的暴行，是以"对日本的侵略和暴虐行为的憎恨为基础"写就的，这篇小说和《我在霞村的时候》来源于丁玲对现实素材的记录与再创作，也为东亚地区"慰安妇"问题的研究提供了材料。话剧《重逢》和《河内一郎》，所表现的均是抗日救亡主题。这些话剧充当斗争的工具，强调话剧作品的宣传、动员的社会功能，形式与路径正根植于"五四"。

这些作品充满对战争中人民的同情与关注、对侵略者的控诉，在致力于救亡运动的同时，丁玲没有放弃她作为知识分子的启蒙立场，在丁玲的小说中，"救亡"没有压倒"启蒙"[4]，革命战争没有完全挤压"启蒙运动"和"自由理想"，至少在延安前期的作品中，两者共存，并行不悖。只不过在丁玲的作品中，"救亡"主题直白明确、紧迫（这与现实处境、战况相连），"启蒙"则相对缓和，这种"缓和"不是放弃任务，而是"态度"变了。鲁迅所说的"独异"，丁玲吸收但并未发扬，"独异者"的"自大、愤世嫉俗、厌世、国民之敌"[5]在丁玲作品中被冲淡，"知识分子"和"众数"之间的边界逐渐模糊。在到达根据地之后，丁玲有了"职务"和"功用"，"卓尔不群之士，穷于草莽，辱于泥涂"的焦虑随即消失，"五四"时期那份"对庸众宣战"[6]的决心被转化为成"与庸众谈谈"。

和"五四"时期致力于描写"老中国儿女"[7]的文学作品一样，《东村事件》开篇就写陈大妈的"面孔"是"没有什么表情的、呆呆的、又有点冷酷"对于家中面临的"危机"，她徘徊在此之外，仅能通过一些不痛不痒的言语介入，范围更大的社会变局，她只能旁观和忍受。与陈大妈如出一辙，陈得禄这一人物其实是充满了"奴性"和麻木的，在"革命者""农民协会"代表人物王金眼中，陈得禄有"求救的、惭愧的、恐慌"的眼光，是"比牛马"还可怜、还驯服，不会反抗的人。王金抓住赵老爷衣领两人要厮打起来的时候，陈得禄的潜意识只想逃跑，颇有几分阿Q面对"革命"时浑水摸鱼的懦弱与无赖。在听到李八爷的劝说"你也要替他想想，他是什么人，什么地位（指赵老爷）……这个案子消下去，把你老子弄出来，免得日后死在牢里了，你得背一个不孝之名"[8]，他第一反应是脸色舒展，遭受地主权势所欺压的佃农反抗的意志并不自觉，尚有"精神奴役创伤"的痕迹，保留着以一点"押头"换取坐稳奴隶位置的思考方式，对封建礼教中的忠孝观念充满认同感。最后救出陈大爹的方式，是把处于更弱势地位的"七七"（陈家的童养媳）当作物品置换出去。东村携带"封建基因"、等级制度依旧森严稳固，陈家虽是佃农家庭，但在陈家众人在加入以"七七"换"陈大爹"的交易之时，还是无意识地参与了这场从上到下、由贵至贱的压迫与盘剥。

《东村事件》所叙述的是革命的场面、过程，但其承载的问题，和鲁迅的《风波》同调。在《风波》中鲁迅写七斤在革命党"造反"时进城，被剪掉了辫子，听到"皇帝又坐龙庭"之后一家人因为没辫子而惊慌失措，鲁迅借此讨论"革命"失败的原因，即人们对革命的冷漠、无知。和《风波》中盲目被动的革命环境一样，《东村事件》中对赵老爷的"审判"是场集体狂欢，陈大爹在人群中的眼泪与情绪，含义复杂，不能够简单归纳成佃农"翻身"后的喜悦。他恨赵老爷，但依然存在恐惧，不敢看"那张表情空虚的脸"，这种"恐惧"来自对"革命"的无知和被动，丁玲写出了"众数"的担忧：虽然参加了革命，但心中仍然有惧怕，不知道为什么革命，毫无反抗之力地被卷入革命。对于土地的分割、对地主的审判是否真的能够达到预想的效果，小说中是存有疑虑的。丁玲所想探究的问题，不是在物质上和形式上结束地主欺压佃农的状态，而是期待像陈得禄一样的农民能从精神上、思想上彻底地得到改造，认同革命、理解革命的任务和意义。

《我在霞村的时候》则再次还原了冷色调的凋敝农村：我和阿桂刚进村时，首先感受村子与预想中的落差，"当我们走进村口时，连一个小孩自己、一只狗也没有碰到……几片枯叶轻轻地被风卷起，飞不多远又坠下来了"[9]，听过贞贞的事情之后，"几株枯枝的树，疏疏朗朗地划在那死寂的铅色的天上"。村庄彻底阴沉和暗淡下去，根据地的农村又变成鲁迅及其影响下的作家笔下、记忆中藏污纳垢的故乡。受到日军迫害的女性贞贞在村中受到"流言杀人集团"的二次伤害，陈腐的"节烈观"是压在妇女身上的巨石。贞贞和村民，"我"、阿桂和村民、贞贞，又被切分成了"看"与"被看"的两个群体，延续着"五四"乡土小说的风格与模式。

在很多"五四"文学作品中，"启蒙者"最终不免走向虚无，小说也未能给"被启蒙"者指明方向。"启蒙者"在惨痛的悲剧故事中告诉"被启蒙者"，过去种种是错误的，至于"梦醒后"该走哪条路，则没有明说。

丁玲关注"国民劣根性"，但小说没有完全承袭"国民性批判"的传统，对于"老中国儿女"的揭示和批判力度不算大。和"五四"时期"启蒙者"对于自封建社会以来的沉积问题，深恶痛绝的态度不同，丁玲对农民和根据地农村中长期存在的"陋习"相对宽容，农民和"众数"并不都是愚昧和麻木的，固有的思想观念有待改变，但不构成太大的伤害和威胁，这类人是"落后的"，却不是在"吃人"和"等待吃人"，是会得到改造且即将进步的。丁玲会在小说中为那些被启蒙者寻找出路：《东村事件》中反复出现的"农民协会""纠察队""自卫军"都是丁玲作为"启蒙者"提供的方案。

同样，贞贞不会在这种氛围中沉沦或者毁灭，她显然区别于《祝福》中的祥林嫂、《明天》中的单四嫂，初次见面时贞贞"声音清晰""不显得拘束""使人感觉不到她有什么牢骚，或是悲凉的意味"，在小说结尾，贞贞也把自己对未来的规划向"我"托出：去延安治病，留在延安学习，"再重新做一个人，人也不一定只是爹娘的，或自己的"[10]。"贞贞"在丁玲的小说中有了自己的方向和思考，丁玲也完成了她的"启蒙"的任务。

三、保持批判精神与女性主义立场

在延安的丁玲充满革命热情，但不代表她对于周围的环境缺乏理性思考。正如丁玲在《我们需要杂文》中写："陶醉于小的成功，讳疾忌医"是"懒惰和怯弱"。奔波军旅、热衷于政治活动的丁玲还是在1940年回归了文学团体，同时进行报纸、杂志的编辑工作。1978年，周扬在回忆延安文艺座谈会前的延安文学运动时说："当时延安有两派，一派是以'鲁艺'为代表，包括何其芳，当然是以我为首。一派以'文抗'为代表，以丁玲为首……我们'鲁艺'这一派的人主张歌颂光明……而'文抗'这一派主张要暴露黑暗。"[11]"文抗"主张"暴露黑暗"、要求知识分子展现独立精神，和其理论主张同行的，还有《文艺月报》《谷雨》这类报纸、杂志。它们成为"文抗派"作家思想传播的载体和言说阵地，《谷雨》作为"文抗"的机关刊物则与鲁艺主办的《草叶》处于对垒的状态。由此看来，不论是"文抗派"的思想主张，还是利用刊物发声、传播、交锋的论争形式，都和"五四"文学传统一脉相承。

在更深层地接触到陕甘宁边区的生活之后，丁玲不再像初到延安时那样，把延安视作"耕者有其田"的乌托邦。小说《在医院中时》就是微缩的"需要杂文"的社会，丁玲写出了延安时期存在的种种现实问题：革命同志之间的冷漠与疏离、恶劣的生活和工作环境、才不配位的领导、无秩序的群众。主人公"陆萍"初到延安踌躇满志，进入医院后陷入迷茫无助，整个思想的变化，所表现的正是一个理想主义者被残酷现实的围困，整篇小说表露出丁玲难掩的失落与愤懑。丁玲刚到延安时创作中所表现的那种热烈的"阶级情感"，革命者之间的惺惺相惜，在"陆萍"所处的医院不见踪影，革命者的"无处发力"形同"五四"落潮、陷入"无物之阵"的知识分子，而怀疑精神也在陆萍遇挫后显露："……到底于革命有什么用？革命既然是为着广大的人类，为什么连最亲近的同志却这样缺少爱。她踌躇着，她问她自己，是不是我对革命有了动摇呢。"[12] 尽管在小说结尾，丁玲添加了仓促的"劝说"和主人公突如其来的"成熟"，但相比"对春天的期待"，小说大半部分对现实里诸多弊病的针砭或许才最接近丁玲的创作动机。

作为革命者，丁玲有因理想和现实的落差所带来的是失落感，身为女性，她保持着对性别平等的追求。延安时期宣扬的"男女平等"与"五四"时期的"女性主义"是有所区别的，"五四"时期主张女性张扬个性与女性气质，延安时期，由于战争和现实的需要，女性必须模糊自己的性别特征，参与到集体的工作和劳动中去。女性追求平等的过程其实就是"变成"男性的过程：剪掉头发、穿男性的服装、参军、去前线、承担沉重的体力劳动。女性以压抑女性特质为代价，试图去争取"平等"。事实上，丁玲本人就是这样做的。1936年深秋，初到陕北的丁玲要求参军，"剪发头上戴一顶灰军帽，穿一身灰军装，腰里扎一条宽皮带，腿上打着绑腿，脚上穿着草鞋""披着一件从战场上缴获来的日本黄呢军大衣"，可在丁玲早期作品中，她写道："为什么一个人不应当把自己弄得好看点？享受点自己的美，总不该说是不对吧！一个女人想表示自己的高尚，自己的不同侪属，难道就比得拿'乱头粗服'去做商标吗？"〔13〕。装束的改变是丁玲的"去个性化"，也是"去性别化"。

但女性递出了"乱头粗服"的"投名状"是否有意义？丁玲是持否定态度的。她在《"三八"节有感》中提到："延安的妇女是比中国其他地方的妇女幸福的……然而延安的女同志却仍不能免除那种命运：不管在什么场合都最能作为有趣的问题被谈起。而且各种各样的女同志都可以得到她应得的诽议。这些责难似乎都是严重。"〔14〕

"五四"时期的性别平等观念，在某种程度上是借由女性发起的，是对封建与强权的冲锋，女性群体暂时成为所有被压迫者和被奴役的代表。女性的处境越困窘、女性的品质越美好、精神旗帜越鲜明，越能与压迫者和统治者形成反差，从而产生更强的冲击力度。"五四"时期的女性主义立场，更接近一个"弱者的联盟"，所以到了延安时期，当女性不再满足革命者对"受害者""被压迫者"形象的期待时，这个"弱者的联盟"中就只剩下了女性自己。当革命任务和目标都在发展时，女性的诉求却固定不动了。文学作品和社会思潮鼓励女性从父权和夫权中出走来，也仅仅是走出来。社会的发展程度并没有给女性提供足够可靠的保障，不论是"五四"时期、延安时期这一问题都没有解决，延安时期女性面临的问题甚至相比"五四"时期更为微妙，且缺少其他群体的助力。丁玲的女性主义立场是自觉的、主动的，所以能够相当敏锐地到察觉到这一问题：当战争结束或者革命胜利，女性就一定能获得解放吗？当对"女性解放"的释义困于男权把控的话语体系中，会是女性真正需要的吗？可以说，丁玲在将女性主义曲解成"和男人一样"的环境当中，坚持不懈地进行着对女性解放道路的探索。

在延安"文艺整风"后，丁玲创作出《田保霖》等作品，有了"新写作作风"〔15〕，当然这是后话，本文不再展开论述。

结 语

丁玲在创作过程中对"五四"文学传统的保留，一方面源自青年时期的阅读和学习积累，另一方面则在于延安时期整体的创作理念和思想源头始终与"五四"保持着血脉联系。1937年10月19日，毛泽东在陕北公学鲁迅逝世周年纪念大会上发表讲话《论鲁迅》，肯定了"五四"的革命性。《解放日报》从1942年4月1日改版后到1947年3月27日停刊，每年五月四日前后都会刊登一系列文章来纪念五四运动，宣传党的政策方针。"五四"文学关注"人"，发掘"人性"与"人情"之美，兼具批判现实主义和强烈的爱国主义精神，可以说，对"五四"文学的讨论研究、有关"五四"的活动贯穿了整个延安时期。从延安到21世纪，"五四"文学如同源头活水，在时代发展过程中不断输送养分和原料。

参考文献

[1] 丁玲."五四"杂谈[C]//丁玲.丁玲全集：第7卷.石家庄：河北人民出版社，2001.

[2] 丁玲.政治上的准备[C]//丁玲.丁玲全集：第5卷.石家庄：河北人民出版社，2001.

[3] 秦林芳.丁玲评传[M].南京：南京大学出版社，2012.

[4] 李泽厚.中国现代思想史论[M].北京：生活·读书·新知三联书店，2008：21.

[5] 鲁迅.鲁迅全集：第1卷[M].北京：人民文学出版社，2005：327.

[6] 鲁迅全集：第1卷[M].北京：人民文学出版社，2005.

[7] 丁帆：中国新文学史[M].北京：高等教育出版社，2013.

[8] 丁玲：东村事件[C]//丁玲.丁玲全集：第4卷.石家庄：河北人民出版社，2001.

[9] 丁玲.我在霞村的时候[C]//丁玲.丁玲全集：第4卷.石家庄：河北人民出版社，2001.

[10] 丁玲.我在霞村的时候[C]//丁玲.丁玲全集：第4卷.石家庄：河北人民出版社，2001.

[11] 赵浩生.周扬笑谈历史功过[J].新文学史料，1979（3）：228—242.

[12] 丁玲.在医院中[C]//丁玲.丁玲全集：第4卷.石家庄：河北人民出版社，2001.

[13] 丁玲.梦珂[M]//丁玲.丁玲全集：第3卷.石家庄：河北人民出版社，2001.

[14] 丁玲."三八"节有感[C]//丁玲.丁玲全集：第7卷.石家庄：河北人民出版社，2001.

[15] 中央文献研究室第一编研部.毛泽东文艺论集[M].北京：中央文献出版社，2002.

《讲话》前后丁玲的创作变化

张挺玺

在中国文人的精神世界里，我们常常看到的是一己的精神割裂和个体的矛盾挣扎。现实与浪漫、饮食与性情，多是既现实不来又浪漫不起的中庸矛盾休，纵使浪漫也隐含着由衷的涉世之思。"行止辄自由，甚觉身潇洒"[1]的灵动空间毕竟空乏，所以那些用自己的生命捍卫自由的文人反而更能让后人扼腕墓道。从《讲话》前后这一视角，考察其前后创作的变化，不仅能反映个体生命的人生追求更能凸显时代背景下个体生命的无奈。

所以，走近丁玲，不是惊叹她传奇的人生，而是慕羡其内心那种"任意东西"的文学灵动和对生命的本真解读。作品是作家开出的生命血汗之花，花里绽放着他们人生体味的芬芳！"风格即人格"也确有道理，否则我们就不会在作品的形象中找到作家的影子。丁玲有着火一般的生命勇气和情感触角，无论是梦珂、莎菲，还是贞贞、陆萍，甚至黑妮，我们都能领略其内心深处的情感流脉。在她一系列的女性形象里，对生命的体味、对爱情的拷问、对世界的置疑，无不隐含着作家内心的情感灵动。她之所以能在20世纪20年代女性文学退潮后挽领起又一个高潮，原因也许就在这里。她无须太多的框框和桎梏，更冷对那些魑魅魍魉的权威和恫吓。由此，我们领略到一个情感火红的女性之光！情到真时文亦真，虚伪的背后怎么会有潇洒呢？梦珂的矛盾、莎菲的苦闷、陆萍的反问，甚至黑妮的反叛，都不由自主地走向内心的真诚。"她是一个富于幻想的人，而且有能耐去打开她生活的局面。可是'党'，'党的需要'的铁箍套在头上，她能违抗党的命令么？能不顾这铁箍么？这由她自愿套上来的？"[2]在对陆萍的反问里，我们也能领会一个对自由向往和凸越堡垒的心跳。黑妮对程仁说："你还有什么不知道的，咱一个亲人也没有，就只有你啊！你要没良心，咱就只好当姑子去。"[3] 当面表达了非程仁不嫁的决心。尽管黑妮是一个农村姑娘，她身上却有着莎菲的基因。所以当那些"解读规范"的作家已经风蚀在时代的前行中时，丁玲却愈凸现出真正文人的风骨！

1936年，丁玲在历尽艰辛之后从上海到达陕北，被选举为中国文艺协会会长，毛泽东亲切地称赞这位女老乡"昨天文小姐，今日武将军"，作为新加入革命队伍的知识分子青年群体，虽然有着满腔热情，但与延安的现实却有着相当的隔膜。难怪在赵树理的《小二黑结婚》发表不久就有人说它是"海派货色"，以至于北方局党校校长杨献珍禁不住拍案而起："抗日英雄小二黑和妇救会积极分子小芹竟被污蔑成十里洋场的蝴蝶鸳鸯，是可忍，孰不可忍！"[4] 正像五四新文学一直力图"大众化"却一直与民众存在距离，被称为"小资产阶级"的知识分子作家有着自己的文学理想，但这种理想和解放区的实际需要却是相悖的，沉浸理想献身革命，并不意味着自己就能为人民大众所接受。

延安的"党务广播"里讲道："在延安集中了一批文化人，脱离工作，脱离实际。加以国内政治环境的沉闷，物质条件困难的增长，某些文化人对革命认识的模糊观点，内奸破坏分子的暗中作祟，于是延安文化人中暴露出许多严重问题。""有人想把艺术放在政治上，或者脱离政治。""有人以为作家可以不要马列主义立场、观点，或者以为有了马列主义立场、观点就会妨碍写作。""有人主张对抗战与革命应'暴露黑暗'，写光明就是公式主义，还是'杂文的时代'一类口号也出来啦。代表这些偏向的作品在文艺刊物甚至党报上都盛极一时。"[5] 这些党务广播所涉及的思想内容大都来自丁玲所主编的《解放日报》文艺副刊，来自以丁玲、萧军、艾青、罗烽、王实味等为代表的知识分子。在丁玲笔下是"他妈的，瞧不起老干部，说是土包子，要不是我们土包子，你想来吃延安小米"[6] 的老干部的自大；在罗烽笔下是"在荒凉的山坑里住久了的人，应该知道那样的云雾不单产生于重庆，这里也时常出现"[7] 的边区军民的不警醒；在艾青的笔下是"作家除了自由写作之外，不要求其他的特权"[8] 的对写作自由的渴望；在王实味笔下则是对解放区"我并非平均主义者，但衣分三色，食分五等，却实在不见得必要与合理"[9] 的不平等指责；在萧军的笔下则是"只要算为一个同志的，无论他怎样不如人，难道比你的敌人还可恶，还不值得一尊敬么"[10]的反驳发问。从这些作家发出的牢骚中不难发现，知识分子视野中问题的确是存在的，但对这些问题宣扬的扩大化，则使领导层认为，这些舆论对解放区文艺思想形成一种潜在的解构作用。1942年3月31日，就在文艺副刊停刊的第二天举行的《解放日报》改版座谈会上，毛泽东就尖锐指出，"有些人是从不正确的立场说话的"，采取的是"冷嘲暗箭的办法"，反映的是"绝对平均的观念"[11]。

丁玲等人的问题意识固然是为了解放区自身的建设，但在抗战和内战的双重压力下，这些思想意识显然和团结御敌的战斗氛围不相容，文人的天真在政治面前会付出沉重的代价。随着整风运动的深入，知识分子在轰轰烈烈的自我改造中走向新生。丁玲在批判王实味大会上"反戈一击"道："在整顿三风中，我学习得不够，但我已经开始有点恍然大悟，我把过去很多想不通的问题渐渐都想明白了，大有回头是岸的感觉。回溯着过去的所有的烦闷、所有的努力、所有的顾忌和过错，就像唐三藏站在达到天界的河边看自己的躯壳顺水流去的感觉，一种幡然而悟，憬然而惭的感觉。我知道，这最多也不过是一个正确认识的开端，我应该牢牢拿住这钥匙一步一步脚踏实地地走快。前边还有九九八十一难在等着呢。"[12]工农兵方向在知识分子改造中得以确立，作家心态的"工农化"是在作家们自我心态的调整和精神世界的改造中完成的。但他们作为解放区创作的主力军，和解放区本土成长起来的作家相比，在处理相同题材上多少显得不够得心应手。

抗日战争时期，文学的基本职能被"格式化"为宣传、教育、动员广大人民团结御敌，据胡乔木回忆"在当时那种环境下，毛主席很反对鲁艺的文学课一讲就是契诃夫的小说，也许还有莫泊桑的小说。他对这种做法很不满意"[13]。1942年贺龙也向周扬表示："他不满意鲁艺当时的关门提高，把好学生好干部都留在学校里，不派到前线去，而对于抗战初期派到前方去的学生又不关心他们，和他们联系，研究并帮助解决他们在实际工作中间所碰到的艺术上的问题。"[14]甚至有人说："鲁艺是中央领导的单位，条件很好，却不为边区的群众服务。"[15]随着延安整风运动的深入，延安文艺创作发生根本性的转变，《解放日报》"由不完全的党报变成完全的党报"，一种"左"的狭隘的文艺观念，在整风运动中滋长起来。整风之前，副刊《文艺》那种活泼多彩的格局不复存在。"在整风中，政治取得了压倒一切的绝对优势地位。一个文学艺术家的价值，不取决于他在文艺创作方面的努力和成就，而是取决于他的政治思想、政治立场和政治表现"[16]。1942年5月23日，在延安文艺座谈会第三次会议上，朱德总司令做了简短、有力的发言。其中一段讲："有的人讲，'生不用封万户侯，但愿一识韩荆州'。你要到哪里去找韩荆州？在我们这个时代，工农兵群众里就有韩荆州，只有到工农兵群众中去，你才能结识许许多多的韩荆州。因此，我们搞文艺工作的同志，要密切联系工农兵群众，用我们的笔杆子，为广大人民服务。"[17]1942年5月30日，毛泽东来到鲁迅艺术学院，也做了指示："你们现在学习的地方是小鲁艺，还有一个大鲁艺。只是在小鲁艺学习是不够的，还要到大鲁艺去学习。大鲁艺就是工农兵群众的生活斗争，广大的劳动人民就是大鲁艺的老师。你们应当认真地向他们学习，改造自己的思想感情，把屁股坐到工农兵这边来，才能成为真正的革命文艺工作者。"[18]两位领导人的讲话高屋建瓴，是期待，更是鼓舞；是要求，更是希望！

　　鉴于此，1943年3月，中央文委与中央组织部召开会议，组织党的文艺工作者深入生活，在凯丰做了《到前方到乡村成为群众一分子》、陈云做了《反对自视特殊与自高自大》的报告后，丁玲、刘白羽、萧三等几十人纷纷报名下乡，"文抗"为此撤销了机关都下去锻炼。1943年4月2日，"鲁艺"也举行欢送会为30多位艺术家去部队、去农村送行。为配合文学艺术家去前方和农村，《解放日报》相继发表了何其芳、周立波等人学习整风文件和《讲话》的心得，标志文艺工作者改造自己世界观、审美观，解决个人与组织，个人与人民群众关系的开始。朱鸿召说，"五四"发现了人，延安改造了人，实际上"改造人，是置之死地而后生。经历过延安整风审干抢救运动，进入革命队伍里的新知识分子，率先接受洗心革面的人生改造。在阶级论思想指引下，无论你是出身于资产阶级或小资产阶级知识分子，都必须改造成为无产阶级革命战士，这是此后几代中国读书人唯一可走的人生道路"[19]。

　　毛主席说："凡是要推翻一个政权，总要先制造舆论，总要先做意识形态方面的工作。革命的阶级是这样，反革命的阶级也是这样。"[20]打倒日本帝国主义、建立一个独立自主的现代民族国家，是20世纪40年代中国最大的政治。而要实现这个目标就需要团结最广大人民群众，因此，文艺宣传的职责就是如何以最快、最容易的方式被广大人民群众接受并记住执政党的方针政策。

执政党的文艺政策为作家们提供了创作的思想武器，并成为他们的创作圭臬。《讲话》设定了文学的性质是为政治服务，因此，学习政策文件成为解放区作家的必修课，也是他们感知政治律动的有效路径。"任何一个政权，只要注意到艺术，自然就总是偏重于采取功利主义的艺术观……因为它为了自己的利益就要使一切意识形态都为它自己所从事的事业服务"[21]。毛泽东的《讲话》在1943年10月19日《解放日报》全文发表。此后，中央发文，要求文艺工作者认真学习《讲话》并践行，由此掀起了文艺整风运动的新高潮。11月，中共中央西北局宣传部召集各剧团负责人开会，动员和组织剧团下乡。在延安的秧歌队、剧团等，分别到绥德分区、关中分区、陇东分区、三边分区和延安所属各县演出，受到了群众的欢迎。文艺工作者在与群众结合的过程中磨炼了思想，获取了大量的创作素材。继延安和陕甘宁边区之后，随着《讲话》精神的传达和贯彻，各抗日民主根据地的文艺整风运动相继展开。1942年5月，晋察冀边区就结合本地区的创作实际，掀起了整顿"三风"的热潮。晋察冀边区联大文工团在整风学习中提出要克服创作中的公式化、概念化问题，研究怎样更好地发挥文艺的作用问题。6月，晋察冀边区文协又集中讨论了写作上存在的主观主义、形式主义、党八股问题，并成立了以沙可夫为首的晋察冀边区文化界整顿"三风"委员会，统一指导文化界的整风学习。1943年4月，中共北岳区党委召开了文艺工作会议，通过整风的精神纠正文艺工作中出现的问题。在此之前，联大文工团已经批判演"大戏"以提高艺术这一与现实斗争相脱节的倾向。1944年1月，《晋察冀日报》发表《贯彻文化为工农兵服务的方针》社论，逐渐把文艺整风运动引向深入。其他各抗日民主根据地的文艺整风运动，在做法上虽有所不同，但大都能结合本地区的创作实际，注意有重点地解决文艺发展中存在的一些问题。例如，1942年8月，晋绥军区政治部召开部队文艺工作会议，根据《讲话》精神明确今后部队文艺工作的方针是"面向连队，面向士兵"和"为了抗战，为了大众"。12月，山东胶东文学研究会召开会议，具体讨论如何在本地区贯彻《讲话》精神。1943年3月，太行文联召开常委扩大会，部署整顿"三风"工作，决定开展群众性的大众文化运动。各个解放区从上至下、相继开展《讲话》精神的贯彻落实活动。整风之前的解放区文艺团体和刊物大多带有同声相应的文人色彩，因其相对的独立性而呈现出明显的差异。以延安为例，从红军达到陕北开始，聚集在这里的知识分子依据来源的不同，分成许多不同的小团体。除了陕甘宁边区文协、中华全国文艺界抗敌协会延安分会与鲁迅艺术学院这三个大的文艺"山头"以外，还有抗大总校陕北公学文工团、部队艺术学院、青年艺术剧院，延安评剧院、杂技团等文艺机关团体。它们出版多种文艺杂志。《解放日报》则是全国性的最大的文艺阵地。此外，各种文艺展览、诗歌朗诵会，蔚为大观。如此种种展现了延安初期一定程度的文化自由空间以及延安文人较为快意的存在样态。如何通过文艺创作动员人民群众抗战和推动边区建设，这是延安的领导者和文艺工作者必须面对的问题。对于文化建设，不仅仅是留住文艺工作者的问题，而且是发展文化的难题。"文协"和"鲁艺"不相往来，这是延安不争的事实，《谷雨》和《草叶》成为各自的阵地。萧军甚至向文协主任艾思奇动起匕首，在一次整风小组会上还同丁玲发生争执[22]。与其说他们是政见不合，不如说是不同的文化背景使然。但随即而来的整风运动，宣告了这种自由氛围的消散。1940—1941年间成立的不少群众性文化团体解散，相应的社团文艺杂志期刊相继停刊。

在这种背景下，延安文艺座谈会于1942年5月2日到23日召开，先后召开了三次会议，对解放区文艺为谁服务、如何服务的问题展开讨论。会后，毛泽东在会议上的讲话整理发表在1943年10月19日的《解放日报》上。关于为什么召开座谈会，毛泽东在5月2日召开的第一次会议上就明确说："我们今天开会，就是要使文艺很好地成为整个革命机器的一个组成部分，作为团结人民、教育人民、打击敌人、消灭敌人的有力的武器，帮助人民同心同德地和敌人作斗争。"[23]在座谈会中发现一系列问题，诸如文艺工作者和工农兵相结合的问题、部分文艺工作者自由主义倾向的问题。这对解放区文化建设来说是一个潜在的威胁。毛泽东希望通过文艺整风在思想上改造文艺工作者，从而使他们成为革命机器的一个组成部分为革命服务。这也是座谈会召开的动机以及文艺界整风运动的缘由。随着《讲话》的发表和传播，毛泽东号召文艺界跟党政军各部门一样掀起一次大规模的整风运动。为了更好地引导解放区文艺事业的发展，中央不仅把《讲话》放到了思想理论建设的高度，而且强调："全党应该认识这个文件不但是解决文艺观文化观问题的教育材料，并且也是一般的解决人生观与方法论问题的教育材料。"[24]毛泽东的《讲话》选择1943年10月19日鲁迅逝世七周年纪念日这个特殊的日子发表，是《讲话》的时代需要，也是在新的时代主题下学习鲁迅思想的要求，说明共产党对文艺政策的自信与镇定。在延安文艺座谈会第一次会后，1942年5月6日，萧军以最快的速度完成《对于当前文艺诸问题的我见》，并发表在5月14日的《解放日报》上。该文经毛泽东审阅指导，较早传达了文艺座谈、文艺整风的实情。文中，萧军提议"建立正确的、马列主义的文艺批评作风"[25]。《解放日报》的文艺副刊宣称办刊任务旨在通过团结和培养作家来提高解放区文艺创作水平，"对副刊绝不会采取报屁股，消闲，小玩意，吃甜点心的办法"[26]。在反思不足时，丁玲指出，一是未尽全力征集反映前方生活的速写，二是对作家与生活、小资产阶级作家、文学语言等文艺问题没有给予思想把关。

1942年4月，《解放日报》改版得到了毛泽东的直接关心与指导。改版后，《解放日报》的党性、群众性大大增强，积极配合并宣传文艺整风，认真贯彻《讲话》精神，更加注重对国内新闻与关于人民群众斗争生活的报道。但毛泽东对《解放日报》仍然保持警惕，认为它集合了五湖四海的人，故要特别注意自由主义。1943年，丁玲写出了介绍陕甘宁边区合作社中的模范人物的报告文学《田保霖》，欧阳山写了《活在新的社会里》，受到毛泽东赞赏。毛泽东写信给他们说："替中国人民庆祝，替你们两位的新写作作风庆祝！"[27]这两篇报告文学有什么独特之处，竟获得毛主席写信特别庆祝？这与当时边区开展合作社运动有着极为密切的关系。1944年6月，为总结办理合作社的经验以发展壮大合作社运动，在延安召开合作社联席会议。为配合会议召开，两篇通讯稿件刊发在6月30日的《解放日报》上。两篇人物通讯的主人公田保霖和邹兰英都是合作社的模范英雄。两位人物对边区合作社建设具有很大的榜样力量，对解放区合作社建设这一新事物具有很大的引领作用。

《田保霖》是丁玲结合在靖边县下乡结识合作社主任田保霖的情况，在了解他的事迹基础上写作的人物通讯。通讯说田保霖作为合作社主任，不仅办好合作社，为社员分红入股，而且还为群众做了好多好事，现在被选为参议员，依然不忘合作社的发展，来延安向另一位合作社发展模范刘建章学习，交流办社经验，使老百姓都有依靠，把一个替老百姓办好事的合作社主任活灵活现地展现在人们面前。合作社运动为什么这么重要？这是边区政府受到国民党经济封锁、军事威胁下的边区人民自救。它与王震开发南泥湾一样具有很大的战略意义。田保霖作为一个办社的优秀模范无疑具有很大的典型意义。

另一个主人公邹兰英，是欧阳山写的人物通讯《活在新的社会里》的一个纺织模范。邹兰英是个流浪的乞丐，来到解放区后，在党的关怀下，她发挥自己的特长，教解放区妇女学纺织，不仅让这些学纺织的妇女富裕了起来，还为边区合作社建设做出了贡献。新旧社会对比，让邹兰英认识到，活在新的社会里，发展自己的特长，做出自己的贡献，才算不白活。欧阳山在通讯稿中高度赞颂了邹兰英这种思想。

就在两篇通讯刊发的当天晚上或者次日凌晨，毛泽东写了上边提及的这封信，信中不仅庆祝两位作家"新写作作风"而且还邀请他们两位"如果可能的话，今天下午或傍晚，请你们来我处一叙，不知是否可以"[28]？信末毛泽东署名并写有日期：七月一日早。由此可见，毛泽东对边区合作社运动的高度重视，对向合作社运动作宣传工作的作家书写方式的高度重视。关于这两个作品得到毛泽东高度重视的原因，我们不排除在《讲话》刚刚发表不久毛泽东急于看到作家向工农兵学习，写工农兵的急切心情的可能，还有可能是毛泽东想通过此信给丁玲、欧阳山一样的知识分子作家一个转型的信号。不可否认，两篇通讯报告，确实以报告文学"及时、快速、如实"的轻骑兵特色反映了时代的"实时镜像"。

《讲话》发表后，丁玲还创作了《万队长》，歌颂边区大生产劳动模范万队长。《万队长》是丁玲1943年在中央党校学习期间根据一个学员讲的真实故事创作的秧歌剧，由中央党校文工团在南泥湾演出了两场。

毛泽东对丁玲"胜过三千毛瑟精兵"（《临江仙》）的盛赞，以及整风期间批评教条主义知识分子"屎都不如"，其立论基点都是要求文艺家和纯理论工作者学以致用，脚踏实地。"我们学马列主义不是为着好看，也不是因为它有什么神秘。它只是很有用"[29]。这实际上为《讲话》做出了最好的注脚，即文学家、艺术家、文艺工作者的文艺创作要为当前的政治服务，为工农兵服务。这是解放区历史发展的应有之义，文艺创作只能在解放区这样一个生态环境中"凝神赋形"。

成于此而因此身险囹圄。如果不是坚持自己的人生追求，如果也随风而动，那么就不会交恶于当权的文人；如果没有《"三八"节有感》，如果不办"文学研究所"也许就不会再次被囚禁流放。可是如果成为如果，那她还是这个火红生命的真谛追求者吗？那么，丁玲是否就是放任自流呢？不是！否则，就不会有"文协"的生动活泼、就不会是"今日武将军"、就不会有《太阳照在桑干河上》、就不会有"中央文学研究所"。

所以，面对这位两次入狱、受到毛泽东的赋词欢迎、得过斯大林文学奖却又遭受过多年迫害的铿锵女性，我们不得不在生命的"常"与"变"中去体会一个火红生命的艰涩和卓伟！

注 释

〔1〕出自（唐）白居易《兰若寓居》。

〔2〕首次发表在1941年11月《谷雨》。

〔3〕丁玲《太阳照在桑干河上》，人民文学出版社，1956。

〔4〕袁成亮：《〈小二黑结婚〉的幕后的故事》，《党史纵览》，2007年第5期。

〔5〕黎辛：《延安文艺座谈会的前前后后》，《读书文摘》，2002年第8期。

〔6〕丁玲：《"三八"节有感》，延安《解放日报》"文艺"副刊，1942年3月9日。

〔7〕罗烽：《还是杂文的时代》，延安《解放日报》"文艺"副刊，1942年3月12日。

〔8〕艾青：《了解作家，尊重作家》，延安《解放日报》"文艺"副刊，1942年3月11日。

〔9〕王实味：《野百合花》，延安《解放日报》"文艺"副刊，1942年3月13日。

〔10〕萧军：《论同志之"爱"与"耐"》，延安《解放日报》，1942年4月8日。

〔11〕毛泽东：《在〈解放日报〉改版座谈会上的讲话》，载《毛泽东选集》第二卷，人民出版社，1993，第409页。

〔12〕刘增杰等：《抗日战争时期延安及各抗日民主根据地文学运动资料》（上），山西人民出版社，1983，第385页。

〔13〕胡乔木：《关于延安文艺座谈会前后》，载《胡乔木回忆毛泽东》，人民出版社，1994年，第60页。

〔14〕何其芳：《记贺龙将军》，载《何其芳文集》，人民文学出版社，1982，第

298页。

〔15〕〔12〕何其芳：《毛泽东之歌》，载《何其芳文集》，人民文学出版社，1982，第60页。

〔16〕王培元：《延安鲁艺风云录》，广西师范大学出版社，2004，第287页。

〔17〕黎辛：《延安文艺座谈会的前前后后》，《读书文摘》，2002年第8期。

〔18〕钟敬之：《延安鲁迅艺术学院概貌侧记》，《新文学史料》，1982年第2期。

〔19〕朱鸿召：《自序：五四过后是延安》，载《延安日常生活中的历史1937—1947》，广西师范大学出版社，2007。

〔20〕王建刚：《政治形态文艺学》，中国社会科学出版社，2004，第60页。

〔21〕普列汉诺夫：《艺术与社会生活》，载《普列汉诺夫美学论文集》，人民出版社，1983，第830页。

〔22〕朱鸿召：《萧军：一个桀骜不驯的文人》，《湘声报·观察周刊》，2002年3月21日。

〔23〕毛泽东：《毛泽东选集》第3卷，人民出版社，1991，第847—848页。

〔24〕中央档案馆：《中共中央文件选集》第14册，中共中央党校出版社，1992，第83页。

〔25〕萧军：《对于当前文艺诸问题的我见》，《解放日报》，1942年5月14日。

〔26〕《解放日报》文艺副刊于1941年9月16日创刊，丁玲主编，第101期后由舒群主编。

〔27〕毛泽东：《致丁玲、欧阳山》，载《毛泽东书信选集》，人民出版社，1982，第233页。

〔28〕毛泽东：《致丁玲、欧阳山》，载《毛泽东书信选集》，人民出版社，1982，第233页。

〔29〕竹内实编：《毛泽东集》第8卷，北望社，1971，第75页。

转型"界面"与难题"表征"

——对丁玲《我在霞村的时候》的"症候阅读"

张晋业

　　写于1940年秋冬到1941年春[1]的《我在霞村的时候》（简称《霞村》）是已被充分经典化了的丁玲作品，有研究者认为其与《在医院中》一同标志着丁玲创作"质的飞跃"，"既是丁玲延安时期的巅峰之作，也是延安全部文艺作品的巅峰"[2]。但即便如此，批评史中的《霞村》仍是"一篇没有定论的东西"[3]。1947年，冯雪峰指出《霞村》与《新的信念》《夜》记录了民众"斗争"与人民大众和作者的"意识改造及成长"，标志着丁玲真正脱离了小资产阶级习气[4]；但在1957—1958年"再批判"中，小说被批判为丧失"民族气节""阶级正义"，充斥着"恋爱至上主义""极端个人主义"，是带有小资产阶级残余的作者对自身历史问题所做的辩护[5]，冯雪峰也因此前评论受牵连。丁玲逝世后不少论者试图为《霞村》"平反"，打捞其丰厚意蕴，如严家炎先生敏锐洞悉到《霞村》具有思想性，"凝聚着作者的发现和思考，有一种沉甸甸的分量""人们会像读'五四'时鲁迅作品那样受到精神上的震撼，产生一种作者是思想家的感觉，这是读丁玲以前作品所没有的"[6]；但王雪瑛以"重写文学史"视角对此提出异议，认为小说是丁玲"两个自我交战后的一件牺牲品"[7]。对《霞村》的褒贬同时伴随着对作家丁玲的界定。

　　众说纷纭很大限度上源于《霞村》自身的"难题性"。《霞村》诞生于《在延安文艺座谈会上的讲话》（简称《讲话》）前的陕北，正处在革命基座转移、文艺转向、丁玲转型的关节，可以说是转型前后阶段间的一个"界面"。因此，其具有过渡性、暧昧性，意蕴丰厚，令研究者难以对其做出简洁明晰的文学史论断。在以前的研究中，"再批判"的"强阐释"表征出阶级论和政治经济学方法在面对这篇小说时所遭遇的困难，也暴露出革命史研究范式的问题。倒置"再批判"逻辑的启蒙主义读法和具有批判力的女性主义读法是"新时期"至今解读该小说的经典范式，但前者容易陷入二元对立的知识框架，后者则容易导向琐碎的、非文学的历史文献研究，二者多少都将小说的某一面向框定为单一题旨，不断循环回收结论，或缺乏对自身知识结构的反思，或遮蔽了小说内外未必能用"二元""对立"来概括的具体细腻、动态复杂、暧昧难明的"情感结构"、零散经验及多质多层动态变化的历史进程。

针对《霞村》的"难题性"，本文试图逼近文本、语境与作者。首先，不是重新界定丁玲的立场或回到其"孤独、骄傲、反抗"的"性格"，更是回到"丁玲的逻辑"，去体察写作《霞村》的丁玲如何"以强烈的主体意识面对、认知外在世界，并在行动和实践过程中重新构造自他、主客关系，以形成新的自我"[8]，考察其在此过程中的困境、限度与相应的反思、应对，与之一同思考，打捞20世纪中国革命的历史经验。文章以细察丁玲在具体历史语境中如何以小说为这一切"赋形"为出发点：一方面"读入文本"，从"文学性"出发，在多个文本序列参照与跨文本互读中，考察《霞村》的内容与其在形式上的独特性如叙述特点、文体风格、美学特质等，同时考察其在结构和形式上的内在张力，讨论这些特性与张力如何表征并回应上述问题；另一方面"读出文本"，尽量逼近、把握文本所处的瞬息万变的时代语境、历史进程，特殊但有效地打开小说。在此基础上，本文试图对小说进行"症候阅读"[9]：捕捉文本中耐人寻味的"症候"，读出其中的"潜文本"——包括小说的"隐性进程"[10]及投射于小说中的历史语境，读出支配作为"界面"的文本及其暧昧性生成的无意识，以及此种无意识可能通向的文本外部的现实难题。解读虽难以具备"整体性"视野、"读通"小说，但或许能打开小说世界所包蕴的更多面向。

一、在霞村时的"我"："症候"的交点

1982年，丁玲在一次讲话中将自己的创作与革命历程概括为从"我个人"到"无我"："我觉得作为一个共产党员，革命者，对有些东西要超

脱。要从一般世俗的争夺、缠绕不休的帮派纠纷中超脱出来。这个超脱是什么呢？就是无我。佛家讲的超脱更玄一些，那是唯心主义的。我们唯物主义者有我们的超脱，有我们的无我，有我们的悟性。我们要有觉悟。假如我没有我个人了，无我，一切我便都看得清，看得开，都能客观，都能冷静对待，无私无虑，不动感情。"〔11〕在丁玲的讲述中，这一转变始于1931年胡也频牺牲后自己的"左转"，完成于"痛苦"而"愉快地改造"的陕北十年。从叙事学角度看，自1931年《从夜晚到天亮》《一天》后，丁玲小说中的确很少再出现封闭、内在、自我表白式的第一人称叙事者"我"或自叙传式的限制性第三人称叙事者；在陕北十年的小说中，丁玲甚至极少采用第一人称叙事，虽然在此后的随笔散文、报告文学中有时还会出现叙事者"我"，但其意涵、功能更近似于"我们"，不同于丁玲早期"自我表白型的心理小说"〔12〕。以此为参照，通篇第一人称叙事并以"我"作为小说中个性鲜明的人物的《霞村》是不是这其中的"例外"呢？

　　长期以来，批评家、研究者往往聚焦小说主人公贞贞，而作为叙事者和人物的"我"并未得到充分重视。耐人寻味的是，丁玲曾多次强调《霞村》第一人称叙事的特点："文章写了三分之二，我觉得写得不好，就撕了，改用第一人称，开始是用第三人称，这样用第一人称更方便些。"〔13〕小说因此题为"我在霞村的时候"而非"在霞村的贞贞"。人称改换解决了言说的困难，也"拯救"了小说，使其得以成为丁玲小说中难得的经典。读者阅读的忽视和作者写作的重视，这一错位本身构成了某种"症候"。因而，有论者敏锐地指出"如何理解贞贞、'我'和作者本人这三者间的一致性，又如何看待这三者间的差异和相互关系才是把握这部作品的关键"〔14〕。

　　为何讲述贞贞的故事，作者要以"我"为转述"中介"，而不是用第三人称叙事进行自白？在同期创作的其他小说如《新的信念》《在医院中》《夜》中，丁玲多采用限制性第三人称叙事深入主人公内心，以其内视角展开叙事，但一个独立的叙事者声音同时潜存着。与自叙传式限制性第三人称叙事不同的是，这一隐藏叙事者并不完全贴合人物内心的声音，在某些时刻其与人物的距离会流露而出。比如，在《新的信念》中老太婆在宣讲中见到儿子时"像一只打败了的鸡，缩着自己，呜咽地钻入人丛，跑了"的一刻，《夜》中老妻那一颗不被何华明注意的"嵌在那凹下去了的眼角上"的泪珠流下的一刻，《在医院中》陆萍"一下就衰弱下去"的一刻……这一距离为叙事者在更高的高度上对主人公进行反讽，展露人物主体所可能面临的难以被轻易克服的困境提供了可能。而叙事者也因此而具有较强的把控力，隐含作者能够通过其来有意识地干预、突破人物的内心意识，从而想象性地尝试超越困境。

以此为参照，《霞村》在叙事上的特别之处在于，叙事者不再隐身，而是显露为小说中的人物"我"，贴近隐含作者且携带着作者丁玲的投影，可以说是一个可靠的、人格化了的、具有自我意识的叙事者。叙事者"我"因此难以具备前述隐藏叙事者的优势，而使小说展露出另一些叙事特性。叙事者"我"不具有全知的自由视点，不是高于人物，而是平行于甚至低于人物，难以轻易进入某一人物的内心，从而显得犹豫、迟疑。由此，叙述便显得貌似克制沉着、真实客观，小说也有了"秘密"，呈现出"侦探小说"的气质，"我"对贞贞故事及其内在逻辑的好奇进而构成了小说的叙述动力，读者的注意力也经由"我"的引导转移到了贞贞身上。叙述者也因此获得了针对人物展开思考、反讽、抒情的心理距离前提，与人物对话，或与自己对话，不仅承担起旁观记录的功能，更承担起分析综合、判断评价的功能，小说由此富有张力，兼具李向东、王增如所说的"抒情性"和严家炎所说的"思想性"，达成"精神上的震撼"的美学效果。而经由叙事者"我"这一"中介"，经由反讽、抒情被凸显出的是主人公贞贞的逻辑；相应地，持有一定价值判断的隐含作者也难以经由叙事者、通过视点滑动完成对人物意识、逻辑的干预，贞贞的逻辑便更为自洽明晰，更具主体性。

在小说中，贞贞虽然同样面临某些难以被轻易克服的困境，但似乎其自身逻辑强度足以克服困境，而无须隐含作者通过叙述展开干预。在小说的现在时叙事中，贞贞从未流泪；而"我"对贞贞的同情，更多时候都有些"自作多情"的意味。在"我"眼中，贞贞是"有热情的，有血肉的，有快乐、有忧愁、又有明朗的性格的人"，然而贞贞之"新"不仅在其性格。可以说，贞贞是多重意义上的"结构性弃民"。因为追求恋爱自由、婚姻自主，贞贞脱离了传统乡村父权制伦理结构；被敌人掳去成为慰安妇，贞贞又成了现代民族、国家中的"灰色伤疤"，可能会因其"失贞"而被视为"变节"；因而，贞贞选择做情报工作两次返回敌营，可以被视为是在脱离前两种结构秩序后试图在革命秩序中重新找到"位置";但《"三八"节有感》似乎在小说之外提示着"到延安去"的贞贞也未必能够与革命秩序完全兼容。由此,小说最后贞贞艰难地拒绝与夏大宝结婚,便具有格外重要的意义:这一抉择意味着贞贞不愿通过依靠男性重新进入乡村父权制伦理结构,更不愿接受他人怜悯来摆脱自己作为"结构性弃民"的主体中空状态;她要化被动为主动,不再被动地被结构吸纳或抛弃,而是主动地不断自主抉择、不断突围,"总得找活路,还要活得有意思,除非万不得已",以此完成自我主体的塑造。这一逻辑,其实是其在敌营"失贞"却要坚持"找活路"这一逻辑的延续与上升,也或许与其"秘密"——"对我并不完全坦白的""最不愿告诉人的""私人感情的"事密切相关。这一转换未必完全是贞贞自主探索的结果,但是贞贞最终完成了转换。而这一过程格外艰难,因为如此可能会牺牲现实诸多有利因素,比如"我"希望贞贞能获得的"爱抚"和"非一般同情可比的怜惜"。所以,那种不断突围反抗、不断以带有个体特性的主体意识去洞察任何既定秩序中的裂隙的革命姿态,而不仅仅是对延安和党组织的向往即特定的阶级意识与政治觉悟,或许才是叙事者"我"在小说结尾所看到的贞贞身上的经验性而非理念化的"新的东西"。丁玲曾说"贞贞更寄托了我的感情,贞贞比陆萍更寂寞,更傲岸,更强悍",而陆萍只是"自己逻辑的延伸"[15],贞贞或许是丁玲"生命哲学"[16]的具象形态,这种理想状态其实一直存在于丁玲的思考与写作中。《霞村》的叙事在此意义上是自觉的。

小说对于人物"我"的设定与叙述者"我"所呈现出的姿态相辅相成。"我"是小说中众多"症候"的交点。"我"是霞村的"外来者",来自嘈杂的"政治部",前来养病;相较于熟悉霞村的宣传科女同志阿桂,"我"与霞村存有隔膜:村民"拉着她的手问长问短的,后来索性把阿桂拉出去了",而"我一个人留在这屋子里,只好整理铺盖",初刊本中"我"还觉得"心里有些闷"。但不同于1940—1970年的农村题材小说,"我"似乎并不主动尝试消除隔膜,进而融入并改造霞村,反而显得敏感、局促、迟疑、被动。这一方面是因为"我"初来乍到,但更因为"我"常常是带着批判性的眼光去看待霞村村民。对村民非议贞贞的不快,进一步拉大了"我"与群众的心理距离。即便是对于村中的进步青年、党组织的联系人如马同志,"我"也觉得他们"同自己有一点距离",认为他们"实在变得很快";初刊本中则出现了更消极的情绪,"失去了追求了解他们的热心了";而当马同志要求"我"帮助霞村开展"文化娱乐"工作、做报告时,"我"立刻转移话题,回避了这些要求。

正由于"我"是霞村的"外来者",在小说开始时"我"才能够是贞贞故事的"局外人"。但耐人寻味的是,这一"局外人"身份似乎贯彻到了结尾。"我"虽然好奇贞贞的故事,但总是听得多、问得少。而随着小说推进,"我"虽然逐步贴近贞贞内心,却始终没有明显介入其故事、干预其抉择,尽管贞贞"有时似乎要求我说一点什么,做出一副要听的神气";"我"想帮助贞贞,但始终未能,或者说不知如何才能做出实质有助于贞贞的行动。"我"只是为贞贞带来了更多的见闻知识,却并不算其"启蒙者"——小说中贞贞最终表现出的"新的东西"并不是"我"带来的,对此"我"反而"非常惊诧""我觉得她的话的确值得我们研究,我当时只能说出我赞成她的打算的话";而究竟是什么使得贞贞做出了最终抉择、完成关键转换,谜底则永远留在了小说的"黑箱"中——贞贞逃向后山的那个未知夜晚。

可以说,"我"试图有所作为,但想法最终都搁置、延宕在内心活动中,难以生成为实践。这使"我"在面对群众或贞贞时,始终保持着一种沉默、迟疑的倾听者、观察者姿态,几乎不能被视为一个积极主动的启蒙者、革命者或葛兰西意义上联结党与群众的"中间环节"。与其说"我"是主动探求、自我教育,毋宁说"我"是被动发现、被动受教。值得追问的是,这样一个被动、迟疑、沉默甚至有些不作为的"我",何以发现贞贞身上"新的东西"?如何解读"我"所呈现出的"症候"?

有研究者提示,《霞村》的写作与1940年7—10月丁玲接受组织审查南京历史问题的经历密切相关:丁玲自觉在1940年审干中不够坚强,希望以迟疑沉默的人物"我"来反衬贞贞的"更孤独,更强悍,不要一丝怜悯",改用第一人称叙事以便"抒发对于贞贞的赞美",形成心理补偿[17]。但只从传记研究角度进入小说,容易将小说过分坐实,模糊作者与叙述者、小说人物之间的界限与距离,20世纪50年代"再批判"的误读正源于此。另有研究者沿着该思路回到小说文本与人物逻辑中尝试解释问题,认为"我"之所以沉默无为,是因为"我"面对着"革命的第二天"中革命的庸常化、自动化、秩序化失去了"冲决困难的勇气和坚韧的自我状态",正是贞贞使"我"找回了主体性[18]。不过，小说讲述的是"革命之后"的故事吗？"我"完全是一个为程式化了的革命所压抑的被动个体吗？

这两种阐释，都是从贞贞出发反过来解释"我"的设置，触抵的是文本的意识层面。而值得注意的是，小说是以"我"为"中介"来整合贞贞的故事，如果说"我"是一根"针"，那么"我"的叙述则构成"线"，"布料"则是"我"的见闻，是经由"我"叙述而出的村民的议论和贞贞的自白；在此意义上，小说的"针脚"，则是那个在贞贞故事之外、被潜在地讲述出来的关于"我"的故事。作为"隐性进程"，"我"的故事构成小说的一种"潜文本"；"我"并不只是贞贞的陪衬，某种程度上也是小说潜在的主人公，与贞贞互为镜像。

二、关于"分心"的"隐性进程"："文化人"改造与装置转换的尝试与难题

或许，这样一个被动、迟疑、沉默甚至有些不作为的"我"之所以能洞见贞贞内心，最终看到其"新的东西"，一方面是因为"我"携带着一种能够透视对象内面的现代透视装置。在小说中，每当"我"感到寂寞时，"我"就会"发现"乃至想象作为自然景观的"风景"：与阿桂同行"一路显得很寂寞"，"我"便期待着霞村"美丽的天主教堂""小小的松林"；"我"迫切地希望见到贞贞，但贞贞迟迟不来，阿桂又出门工作，"我"因此心不在焉、百无聊赖，于是"看见一片灰色的天（已经不是昨天来时的天气了）和一片扫得很干净的土地，从那地的尽头，伸出几株枯枝的树，疏疏朗朗地划在那死寂的铅色的天上"；而当"我"到后山上追寻贞贞未果时，我更感到了"寂寞"，同时"发现"了"风景"——"我叫着贞贞的名字，似乎有点回声，来安慰一下我的寂寞，但随即更显得万山的沉静。天边的红霞已经退尽了，四周围浮上一层寂静的、烟似的轻雾，绵延在远近的山的腰边"。"风景"、疏离于外界的内心状态、对外部事物冷淡的"内在的人"三者是紧密相连的[19]，在此意义上，"我"是一个柄谷行人意义上的孤独的、具有内在深度的"内在的人"。

可以说，贞贞的故事和内在逻辑，其实也是"我"通过保持隔膜、沉默、不作为的状态，调动现代透视装置所"发现"的广义上的现代"风

景"。村民、家人难以理解贞贞的内在逻辑，因为根植于乡村伦理结构的偏见、非议遮蔽了这一"风景"；马同志等进步青年看到了贞贞的巨大牺牲，"想不到她才了不起呢"（初刊本为"想不到她才英雄呢"），但他们或许也因此难以真正体认贞贞面临的多重困境。小说中更贴近贞贞的是阿桂，阿桂有着"'改组派'的脚"又是宣传部的"公家人"，这说明阿桂是社会革命和妇女解放的受益者，对新旧逻辑都有充分了解，她更能与贞贞发生情感共鸣。但问题是，阿桂能否从自发的情感共鸣中生发出自觉的理性反思？小说对此并未展开。某种程度上，"我"完成了阿桂未能，或是暂时无法完成的步骤：只有从在情感层面上同情理解贞贞，上升为在理性层面上反思、透视贞贞的困境与抉择，才不会是居高临下地同情贞贞，而能够自内而外地、平等地理解贞贞。理解与反思的过程，即是经由现代透视装置"发现风景"的过程——经由"内在的人"和"风景"之间所确立的透视法则，个体内心世界的理性与情感更能够被有效析出。因为这一"风景"的"发现"，"我"才一步步与独异的贞贞亲和，孤独感也因此纾解。

需要注意，这套现代认知结构实际上与诞生于中心城市、沿海地区的"现代文学"体制或"新文化"建制相伴而生，"内在的人"正是"现代文学"的支点性存在。"我"之所以携带着现代透视装置，是因为"我"在小说中本身是"现代文学"的"创作者"，独自创作的工作机制使得内在自我和透视装置一同生成。但问题在于，当革命基座从沿海城市转至内陆乡村时，必然会产生关于"新文化"转轨、文艺转向、透视装置转移或转变的"难题性"：如何将这套装置及携带着这套装置的城市知识分子从封闭的"室内"、从城市场域引向农村、工厂、军队、大众？如何将透视焦点从"内在的人"转向群众？当空间与焦点发生转移后，这套装置是否依然有效？诞生于城市的"新文化""现代文学"到了乡村，能有效兼容于乡村、为群众所接受、成为具有物质性的力量吗？其能否创制出新的"民族形式"？这套透视装置与"现代文学"创作体制，是否还能有效地为乡村的革命的情感势能"赋形"，进而引发情感势能的再生产、发挥战时动员作用？如果面临着失效可能，那么如何让新的工作机制、文艺体制与社会关系"穿透"这套装置，使之发生重组或转换？新的观察装置可能吗？如果可能，那么新旧装置、新旧形式之间是何关系？小说中，"我""写了很多书"，但马同志说"可惜我们这里没有买，我都没有见到"，这与"我"在霞村时的疏离感、隔膜感、孤独感共同表征了上述"难题性"。

事实上，如果只依靠这套现代透视装置，"我"其实很难真正进入群众及群众个体；在此之前首先要完成的是"文化人"主体的改造与"透视装置"本身的转换与转移，这在很大限度上需要依托新的文化政策及工作机制的支持引导。只有被文化政策与工作机制所吸纳、改造并发生转换的"我"，才可能有效将"透视装置"从城市转移至前线、工厂、乡村、大众。这是"我"看到贞贞身上"新的东西"的另一条件。

小说中"我"与阿桂的身份区别值得注意。阿桂来自宣传科，常来霞村工作，会办事，与乡亲熟稔，可以说是"事务性的文艺工作者"（"工作者"）；与阿桂不同，"写了很多书"的"我"离开政治部到霞村，并非来"工作"，而是来"休养"，但也有自己的计划，可以说是"以创作为工作的文艺工作者"（"创作者"）。同在乡村，阿桂能顺利与乡亲打成一片，而"我"的工作方式则与阿桂有所不同，依然是城市知识分子式的采风记录和独处静思。不同于"工作者"，作为城市知识分子的"创作者"，"在很多方面接近于小资产阶级生存条件的谋生条件（单独工作或者在很小的集体里工作，等等）"，这使其往往站在现代化大工业机器生产或集体生产的对立面[20]。

这种文艺工作者群体的内部分化，在1940年也曾为当时负责中共文化宣传工作的张闻天所留意。在边区文协第一次代表大会的报告中，张闻天提出了以"抗战建国"为目标的新文化运动工作的两个重点任务：一是团结一切文化人建立抗日文化统一战线；二是争取最广大的青年知识分子，生成中国新文化运动的基本队伍。张闻天注意到了"文化人"与"青年知识分子"的特征差别，在其看来，作为"精神劳动者""灵魂匠人"的"文化人"容易产生"唯心的、超阶级的、反政治的"倾向，容易"流于空想""情感冲动""缺乏韧性"，习惯单独、自由地生活工作而"同群众隔膜"，容易自我夸大而不愿"切实工作"；而"青年知识分子"是新文化运动的"最先响应者"和"探入到群众中去的桥梁"，具有"革命性"，但往往成分复杂、不够坚定、工作不够切实深入、了解问题不够透彻具体，同样不够接近群众。针对不同特点，张闻天提出需施用不同政策尽可能将二者团结进入文化统一战线中，对于"文化人"要予以同情和充分的民主自由，以适当方式纠正其缺点，引导其接触斗争并向大众学习；而对于"青年知识分子"则要解决其学习上的硬件困难，同时吸收他们成为基本的文化干部，发挥其优点、克服其弱点。更重要的是，张闻天根据二者特性明确界定了二者在此后文化工作中的分工："一般说来，新文化各部门的提高工作，要由有相当文化素养的（如在自然科学方面、社会科学方面或文艺方面）文化人来担任与完成，而通俗化的工作，要由广大的青年知识分子来负责。这种相当的分工，在现在的条件下，是不可避免的，而且也是必要的。"[21]这一分工并不带有知识阶序高低的区隔意味，而更多是基于战时需要尽可能将不同个体纳入组织中，使其能够充分根据自身特性发挥自身的能力，尽可能为"抗战建国"做贡献。可以说，这一文化政策，是在革命基座发生转移的过程中所进行的一次文艺转向尝试，它尝试改造"文化人"，通过"青年知识分子"动员群众，也尝试对"现代文学"体制或"新文化"建制及与之相伴生的现代透视装置进行征用、转移与转换。

如果注意到小说中"我"为自己制订的计划，就会发现"我"作为"文化人"、城市知识分子，在来到边区、深入前线、进入乡村后，其观察装置、工作机制/创作方式乃至"情感结构"其实已经受到一定程度的改造——尽管这种改造未必彻底，但却是此后进一步转换的基础。"我"初到霞村的计划包括两方面。一是阅读写作计划，"整理一下近三个月来的笔记"、搜集写作"材料"；虽然还保留着城市知识分子的工作方式，但是此时是为组织、为革命而不只是为谋生而创作。更重要的是修身计划，"我分配着我的时间，我要从明天起遵守规定下来的生活秩序""我一定要好好休养，而且按着自己规定的时间去生活"，试图将作息时间秩序化以便自我提升、适应集体在战争时期的纪律，以便休养完成后更好地融入组织。"我"虽然脱离组织来霞村休养，但在思想上仍自觉与组织保持联系。这一时间规划令人联想到丁玲1937年在延安的感受："时间都得服从哨子""例外的事会使一个人感到难受的""生活的有规律是使人吃惊的"[22]。规训时间、强调纪律，并非"革命之后"革命庸常化形式化的表征，而是"革命之中"的战时必须。也正是战争环境，使得来到前线、乡村的"文化人"必须艰难地改掉自由散漫的习惯以适应组织纪律。比如，为了更好地率领西战团，"建立威信，起模范作用"，丁玲"把八点钟起床的习惯改成四点半"，尽管奚如也会抱怨"臭虫跳蚤多不过，晚上总是睡不好"，但"这对话不会拖长下去的，因为集合的哨子在操场上吹响了"⁽²³⁾。同时，"文化人"在生活习惯、工作方式的改造中获得了一定程度的"情感结构"的改造："我不是一个自由的人了，但我的生活将更快乐。"⁽²⁴⁾通过执行计划、服从战时规训，一种未完成的"半主体性"⁽²⁵⁾正在逐渐生成：一方面，作为"文化人"，"我"保留着现代透视装置，得以进行综合分析与深度思考，并尝试对这一装置进行空间位移与结构重组；另一方面，"我"又不再只是透视内在自我的孤绝个体，尽管与群众尚有距离，但"我"开始与组织发生有机的联结，逐步在"创作者"之外承担一部分"工作者"的工作。

然而，对"文化人"而言，城市知识分子的工作方式是他们所习惯且喜好的，这也使得"文化人"改造和"半主体性"的生成遭遇难题。战地、边区"文化人"的"工作与创作的辩证法"或"日与夜的辩证法"正是其表征。单独、安稳地读书写作，这一工作方式在战事繁忙的前线或公务繁多的边区近乎奢求；在战时"文化人"常需同操创作和事务性工作，形成"日与夜的辩证法"：白天行军、服务百姓、开会、开展事务性工作，而只有夜晚从睡眠中挤出的时间才属于自己，供清理思路、自我反思、规划部署，以便更好投入集体工作。就像丁玲在行军日记中所记述的："我睡得很晚，十一点了，我还坐在火边，借火光写着日记，炕上已响起鼾声，陆同志蜷在一个摇摇的烛光下，起草着一个计划，在他的身旁，那一片稻草上，挤着睡着的几个特务员，已经沉沉入睡了。只有机要科不时送来一些电报给总指挥和政治委员。而这些电报，有许多关于远方的时事的，也是我每晚愿意等着看的。"⁽²⁶⁾在这里，一个"内在的人"在夜晚独处时浮现，但其未必与集体发生龃龉；不过同样不能忽视的是，这个"内在的人"在白天进行事务性工作时却是被"文化人"的主观意识、被战时迫切局势所压抑的。面对面向群众、服务集体的事务性工作，如何才能"思想感情起变化"，不只是在观念上接纳，而是在情感上真心认同它？这就对"文化人"及其改造提出了更高要求，其中涉及的是"情感结构"转换的难题，比如"文化人"要以对待创作的热情来对待事务性工作。在"西战团"组建之初，丁玲曾抱怨"不想搞这么多人，管这么多事务"；但当她为大家的热情所鼓动时，其"的确把过去写小说的天才如今完全献给眼前的工作了，她把观察力、透视力完全应用到团里来了，她想使她领导着的团成为一件艺术品"[27]。"西战团"时期的丁玲暂时找到了某种平衡创作与工作的状态，但丁玲此后在二者间做出的抉择——"我那时实在怕管事，只想住在乡下，体验生活，从事创作"[28]，实际上意味着"情感结构"转换的难题[29]并不那么容易解决。

由此便可以更加细腻地理解在霞村时的"我"的心态：在战事稍缓时，在后方，可以远离"嘈杂的政治部"，不用承担事务性工作，在霞村休养的两周时光对于有着诸多写作计划和修身计划的"文化人""创作者"而言是多么宝贵。因而"我显得有些疲乏，却又感觉着一种新的生活要到来以前的那种昂奋"。而在结尾，"我"离开霞村正是因为"敌人又要大举'扫荡'了"，战事趋紧，"我"的计划又会因此中断、延宕。此时，"工作与创作的辩证法"的"表征"从"日与夜的辩证法"转化为了"前线与后方的辩证法"。这也就能理解为何"我"看到霞村存在问题却不愿介入改造，也不愿帮马主任开展文娱工作，而总是显得被动、沉默，尽管"我"对霞村的一切也都充满"好奇心、不安以及期待感"[30]——这不完全是因为"我"在日常化的革命制度中失却激情，而是因为"我"意不在此，不愿让事务性工作过多挤占写作、修身的时间与精力，而更愿通过内在思考来消化、综合自己关于革命、战争与乡村的各种见闻，以创作回馈革命——后者或许是"我"能最大限度发挥所长的参与革命的方式。这又令人联想到，写作《霞村》时的丁玲正受惠于1940年10月中宣部与中央文委的文化工作指示，同样享受着专供创作的宝贵时光。这一指示是对1940年1月文艺政策的执行与延续，强调"应该用一切方法在精神上、物质上保障文化人写作的必要条件，使他们的才力能够充分地使用，使他们写作的积极性能够最大地发挥""保证文化人有充分研究的自由与写作的时间"；指示还在此前文化工作分工的基础上进一步细化职能：一方面，"文化人"要帮助指导基层文化运动、建设基层文化团体；但另一方面，基层文化团体的事务性工作则不由"文化人"，而由专门的"文化教育宣传部门"和事务性文化工作者负责，后者"应偏重于组织工作，而不是写作"，如此促进文化团体团结[31]。得益于此，加之历史问题有了初步结论，丁玲才能在1941年初春向张闻天申请并获批到延安川口农村体验生活，完成《在医院中时》《霞村》《夜》等小说。这也是丁玲首次下乡[32]。

在此意义上，小说实际上潜在地、无意识地讲述了一个关于"我"不断被"分心"的故事：对贞贞故事或现实经验的兴趣，分散着"我"完成计划的决心。比如，在等待贞贞到来的过程中，"我"的一系列行动表明"我"试图执行计划，但始终心不在焉："把眼睛从书上抬起来"，"取出纸笔来写了两封信"却想着"怎么阿桂还没回来"，"又在院子里走起来"，"又回到房子里来了，既然不能睡，而写笔记又是多么无聊呵"……而每当探查贞贞故事受阻时，"我"似乎就会从好奇感中抽离而出，随即强迫症般地反复提醒自己执行计划："我努力地排遣自己，思索着这次来的目的和计划"；"我的休养计划怕不能完成了，为什么我的思绪这样的乱"；"我们的闲谈常常占去了很多时间，我总以为那些谈天，于我的学习和修养，是非常有帮助的"。这种焦虑，似乎不完全是源于秩序规训导致的创伤、革命日常化造成的苦闷，而更像是源于"文化人"在获得难得的创作条件后、尝试对战时一系列复杂现实进行综合、反思、"赋形"的迫切欲望。"分心"的前提条件是宽松的文艺政策与顺应城市知识分子工作方式的工作机制。

另外，"分心"在小说中也体现为"情节"对"隐性进程"的无意识压抑。正如前文提到读者随着"我"的"分心"而几乎将注意力全部集中在贞贞身上，却很少注意到是"我"讲述了这个故事、"我"也携带着故事。这种无意识支配了小说文本的生成。同时，作为"症候"的"分心"，可以说是革命基座转移为文化工作所带来的历史困境和现实难题在小说文本中的投射。如前所述，1940年初颁布的文化政策，虽然改造着"文化人"，但依然难以彻底转变其"情感结构"，真正的"半主体性"依然缺席。其对"文化人"和"青年知识分子"的分工虽有使之在革命中各尽其能的意味，但分工一旦体制化便容易"去政治化"、导向程式化与庸常化，影响战时动员的开展。更重要的问题还在于，那套与"现代文学"机制紧密联结的现代透视装置，在从城市转移至乡村、面向群众时，是否还依然具有充分效力？能否满足革命基座转移产生的需求？被动迟疑的"我"最终"发现"贞贞身上"新的东西"是现代透视装置发生空间位移的结果；但贞贞故事对"我"完成计划的"分心"，也最大限度地暴露出这套装置的限度所在。具体而言，尽管这套装置可以直接从城市挪用到乡村，"文化人"也能经由这套装置"打入"到"人民的世界"中去、而不是公式化地想象群众表面[33]，但事实上其"打入"的只是群众中的（独异另类）个体、由此"送出来"的也只能是群众中的个体的主体性;如何既能保有"文化人"所独有的审美情调、美学品格,转换而不只是转移现代透视装置,又能真正将视野下沉、"打入"基层群众整体,把握其活着的日常生活、文化积淀、思维逻辑和"情感结构",为生成中的无产阶级或"人民"的主体性"赋形",则成为难题。经过空间位移后的这套装置更多只能发现既定秩序中所存在的裂隙、却难以生成一种能够综合复杂现实、预见未来走向的整体性眼光。因而,贞贞故事对"我"的计划的"分心",实际上意味着"文化人"通过现代透视装置所捕捉到、反映出的经验现实,与文化政策希望"文化人"到群众中去看到的现实,二者之间所存在着的错位。

可以说,1940年初颁布的较宽松的文化政策,更多要依赖于"文化人"在观念上的自觉配合,而缺乏对生成自觉观念的引导,这也带来了一系列问题。譬如"文化人"到军队、工厂、农村、大众中时,由于缺乏一定自觉往往带着收集素材的心态"走马看花",居高临下地将工农兵"材料化",而不是真正去贴近其整体的生活方式与"情感结构"。丁玲小说《入伍》便讽刺了其中人浮于事、沽名钓誉的现象。更重要的是,即便能达到观念自觉,那套现代透视装置或许也无法真正完成转换或重组,最多只能完成空间转移;要重组这套装置,"文化人"除了在观念上自觉,还必须通过从事具体的事务性工作、改变城市知识分子的工作方式,真正进入群众的日常生活,在日常生活中"思想感情起变化"。也就是说,要用日常生活及从中生发出的思想感情去涵溶这套装置、使之"政治化",而后从中构造出新的装置,从新的装置中才能生发出毛泽东在《新民主主义论》中所构想的"民族的科学的大众的文化"(34)、在《讲话》中所构想的"工农兵文艺"。1940年初的文化政策显然与此还存有一定错位。1943年4月22日,延安党务广播《关于延安对文化人的工作的经验介绍》指出,对于毛泽东在边区文协大会上提出的"新民主主义的文化"方针,"当时许多文化工作同志,并未深刻理解,文委亦未充分研究,使其变为实际";这导致"从边区文协大会到毛主席召集的文艺座谈会前"的文艺工作过多"强调了文化人的特点,对他们采取自由主义态度","延安文化人中暴露出许多严重问题";对此,接下来的文化工作重点是将"文化人"从文化团体中分散出去,使之参加各种实际工作,并利用整风运动检查其思想,对其展开批评和团结教育。(35)延安文艺座谈会及整风运动、下乡运动,由此可以被视作针对上述困境所展开的更为彻底的克服尝试。但"思想感情起变化"能否真正达成，在新的世界观、主体观与观察机制建立起来后如何合理处理包括旧有现代透视装置、城市知识分子式的工作方式及与之相伴的"寂寞感"在内的"剩余物"，仍是此后革命自身所长期面临的难题[36]。

　　尽管难以克服某些困境，1940年初颁布的这套具有弹性和过渡性的文艺政策的确还是为自觉在革命内部展开思考的"文化人"提供了能够包容某些"分心""出神"等逸出时刻的裂隙，使其能在革命基座转移时期形成对革命及其机制、组织的独特透视与综合反思，通过既有的现代透视装置生成独特的形式来承载这样的思考，为之"赋形"，进而通过文艺创作想象性地设计方案与道路。这些或许是丁玲《在医院中》[37]《霞村》《夜》《我们需要杂文》《"三八节"有感》《风雨中忆萧红》……这一作为转型"界面"与难题"表征"的文本序列的潜在语境。

三、寻找"中介"："飞蛾扑火"与"依然故我"的辩证法

　　可以说，因为有了"分心"时刻的存在，因为存在着"专心"与"分心"间的张力，作为转型"界面"的《霞村》才较好达成了某种结合——既能描写性格化的工农群众（虽然只是描写其中个体）、关注基层弱者，又能将"文化人"的个体审美情味与批判思考带入其中，而具有了带有症候意味的过渡性。过渡性很大限度上源于故事的讲述者"我"，依托于第一人称叙事。和《在医院中》的陆萍一样，"我"其实也处在"在艰苦中成长"的动态过程中。一方面，"我"并不先天具备"半主体性"，并不天然与群众亲和；尽管"我"试图完成写作、修身计划来为革命做贡献，但计划的完成必须伴随着对不断介入、令"我"不断"分心"的乡村现实和与之相关的事务性工作的拒绝。这是"五四"新文化运动所生成的城市知识分子逻辑的延伸。"分心"时刻的存在，也提示着"半主体性"的真正生成和"从群众中来，到群众中去"不可能一蹴而就，而需要更为细腻的考虑以应对不同层面的难题。另一方面，尽管经过了文艺政策一定程度上的改造与转换，"我"的现代透视装置也并不能一下窥破贞贞内心；只

有通过与贞贞较长时间的共同生活与深入谈话，不断克服自己的焦灼、不断调试装置，最终才可能发现其"新的东西"。这其中其实也孕育着后来下乡运动"同吃同住同劳动"逻辑的雏形。1950年，丁玲有意删去初刊本中的一些语句如"心里有些闷""不愿做出太好打听的样子，所以也不问她们""也就失去了追求了解他们的热心了"，试图以此减轻"我"初到霞村时的暧昧、犹疑、被动。丁玲因自身观察装置的更新而做出修改，反而凸显出"我"彼时正处在调试、更新装置的过程之中。而在叙事学意义上，如果不是以第一人称叙事者"我"为"中介"讲述贞贞的故事，就不会出现小说中的诸多显隐对话，"专心"与"分心"之间的张力等多层次的张力便也难以生成。若以贞贞为叙述主视角、以限制性第三人称自白来结构故事，故事的张力与过渡性或许便会淡化。这从《霞村》改编拍摄而成的电影《贞贞》（2002年，乔梁执导）中可见一斑。

而经由具有过渡性的第一人称叙事者/人物"我"，小说文体也带上了过渡性。一方面，小说具有报告文学、特写采访的形式，"'我'控制着激情，以深深的同情向读者叙述贞贞不幸遭遇的情景，因而，这篇作品成为记录性文学"，"不是像莎菲那样采用内心独白的手法，而是通过对农村和农民的描述，把在农村获得的新的认识告诉读者"。[38] 另一方面，通过"我"及"我"所携带的透视装置，小说得以完成反讽与抒情，脱出报告文学的形式而具有了"小说性"。如果说，小说第一次对贞贞的外貌描写是偏"写实"的——"阴影把她的眼睛画得很长，下巴很尖。虽在很浓厚的阴影之下的眼睛，那眼珠却被灯光和火光照得很明亮，就像两扇在夏天的野外屋宇里洞开的窗子，是那么坦白，没有尘垢"，那么小说高潮部分对贞贞的外貌描写则是偏"诗化"的——"贞贞把脸藏在一头纷乱的长发里，望得见两颗狰狰的眼睛从里边望着众人……她像一个被困的野兽，她像一个复仇的女神"。通过"诗化"，小说也完成了从经验（讲述贞贞的故事）向信念（发现贞贞身上"新的东西"）的跃升。此外，"作品中贞贞也有内心独白，那是采用与贞贞对话的直接法来叙述的，这点与《莎菲女士的日记》起到同样的效果，但是，她不采用《莎菲女士的日记》那种直接的内心独白的形式"[39]，小说因此介乎由"内在的人"作为支点的"现代文学"与后来采用一套全新认知装置的报告文学二者之间。

这种过渡性，以及携带着这种过渡性的人物/叙事者"我"与小说文体，是丁玲创作转型的表征，或许更是丁玲某种诉求的产物——在战争时期试图寻找"中介"，以综合、思考其所观察到的复杂现实，探索主体姿态的新可能。任何一种文艺形式都具有"中介"性，能为认识与想象"赋形"，成为表情达意的"媒介"，但"中介"还有更丰富的意味。匈牙利理论家卢卡奇在投身革命实践、亲身参与战争时曾深刻体会到"中介"的重要性：在革命与战争中，面对"直接事态"，要做出一个既能"合乎实际"又能"预见"未来、既"当下"又"长远"的决定，不能只依靠乌托邦式的、理念化的"革命救世主义"，也不能"仅仅满足于对直接事态的思考"、受困于"纯粹经验"，而必须找到造成"直接事态"的"经常隐蔽着的中介物"；它是一种"中间环节"，既通向下一步实践，也通向阶段性胜利与最终革命理想，同时联结着"个人问题"与"全局性问题"〔40〕。"中介"使得卢卡奇形成了一种"必须适应客观的情况和趋势"的理论立场，也与其"具体的总体性"和"阶级意识"理论密切相关。

可以说，怀着革命理想而来到陕北投身革命、亲历战争前线与后方各种"直接事态"的丁玲，与卢卡奇相似地面对着"革命救世主义"理念与"直接事态"、现实与实践之间的落差，她其实也在实践中寻找着某种能够沟通理想与现实、平衡个体与全局、能够综合经验并预见走向的"隐蔽的中介物"。与卢卡奇不同，丁玲并不尝试用理论去描述"中介"的存在，而是尝试以小说、杂文等文学形态来为其"赋形"。经由文艺政策变化的引导与作家的自觉，这种文学正逐渐从一种封闭的现代透视装置变为一种不断向外开放的社会实践。在某种程度上，《霞村》，包括其中的人物"我"和贞贞、叙事者"我"，以及小说文体，都可被视为丁玲为综合现实、思考问题而找到的临时"中介"："等到参加斗争多了，社会经历多了，考虑的问题多了，在反映到作品中时，就会常常想到一个更广泛的社会问题，我写《我在霞村的时候》就是那样"，"这个时候，哪里有什么作者个人的苦闷呢？无非想到一场战争，一个时代，想到其中的不少的人，同志、朋友和乡亲，所以就写出来了"〔41〕。这一"中介"联结着丁玲的"大写的主体"与"半主体性"，联结着其"自我表白型的心理小说"与"新的写作作风"，联结着"现代文学"与"人民文艺"，联结着"现代文学"所依托的沿海中心城市与"人民文艺"所依托的广大内陆乡村，联结着战争的前线与后方，联结着理想信念与现实实践，联结着个体丰富的精神、心灵世界与外部制度、机制等客观条件，联结着"革命的救世主义"与"直接事态"。

虽然文化政策与文艺工作机制在改造"文化人"与重组装置上遭遇了困境，这使得置身其中的这一临时"中介"还未能完全根植于群众整体的日常生活与"情感结构"而呈现出某种局限；但这一临时"中介"也确实生发于丁玲自身"思想感情起变化"的艰难过程。它意味着丁玲正开始通过投身革命、尝试新的创作来打开内面自我，朝向外部而看到广阔的时代与战争、广泛的社会问题、广大受难的民众，尝试综合它们，以此投入新的实践，将原有自我重塑为更大的自我[42]。后设地看，如果没有领导"西战团"亲历前线、接触工农兵的经历，如果没有在边区文协主持过事务性文艺工作并在马列学院学习理论，如果没有初次下乡的劳动经验，丁玲寻找"中介"的意识或许并不会如此自觉明晰，通过寻找"中介"在实践中不断重塑自我也将更加困难。依托于"直接事态"而生成的寻找"中介"与重塑自我的初步自觉，可以说在精神状态与"情感结构"上为丁玲此后接受《讲话》、深入群众、发生更为深刻的转变提供了基本前提。从《梦珂》《莎菲女士的日记》时期"大写"的"我个人"，到投身革命、融入群众而试图成为革命"螺丝钉"，形成"新的写作作风"的"无我"（"无私"）。对于丁玲而言，这一转变并不是通过接受《讲话》一蹴而就的："有些人是天生的革命家，有些人是飞跃的革命家，一下就从落后到先进了，有些人从不犯错误，这些幸运儿常常是被人羡慕着的。但我总还是愿意用两条腿一步一步地走过来，走到真真能有点用处，真真是没有自己，也真真有些获得，获得些知识与真理。"[43] "在克服一切不愉快的情感中，在群众的斗争中……转变到情感与理论一致，转变到愉快、单纯，转变到平凡，然而却是多么亲切地理解一切"[44]，从"我个人"通向理想的"无我"状态，这期间正是一次次寻找"中介"、反复重塑自我的"一步一步地走过来"的艰难漫长的历练。

正如《霞村》中的"我"努力调适自己的状态与透视装置，进而不断成长，丁玲此后也在不断调整着自己综合现实、反思问题的"中介"，不断完成自我超越，逼近真正的"半主体性"。从《霞村》《在医院中》等到《三日杂记》《袁广发》《民间艺人李卜》《田保霖》等的转变，不只是表现对象、文体样态、语言风格和审美情调的转变，更是工作方式、观察方式、感情结构、精神状态和思考问题的"中介"的整体转变。在这一转变过程中,丁玲发表于1949年、同样采用第一人称"我"叙述的报告文学《永远活在我心中的人们——关于陈满的记载》[45]同样值得注意。在这篇报告文学中,霞村中的"创作者"转变为了宋村中的"工作者"并消除了"分心"状态,霞村中的"我"的那种源于城市知识分子工作方式的隔膜、迟疑、沉默,甚至有些不作为的特性,在这儿被转换为了一种引导农民自觉"翻心"进而"翻身"的工作策略:"我"对陈满老太的了解,多是通过"有人告诉我";陈满落选贫农团代表时"我们心里明白这里面有道理,可是刚来村子上,不了解情况,不敢做结论";陈满因此而心情郁闷时,"我心里记挂着她,成天不安,我想她一定遭遇到很多非难和迫害,但为着要更多地了解一些事,我不得不忍心不管她,看别人究竟怎样对付她";当"我"忍不住要突破这种观察状态时,陈满却找上门诉苦自白,而"我什么也不打算问她,我知道她会什么都告诉我的""只鼓励着她和安慰着她"。有意思的是,正如在霞村的"我"惊诧地发现了贞贞身上"新的东西",在宋村的"我"也奇怪地觉得陈满充满"思想",不断启发自己。支持这两次发现背后的认知装置虽有延续性,但已大为不同,因而两次发现所得也有所差异:同样被村庄共同体所排斥,相较于作为群众中的独异个体的贞贞,作为宋村"外路人"的陈满要更加具有一种"具体的总体性",她不再只是渴望"自己做主人",而是渴望所有穷人们的"心"都能"扭转来",一起做主人,"我"在陈满身上发现的是"新世界"。报告同样采用第一人称的叙事者"我"展开了抒情,但此时"我"既带有个体性的抒情者"我"的影子,又带有超越性的政治力量"我们"的影子:"我看出一颗坚强的智慧的心,我看出我们互相的无比的信托。我爱她,我在她的身上发现了新世界。她的影子慢慢地远去,我的愉快就愈生长了起来。我无法隐藏我的高兴,我几乎一路大声地笑着走回了我的房。我找来了我的工作组的同志们,我们有了更乐观的充分有信心的心情来安排着我们新的工作。"在这儿,一种伴随着新的工作方式生成的认知装置,一种具有成熟"半主体性"的主体,一种新的"中介",已颇具雏形。

确切地说,正如读者在《永远活在我心中的人们》中的"我"身上既能看到"我",又能看到"我们",对"左转"后的丁玲而言,一方面如"飞蛾扑火"般全身心地投身革命,达成"无我"状态是其追求;但另一方面，她也总是试图在此之中努力保有某种带有强烈主体色彩的"依然故我"的姿态[46]。这其中一端联系着总体的理想信念，一端则联系着具体的现实肉身。丁玲曾长期面临着如何取舍二者的深切焦虑，在1952年给楼适夷的信中她表达了困惑："我同时又觉得我近年来的作品也并未超过过去，过去虽说不好，可是还有一点点敢于触到人的灵魂较深的地方，而现在的东西，却显得很表面。……因此，我实在不安得很，完全毁了它们么？不写了么？怎么办呢！"[47]在二者之间的裂隙中，"分心"的焦虑其实始终潜伏着，与丁玲们对于"现代文学"深度透视装置与自身创作主体色彩念兹在兹的牵挂，一同成了"当代文学"或"人民文艺"所难以完全消融的"剩余物"的有机组成。或许，晚年丁玲理想中对于"飞蛾扑火"与"依然故我"两种姿态的处理方式，不是用其中一者去压倒另一者，二者甚至不应是相互对立、彼此外在的，而是在生命实践与文学实践中将其辩证地涵容为一——此时，"个我"（而非"私我"）在实践中不断尝试与革命一同共生共长，而"无我"（"无私"）即是"更大的自我"。丁玲在"左转"后，从潜意识到自觉，终其一生都在努力寻找一种最佳"中介"，以达成此种境界。在此意义上，小说《杜晚香》与人物杜晚香，大概是丁玲最终所能找到的最佳"中介"——是否可以说，杜晚香最终走完了《霞村》中"我"或贞贞所可能走上的道路呢？

注 释

〔1〕《我在霞村的时候》构思早于1941年，初刊于1941年6月20日《中国文化》第三卷第一期，署名丁玲。同时期丁玲还创作了小说《在医院中》《夜》，杂文《我们需要杂文》《"三八"节有感》，散文《风雨中忆萧红》，等等。小说在收入胡风选编的丁玲小说集《我在霞村的时候》（1944年桂林远方书店版）时有细微修改，1947年冯雪峰选编《丁玲文集》、1947年周扬编选《解放区短篇创作选·第一辑》中所收录的《我在霞村的时候》与该版本基本一致。1950年北京三联书店重版小说集《我在霞村的时候》，作者对该小说有较大改动。收入1951年开明书店版"新文学丛书"《丁玲选集》、2001年河北人民出版社版《丁玲全集》的版本均基于1950年版微调。参陈扬：《〈我在霞村的时候〉的版本与修改》，《中国现代文学研究丛刊》2015年第2期，135页。如无专门说明，本文所引小说原文均来自2001年《丁玲全集》定本。

〔2〕李向东、王增如：《丁玲传》，中国大百科全书出版社，2015，第244页。

〔3〕丁玲：《谈自己的创作》，载《丁玲全集》第8卷，河北人民出版社，2001，第88页。初刊《新苑》1980年第4期。

〔4〕冯雪峰：《从〈梦珂〉到〈夜〉——〈丁玲文集〉后记》，载袁良骏编《丁玲研究资料》，天津人民出版社，1982，第298页。初刊《中国作家》1948年第1卷第2期。

〔5〕华夫：《丁玲的"复仇的女神"——评"我在霞村的时候"》，载《文艺报》编辑部编《再批判》，作家出版社，1958第91页。原载《文艺报》1958年2月11日第3期，华夫即张光年。

〔6〕严家炎：《开拓者的艰难跋涉——论丁玲小说的历史贡献》，《文学评论》1987年第4期。

〔7〕王雪瑛：《从自我分析到自我掩饰——论丁玲的小说创作》，《上海文论》1988年第5期。

〔8〕贺桂梅：《丁玲的逻辑》，载《打开中国视野：当代文学与思想论集》，北京大学出版社，2020，第199页。

〔9〕"症候阅读"是阿尔都塞在《阅读〈资本论〉》中受马克思启发总结出的阅读/写作观。"症候阅读"指"在同一运动中，识破所读文本本身中未被识破的东西，并把它和另一个文本联系起来，而这另一个文本以必然不在场的方式存在于前一个文本当中"。即在在场的显性文本的"失误""疏忽"中存在着另一个隐含文本，"症候阅读"要读出这一隐含文本，并将其与显性文本对照，进而在显性文本的各种"症候"中，发现文本生成机制，发现支配文本生成的某种"无意识"（"难题性"）。参（法）路易·阿尔都塞、艾蒂安·巴里巴尔：《阅读〈资本论〉》，李其庆、冯文光译，中央编译出版社，2001，第21页。"症候阅读"的解释与《阅读〈资本论〉》原文译法的调整，参吴子枫：《症状阅读、难题性与思想史研究——阿尔都塞的唯物主义阅读观及其启示》，《马克思主义与现实》2021年第4期。

〔10〕申丹首次提出"隐性进程"（covert progression）用以描述存在着双重叙事运动的叙事作品中的在主要情节背后、与之齐头并进、贯穿文本始终的叙事暗流。根据显性情节是否具有实质意义，"隐性进程"可分为互补型与颠覆型两类。参申丹：《叙事的双重动力：不同互动关系以及被忽略的原因》，《北京大学学报》（哲学社会科学版）2018年第2期。

〔11〕丁玲：《我是人民的儿女》，载《丁玲全集》第8卷，河北人民出版社，2001，第312页。

〔12〕中岛碧：《丁玲论》，载袁良骏编《丁玲研究资料》，天津人民出版社，

1982，第542页。

〔13〕李向东、王增如：《丁玲传》，中国大百科全书出版社，2015，第245页。

〔14〕程凯：《重读〈新的信念〉与〈我在霞村的时候〉》，《中国现代文学研究丛刊》2013年第6期。

〔15〕丁玲：《关于〈在医院中时〉（草稿）》，《中国现代文学研究丛刊》2007年第6期。约1942年下半年作，李向东、王增如整理。

〔16〕1940年9月丁玲生活受挫，在窑洞中贴上了裴多菲的格言："我要同运命来决战，它不至于就完全征服了我，人生是如何的优美啊！我要聚千古生命于一身地活下去。"参萧军1940年9月24日日记，《萧军全集·第18卷》，华夏出版社，2008年版，第316页。贺桂梅教授曾多次概括丁玲的"生命哲学"："在艰苦的搏斗、在生与死的极致体验中感受生存的意义，并把这看作最高的快乐"，"这种生命哲学使人与环境处于紧张的对抗关系中，并试图通过'战斗'来改变既有环境，促成理想状况的到来"，"在革命的斗争实践中，在与'艰苦'展开搏斗的生活经历中，不断地磨砺自身，不断地认知外在世界，并通过实践转化成自我的构成部分，以塑造新我"。参贺桂梅：《知识分子、女性与革命——从丁玲个案看延安另类实践中的身份政治》，《当代作家评论》2004年第3期。贺桂梅：《丁玲的逻辑》，收《打开中国视野：当代文学与思想论集》，北京大学出版社，2020，第204—205页。

〔17〕李向东、王增如：《丁玲传》，中国大百科全书出版社，2015，第246页。相似解释还可见李杨：《"右"与"左"的辩证：再谈打开"延安文艺"的正确方式》，《中国现代文学研究丛刊》2017年第6期。

〔18〕程凯：《重读〈新的信念〉与〈我在霞村的时候〉》，《中国现代文学研究丛刊》2013年第6期。

〔19〕柄谷行人：《日本现代文学的起源（岩波定本）》，赵京华译，三联书店，2019，第15页。

〔20〕列宁：《进一步，退两步》，载《列宁全集·第七卷》，人民出版社，1959，第256页。

〔21〕张闻天：《抗战以来中华民族的新文化运动与今后任务》，《解放》1940年第103期。这是张闻天1940年1月5日在陕甘宁边区文化协会第一次代表大会上所做报告的大纲，此后还刊于《中国文化》1940年第1卷第2期，署名洛甫。

〔22〕丁玲：《我们的生活纪律》，载《丁玲全集》第5卷，河北人民出版社，2001，第57—58页。

〔23〕同上。

〔24〕丁玲：《西北战地服务团成立之前》，载《丁玲全集》第5卷，河北人民出版社，2001，第48页。

〔25〕"半主体性"是贺桂梅教授借卢卡奇理论分析梁生宝时提出的概念。"半主体性"并非丧失主体意识，而是意味着在将主体"对象化"的同时获得了超越个人化主体的更高的阶级意识。参贺桂梅：《书写"中国气派"：当代文学与民族形式建构》，北京大学出版社，2020，第349页。

〔26〕丁玲：《南下军中之一页日记》，载《丁玲全集》第5卷，河北人民出版社，2001，第41页。日记日期为1936年12月18日。

〔27〕史轮：《丁玲同志》，载袁良骏编《丁玲研究资料》，天津人民出版社，1982，第57页。原载《西线生活》，生活书店1939年4月版。

〔28〕丁玲：《延安文艺座谈会的前前后后》，载《丁玲全集》第10卷，河北人民出版社，2001，第269页。

〔29〕路杨将此难题概括为："情感的改造不仅需要时间与过程，从根本上还需要一种内在的转变机制。与单纯朝向内部的自我认识与阶级意识的改造不同，真正艰难的是一种向外的、具有互动性和感染力的情感联结的建立。"参路杨：《革命与人情：解放区文艺下乡运动的情感实践》，《中国现代文学研究丛刊》2019年第6期。

〔30〕相浦杲：《〈莎菲女士的日记〉与〈我在霞村的时候〉》，载《丁玲创作独特性面面观——全国首次丁玲创作讨论会专集》，湖南文艺出版社，1986年，第499页。

〔31〕中央宣传部、中央文化工作委员会：《关于各抗日根据地文化人与文化人团体的指示》，《共产党人》1940年第12期。张闻天起草，落款1940年10月10日。

〔32〕李向东、王增如：《丁玲传》，中国大百科全书出版社，2015，第240—244页。此时的"下乡"与1942年春整风运动中发起的"下乡运动"有根本差别，后者致力于发展外来知识分子干部与当地干部及民众之间的新关系，消灭城乡差别和体力劳动与脑力劳动差别。参马克·塞尔登：《革命中的中国：延安道路》，魏晓明、冯崇义译，社会科学文献出版社，2002，第216页。

〔33〕冯雪峰指出，"从莎菲到《新的信念》中的陈老太婆和《霞村》中的贞贞，这两种对象的不同，是两个世界的不同，并非作者用同一个主观可以同样去打入的；作者必须在新的对象的世界中生活很久，并用这新的世界的意识和所谓心灵，才能走得进去"。在其看来，相较于《水》《田家冲》《东村事件》等小说，《新的信念》《霞村》《夜》意味着丁玲"已经走进去，而且也已经送出来了"。冯雪峰：《从〈梦珂〉

到〈夜〉——〈丁玲文集〉后记》，载袁良骏编《丁玲研究资料》，天津人民出版社，1982，第298页。

〔34〕《新民主主义论》原题《新民主主义的政治与新民主主义的文化》，初刊《中国文化》1940年创刊号，其与张闻天《抗战以来中华民族的新文化运动与今后任务》都发表于1940年1月边区文协第一次代表大会，但二者存在错位，由此可见"新民主主义的文化"的内涵在当时其实并未立即得到深刻理解。这样的情况持续了一段时间，比如后来《解放日报》曾将毛泽东《整顿党的作风》和《反对党八股》的重要讲话都放在第三版下角，毛泽东批评其没有充分表现党性，不够重视党的政策和群众活动的传播，因而要求改变办报方针。参李向东、王增如：《丁玲传》，中国大百科全书出版社，2015，第270页。

〔35〕《关于延安对文化人的工作的经验介绍》，收《陕甘宁边区抗日民主根据地·文献卷·下》，中共党史资料出版社，1990，第449—451页。原文据中央档案馆1943年4月22日电报抄写稿。

〔36〕路杨注意到在下乡运动的情感实践中"尽管文艺工作者主动改变自身的生活习惯与思维方式，全方位地参与农民的生产劳动与实际工作，努力接受并试图融入农村地方的风俗世界，难以摆脱的却是一种深刻的寂寞感"。参路杨：《革命与人情:解放区文艺下乡运动的情感实践》，《中国现代文学研究丛刊》2019年第6期。

〔37〕据王增如、李向东对丁玲1942年关于《在医院中》检讨书草稿的研究，这篇小说原本并不是要欣赏陆萍的批判精神，而是为了表现其精神转变，但丁玲在行文中发生重心偏移，并未完成对陆萍的批判，而是细致表现其内心。这同样可被视为是一种"分心"的情况。参王增如、李向东：《读丁玲〈关于《在医院中》（草稿）〉》，《中国现代文学研究丛刊》2007年第6期。贺桂梅教授将此视为丁玲所面临的"陆萍式难题"的症候："其一是在写作《在医院中》的时候，丁玲还没有找到脱离陆萍式精神状态的具体叙事方法；其二是丁玲自己完全意识到了陆萍式的精神状态的不足，有摆脱出来的意愿和动力，只是没有找到合适的路径和方法。这既是文学叙事的问题，也是作家的主体修养问题。"参贺桂梅：《时间的叠印：作为思想者的现当代作家》，三联书店，2021，第259页。在此意义上也能理解为何丁玲陆萍只是"自己逻辑的延伸"。实际上，克服这一难题的过程也正是寻找理想"中介"的过程。

〔38〕相浦杲：《〈莎菲女士的日记〉与〈我在霞村的时候〉》，载《丁玲创作独特性面面观——全国首次丁玲创作讨论会专集》，湖南文艺出版社，1986，第500页。

〔39〕同上。

〔40〕卢卡奇:《历史与阶级意识》,杜章智、任立、燕宏远译,商务印书馆,2018,第8页。

〔41〕丁玲:《谈自己的创作》,载《丁玲全集》第8卷,河北人民出版社2001年版,88页。

〔42〕参贺桂梅:《丁玲的逻辑》,载《打开中国视野:当代文学与思想论集》,北京大学出版社2020,第204页。

〔43〕丁玲:《〈陕北风光〉校后感》,载《丁玲全集》第9卷,河北人民出版社,2001,第50页。落款1950年5月。

〔44〕丁玲:《关于立场问题我见》,载《丁玲全集》第7卷,河北人民出版社,2001,69页。落款1942年6月。

〔45〕丁玲:《永远活在我心中的人们——关于陈满的记载》,载《丁玲全集》第5卷,第270—275页。初刊《新中国妇女》创刊号,1949年7月20日。

〔46〕"飞蛾扑火,非死不止"是瞿秋白对丁玲的评价,参丁玲:《我所认识的瞿秋白同志》,载《丁玲全集》第6卷,河北人民出版社,2001,第58页。落款一九八〇年元月二日。"依然故我"是1979年12月19日翻译家高莽为丁玲画肖像后丁玲在画上的题词。

〔47〕丁玲:《致楼适夷》,载《丁玲全集》第12卷,河北人民出版社,2001,第59页。该信为丁玲1952年校对《丁玲短篇小说选》的感想,落款8月16日。

"晚年丁玲"的赓续守正与突进求新

——对比文艺讲演与《中国》实践

杨　萌

　　"五四"时期的丁玲、延安时期的丁玲、"十七年时期"的丁玲、"晚年"时期的丁玲都是丁玲研究的重点领域,其中"晚年丁玲"研究争议多且待阐释的空间大。一个文学家的"晚年"并不单纯地指向生理年龄,更与作家个人的文学表现密切相关,因而"晚年丁玲"的起点至今仍无定论。

　　理解"晚年丁玲"就必须了解丁玲被打倒及平反的历史:1955年《文艺报》51岁的主编丁玲与42岁的副主编陈企霞被打为"丁玲、陈企霞反党集团",1957年丁玲被打成"右派分子"并开除党籍,1958年至北大荒劳动改造,1970年被捕入秦城监狱,1975年出狱后送往山西嶂头村。1978年中央开始平反冤假错案工作,丁玲就积极为自己申诉,中央摘帽"右派"。1979年1月,75岁的丁玲才恢复自由之身,正式回北京治病。1979年初,作协组织复查丁玲问题后拟定《关于丁玲同志右派问题的复查结论》(下文简称结论),该结论认定丁玲的"历史问题"(指丁玲在1933—1936年囚居南京期间是否变节的问题)维持1956年中宣部的"属于在敌人面前犯过政治上的错误",摘去"反党集团"的帽子,撤销"右派分子"的政治结论和开除党籍的决议。但丁玲不同意维持1956年中宣部的南京"历史问题"结论,要求恢复中组部1940年结论即认定丁玲"是一个对党对革命忠实的共产党员",并要求增加"恢复其政治名誉"七字,故而与作协僵持不下。其后几年丁玲又写申诉材料,并在李锐、胡耀邦等人的帮助下,直到1984年8月中组部颁布并下发文件《关于为丁玲同志恢复名誉的通知》,丁玲才达成其政治诉求,彻底平反[1]。

　　许多研究丁玲的学者认为"晚年丁玲"的开始时间为1979年，笔者也认同此说。不仅因为1979年丁玲第一次平反，生活与过去有了彻底的改变，而且身为作家的丁玲也开始重返文坛，公开亮相。时隔22年后，1979年3月的《汾水》杂志刊发了她的文字《致一位青年业余作者的信》。而作协复查办公室出结论后，丁玲才接到参加第四次文代会姗姗来迟的通知。丁玲也才有资格正式在一些重要的刊物上频繁亮相：《人民日报》6月刊发叶圣陶赠丁玲的《六幺令》及其子叶至善的《〈六幺令〉书后》，7月刊载丁玲的《太阳照在桑干河上·重印前言（序跋）》，作协的机关刊物《人民文学》于1979年7月发表其短篇小说《杜晚香》，《十月》于1979年3月载其散文《"牛棚"小品》，《清明》杂志创刊号（1979年7月）上有《在严寒的日子里》（长篇小说节选），等等。王中忱曾指出"晚年丁玲"可以换成"复出以后的丁玲"[2]，因而，本文也将丁玲的"晚年"时间大致划为1979年丁玲复出文坛到1986年3月去世。本文探讨的对象正是这段时间内丁玲的文学活动，通过对比分析"晚年丁玲"言行不一体现出的矛盾文艺观念。

　　丁玲的文艺观并非在一朝一夕之间形成的，而是经过了漫长的沉淀积累，其本身就具备一定内在稳定性。诚然，作为一个文学创作者，她较少进行专门的文学理论学习，也没有形成系统的、完整的理论观点，因而她的文艺观念是零散的、片段的、不成体系的。纵观丁玲各个时期的文艺活动不难发现，她总是在追求文学政治功利性与追求文学自身内在审美属性之间不断摇摆，而"晚年丁玲"这种"摇摆"最为凸显。"晚年丁玲"既表现出过度正统的姿态，公开显露自己对"讲话"（《延安文艺座谈会上的讲话》）精神的一贯忠诚，号召继承延安文艺传统，这主要体现在她公开的文艺演说之中。同时，面对"思想解放"的时代浪潮，西方思潮的涌入及其引发的广泛而深入的讨论，敏感的文学家丁玲又显露出先锋的姿态，表现出浓厚的兴趣和求新探索的激情，重视文学存在的独立性而非政治工具性，这主要体现在她主编的《中国》杂志中。

　　众所周知，主编在文学杂志中处于非常关键的位置，主编的性格喜好、艺术偏好、审美视角等决定了选稿的标准，主编对文学总方向的理解，对文学艺术规律的把握可能直接影响整个刊物的特色与风格，如施蛰存之于《现代》、胡风之于《七月》、秦兆阳之于《当代》。以《中国》为突破口，分析丁玲主编期间流露出的文艺观念和倾向，很有必要。1984年底，80岁的丁玲在耄耋之年聊发少年之狂，萌生了在文坛建功立业的壮志豪情，创办了大型文学刊物《中国》。而此时离她逝世不到两年，丁玲对《中国》的热忱可见一斑。"民办公助"的《中国》（文学双月刊）于1984年11月28日在北京举办招待会，老中青作家齐聚一堂，是当时轰动文坛的大事件。主编丁玲在会上做的讲话《五世同堂　团结兴旺》其主旨精神就是以《中国》来团结文坛力量，推动文学的良性发展。正是丁玲经历异常艰难的彻底平反之路和办刊筹备期间的屡屡受挫，让她痛感文坛宗派主义之盛，她渴望团聚"无人问津"的老作家，吸引初出茅庐的年轻人，建立文学创作的阵地为他们提供发声的平台，也树立起自己的文坛旗帜以实现对"周扬派"的突围。

其实，早在20世纪30年代，曾主编"左联"机关刊物《北斗》的丁玲就发现了文学杂志的重要性："没有杂志，对我们的损失很大！有人占据我们的文坛，去蒙蔽读者！"[3]除了能抢占读者占据宣传要地，重要的文学刊物往往通过对作家的肯定或否定，对文学范式的赞美或贬斥，反向引导了文学创作，甚至可以通过大型文学刊物的编辑活动介入文学生产机制，引领文学潮流。有着近半辈子编辑经验，且中华人民共和国成立后也当过全国文协机关刊物《文艺报》主编、《人民文学》副主编的丁玲自然明白其中的道理。

"晚年丁玲"几乎耗尽了全部心力来办《中国》，她为《中国》的创刊、人员的编制、办公场所、刊物的出版与发行等问题先后求助于中央领导人，还四处奔波写信向人约稿。然而，外忧未绝内患不断。刊物内部人员刘绍棠、雷加、舒群、冯夏雄等人不和，丁玲也低声下气一一调解。在1985年7月丁玲生病住院期间，病房也成了《中国》的编辑室。为继续在《中国》上实践自己的文学理想，丁玲将牛汉调整为执行副主编，冯夏雄、杨桂欣、雪燕、王中忱为编辑室负责人。1986年3月丁玲去世，在1986年第4期《重要启事》中还有说明："《中国》文学月刊第四、五、六期文稿，丁玲同志生前都已审定，因此第四、五、六期仍保留'丁玲主编字样'，我们愿丁玲的生命在《中国》文学中长久地延续，丁玲不死！"[4]由此可见，主编丁玲对《中国》用心、用情之深。丁玲去世后，牛汉延续了丁玲的文学理想，艰难维持《中国》直到1986年12月被迫终刊。在丁玲的苦心经营和妥善安置下，《中国》也没有辜负她的期望，成为新时期文学期刊中的佼佼者，以其新锐和富有生气的特质给当时读者留下了不可不磨的印象，以至于"研究中国当代文学史，是无法绕过《中国》这份杂志的"[5]。而丁玲也因《中国》体现出的鲜明个性与探索精神，冲击了公众视野中过度守正，甚至极"左"的形象，给"晚年丁玲"蒙上了一丝复杂而神秘的色彩。下文将简要对比"晚年丁玲"文艺演说及其主编《中国》实践中体现出的文艺观念，分析其前后不一的主要成因。

复出后的丁玲"亮相"了两篇风格截然不同的文学原创——《"牛棚"小品》与《杜晚香》。《"牛棚"小品》平和冲淡地回忆了自己"文革"的伤痕经历，而《杜晚香》则激情澎湃地重写了北大荒的工农兵标兵杜晚香（原型邓婉荣）个人融入集体的生活。《杜晚香》发表后遭到了读者的冷眼，而作为替换品为《十月》填补空缺的《"牛棚"小品》却得到了读者和评论家们的广泛好评，还获得了"《十月》文学奖"。面对这一状况，"晚年丁玲"公开讲演时表示："我反复思量，我以为我还是应该坚持写《杜晚香》，而不是写《'牛棚'小品》。"[6] 显然是因为《杜晚香》更符合宣传社会主义先进人物的政策。"晚年丁玲"积极地以文学创作响应政治号召，传达政治精神，宣传政策。她甚至在公开讲演中还直白地宣扬："创作本身就是政治行动，作家是政治化了的人。"[7] 她认为文学创作并不是作家的个人行为，作家背负着社会责任和时代使命，文学创作的目的仍是为现实政治服务。

然而，她主编《中国》杂志却支持文学创作自由，追求文学的艺术性和自身审美价值，甚至作家本人或是研究对象的政治身份、思想倾向都不大计较。如，创刊号上不仅有"朦胧诗"，更有引人注目的"异类"作家作品——遇罗锦的《刘晓庆的生日礼物——〈无情的情人〉拍摄散记之一》。20世纪80年代初，遇罗锦离婚案是引发广泛讨论和关注的公共事件，遇罗锦本人甚至因此被贴上了"道德堕落的女人"的标签。1985年，遇罗锦在改革的大潮中申请了停薪留职，随刘晓庆到云南拍电影做场记。她将拍摄电影时发生的故事记录下来，为了宣传电影、顺利投稿，她主动给丁玲写信以祈发表。而20世纪80年代初，知名电影演员刘晓庆也因离婚案，被认为"作风不正"。刘晓庆和遇罗锦两个富有争议的女人同时出现在《中国》创刊号上，老作家多反感，而"青年人特别是一些改革思想比较浓烈的人却都佩服丁玲的勇气","王蒙认为丁玲胆子大,思想解放,敢发表任何人的作品",故而将《人民文学》不敢发表的作品也推荐给《中国》发表[8]。

在遇罗锦的这篇纪实散记中,改革浪潮的大时代背景下夹杂了一如既往的私人化叙事风格。如,写到她和丈夫分别时:"我抱着傻咪咪兔,亲吻他肉乎乎的脸蛋,左一下,右一下。"[9]大胆而温情,在文本中多处显现出了主流话语与私人话语的内在分裂。丁玲其后谈到《中国》上遇罗锦的文章:"总的看来利多弊少,失小得大。遇罗锦最近到部队去写东西,她若能真正在部队里待上两年,把视野扩大,深入生活,那她还是有希望的。"[10]可见,丁玲赞赏了遇罗锦从个人情爱的小世界投入了时代社会的大天地。从爱情舞台走向社会政治舞台,这也曾是丁玲自己走过的文学之路。且"晚年丁玲"分享创作经验时更是不止一次提倡作家要深入生活,从小我走向大我,从个人走向群众。丁玲正是从自身实践经验出发,以过来人和启蒙者的姿态,谆谆教导这些后辈作家的。主编丁玲对一些"伤痕""异类"年轻作家作品的刊发,实际上反映出她对文学自由创作的肯定,并不排斥文学作品表现现实矛盾和私人化情感,从文学的自身规律出发,丁玲对那些敢讲真话,勇于表达,甚至去触碰题材禁区的作家给予了真正的宽容鼓励和欣赏扶持。

此外,20世纪80年代"现代主义"文学思潮势头正猛,学习和效仿西方"现代派"表现手法在当时的文学创作中风行一时。但是"晚年丁玲"却偏偏唱反调,发表文学演说时公然批评"现代派",号召继承民族传统形式。然而,在《中国》中,她不仅积极介绍,引进西方文学译介作品,还从文学自身的审美性出发,刊发了一些"现代派"文学作品,表现对艺术形式求新求变的赞赏,体现先锋突进的姿态。

1982年,丁玲回湖南与莫应丰、古华、韩少功等青年作者座谈时就说:"我很后悔我没有坚持三十年代我在创作中曾经偶然发现的问题,就是在我国自己的民族形式,民族传统的基础上继承、发展和创新。"[11]指出"我们按中国形式、按照中国读者的习惯和欣赏的兴趣,来写自己的新作品。我们要充分研究我们民族古典文学作品的精华,究竟好在哪里,不要一味崇拜西洋,只走欧化的一条路"[12]。在关于"清除精神污染"的讲话中则批评"有的人对过去的文学表现手法,认为有太多的教条、概念、简单、呆板。他们急于探索，追求创新。在琳琅满目、眼花缭乱的市场上，有的人比较清醒，在创作上的确有所创新；但有的人却把鱼目当珍珠，把垃圾当时髦""推崇三十年代不要思想，只追求趣味而被读者唾弃的那些作品"[13]。可见，"晚年丁玲"依然看重文学作品中作家的情感态度、立场倾向、主题思想等问题。她的公开讲演也多肯定古典文学作品及民族传统，提倡延安革命文艺传统。

而其主编的《中国》刊发的部分诗歌、小说却体现出了极具新锐特质的艺术探索，表现出紧跟世界文学潮流，鼓励文学创新和探索的倾向。如刘勇的《追忆乌攸先生》（1986年第2期），这是格非用真名公开发表的第一部作品，也是"先锋文学"的代表作。在小说中人们对"三个外乡人"讲述了不同的回忆，而每一次重复都是对意义的不断解构与重构，以此显示命运的偶然性、虚构性。知道真相的小脚女人在乌攸先生死后才赶至现场，却只看到了远处吹吹打打的迎亲队伍，这种细小的错位更突出了时间的诡秘色彩。格非也在小说中将人性的冷漠麻木刻画得令人毛骨悚然：康康的母亲"原是个瘫子，她的病是乌攸先生治好的"，在康康取双筒猎枪执行乌攸先生死刑的早上，母亲却问他是不是去打猎。"我"和弟弟想去看行刑，而母亲"顺手给了一巴掌"告诉"我""杀人和杀鸡一样"[14]。此时的格非已然娴熟地运用了他后续一贯的叙事手法和有关时间之谜的叙述风格。还有徐星的《城市的故事》（1986年第4期），开篇就是"献给那个说'无为在歧路，有为也他妈的在歧路'的远方朋友"语言之反常大胆令人瞠目。文中口语化、流水账式地调侃记录了"我"和"老婆"的婚恋交往及日常生活琐事，主人公"我"是个都市青年，满嘴的"他妈的"，用玩世不恭的眼光打量、戏谑身边的一切："我又学写小说，听说更有无数上有根下有未来派的大师在身前脑后虎视眈眈，于是我学'垮掉'，可我又发现前面有了一大帮欧洲的艾滋病患者，而且他们现在还都他妈不穿美洲的牛仔裤了……"文末主人公还痛苦而真挚地升华："我一直想学合时宜，跟一切知道合时宜的人学，但总是学不会。"[15]几分带有严肃意味的生存哲理似的反思，又流露出无奈而又颓废的情绪色彩。徐星剖析展露了自己的心理真实，叙述了一代人的迷惘彷徨，而"黑色幽默"、荒诞、反讽等手法的运用不仅打破了传统小说故事中心的叙事结构，还造成了一种审美冲击和新奇的阅读体验。而残雪的《苍老的浮云》（1986年第5期）

更是对小说艺术创新的着力探索。小说中虚汝华得了失眠症，因没能继承父业被母亲恶意诅咒，极为顺从婆婆的丈夫老况总在半夜里吃蚕豆，蛮横控制欲强的婆婆更是随意地闯入并监视他们夫妻生活，与虚汝华有私情的邻居更善无在外被人嘲笑戏弄，在家被老婆女儿鄙视，爱做排骨的老婆慕兰是个偷窥狂，恶俗至极"喝了那种怪汤夜里就打臭屁，一个接一个，打个没完"[16]。传统家庭的和善温情被残雪彻底解构，取而代之的是亲人之间的互相攻讦、暗算和侵吞，残雪对生之恶的厌弃也强烈地冲击着20世纪80年代读者的视觉神经。

主编丁玲还积极向"外"探索，关注海外华文文学和世界文学新潮流。1985年第3期专栏介绍了新加坡金狮文学奖获奖作品，也附上了萧乾、秦牧对应的评论文章及姚雪垠对新加坡华文文学的介绍，三人当时均为金狮文学奖的评审委员。在文学译介上，1986年《中国》改为月刊后，初刊就以三分之一的版面推出了"世界文学之窗"专辑，介绍诺贝尔文学奖获得者亨利希·伯尔其人与作品，以及他和中国研究学者黄文华的对谈——《要学会驾驭自由》，其后几期还译介了当红的诺贝尔文学奖得主克洛德·西蒙的作品及研究文章。这些都足以证明此时的主编丁玲继承和发扬了"五四"文学传统，以广阔的胸怀和视野在世界进步文艺支流中激流勇进。

总之，丁玲的政治革命信仰使之在文学上自觉地追求文学的政治工具性作用，歌颂党的英明领导，赞美时代新面貌，推崇民众喜闻乐见的民族形式。但丁玲毕竟又从"五四"启蒙运动中走来，且她本身是一个叛逆倔强且极富个性的作家，其文学追求又不甘于公式化、概念化、模式化、肤浅化的图解政治表达，她还有着文学家天生的敏感孤独情绪，良好的文学鉴赏力，这又表现为追求文学自身的独立性，语言形式的个性化，审美风格的多样化。

明飞龙认为"丁玲外在的言论是寻求一种政治身份的认同的话，那么其主编《中国》则是寻找一种文学身份的认同"[17]。以此看来，似乎"晚年丁玲"在公开的文学讲演中宣扬文学服务政治，歌颂政党是在追求政治身份认同，而以《中国》为文学领地，推介西方文艺思潮，提倡艺术作品创新，扶持"伤痕""异类"作家，是在追求文学身份认同，并由此体现出两种身份的矛盾撕裂。但在笔者看来，如此纯然割裂政治身份与文学身份似乎不妥。其实，丁玲的一生都在呼喊创作自由与捍卫政治立场，追寻创作个性与接受集体规训，求新与守正等重重矛盾中纠缠不清。政治革命信仰与文学独立追求早已潜移默化为其思想理论资源，她只是倔强而真实地展现着矛盾的自我，本色的自我，分裂的自我，一直"依然故我"，努力地坚守着自己的文学理想，与主流政治话语进行调整磨合，并试图追赶把握瞬息万变的现实生活。文学讲习所受过丁玲教育的邓友梅曾回忆："在她晚年，不止一人说她保守，叫她'老左'，我们同学中就没有一人对此表示过同感，就因为我们了解她。因为我们看到的是思想解放、求真求实、热情坦直、快人快语的丁玲，我们看着她为此付出了过重的代价。"[18]诚哉斯言！矛盾而分裂的丁玲亦是真实的丁玲，也是无数近现代知识分子的历史剪影。

参考文献

[1]王增如，李向东.丁玲年谱长编（1904—1986）：下卷[M].天津：天津人民出版社，2005：735.

[2]王中忱.重读晚年丁玲[N].文艺报，2011-03-11（6）.

[3]丁玲.死人的意志难道不在大家身上吗？：在中国公学讲演[C]//张炯.丁玲全集：第7卷.石家庄：河北人民出版社，2001:7.

[4]中国编辑部.重要启事[J].中国，1986（4）.

[5]刘业伟.丁玲编辑生涯和办刊思想研究评述[J].现代语文（文学研究），2011（1）.

[6]丁玲.《"牛棚"小品》刊出的故事：在"《十月》文学奖"授奖大会上的讲话[C]//张炯.丁玲全集：第9卷.石家庄：河北人民出版社，2001:299.

[7]丁玲.漫谈文艺与政治的关系[C]//张炯.丁玲全集：第8卷.石家庄：河北人民出版社，2001:122.

[8]王增如.丁玲办《中国》[M].北京：人民文学出版社，2011:111.

[9]遇罗锦.刘晓庆的生日礼物：《无情的情人》拍摄散记之一[J].中国，1985（1）.

[10]丁玲.创作自由及其他[C]//张炯.丁玲全集：第8卷.石家庄：河北人民出版社，2001:486.

[11]丁玲.和湖南青年作者谈创作[C]//张炯.丁玲全集：第8卷.石家庄：河北人民出版社，2001:317.

[12]丁玲.关于文学创作[C]//张炯.丁玲全集：第8卷.石家庄：河北人民出版社，2001:285.

[13] 丁玲. 认真学习、开展批评、整顿文坛、繁荣创作 [C]// 张炯. 丁玲全集：第 8 卷. 石家庄：河北人民出版社，2001:378.

[14] 刘勇. 追忆乌攸先生 [J]. 中国，1986（2）.

[15] 徐星. 城市的故事 [J]. 中国，1986（4）.

[16] 残雪. 苍老的浮云 [J]. 中国，1986（5）.

[17] 明飞龙. 晚年丁玲再考察：以《中国》杂志为中心 [J]. 社会科学论坛，2015（4）.

[18] 邓友梅. 难忘丁玲谈读书：邓友梅致苗得雨 [N]. 人民日报，1998-09-18（12）.

"观念"的形成

——论丁玲早期的创作心理定式

刘燕飞

  1927年秋，丁玲在北京汉花园公寓10号创作了《梦珂》，同年冬天发表于《小说月报》第18卷第12号。此后的三年里，她的短篇小说稳定产出，成为《小说月报》的常客。丁玲的早期小说创作集结成了三部短篇小说集：《在黑暗中》于1928年10月，由上海开明书店出版，收录了《梦珂》《莎菲女士的日记》《暑假中》《阿毛姑娘》，并附有后记《最后一页》；第二个短篇小说集《自杀日记》于1929年5月，由上海光华书局出版。收录了《潜来了客的月夜》《自杀日记》《庆云里中的一间小房里》《过年》《岁暮》《小火轮上》；第三个短篇小说集《一个女人》于1930年4月，由上海中华书局出版，收录有《一个女人和一个男人》《他走后》《日》《野草》，另有胡也频的两篇小说。丁玲被认为最后一部带有"莎菲气质"的小说《韦护》写作于1929年冬天至1930年，同年连载于《小说月报》第21卷1号至5号。至此，丁玲完成了早期审美世界的建构，用十五篇小说向世人昭示了作家丁玲的存在方式。

  如果说鲁迅的《呐喊》与《彷徨》是创新的艺术，是一篇又一篇的"格式的特别"，那么丁玲的《在黑暗中》《自杀日记》《一个女人》则是重复的艺术，是许多个莎菲在不同情境下的"重蹈覆辙"。鲁迅的写作观照了不同身份群体的精神世界，丁玲的早期写作则对准了具有莎菲特质的女性领地，不厌其烦地描摹她们内心的欲望与挣扎，过于急切地表达人物对于自己、他人、社会的看法，贯穿始终的矛盾表白也印证着不同篇目叙事策略的相似性。作家选择的内容、表现方式服膺于创作心理，而创作心理又在作家敏锐的艺术知觉中成型。所谓知觉，是一种高于感觉、次于思维的环节，心理学上把大脑通过感受器官获得的对于外界事物多方面属性的整体认识称作知觉，而艺术知觉相比实用的、科学的知觉具有强烈的主观性、独创性、情绪性、多样性[1]。创作心理建构在创作者生活中形成的种种观念之上，即人生观、社会观、性别观等与感知力息息相关的可阐释领域，这些观念往往相辅相成。丁玲创作的特别之处在于，只创作到第二篇小说《莎菲女士的日记》就已经显现出了叙事者成熟的观念表达，为后来的"众星拱月"式小说格局埋下伏笔。鲁迅的《狂人日记》与《阿Q正传》无法一较高下，《孤独者》和《在酒楼上》也无法分出孰优孰劣，但丁玲的《莎菲女士的日记》和《自杀日记》放在一起比较，可以毫不费力地得出结果，不只《自杀日记》，丁玲早期任意一篇小说与《莎菲女士的日记》相比，在艺术上、思想上都处于下风。这一方面源于丁玲与鲁迅等作家相比，对于社会的开掘还不够深广，另一方面则来源于丁玲早期创作的心理定式。

心理学认为，对于主体特定的知觉活动产生影响和制约作用的定式结构主要来源于主体先前的经验，尤其是童年时代的经验，主体的需要和动机，主体的信仰和价值观念，主体的心绪、人格、旨趣、文化素养[2]。考察丁玲早期创作心理的形成需从童年经验、写作酝酿期、写作心境等方面入手，从幼年到青年的人生经历形成的独特人格，和与创作息息相关的价值观念与文化旨趣，这些人生中的不同面向催生了丁玲的艺术创作心理，也铸成了她的创作心理定式，驱使她执着地描写女性在自我表白和与世界对抗中遭遇的精神困境和肉体的创伤与陨灭，而文本内容与创作心理相互印证，不断强化了作家对观念的固有阐释，显示出模式化的痕迹。知觉活动对于主体状态具有依赖性和归属性，因此，人的知觉自然地呈现出注意的选择性、表象的情绪性、意识的主观偏颇性[3]。也就是说，当作家处在某种相对固定的状态，他对于知觉的选择具有很大的主观性。丁玲早期小说创作探讨女性生存状态，其中直露的性别观念反映了叙事者对传统性别秩序的反抗，文本中人物形象的身份设置呈现了作者的反叛观念，以及作家"不卖女字"，单纯以女性比附社会的弱势群体和边缘人，揭开她们对于自由生活的渴望，对于精神超脱的期待。于是，因为从生活经验中锻造的观念，这些作品具有很大程度的相似性，《梦珂》中陷入爱情幻想又很快脱身自立的情节模式沿袭到了《莎菲女士的日记》里，对于爱情的质疑与挑衅、对男性身体与灵魂的审视思想也延续到了《庆云里中的一间小房里》《他走后》等作品中，主观性、情绪性很强，形成了丁玲早期小说的独特性。

一、反叛传统的性别秩序

丁玲早期作品中最突出的姿态就是对性别秩序的拷问与质疑，同时建构了自身对于在性别基础上产生的"观念"的理解。早期小说以主观心理视角建构的主人公形象如梦珂、莎菲、丽嫄、野草、伊萨等，其存在本身就是对于传统性别秩序的挑战与质疑。而看似以客观视角叙述的阿毛等，其内心活动依然是推动情节发展的主要动力，贯穿着性别秩序下精神世界瓦解与坍塌的悲剧主题。丁玲自言不卖"女"字，她的小说也确实没有局限于探讨女性命运，而是以女性主人公的视角揭开了人们精神世界的无助与空虚，在现代性方兴未艾时敏锐地捕捉到了新秩序下的龌龊与腐朽，借助小说主人公自我表白的失败、情爱的失败、与世界对话的失败为新的秩序与文明提前唱了一首挽歌。即使丁玲的本意是为了宣泄与表达，但在那个高扬理想与人生的年代，丁玲笔下的主人公们执着的"嬉笑怒骂"突破了性别和内心的圈层，随着时间疾走，在每一个仔细注视历史的人心里荡开涟漪。

丁玲前卫的、对于传统性别秩序的挑战观念似乎是一蹴而就的，在处女作《梦珂》中即以"人体模特"为引，在梦珂从寄生小姐转变为自食其力的电影演员的过程中，对于新、旧女性面临的种种陷阱做了大胆暴露。之后的作品也凸显了这样热烈的、犀利的洞察力，可见丁玲对于性别秩序的认知与思考不是伴随写作过程逐步深入，她在一出手时就有成熟的、从容的勇气，三部小说集完结只是拓展了作家拷问性别秩序的广度，而深度在一开始就高高悬挂在同类作品之上。因此，探析丁玲早期创作心理的形成要充分地"知人论世"，考察其童年和青年成长经验，要重读作家的"情绪记忆"。所谓情绪记忆，是指记忆主体凭借身心感受和心灵体验的记忆，是一种积极能动的心理活动过程，对于从事文艺创造活动的人们来说，情绪记忆在全部的记忆活动中占有更大的比重，他们的情绪记忆总是敏锐的、丰富的、牢固的、强烈的、细腻的[4]。丁玲的童年和青年时代虽没有她后期的人生起伏跌宕，但也足以滋养出敏感的、反叛的情绪记忆，呈现在小说里就是具有批判性的、自省性的、独立的生存方式。

1. "强建构性"与女性"审视"

丁玲幼年失怙，家道中落，成长过程中感受到了大家族的人情冷暖、钩心斗角，并未享受到家族殷实带来的安全感。丁玲谈及童年往事时回忆父亲"总是讲蒋家过去怎么样显赫，有钱有势，有派头。可是我眼睛看见的、身临其境的，都是破败不堪，都是世态炎凉。这两个东西在我的脑子里总是打架"[5]。前者因未曾见大概总是虚浮，像道听途说的传奇故事，后者却因触手可及而更具实感。鸦片烟雾缭绕之中，接受了现代教育的父亲沉溺于祖辈旧日的荣光，一如迟暮的老人夸耀年轻时的勇猛，其混沌、暧昧、萎靡、亢奋、骄矜的情绪相混合，在新旧之间、荣华与颓败之间，父亲的形象不是伟岸的、可靠的、顶天立地的，纵然洒脱不羁，背后也有孱弱与无力。

研究者多认为父亲对于丁玲的影响很大，丁父的才情禀赋遗传给了丁玲，使其在青年时期就显露出写作的天赋。但纵观丁玲早期的小说创作，她选择塑造的是女性主人公，令人惊讶的是，围绕她们的男性身上没有父亲的影子，没有美化，也没有幻想，丁玲的早期创作打破了俄狄浦斯情结。作为叙事者来说，她呈现了一种强建构性，她塑造的主人公在某种程度上"唯我独尊"，而其余的角色无法共享作家建构的这份威严，在叙事地位上来说，他们是不平等的。梦珂、莎菲、伊萨、阿毛等形象的内心世界完全向我们敞开，与此同时她们的主体性也被强势建构了出来。

童年经验对主体知觉活动的影响重大，或充当治愈人生不幸的疗伤宝库，或充当幸福时刻的阴霾深渊，对文艺创作活动尤为重要。丁玲的创作潜意识，她文本中的身份、情节设置受到了先前经验的鼓动。童年时弟弟的死亡除了使年幼的丁玲感受到丧亲之痛，还让她认识到了性别在传统宗族血缘地位上的悬殊，姑姑对于"为什么死的不是女孩偏是独子"的下意识情绪宣泄刺激了幼年丁玲敏感的心。生命自然无法置换，而这种"理所应当"的残忍意识也不会随着时间的推移慢慢被淡忘，只会在每一次灵感迸发的创作中固化作家对于性别秩序的处理。

青年时代的丁玲即表现出与族权对抗的勇气，她公然登报批评舅舅的骑墙派做法，在母亲的支持下，毅然退掉了与舅家的包办婚约。丁母是另一种意义上的传奇人物，她在丈夫过世后独自将一双儿女抚养长大，在大家族里勇于开时代风气之先，努力求学，后出任小学教职以供养家庭，她坚韧的性格和行事作风直接影响了丁玲的人格养成。在丁玲的成长过程中，母亲、九姨向警予以及母亲的其他结拜姐妹都身体力行地展示了湖湘女性爽朗、坚韧的特质，她们为了心中的牵挂与理想勇敢地站在时代的风口上，走在了妇女解放的前列，在丁玲的印象中是大写的"人"的形象。从幼年到青年时代，父亲无奈缺位，舅舅显然没有承担起"父"的角色，无法在精神上为她提供强有力的支撑。从丁玲的回忆来看，偶尔提及的男性角色是肯定她写作天赋的中学老师，是从她身边抢走好友的"白脸男人"，是在上海大学时并不感兴趣的"讲时政的名人们"，丁玲面对他们时似乎又退守到了"自己的园地"，在如火如荼的运动浪潮中没有激流勇进，在沉默中酝酿出了"文学丁玲"。

童年和青年的成长经历使丁玲对传统的性别秩序有了深刻的质疑，因而在其写作中打破了旧有的认知模式，在身份设置上做了大胆的颠覆与创新。丁玲早期小说将男女在情爱中的地位倒置过来，如莎菲、野草、丽婉等形象，打破了红袖添香的传统模式，即使并非知识女性的乡下女孩阿毛，在对于世界、人生的认知上也格外敏感，即使沾染了虚无主义的气息，但阿毛的形象明显脱离了一日三餐的肉体满足而要求精神层面上的认同与抚慰。这就体现了作家在写作中的强建构性，把主人公的心理超拔到了小说中的最高位置，全方位地袒露给读者，不遮蔽，也不矫饰。对比中国传统小说中女性在"仙女"和"妖精"身份之间的摇摆，丁玲的写作呈现的是一个个具备人性的、有独立人格的女性形象。莎菲也曾迷失于对凌吉士的热恋中难以自拔，但她绝不是曹丕《燕歌行》里的"援琴鸣弦发清商，短歌微吟不能长"的"代女子立闺音"的做派，她只会不停地剖析自己，在狂热的思念中正视自己的身体欲望，在知悉凌吉士的庸俗面目后在心里说出："你，在我面前，是显得多么可怜的一个男子啊。"爱对于莎菲来说何其重要，但即使在爱里，她依然没有迷失主体性，梦珂如此、野草如此、伊萨也如此。

人物形象首先要"站起来"，不是说从福斯特口中的"扁形人物"到

"圆形人物"的变化，而是如沈尹默的《月夜》一样，"我和一株顶高的树并排立着，却没有靠着"，前者是技巧的变化，后者是精神内核的嬗变。沈尹默用两句诗道出了新文学的精神向度，丁玲用一个个女性角色为现代人招魂。人物形象其次要向上"超越"，丁玲的写作同时实现了"站立"与"超越"，因为她的作品中出现了"女性审视"的直白目光，在对传统秩序的颠覆中没有做那个明明想要开窗却假装去拆门以求对方妥协的人，她的写作直奔"拆门"而去，因此《莎菲女士的日记》一经发表，便众声喧哗。

所谓"女性审视"是针对历来习以为常的"男性凝视"的相对概念，是丁玲早期小说中形成的固有模式。手如柔荑、肤如凝脂、唇红齿白变成了莎菲们对理想男性的期许。在丁玲的小说中，男女的性别特质似乎做了有意的含混与替换，女性形象欣赏的不再是天庭饱满、地阁方圆的传统正派代表，能够激起主人公心中涟漪的男性沾染了不少传统认知中的女性气质。研究者们对于《梦珂》的探讨注意到了梦珂的演员身份，这种由现代视觉传媒技术造就的人的"物化"固然容易将刚逃出"玩偶之家"的新女性再度引入"被观看"的陷阱中[6]，但这依然是沿袭下来的惯性思维，对于这个文本的分析忽略了梦珂作为主人公，她对周围男性的审视，前者是技术和现代文明发展中的缺陷，而后者是作家有意为之的反叛与颠覆。围绕在梦珂身边的不只有表哥一个男性，还有教她画画的澹明、旧时同学雅南，但梦珂只对表哥晓淞情有独钟，原因在于晓淞在梦珂面前十分温柔，甚至展现出了某种母性特质。在晓淞等人将梦珂作为狩猎对象时，梦珂也在审视他们，读者通过梦珂一齐审视他们。回到《梦珂》开头的出场画面，梦珂一出场便颇带几分江湖气，为人仗义，第八教室变成了一个小江湖，充斥着看不见的刀光剑影，短短几句话出现了"侠"的含义，梦珂反而更像传统的、男性专属的侠客形象。作家把英勇、仗义、嫉恶如仇赋予了梦珂，把梦珂在文本中缺失的母爱投射到了匀珍和晓淞身上，晓淞的温柔特质因此处在梦珂的审视之下。

而《莎菲女士的日记》更甚，莎菲仿佛延续了晚清小说中青楼叙事里的恩客形象，在处理与苇弟和凌吉士的关系时，时常扮演"多情公子"的角色。对于凌吉士的外貌审视大胆而直露，莎菲毫不避讳对于凌吉士的热恋始于他的丰仪，而最后终结于他不相匹配的灵魂。对苇弟的描写虽然简洁，但却抓住了一个特质：爱哭。这又是传统认知中属于女性的软弱，这个比莎菲年纪大的男人还会做出某些极为幼稚的行为，在读了莎菲的日记后依然不懂她的痛苦，苇弟的身份设置似乎可以和传统叙事中既不解风情、又认不清形势的女性形象相互呼应。作家这样设置人物的身份、摆布他们的行动，本身就是对于传统性别秩序的挑战与蔑视，通过对男性身体与灵魂的审视，实现了主体的强建构性。

童年和青年时期的生命体验造就的心理定式使丁玲早期的小说在同时代中充满了异质性，对于丁玲的艺术知觉起着规定和指向作用，正因如此，才形成了早期小说"众星拱月"的模式。

2. "在场"的质疑

五四新文化运动将"子一辈"从封建伦理秩序中解放出来，对于父权的反抗产生了新的文明书写。自由恋爱、婚姻自主激动了年轻人的心扉，不仅是个体性的解放，同时对于爱情的追求被赋予了政治意义：反抗父辈，张扬自我，成为一个"新人"，创造一个"新世界"。年轻的思潮很容易过渡到革命的天地：推翻旧世界，建立自由民主的新国度。因此，年轻的作家们借助恋爱叙事或呼唤希望与爱，或揭露旧的丑恶并寄希望于新的明天。然而，在个性主义思潮与国家民族主义的联袂表演中，新的秩序包含了许多旧的质素，改头换面以另一种方式继续存在，其中最重要的是新的性别秩序的建构。五四时期颂扬"出走的娜拉"，但中国的娜拉却与挪威的不同，在胡适《终身大事》的笔下，她逃离的是父权，是"父母之命"，留下一张"自己做主"的字条，田亚梅乘坐陈先生的汽车走了，没有人知道她以后的境况如何。五四时期的中国是几千年的行将就木中爆发的一线新生，是子一代"弑父"后涌上历史舞台的青春时代，于是晦明晦暗里总是"明的那一面"占据上风，无论个人多么彷徨、迷茫、失望、焦虑，都掩盖不住对于新生秩序和理想将来的期待，正如"超人"最后的回归。

在场者众多，但质疑者寥寥。1923年，鲁迅在北京女子高师演讲《娜拉走后怎样》，时隔两年后又写作《伤逝》，对于娜拉的预测和子君的死亡揭开了"暗"的一面。就在同一时期，丁玲与瞿秋白结为好友，见证了瞿秋白与她最亲密的朋友王剑虹相恋与结合，婚后王剑虹的突然离世和瞿秋白的迅速再婚在丁玲心里投下一重阴影。四年之后，《梦珂》与《莎菲女士的日记》相继问世。梦珂与莎菲实际上为子君假设了另一条道路，一种艰难的"生的道路"，这两部作品的叙事是对那个时代形成的新秩序的诘问，是在场者的质疑。

丁玲年少时反抗舅家的包办婚姻，登报揭露舅舅的伪饰嘴脸，传统婚姻对于女性的束缚、封建大家族对于女性的桎梏，丁玲很早就有了明确的认知。然而，好友王剑虹的死亡却证明新式的自由恋爱也不见得能够终其一生获得幸福，王剑虹的死亡对于丁玲的打击是巨大的，这位人生中的小导师温柔的形象化作《莎菲女士的日记》中的蕴姊，对于她的死，莎菲对那"白脸男人"的愠怒在文本中溢于言表。丁玲因其生命体验跳过了对自由恋爱、婚姻自主的热切渴望与颂扬，直接过渡到了对于新式伦理的自觉质疑与下意识的反思，与《伤逝》殊途同归，以冷嘲的方式揭示出了女性生存的困境，女性在新秩序中面临的恋爱、婚姻的陷阱，新贤妻良母主义的诞生让梦珂、莎菲、伊萨、节大姐这样的形象成了社会的异数，因此也格外具有批判意义。

丁玲有做电影演员的想法，并付出了实际行动，但电影这种现代艺术令她大失所望，"被观看"的厌恶情绪延续到了《梦珂》的写作，梦珂继续了丁玲未竟的事业，但结局终究是令人心情颓败的。在现代性突飞猛进的上海，西方现代视觉艺术对于新的性别秩序的形成与加固起了助推作用：梦珂帮助女模特逃离了被凝视的困境，最后自己却落入了被更多人凝视的"造星计划"中，何其吊诡。丁玲的处女作以悖论的形式表达了对于新的性别秩序下被凝视的厌恶，由厌恶而产生的愤怒、悲观情绪跃然纸上。《莎菲女士的日记》更为直接地嘲弄了新式伦理下的性别秩序，思想解放、个性解放给予了男性更多的便利，凌吉士无需三媒六聘掩人耳目就可用他的丰仪打动一位青春女性，莎菲轻易地嘲讽云霖和毓芳的"禁欲主义"，但自己险些落入"金屋藏娇"的陷阱之中。

新式伦理秩序下女性面临着被剥削的新困境，从肉体到精神，总有强势力量与弱势力量的博弈和转换。丁玲早期小说以非常大胆的姿态假设了主人公所能面临的各种各样展示主体性的场景，在《一个男人与一个女人》中设置了一位享受周围男性为其倾倒、听其摆布却并无实际越轨行为的浪漫女性，这篇小说被当作丁玲早期创作中"不健康"的肉欲倾向，但即使是在情感占强势地位的女性主场叙事中，当叙事从心理突入现实场景时，薇底的情绪走向便开始依赖于鸥外鸥的身体语言和动作，她的得与失被鸥外鸥掌控与把握，因而才会产生后悔的情绪。《他走后》也是如此，丽婉也是在开篇强势地将爱人赶走，以显示自己在爱情中的优越地位，然而很快她就开始自我剖析、反省，设身处地为爱人着想，从而陷入无穷无尽的痛苦中。在新的伦理秩序中，丁玲笔下的主人公仿佛享受了爱情的自由与独立，然而情节的走向很快印证了作家潜在的心理定式，对于新秩序下女性获得的情爱优势的不信任，在现代性方兴未艾的时刻提前解构了爱情神话，在"革命"的年代展露了"后革命"的质疑。

丁玲的写作姿态并不高蹈，她从20世纪20年代的女学生写起，带有一定的自叙性，有自己和周围朋友的影子。受童年经验和青年时期情绪记忆的影响，她笔下的故事有罗曼蒂克，不过通常是短暂的、瞬息万变的，她的早期小说总体基调是矛盾的、阴沉的，小说人物的命运大都以悲剧收束。丁玲追忆童年往事时曾说："我是一个悲观主义者，对生活对前途总感到悲观，这一点不像我的母亲，我母亲向来是达观的、乐观的，因为她是小姐出身，在家里有地位，我跟她不一样。我是孤独的。"[7]因为孤独而格外敏感、沉静，在一个大谈爱与自由的时代后撤半步，形成了一种冷峻的创作心理定式。

二、"自由灵魂"的张扬与渴望

对性别秩序的反叛是丁玲作为女性最为直观的生命体验的结晶，而丁玲显然不满足于性别视角，她将自己的"观念"在更广阔的天地进行操演，性别身份只是一个载体，从性别出发自然过渡到更为本质的人生层面，对于生命状态的恳切刻画在丁玲早期的小说里是不分男女的。对主人公生存状态的关注，尤其是精神自由的张扬，是作家创作心理定式的另一个体现。

年少的丁玲喜欢在外祖父的藏书楼里消磨时光，古今中外的名著从《红楼梦》到"四书"再到"林译小说"，她读了不少。在舅舅家寓居的那段时间成了小说《过年》的素材，从主人公小菡那"纤细敏感的神经"可知丁玲童年时的情绪记忆。生存环境的隔膜会带来难以把握的不确定感，衣食住行和吃穿用度不由自己支配，相当于肉体的生存被置于"监察"之下，那么唯一可诉诸的便是精神的自由。《过年》里妈妈教导小菡不要在吃穿上与表哥、表姐攀比，要注重精神追求而不是物质享受，小菡因此在心理上有了自我攻略的砝码。《过年》是一篇自叙性很强的小说，我们几乎可以把小菡与幼年冰之画等号。寄人篱下的弱势心理、母亲的教导与终日和书籍相伴的时光，必然将丁玲引入精神的园地。如果说幼年冰之因现实情境不得不诉诸精神自由以与表哥、表姐优越的物质生活相抗衡，那么因之对精神自由的格外重视便沉淀在丁玲的情绪记忆中，成为形成作家创作心理定式的一部分，时刻牵制着她的选题内容与表达形式。

从创作心理学来看，因为心理定式的不同，人对外界事物感受时的知觉阀、知觉量有很大的差距[8]。也就是说面对同一事物，因为情绪记忆的不同，产生的心理倾向是有差别的，创作心理定式使作家在写作时更侧重表现那一方面，并形成一种写作惯性。丁玲早期的创作重视对人的内心世界，即精神世界的展览，体现为对自由灵魂的张扬与渴望。她的写作内容不仅吻合这种心理定式，甚至有些重独白而轻情节的小说，如《他走后》《一个男人和一个女人》《小火轮上》本身就是这种心理定式的诠释。就像巴尔扎克可以意识到自己心中的某一"定式"，进而主动去寻求理想的知觉，找到完美的表现方式[9]。因为侧重于对精神世界的塑造，丁玲的早期小说设置了完全不对称的叙事地位，主人公往往拥有绝对的表白权，不管是宣泄肉体欲望还是与外部社会的抗争都无一例外地指向了精神自由，在艰难求索的过程中，多是主人公内倾性的自我博弈，无论结果成功与否，都展现了反省的勇气。

丁玲早期小说对自由精神的张扬有两种表现方式。其一是通过肉体欲望过渡到精神的超脱。郁达夫在20世纪20年代初发表《沉沦》，直面肉体欲望在个性塑造和人格完善中不容忽视的地位，在耻于谈性的文明古国掀起了个性与自由的热潮。到20世纪20年代末，丁玲携《莎菲女士的日记》登场，同样是袒露的肉体欲望，不过是中国历史中又一沉默的群体的身体欲望，再次激起了文坛喧嚣。两部作品的成功，不是对于性的描写，否则与色情写作无法区隔，而是象征着现代白话小说正视了肉体与精神的紧密关联，不猥亵、不隐晦，无须进行肉体阉割，在"不敢开窗"的年代率先把门破开，这才是两部作品激起千层浪的关键所在。

其二是对理想生活的追求。丁玲早期小说基调多晦暗，少光明，主人公多挣扎在生存的泥淖中难以自拔：逼仄的环境、庸俗的朋友、令人失望的情人、孱弱的身体，现实生活往往一地鸡毛。因此，主人公有了展望未来、寄希望于理想生活的先天心理，而这种向往与期盼就变成了主人公改变现状的动力，既推动了情节发展，又传达出了精神自由的思想，所以就连《莎菲女士的日记》也安上了一个"光明的尾巴"。尽管这样的超脱并不总是能成功，主人公大多无法摆脱现有的困境，但在小说里，思考的意义就是实践的意义，仅仅只是一个姿态也传达出了想要突破的可能。肉体与精神的共生性、对理想生活的向往从不同方面展现了作家早期形成的创作心理定式。

1.身体欲望书写

英国社会学家布莱恩·特纳在《身体与社会》里曾区分过身体（body）和肉体（flesh）的不同概念：肉体是生物意义上的存在实质，而身体则牵涉了有关文化、种族、伦理、血缘、社会身份等复杂的多重向度，在最基础的意义上，我们也很难界定"我"和"我的身体"二者的差异，因此把身体等同于肉体是对身体的降格[10]。丁玲早期小说善于描绘身体欲望，而非肉体冲动，因为主人公的情欲叙事总是始于身体，终于灵魂，身体的吸引作为载体和媒介最终指向精神世界的冲突，主人公们热烈的身体欲望总会过渡到精神层面上的自我博弈。小说角色最初会经历肉体和精神相互撕扯的阶段，但丁玲总是使精神招降肉体，让肉体欲望升格为身体叙事，达到和精神层面的同频共振。当然，并不是她早期所有的小说都完成了这种升格，但通过展览身体欲望剖白主人公的心路历程——精神世界的模式痕迹却清晰地存在于三部短篇小说集和《韦护》的叙事中。

丁玲早期小说自叙性强，多取材于生活实际经验，梦珂和莎菲都是地主家庭的小姐，在城里上过学，属于知识女性。随着写作视野的扩大，《在黑暗中》的另外两篇《暑假中》和《阿毛姑娘》描摹了平民阶层女性的生活。再到《自杀日记》和《一个女人》，主人公的身份设置有了新的突破，从知识女性群体延伸到底层妓女形象，丁玲凭借情感支点从身边人、身边事走向了并不熟知的故事领域，不变的是对主人公身体和精神双重刻画的坚持。

丁玲描写的知识女性群体内部也存在差别。没有固定的社会身份而游弋于城市中的主人公，如梦珂与莎菲，她们身体欲望的表达是对生命力的强调，从性别角度切入，但本质是对生存境况的揭示。梦珂前期和莎菲的处境相似，家里有供给，不必担心生计问题，每天的精力都用在了与表哥、朋友们的交际上，生活安逸且沉闷无聊。当生活出现波澜时，就是身体叙事强势登场之时。当晓淞与情妇的丑事败露，她亲耳听到表哥无耻的算计后，身体的欲望与精神世界的警醒彼此互通，共同作用于梦珂最后不告而别的选择。远离"群鬼"的梦珂独自面对大千世界，和电影公司的签约也许是另一个悲剧的开始，但也是生命力的一次超拔。

莎菲也是如此，她的身体欲望更为强烈和坦诚。在遇到凌吉士之前，她的生活冗长无聊，被凌吉士的"美形"激起的身体欲望使她重新焕发了活力，拥有了想念、渴望的强烈情感，连生病住院在主观意义上也是莎菲内心鲜活的写照。习惯于睥睨一切的莎菲甚至想要教会凌吉士如何去爱，对这个庸俗的灵魂产生了一丝怜悯之情，这都是莎菲生命活力的体现。莎菲最后用精神层面的居高临下升华了身体欲望，选择换个地方重新开始，不论是否天遂人愿，都是莎菲生命力更新的证明。

还有一类知识女性有着固定的社会身份，可以自力更生，她们的身体欲望似乎突破了闺阁，有了更多与外部社会的牵连，身体欲望不仅与个性情感相联结，还表达着对外界的抗争，是确立自身存在方式的一种手段。《暑假中》里武陵城的女教员们奉行"独身主义"，彼此发誓终身不嫁、相互陪伴。但独身主义不代表禁欲主义，相反，作家赋予这些女教员们更为强烈的爱恨嗔痴，异性恋情转化为同性情谊，反而更具有排他性。承淑的孤苦、寂寥让她对嘉瑛的情感患得患失，反复向嘉瑛确认彼此的关系。学界对于《暑假中》的解读存在争议，有人认为它是一个描写同性恋的故事，但不管是承淑还是嘉瑛都曾有过心中爱恋的男性，只是因为时过境迁、岁月蹉跎，她们都错过了意中人。《暑假中》女教员们的情感是抱团取暖的相互慰藉，而无关性取向的问题，她们对男女朋友之间的亲密举止的复刻，是面对强大外部势力侵蚀时的一种自我保护。身体欲望的宣泄在一定程度上能够弥补她们人生中的缺憾与悲伤，在有稳定经济收入的现代职业体系下给生活带来有效刺激，以身体的方式对抗流言蜚语和空洞的思想与口号。

《庆云里中的一间小屋》是丁玲早期小说中直接表达身体欲望的作品，主人公阿英是那个畸形社会里另一种意义上的职业女性。作家描写阿英一反传统妓女叙事中苦大仇深的受害者形象，也非青楼叙事中红袖添香的解语花，而是一个有着喜怒哀乐情绪的普通女性。在丁玲描写的众多主人公中，阿英离她的生活经验是最远的，但这没有妨碍作家将情感支点放在阿英身上，阿英的生活有细水长流的真实感，作为对立人物的阿姆和娘姨也没有扮演恶人的形象。谈笑、咒骂、针锋相对、相互关怀、算计、忧虑填满了这间小屋，显示了时光一天天碾过的痕迹。丁玲笔力惊人，仅通过阿英的一个梦就处理了身体欲望与理想生活的关系，阿英身体的欲求一定程度就是她的存在方式，在日复一日不光彩的职业生涯中本就充斥着她的精神需求，她拥有做梦的能力。阿英的内心独白对身体欲望的满足直言不讳，她不轻看自己，作家显然也没有轻看她，那是阿英在那个年代求生的手段，而身体的欲望和精神的需求没有背道而驰。若干年后，苏童的《红粉》重写了阿英的故事，秋怡相比阿英像个脂粉界的英雄，多了传奇性而少了生活气息。

从梦珂、莎菲到承淑、嘉瑛，再到阿英，丁玲一步步扩展她的写作疆域，内心的磨难、生存的困境都可以寄予到身体叙事中，在欲望表达中消磨生活的羞耻感，拒绝道德的审判，在完成身体欲望书写的同时获得灵魂的轻松与自由。

2.理想人生的追求

卡尔维诺在《未来千年文学备忘录》中论述了文学创作中轻逸与沉重的关系，谈及昆德拉的小说《生命中不可承受之重》时认为，"他的这部小说向我们揭示了我们在生活中选择与珍惜的一切，将来不可避免地会变成我们沉重的负担"[11]。丁玲的小说展现了主人公所珍惜的、期盼的种种特质同时是他们的软肋，让现实生活的滞重和庸俗变得难以忍受，在批判现实、表达不满的同时为理想人生保留心中一隅，即使轻逸与沉重是可以相互转化的，在肮脏的市井环境中也可以提炼出诗意。但丁玲笔下的主人公们爱与憎都表现得十分明显，内心多处在矛盾状态，但言与行却通常一致，对理想人生的追求显示出了固执的态度，因此与"此岸"污浊不相妥协。

在《莎菲女士的日记》里苇弟和凌吉士的两种人生状态都为莎菲所鄙视，凌吉士空有一副美型却丝毫不知爱为何物，只将一副肉体安置在烟花柳巷，家里又有老婆和大胖儿子，时时寻觅如莎菲一样的新鲜猎物便是人生追求。对于这种龌龊的生活状态，莎菲可怜他，可怜之余是浓烈的鄙视。这种不满情绪甚至压倒了莎菲身体的欲望，使身体与灵魂迅速结为同盟，共同抗拒那可悲男子的触碰。而苇弟庸碌木讷的生活状态实则是没有生命力的体现，在读过莎菲的日记后他根本没有办法理解莎菲的孤独与寂寞，一味陷于嫉妒的苦闷中，究其实质还是自私的占有欲在作祟，无法在精神层面上与莎菲共鸣。当然，对于莎菲自己，叙事者通过她的口吻也在自我反省，她前期处在身体欲望与灵魂的挣扎中，她满心以为凌吉士就是理想的爱人，当他的真实意图暴露在日常的相处过程中，莎菲的幻想破灭了，理想的爱人本身就意味着一种理想的人生状态，所以当凌吉士彻底出局后，莎菲不得不搭车南下，"在无人认识的地方消耗余生"。现实生活的滞重影响了对理想人生的期待，但不容忽视的是，莎菲曾经对凌吉士的真诚幻想，从身体欲望到精神世界，那是对一个真正的、与灵魂相匹配的"美型"的追求，在这追求过程中莎菲焕发了生命的活力，虽败犹荣。

《阿毛姑娘》是作家直面现实与理想的巨大落差造成的命运悲剧的小说。农家小姑娘阿毛早早地从山里嫁到西湖边的瓦屋，在见识了杭州城的繁华与富贵后，不甘于生活的一成不变与夫家清贫，于是陷入了有朝一日能脱离茅屋过上来踏青的小姐们的繁华生活的幻想中，终在心灰意冷时吞药自尽，结束了自己短暂的一生。小说到处是现实生活的颓败与理想人生遥不可及的痕迹。阿毛不是死于幻想，不是死于无法满足的虚荣心。丁玲塑造人物的高明之处就在于此，导致阿毛走上吞药自杀道路的是她目睹了度假别墅里那位小姐的死亡，阿毛独自一人站在院里听着远处传来的悲声，配合着夜里钢琴的悲鸣，她认识到，原来那么好的生活也留不住那么年轻的生命，这个目不识丁的农家姑娘无师自通地领略了《红楼梦》的终极意义，那是"白茫茫一片真干净"的虚空。阿毛的死亡源于她对理想人生的追逐，她陷落得越快，最后获得的虚无感就越强大，年轻的阿毛还没有懂得婚姻与生活的日常性，就已经殒命于生活的偶然和奇崛中。瞿秋白评价丁玲是"飞蛾扑火，不死不休"，阿毛也是在扑火，但她是懵懂的飞蛾，并不知火的危险和吞噬性。阿毛在蒙昧中尚能感知内心对生活变化的需求，在理想人生的感召下做了以为能够摆脱现有生活的努力，当外界开始施压、给予她磨折时，她封锁了自己的精神世界，保持钝感，独自经营自己的理想追求，直到生命的尽头，周围没有一个人明白阿毛心态的转换，没有一个人能够读懂她的不甘与绝望。丁玲将浓烈的悲剧意识赋予阿毛，这超越了形象本身的阶级、文化水平，凸显了精神自由的价值地位。

丁玲早期小说里的角色常常以自毁的举动去追逐理想的人生状态，是不满足于现实生活的庸俗与滞重，表现为厌恶表里不一的追求者、木讷的丈夫、虚伪的朋友、野蛮的窥探者和刻薄的评论家，因而丁玲笔下的主人公常有"出淤泥而不染"的特立独行，作家将全部的共情感赋予了她们，作家的情感支点完全在她们身上，因此，她们面临的一切内外困境都如此沉重，脱身而去则"非死即伤"。轻逸的精神追求在对抗沉重时显得势单力薄，但每一次的博弈都是拼尽全力，从对物质生活的渴求上升到精神层面的共振，莎菲对凌吉士的幻想如此、阿毛对理想生活的追求如此、薇底与鸥外鸥的幽会如此、野草与南侠的交谈如此、节大姐在小火轮上的追忆也如此，丁玲笔下的主人公以不同的面目追求理想的精神境界，不论成功与否，都是从身体欲望需求到灵魂自由的一次艰难探索。

三、居于一隅的"边缘者"心态

丁玲年幼即家道败落，三岁丧父，债主盈门，母亲带着她和刚满月的弟弟投奔娘家，"一肩行李，凄然别此伤心之地。一路悲悲切切，奔返故里"[12]。到了舅家，寄人篱下，所感到的是舅舅的"高不可及"和舅妈和气面孔之下藏不住的"冷淡的神情"，因而年幼的小菡"神经非常纤细，别人以为她不够懂的事，她早已放在心上不快活了"。母亲去桃源县女子小学执教，留下丁玲一人在长沙的师范幼稚园，长大后的丁玲回忆这段时光，"我常独个流连在运动场上，坐会儿摇篮，荡会儿秋千"，只有向警予去看望她，"温暖我这幼稚的寂寞的心灵"[13]。弟弟早夭后，丁玲成为母亲唯一的精神寄托，她考入了省立师范预科独自求学。正如她自己所说，她"小的时候是个沉默的人，不爱讲话，喜欢观察别人，他们讲话的时候我就在一旁观察，我有我自己的分析，看法"[14]。年幼的丁玲无疑是骄傲的，也异常孤独，从小养成的精神气质即使在师范学校、周南女中、上海大学也有持续的影响，决定了丁玲不会如王剑虹一样成为学生领袖、在辩论会上口若悬河，丁玲也没有扮演什么登高一呼而应者众的角色，甚至童年时期多为"观察者"而非参与者的生命体验，这影响了早年的丁玲与政治的关系，与如火如荼的运动拉开了一步距离。而这一切经历都融入了她后来的创作经验，形成了一种"边缘者"的观察视角，主人公处在自己"风暴"的中心，善于自我剖白，居于社会一隅，不关心时事，却不得不承受社会风气变化的外部侵袭，这些角色在多数情况下没有支援，独自进行一场由外到内的"战争"。

前面处理了小说主人公的身体欲望和精神追索的关系，本部分要展开分析的是主人公与社会的关系，如何处理自我与社会的冲突，呈现的是角色的成长。在这一过程中，她们有的尝试挣扎后停止不动，有的陷入循环往复，有的背对社会、拒绝改变。在面对冲突时，丁玲笔下的形象常常是退守的，但这不意味着软弱，反而形成了她们独特的与世俗对抗的方式，即使这种方式最终还是会回到内在的自我博弈，但在一开始她们是以此为武器，并付诸实践的。梦珂、莎菲、嘉瑛、阿毛，《在黑暗中》的四位主人公身边都有值得信赖的朋友，她们的姐妹是她们一开始特立独行、对抗社会的底气，她们之间建立的同性友谊是摆脱孤独、能够背对社会的武器：梦珂在沉溺于表哥的温柔陷阱之前，有忠实的朋友匀珍真正地理解她的苦闷，为她的正义之举喝彩；莎菲在遇到凌吉士之前，有毓芳和云霖两位关怀她的朋友，还有远方牵挂她、爱护她的蕴姊；嘉瑛在经历小学暑假的冷清前，有爱她关怀她的姐妹承淑；就连阿毛也有邻居未出嫁的姑娘三姐的陪伴，她们结成的"同性联盟"是在与这个世界产生冲突时使情感的天平向她们倾斜的砝码。因此在每篇小说最一开始，外部的冲突总归还在外部层面来解决，无法动摇内在的情绪核心。

然而，这些外部的联盟很快就受到了挑战，多数溃不成军，无法持续地给彼此提供情感支撑，因而所有的外部对抗都转化成了内在攻略，小说主人公陷入了自我的精神损耗中。就像梦珂与匀珍减少来往，在故事的最后，梦珂签下了令人恐惧的电影合约，而匀珍终究没有出现；就像云霖和毓芳读不懂莎菲真正的苦闷，而能够提供慰藉的蕴姊又在婚后很快因病去世；就像承淑和嘉瑛在经历了热闹与寂寞后渐行渐远的两颗心；就像三姐嫁给军官做小，阿毛的心事再也无从倾诉。丁玲的主人公们拥有对抗世界的勇气，她们之间结成的"同性联盟"在一开始是行之有效的实践方式，但也在一开始就预示着她们的边缘人身份。

在面对这个世界时，丁玲笔下的主人公们经历了一次行为模式的转变，从"同性结盟"转向了"自我隔绝"，从合力与社会斡旋，到单枪匹马后退一步，退回"自己的园地"，噙着冷笑辗转一隅。考察丁玲早期的小说创作，从《在黑暗中》到《自杀日记》再到《一个女人》，这样的趋势在一篇小说内部和十四篇小说总览中十分明显，后两部小说集中角色的内倾性强烈，与社会的关系渐趋紧张，把"同性联盟"解构掉了，最后就变成《在小火轮上》上的节大姐和对她发出冷嘲的同事们的相互关系。在处理与社会的冲突中，这两种行为模式是有先后顺序的，并且在不同的创作阶段有不同侧重。总之，我们可以从中探察到作家的创作心理，从为人物寻找寄托、寻求情感支持，到把角色抛入内心的蛮荒园地，角色在挣扎中成长或原地不动，是作家赋予主人公解决冲突的不同的实践路径。但相同的是，不管是"同性联盟"还是"自我隔绝"，都是社会的边缘者形象，作家反复描摹的是一种旁观的、居于一隅的边缘心态。

1. "同性情谊"的联盟

波伏娃曾在《第二性》中说道："如果要谈到本性，那么人们可以说，所有的女人生来就是同性恋。"[15]这个观点挑战了性别秩序和生育伦理，让社会意义上的"恋"向最初的生理意义让渡，女性作为父姓社会里的弱势群体，又格外追加了一层反叛象征。20世纪的中国，五四新文化运动移风易俗，追逐现代性的中国比起西方基督教文化显得格外包容，郁达夫、庐隐等人描写同性情谊的作品被广泛接受，视作张扬个性、解放个体的写作路径。丁玲早期的作品相比庐隐的《海滨故人》，除了个性浓烈，整体基调更为灰暗，她的主人公多为主流群体外的边缘人，通过同性之间的联盟来淡化自己的"格格不入"，在处理与外部社会的冲突时不落下风。因此在丁玲的小说里，主人公们起初总是具有"不合群"的勇毅，有不流于世俗的心理支撑，这些来自作家对"同性情谊"联盟的构建。

在早期小说的酝酿与写作期，丁玲不断地迁徙、辗转，从一个房间到另一个房间，地点不同，但社会处境却没有大的改变：即远离时代风暴的中心，偶尔"隔岸观火"，大多时候"闭门造车"，没有直接参与社会革命事件，对于观念的图解建立在受成长经验影响的创作心理之上。在解构了传统的性别秩序，将女性从被动的爱情与婚姻中解脱出来后，丁玲的写作自然而然地落在了"同性情谊"的构建上，不仅作为主人公对抗外部压力的策略，而且是她们作为社会的边缘群体的存在方式，既是主动抗争也是无奈之举。

《暑假中》是丁玲早期作品中描写"同性联盟"最突出的一部。它讲述了自立中学的一群女教师们在炎热的暑假里的情感纠葛、参加武陵游艺会的热闹场面和热闹过后的落寞与孤独，直至学校重又开学才将万千思绪又回转到教学工作上来。嘉瑛、承淑、德珍、志清等女教师奉行"独身主义"，在与世俗对抗中相互成伴、共同进退，产生了不同于两性爱情却亲密胜似爱情的同性情谊，同样具有争风吃醋的排他性与独占欲望，她们联结在一起，以自信、大方、蔑视世俗的姿态迎接武陵人窥探的目光，享受着在游艺会展示自我、欣赏自我的乐趣。然而，德珍与明哥的婚事打破了她们曾坚守的信条，一时让旧时的联盟面临着内向的破败，联盟中的人们开始动摇自己曾经坚定的心志。同时，承淑与志清的亲密又引发了嘉瑛的不满，她故意整天跑到外面打牌、去探视新婚的德珍，她们的联盟出现了罅隙，也呈溃败之势。

《暑假中》的这群女教员不过是武陵的边缘人，面对各种各样的窥探与审视，她们不得不结成联盟，以自己也并不清楚的观念性的"独身主义"标榜她们的与众不同，有心理上的自我暗示，但更多的是这些边缘人物在面对社会的挤压时采取的自救行为。为了对抗社会的卑俗与不堪，嘉瑛们结成联盟，从社会的边缘睥睨主流，多了些决绝但沉重的格调。《岁暮》里的佩芳与魂影也是如此，有着超越友情的同性情谊，在繁华的上海独辟一方小天地，小心地照顾着对方的情绪，然而随着魂影的离开，佩芳的小天地终究被侵蚀，不得不独自一人品尝孤军奋战的滋味。佩芳有向主流社会靠拢的决心，不再沉溺于自己的世界中。但佩芳的告白与丽嘉最后的觉醒一样，都止步于苍白的语言，丁玲早期小说创作的潜意识对于社会的观念就是如此，个人性与社会性似乎总是处于矛盾状态中，外部社会对于个体常常是吞没的姿态，令边缘者望而却步。

"同性情谊"的联盟最初是支撑主人公在社会立身的物质条件和情感需求。梦珂因为有匀珍的理解与支持，她可以在厌恶"红鼻子"和周围人情冷漠时毅然出走到匀珍家，也可以因为匀珍的关怀完全弃绝旁人"事后的声援"，梦珂有了匀珍就有了在社会上转圜的余地；莎菲因为有毓芳和蕴姊，所以才能迅速搬家，迅速投入追逐爱的游戏中，在自我摧残后获得生的机会，也拥有随时结束与凌吉士的关系的主动性；嘉瑛因为有承淑的关怀，所以对于究竟要不要回家消暑，看起来在做一个艰难的决定，但她实际上享有选择的权利，意味着有转圜的余地；阿毛最初有三姐做她的理想启蒙者，她与三姐的交往使她从懵懂逐渐走向清明。"同性情谊"的联盟瓦解又是从外到内的，外部势力的攻击使原本牢不可破的联盟变得摇摇欲坠，而这也代表着主人公生存空间的进一步缩小。

在《自杀日记》这部集子里，"同性联盟"的动摇几乎都起源于异性之爱，主人公从姐妹情谊转向了男女之爱，导致原本的情感联结破裂，主人公沉溺于新的情感构建，致使猜疑、嫉妒、愤懑、不满的情绪逐渐侵入原本牢固的同性联盟中，使这种解决冲突的方式在小说后半部分变得行将就木，无法给主人公提供救赎与自省的空间。以最为典型的《暑假中》为例，承淑、嘉瑛、德珍、志清等人情感关系的变质节点是德珍和明哥的那场婚礼。婚礼的举办不仅代表着以德珍为首的女教员们有了新的情感选择，而且直接宣告了"独身主义"的破产，并且昭示了这种"口号式"的人生观念在现实生活中不堪一击。婚礼的举办同时质疑了承淑等人的职业选择，德珍在婚后回归了家庭妇女的角色，是社会主流向边缘群体的招降。承淑、嘉瑛等人最初受到"教育救国"的鼓噪，和"独身主义"一样，实则她们并不十分理解这些口号的真正含义，是随众做出来的姿态，当潮水退去，内心并无坚定信仰，势必会陷入反复的质疑与不安中。承淑对家乡的回忆、对表哥的思念就是例证，她们开始用男女之恋的美好回忆来缓解空洞的、看不到希望的口号带给她们的焦虑和空虚，就从这一刻起"同性情谊"的联盟就已无法成为其规避外界风雨的心灵处所了。

从"同性情谊"转向"异性之恋"本身也是一种隐喻，是边缘和少数与主流和大众的抗衡，是面对外部世界不同的存在方式。《在黑暗中》的主人公们通过陷入异性恋爱或对理想生活执着追求的方式试图改变自己的生活状态，但她们的尝试都失败了，与外部社会的冲突没有得到有效调和，边缘身份也没有顺利融入主流群体中，反而付出了身体和精神上的沉重代价。"同性联盟"被破坏后没能及时修复，导致角色之间的裂隙越来越大，因此加重了主人公性格的内倾性，从联合的边缘走向了隔绝的边缘。

2.隔绝与自我隔绝

"同性情谊"联盟的建立同时伴随着边缘群体与主流社会的隔绝,是面对外部倾轧时的"抱团取暖",是面对流言蜚语时的特立独行,是受新思潮鼓舞敢为人先的抗争方式。当与主流社会的隔绝走向了自我隔绝,则意味着同性联盟的破坏,主人公的生存空间进一步往内收,边缘者的形象变得更为鲜明。丁玲早期小说的主人公们是生于20世纪初,与中国的现代性共同成长的年轻人,她们不是后现代社会里所谓"单向度的人"〔16〕,处理的不是灵魂公正和欲望尺码之间的较量,她们需要面对的是更为初级的生存问题,是现代性生发之初社会要求和个人发展之间的错位问题。在娜拉出走的风潮中,在无政府主义的潮流里,那些奉行"独身主义"的女教员们起初也是时代的同路人,但在边缘小城日复一日的枯燥生活中,她们的理想与志气被淹没,个体心灵被抛入时代洪流里无法拼凑完整。当个体追求与时代发展出现错位,与社会的隔绝无论在何种程度上付诸实践,都是一种保存自我独立性的尝试。

丁玲早期小说叙事往往是在自说自话,缺少甚至没有对于外部环境的刻画,主人公仿佛生活在自己的天地里,其生活细节和思想的转换都没有落到实处,始终漂浮在社会性的"空白之页"里。《自杀日记》里的伊萨就生活在"空白之页"里,她的日记支撑起了情节流动的主体,而小章、房东太太、日记里的父亲、蕴姊都不过是点缀,伊萨沉溺于自己的世界里,对死亡的犹疑和不确定构成了写作的动力。伊萨在日记中表白心迹,诉说对于友谊、爱情的悲观态度,仿佛一个过来人的姿态看淡了人世间的沉浮,然而,日记叙述的缝隙还是透露出一些线索,伊萨过着一种背对人群的观念性的生活,她通过日记写作实际上隔绝了自我与外界,但现实的催逼又让她不时需要跳脱出来操持人际关系,所以她所面临的生与死的矛盾实质上是精神与物质的博弈。《小火轮上》的节大姐在船上也陷入了与外部隔绝的状态中,通篇是个人的情思流动,对于失意人生的感慨、对于昆山的愤恨与失望情绪隔绝了外部气息,使节大姐沉溺于自己的世界里,没有能力去捕捉社会的其余面向,似乎注定了其悲剧性的人生之路在到达北京后也不会有新的转向,与社会的隔绝必然导致内心的隔绝。

隔绝首先是空间和时间意义上的隔绝,空间的相对固定带来了时间上的凝滞感,时间上的凝滞又传达出了角色的心理状态。丁玲早期小说的故事多发生在"房间"里，是主人公的房间。这样的设置固然源于时代因素对女性活动范围的限制，但丁玲钟爱"自己的房间"更多传达出一种个体的私密性，房间与社会天然形成了对比。主人公寓居自己的房间，与外部世界隔绝开来，外面的一切法则都可以弃之不理，因为有了房屋这个天然的屏障，所以在物质层面，这些角色初步解决了生存问题。梦珂因为有匀珍家作为容身之处，所以与学校这个小社会和其间的复杂人事隔绝开来；莎菲因为有自己的房间，尽管经历辗转，依然具备审视他人与自己的能力；阿毛因为对另一所"房间"和人事的向往，实则是对理想中"自己的房间"的强烈渴望，因而夫家的房间变得难以忍受；阿英因为有一间自己的房间，尽管满是污垢，但她丝毫不矫饰自己在那里获得的乐趣和体认自己的存在方式；野草因为有自己的房间，所以能在与南侠约会败兴而归后重新认识自我，在自己的房间写作是自由和权利的体现；节大姐被迫迁出自己的房间，从私密走向开放的小火轮上，所以她陷入自我博弈的闭环里，不具备向外突破的可能。空间上的固定与迁移都会带来时间相对性的波动，就像普鲁斯特在《追忆似水年华》中设置的心理时间，丁玲早期小说的人物处在一个固定的房间里，淡化了时间的痕迹，主人公的心理波动被放大，生活在自己的天地里，自然凝成了小范围的隔绝状态，是仅对一个人或几个人开放的半封闭式隔绝。

隔绝其次是一种心理意义上的隔绝，是精神层面的隔膜与疏离。与社会的隔绝最初来源于外部世界释放的恶意："红鼻子"对模特的欺辱和周遭同学的冷漠让梦珂对学校感到厌恶与失望，梦珂从主流走向边缘，通过上学在社会谋求合法身份的路径与她自带的"英雄气质"发生了冲突，在与社会的这一次交锋中她选择退守；丽婀单调的生活处处显示着环境的恶俗与结交之人的庸碌，同事的猜忌与传谣让丽婀背上了道德的枷锁，同时助推了她内心不甘的火种，她与鸥外鸥的约会是对世俗的挑衅；节大姐在遭遇负心情人的抛弃后，并不是一开始就走向小火轮上的"自我隔绝"，她还是有振作起来与变质了的爱情再次战斗的可能性，直到这场无疾而终的恋爱剥夺了她工作的权利。社会射出的冷箭使本就敏感的主人公们保持精神上的紧绷状态，在与外部世界的对立关系中寻求少数人的联盟。同时，精神层面的敌对加深了主人公们与社会的隔膜，使这种对立关系变成了双向的剑拔弩张，所以呈现了莎菲们神经质的、高度紧张的心理活动。

从隔绝到自我隔绝是一种存在方式的破产和另一种存在方式的开端。通过构建"同性情谊"联盟，把社会隔绝于外，或者说把小范围的社会纳入"自己的房间"，如武陵桃源小学女教员们在庙会上的表演，以小规模的集体活动向外人确立自己的独特性，形成自己在对抗中的心理优势。但当这种集体活动的成员陆续退出，更换了自己的生存方式，联盟对外的力量就变得虚张声势，最后逐渐瓦解了，变成了承淑、志清个人回忆自己的童年生活。小规模的联盟变成了单枪匹马的战斗，外部世界投来的敌意却并未减少，这导致继续向内退守的自我隔绝。这种自我隔绝是主人公隔绝了社会关系，隔绝了曾经的亲密好友，自觉或不自觉地转向了自我的世界，即使身处热闹繁华的场景中，主人公向读者展示的也是一颗孤独而绝望的心。正如梦珂投身演员行业、想象自己未来的样子时的孤绝与凄怆；正如阿毛在被婆婆扇掉了模特梦后，在空无一人的荒山上陷入痴迷状态的疯狂；正如伊萨在爱人走后陷入反复自省、诘问、质疑自身的循环中。丁玲笔下的主人公们经历了富有生机的隔绝状态，因为她们可以小范围地模拟与社会的实战关系，在无伤大雅的情感纠葛中彼此确认自己的存在，像患有世纪病的群体，尚有一个狭义上的"群"字保留。但随即"世纪症患者"就变成了"零余人"，是郁达夫笔下事业、爱情、友情皆受挫，无奈转向对自己内心幽暗的挖掘和拷问上。丁玲笔下的形象是性转的零余者形象，最终归于外在世界的形单影只和内心的隔绝封锁，是居于一隅的边缘者的形象侧写。

结　语

丁玲早期小说展现了作家对个性主体、人生、社会的观念性表达，是作家源于童年经验和成长体验形成的创作心理定式，具有强烈的主观性和内倾性。早期带有自叙性的小说颠覆了传统的性别秩序，塑造了有悖于固定认知的女性形象，既不是红袖添香，也不用揾英雄泪。首先丁玲在塑造形象时展现了她的强建构性，使主人公在与其他角色的对比中毫不费力地胜出，在抒情地位上占有绝对优势，因而莎菲、梦珂、阿毛、伊萨等人的心理独白展露出了也许偏颇但绝对真实和自我的人性表达和不自觉的女性主义意识。并且作家相比同时期的性别建构具有超前性，暗示了新秩序下女性依然被剥削的困境，在尚未与历史拉开距离时即表达了在场的质疑。其次，作家处理现实和理想人生的关系上有明显的倾向性和情感偏好，她赋予笔下的主人公们追求灵魂自由的觉悟能力，借由身体的欲望和渴求完成角色的自省，进而获得精神上的超脱。无论最后是否成功，丁玲在处理人生观念时都显示出了独特的理想主义特质，肯定了精神自由对于塑造完整人性和理想人生的重要意义。最后，丁玲早期小说还涉及处理人与社会的关系。在面对与社会产生的冲突时，丁玲笔下的人物做了两种努力：寻求联盟和自我隔绝。丁玲着重渲染同性情谊在主人公排遣寂寞、表达自我时的重要性，实则是构建少数人的情感联结以对抗外部世界散发的恶意，又因对传统的家庭伦理构成了挑战，具有天然的反抗意义。在同性情谊的联盟渐趋瓦解时，小说的主人公不得不转向一个人的隔绝，是保存自我的一种方式。在与社会的冲突中，作家从未让自己的主人公投降，即使如梦珂，为了生存去做自己厌恶的电影演员，但她依然具备思考和反省的能力，相比自我说服的犬儒主义，她们显然具有更独立和自由的灵魂。

丁玲早期小说在性别观、人生观、社会观三方面都体现了作家的创作心理定式，具有主题选择和人物形象塑造上的相似性，形成了以《在黑暗中》为代表的主观性作品集，构建了一座观念的城池。

参考文献

[1] 袁良骏编. 丁玲研究资料 [M]. 天津：天津人民出版社，1982.

[2] 梅仪慈. 丁玲的小说 [M]. 沈昭铿，严锋，译. 厦门：厦门大学出版社，1992.

[3] 王增如，李向东. 丁玲年谱长编 [M]. 天津：天津人民出版社，2006.

[4] 李向东，王增如. 丁玲传：[M]. 北京：北京大百科全书出版社，2015.

[5] 克雷奇. 心理学纲要 [M]. 周先庚等，译. 北京：文化教育出版社，1981.

[6] 秦俊香. 影视创作心理 [M]. 北京：中国广播电视出版社，2004.

[7] 鲁枢元. 创作心理研究 [M]. 郑州：黄河文艺出版社，1985.

[8] 荣格. 心理学与文学 [M]. 冯川，苏克译，译. 北京：三联书店，1987.

[9] 童庆炳，等. 现代心理美学 [M]. 北京：中国社会科学出版社，1993.

[10] 中岛碧. 丁玲论 [C] // 袁良骏. 丁玲研究资料. 天津：天津人民出版社，1982.

[11] 钱荫愉. 丁玲小说的心理描写试析 [J]. 贵州社会科学，1983（5）.

[12] 袁良骏. 论丁玲的早期创作：丁玲的创作道路之一 [J]. 芙蓉，1980（4）.

[13]江上幸子.对现代的希求与抗拒:从丁玲小说《梦珂》中的人体模特事件谈起[J].中国现代文学研究丛刊,2008(3).

[14]罗岗.视觉"互文"、身体想象和凝视的政治:丁玲的《梦珂》与后五四的都市图景[J].华东师范大学学报,2005(5).

[15]江上幸子.现代中国的"新妇女"话语与作为"摩登女郎"代言人的丁玲[J].中国现代文学研究丛刊,2006(2).

[16]贺桂梅.丁玲主体辩证法的生成:以瞿秋白、王剑虹书写为线索[J].中国现代文学研究丛刊,2018(05).

[17]李燕群.试论丁玲早期小说创作的主体性[D].武汉:华中师范大学,2004.

注　释

〔1〕鲁枢元:《创作心理研究》,黄河文艺出版社,1985,第41页,第44页。

〔2〕鲁枢元:《创作心理研究》,黄河文艺出版社,1985,第47页。

〔3〕鲁枢元:《创作心理研究》,黄河文艺出版社,1985,第46页。

〔4〕鲁枢元:《创作心理研究》,黄河文艺出版社,1985,第21页。

〔5〕李向东、王增如:《丁玲传》,中国大百科全书出版社,2015,第4页。

〔6〕　罗岗:《视觉"互文"、身体想象和凝视的政治:丁玲的〈梦珂〉与后五四的都市图景》,《华东师范大学学报》2005年第5期。

〔7〕李向东,王增如:《丁玲传》(上),中国大百科全书出版社,2015,第12页。

〔8〕鲁枢元:《创作心理研究》,黄河文艺出版社,1985,第51页。

〔9〕鲁枢元:《创作心理研究》,黄河文艺出版社,1985,第53页。

〔10〕布莱恩·特纳《身体与社会》,马海良、赵新国等译,春风文艺出版社,2000,第59页。

〔11〕伊塔洛·卡尔维诺:《未来千年文学备忘录》,黄灿然译,译林出版社2012,第4页。

〔12〕余曼贞:《丁母回忆录》,载《丁玲全集》第1卷,河北人民出版社,2001。

〔13〕丁玲:《向警予同志留给我的影响》,载《丁玲全集》第6卷,河北人民出版社,2001。

〔14〕李向东、王增如:《丁玲传》(上),中国大百科全书出版社,2015,第12页。

〔15〕西蒙娜·德·波伏娃:《第二性》,陶铁柱译,中国书籍出版社,1998,第668—669页。

〔16〕赫伯特·马尔库塞:《审美之维》李小兵译,广西师范大学出版社,2001,第4页。

作家作品研究

"丁玲"在日本（上篇 1934—1956）：以文艺为武器的革命女性[1]

任勇胜

　　本文关注的重心不是日本丁玲研究的学术史梳理，而是丁玲形象在日本的形成和变迁过程，以及由其作品传递的中国革命形象。由于中日之间信息传递的时空差异，作品翻译和释读更是耗费时间，我们不能仅仅注意丁玲人生遭际和创作的发生时间，更要聚焦关于丁玲的信息及其作品传入日本被接受、被传播的时间点，因此依据日本文献提供的线索，本文讨论相关话题时把时限适当做了延展，而不强行固定在某一节点上。这也正印证了一句老话，历史如大河源远流长，抽刀断水只能是愚人之举。

　　国外的丁玲研究与丁玲形象是个老话题，因此，进入具体报告前，先向这一研究的前辈致敬，是他们的辛勤爬梳和译介，积累了这方面的资料和进一步研究的线索。特别要提起的是王中忱教授，作为丁玲研究的资深专家，他不仅长期持续对国内外丁玲研究的现状进行整体性的观察和总结，还不断提示新的研究领域和线索。单就"丁玲在日本"这一课题而言，他早在20世纪80年代前期就与学术伙伴做了地毯式的搜集工作，其成果见于《丁玲研究在国外》（湖南人民出版社1985年）的"国外丁玲研究资料编目"日文部分[2]。在历届丁玲研究研讨会上，他还提纲挈领地分享自己的研究心得，例如，2011年作《自家风景他山石——战后日本思想文化脉络中的丁玲》[3]、2017年谈论《"新女性主义"的关怀》[4]、2021年进一步指出《丁玲：与世界文学同行》[5]，这些报告，均从跨语际、跨区域、跨文化的角度着眼，在"世界·文学"视域中关照丁玲研究。从小处说，是王老师这些工作的指引和帮助，才有小文的写作；从大处看，王老师也为中国现代文学和比较文学，甚或说是为区域国别学的研究提示了新方向。

由于时间原因和个人积累有限，今天的汇报仅限于篇首提起的论文框架的前三个部分，也就是"上篇"，聚焦20世纪30年代和20世纪50年代前期围绕丁玲及其作品在日本引起的回响。另外，需要特别予以交代的是，本文的副标题，来自海伦·斯诺的概括，它较好地体现了这一时期丁玲形象的归结处[6]，故用来作为丁玲形象的概括语。

一、作为"赤化"女作家——无产阶级文艺运动中的"性别"角色

丁玲作品在日本最主要的译介者冈崎俊夫，曾这样概述丁玲的早期作品：

> 1927年，她在《小说月报》上发表题为《梦珂》的短篇，第一次使用"丁玲"的名字。第二年便出版了最初的短篇集《在黑暗中》，该集除《梦珂》之外，还收入了《莎菲女士的日记》《暑假中》《阿毛姑娘》三篇。这些小说，由于描绘了冰心、庐隐等先一辈女作家们所未能观察到的新时代女性分裂、矛盾的心理，从而受到同时代人狂热的欢迎。尤其是《莎菲女士的日记》，成为确立丁玲在文坛地位的初期的代表作品。以莎菲女士为首，这一时期的主人公，同样都不仅仅是自我觉醒的热情的新女性，而且，她们在生活中都碰到了现实的坚壁，挣扎、苦恼，最后陷入了绝望与颓废之中。这些主人公的心情，也可以说，正是作者的心情[7]。

在这里冈崎已经认识到丁玲作为中国新文学的第二代作家，对"五四"新文化运动中涌现的"新女性"做了更深入的开掘，当"恋爱自由、婚姻自由"这些女性解放的口号落地的时候，"她们在生活中都碰到了现实的坚壁，挣扎、苦恼，最后陷入了绝望与颓废之中"。鲁迅指出的"娜拉出走之后"的问题，成为每个渴望解放的女性面临的困境。丁玲由于对"新女性"心理苦闷的精致刻画，"莎菲女士"成为她的代名词，"丁玲女士"也成为"女性解放的开路先锋"（海伦·斯诺语）[8]。

近年有研究者对丁玲笔下的"新女性"做了更审慎的辨析，进一步指

出，丁玲初登文坛，以《梦珂》《莎菲女士的日记》等作品呈现出来的"新的姿态"（茅盾语），事实上"归不到'左联'酝酿、准备时期的'革命文学'"潮流中，她的作品不同于当时流行的"革命+恋爱"罗曼蒂克式写作，还在延续着"五四"新文学的"新女性"故事。例如《梦珂》这个短篇，通过富有寓意的场面和细节，揭示了现代都市生活里社会阶层与男女性别中的多重权力关系，以及"新女性"在这些关系中遭遇的困境。进而在《莎菲女士的日记》里采用一个女性内心独白的叙述方式，有效利用女性的视角，更为充分地展示了现代女性的内在焦虑和精神危机[9]。丁玲通过小说作品塑造的女性形象，不同于当时"新感觉派"下的那些上海这类殖民大都市流行的Modern Girl（摩登女郎）[10]，而是精准地捕捉到莎菲这类平民女性的特色[11]，指出她们是"心灵上负着时代的苦闷的创伤的青年女性的叛逆的绝叫者"[12]。因此，在1928年的中国文坛，如同茅盾指出的，"丁玲"这一名字"在文坛上是生疏的，可是这位作者的才能立刻被人认识了"，"人们深切地认识到一位新起的女作家"[13]。但丁玲作品在国外最早被译介的却是丁玲参加"左联"后，背负着"'左联'五烈士"遇难的悲痛，关注下层民众生活的那些作品。1931年2月7日，胡也频等五位青年作家被国民党杀害，这时丁玲与胡也频的儿子还不满周岁。丁玲"对这白色恐怖的回答就是积极左倾，踏上那五个作家的血路向前"，她把幼子送回湖南老家交付母亲照看，自己返回上海，担任"左联"机关刊物《北斗》的主编，积极参与各种活动，并于1932年3月加入中国共产党，下半年出任"左联"党团书记。鲁迅"忍看朋辈成新鬼，怒向刀丛觅小诗"极好地刻画了这一时期上海的政治氛围和进步人士的哀痛，并于1933年2月7日烈士就义的两周年纪念日，再次动笔写下了名篇《为了忘却的记念》。

1935年10月，《日本评论》10卷10号登载了中西均一翻译的丁玲短篇小说《水》，标示为"问题小说"，并且在译作之后附录了茅盾1933年发表的评论文章《女作家丁玲》。与此同时，《水》的英文译本刊登在美国《亚细亚》月刊上[14]，由此可见《水》这部作品几乎同时获得了国际关注。

1931年，中国发生了近一个世纪来在世界史上也少见的大水灾，"灾区达十六省的地域，死亡的灾民二十余万，流离失所的农民更不知凡几"[15]。这次水灾直接影响了中国社会政治、经济和阶级斗争的重大变化。丁玲的《水》正是摄取这一重大现实题材，予以表现的及时之作。这篇作品以鲜明的无产阶级观点，粗犷奔放的笔致，描绘出农民与水灾搏斗的场景，也显示出人民抵抗灾难时迸发出的巨大力量，试图展示中国农民在遭受自然灾害与沉重阶级压迫的境遇中逐渐觉醒，终至挺身抗争的过程。

《水》于1931年9—11月连载于"左联"机关刊物《北斗》第1—3期。甫一问世，就引起文艺评论家的高度评价，阿英认为，"《水》不仅是反映了洪水灾难的主要作品，也是左翼文艺运动1931年的最优秀的成果"。冯雪峰则判定，《水》为"新小说的诞生"[16]。茅盾从新兴文艺发展史的角度指出，这篇作品的出现，意味着"不论在丁玲个人，或者文坛全体，这都表示了过去的'革命恋爱'的公式已经被清算了"[17]。《水》对于左翼文学创作的发展，也起到了示范性作用。小说发表以后，"左联"执委通过了《中国无产阶级革命文学的新任务》的决议，号召左翼作家抛弃"身边琐事"的描写，注意反映现实斗争的重大题材。从此，"左联"文学的创作开始新的局面，表现工农大众的生活与斗争的作品渐次涌现。丁玲则继续创作了《法网》[18]《夜会》[19]《奔》[20]等作品，以鲜明的无产阶级倾向，描绘出20世纪30年代初期中国社会的一个侧面。

如果说《水》是投向时代灾难和灾民的一瞥，没在刊物发表，直接作为"一角丛书"单行出版的中篇小说《法网》则把目光投向了工人阶级。故事叙述汉口的一位工人，因为害怕自己失业，误以为邻居工人背后向老板挑拨离间，出卖了他，因而糊里糊涂地把邻居工人的老婆杀了，逃亡上海。几年后，在他写给邻居工人的信中已认识到这样一种道理："杀你老婆的其实不是我，同使我失业的不是你一样，我们看来都是兄弟，都是贫苦的兄弟啊！"选择工人生活做题材，揭示出阶级意识的觉醒过程，但显得概念化和空洞，人物心理的转换过程不够清晰。

丁玲晚年在给赵家璧的信中承认，当年写《法网》"是由于在报纸看到一条新闻，引起慨叹，据此写成一篇小说"[21]。这种"以理胜"的概念化倾向，是当时左翼文坛大部分作家所共有的特征。

但整体上来看，当丁玲走出"公寓"，"目光向下"，取材工农大众的斗争生活，把革命者、工人和农民作为描写的重点对象，表现反抗帝国主义、封建主义压迫的宏大主题，显示出丁玲已经从早期创作的感伤、忧郁的小资产阶级知识分子，成长为刚毅、坚强的左翼文化战士。而在小说创作上，笔调由早期的细腻变得粗犷，人物塑造开始少用静止的心理描写，而注重在动作中展示性格。她对旧社会的反抗更加强烈，批判也更加尖锐，把人物阶级意识的觉醒与社会批判连接起来，共产主义信仰的影响确实对作家的社会实践和创作技法发生了"启蒙"作用。

难怪1933年鲁迅接受朝鲜《东亚日报》记者申彦俊的访问，在回答"在中国现代文坛上，您认为谁是无产阶级代表作家？"这一问题时，着意强调"丁玲女士才是唯一的无产阶级作家"[22]。

"左联"时期丁玲创作的另一重大收获是长篇小说《母亲》。这部小说也引起日本方面的注意，最早于1936年7月，由辛岛骁在《朝鲜及满洲》杂志上撰文予以介绍[23]。但此时中国国内救亡图存的呼声日渐高涨，中共中央和红军经过二万五千里长征到达陕北，发出建立抗日民族统一战线的号召，国共两党寻求接触的渠道，共同抗日的形势正在形成。日本方面重新拾起对丁玲的关注要到"西安事变"，甚至全面抗战爆发之后，例如，冈崎俊夫翻译的《母亲》面世要等到两年后的1938年9月。

《母亲》开始写作于1932年6月，边写边在《大陆新闻》上连载，7月初刊物遭禁停刊，小说的写作也停了下来。到了秋天，应良友图书印刷公司的邀约而续写，到1933年4月草成十余万字，不久丁玲遭到国民党特务部门的绑架，小说于1933年6月，作为"良友文学丛书"之一印行。

在"出版前言"中，赵家璧介绍说："照作者预定计划，这部书的篇幅，大约有三四十万字，从她母亲的时代写到作者自己的。及后编入了良友文学丛书，因为篇幅关系，作者便变更了原定的计划，把这部长篇分成三部曲。第一部写辛亥革命时代，因为故事以作者的母亲为中心，便用《母亲》做书名；以后第二部、第三部都用别一个书名。故事虽然联系着，但每部书的本身，都是可以充分独立的。"[24]

在丁玲20世纪30年代前期的创作中，《母亲》是别具一格的力作。这部作品没有描写工农大众的斗争生活，而是从辛亥革命前后的社会生活中择取题材，展示封建家庭内部的衰败与分化。《母亲》问世之时，"左联"内部存在这样一种理论倾向，即过分强调反映工农群众现实斗争的作品，忽视甚至排除其他题材。致使一些作家放弃自己熟悉的生活之后，创作上感到十分棘手，写不出东西来。针对这种"现实反映论"和"题材决定论"，鲁迅曾予以批评，他指出："如果是战斗的无产者，只要所写的是可以成为艺术品的东西，那就无论他所描写的是什么事情，所使用的是什么材料，对于现代以及将来一定是有贡献的意义的。"〔25〕

如果说，丁玲《水》的创作，冲破了反映小资产阶级知识分子题材的狭小范围，那么《母亲》的题材选取，进一步表明她在题材认识上的革新精神。敏锐感应时代生活的《水》，说得上是"及时的书"；但回到熟悉的生活题材，《母亲》所提供的历史镜像，同样会帮助战斗的无产者从前辈的生活轨迹中获得启示和力量，更好地从事现实斗争。

《母亲》属于自叙体小说，女主人公的模特便是作家的母亲。小说共四章，以曼贞的命运为结构焦点，沿着她生活的变化线索，转换三个场景，灵灵坳江家（曼贞夫家）——武陵城于家（曼贞弟弟家）——武陵女师学堂，通过曼贞从灵灵坳到女师学堂的生平经历，展示了封建思想桎梏下的千金小姐转向"维新思想"的过程。从而提供了一个辛亥革命时期新女性的典型形象。茅盾在评论中说，《母亲》可以看作"前一代女性"怎样从封建势力的重压下挣扎出来，怎样憧憬着光明的未来——这一串辛酸而壮烈的故事的"纪念碑"。

而这也是打动《母亲》日译者冈崎俊夫的地方，他在"译者后记"中说：

《母亲》写于1932年，在此之前，多年来作家的作品充满了左翼作品的呐喊和呼号。而《母亲》则考虑得很从容，回忆了儿时的生活，想到了遥远的故乡——湖南，写起来是比较自如的。这是她唯一的一部长篇小说，可惜的是还未写完的时候，她就被捕了。

另外，作品存在着内容比较平淡，没有什么新的突破，主人公过于理想化等缺点。因此，不能说是非常优秀的作品。但作品充分描写了因循守旧的大家庭制度下的家庭生活，并细腻地表现了大家庭生活的种种矛盾，这些矛盾与新时代的光芒形成鲜明的对照，这是从前描写家庭生活的优秀小说所未曾见的。因此，《母亲》可以被称为中国现代文学作品中有特色的作品。而且，小说的模特儿就是作家自己的母亲。母亲余氏是当时的进步女性。〔26〕

上述"后记"作于1938年，在某种程度上，冈崎是把《母亲》放在丁玲"新女性"书写的脉络上，主人公"曼贞"是"莎菲"的上一代前辈"开路人"，丁玲形象回归到"左联"以前、褪去"赤化"色彩时期去。十六七年后，冈崎俊夫再次为丁玲的日译作品集做介绍时，写下各方面整合来的消息，其中再次提及《母亲》：

　　1932年，作家以自己的母亲为模特儿，开始创作表现从辛亥革命前夜起，直至大革命止的巨大历史画面的小说《母亲》。但是，1934年（实为1933年），却突然传闻丁玲下落不明，一时谣传她已经死了。然而，卢沟桥事变的前夕（丁玲抵达陕北苏区是1936年11月，冈崎这里所知信息比事实晚了一年），她却在延安出现了，并且很健康[27]。

　　这时已经是1955年，但其中仍有事实错误或语焉不详的部分，考虑到中日当时还未正式建交，被纳入冷战格局中美国阵营的日本政府中，战争期间的"战犯"重新回到权力中心，新的中日"冷战"正在进行，中日之间信息沟通有限，最重要的是，作为当代人物，生平资料还在生成之中，不像改革开放后重启各种大型作家作品研究的资料集，能提供相对准确和清晰的作家生平信息。但是，冈崎短短的一段文字，却也提示我们进一步探索"丁玲"形象在日本的建构过程，对错误或不确的信息也可作为了解历史的线索。关于冈崎俊夫翻译《母亲》的情形与时代语境，将在第三部分讲述。

二、执拗的低音——丁玲被捕事件的反响

　　第一部分中日本对丁玲作品的关注主要是单篇译介，"赤化"女作家丁玲的形象也由此奠基[28]。在本部分中，我们会注意到在日本关于丁玲的评介文章大多集中在"女流作家""闺秀作家"等字眼上，显现出一种"男性凝视"的性差驱动，以及为扩大销路而打出略带"桃色"的女性话题这种大众媒体的惯用手法。

　　事实上，1933年5月14日丁玲遭国民政府特务秘密逮捕一事，经由上海中外媒体的报道，虽说具体过程显得扑朔迷离，但丁玲失踪这一事实却是为天下知晓的了。[29] 此前，当红的"赤化"女作家的话题自然也为

媒体所欢迎。但在日本，却仅见井上红梅的一则报道《上海蓝衣社的暴力事件——丁玲的失踪和杨铨的被暗杀》（刊《改造》15卷8期，1933年8月），此后就不见对这一政治事件的公开讨论，而转变为一种"中国情趣"者的谈资，下文着重介绍的奥野信太郎是这方面的一个代表。这应与日本当时对左翼文化运动的镇压导致的肃杀气氛，以及日本大正时代以来形成的中国认识方式有内在的联系。

1928年3月15日，日本当局鉴于当年二月实施的普选中合法的无产政党取得的票数和影响，援引《治安维持法》对1926年重新建立却处于地下状态的共产党组织进行大搜捕。这次被称为"四一二事件"的大搜捕起诉了共产党员三百多人，日共中央领导机构几乎被毁灭，此后虽屡次重建，但因特高科警察派遣的间谍于1930年后期潜入中央领导部门，以诱导大批左翼分子加入地下党组织的策略，遂使日共和左翼运动遭到更沉重的打击。据资料统计，截至1931年3月，日共党员的全国总人数大约90人[30]，而到了1933年末，日共的中央领导体系已被基本摧毁。大批左翼活动家和青年遭到逮捕和迫害，其中最具代表性的就是1933年2月20日的小林多喜二被刑讯致死事件。正是在这种严酷的恐怖政治中，日本一些共产党员宣布"转向"，左翼文化运动也随之陷入低潮。因此，对同为"红色三十年代"国际左翼文艺思潮之一环的中国无产阶级文艺运动的介绍就显得迟滞，或者转变为另一种"趣味化"面貌。

当时的观察家也注意到这一点，新居格在1937年发表的《描写中国的外国作品》一文中指出，日本作家中描写中国的人很多，"有一类作家对异国情调的中国风情感兴趣，还有一类作家对国际城市上海的错综复杂的色调产生兴趣，也有一部分无产阶级作家通过无产阶级的社会观念选择中国题材"[31]。这一说法虽然是同时代日本文坛趋向的粗略概括，但也提示了日本作家对中国关注点的代际差异和不同类型。很显然，政治上的白色恐怖，会强化"对异国情调的中国风情感兴趣"这一类作家的出现。

调查这一时期的出版文献，会发现涉及丁玲的出版物，明显增加了这一方面的标签。例如，1934年由文求堂书店出版，文求堂编辑局编的《现代支那趣味文选》一书的第29篇《丁玲一页史》选编的就是当时小报上登载的一则丁玲逸闻。而文求堂是由汉学者田中庆太郎（1880—1951年）主持的近代日本最大、最有影响的一家中国古书字画书店。1923年的东京大地震毁掉了所有藏品，1927年，田中重起炉灶，新文求堂建成开业。在业务经营上，为适应新一代读书人的需求，由原来主要从北京输入古籍珍本，转变为主要从上海购入实用的、普及性的新刊本，包括"五四"以后新式标点的国学基本典籍，整理国故运动中的国学研究著作以及中国语教学用书。同时，他们根据日本市场需求自己编辑出版中国语相关的读物。

再如谈到丁玲最新动向的一篇文章《投奔共产党的丁玲》，是村田孜郎《中国女人谈》[32]的一节，紧接着是谈"她的生存"和"中国的镇压"，显得是为规避书报检查而做了掩人耳目的处理。

日本侵华战争全面爆发后，大众传媒界掀起新一轮对中国各种情事报道的高潮，丁玲的作品重新得到译介。这次不仅仅是文艺类刊物，连经济类刊物也刊发了丁玲的作品，如宝石社主办的《经济杂志》1937年10月出版的第1卷第5号上，登载了丁玲《他去后》的译文[33]。

在同月，奥野信太郎也翻译了丁玲的短篇小说《松子》，刊发在庆应义塾大学文学部的文艺刊物《三田文学》[34]上，这是奥野译介丁玲作品的开端。这篇译作1940年再次被编入《现代支那文学全集第9卷女流作家集》[35]。

在战后，奥野又翻译了丁玲的《一月二十三日》[36]，并在《文学界》撰文介绍丁玲及其作品[37]。1956年由创元社组织出版的《世界少年少女文学全集》第43册（东洋编5），收入奥野翻译的《松子》和所作《丁玲》；不过，《松子》是作为"现代中国童话"的一篇被归类的。

但从原作来看，《松子》这篇小说以失去土地的农民流落贫民窟的悲惨生活为背景，描写了一个偷西瓜少年的经历。少年松子终日处于饥饿之中，因而经常想偷点东西吃。一天，他来到向往已久的附近的关帝庙，打算偷西瓜。中途被追赶来的妹妹拖拉回去。小说从开头到结尾都是描写他如何想把东西弄到手，而他的妹妹又如何成了这次行动的累赘，使他不能得手。他终于来到了关帝庙，甚至听到庙里的老道人和打铁人正在谈家常，议论生活的困难。于是，他潜入附近的田地里，等待夜色的降临。终于到了可以下手的时候，突然被有变态癖的打铁的黑小子抓住了。他大叫一声，引来了一阵犬吠，于是他狼狈不堪地逃回家去。在他家附近，听到了哭喊声，他从人丛中钻进去一看，似乎看见了血肉模糊的尸体：八成是他妹妹遇上狼了！他听到父亲狂怒的吼声："松子！松子！这狗养的小子，老子抓住他时，总要……"于是，他回想起以前弟弟被载重卡车轧破脑袋的情景，弟弟是松子照看的，所以被他父亲狠狠地揍了一顿，一连很多日子直不起腰来。想到这些，他颤抖了一下，挤出人群，向无边的黑暗中逃去了，身后留下母亲无休无止的苦号声。

《松子》这篇小说，没有了丁玲创作中一贯存在的那种希求反抗的自我发现和追求自由的奔放精神。作品中那种默默无言的黯淡的精神状态，是丁玲追求自由、反抗体制的灵魂受到压抑的结果。在《松子》中，自我意识尚未觉醒，既没有幻想，又没有幻灭，只有压抑状态下动物般的求生愿望。松子不知道什么是他的自我，只知道以他幼小的灵魂忍受那突如其来被排斥感和孤独感。看到在黑暗中消失的萤火虫，才直觉地领悟到自我存在之遥远，然而也只能把悲伤寄托在眼泪上，不会也不能加以表述。

而《一月二十三日》这篇作品中，丁玲用对比的手法，描写了饥寒交迫的穷人们为领到救济财务而焦急的度日如年的这一天，而有钱的财主们却安逸地生活着。丁玲凝视着民众悲惨的生活，冷静平淡地讲述着故事，最终还是把他们置于黑暗之中。

一月二十二日，财主家的女仆传出杨家要发送救济金，一月二十三日以后还要送衣服。这个消息在贫民窟中很快传开了，人们望眼欲穿地等待着。在这个贫民窟里，居住着各种不幸的人们，有好不容易找到工作，又因病被解雇了的老人；有脚上流着血满街乞讨的妇人；有瘦弱的母亲和营养失调、濒于死亡的婴儿；有被衙门的恶犬咬伤的卖艺少女；还有失去土地的流浪汉。

作者用淡写轻描的笔触描绘出受侮辱、受损害者的惨状。而与此形成鲜明对照的，是富裕的财主家的生活。两者交织，暴露出财主们对民众疾苦毫不关心的心态。对此，作者特别详细地刻画了小姐出身的贵妇人杨太太：她是一个唯我独尊、脾气暴躁的女人，虽说时常给穷人一点施舍，不过是为满足她的优越心理而已。她最喜欢没人打扰、一个人安静地生活，对穷人的同情心本来就不多。她无情地对待已被解雇的佣人女儿的请求，把为生病的媳妇和快死的孙子求取药物的老婆子拒之门外，她借口钱少，不愿把救济金发给人们。对这样一个女人，贫民窟的居民都卑躬屈膝到了极点，结果，到了一月二十三日，也没有任何财物发放到穷人手中，人们在失望中再次迎来一个又冷又长的黑夜。只能听到无声无息地咽了气的婴儿的父亲在冰天雪地里掘墓的声音。

丁玲以前也描写过民众悲惨的生活，不过是作为他们从穷困的末路上奋起的过程。《水》（1931年）和《奔》（1933年）是其代表性作品。在丁玲笔下，被洪水夺去口粮的农民，在社会的歪风和无理的逼迫中，逐渐勇敢地面向真正的敌人，面向压迫、剥削自己的阶级敌人。秘密的怨恨、爆发的能量，都寓于民众的形象中。但是，在《一月二十三日》中，民众仅仅是被虐待、被愚弄，愤怒也是一味地内向释放，找不到打开现实困境的契机。这些在黑暗中出现的穷人的群像，对现状毫无反抗，最后默默地消失在更加黑暗的角落里。

把《松子》这样一篇小说作为"童话"来介绍给少男少女，并且在战后着重译介了《一月二十三日》这篇低沉的小说，也许是奥野在战后初期日本社会清理战争废墟重建生活过程中某种心态的折射吧。

通观奥野信太郎对丁玲的译介，没有越出丁玲《意外集》所收作品的范围，这不仅关系他的文学趣味，也与图书的物质载体相关——奥野手头的《意外集》应是其在1936年至1938年期间留学中国时亲手购置的唯一一册丁玲作品集。

奥野信太郎（1899—1968年）出生于军人家庭，其父官至陆军中将，小时生活在东京，七岁起在外祖父家接受汉学家竹添井井"汉文直读"方面的指导，前后持续近三年。进入中学阶段，与借宿其姨母家的东京帝国大学生濑古保次交往密切，也曾追随森鸥外读书，开始醉心汉文学，耽读永井荷风、上田柳村等人的著作。20岁时为能追随永井荷风而考入庆应大学，入学后才发现荷风已辞职他去。大学期间比较亲近的教师有小岛政二郎、久保田万太郎、户川秋骨等。由于家资颇丰，大量购买各种古书古玩，成为其一生的爱好。

1925年5月，奥野在庆应大学文学部毕业，同年与贵族出身的坂东智惠子[38]成婚，9月，经由与谢野铁干的推荐入职文化学院，同时兼任庆应大学预科的汉文讲师。1921年由西村伊作创建的文化学院，位于东京神田骏河台，抱持自由主义的教育理念。包括芥川龙之介在内的大批文学家、艺术家都曾在此任教。在教师队伍中，有一批强烈的"支那趣味"者，其中，与谢野铁干、与谢野晶子、石井柏亭、木下杢太郎、芥川龙之介、谷崎润一郎、佐藤春夫、横光利一、小林秀雄、奥野信太郎、饭岛正等知名的人物都曾到过中国游历。他们是大正时代"支那趣味"的追求者，也是建构者。他们创作的中国题材作品曾在日本产生了广泛而深远的影响。在这样的氛围中，对奥野信太郎看待中国文学的眼光难免有一定影响。更重要的是奥野的家世和教育经历，也培养了他的文学趣味。

1936年5月，奥野获得外务省文化事业部在华第三种补给生，7月前往北京留学[39]，至1938年4月在华研学两年；归国后出任庆应大学预科教授，兼任文学部中国文学讲师。此后，他多次往返中日之间旅行调查，特别是华北沦陷期间，1944年10月至1946年4月，在北京的辅仁大学担任客座教授，讲授日本近代文学史、中日文化交流史、日本汉文学史等课程；其间与东京帝国大学的仁井田陞博士调查北京外城的庙宇，也进行与京剧表演相关的调查与研究，与中国学人赵荫棠、周作人、钱稻孙、孙楷第关系密切，更加深了对中国的俗文学的研究兴趣。其在京期间看戏的戏单都保存了下来，现藏庆应大学图书馆的奥野文库中，成为研究二十世纪三四十年代中国戏剧的宝贵资料[40]。

奥野信太郎的家庭出身、教育经历和交际圈子，使他形成了一种对中国民俗文化的强烈兴趣，以一种强烈的好奇心观察中国社会的原生态生活，对京剧和汉文学中的"言志派"抱有好感；另一方面，奥野则对日益法西斯化体制下的生活采取低调抵抗的态度，他不喜欢写学术论文，也厌恶盛气凌人的议论文章，平生所作主要是以随性清新又略带知识性的委婉的随感小品。

应该说，奥野信太郎关注到中国新文学女性作家，是和作为"中国文学研究会"创会人之一，也是骨干会员的武田泰淳和冈崎俊夫都存在差异，后者从大学期间对中国新文学保持密切兴趣，一度要与传统"支那学"一较高下而译介研究新文学成为"中国文学研究会"同人的志业。奥野信太郎则更多是在"支那趣味"的延长线上，对因"赤化"而失踪的"新女性""丁玲女士"抱持了某种关心。

在他战前悠游闲适的生活中，可能他最能欣赏的是冰心、凌淑华、冯沅君这些女性作家的作品，或者是沈从文笔下遥远僻域异族人的生活，而很难产生与《水》或《一月二十三日》中人物的共情心理。在1940年版《女流作家集》的译者说明中，他写道：

要说与冰心完全相反的女作家，只能是丁玲。出身于湖南省常熟（应为"常德"）、在北京与作家胡也频相知以后，丁玲的命运也随之变得多难。看上去是如同韦护一样，但随着胡也频的刑死，丁玲的思想也发生了加速度的变化。曾有传闻说丁玲失踪了，但又有消息说丁玲加入了第八路军，投身抗日阵营。《松子》是她最新小说集《意外集》中的一部短篇，这部作品表现的那种接近残忍的人性之恶、令人堕入绝望深渊，与初期作品如《莎菲女士的日记》中那种吹着烟灰的优雅淡然相比，现在更多一层凝缩感，是以作为一例翻译在这里。但是就技巧的畅达这一点而言，远胜往年的作品。关于丁玲的生平，在沈从文《记丁玲》中有更详尽的叙述。[41]

可见，丁玲"失踪"（被捕）及此后的去路[42]，成为日本战中和战后初期持续关注丁玲及其作品的执拗的低音，并在日本不同时期的政局下发挥着奇妙的作用。而在中国，丁玲20世纪30年代被捕的历史，成为纠缠其一生的"噩梦"般的"印迹"（在批判丁玲时被称作"污点"），两相对照，令人深长喟叹。

三、红色中国的革命工作者——以文艺为武器

日译本《母亲》于1938年9月由改造社出版，是该出版社"大陆文学丛书"的第5种。这个丁玲作品集共收入译者冈崎俊夫的四篇译作，除长篇小说《母亲》（日译本排印178页），还有《水》《莎菲女士的日记》和《阿毛姑娘》，这也是冈崎的第一种译作单行本[43]。

这一年，出生于1909年的冈崎俊夫还不满30岁，他的正式职业是朝日新闻驻名古屋分社整理部校阅科员，翻译和研究中国现代文学是业余进行的。五年前，冈崎从东京帝国大学毕业后，即进入《时事新报》社，成为横滨支部跑法庭的社会部记者；1934年，从报社辞职，进入位于东京神田的东亚高等预备校（通称东亚学校，由日华学会经营）为留学生补习日语；同年参与创办"中国文学研究会"，是终身会员。1936年进入《朝日新闻》社，担任现职，直到1940年8月，因为成了家，转职东京朝日新闻社东亚部。

从成长的时段来看，冈崎俊夫可谓"大正之子"。在日本历史著作中，

一般会把大正时期（1912—1926年）和昭和（1926—1989年）初期的社会思想文化氛围概括为"大正民主主义"。但事实上，在大正时期，面对第一次世界大战之后的世界变局和国内矛盾，日本的国家权力在国际战略层面，既推进对中国大陆的侵略扩张，又与欧美协调配合。在国内，则一方面严厉镇压左翼政党，通过制订《治安维持法》（1925年）为加强思想管制提供法律依据；另一方面，首次组建起由不属于明治以来垄断政权的藩阀体系出身的平民议员原敬担任首相的政党内阁，并通过《普通选举法》（1925年）的制订和实施，扩大普通民众的参政权。加藤周一就此指出，"所谓'大正民主主义'，不是天皇制官僚国家结构的民主化，而是在帝国宪法的框架内的政策民主化，或者说是自由主义妥协的后果。这与同时代的魏玛共和国改变政治制度本身而制定民主主义的宪法，是根本不同的"[44]。

而《普通选举法》与《治安维持法》几乎同时推出，本身就很具象征意义，不仅反映了日本社会内部的矛盾纠结，也意味着日本的国家权力企望以刚柔并举的方式，更广泛地把民众动员、整合为帝国的"国民"。但无论如何，较之明治末期"大逆事件"前后的肃杀气氛，大正时期还是有所松缓，工人、农民争取自己权益的社会运动不断兴起，而随着书籍印刷产量的大幅度增加[45]，虽说当时在政治上没有社会主义革命的条件，但作为理论的马克思主义，从1923年大地震之后至1936年"二·二六事件"爆发这一时期，吸引了许多城市知识分子阶层，产生了以马克思主义为信条的许多学者、文学家、艺术家的团体和组织。同时，国外各种新兴思想和艺术潮流一涌而至，马克思主义的书籍出版一度成为热潮。这构成了同时代青年人的知识底色，也塑造了他们的思想和行为[46]。

冈崎俊夫在1915—1926年这十余年接受小学和中学教育，中学毕业当年落榜，没能进入当时东京帝国大学的预科第一高等学校，1927年，在东京府立一中补习一年后，考入浦和高校文科乙类，三年后考入东京帝大文学部支那哲学科，专攻中国文学。在校时比较亲近的教授是研究中国哲学的宇野哲人，后来为了纪念这段师生缘，冈崎为长子起名"哲夫"。

给冈崎提供翻译处女作出版机会的改造社的出版物，以及改造社的头牌出品物大型综合杂志《改造》（创刊于1919年），应该是冈崎青年时期的案头读物，也有着上述时代思潮。研究者指出，在20世纪30年代山本实彦基本属于新闻出版界具有独立性格且同情左翼活动的领袖式人物。1931年"九一八事变"后，山本不仅从媒体经营的市场敏感出发，积极筹划出版有关中国话题的书籍，自身也亲赴中国考察访问，和各界人士接触交流，撰写纪实性文字报告给日本国内，其代表性的著作有《满鲜》（改造社1932年）、《蒙古》（改造社1935年）、《支那》（改造社1936年）、《支那事变（北支卷）》（改造社1937年）、《大陆纵断》（改造社1938年）、《興亡の支那を凝視めて》（改造社1938年）、《渦まく支那》（改造社1939年）。这一时期山本实彦的媒体出版活动，正如日本研究者水岛治男指出的，"面对动荡的日中关系，山本从《改造》主持者的立场，筹划某种方式的交流、和解，是事实。这也许不能说意义多么重大，也没越出个人随意活动的范围，但说是在积极的意义上作为'国士'进行的活动，应是没有疑义的"[47]。也就是说，山本虽然不是日本大陆政策的体制内的积极支持者，一定意义上却是追随政府大陆政策营造时代潮流中的弄潮儿。

特别是在"卢沟桥事变"之后，日本全面侵华成为事实上的行动和舆论话题，迅速吸引主流媒体纷纷推出专辑，例如《中央公论》1937年9月为"中国问题特辑"，从政治、经济、社会、文化等方面展开对中国的讨论。山本实彦主持的改造社也积极跟进时局，《改造》杂志在1937年11月发行了"中国事变增刊号"，特别重视外国作家对中国的观察，其中登载的作家新居格《描写中国的外国作品》一文中指出"日本作家中描写中国的人很多，或以游记、随笔、见闻录的形式，或以小说的形式。有一类作家对异国情调的中国风情感兴趣，还有一类作家对国际城市上海的错综复杂的色调产生兴趣，也有一部分无产阶级作家通过无产阶级的社会观念选择中国题材"[48]。这不仅是文坛观察家对明治维新以来日本人游历中国书写中国的分类概括，也提示了改造社的办刊和出版方向。因此，除了在综合杂志《改造》上刊登报道大陆中国战局的消息和分析文章，改造社更在1938年6月，新创刊了一本号称"国民杂志"的时事专刊《大陆》月刊。同时迅速筹划和出版了一套"大陆文学丛书"。

这套丛书共七种，被改造社一次性推出，从时间上来看，其筹划出版大体与《大陆》杂志的创刊同时。也许正因为时间仓促，"大陆文学丛书"均为翻译外国人写作的关于中国的著作，包括英、法、美、瑞典、中国的七位作者的作品。另外，虽然号称"文学"丛书，有的却是纪实性报告的旅行记或回忆录，可想是在尽快的时间内，向大众介绍正在发生战事的中国大陆的各种信息。但其文化功能还不止于此。

正如研究者指出的那样，帝国主义行为不仅表现为军事扩张和政治、经济的统治，还必须进行文化和话语上的统治，具体表现为价值、思想、知识和情感、想象体系的建构，在此过程中，文学具有重要意义。本尼迪克特·安德森提出的"想象的共同体"只是其中的一个类型。在此意义上，改造社"大陆文学丛书"在时事政治之外，特别标举"文学"，主办的《大陆》月刊上，也常设"文学栏"，可谓在默会中深通近代殖民主义精髓之举。

从近代日本的立国原则来看，作为岛国的日本采取了"脱亚入欧"的思路，全面向逐渐进入全球帝国主义时代的欧美列强学习，在政治、经济、文化等各方面展开所谓"富国强兵""殖产兴业"和"文明开化"的"资本主义现代化"进程。同时在对外政策上，源于地缘政治对大陆丰饶土地物产的渴求，加上近代帝国主义在本国领域之外推行军事扩张和领土占有的殖民主义范例，逐渐确立了日本军国主义型的"大陆扩张政策"。当一直在陆军担任领导、主张"强兵为富国之本"理论的山县有朋于1890年出任首相的时候，其系统而有"危机感"的"主权线"与"利益线"的大陆扩张政策，得到了更广泛的推行。在1890年12月第一届帝国议会开会期间，山县在其施政演说中公开阐述了他在《外交政略论》论述的主旨"利益线论"，他认为："凡国家能保全主权线及利益线者方为国家。当今列国并立，维持一国之独立仅只防守主权线不可谓完备，必须同时保卫利益线。""所谓主权线，乃国家之疆土；所谓利益线，则势与邻国接触而同我主权线之安危紧密攸关之地域也。"（见《山县有朋意见书》）

形成于19世纪70—80年代在与欧美列强竞争、处理与邻国朝鲜、中华帝国的领土关系过程中的《外交政略论》，其主旨如上所述，而"利益线"的范围，在1890年，山县有朋认为"焦点实在朝鲜"，同时着眼于东北亚局势，强调"西伯利亚铁道已进展至中亚细亚，不出数年即将竣工。由俄罗斯都城出发十数日即可饮马黑龙江，吾人不可轻忘西伯利亚铁路完成之日即朝鲜多事之时，亦不可忘记朝鲜多事之时亦即东洋发动变动之机也"。由此他提出要与中华帝国进行军备竞争，同时筹划"北割满洲之地""南收台湾吕宋诸岛"（吉田松阴语）的战略。由此可见，日本帝国主义的"利益线的焦点"是与时推移的。爆发中日甲午战争的1894年至1935年"华北事变",历史证明,日本"利益线之焦点"沿着台湾、朝鲜、"满蒙"、华北地区……渐次推进。因此,山县的施政演说,可以说是日本大陆政策成为日本国策的标志[49]。具有一流媒体出版人敏感嗅觉的山本实彦的经营计划,与个人的"大陆纵断"之举,是个人事业与国家对外扩张的殖民冲动紧密纠结、如影随形的典型案例。

但同时应注意,帝国主义国家的文化思想产品并不仅仅是处于追随的位置,也可能表现出质疑和批判精神。从"大陆文学丛书"译者的构成来看,对中国文学和现代中国一致抱有研究兴趣的"中国文学研究会"的成员,如小野忍、冈崎俊夫、松枝茂夫都在其中。一方面,无论这些译者的本心动机如何,当两国发生战争之时,知识分子除了缄默,会以各种方式被编织进国家意志或媒体市场的经营逻辑中。另一方面,在他们的思想深处和日常生活中,也不会没有困惑和挣扎之处。

1942年7月至1944年1月,冈崎俊夫被东京朝日新闻社派往北京分局,在沦陷于日本之手的北平生活了近一年半的时间。在北平生活了近半年之后,冈崎写了四篇总题为"北京行状记"的随感文章,寄回国内刊登在中国文学研究会的会刊《中国文学》[50]上。在这组文章的"代序"篇《野花》中,冈崎这样开篇:

> 听闻人言,住洋房、娶日本妇、吃中国菜,是人生至福。虽说出处不详,恐怕是只从物质数量上理解幸福的欧美人的话。我现今的生活就是明证:住一小洋楼、妻子贤惠、家庭和谐,不消说每日都有宴会参加,不时品尝中国菜,正可谓具备幸福人生的所有必要条件;但我并不感到幸福。也许要被人斥责说是身在福中不知福,可是这是事实,我也没有法子。我当然是喜爱北京的,也许比他人加倍的喜欢。可是生活在自己喜爱的土地上,并不必然会心生幸福之感,恰如怀拥美人的男子,并不必然感到他人艳美的幸福。美色越是美丽,爱之越深,更是会心生难过的忧惧,担心色衰香褪之日早临。[51]

冈崎在文中引用了中国谚语"家花不如野花香、野花哪有家花长",

似乎只是隐喻怀乡之思，但细看下文，寓居殖民国的土地，冈崎并没有像一般殖民者那样，用一种胜利者的趾高气扬态度俯视被殖民者，而是心存忧惧，充满愤怒与歉疚。乘坐洋车行走在北京的街市，映入他眼帘的是日渐增多的乞食者；拉洋车的老头儿，被他当作学习中国话的老师，关注洋车夫的生计（《拉洋车的老头儿》）。门口卖的白薯，不仅是孩子们喜爱的零食，大人也喜欢，冈崎更关注到白薯实际上是中国平民的早饭，慢慢在自家早餐桌上也增添了薯蓣做成的粥饭，这样的饮食还引起了冈崎对童年时代在山阳地方农村生活和老母的思念（《白薯》）。甚至于，到了冬天，冈崎做了一套中式的黑棉布褂裤，当穿上这身衣服外出上街时，感觉"像是施了魔法一样，消遁在人海中，也比平时更能听得懂中国话了"（《中国装》）。

冈崎俊夫当然没有亲身参与日本无产阶级文学运动和其他社会斗争运动，但性格温和且富有同情心的冈崎，能对战时"敌国"的民众投以温情的关注，对作为殖民侵略集团之一分子的自身加以反照，一定程度上说，是在学习中国五四新文学和翻译丁玲等中国进步作家作品的过程中，接受了平民主义思想和社会主义理想洗礼的结果。

注　释

〔1〕这里借用了尼姆·威尔斯（即海伦·福斯特·斯诺）在《红色中国的内幕》（Nym Wales, *Inside Red China*, Doubleday, Doran & Company, Inc, 1939；同年4月由胡仲持、梅益、林淡秋等七人翻译的中文版题名"续西行漫记"由上海复社刊行）一书中对丁玲的评价。她1937年在延安时期，多次采访了丁玲，并记述了丁玲自述的到其时为止的人生经历。在丁玲自述之前，海伦·斯诺简要概述了采访丁玲的过程以及对丁玲的直观感受和评价。书中第三部分特别以"女性与革命"为主题，介绍了中国红色革命中的女性群像和女性的伟大意义，定位为"中国革命的半边天"（见解放军文艺出版社2002年版中译本相关译文）；其中把丁玲放在女性领导人的部分，与蔡畅、刘群先、康克清并列，重点做了介绍。

〔2〕《丁玲研究在国外·国外丁玲研究资料编目》编者说明指出：本编目所收范围为国外研究者所著丁玲研究文章目录，其中包括丁玲研究专著目录，报刊上的丁玲研究论文目录，丁玲作品外文版本前言、后记、作者介绍目录，以及其他著作中有关丁玲研究资料目录。在没有互联网检索的手工作业时代，可以想见其奔走于国内外各个图书

馆、翻检各种期刊报纸的辛劳情形。但怎么更好地利用这类文献学资料，还是学界有待认真探究的课题。

〔3〕初刊《传记文学》（北京）2011年第3期，收入氏著《作为事件的文学与历史叙述》，台湾人间出版社2016年。

〔4〕初刊《读书》2017年第8期，收入秋山洋子、江上幸子、前山加奈子、田畑佐和子四位日本丁玲研究者的论文合集，林一明编《探索丁玲：日本女性研究者论集》，台湾人间出版社，2017年。

〔5〕刊2021年6月17日《人民日报·海外版》"中国经典作家在海外"专栏。

〔6〕在丁玲研究界，海伦·斯诺眼中的丁玲还较少被人谈论，人们更重视的是海伦记述下来的丁玲自述生平经历，以之作为了解早期丁玲生活的一种资料。比较典型的例子如袁良俊编著的《丁玲研究资料》（天津人民出版社1982年3月印行），其中节录了《续西行漫记》中丁玲自述胡也频被杀后加入"左联"的生活与写作情况，完全无视海伦·斯诺这位采访者和记录者的观察视角和"滤镜"效果。日本学者也类似，虽说也对丁玲自述的客观性和准确性持有自觉，聚焦所在只有丁玲，鲜有对媒介本身及其主体性的关注。

〔7〕1955年12月河出书房刊行《现代中国文学全集第9卷·丁玲篇》"译者后记"，引自孙瑞珍、王中忱主编《丁玲研究在国外》，湖南人民出版社，1985年版，第387页。

〔8〕海伦·斯诺据1937年5—9月四个多月时间在延安的采访记录，先后整理出版了多本以中国为话题的著作，即《红色中国内幕》（1939，同年还出版了采访整理稿的部分副本——中文版《西行访问记》[英文版为计划中的书稿"革命人物传"，后未能出版。1952年题名《红尘》由斯坦福大学出版社刊行，收入24个中国共产党人的自传]）、《现代中国妇女》（1941年上海版，编入三个女性共产党人——蔡畅、康克清、丁玲——的自叙传）、《阿里郎之歌》（1941，纽约，约翰·戴伊公司）、《中国劳工运动》（1945，纽约，约翰·戴伊公司）。1972年《红尘》增订版的《红都延安采访实录》（*The Chinese Communists: Sketches and Autobiographies of the Old Guard* ）由格林伍德出版公司出版了精装本。海伦在1972年版中增加了"刘群先、张文彬、吴莉莉三人的自传和丁玲自传的片段——学生时代"。在这一版中，海伦·斯诺把丁玲重新定位为"女性解放的开路先锋"，不再把丁玲与中共在陕北的红色革命进行更紧密的关联与定位，这可能是因为本书收录的只是丁玲早年求学时期的经历，也可能与丁玲此时还是

"右派"身份处于"下放"的处境相关，更与中美关系重新调整的国际政治格局相关，有待另文讨论。

〔9〕参见《丁玲与〈莎菲女士的日记〉》（文学史之一章），载《新气象新开拓——第十次丁玲国际学术研讨会文集》，2007年8月16日。

〔10〕钱谦吾在《丁玲》（作于1930年9月6日）一文开首就说："我想介绍一位最擅长于表现所谓'Modern Girl'的姿态，而在描写的技术方面又是最发展的女性作家"（见《现代中国女作家》，北新书局1931年8月版），可见当时文坛对丁玲创作的一般认识。

〔11〕方英1931年8月所作《丁玲论》（载《文艺新闻》第22、24、26号，1931年8月10、24、31日）中即指出"在出现于女性作家作品之中的女性姿态，丁玲所表现的是最近代的；而这些近代的女性的姿态，在她几年来的作品里面又是不断的在发展"，"这一种姿态的发展，就是从所谓典型的'Modern Girl'的姿态，一直展开到殉道者的革命的女性的受难"。

〔12〕茅盾：《女作家丁玲》，《文艺月报》1933年7月1卷1期。

〔13〕茅盾的《女作家丁玲》，初刊《中国论坛》第2卷第7期，1933年6月。茅盾评论丁玲的文章，也很快被译介到日本，在刊登中西均一翻译的丁玲短篇《水》的《日本评论》10卷10号（1935年10月）附有茅盾《女作家丁玲》一文的译文。

〔14〕《亚细亚（ASIA）》（纽约）第35卷10期（1935年10月），第631—634页。这应该就是埃德加·斯诺编译进《活的中国——现代短篇小说选》（伦敦，乔治·G哈拉普公司1936年；海普顿出版社1937年）的初刊本（参见萧乾回忆文章《斯诺与中国新文艺运动——记〈活的中国〉》，载《新文学史料》1978年第1期，第218页），这个选集收入了丁玲的三篇作品（另两篇是《夜会》和《消息》；《新文学史料》1978年第1期介绍《活的中国》所附目次中只标示了两篇，没有《夜会》；而杨刚为1936年英文版所作书评中，对第二部分中各家作品只点名一篇，而说"丁玲的《水》诸篇"。综上，可见1937年出版的英文版是对1936版的增订版，因此现在所见不同版本所收篇目不一致）。在海伦·斯诺1936年6月为《活的中国》所作概述性介绍文章《现代中国文学运动》中，她指出，当左翼文化运动遭遇当局政治警察和蓝衣社秘密恐怖分子的"文化剿匪战"时，"左翼转入新写实运动，其特征是客观地、带有分析地描述生活和社会情况，很少做露骨的宣传，但明确地表示出需要革命"；"作家在自由表现方面有所损失，但作品的谨严和不露痕迹的感染力这方面的技巧却有进步"，"茅盾和丁玲女士是

这一新写实运动突然崛起的领导人"。见尼姆·威尔士《现代中国文学运动》,文洁若译,载《新文学史料》1978年第1期,第234页。

〔15〕参见钱杏邨《一九三一年的文坛的回顾》。

〔16〕参见何丹仁《关于新的小说的诞生——评丁玲的〈水〉》,初刊1932年1月20日《北斗》第2卷第1期。

〔17〕茅盾《女作家丁玲》,原载1933年7月15日《文艺月报》第2号,引自《丁玲研究资料》第255页。

〔18〕1932年3月作,收入上海良友图书印刷公司"一角丛书"于1932年4月21日出版。

〔19〕载《文学月报》第3期,1932年10月15日。

〔20〕载《现代》第3卷第1期,1933年5月。

〔21〕参见赵家璧《回忆我编的第一部成套书——〈一角丛书〉》,载《新文学史料》1983年第3期,第234页。

〔22〕参见李政文《鲁迅约见朝鲜友人的一封信》,载《新文学史料》1983年第3期。

〔23〕参观《现代中国小说——丁玲的〈母亲〉》,载《朝鲜及满洲》1936年第344期。

〔24〕参见《母亲》,上海良友图书印刷公司,1933年6月初版。

〔25〕当然,这些理论命题,本身是无产阶级文学理论的内在规定性的产物,在不同阶段有不同的现实针对性和内在困境,从马克思、恩格斯,到21世纪的今天,仍然在进行反省和探索。从文艺理论史角度进行研究的最新论述,可参见张永清《马克思主义文学反映论在新中国的确立与巩固》(载《文艺研究》2021年第9期)、《"审美特性"的凸显——"恢复与反思阶段"的马克思主义文学反映论》(载《中国人民大学学报》2021年第5期)、《马克思主义文学反映论在20世纪80年代中后期的发展与深化》(载《文学评论》2022年第3期)、《马克思主义文学反映论在20世纪90年代的拓展与突破》(载《学术月刊》2022年第3期);雷声宏《回顾文艺战线批判所谓"写中间人物"论》(载《世纪》2018年第1期),李慧《对邵荃麟创作论转变和"中间人物论"的另一种解释》(载《文艺理论与批评》2023年第1期),等等。

〔26〕丁玲著、冈崎俊夫日译《母亲》(附三篇小说,系"大陆文学丛书"第5种,东京:改造社1938年9月刊行)"译者后记",孙瑞珍翻译为中文,引自孙瑞珍、王中忱

主编《丁玲研究在国外》，湖南人民出版社，1985年版，第25页。

〔27〕孙瑞珍、王中忱主编：《丁玲研究在国外》，湖南人民出版社，1985，第389页。

〔28〕例如原胜的评介文章《中國革命と女流作家丁玲》（载《文学評論》2卷1期，1935年1月），后编入《支那の性格》泰山房，1937年）、東洋协会调查部所编《调查资料第24辑西安事變後の中國共産軍の動勢》（東洋协会，1937年5月）关于丁玲的一篇就题名《左翼閨秀作家丁玲女史のその後》。

〔29〕参见丁玲著、陈明编《魍魉世界》（骆驼丛书之一，湖南人民出版社1987年7月第1版）附录一、附录二。

〔30〕参见松下裕《评传中野重治》（增订版），东京平凡社2011年版，第170-173页；转引自王中忱《遍体鳞伤的经验与血肉丰满的思想——重读作为马克思主义作家的中野重治》，第172页。

〔31〕《改造》杂志"中国事变增刊号"，改造社，1937年11月。

〔32〕村田孜郎《中国女人谈》，古今社书房，1937年。

〔33〕丁玲《去りし後》，载《经济マガジン》1（5），ダイヤモンド社，1937年10月。参照《现代支那文学全集第9卷女流作家集》（东成社1940年10月版）可知，翻译者为武田泰淳；关于译者为武田泰淳这一点在《丁玲研究在国外》研究资料编目中已经说明，这次对照文献实物做了确认。在《女流作家集》的"编者说明"中，署名"武田"的部分，对《他去后》的发表情况和作者创作时的心态，以及读后感都做了简要说明：《他去后》发表于1929年3月《小说月报》，是丁玲的初期作品。这是作者从故乡来的都市、与胡也频热恋时期情感的记录之作，年轻的美丽女性对自己执着于恋情做出冷静分析，令人佩服。在此后的艰难斗争中的生的执着在早期已经发酵滋长，只能令人感叹女性身体内存在着某些难以究诘的秘密。

〔34〕丁玲：《松子》，奥野信太郎译，载《三田文学》1937年12卷第2期。

〔35〕由佐藤春夫担任装订设计的《现代支那文学全集》十二卷，有点类似中国出版的《新文学大系》，是对中国现代文学的前二十年的总结性作品集，第9卷是《女流作家集》，共收入冰心、庐隐、凌淑华、冯沅君、丁玲和萧红六位作家的10部作品（其中冰心的散文《山中杂记》含11个章节，算一部作品），其中冰心作品三部，丁玲的作品就是奥野信太郎译《松子》和武田泰淳译《他去后》，其余四位作家各收入一篇作品。

〔36〕载《別冊文藝春秋》第1号，文艺春秋社，1946年12月。

〔37〕奥野信太郎：《丁玲》，《文学界》1951年，5卷11期。

〔38〕1929年起，担任孝宫和子内亲王的乳娘。

〔39〕据杉野元子考证，奥野这次赴华研学，第一年是以"在华第三种补给生"身份，第二年度才是"在华特别研究员"身份。同一时期赴华的日本留学生中，滨一卫是"在华第三种补给生"，实藤惠秀则是"在华特别研究员"身份。参见杉野元子《奥野信太郎の北京留学体験》，载庆应大学文学部主办《艺文研究》第114号，2018年6月，第132页。

〔40〕相关研究可参看波多野真矢《奥野信太郎旧蔵の戯単について》（收入九州大学主办的"戏单、剧场与二十世纪上半叶的东亚演剧"学术研讨会论文集"2019年8月27日）、《奥野信太郎と京劇——奥野信太郎旧蔵戯単に見る京劇との関わり》（载《庆应义塾中国文学会报》2020年第4期）。

〔41〕参见《现代支那文学全集第9卷女流作家集》，东成社，1940年10月版，第2—3页。

〔42〕奥野信太郎另写有《丁玲失踪の前後》一文，收入《日時計のある風景》，文艺春秋新社，1947年。

〔43〕冈崎自述，最早翻译的中国现代文学作品，是胡也频的小说，而第一部译作单行本，则是丁玲的作品集；见冈崎俊夫《我在霞村的时候》日译本（四季社1951年版）"译者后记"，引自《天上人间——冈崎俊夫文集》（私家版，1961年8月），第85页。另据冈崎《赛珍珠的中国》一文透露，他翻译丁玲《母亲》，早在1936年之时；见《天上人间》第135页。

〔44〕加藤周一《日本文学序说》，叶渭渠、唐月梅译，开明书店1995年9月版，第396页。

〔45〕这一出版策略以改造社的"円本计划"最为典型，它用一元一本的低价预售《现代日本文学全集》的方式，不仅筹集到出版这样大套图书的基金，也扩大了销量，从而掀起日本出版界的一次革命。

〔46〕大正时期青年知识分子和作家的典型案例如中野重治，可参见王中忱《遍体鳞伤的经验与血肉丰满的思想——重读作为马克思主义作家的中野重治》（载《世界文学》2017年第1期）。

〔47〕水岛治男《改造社的时代》（战前编），转引自王中忱《〈改造〉杂志与鲁

迅的跨语际写作》，载《鲁迅研究月刊》2015年第10期，第10页。

〔48〕转引自王成《旅行与文学——阿部知二的中国旅行与文学叙述》，载《日语学习与研究》2013年第5期，第45页。

〔49〕参见沈予《日本大陆政策史（1868-1945）》第一章，社会科学文献出版社，2005年版，第24—53页。

〔50〕这组文章共四篇，题名依次为《野花》（作于1943年2月26日）、《老头儿的洋车》（1942年11月）《中国服》（1943年1月）《白薯》（1943年1月），初刊《中国文学》92号（1943年3月）；在冈崎身后，由友人编入《天上人间——冈崎俊夫文集》（私家版，1961年8月）。

〔51〕参见《天上人间——冈崎俊夫文集》（私家版，1961年8月），第244页。

话语的三棱镜

——从《魍魉世界》看话语与现实的关系

肖学周

作家的力量在某种程度上取决于他使用的话语的力量。话语从来不是单一的，而是复合的，甚至是综合的。在象征话语、双关话语、反讽话语以及矛盾修饰话语等现象中，语言同时具有平行性（以此喻彼）、矛盾性（似是而非）和混合性（多元共存）等不同特点。此外，人们还常用"话里有话""话外之音"等揭示话语的空间结构。事实上，活跃在话语中的不同因素往往具有不同方向，但话语的整体结构却往往只体现为一种比较明确的方向。这种方向其实来自话语结构中不同因素的合力，它整合了话语结构中那些方向相近的力量，而那些方向相反的力量则被压抑在结构的深处，但并不消失。因为它们仍然是话语结构的一部分，参与了话语结构的整体构成，并使话语的主导方向得以增强、加深或有所偏离。忽略这一部分就意味着把作品简单化，以至于陷入片面而不能准确把握对象。对于任何一个复杂的作家来说，全面考察其作品的话语结构都是必要的。在我看来，这是还原对象、接近对象的最低限度的做法。

丁玲是中国现代文学史上最复杂的女作家之一。我甚至感到，不从复杂性入手，就无法真正理解丁玲。因此，本文试图从话语结构的角度对丁玲的复杂性进行尝试性的分析。一提到结构，人们往往觉得它是静止的，其实，静止通常是一种表象，或假象。在话语结构内部，各种不同因素时刻处于变动之中，它们之间的力量消长与强弱对比终将在特定的时刻扭转话语结构的主导方向，从而形成一种新型话语。在我看来，丁玲的复杂性在于她是女性话语、时代话语和政治话语的交汇点。在中国现代文学史上，像她那样出入于男女之间、个人与时代之间、两个政党之间的女人并不多见。考察丁玲同时代的女作家，如冰心、庐隐、苏雪林、冯沅君、张爱玲、萧红等，她们的特色往往体现在个性解放、婚姻自由以及实现自我等方面，无论从卷入时代的深度，还是从参与政治的热情来说，她们都难以和丁玲相比。不仅如此，丁玲的女性话语在时代话语的改造下呈现出鲜明的男性倾向，而时代话语又不可避免地把她引入了政治的旋涡。就此而言，丁玲作品的核心是政治话语，或者说她是个政治性非常鲜明的作家。总体而言，丁玲作品的政治话语主要包含革命话语和批判话语两种，其中既有批判性的锋芒，也有维护性的意图，以及建构性的努力。在我看来，作品是否具有政治性，并不直接提高或降低作家的地位，问题的关键是作家能否保持自身的独立性和主体性。一个被完全政治化了的作家恰恰是不可能表达政治的，因为他丧失了应有的立场和判断力。丁玲是个政治性鲜明的作家，但她并没有被完全政治化。即使在《太阳照在桑干河上》，她也没有让小说成为单纯的政治宣传品。这正是她的可贵之处。

为什么丁玲比同时代的女作家更富于政治性，或者说丁玲是如何走向政治之路的？这个问题对于理解丁玲十分重要，而且耐人寻味。在和胡也频、沈从文相遇相识之初，丁玲既不热衷于政治，甚至也无意于创作。丁、胡、沈的"三人行"关系形成之后，她才开始创作，并迅速以其富于时代感的女性话语震动文坛。她的丈夫胡也频遇难之后，丁玲加入了共产党。从此，政治对于她不再是若有若无之物，而是深刻地植入了她的生活，并成为她日常面对的现实。不久，她被国民党囚禁三年，之后到达延安，成为中共文艺界的领导人之一。但在延安时期以及解放后她曾先后遭到批判，并被定为反党集团，直到"文革"后才得以平反。本文无意于全面考察丁玲作品的话语结构，只想结合她的回忆录《魍魉世界——南京囚居回忆》探讨一下话语与现实的对应关系问题。之所以选择《魍魉世界》，不仅因为这部作品集中展现了丁玲的政治话语，更重要的是，它是丁玲政治罹难的开始，并成为她后来反复罹难的潜在根源。值得注意的是，这部回忆录不是丁玲囚居期间的日记，也不是她逃离南京之后的主动陈述，而是她在多年之后（1983年6月30日至1984年8月23日）留给人间的一份激情告白。在此书完稿之前（1984年8月1日），中共中央发出《中组发九号文件——关于为丁玲同志恢复名誉的通知》。也就是说，在组织为她平反之前，她就着手为自己"平反"了。巴赫金认为："每一个话语都是各种社会声音混杂和斗争的小舞台。"[1]这就必然使这本回忆录在澄清事实真相的同时蒙上一层自我辩护的色彩。

在特定的时刻，话语决定着一个人的命运。早在1939年，康生就散布过"丁玲曾在南京自首"的说法。1957年7月25五日，在作协党组扩大会议第四次会议上，周扬提出丁玲在重大问题上对党是不忠诚的，他的第一个例证就是在南京囚居期间，丁玲有向国民党自首变节的嫌疑[2]。丁玲因此被开除出党、撤销职务，并在"文革"中坐了五年大牢。历经磨难之后，为了恢复自己的名誉，丁玲必须借助自己的话语摧毁此前既成的话语，其实质是用一种事实清除另一种事实。当然，一切叙述都是主观的，重要的是叙述者的话语能否与相应的事实重叠在一起。在《魍魉世界》里，丁玲是个主叙述者；同时还有来自国民党人的相关叙述，以及关心或营救丁玲的某些进步人士的叙述。这些叙述自然有交汇的地方，但也不乏龃龉之处，它们如同一面三棱镜，将事实、推测以及虚构折射在一起，以至于在特定的历史时期使事实的真相变得游移不定。

丁玲问题的复杂性甚至从她被捕的那一天（1933年5月14日）起就显示了出来。首先是她被捕的原因。丁玲认为是冯达出卖了他，而冯达却矢口否认。其次，丁玲被捕后，官方却拒不承认，所以，她长期处于"失踪"状态。第三，丁玲并非像谣传的那样被枪决了，而是享受到了相当舒适的待遇，甚至有到处活动的"自由"。据说，国民党这样做是想利用她的文学才华，但最后并未达到目的。对于这种"自由"，丁玲在回忆录里有具体叙述，可以证明情况属实。事实上，她最后正是借助这种"自由"得以逃脱的。在丁玲被囚期间，一个最敏感的问题是：她是否叛变了。国民党方面一直宣扬这种说法。如，徐恩曾在《我与共产党斗争的回忆》中写道：

　　她被捕后，我当天将他们夫妇接到南京，因为她没有担任过激烈的破坏活动，问题并不严重，同时她有出色的写作天才，我很希望她今后成为本党的有力文化工作者。所以立即和她进行恳切的谈话，她也表示愿意放弃过去的道路，并完成书面的自新手续。[3]

这段话强调的是丁玲首先愿意自新，然后才得到"自由"的优待。然而，丁玲在她的回忆录中完全否定了这种说法。在该书第六节中，丁玲记录了她和徐恩曾会面的情景，徐恩曾提出要资助她出国等诱人的条件，但除了给沈从文写信之外，其余一概被丁玲拒绝。在我看来，徐恩曾的说法是不真实的。事情的真相应该是他先"优待"丁玲，试图以此使她"自新"。因此，他劝降不成，后来才出现了顾顺章、张道藩、姚蓬子等人的诱惑。而且，当时对马绍武事件的报道也可以为证。马绍武是逮捕丁玲的人，他于1933年6月14日被暗杀。三天后，《大美晚报》（1933年6月27日）报道："先是马绍武既于五月十四日拘捕丁玲及潘梓年，丁玲忽表示愿自首，马绍武自以为劝导有功，可获上赏，乃携丁玲至某处，进以游词，丁亦首肯。丁马乃于五月十七日实行同居……"这不仅是虚构，而且是污蔑，因为这则报道中还说"丁玲女士于六月二十五日上午二时许执行枪决"[4]。仅此一点就可以看出整个报道都是不可信的：枪决是假的，同居是假的，自首也是假的[5]。

丁玲被捕后的遭遇确实不同于一般革命志士，这正是国民党的阴险之处。他们营造的这种特殊处境难免令外界人士因不明真相而心生疑惑。鲁迅起初以为丁玲已被杀害，因此写了《悼丁君》一诗，发表于《涛声》（1933年9月30日）上。但是第二年，他在致友人的信中写道："丁君确健在，但此后大约未必再有文章，或再有先前那样的文章，因为这是健在的代价。（1934年9月4日《致王志之》）"；"蓬子转向；丁玲还活着，政府在养她。（1934年11月12日《致萧军萧红》）"[6]这里自然有推测的成分，但大体源于当时的事实，其中无疑夹杂着对丁玲的不信任态度。不过，鲁迅仍然谨慎地把她和姚蓬子分别加以叙述，至少未明说丁玲也已经转向。据说丁玲见到鲁迅这些言论后曾昏倒过去[7]。鲁迅洞明世事，而且他的言论影响巨大，他说出这样的话是很有力的。因此，丁玲给鲁迅写了一封信进行解释，但未得到回复。1936年10月，鲁迅最后一次谈论丁玲："只有丁玲的态度还算不错，她始终不屈地保持着沉默……"[8]这表明鲁迅最终还是信任丁玲的。

在回忆录的第十一节《欺骗敌人是污点吗？》中，丁玲写到她获得自由的关键一步：国民党同意释放她，前提是让她写一张条子：

> 最后，我决定同意，可以写一张条子给他们，大意说我因误会被捕，

生活蒙受优待，出去后居家养母。我想，这样如果真能骗过敌人，我便先回到湖南，以后再设法出来，就可以远走高飞，到同志们中间；一时留在湖南，也一样能继续革命。我这样写无损于一个共产党员的清白，也没有断绝自己继续革命的道路。顾顺章拿来了一张八行信纸那样大的一张白纸，我就在那上边写了"回家养母，不参加社会活动。"还加了一句，"未经什么审讯。"这一句是按冯达的意思加的。表示我没有受刑，这张纸条不是刑逼出来的而已。我当时和现在都一直认为我写给国民党的这张纸条没有什么价值，既不是叛变、自首，也不表示动摇、妥协。对敌人来说，这没有什么用处。对我自己，则可能是摆脱敌人的一种手段。因此，我相信，只要设身处地、客观地细想一下当时的政治形势和我的困境，便不能借此说我有什么问题，更不能就此责备我有什么政治问题。以后无论旁人怎样说、怎样论定，怎样揪住不放，我不认为这是一件坏事，错事。[9]

这张纸条也许就是鲁迅所说的"健在的代价"，而且正是它成为丁玲"自首"流言的一个依据。但丁玲认为她这样做是"欺骗敌人"，并非污点，也不是"假自首"，而是一种两全之策[10]。就当时的情形而言，丁玲的确小看了这张纸条；从她写这部回忆录的角度来看，这段话的辩护色彩是最浓的。由此可见，被软禁中的丁玲其实处于坚持与变通之间。她这样做的目的当然是想脱离困境，或者如为她平反的文件中所说的，"只是为了应付敌人，表示对革命消沉态度，没有污蔑党、泄露党的秘密和向敌自首的言词"[11]。

丁玲的"自首"固然像被害一样属于谣言或推测。但这并不意味着丁玲的回忆录是完全符合事实的。丁玲被捕之初其实是很迷茫的，甚至不无绝望，她曾试图自杀。但是在回忆录中，她使自己获得了明确的方向感，即一心向着共产党。

连她的自杀也是为了共产党："我死了，是为党而死，我用死向人民和亲人宣告：

'丁玲，是清白的，是忠于自己的信仰的。'我只能这样，用死来证明我对党的忠诚。"[12]在病重期间，她对自己的心理做了如下描述：

假如我的病治不好，我将怎样呢？各种各样的想法，啃着我的心。我已经受尽了罪，如果就此死去，好像对我倒是一种解脱。人世间任什么我都可以不留恋，都不牵挂，母亲也好，孩子也好，我都能狠心丢掉。但我只有一桩至死难忘的心愿。我一定要回去，要回到党里去，我要向党说：我回来了，我没有什么错误。我在什么时候，什么地方，什么条件下都顶住了，我没有做一件对不起党的事。〔13〕

这种明确的方向感无疑是后来获得的，但丁玲把它植入了回忆录的字里行间，在文中不止一次强调自己对党的信仰和忠诚，这自然是出于为自己辩护的意图。在这种方向感的指引下，不同方面的信息难免会受到不同的对待：或抑制或突出。丁玲去世后，一份来自香港《九十年代月刊》（1986年7月）的材料中出现了这样一段愤愤不平的文字：

丁玲死了，报上刊出很多追悼文章，都同情她坎坷多难的一生。其中关于南京生活的一段，都说是坐了三年多牢，吃了很多苦，完全与事实不符，本无更正的必要，只因丁玲生前，她自己对记者说过，国民党要杀她，所以才逃离南京，投奔延安。丁玲这样说，实在太无良心，为明是非，不能不揭露其中真相。〔14〕

在《魍魉世界》中，丁玲一再强调自己不断寻找和共产党的联系，而对来自国民党的人物则无不充满警惕，明显流露出突出共产党、抑制国民党的倾向。对于丁玲来说，这是个党性问题，完全可以理解。但种种迹象表明，当时的国民党在国内外舆论的压力下对她确有收买之心，而无杀害之举。因此，"国民党要杀她"主要源于丁玲的个人恐惧，或者说是一种不安全感。总体而言，这本回忆录的内容是真实的。特别是丁玲对母亲那种既亲近又隔膜的复杂感受，而最能说明其真实性的应该是她对冯达的描写。在被囚的三年里，丁玲对冯达既排斥又依赖，但以排斥为主。她排斥冯达，是因为她认为冯达背叛了共产党，这体现了她坚定的党性立场；她依赖冯达，是因为她当时身处困境，身不由己，这显示了她作为一个女人的脆弱。所谓"明知不是伴，事急且相随"。这种复杂性在回忆录中得到了鲜明的体现：

我是一个共产党员，我到底也还是一个人，总还留有那么一点点人的自然而然有的求生的欲望。我在我的小宇宙里，一个冰冷的全无生机的小宇宙里，不得不用麻木了的、冻僵了的心，缓解了我对冯达的仇恨。在这山上，除了他还有什么人呢？而他这时只表现出对他自己的悔恨，对我的怜悯、同情。我只能责备我的心肠的确还不够硬，我居然能容忍我以前的丈夫，是应该恨之入骨的人所伸过来的手。谁知就由于我这一时的软弱，麻木，当时、以后竟长时期遭受某些人的指责与辱骂，因为我终于怀了一个孩子。[15]

通过这段文字，不难看出丁玲式的坦诚，这与《莎菲女士的日记》的风格是完全一致的。逃离南京之后，尽管曾收到过冯达的来信，但丁玲与他彻底断交了。对于丁玲来说，与冯达断交意味着与南京的三年岁月划清界限。丁玲之所以不把这段往事主动形诸文字，是因为她很清楚其暧昧性。因此，沉默成了最好的处理方式。但是，在后来的党内宗派斗争中，她的对立面试图揭开这段历史，并以"欲加之罪，何患无词"的方式为她罗织罪名，致使这位以倔强著称的作家在晚年长期蒙难。她的丈夫陈明回忆说："在史无前例的劫难中，在'四人帮'的牢狱里，她每写完一稿都不得不按上手印。丁玲曾不止一次地以怨愤的口吻对我说：'那时真恨不得把这指头剁掉！'"[16]事实上，丁玲只不过是当时众多的受害者之一。那段日子有人以自杀来捍卫自己的尊严和清白，有人则默默地忍受着痛苦，以等待光明的重新来临。丁玲属于后者。她终于等到了为自己平反这一天，并用翔实的文字清除了那一套"莫须有"的政治话语。至此，她感慨"现在，我可以死了"，因为她终于赢得了清白。

注 释

〔1〕巴赫金：《马克思主义与语言哲学》，载《周边集》，河北教育出版社，1998，第386页。
〔2〕桧山久雄：《关于丁玲的"转向"问题》，载《丁玲文集》第八卷，湖南文艺出版社，1991，第184页。
〔3〕徐恩曾：《我与共产党斗争的回忆》，载《丁玲文集》第八卷，湖南文艺出版社，1991，第174页。
〔4〕《马绍武与丁同居刺案发生丁涉嫌》，载《丁玲文集》第八卷，湖南文艺出版

社，1991，第172页。

〔5〕丁玲在回忆录第七节《谣言杀人》中写到她当时曾在《商报》上读到过类似的报道（载《丁玲文集》第八卷，湖南文艺出版社，1991，第41页）。这表明国民党意在利用媒体对丁玲进行污蔑，后来康生等人散布的丁玲"自首"言论其实就是这种官方话语和以鲁迅为代表的怀疑话语的综合。

〔6〕《丁玲被绑架后，鲁迅先生对丁玲的评论》，载《丁玲文集》第八卷，湖南文艺出版社，1991，第167页。

〔7〕野泽俊敬：《〈意外集〉的世界》，载《丁玲文集》第八卷，湖南文艺出版社，1991，第203页。

〔8〕吴山：《铁篷车中追悼鲁迅记》，载《丁玲文集》第八卷，湖南文艺出版社，1991，第167页。

〔9〕丁玲：《魍魉世界》，载《丁玲文集》第八卷，湖南文艺出版社，1991，第55—56页。

〔10〕可资比较的一个事例也许是杨开慧。当时官方表示，只要她公开宣布与毛泽东脱离夫妻关系，就可以得到释放，却被杨开慧断然拒绝了。1930年11月14日，杨开慧被害。如果杨开慧当初宣布与毛泽东离婚，无论她事后怎么辩护，说那是骗敌人的，并非真心，恐怕也难免被人怀疑。

〔11〕《中央组织部〈关于为丁玲同志恢复名誉的通知〉》，载《丁玲文集》第八卷，湖南文艺出版社，1991，第137页。

〔12〕丁玲：《魍魉世界》，载《丁玲文集》第八卷，湖南文艺出版社，1991，第45页。

〔13〕丁玲：《魍魉世界》，载《丁玲文集》第八卷，湖南文艺出版社，1991，第91页。

〔14〕孟真：《中统点滴（之二）》，载《丁玲文集》第八卷，湖南文艺出版社，1991，第177页。孟真和姚蓬子认为丁玲出走的动机是"她丈夫久病不愈"，这就太小看丁玲了。桧山久雄在《关于丁玲的"转向"问题》中认为丁玲奔向苏区"完全出自一个文学者的自觉"，这种说法有一定道理，但忽略了丁玲的政治诉求。在我看来，丁玲是个和国民党有政治仇恨的人（她的丈夫胡也频刚刚被害），事实上，这正是促使她奔向苏区的强大动力；她还是个有事业心的作家，不可能长期甘于受困的境地。另外，丁玲这样做也是为了摆脱不安全境地。丁玲在回忆录第二十三节《春暖待花开》中写到她和老朋友谭惕吾（国民党员）的一段谈话："她告诉我，听说我被绑架后，她曾经四处打

听我的消息；她明说国民党对我是不会宽容的，曾想杀我灭口。只是因为宋庆龄、蔡元培、鲁迅等世界名人的援救，才没有敢动手。"

〔15〕丁玲：《魍魉世界》，载《丁玲文集》第八卷，湖南文艺出版社，1991，第60页。

〔16〕陈明：《魍魉世界·前记》，载《丁玲文集》第八卷，湖南文艺出版社，1991，第8页。

作者的生命流如何汇入手稿的生命流

——以《莎菲女士的日记》上版稿为例

姜异新　李静宜

　　《丁玲小说手稿三种》（上海文化出版社2022年7月版）的影印出版，其价值不言而喻。作为博物馆人，对于唯一性、非同质性的历史见证物特别有感情，以至于面对手稿的时候，觉得面对的不是作者的生命，而是活着的手稿本身。如果说文学书写是浪漫主义的，那么手稿书写则是现实主义的。换句话说，当我们探讨手稿的文物价值、文献意义、学术意义、收藏价值的时候，我们探讨最多的其实还是文学生产的外部场域。可我们一直在思考，如何将作家的心灵活动与物质载体结合起来，或者说，如何才能深入体察作者的生命流如何汇入手稿的生命流。

一、手稿的多重形态与文学文本的几重生命

　　（一）腹稿　　当故事、人物的雏形在作家心中孕育和逐渐活起来的时候，它不断生长，甚至作家本人也无法阻挡其生命进程。腹稿作为文学文本的第一重生命，任何时代都不会消亡，即便世界被机器人统治。

　　（二）创作草稿　　当作家坐到桌边提笔将浮现于脑际的故事写下来的时候，它与最初的构思又有了不一样的显像，在进行书面语表达，并诉诸手写活动的时候，作家开始赋能腹稿中的故事另一重生命。作家为之所进行的那些心灵的自我搏斗，外在表现也许是凝视发呆，摇头叹息，站起坐下，点燃一支烟，团皱纸团，掷到垃圾桶……种种焦躁不安、兴奋迷茫中，或许已不自觉地"毁灭"掉了大部分写作的物证，而读者于洁净的印刷本的

字里行间，已经完全感受不到这一重手稿本的生命律动，也看不到任何为生长而挣扎的痕迹了。

（三）书写编校共存稿 一个文学文本最精彩的生命华章，应该是发排前内涵了各种校改痕迹的共存本，也即上版稿。笔者倾向于目前看到的丁玲手稿是这样一种生命形态。它肯定不是手写的第一稿，各种颜色笔迹的校改留痕，表明它已经盛装来到了《小说月报》编辑叶圣陶手中，乃至校对上版前的工作流程。正是这拟发排前的定稿，即将出场进入历史的身姿与面貌，比之前两重生命更具备流传下来的生存条件。

如果与当下的创作过程比较一番，也许更能凸显现代作家手稿写作校改痕迹共存稿的价值所在。自进入电子传媒时代之后，创作过程越来越难以留痕，除非写作者有意为之。所有的写作者在电脑里共用几种必选字体，即便文章到了编辑手中，选用修订模式或做上各种符号的批注，也仅限于有必要讨论的几处关键地方，而对于那些错字误植、标点混用、出版规范方面的硬伤，这些琐碎而不在少数的修改痕迹，基本没有耐心被保留下来，有时甚至连作者都没有意识到就直接被校正了。特意用公共软件进行的集体写作、互动写作，就更不用说了，没有作者中心，大家一起书写，一起体验语言的狂欢，情节推进的狂欢，乃至修改的狂欢，共享创作的激情，共同期待一个可控又不可控的故事结局。那么，这样的写作从一开始就是群体共脑，每时每刻文本都在变幻，灵感彼此覆盖、促进与激发，手稿学的概念仿佛不复存在了。

从创作心理上讲，看到发排版清样的最后时刻，才是写作者最富激情、最能被激发出创造力与逻辑思维的时刻。太过沉浸于创造过程的作者终于可以假扮成第一个读者，尝试享受阅读的愉悦了，尽管已尽知此次写作的魔法奥秘。而也恰恰是这个时候，编辑与校对的最大积极性被调动起来，高度集中精力，整个文学生产迎来最紧张、最关键、最有张力、最聚能的黄金时刻，同时是各种力量较量平衡、妥协认同，相互激赏的精彩时刻。

作者已经陷溺于故事太久，呈交抄写定稿清样的同时创造进入最后的僵滞状态，而同样是专业人士的编辑却可以带来另一重视角，更加客观超然地去打量这个貌似已经完成的故事，处处提防不被叙述诡计牵着鼻子走，而能直面问题的关键，所以这个时候，也是编辑才华毕现的时刻，上述内容之风景，汇集各种校改痕迹的共存稿悉数尽显。

（四）**铅印本**　从某种意义上讲，铅印本好像才是一个文学文本的成年，无论是初刊本还是初版本。作为最便于普及的终极版本，专门为读者而活的铅印本，从装帧设计到内容风格，一切无不以读者为中心，围绕着读者而活。所谓作品活了，作者死了，罗兰·巴特被广泛征引的惊人妙语，最初虽无关乎手稿学理论，却不难令人联想到某些生物种属的繁衍规律，更能联想到手稿学意义上生命接续的哲学意味。

面对手稿就可以更客观、更直接地探索和进入作者的心灵世界吗？更多时候考证、破案的意图凸显，而使得手稿研究者不得不抛开虚构艺术规律本身，纠结于时代精神规范、社会共有习惯，乃至历史的细枝末节，承受了过多不能承受之重。也许面对铅印本，想象力反而更加轻逸，更能自由自在地去遨游，去将文本的期待与召唤，心灵的感应与共鸣发挥到极致。换言之，见到这些作家创作手稿貌似原生态的符号表象的同时，每一个具有独特想象力的个体也遭遇了新的框架限制。

二、《莎菲女士的日记》上版稿中的生命交汇与三重修改

《莎菲女士的日记》是丁玲的第二部小说作品，也是她的成名作，初次发表于1928年2月10日《小说月报》第十八卷第十二号头条。该作留下来26页手稿，正反52面，正是非常精彩的发排稿，也就是书写编校共存手稿，至少有三个人参与了这个共脑的过程，共同进入了新文学生产的场域。原稿是作者用深蓝色钢笔书写的，写的字特别小，但非常整齐，有不少自改的地方，呈现了发稿前的最后思路。墨黑色修改应为编辑校改，红色则应为校对的校改。另外，还有少量铅笔编号和蓝色的"華字部公證圖章"[1]。稿子应该不是一次编辑成型。

从这三重修改的笔迹中，我们可以辨识出修改的顺序。第41页右数第7列，深蓝色笔迹将"無緣無故"的"缘"改为"原"，墨黑色笔迹又将"原"改回"缘"，由此可知深蓝色笔迹的修改先于墨黑色笔迹的修改[2]。第5页左数第3列，墨黑色笔迹将"原"圈掉改为"缘"，红色笔迹则将"缘"圈掉并重写"缘"字，由此可知墨黑色笔迹的修改先于红色笔迹的修改。综合笔记颜色与修改、编校主体的对应，便可得知手稿修改

的实际顺序——先是作者深蓝色笔迹自改，继而是编辑墨黑色笔迹修改，最后是校对人员红色笔迹校对。以下分别对此三重修改略作整理。

1. 深蓝色作者自改

《莎菲女士的日记》手稿作为上版前最后一遍抄稿，从头至尾用统一的深蓝色墨水笔书写。全部修改共有160处，既包括不涉及语义变化的字词修改，又包括带来语义变化的表达调整。

首先，作者进行了字词层面的修改，修改前后没有明显的语义变化。包括重写不清晰的文字，修改错字和别字，增补遗漏的文字，删除衍文和对调文字。此部分共有48处。

（1）第1页，修改"挨"，重写"更""出"，"吃"改为"牛"。

（2）第4页，重写"了"。

（3）第5页，"话到只口边"对调为"话只到口边"，"变意"改为"变异"，"留心意"删为"留意"，"忍下忍心"删为"忍下心"，"那些许多"删为"那许多"，"我所请客"增补为"我所请的客"。

（4）第6页，"分晰"改为"分析"，删除"囗"（左数第3列），删除"骄"。

（5）第7页，删除"因""便"。

（6）第8页，"面"增补为"面前"。

（7）第9页，"说出不"对调为"说不出"，删除"他"。

（8）第10页，删除"那""毫"。

（9）第11页，删除"到"，重写"咳"。

（10）第12页，"西城公寓的裡生活"对调为"西城公寓裡的生活"。

（11）第14页，删除"没"。

（12）第15页，"简真"删改为"简直"，重写"鐘"。

（13）第16页，修改"准"，删除"肯"。

（14）第17页，重写"睛是"，"变的"改为"变得"。

（15）第18页，删除"我""的一个"。

（16）第20页，"引道"改为"引到"，删除"她""而"，"她"改为"他"，"眼睛便红"改为"眼睛变红"，"那手去擦"改为"拿手去擦"，"他些举动"增补为"他那些举动"。

（17）第21页，删除"想"。

（18）第22页，删除"這""像"，"也时"改为"这时"，重写"幾"。

（19）第23页，重写"得"。

（20）第24页，重写"烦"。

（21）第25页，"我的便会跳起来"增补为"我的心便会跳起来"。

（22）第26页，重写"願"，删除"也似"。

（23）第27页，删除"了""無""的"，修改"话"。

（24）第28页，删除"□"（右数第9列），重写"即""畫""渺"。

（25）第29页，删除"孤""抱抱""□人"（左数第1列）。

（26）第30页，删除"你"，"女人看少"改为"女人太少"。

（27）第31页，删除"反""夢""而""幸□"（左数第5列），重写"索"（编辑在其修改的基础上再次重写该字）。

（28）第32页，删除"知""□"（右数第1列）"烦"，"□"改为"除"（右数第2列），"□藏"改为"隱藏"（左数第1列）。

（29）第33页，"她"改为"他"，"做麼"增补为"做什麼"，删除"在"（左数11列），删除"□"（左数第2列），"说"改为"问"，"辩会"改为"辩論会"。

（30）第34页，删除"□乱"（右数第2列），删除"並""也"。

（31）第35页，删除"從"，"尖脚"对调为"脚尖"。

（32）第36页，删掉"而""的""靜""了"。

（33）第37页，"住處"改为"去處"，"避逃"对调为"逃避"，重写"得"，删掉"我"，删掉"要□"（右数11列）。

（34）第38页，删除"许多""困""死""都""但他""他"，删除"□人"（右数第7列），删除"□"（右数第6列），"骑风度"增补为"骑士风度"，"在我腦"增补为"在我腦中"，"□"改为"被"（右数第3列）。

（35）第39页，重写"違"，删除"没""一個"。

（36）第40页，删除"的""除了"。

（37）第41页，将"□□□"改为"無缘無故"，进而将"缘"改为"原"（编辑又将后者改回前者，位于右数第7列）；重写"能"，"独单"对调为"单独"。

（38）第42页，重写"的""此""救"，删除"到""的""我听"。

（39）第43页，"听"改为"聽"，"西上"改为"西山"，"淚眼"对调为"眼淚"，删除"看""在"，"林吉士"改为"凌吉士"，重写"好"（编辑又将该字改为他）。

（40）第44页，"躲避着我見他"改为"躲避着不見他"，删掉"□□"（右数第5列），"林"改为"凌"。

（41）第45页，删除"□"（右数第9列），"□"改为"再"（左数第7列）。

（42）第46页，"顯無用"增补为"顯得無用"，删除"乱"，重写"茫"。

（43）第47页，重写"三"，删除"说"，删除"□"（左数第11列）。

（44）第48页，"醜卑"对调为"卑醜"，"我和他嘴唇"增补为"我和他的嘴唇"，删除"□"（左数第5列）。

（45）第49页，删除"□"（右数第3列）。

（46）第50页，重写"自制力"，"温□"改为"温润"（作者将该字写为左边为木字旁，右边是"丸"的错字，位于右数第12列），删除"我想"。

（47）第51页，删除"可""也不"。

（48）第52页，删除"悄悄的"。

其次，作者的部分调整带来了语义上的变化。此部分共有112处。

（1）第4页左数第2列，"反只能讓我更觉得他太容易支使，或竟可憐他的太不会爱的技巧了"增补为"反只能讓我更觉得他太容易支使，或竟更可憐他的太不会爱的技巧了"。

（2）第5页左数第2列，"我乘着毓芳同她们说到热闹中"删减为"我乘毓芳同她们说到热闹中"。

（3）第6页右数第5—6列，"讓我反省到我自己的行为，因此離"，删掉末尾三字，改为"讓我反省到我自己的行为，讓我離人们却更遠了"。

（4）第6页右数第6列，"我清清白白地去想透了一些事"删减为"我清清白白地想透了一些事"。

（5）第7页左数第2—3列，"我预备他来时便给他吃的"删减为"我预备他来时给他吃的"。

（6）第8页右数第10—11列，"是在两人都無更大的希望"改为"是在两人都無更大的慾望"。

（7）第9页右数第1列，"我真……我真要可憐雲霖"删减为"……我真要可憐雲霖"。

（8）第9页右数第7列，"当他我请问他"删减为"当我请问他"。

（9）第10页右数第1列，"平日看不起□人的交際法"改为"平日看不起别人的交際法"。

（10）第10页右数第8列，"和人吃剩的餅屑的屋子"增补为"和那人吃剩的餅屑的屋子"。

（11）第10页左数第12列，"我明明厭恶那苦水"改为"我明明厭烦那苦水"。

（12）第10页左数第9列，"使人不敢走攏去死"，对调"去死"，改为"使人不敢走攏死去"。

（13）第11页右数第7—8列，"这是一年前曾騷擾过我的一个安徽粗壮男人所寄来的"删减为"这是一年前曾騷擾过我的一个安徽粗壮男人所寄来"。

（14）第11页右数第9列，"我厭烦我不喜欢的人们的蠱獻"改为"我厭恨我不喜欢的人们的蠱獻"。

（15）第11页左数第3列，"為什么他不单独在這幾天中来会我呢"，调整语序，改为"為什么他不在這幾天中单独来会我呢"。

（16）第12页右数第7列，"他的住宅租在一家间於京都大学一院和二院之间青年胡同裡"改为"他的住房租在一家间於京都大学一院和二院之间青年胡同裡"。

（17）第13页右数第9—10列，"我想要在他面前替我補英文"改为"我想请他面前替我補英文"。

（18）第14页右数第7列，"我□向自己说"删减为"我向自己说"。

（19）第14页右数第10列，"因為她觉得我既這樣想傍着住"增补为"因為她觉得我既這樣想傍着她住"。

（20）第14页右数第10—11列，"她不能让一人寂寂寞寞的住在這裡"

增补为"她不能让我一人寂寂寞寞的住在這裡"。

（21）第14页左数第2—3列，"把心计放到他要征服的男人们身上"改为"把心思放到他要征服的男人们身上"。

（22）第15页右数第10列，"所以只为预先声明，不给那肉体的接觸的机会"，替换动词并删除"的"，改为"所以只为预先防範，不给那肉体接觸的机会"。

（23）第15页左数第11列，"這禁肉慾主义者"删减为"這禁慾主义者"。

（24）第15页左数第3列，括号中的"现在要毓芳處了"改为"现在要说毓芳處了"。

（25）第16页左数第12列，"回来时，我看到那里黑魆魆的□□"改为"回来时，我看到那里黑魆魆的小胡同"。原本两字似为"街"字的错误写法。

（26）第16页左数第8—9列，"但看到身边的这高大漢子，凌吉士，做鏢手"，修改标点，改为"但看到身边的这高大漢子（凌吉士）做鏢手"。

（27）第16页左数第5列，"所以只走了三步"增补为"所以只走了三四步"。

（28）第17页左数第5列，"自然他不会欢喜白白犧牲时间去替人補课"改为"自然他未必欢喜白白犧牲时间去替人補课"。

（29）第18页左数第2—3列，"是会也像把肉体来溶化了的感到快樂"，对调"会也"，改为"是也会像把肉体来溶化了的感到快樂"。

（30）第19页右数第5—6列，"什么也於我無益了"删减为"什么也於我無益"。

（31）第19页右数第6列，"難道我恋眷嗎"增补为"難道我有所恋眷嗎"。

（32）第19页左数第5列，"心裡總觉得有歉仄"增补为"心裡總觉得有点歉仄"。

（33）第19页左数第2列，"后来我祗一想"增补为"后来我祗细一想"。编辑后将"祗细"修改为"仔细"。

（34）第20页右数第6列，"那她更不必要到我的安慰"增补为"那她是更不必须要到我的安慰"。

（35）第20页左数第5列，"深夜我才独自在冷寂的公園裡轉來"改为"深夜我才独自從冷寂的公園裡轉來"。

（36）第21页右数第3列，"今年又開始痛飲"改为"今天又開始痛飲"。

（37）第21页右数第5列，"真□似乎這酒便可在今晚致死我一樣"删减为"似乎這酒便可在今晚致死我一樣"。

（38）第21页右数第10—11列，"我斷得定我還有那樣能再親我這枕頭，这棉被，这一……的希幸福嗎"删减为"我斷得定我還有那樣能再親我這枕頭，这棉被，……的幸福嗎"。

（39）第21页左数第10—11列，涂掉"我在他"，重写为"我是在他们憂愁□的低语中醒的"。其中，"□"为作者涂改的标记。

（40）第21页左数第8列，"才觉心是正在劇烈的痛"增补为"才觉得心是正在劇烈的痛"。此外，作者还涂掉"觉"字前的衍文"想"。

（41）第21页左数第6列，"我似乎感到我死的预兆"增补为"我似乎感到这便是我死的预兆"。

（42）第21页左数第5列，"是不是他们也便将是如此的沉默的圍繞着我殭硬的屍体"删减为"是不是他们也将是如此的沉默的圍繞着我殭硬的屍体"。

（43）第21页左数第1列，"她们都把眼泪滴到手上"增补为"她们都把眼淚滴到我手上"。

（44）第22页右数第3—4列，"她们便床鋪底下那口大籐箱來"增补为"她们便在床鋪底下拖出那口大籐箱來"。

（45）第22页右数第11—12列，"於是這屋子才不至于像真的有個殭屍睡着的一樣"改为"於是這屋子才不至于像真的有個殭屍停着的一樣"。

（46）第23页右数第5列，"近来在病院却把我的心又医转了，仿佛我也不像以前善燥了，实实在在确实这些朋友们的温情把它又重暖了起来"一句中，删除"仿佛我也不像以前善燥了"。

（47）第24页右数第3—4列，"還有许多在纪念我呢"增补为"還有许多人在纪念我呢"。在此基础上，编辑描黑了"人"字，校对人员重写了"還"字。

（48）第24页右数第10列，"你想没想到我又会□转来呢？"改为"你想没想到我又会回转这屋子呢？"。

（49）第25页左数第8列，"好像我便会将跌入那可怕的不安中"删减为"好像我将跌入那可怕的不安中"。

（50）第26页右数第5—6列，"總不至於听到那濃睡中的鼾声而又不願擾攪人而把头缩进被窝点算了"增补为"總不至於因听到那濃睡中的鼾声而又不願擾攪人而把头缩进被窝点算了"。

（51）第27页左数第4—5列，"並且因為我的屑的態度"改为"並且因了我的屑的態度"。编辑后将"我的屑的态度"删减为"我不屑的态度"。

（52）第28页右数第9列，"去衹细回憶那一種温柔的，大方的，坦白而又多情的態度上去"增补为"去衹细回憶到那一種温柔的大方的，大方的，坦白而又多情的態度上去"。

（53）第28页右数第10—11列，"光這態度已夠人欣赏得像吃醉的一般感到那溶溶的蜜意"，对调"的""一般"，改为"光這態度已夠人欣赏得像吃醉的一般感到那溶溶的蜜意"。校对人员后将"溶溶"改为"融融"。

（54）第28页左数第4—5列，"並填实葦弟的空虚"增补为"並填实葦弟所感得的空虚"（此处修改笔迹颜色介于蓝黑色与黑色之间，似为作者自改）。

（55）第28页左数第1列，"或是找不出所谓情绪"增补为"或是找不出所谓的情绪"。

（56）第29页右数第4—5列，"而又無力笑出的心情"改为"而又無力笑出的癡□心境"。

（57）第29页右数第5—6列，"並且我看清了自己的在人间的種種不願捨弃的热望以及每次追求着得来的懊丧，所以"，删除"的"，增补"因"，"着"改为"而"，原文改为"並且因我看清了自己在人间的種種不願捨弃的热望以及每次追求而得来的懊丧，所以"。

（58）第29页左数第11—10列，删除"其实「牢骚」在我却還不很说的上，我既不争于人，不恨於人，更無所谓不平於人，只不過"，改为"其实，我并不是要發牢骚，我只想笑，想有那么一個人来讓我倒在他懷裡哭，并告诉他：「我又糟塌我自己了！」」。句末处有作者修改痕迹，但难以识别原始文字。

（59）第30页右数第2—3列，涂掉"使那些"，重写为"倾倒那些還有情爱的"。

（60）第30页右数第5—6列，涂掉"□□在人叢中"，重写为"在客廳中"。

（61）第30页左数第4—5列，"安置着如此一個灵魂"增补为"是安置着如此一個灵魂"。编辑后在"灵魂"前增补"卑劣"二字。

（62）第30页左数第3—4列，"这亲蜜值不了他从妓院中挥霍里剩余下的一半"增补为"这亲蜜还值不了他从妓院中挥霍里剩余下的一半"。

（63）第31页右数第2列，"然而這又都只能把责備来加到我自己使我更難受的"改为"然而這又都只能把责備来加上我自己使我更難受的"。

（64）第31页右数第9列，"不是为什麼一個人的思想变的如此不可測"增补为"不是为什麼一個人的思想会变的如此不可測"。编辑后将"变的"改为"变幻得"。

（65）第32页右数第5列，"讓高小子来尝一尝我的不柔顺"增补为"讓那高小子来尝一尝我的不柔顺"。

（66）第32页右数第11列，"我说"改为"我笑问"。

（67）第32页左数第11列，"你明白我吧"改为"你了解我吧"。

（68）第32页左数第10列，"不敢做别的念头的"改为"不敢有别的念头的"。

（69）第33页右数第8列，"我有肺病，没錢"改为"我有肺病，無錢"。

（70）第33页右数第8—9列，涂掉"他又不能"，重写为"我本无须乎要他来"。

（71）第33页右数第11列，"当他接到我寫給他的字条"改为"当他看到我寫給他的字条"。

（72）第34页右数第9列，"并在纸格上還印上一個顾长的黑影"删减为"在纸格上還印上一個顾长的黑影"。校对人员后将"還"字重写。

（73）第34页左数第3列，"但又猛然抬起头"增补为"但我又猛然抬起头"。

（74）第34页左数第1列，"我懂得了。我敢於把我的双手握得緊緊的"改为"他懂得了。他敢於把我的双手握得緊緊的"。

（75）第35页左数第12列，"我的可侮辱"改为"我的可輕侮"。

（76）第35页左数第6列，涂掉"委俗的享樂"，重写为"使他津津有回味的卑劣享樂"。

（77）第35页左数第3列，"罵他，嘲笑他"增补为"暗罵他，嘲笑他"。

（78）第36页右数第7列，"流出来淚"删减为"流淚"。

（79）第36页右数第11—12列，删掉"枕着坐在草地上蘊姊的膝上"。

（80）第36页右数第12列，"在法國公園"增补为"在夜深了的法國公園"。

（81）第36页左数第7—8列，"她们又很体惜我"改为"她们也很体惜我"。

（82）第36页左数第7列，"而在我所感應得出的關係能和蘊姊的爱在一個天平上相秤嗎"，更改连接词，并增补人称代词及助词，改为"但在我所感應得出的我和她们的關係能和蘊姊的爱在一個天平上相秤嗎"。

（83）第37页右数第3列，"所以越把弄焦烦苦惱得不堪言说"增补为"所以越把我弄成焦烦苦惱得不堪言说"。其中，作者重写了"得"字。

（84）第37页左数第8列，"我玩着那羣孩子"增补为"我们玩耍的那羣孩子"。

（85）第37页左数第1列，"毓芳願意留下住一夜时，我趕她走了"增补为"毓芳願意留下住一夜时，我又趕她走了"。

（86）第38页左数第8列，"他曾在新加坡乘着脚踏車追趕做洋车的女人"增补为"虽说他曾在新加坡乘着脚踏車追趕做洋车的女人"。

（87）第40页右数第11列，"谁能懂我呢"增补为"谁能懂□我呢"。编辑后将"□"改为"得"。

（88）第40页右数第11—12列，"在這只能表現我萬分之一的日记裡，便能都懂得了這日记"，移动后，改为"便能懂得了這只能表現我萬分之一的日记"。

（89）第40页左数第10—11列，"希求人了解，而想方设计用文字来反覆说明的日记给人看"增补为"希求人了解，而以想方设计用文字来反覆说明的日记给人看"。

（90）第41页左数7—9列，删除"但他，我却又願意他能而我表白一次也好，只要是很忠实的，玩弄我一好，愛我也好，盲目的也好。"

（91）第42页右数第1—2列，"我就從没有理智，是另一種自尊的情感所裁制而咽住了"，增补"过"和"受"，改为"我就從没有过理智，是受另一種自尊的情感所裁制而咽住了"。其中，作者重写了"的"字。

（92）第42页右数第8列，"保藏那爱情的死的来到"增补为"保藏我那爱情的死的来到"。

（93）第43页右数第1列，"同毓芳也算是一個很好的朋友"改为"同毓芳又算是一個很好的朋友"。

（94）第43页右数第8列，"谁是第一個發現我的死屍"，增补"的"并修改标点，改为"谁是第一個發現我的死屍的？"。

（95）第43页左数第11—12列，"葦弟也说好每禮拜上山看一次"删减为"葦弟也说好每禮拜上山一次"。编辑后将"好"改为"他"。

（96）第43页左数第4列，"我想到凌吉士了"增补为"我又想到凌吉士了"。其中，作者将"林"改为"凌"。

（97）第44页右数第2列，"把他從我心裡壓根儿拔出"改为"把他從我心裡壓根儿拔去"。

（98）第44页右数第4列，"我不能便如此同他离别，我還要見他一面才好……这样寂寂寞寞的走上口西山"一句中，删除"我還要見他一面才好……"。"西"字前有作者涂改痕迹，原字看不清晰。

（99）第44页右数第8—9列，"我應去找得些没有的字来表达我的感谢"增补为"我應怎样去找得那些没有的字来表达我的感谢"。

（100）第44页左数第7—8列，"他顯出的驚诧和一種嗟嘆"增补为"他顯出的那驚诧和一種嗟嘆"。

（101）第44页左数第7列，"又很安慰我些"改为"又很安慰到我"。

（102）第45页左数第1列，"那莎菲不是便很可滿足於那些眉目间的同情吗"增补为"那莎菲不是便很可滿足於那些眉目间的同情了嗎"。

（103）第46页右数第6列，"想起他不来，我又痛恨我自己了"增补为"想起他不来，我又该痛恨我自己了"。

（104）第46页右数第7列，"我还曾懂得对付某種男人使什麼態度"

改为"我还曾懂得对付那一種男人便應用哪一種態度"。

（105）第46页左数第8列，"当我问還来不来时"增补为"当我问他還来不来时"。

（106）第46页左数第4列，"躺在這热的针颤上"，"热"替换为"热情"，并修改别字，改为"躺在這热情的针氈上"。

（107）第48页右数第1列，"这快乐似乎要使人快乐到死才对"改为"这快乐似乎要使人快乐到死才好"。

（108）第48页左数第1—2列，"但不久我看到他是如何"，删掉"是如何"，改为"但不久我看到他那被情慾在燃燒的眼睛"。

（109）第50页右数第7—8列，"我该会想到他美以外的那东西"增补为"我该会想到他的美形以外的那东西"。

（110）第50页左数第4列，"他也忽略了我眼淚"改为"他也许忽略了我眼淚"。

（111）第51页左数第4列，"為在这宇宙间"改为"為在在这宇宙间"。作者所增补的文字似为衍文。

（112）第51页左数第2—3列，"那么因這一番经验而使我更陷到極深的悲境裡去"改为"那么因這一番经歷而使我更陷到極深的悲境裡去"。

2.墨黑色编辑修改

上版稿的墨黑色修改应为编辑手笔。与作者自改部分类似，编辑修改也可以按照修改前后是否有语义变化分为两类。第一类是修改前后没有明显的语义变化，多为字词层面的修改。第二类是涉及语义的修改。以下具原稿标注的页码罗列修改。

编辑的部分修改并未带来语义变化，包括以下三种。

首先，编辑重写了部分不清楚的文字。有些文字作者的书写不太清晰，编辑对文字的偏旁或部分结构加以重写。比如，廊（第3页）、眸（3）、些（4）、了（4）、勇（5）、剔（5）、屬（5）、的（10）、吃（10）、牠（10）、四（12）、他（14）、恋（15）、故（15）、问（18）、沉（21）、却（23）、就（24）、介（26）、悚（28）、世（28）、眸（30）、来（33）、门（34）、能（39）、阻（39）、哭（40）、擊（51）、極（51）。还有一些书写不太清晰的文字，编辑对完整文字加以重写。比如，指（3）、年（7）、茶（7）、人（10）、探（12）、元（12）、江（14）、濕（14）、睛（17）、丢（17）、存（21）、天（23）、的（23）、四（28）、蜜（30）、僧（31）、殺（32）、夠了（32）、或（32）、疼（36）、頌（38）、缘（41）、妄（41）。

其次，编辑修改了一些别字和错误的语言用法，调整了部分文字的字体。编辑对作者所写的别字进行了订正，比如，"林吉士"的"林"改为"凌"（第26—43页间多处同类修改）；"意思"改为"意識"，此种修改有两处（13、30），丁玲似乎分不清楚这两个词的用法；"变的"改为"变得"（17）；"祇细"的"祇"改为"仔"，此种修改有三处（19、21、28）；"把头掉到一边处"改为"把头调到一边去"（25）；"张慌"对调为"慌张"（28）；"在"改为"再"（44）。编辑也将作者的一些手写体文字改为当时的标准字体文字，比如，将"干净"的"干"改为"乾"（2）；"音乐"的"乐"改为"樂"（41）。

最后，编辑增补了部分漏字。第2页左数第8列，"在那机旁"增补为"在那電机旁"。第19页左数第5—6列，"每夜看到他毫得不着高興出去"，增补为"每夜看到他丝毫不高興的出去"。第23页右数第11列，"有天"增补为"有一天"。第25页左数第7列，"说清"两字间增补"不"字，改为"说不清"。第27页左数第4—5列，"我的屑的态度"增补为"我的不屑的态度"。第35页左数第11列，"是種怎樣的地位"增补为"是一種怎樣的地位"。第35页左数第2列，"但当他揚揚走出我房时"，增补为"但当他揚揚地走出我房时"。第38页右数第7列，"得輩浅薄眼光之讚颂"增补为"得一輩浅薄眼光之讚颂"。第45页右数第9列，"在这五個钟"，增补方位词，改为"在这五個钟裡"。

编辑的另外一些修改涉及语义变化，包括语法和修辞两方面。

在语法方面，编辑修正了搭配不当、句式杂糅、句法成分残缺的语法问题。

（1）第19页右数第10列，"我在深夜流出的眼淚的味兒的分量"一句，搭配不当，删除"的味兒"，改为"我在深夜流出的眼淚的分量"。

（2）第30页右数第5列，"他需要的什麼是金錢……"一句，句式杂糅，拆分为"他需要的是什麼？是金錢……"。

（3）第8页右数第6列，"不过为了自己從不曾给人拜过一次年，算了，是應該的"一句，增补主语"這"及状语"也"，改为"……算了，這也是應該的"。

（4）第11页右数第2行，"但人们给我的什么呢"一句，增补谓语"是"，并将句末标点改为问号，改为"我的是什么呢？"。

（5）第21页左数第1—2列，"我握着他们，仔细望着他们脸上"一句宾语缺失，编辑修改为"我握着他们，仔细望着他们每個的脸"。此外，编辑将"衹"改为"仔"。

（6）第32页左数第7列，"你将来一定一切都会很满你意的"一句，增补谓语"是"，改为"你将来一定是一切都会很满你意的"。此外，"满意"二字间的笔误，作者、编辑、校对人员均未发现。

（7）第40页右数第1列，"讓知道他知在我的心裡是怎样的無希望"一句，补全宾语，改为"讓他知道他知在我的心裡是怎样的無希望"。

（8）第42页右数第9列，"我要他给一個好好的死就够了……"一句，补全宾语，改为"我要他给我一個好好的死就够了……"。

（9）第42页左数第4列，"為不願讓更得意"一句，补全宾语，改为"為不願讓她更得意"。

在修辞方面，编辑的修改以词语的锤炼为主，也包含语句的调整。锤炼后的词语往往语义更明确，语言更连贯、顺畅。依据修改涉及的词类及修辞方式，可以将所有改动划分为代词、动词、名词、形容词、语气词、句式改短、语言简洁化、内容增补和其他修辞调整九类，下面进行分类梳理。

代词：编辑增补、修正了部分代词，使语句指代明确，语义连贯。

（10）第2页左数第6列，"牠们呆呆的把眼睛挡住，无论你坐在哪方……"，前一分句增补为"牠们呆呆的把你眼睛挡住"。

（11）第23页右数第5列，"近来在病院中却把我的心又医转了"增补为"近来在病院中却把我自己的心又医转了"。

（12）第23页右数第6列，"实实在在确实这些朋友们的温情把我又重暖了起来"，补充指示代词，修改人称代词，改为"這实实在在确实这些朋友们的温情把牠又重暖了起来"。

（13）第34页左数第3列，"走，于我自然很合适"增补为"他走，于我自然很合适"。

（14）第45页左数第8—9列，"油腻的桌子三条腿的椅子"，加入指示代词，改为"這油膩的書桌，這三条腿的椅子"。（按：加上指示词，特指。）

动词：编辑增补、修正了部分动词，可分三类讨论。其一是单音节动词增补为双音节动词。原文中的单音节词往往较为口语化，修改后的双音节词相较之下更为书面化，从句子的表达效果上看，音节更加顺畅、句子更加整齐。从语言学的视角来看，这种修改体现了汉语发展的内在逻辑——单音节词向双音节词的转变。可如果我们将这种修改置于语言变革的历史语境中，或许可以认为这些文学编辑工作在一定程度上推动了口语白话向书面白话的转化，推动了文学语言的规范化。这类修改如下。

（15）第4页左数第12列，"我是会想人家"增补为"我是会想念人家"。

（16）第16页右数第8列，"毛孔一个个也会空起的"。（按："起"字是编辑后加的）。

（17）第18页左数第7列，"那不是明明放着许多機会嗎？"改为"那不是明明安放着許多機會嗎？"。本句中双音节词的使用使语气更低沉，更契合莎菲此时的懊悔情绪。

（18）第21页左数第10列，"我是在他們憂愁的低語中醒的"增补为"我是在他們憂愁的低語中醒来的"。

（19）第21页左数第8列，"才觉心是正在劇烈的痛"增补为"才觉得心是正在劇烈的痛"。

（20）第31页右数第9列，"為什麼一個人的思想會變得如此不可測"改为"為什麼一個人的思想會變幻得如此不可測"。此外，编辑也重写了原先不清晰的"得"字。

（21）第46页右数第5列，"他会给我所要的嗎？……"增补为"他会给我所须要的嗎？……"。

其二是增加或修改了一些表示趋向的动词，使得动作的状态更加明确，在语义更完整的同时，表达也更加流畅，具体如下。

（22）第5页左数第3列，"許多看電影的人"，增补动词"去"，改为"许多去看电影的人"。

（23）第7页左数第3列，"我便上单牌楼買了四盒糖"，增补动词

"去"，改为"我便上单牌楼去買了四盒糖"。

（24）第37页右数第9列，"坐下去"，替换动词，改为"坐下来"。莎菲在第一人称的日记书写中描述自己的动作，应当用"坐下来"。

（25）第44页右数第7列，"一早毓芳便上西山了"，增补动词"去"，改为"一早毓芳便上西山去了"。

其三是一些动词的锤炼，具体如下。

（26）第13页左数第10—11列，"我不願讓人懂得我，看得我太容易，所以我又趕着我很早的就回了"，后半句改为"所以我就驱遣我自己，很早的就回来了"。这一修改使莎菲回家的行动增添了被动的意味，凸显了矛盾的心理。

（27）第21页左数第1列接第22页右数第1列，"好像我也将長遠离開他们……"改为"好像覺得我就要長遠的离开他们……"。此外，编辑重写了原本不清晰的"開""他"两字。

（28）第23页左数第5列，"还可以说她幾句"改为"还可以警训她幾句"。

（29）第24页右数第8列，"我想起来"改为"我想站起来"。原文的表述易有歧义。

（30）第25页右数第5列，"我更藉此可以多去想些另外的小閒事"改为"我更樂得藉此可以多去想些另外的小閒事"。

（31）第29页左数第2列，"但他之在我的心心念念中怎地又佔據着一種分晰不清的意義"改为"但他之在我的心心念念中怎地又蕴蓄着一種分晰不清的意義"。其中，"晰"字由校对人员改为"析"。

（32）第32页左数第4—5列，"又要给我难受一下"，增补"是"字，且将后面的逗号改为叹号，改为"又是给我难受一下！"。修改后，语句的时态更合理，不是苇弟的话将要使莎菲感到难过，而是已经使莎菲感到难过。

（33）第34页左数第9列，"他轻轻地推开门便进来了"增补为"他轻轻地推开门便走进来了"。此外，编辑也重写了原先不清晰的"门"字。

（34）第35页左数第10列，"我恨不得用脚尖推他出去"改为"我恨不得用脚尖踢他出去"。

（35）第40页右数第4—5列，"替他找那世界上最可爱，最美的女孩子"，将"找"替换为"愿望"，并将"女孩子"改为"女人"，改为"替他愿望那世界上最可爱，最美的女人"。

（36）第44页左数第6—7列，"他听到我笑，便把我手反捏得紧紧的"，修改动词，增加助词"的"，改为"他见到我笑，便把我的手反捏得紧紧的"。

（37）第46页右数第2列，"我知道永世也不会使莎菲满足这人间的友谊"改为"我知道永世也不会使莎菲感到满足这人间的友谊的！"，句末标点改为感叹号。

名词：

（38）第13页右数第1列，"原因是那边太使我厭倦"改为"理由是那边太使我厭倦"。此处的修改减弱了书面语的程度，符合日记语体。

（39）第24页右数第5列，"只是头髮似乎又多了幾根"增补为"只是白头髮又多了幾根"。

（40）第37页左数第9列，"你可太不留心的眼光了"改为"你可太不留心你的眼波了"。

形容词：编辑对形容词的修改以增补为主，修改后更能准确地传达人物情绪，语言也更为整齐和谐。

（41）第20页右数第9列，"蕴姊是……最热烈的人"改为"蕴姊是……最热情的人"。修改后，本句的"热情"与后一句的"冷漠"形成对比，使语言整体更加和谐。

（42）第21页左数第3列，"我真感到了那死别，"，增补形容词，且将逗号改为叹号，改为"我真感到了那可怕的死别！"。

（43）第30页左数第5—4列，"……一个高贵的美型裡，是安置着如此的一个灵魂"，后一分句增补为"安置着如此的一个卑劣灵魂"。修改后，本句的"卑劣"与前一分句的"高贵"形成对比，不仅使语言整体更加对称和谐，还使莎菲对凌吉士的嘲讽之态更鲜明地显现出来。

（44）第45页右数第5列，"我忘了他是怎样的人格□□"改为"我忘了他是怎样的可鄙人格，和美的相貌了"。（作者所写似为"弱点"二字。）修改后，语言更为整齐和谐。

（45）第45页左数第4列，"也不会有害於人心吧"改为"也不会有损害或激动于人心吧"。莎菲欲表明自己如何过活对他人的生活并无干涉，修改后，言语间颇有自轻自贱的意味。

连词、介词和关联副词：这类修改多是出于语义连贯的考虑。

（46）第7页左数第3—4列，"我便上单牌楼买了四盒糖，两包点心，一篓橘子、蘋果"，增补连词"和"，改为"我便上单牌楼去买了四盒糖，两包点心，一篓橘子和蘋果"。

（47）第18页左数第7列，"但当他走後，我却懊悔了"，修改连词，改为"然而当他走後，我却懊悔了"。弱化转折，和缓语气。

（48）第21页左数第1列，"却是她们都把眼泪滴到我手上"改为"她们便都把眼泪滴到我手上"。

（49）第25页左数第1列，"但她还是那样忠实的替我盖被子"，删除连词"但"。

（50）第27页左数第6列，"我笑，我这笑，自然不会安慰到那有野心的男人的"改为"我发笑，而这笑，自然不会安慰到那有野心的男人的"。其中，第一个"笑"字由编辑重写竹字头。

（51）第28页右数第2列，"但葦弟毫不加思索地来使用在我面前"，增补转折词"却"，改为"但葦弟却毫不加思索地来使用在我面前"。

（52）第28页右数第5列，"或者我的心生来便如此硬"增补为"或者這因为我的心生来便如此硬"。

（53）第35页右数第10列，"他依旧握着我的手□並把眼光紧钉在我脸上"，删除连词，增加逗号，改为"他依旧握着我的手，把眼光紧钉在我脸上"。

（54）第35页左数第4列，"我看不起他"增补为"这些又使我看不起他"。

（55）第36页右数第6列，"因着急无以安慰我而流泪的滋味"，增加副词"便"和代词"那"，改为"便因那着急无以安慰我而流泪的滋味"。

（56）第38页右数第1列，"别人才女们，得了一点点不很受用"改为"像那些才女们，因得了一点点不很受用"。

（57）第44页右数第10列，"我本想在默一天在城里，也不好说了"，修改别字"在"，增补副词"便"，改为"我本想再默一天在城里，便也不好说了"。

（58）第46页右数第4列，"便是他来了，我便会很快乐吗"，更改连词，改为"纵是他来了，我便会很快乐嗎"。修改后，句中增添了让步的语气，更准确地传达出莎菲纠结反复的思绪。

语气词：编辑对语气词的修改以增补为主，修改后更能准确地传达人物情绪。

（59）第28页右数第6—7列，"總也是該的吧"改为"總也是應该的"。

（60）第28页右数第1—2列，"这種表示，也许是……真率的愛的表現"增补为"这種表示，也许是……真率的愛的表現吧"。

（61）第28页左数第4—5列，"並填实葦弟所感得的空虚"，增补语气词"啊"及感叹号，改为"並填实葦弟所感得的空虚啊！"

（62）第39页左数第8—9列，"今天不幸我却違背我的初意"增补为"今天不幸我却違背我的初意了"。莎菲此时借绵延低回的语气传达出无奈的情绪更为恰当，因而语言表述不宜过于简洁。

（63）第42页左数第8列，"我不得不又速急的轉来"增补为"我不得不又速急的轉来了"。

（64）第42页左数第2列，"说西山房子已经找好"增补为"说西山房子已经找好了"。

（65）第45页右数第4列，"我问他还来不来"增补为"我问他还来不来呢"。修改后，莎菲的语气更显亲昵，合乎她与凌吉士间的暧昧关系。

句式改短：编辑将句式改短后，表达效果通常是语言简洁，语气强烈，态度鲜明。

（66）第30页第12列，"他的志趣是热心於演講辩论会，網球比賽，留学哈佛，做外交官，公使大臣，或□□继承父親的職業，做橡樹生意，成资本家……"，将"他的志趣"移到后面，并将句末标点改为感叹号，改为"热心於演講辩论会（按：相同部分略）……這便是他的志趣！"。原句是一个近50字的主谓结构的长句，长宾语由八项联合短语组成，读来冗长，而且褒贬色彩不明显。改句则变成由分句构成的先分后总的复句，不但语言简明语义明晰，而且语气强烈，增加了鄙夷讽刺的意味。

（67）第46页右数第6列，"想起他不来，我又痛恨我自己曾在很早的從前，我还曾懂得对付那一種男人應用那一種态度"，拆分为两句，删掉"曾"和"还曾"，增补"了"和感叹号，改为"想起他不来，我又痛恨我自己了！在很早的從前，我懂得对付那一种男人應用那一种態度"。一方面，"在很早的从前"和"曾"含义相同，删除后语言更显简洁；另一方面，长句改为短句后，语言更为有力，态度更加激烈。

语言简洁化：

（68）第12页左数第11列，"……第四寄宿舍，这位置是在京都大学二院隔壁的"后半句删减为"位置是在京都大学二院隔壁的"。编辑删除了重复的指代，使得分句间的关系更紧凑，语言更精炼。

（69）第21页左数第1—2列，"似乎要将这记憶永遠保存着一样"删减为"似乎要将这記憶永遠保存着"。

（70）第25页右数第2列，"他算着毓芳快来时，他走了"改为"他算着毓芳快来时，便走了"。

（71）第33页左数12列，"是让他会信寔那是真话"改为"就信為是真话"。

内容增补：

（72）第20页左数第6列，增补"不久，我一个人悄悄的跑出去了。"一句。原文中空间不连贯，增补后读来更加合理连贯。

（73）第45页右数第7—8列之间，增补日记日期"三月二十七日晚"。同一天的日记内容包含白天和晚上的内容，增补后读来更加顺畅。

其他修辞调整：

（74）第14页左数第10—11列，一月十号日记右数第3列，"但我从没同他多说过幾句话，我决不先提到补英文的事"，后半句改为"我是决不先提到补英文的事"。此外，本句中作者自改错字"不"，编辑在"决不"前面加上"是"。

（75）第18页左数第10列，"不是为什麽当他顯出那天真的錯愕时，我会忽略了他那眼睛"，前半句改为"要是不，为什麽当他顯出那天真的錯愕时……"。

（76）第22页右数第1列，"尤其是葦弟"增补为"尤其是葦弟哭得现出醜的脸"。

（77）第26页右数第3列，"葦弟却又不想代替那差事"增补为"葦弟却又不想代替那看護的差事"。

（78）第30页右数第9—10列，"他的爱情是什麽？是拿金钱在妓院中，去挥霍而得来的一时享受，坐在软软的沙发上，拥着香喷喷的肉体，□抽着烟捲……"，此句有三处修改，增加形容词"肉感的"，增加连词"和"，"□"改为"嘴"，原字应为连接词，但被编辑涂掉后重新改为身体器官，改为"是拿金钱在妓院中，去挥霍而得来的一时肉感的享受，和坐在软软的沙發上，拥着香喷喷的肉体，嘴抽着烟捲……"。编辑增加的文字不多，却完成了更充分的身体叙事。

（79）第32页左数第8—9列，"（苇弟的话）比起那白臉龐红嘴唇如何？"，增补"的"字，改为"比起那白臉龐红嘴唇的如何？"

（80）第32页左数第6列，"但願——但願如你所说……"，编辑将第一个"但願——"删掉了。

（81）第33页左数第11列，"难道……而果真不来"，增补"麼"字，且将后面的标点改为问号，改为"难道……而果真不来麼？"。

（82）第37页左数第6列，"你那應会爱到他呢？"改为"你那裡会爱到他呢？"

（83）第40页右数第5列，"日记，葦弟看过一遍，两遍了"改为"日记，葦弟看过一遍，又一遍了"。编辑的修改引入了"反复"的修辞方法，更凸显苇弟在翻阅莎菲日记时的无奈、惆怅。

（84）第45页左数第3列，"不想了！不想了！有什麼说的"，后面一句改为"有什麼可想的？"，句末标点改为问号。修改后与前文"不想了"相呼应。

（85）第46页右数第3列，"但我滿足什么呢？"增补为"但我能滿足些什么呢？"。

（86）第46页左数第10—9列，"總不至於吃虧吧！"，改为"總不至於像是一种损失吧。"，标点由叹号改为句号。

还有几处修改字迹不清，难以分类辨析，仅罗列于此。

（87）第11页左数第12列，"事情不知错到什么地方去了"。（按：后面半句七字被编辑涂掉了，看不清楚。）

（88）第29页左数第7列，"我又糟塌我自己□□□□"改为"我又糟塌我自己了"。

（89）第31页左数第2—3列，"至於痛恨到自己敢於堕落，所招来的，简直只是最輕的刑罰！"一句，"所招来的"为编辑所加。

（90）第35页左数第12—13列，"我得不着我所等待于他的□□"一句，改为"我得不着我所等待于他的赐予。"（按：作者所写两字似为"应答"。）

（91）第40页右数第11列，"谁能懂□我呢"一句，将"□"重写为"得"。

（92）第43页左数第10列，"葦弟也说□□一禮拜上山一次"一句，补全宾语，改为"葦弟也说他一禮拜上山一次"。

（93）第43页左数第9列，"□毓芳不去的空日"一句，改为"填毓芳不去的空日。"（按：作者所写似为"等"字。）

（94）第45页左数第5—6列，"但都能如此讓莎菲一人得不着一点热情孤孤寂寂地上山去"一句，增补为"但都能如此□讓莎菲一人得不着一点热情孤孤寂寂地上山去。"编辑所加字似为"得"。

可以看到，编辑工作对作品语言的提升是显著的，不过仍不完善。在2004年人民文学出版社出版的《莎菲女士的日记》中，《小说月报》编辑的两处修改未被采纳，又改回了丁玲原来的写法，另有一处则被重新修改，具体如下。

（95）第7页左数第3—4列，"我便上单牌楼买了四盒糖，两包点心……预备他来时给他吃的"，增补动词"是"，改为"我便上单牌楼去买了四盒糖，两包点心……是预备他来时给他吃的"。2004版改回丁玲原本的写法。[3]

（96）第25页左数第9列，"然而我的手便不会很安静的被握在那大手中，慢慢的会發烧"，增补动词"是"，改为"然而我的手便不会很安静的被握在那大手中，是慢慢的会發烧"。04版改回丁玲原本的写法[4]。

（97）第42页右数第3列，"無論他的思想怎樣壞，但他使我如此癲狂的動情，是曾有过而无疑"，替换连词，改为"無論他的思想怎樣壞，而他使我如此癲狂的動情，是曾有过而无疑"。2004版彻底删掉此处的连词[5]。

最后，编辑还重写和修改了部分标点符号。其中，大部分情况是由于作者写的标点不清晰，编辑将其重写清楚；小部分情况是编辑对作者使用的标点进行修改。值得注意的是，编辑增补了大量的问号（共35处）和叹号（共18处）。这里试举一例。第46页右数第10列，"为什么我要使用技巧，我不能直接向他表明我的爱嗎，並且我觉得只要於人无损，便吻人一百下，為什麽便不可以被准许呢。"一句中，两处逗号及一处句号改为问号，改为"为什么我要使用技巧？我不能直接向他表明我的爱嗎？並且我觉得只要於人无损，便吻人一百下，為什麽便不可以被准许呢？"。

3.红色校对符号及文字

红色校对符号很明显是给排字工人看的，非常清楚、醒目，可以看出20世纪20年代末印刷出版的规范格式及用字要求，特别是商务印书馆排版的特点。众所周知，新式印刷所商务印书馆是最早从日本输入了编辑、印刷技术，而一跃为中国第一家大出版社的，20世纪初年便聘请业界一流的日本技师，形成了一套独特的出版印刷传统，《小说月报》上版前的丁玲手稿无疑也提供了研究商务印书馆出版史的样本。红色校改是最多的，但因为性质单一，可析出价值在三重修改中最弱，因之不逐一分析，而是分类呈现。

首先，校对体现在副文本信息全部是红色标识符号，如：题头《小说月报二号用》中的"二"，下面的（1），以及一月十五日第10篇日记这里开始用朱笔（2）将整个手稿分了两部分，朱笔书写小说题目《莎菲女士的日记》，旁有汤长贵的红色名章。第20页有朱笔书写的"江"，应该是校对人员核对后的签章与签字。每篇日记篇首标明字号大小"五号方头"，文章最末处的"六号——"。

其次，文本内的红色校改明显是校对字，大部分没有使用编辑修改符号，而是直接覆盖在原字上。修改包括以下六类，一是重写文字或文字偏旁。有的是对于写不清的字词的重写，如，没（1）、起（2）、光（2）、件（2）、寂（2）、於（4）、洽（5）、股勁（5）、透（6）、渺（6）、拜（8）、風（9）、片（9）、粗（11）、胡（12）、引（12）、將（13）、段（15）、發（16）、向（19）、飾（20）、葦（20）、纠纠葛葛（21）、札（22）、懷（27）、自自然然（28）、擯（32）、比（32）、再（33）、弱（34）、承（34）、這（34）、牛（34）、令（34）、你（35）、一缕（36）、歹（37）、求（37）、難（38）、踏（38）、刺（39）、枕（39）、平（39）、於是（40）、至於（41）、火（42）、直（43）、沸（46）、反（46）、段（47）、束（47）、丰（48）。有时候只改偏旁部首，"她"字重写了女子旁（5），"鏢"字重写了金字旁（16）、"篾"字修改了草字头改为"蔑"（27），"饒"字只改了左边的食字旁（37），"恰"重写了忄字旁（44）。特别能够证明是校对字的一处是，第5页左数第3列，"原"由编辑改为"缘"，但不清晰，校对圈掉后，在一边清晰地写上"缘"，便于排字工人辨认。

二是将部分手写字体改为当时的标准字体。作者的手写文字，大部分为该字的行书或草书字体（如将"还"改为"還"），小部分为该字的异体字（如将"桌"写作"槕"），校对人员则将其改为当时出版业通行的标准写法。如，"还"改为"還"（1）、"槕"改为"桌"（9）、"精致"的"致"改为"緻"（10）、"几"改为"幾"（11）、"传"改为"傳"（12）、"坏"改为"壞"（13）、"云"改为"雲"（13）、"开"改为"開"（16）、"设"改为"設"（21）、"苇"改为"葦"（20）、"谓"改为"謂"（29）、"会"改为"會"（33）、"况"改为"況"（40）、"呆"改为"獃"（44）。

三是错别字修订。有错字修订，如熟（2）、氅（2）、絹（22）、攫（45）。有别字改订，如"尝"改为"蕾"（2），"蹻"改为"蜷"（7），"颤"改为"氊"（10），"祇"改为"仔"（13），"標"改为"鏢"（16），"濻"改为"瞒"（17），"躏"改为"窜"（17），"溶"改为"融"（18），"十月"的"十"改为"一"（21），"林"改为"霖"（21），"他"改为"你"（27），"揣摸"的"摸"改为"摩"（28），"倒"改为"到"（29），"分晰"改为"分析"（29），"無原無故"的"原"改为"緣"（30），"欧州"的"州"改为"洲"（38），"付"改为"副"（50）。

四是有文字增补和删减。如，"高子"增补为"高个子"（27），"晕倒"增补为"晕倒在"（50）；删除"但"（12），删除"在"（36），"接吻"删为"吻"（51）。

五是一些字词用法的修订。如，"焦燥"改为"焦躁"（1），"正"改为"这"（5），"他"改为"他們"（6），"五個钟"改为"五点钟"（45）、"把"改为"教"（50）；"讨嫌"改为"嫌厭"（2）、"讨厭"（7），"错愕"改为"詫愕"（18），"公日"改为"平日"（39），"收捨"改为"收拾"（44），"可鄙"改为"鄙夷"（50），"冒然"

改为"贸然"（50）。

六是格式、标点、日期的修改。专名线除了地名、书名，需要注意的还有"英文"的"英"，"华侨"的"华"，"苇弟"的"苇"，"蕴姊"的"蕴"和"莎菲"。显然，丁玲对此并不了然。校对人员还将日记时间后面的"日"字（第4、32、33、47页）、"号"字（第15页）及标点符号（第6、7、28、31、34、41、42、44页）删除，将"三月二十三"改为"三月二十四"（第41页），将"三月二十三日夜深"改为"三月二十四日深夜"（第41—42页），也就是说，这一天有两则日记。当然，两则日记是丁玲设计的，只不过日子写错了。

三、从修改痕迹看作者与手稿的生命汇流

《莎菲女士的日记》作为青春抑郁书写，将肺病隐喻为内心风景，也将阶级分野、灵与肉的冲突代入左翼文学，其实也呈现于手稿的修改痕迹中。仅此手稿本上的三重修改，依然暴露出很多有意思的问题，值得思考。

在作者笔迹部分，我们可以从内容和形式两个层面加以把握。从笔迹的内容上看，我们看到一个明显的情绪，莎菲发的牢骚、内心的倾诉——"但他，我却又愿意他能而我表白一次也好，只要是很忠实的，玩弄我一好，爱我也好，盲目的也好"，"我还要见他一面才好"——都在修改中被删除掉了，其实是莎菲对凌吉士的寂寞相思和对于爱的无名渴望在书写中被弱化了。至于删除的原因，不得而知，也许是在上版前的最后时刻作者对于时代精神的妥协，也许是对于刊物主旨的配合，无论如何，叶圣陶给予了丁玲极大的帮助与提携，而胡也频的背后影响也不应忽视。在这里，作者的生命流汇入手稿的生命流，改变了彼此。从笔迹的形式上看，作者的笔迹可以从写作和修改两方面切入讨论。从写作的笔迹看，作者字迹的疏密程度与工整程度并不稳定。从修改的笔迹看，如果我们对作者的修改频率进行统计，可以发现修改过程中存在几处密集的高频修改，分别位于第6、20—21、28—37、42—46页。如果能够找到作者的日记、通信等史料，便可以对作者写作和修改的上述特征做出更加充分的解释，进而更完整地讨论作者的写作情境与写作过程。

在编辑修改部分，也可以从内容和形式两个层面加以把握。从编辑修

改的内容上看，最值得注意的是莎菲对于凌吉士的主观感受，着重加强了鲜明具体的阶级色彩，"享受"前面要加上"肉感的"，对于其从事的西式的工作与生活方式，用"这就是他的志趣！"加以讽刺，后来革命文学中的阶级脸谱化已初露端倪。南洋人被塑造成"高大的怪物"，成为资本家的代名词，而且必是外表美艳、内心卑劣的资本家，必是心灵荒芜、轻蔑可怜只认钱的家伙，与之相对的五四落潮后苦闷的青年因之便不能希望家庭，不能欢喜金钱，不能骄傲于社会地位。通过观摩手稿，我们发现，这一鲜明的导向来自20世纪20年代末期的《小说月报》，并不一定是丁玲完全的写作意图。我们看到，灵与肉的冲突、理想追求与物质追求的二元对立，如何代入之后的左翼文学，并留下了物证。从编辑修改的语言文字形式上看，我们不难发现编辑的修改顺应了语言文字变革的历史潮流，上文仅以单音节动词向双音节动词的修改为例稍做分析。文学编辑活动与语言文字变革的关系是复杂的。一方面，语言文字变革的纲领为文学编辑活动提供了理论支撑，表明了纲领方向；另一方面，文学编辑活动又实践了新的语言文字理念，辅助现代汉语的推广和传播。因而，文学编辑实践是否在一定程度上推动了现代汉语语法体系的完善和修辞方式的革新，塑造了现代文学的语言习惯，则可以结合语言文字变革的历史和文学发展史再做分析。此外，作为文学家、教育家和语文学家的叶圣陶，是否将《小说月报》的编辑活动看作一次治学理念的综合实践，也可以结合他关于语言文字变革、语法、修辞、编辑、语文教育的文章和具体的编辑案例进一步考察。

在校对部分，值得注意的是，校对员将作者的手写字体改为当时的标准字体，这可以看作文字规范化进程中的一则史料。由此，创作者、编辑、校对员于各自的场域中，通过对手稿这一物质载体的加工，实现了历史性的交汇。

注　释

〔1〕上海鲁迅纪念馆、中国左翼作家联盟会址纪念馆：《丁玲小说手稿三种（影印本）》，上海文化出版社，2022，第63页。

〔2〕本文对《莎菲女士的日记》手稿的整理参考《丁玲小说手稿三种（影印本）》一书，为使论文的表述尽量靠近手稿写作及修改的情景，本文标记的页码为手稿中作者

的手写页码，而非该书的印刷页码。参见《丁玲小说手稿三种（影印本）》，上海文化出版社，2022年。

〔3〕丁玲：《莎菲女士的日记》，人民文学出版社，2004，第49页。

〔4〕丁玲：《莎菲女士的日记》，人民文学出版社，2004，第62页。

〔5〕丁玲：《莎菲女士的日记》，人民文学出版社，2004，第73—74页。

听觉空间与女性表达症候

——论丁玲小说中的声音景观叙事

杜　睿

在中国现代作家中的小说中，风景／景观叙事逐渐成为书写时代洪流中的自我意识觉醒与主体性建构的生命痛感，从"风景"到"风景书写"正是一个话语意义的生成和获得话语主体性的过程。风景书写既有话语性，又有空间性，因此逐渐被现代作家认可和探索，而风景中的"景观化"往往更倾向于视觉景观的呈现，容易忽略作家在声音景观中的潜在话语内涵，形成"失聪"的话语症候。声音景观是与视觉景观同等重要的文学构成，是通过声源传递到声环境中，然后在声环境中获得听觉感受，最后形成对听觉感受的解释和响应。在视觉经验和书写普遍在场的同时，声音景观同样是不能被忽略的，在许多文学作品中，声音景观是潜在的意指，它不是视觉景观的补充和替代，而是与视觉景观共同存在，甚至是隐匿在作品中无处不在的重要表达。文学作品通过声音表达某种潜在的话语，甚或暗含着某种必然的景观。视觉景观——图像，作为一种客观存在的外在风景，往往很容易与内在场域进行关联，发挥"提供视觉愉悦和概念超越"双重作用，而声音作为"虚"的存在，各种语言符号都可能存在于主体的听觉形象中，隐匿性更强，作为景观的声音书写更难以把控，也更容易被忽略和替代。但是，正因为这种隐藏在视觉景观之外的独特存在，形成了直接被"听到"的所指和表象之外的超验性，因此，声音景观有着独特的价值。

在现代作家对声音景观的表达和意会中，丁玲是一个独特的存在：丁玲自幼与母亲相依为命，她对外在声音的敏感也来自她儿时不善言谈而善于倾听和观察的性格，由此她在小说中善用外在景观叙事。丁玲小说在外在景观的叙事上可分为两个层面：一是对外在视觉风景的显性勾勒，这从初登文坛时的小说中即已显现；二是声音景观的内在表达。研究者此前更倾向于关注显性的视觉化风景，而鲜少提及声音在其小说中的重要隐喻。声音景观同样是她小说风景书写中的重要一环，与视觉景观共同构成了意义的在场。如果细读丁玲的小说，不难发现两种风景在小说中实际上各有分工：显在的视觉景观在文中大段出现并形成能指；散在的声景景观隐匿在文中的某个细节处，却构成言外之意的重要所指。通过丁玲小说中声音描写的变化，我们可以发现她创作曲线及创作心态的转变，这一条隐匿其中的主线就是丁玲风景描写从能指到所指的重要指针。

一、从看客到听客——声音空间与女性的牢笼心理

如果说视觉景观在丁玲小说中是显在的，那么声音景观则是散现在其中的，往往以重要信号出现，并充斥在意象在场与逻辑能指之间的某种特定表达。"'声音景观'不仅指向听到的声音，更指向听到的事件，指向人的整体性存在"[1]。由于丁玲细微观察的性格和对外在景观的敏感，丁玲的小说创作同样非常善用风景的意象，这与她后期趋于冷峻思考的场域不同。她早期的小说中充斥着大量"风景"描写，而且以具象的刻画为主，其中两条风景书写主线相互交织伴随：一条是以外在的视觉风景为主，细腻而多情；另一条是声音景观描写，以个人或群体发声为主，构筑一个密闭的牢笼（或者房间、或者是场域），这种声音是对自身苦闷、寂寞灵魂的自我救赎。

视觉描写与听觉刻画同时在场，声音景观在其中更具有突出的描写张力：比如在《梦珂》中，开篇就是几个学生集体发笑的场景，它与教员"大声地咳嗽""皮鞋便在那石板上大声的响"的声音场景交织在一起，"这似乎是警告，又像是叹息"，两者形成一种对抗和冲突；之后又是混合在其中的哭声，"谁知那人又猛的扑到她怀里，一声一声的哭了起来"[2]，哭声导致了教室里更无秩序的混乱，而这一混乱的场景为后来梦珂的离开做了铺垫，即通过哭声和吵闹声能够感知当时的场景，形成一个内在的声音景观。这是从看客——看到教员的行为，到听客——听到混乱的场景的过渡，从而在看与听之间形成一种潜在的内驱力，这种潜在的内驱力推动

梦珂离开学校，进入另一个场域姑母家。在姑母家中，梦珂和表哥发生的一段暧昧情愫同样用声音来衬托："这时门上，有个轻轻的声音在弹着"，紧接着是一个"柔和的，求怜的，感伤的声音"，梦珂虽未开门却已经是心意迷乱，之后她到后园里散心，却在亭子间意外地听到了表哥和澹明的对话，这才彻底从这个荒诞的爱情中恢复过来。这时，表哥从视觉上并未发现处于暗处的梦珂，因此在其视觉范围中，梦珂是被排除在外的；但从听觉场域而言，梦珂则与表哥同处一个场域内，即视觉范围的有限性场域与听觉范围的传播性场域并不统一，这直接导致了梦珂能听到表哥和澹明的对话而表哥却无法感知到梦珂的存在。如果从视觉上直接面对两个男人，而非听到两人的声音，那么结果会大为不同：表哥和澹明的对话将会不成立，声景的能指意义也将大大削弱。因此，声音的意义在于某种被隐匿的内心活动表象化，最后以"那两人笑着走出园子"结束了声音。笑着走出园子，表明表哥和澹明视觉上所感知的空间与听觉上所感知的空间形成了延宕，听觉景观带给梦珂他们谈话的内容及背后的意义，这成为梦珂出走的直接推动力。德里达曾表述过声音的超验性，即"被听见—说话"的过程似乎还原直至固有身体的内部平面，它在自身的现象中似乎能够以内在性躲避这种外在性，躲避这种内在空间[3]。声音有着很强的传播性和想象性，表哥和澹明的对话是在黑夜里后院的亭子间完成的，黑色、园子既说明了声音的穿透性，又提供了一个对话的空间，是一个安静柔和的场景，在这个场景中"听者—说者"之间的对话声音形成了纯粹自我影响的世界。声景被内在建构的景观代入了一个想象的空间中，比如哭声、吵闹声会与混乱的秩序相关联，安静的对话声则与黑夜的园子形成反差。

随着《梦珂》的发表，丁玲正式开启了文学创作之路，她也逐渐利用善于描写的写作特性，在普遍的欧化写作之风中进一步强化了声音的重要性。声音在丁玲小说中逐渐被建构成带有延宕性的看与听，构成两种不同的风景。在《莎菲女士的日记》中这两种声音景观就相互交织。一种是外在的声音景观："窗外走廊上住客们喊伙计的声音""楼下不断有人在电视旁大声说话""特有的极速的皮鞋声"等是莎菲每日都能够听到的特有声音，它们所构成的听觉场域虽然会引起莎菲的头痛和不舒服，但如果没有时又会引起她"感到寂沉沉的可怕"，这些声音就形成了一种想象的景观，即"住客的声音＝热闹的场景，失去这个声音＝失去这个被包裹在人群中的热闹＝失去了安全感"。小说描写在此脱离了视觉景观而直接依靠听觉完成场景再现：其中"特有的极速的皮鞋声"和"音乐般的声音"立即与苇弟和凌吉士相关联，虽然从视觉空间上他们都处于房间外的不同场域，但她通过声音清晰地辨别出两人，从而引入了特定的情景场域。另一种是内在的声音景观，它构成了丁玲言外之意的隐喻。小说中"我"和别人的对话，构成"听—说"的关系，其中"我"与凌吉士、苇弟构成了主要关系点，当"我"听到他们在房间外的声音时，"我"是从混杂的声音中辨认出来的，只充当了听客的角色，"我"的内心是极为舒服和兴奋的；但当"我"在房间中与苇弟或凌吉士对话时，"我"则处于安静的环境中，这时声音场域（也就是声音的房间）从嘈杂变为安静，"我"也从单纯的听客转变为看客，这时"我"对苇弟和凌吉士的态度也有所转变，莎菲开始变得纠结、思虑，开始想要脱离。声音在不同的场域产生了不同的效果：当"我"听到凌吉士的声音时，觉得那是音乐般的声音形象；当"我"看到他时，却是被情欲之火燃烧得如此骇人的视觉形象，于是决定逃离。

被声音带入另一种场景中去的还有《阿毛姑娘》，小说中琴声成为一个独特的听觉风景，阿毛在琴声中经历了内心骚动，又在琴声中走向死亡。阿毛第一次听到琴声是在深夜里，那种高亢的、凄凉的琴声使得她直想哭，这凄凉的琴声勾起了她内心的"欲望"，之后琴声虽然没有再出现，但引发的内在想象随之开启。在逐渐被外界的"风景"扰乱了内心时，阿毛痛苦、挣扎并眼睁睁看着一个女人的死亡，这时她再次听到了那个凄恻的声响，"那声调在那弦上发出那样高亢的、激昂的，又非常委婉凄恻的声音……她从前懂不了那音节的动人处，为什么会抓着一个人的心，使你不期然地随着它的悲楚而流出泪来；现在呢，她觉得那音调正谐和于她的曼声长叹。那么，在那音调里面所战栗着的，是不是也正同于她那颗无望而哀伤的心呢？"[4]琴声在这里代表阿毛无望而哀伤的心境，琴声的哀伤听觉风景掩盖住了灯红酒绿的大都市视景，阿毛姑娘从热热闹闹的"看客"转为凄凉的"听客"，也从对热闹而高贵的向往转为求而不得之苦。直至阿毛将死，那动人的哀音又开始了，急促而凄凉；当阿毛已死，那琴声也慢慢低沉下去，最终戛然而止。琴声形成了独有的声音空间，把阿毛引入其中，打破了她的幻想，加速了她的死亡。如果说看客制造的风景是城里神话的奇境，是阿毛所见的种种繁华、富丽，那么"听"的风景则作为想象的风景，使得阿毛听到凄凉的琴声而想象到自己求而不得的苦楚，最终促使其在欲望与烦恼的交织中走向死亡。在《庆云里中的一间小房里》中，无论阿英听到的是吵嚷声，还是隔壁发出的粗鲁声音，都将她引入浅层的景观，即现实的皮肉生意之中；作为一个纯粹的听客，她的内心同时有更深层的声音告诫她：现在再也不能像从前一样渴望过安分的妇人的生活，却又时时渴望得到如陈老三一类人的垂爱。从外在的声音到对话的声音再到自我的声音，这一递进的过程在阿英的心理逐渐产生，并借助视觉得以完成。当她听到隔壁阿姊房间中客人的粗鲁声音时，她意识中已经浮现出与自己身世和未来处境的对比，再到打阿姊房间里的那个矮胖的男人出现（借助视觉），听客和看客的同时在场帮助她完成了这一系列的思考，迫使她从力图挣脱（不断出现的陈老三）到逐渐自我说服，小说的结尾处写道："外面很冷，她走了，她一点也不觉得，先前的疲倦已变为很紧张很热烈的兴奋了。"在声音对阿英的刺激下，阿英的意识开始了转变，声音的景观从这一间小屋转到乡下的陈老三则从"疲倦"到"兴奋"的过程，实际上完成了城—乡的对比。与《阿毛姑娘》中阿毛的被动撕裂不同，阿英是主动的认同和归顺，即从看到那个昏暗、恶心、脏污的环境（小说中多次描写了阿英帷帐内的脏污环境）逐渐进入和陈老三的想象场景之中，听到了隔壁的粗鲁声，声音场域带她进入另外的梦境之中，她听到了内在自我的声音：陈老三不一定会来娶我。于是阿英选择了主动抗争，通过自己的身体换取一份衣食的安稳。结尾处，阿英手捧着热腾腾的甜粥，挣得暂时的安稳。

在这个声音场域里，无论是突然逃离的梦珂、莎菲，还是想要挣脱牢笼的阿毛，都有一种想要挣脱或被挣脱的苦恼，她们被禁锢在一个心理构筑起来的牢笼空间，在这一空间中视觉的景观逐渐弱化，取而代之的是"听见"或"被听见"：既听到外在的声音，又听到内在的自我的声音。丁玲小说中"风景"的视觉性具有直接性，隐匿其中的"听"的风景虽然离散却更具深层次的反抗绝望的意涵。看的风景和听的风景互相独立又彼此融合，构成两种场域的话语，是丁玲挣脱牢笼的内在能指。

二、走向声音的外场：俄狄浦斯的救赎

在挣脱牢笼的过程中，无论是莎菲还是阿毛都走向了俄狄浦斯的救赎。在丁玲的小说中，最初的《梦珂》《莎菲女士的日记》《阿毛姑娘》等小说，想要冲破牢笼，需要的是打破的勇气，不论是逃离或者是死亡，那么弑父的俄狄浦斯救赎就是打破菲勒斯中心主义的例证，在被强压的菲勒斯中心主义面前，丁玲极力通过逃离、死亡、说服达到抗争，阿毛的命运与琴声的出现之间存在着某种内在的勾连，哀怨的琴声越加强烈，菲勒斯中心主义的桎梏就越加鲜明，阿毛想要挣脱这种被父权套住的枷锁，因此在俄狄浦斯的救赎中走向决绝。对抗——救赎，女性需要通过强烈的父权反叛完成，而对抗的前提是引起女性内在欲望，从父权制度的束缚中走出来，或逃离，或决绝，当客观的风景逐渐被厌倦从而不足以引起内心的震荡时，"听"的风景便转入内心的救赎，比如，梦珂通过听到表哥和澹明的对话而彻底挣脱，"表哥"在梦珂的心中俨然代表了可以依靠的"父"，当梦珂听到对话之后，她彻底与这个"父权"决裂，既不回传统的代表父权的大家庭（父亲所在的老家），又不再继续待在新的父权的依靠——表哥家中，虽然梦珂出走之后并不知道该怎么办，但出走肯定是反抗的第一步。在莎菲、阿毛、阿英身上，同样有着强烈的反抗欲望，是在爱与欲的纠葛中，最终选择了弑父怜母。这里的父一方面指父权，另一方面则是通过与男性的对抗走向母体的认同。阿英最终告诫自己不要幻想陈老三，是通过"听"到隔壁的粗鲁声开始的；而梦珂、莎菲同样是在"听到"真实声音之后走向了一条自我救赎之路，直至莎菲和梦珂们走入社会，成为社会的大众，在革命中完成了俄狄浦斯的救赎。

在愈加强烈的反抗以及出走社会进入革命场中，听的"风景"发挥了更大的作用，听的"风景"在丁玲小说中有着特殊的意义，其背后的用意显然大于听见本身，因为耳听为虚，即声音首先经过大脑反射然后自行建构某种画面，这其中就有了丰富的想象。德国美学家罗伯特费·歇尔所言"各个感官不是孤立的'它们是一个感官的分支'多少能够互相代替。一个感官响了'另一个感官作为回忆'作为和声、作为看不见的象征，也就起了共鸣。这样'即使是次要的感官'也并没有被排除在外"[5]。当然，

恰恰因为这种"虚"的想象,得到了更多的衍生,风景弥补了图景的视觉局限,而可以衍生到更深层次的景观话语中。"声音技术以其独特而有效的编码逻辑,显示了对自我意义的侵犯、渗透、改造和创生的能力"[6],在一种主观能动性中完成符号的编入或主基调的技术支撑。随着抗战爆发,革命的大众不再单纯地以女性自我的情感欲望为主,而进入情感与革命的交织过程之中,"听"的场域也从场域转入到广场、工厂、革命场之中,革命战争的开始也让女性卷入革命的洪流之中,这时声音在一种强大的传播中产生了某种符号象征。这一时期杂乱的声音包括车轮的声音、机器的轰鸣声、皮靴的叱嚓声以及枪弹的巨响,都成为革命的符号。这种强烈的革命符号推动着女性走入革命场中,完成了自我的抉择,或者是反抗后进入社会,或者是归顺后回归自我。《五月的一天》中"电车从厂里开出来了,铁轮在铁轨上滚,震耳的响声洋溢着……上海市又翻了个身,在叫嚣、喧闹中苏醒了,如水的汽车在马路上流……"[7]。在《一九三〇年上海春》之一中,同样写到了铁轮轧出的响声,在这安静而寥阔的空间里更显得刺耳。在这个刺耳的声响中,美琳在反抗父权中走出牢笼,进入大环境之中,最终走上了一条弑父恋母之路,她从关在与子彬一起的场域里走出来,走入社会中,走入普罗大众中。"听"与"看"同时存在,互相构成一种风景的张力,比如,美琳在走入社会中时(参加了一个文艺研究会),先是用视觉来观察周围的一切(用极亲切的目光遍望着这所有的人),然后用听觉来感知从未听到过的新鲜话语(她用心地吸进那些从没有听过的话语),最终美琳挣脱了那个"场域",走上了一条与子彬不同的人生之路。"而子彬,曾经带给她依靠和快乐的男人,空有自负的心,空有自负的才能,但他不能跑,他成了孤零零的了"。美琳和子彬截然相反的态度和人生走向,是从美琳挣脱场域走向反抗父权之路开始的,小说一开始便以铁轮轧出的响声预示着即将打破的宁静,然后"响着庞杂的皮鞋声"引出革命青年若泉的出场,第二次仍然是以"杂乱的声音"引出若泉和他的几个朋友,第三次是公园内"窸窸窣窣的声响"预示着美琳的提前到来,最后"吸进那些从没有听过的话语"昭示美琳的转变。这一转变并不是一蹴而就的,而是通过外在的视觉和听觉的景观刺激一步步达成的。美琳是"丁玲笔下第一个从黑暗中走出来,寻见了光明并朝向光明奔跑的知识女性"[8],是她对无聊死寂生活的一种反抗。

"声景"的接受与构成和"图景"有很大不同。人的眼睛像照相机一样，可以在一刹那间将"图景"摄入，而耳朵对声音的分辨却无法瞬间完成：声音不一定同时发出，也不一定出自同一声源，大脑需要对连续性的声音组合进行复杂的拆分与解码，在经验基础上完成一系列想象、推测与判断。丁玲彻底的反抗在《一九三〇年上海春》之二中枪声、喊声、骚乱声接踵而来，"学校门前连续响了两声枪声，涌进许多巡捕来，群众的阵线开始动摇和纷乱，有许多叫'打'的声音，一些激昂的、抖颤的音波在空中响着"。在革命与恋爱的冲突中，更大的混乱接踵而来，在《一九三〇年上海春之二》丁玲设计了一个与革命人物望微不同的女性玛丽，玛丽形象与其说是为了衬托望微而设计，不如说是女性在革命中的本能反应，从女性独立到人的解放，这其中并没有留给女性太多走向社会追求独立的时间和空间，当革命来临之后，女性又同时面临着家庭、社会、革命的三重选择，因此，玛丽的选择并非是负面的存在，而是和美琳一样，女性多面性抉择的合理诉求。因此，美琳走向革命，玛丽回归本心，彻底与自己不谋和的望微决裂，同样走上了一条回归到传统母性的认同，在婀娜娉婷中选择自己的人生之路。

在马路那边，蓦地噼噼啪啪响起巨大的爆竹声，只听见各种的口号便如雷地响应着，在他耳边一个惊人的喊声嘶叫着："打进去，我们先占住会场，打呀！"[9]

如雷的、集体的声音让望微和在场的革命者都"有点兴奋，压抑不住的，仿佛看到那爆炸的火山，烈焰腾腾烧毁这都市"[10]，丁玲通过声音来描写革命的场景，更能激发意识共鸣和听觉想象，爆炸的声响相比画面感更具有震撼性。利用声音来传递情感，表达革命进行中的暴力和撕裂，是丁玲在小说转型期通过风景书写的重要意象表达，其中声音的散在出现，往往伴随着内在声音和外在声音、外在声音与外在景观的同时出现，当丁玲决意要走向一条俄狄浦斯的救赎之路时，女性形象往往有了更彻底的决心，此时胡也频的牺牲给丁玲内心的冲击和思想的转变提供了重要的契机。

《某夜》成为丁玲在叙事上的重要转变，其中大量的声音描写与特定的声景构成了小说中的重要意象，其也是丁玲在胡也频牺牲之后的一篇纪念文章。在胡也频牺牲之前，丁玲对革命仍然是同路人的心态，并没有急于做出自己的选择；胡也频牺牲之后，她此时的心态是复杂的，从《某夜》中的声音描写可以解读出她内心的杂乱与愤懑。此时的声音不再是单纯的内空间的隐喻，而是心态的多层复杂体现。R. M·夏弗曾把声景分为三个层次：主调音、信号音和标志音，"主调音（keynote sound），确定整幅声音景观的调性，支撑起或勾勒出整个音响背景的基本轮廓；信号音（signal sound），它在整幅声音景观中因个性鲜明而特别容易引起注意；标志音（soundmark），它标志一个地方的声音特征，这一概念由地标（landmark）一词演绎而来。"(11) 在丁玲的小说中，声音景观逐渐承担起重要的信息，并开始以主调音、信号音和标志音分层。在大量的庞杂声中有一个特定的出现了多次的声音——叱嚓声成为全篇的关节点，也是主调音。从一开始的两次"叱——嚓——，叱叱，嚓嚓……"到中间又一次用"叱——嚓——，叱叱，嚓嚓……"直至后面再次用到"叱——嚓——，叱叱，嚓嚓……"，最后结尾处"叱叱嚓嚓"的脚步声，走了回去，"叱叱嚓嚓"的声音在小说中共出现了五次，前四次都是拖着长长的声音，从声音上判断是一种拖着沉重脚步的声音，是即将行刑之人面对世界的最后决绝，最后一次没有拖拉，直接用叱叱嚓嚓的声音代替几十个人的步伐，这五次叱嚓的声音并不是无缘由地出现的，而是在前后起着重要的呼应作用，在小说中是显著的主调音。前三次的叱嚓声是"在暗夜中庞乱的响着的杂沓的声音，像得胜的铜鼓，没有节奏地奏着，在他们的周围，拥着他们，二十五个人向前进"(12)。庞杂的声音伴随着"响着镣铐的声音，响着刺刀的声音""噼啪"的子弹声，庞杂的声音代表了不安、惶恐、暴动和集体的牺牲，是丁玲对普遍的外在声音的想象性观照，最后一次是几十个兵，重复又踏着雪，叱叱嚓嚓走回去。沿着牺牲者来时的路返回时，不再是庞杂的、拖拉的叱嚓声，而是匆匆的、渐行渐远的脚步声，不再出现的叱嚓声与结尾处"天不知道什么时候才会亮"暗示了丁玲此时复杂而矛盾的心情。虽然小说中并没有通过视觉景观对人物逐一刻画，而是通过前后五次的叱嚓声表达革命者经历的创痛和即将面临的牺牲。写这篇小说时胡也频刚刚牺牲，胡也频的牺牲让丁玲彻底失去了依靠，也让她迅速从"懂我"的个体意识走入大众意识中。从女性内在声音的反抗到俄狄浦斯的救赎，再到革命的同路人和革命者的思想和身份的转变，丁玲在声音的场域中逐渐从内到外扩展，也是从个体（梦珂、莎菲等女性个体）到集体（大众、女性革命者的模糊表达）的蜕变。《某夜》中的人物都没有姓名，是以集体的形式出现，其中出现了一位女烈士，小说中只有一句描写："走在第二排的女同志，有时用力像生气似的摇摆着她多发的头，因为风总把她的短发吹覆在她的额上，她的眼上了。"[13] 这位女同志，既是牺牲的"左联"五烈士中唯一女性冯铿的侧写，又是丁玲自己对反动派倔强的反抗（用力像生气似的摇摆着她多发的头），其中脚步的叽嚓声和高唱国际歌的声音，都暗含了这位女烈士的决绝心态。在巨大的冲击面前，丁玲由同路人的心态迅速转变，很快加入了共产党并成为"左联"领导刊物《北斗》的负责人，同时写出了女性革命者——三小姐。《田家冲》和《某夜》是同一时间段前后脚（1931年7月份）写作的，《某夜》中的外在声音是以群体的身份出现的，那位女同志只是在"叽叽嚓嚓"的声音中走向了牺牲，而三小姐则是丁玲在脑海中越来越清晰的呈现，在痛苦中丁玲逐渐冷静下来，坚定了自己的革命方向，写作上也逐渐摆脱"革命+恋爱"的窠臼，因此在声音景观中内在的声音逐渐弱化，取而代之的是外在的声音。个人情感被革命代替，女性走向了真正意义上的革命。《田家冲》相比之前的小说显然多了更多的声音，大量的对话、外在的声景以及声音的氛围夹杂其中，让三小姐这一革命女青年的形象附着在声音带来的想象中，先是来自声景的信号音，信号音位于声音景观的前景位置，属于必须被倾听的信号，例如钟声、鸣笛声、警报声等[14]。"幺妹，她今年刚刚十四岁，站在禾场上的一株桃树下，脸映得微红，和花瓣差不多……""这时她却为一声焦急的叹息骇着了，她急速地转过脸来"，信号音带出了三小姐的出场，主调音则是支撑起整个事件存在的背景——三小姐为何到来以及到来之后的变化，三小姐到来之前幺妹一家是平静的，三小姐到来之后，"家里常常生活在一种兴奋里面，一种不知所以然的兴奋，因为大家都有了思虑，一种新的比较复杂的思虑"。到最后在三小姐的影响下，"这家比从前更热闹，更有生气了"。三小姐的蜕变是在革命的裹挟中走向母体认知的转变，冯雪峰在《关于新的小说的诞生》中谈到《田家冲》："从《梦珂》到《田家冲》的中间，已不仅只被动地反映着社会思潮的发动，并且明显地反映着作者自己的觉悟，悲哀，努力，新生。"在《田家冲》整体的声音景观中，有了很大的变化，从一间声音的房子里走出来，走向了革命，主调音不再局限在一个场域内，而是到了广场、田地、工厂等场域，信号音也从杂乱的众声喧哗转向以外在声景为主的风、雨、枪弹等，声景的场域扩大预示着丁玲小说的空间发生了转变，特别是当丁玲在彻底成为党内一员之后，她也随着自己身处的空间不同而有了完全不同的声景构造。

声景不是对图景的补充，而是在一种主观能动性中完成符号的编入或主基调的技术支撑。"声音技术以其独特而有效的编码逻辑，显示了对自我意义的侵犯、渗透、改造和创生的能力"[15]。这种声音技术运用到小说中，并以各种信号音或者主调音出现。丁玲在20世纪30年代之后的小说中逐渐增加了声音的运用，并扩大了声音的张力，使其呈现出一种与图景并存甚至更有深意的风景。从早期牢笼的困境到走向外场域的女性，声音也由内向外延展，预示着丁玲逐渐成熟和独立。

三、地标空间：去性别化的声音特质

声景在丁玲小说中逐渐从信号所指到意义能指，想要寻求俄狄浦斯救赎的女性不再只关注于自身的个性，出走之后的革命语境让她们感知到了更多的内在声音，夏弗曾明确提到："声音景观是任何可研究的声音领域（acoustic field）。我们可以说一部乐曲是一个声景，一档广播节目是一个声景，一个声音环境（acoustic environment）是一个声景。我们能够将一声音环境独立出来作为一探究的领域，正如我们能够探究特定地景（landscape）的特质一样。"[16] 从1927年的某种特定声音作为主调音（比如阿毛听到的琴声），到1930年带有革命符号的声音（爆竹声、枪弹声、叱喀声等），丁玲小说中的声音表达不仅是丁玲小说中不确定的信号音，同时走入地标性的声景之中。"音景又不仅仅是悬挂在故事后面的声音幕布，它在许多情况下会反客为主，从背景深处飘荡到舞台前端，将人们的注意力吸引到自己身上，这就是夏弗所说的'底'凸显为'图'。这种情况下的声音景观，其功能已由次要位置的叙事陪衬反转为不容忽视的故事角色"[17]。在丁玲的经历中，有一段非常灰暗的时刻，即1933年被国民党监禁到1936年奔赴延安之前的时间，这段时间是丁玲内心最为煎熬的时期，也是她内在声音最为丰富复杂的时期，她从监禁之前的最后一篇小说《奔》直至1936年初动笔写的《松子》《一月二十三日》《陈伯祥》等，间隔了两年多时间，这几篇小说虽然是匆匆而作，却是丁玲声景转换的重要信号，她开始矛盾、迷茫，直至绝望。即使在胡也频牺牲之后也没有过的内心至暗时期。

从她在小说中声音的不断暗示就可窥探一二。这一时间的声景中信号音明显增强，标志音也随着信号音的出现而有所凸显，声音信号中革命语境增强，"去性别化"显现，不再是《梦珂》时期以女性强烈的自我意识的声音景观为主，众声喧哗与杂乱的声响，在延安时期的小说中被延续下来，因此，如果从声景中窥探丁玲小说，其转型并非从《一颗未出膛的枪弹》，而是从《一月二十三日》和《松子》开始的，其开篇是这样描写的：

仍旧下着霏霏的雨雪。天慢慢在亮。一条黄狗无声地走过去了。
似乎又赶驴进城的，听得到一阵沙沙杂沓的声音，从大路上传来。
有的人家在开门，但随即又砰的关了。
汤老二四十度的高烧，还没有退，他听到老婆在脚头转动着身体……

开头部分通过声景开启了日常底层百姓的日常生活，然后是占据主体的对话声音和时而穿插着的标志音都在小说中凸显，声景贯穿着小说的头尾，中间视景的融入让整部小说更加立体。

杯子里动荡着红色的饮料。
钢琴键盘上响起《春天来到了》的歌曲：
……我是应准了的吗，
在今年的春天……[18]

结尾处死去的婴儿无声地躺在棺材里，钉好棺材的父亲，无声地夹起它，伴随而来的是女人的哭声、叫声、掘着坟墓的一铲一铲的声音，最后连这一点声音也消失了，只剩下肆虐的风雪。"无声"也是声音中的重要一部分，没有绝对无声的环境，只有相对安静的环境，"无声"的环境是为了凸显另一种更细微的声音，比如结尾处"连一点声音都没有"，为了凸显"肆虐的风雪"，两者相比，声景在其中是以风雪结尾的，那么"风雪"又代表了某种未知的、恶劣的生存环境，同样与这篇小说的基本基调相匹配。这一时期丁玲所写的小说都处于灰暗迷茫的基调中，与她自身所处的环境和思绪有关。

在奔赴延安之前所作的几篇小说中，丁玲带有对前程未明和迷茫的思绪，但已经从自我的女性个体走向了大众，声音的空间性从场域到广场再到革命大众之中，庞杂的声音和带有标志的信号音增强，对话的外在声音掩盖了自我内心的声音，丁玲对革命、大众的转向和去性别化的书写在这一时期已经显现。三年监禁生活后，丁玲于1936年11月逃离，去了延安，延安的环境对于长期生活在南方的丁玲而言是陌生的。图像色彩减弱，整体以灰色、土黄色、蓝色等深色系为主，没有城市的声光色影，凸显出了"刚健的农业城市"[19]的自然风光。男女的服饰几乎无差别，女性走入了去性别化的革命场域中，丁玲被延安的这种独特风景所吸引，她所感受到的首先是视觉景观"连绵的雨染青了延安的山川田园……只露出几座残堡，一塔耸天"[20]，其次则是随处可听到的"歌声"和带有激昂情绪的红色声景，革命氛围被包裹在集体环境之中，声音就被凸显出来。在《一颗未出膛的枪弹》《东村事件》中，丁玲此时已经回到了组织中并亲身经历了革命，她在革命中的感受掩盖了自己女性的敏感，女性自我的声音弱化，取而代之的是与环境相融合的新的烦恼和新生。在此之后，丁玲虽然仍旧回到了以女性为视角的文学书写中，但此时的女性已经不再是如何自我救赎和"弑父恋母"的女性，而是从迷茫中找到了新出路的女性，相比延安单一的色调，女性的"去性别化"书写是丁玲在延安时期非常重要的转变，这一转变在《新的信念》《我在霞村的时候》《在医院中》得以体现。《新的信念》中声景有两条线并行发展，一条是一种支撑着主旋律的基调音，构成了整个小说的主线，被残害的女性和崛起的陈阿婆不再是女性个体，而是以集体身份出现，与男性做同样的事情的女性以"他者"的身份出现，陈阿婆走到了革命场域中，用自己的声音一遍又一遍地诉说着经历的苦难，引起更多百姓的觉醒。开篇中与视觉景观相对的是恐怖的声音"原来村子并非完全静止，恰像一个病人刚刚苏醒过来，发出一些困乏的呻吟。天色已经很晚了，那传来一声声的敲打，是什么呢？好像是锄头触着冻结的地层。而且那些女人的声音，分不清是号叫还是哭泣，正如深夜在荒山上徘徊的恶狼，一群群的悲哀地嚎着"[21]。伴随着这一恐怖声音呈现的是生与死的问题，大量的哀号在小说中出现，"狂啸的风中似乎听到一些哭叫，一些哀号……""金姑被骇昏了的叫声，这声音不是人的声音，像劈竹子一般"。这时陈阿婆出场并在经历了恐怖而残暴的侮辱中诉说着自己的不幸和她人的不幸，陈阿婆的经历最初被子女认为耻于说出口，直至最后激发了越来越多的人，"我们要干到底！于是更大声音，像暴风雨中潮水打在岸上似的回应她"。信号音被主调音代替，成为贯穿主线的声音，陈阿婆的声音从最初的耻于开口到最后的引起共鸣，成为激发革命的声音，而她本人也从一个受辱女性转变为革命的同路人，性别在此逐渐弱化，趋向于与男性同等的位置——革命的同路人，不再是"她"而是以"他"的身份受到更多人的关注。在陈阿婆的声音之外还有一个集体的声音：被多重声音包裹着的众声，是子女的声音，是其他女性异样的声音，也是徘徊在革命之外的声音。声景信号形成两股不同的声音，交织、汇合，最后超越，陈阿婆最终在信念的坚强下看到了微弱的光亮，也成为革命的同路人。《我在霞村的时候》开头就以"从我的女伴口中，我以为这个村子是很热闹的；但当我们走进村口时，却连一个小孩子，一只狗也没有碰到，只有几片枯叶轻轻地被风卷起，飞不远又坠下来了"⁽²²⁾。开篇的声音景观已经昭示了后面必然而来的冲突，热闹和寂静，枯叶被风卷起又坠下。"热闹和寂静"是之后贞贞的声音与众人的声音两种不同声景，实际上是无声与喧哗的相对性。而"枯叶被风卷起"则预示着即将到来的对贞贞的各种杂音，随即又随着"我"和贞贞的相继离去而坠下。这一信号音与结尾处相呼应，正是作者的话外音。小说的主调音有两个：一个是贞贞的声音以及与我"交谈"的声音，另一个是贞贞以外七嘴八舌的众人之声。贞贞的声音是与同村其他人的声音完全不同的另类声音，在场域内与"我"交谈的贞贞，与众人口中不洁的贞贞形成了对立、冲突，当众人在场域外七嘴八舌地议论着"有的显得悲戚""有的满感兴趣的样子"时，贞贞则在信念中坚持下去，她和"我"之间另外的对话和声音，是关于新的信念和更大的计划，贞贞不再接受夏大宝的感情，也不因世俗的眼光而后悔，正是贞贞从喧哗的众声中走出来，进入了更大的光明之中，此时的贞贞不是作为女性性别存在的悲惨身份，而是走到群体中从事革命工作的革命者身份，女性逐渐弱化："我觉得非常惊诧，新的东西又在她身上表现出来了。"于是，在"我"即将离开时，得知贞贞也要去延安奔赴光明的前途，贞贞不再和谁争辩，而是为了做更多的事情、认识更多的人。丁玲在书写陈阿婆和贞贞时，都设置了两种声音，一种是自己发出的声音，另一种是外在喧哗的声音，两种声音从各自矛盾、冲突，到最后外在声音逐渐被自己的声音掩盖，声音景观从信号音向标志音转变，在声音景观的带动下朝着曲折而光明的方向前进。莎菲在逐渐地成长中走向了去性别的身份认同，和男性做同样的事情，贞贞是丁玲认为的"更寂寞，更傲岸，更强悍"的人物。丁玲预设声音景观传递形成整部小说的主调音，在看似寂静的视觉风景中凸显了众声喧哗的声景，形成反差和张力。费孝通在《乡土中国》中说："乡土社会在地方性的限制下成了生于斯死于斯的社会。常态的生活是终老是乡。"[23]贞贞在一个有着天主教堂并未被损毁的村子里，却遭受着众人的各种声音非议，在安静甚至有点寂寥的村子里，声音却到处飘扬，这便是乡土社会的典型环境特质，最终贞贞去了延安治病、学习，有了明确的出路，这和莎菲不知何往的迷茫完全不同，即核心意义都指向了延安（光明之所在）。

四、结语

法国学者雅克·德里达在《声音与现象》中说："在发音因素和表达性之间，也就是和为了一个意指作用的理想在场而被赋予活力的能指的逻辑性之间，可能会有一种必然的联系。"[24]这一乡土是人们所长期生存的社会，其中有其独特的风景和人情。风景在丁玲笔下所展现的不仅是自然景观，更多的是以景观细节为支撑的内在精神张力，而这一精神张力既有客观的视觉化呈现，又有丰富性的声音景观在其中。"风景的意义很大程度上取决于主体的主观视角"[25]，视觉风景在视线范围内的相对局限性造就了声音存在的必要，因此，声音景观不仅包含审美主体对自然风景的艺术想象，而且带有不断演进的社会景观和情感意向。丁玲通过声音景观形成某种重要的信号链接，并逐渐把小说中女性出走之后的场域以"外在音景"与"内在声音"的形式呈现，从个体到众声喧哗中观照女性在革命场中的经历和变化，从而"外在"的声音逐渐增强，内在的声音则逐渐弱化，外在的声音与图景形成对照与反差，从而强化了带有信号的某种声音，形成意义的能指，内外声音的此消彼长也是女性自我成长与环境变迁的例证，梅尔巴·卡迪·基恩指出："耳朵可能比眼睛提供更具包容性的对世界的认识，但感知的却是同一个现实。具有不同感觉的优越性在于，它们可以互相帮助。"[26]

丁玲小说中女性的成长轨迹与小说中的风景叙事有着某种内在勾连，最终在声音对意识的想象性景观构造中实现主旨的表达。

注　释

〔1〕张聪：《走向听觉的格式塔：谢弗自然主义声音理论及其现象学方法》，《东岳论丛》2020年12期。

〔2〕丁玲：《梦珂》，载《丁玲全集》第3卷，河北人民出版社，2001年，第8页。

〔3〕雅克·德里达：《声音与现象》，杜小真译，商务印书馆，2010，第101页。

〔4〕丁玲：《阿毛姑娘》，载《丁玲全集》第3卷，河北人民出版社，2001，第151页。

〔5〕胡经之：《西方古典文艺理论译丛》第8册，人民文学出版社，1963年，第21页。

〔6〕周志强：《声音与"听觉中心主义"：三种声音景观的文化政治》，《文艺研究》2017年第11期。

〔7〕丁玲：《五月》，载《丁玲全集》第5卷，河北人民出版社，2001，第11页。

〔8〕李向东，王增如：《丁玲传》，中国大百科全书出版社，2015，第68页。

〔9〕丁玲：《一九三零年春上海（之二）》，载《丁玲全集》第3卷，河北人民出版社，2001，第336页。

〔10〕丁玲：《一九三零年春上海（之二）》，载《丁玲全集》第3卷，河北人民出版社，2001，第336页。

〔11〕傅修延：《论音景》，《外国文艺研究》2015年第5期。

〔12〕丁玲：《某夜》，载《丁玲全集》第3卷，河北人民出版社，2001，第360页。

〔13〕丁玲：《某夜》，载《丁玲全集》第3卷，河北人民出版社，2001，第359页。

〔14〕Schafer R. Murray：The Soundscape:Our Sonic Environment and the Tuning of the World，Knopf，1994，p.9-10.

〔15〕周志强：《声音与"听觉中心主义"：三种声音景观的文化政治》，《文艺研究》2017年11期。

〔16〕季凌霄：《从"声景"思考传播：声音、空间与听觉感官文化》，《国际新闻界》2019年第3期。

〔17〕傅修延：《论音景》，《外国文艺研究》2015年第5期。

〔18〕丁玲：《一月二十三日》，载《丁玲全集》第4卷，河北人民出版社，2001，第84页。

〔19〕赵超构：《延安一月》，中国国际广播出版社，2013，第68页。

〔20〕丁玲：《七月的延安》，载《丁玲全集》第4卷，第322页。

〔21〕丁玲：《新的信念》，载《丁玲全集》第4卷，河北人民出版社，2001，第161页。

〔22〕丁玲：《我在霞村的时候》，载《丁玲全集》第4卷，河北人民出版社，2001，第214页。

〔23〕费孝通：《乡土中国》，上海人民出版社，2013年，第9页。

〔24〕雅克·德里达：《声音与现象》，杜小真译，商务印书馆，2010，第97页。

〔25〕郭晓平：《中国现代小说风景叙事研究》，中国社会科学出版社，2019，第95页。

〔26〕梅尔巴·卡迪·基恩：《现代主义音景与智性的聆听:听觉感知的叙事研究》，载詹姆斯·费伦《当代叙事理论指南》，申丹等译，北京大学出版社，2007，第458页。

晋察冀边区首府张家口时期
丁玲的心境分析

陈韶旭

丁玲一生在多个地方留下过重要人生印迹，晋察冀边区首府张家口是其中之一。张家口市是一座由长城军堡发展起来城市。其中1914年至1952年有38年省府级城市的历史；1939年9月1日到1945年8月23日还是日伪政权蒙古联合自治政府的所谓"首都"；抗日战争胜利后，1945年9月14日至1946年10月11日，是晋察冀边区首府所在地。桑干河、洋河流经全境，丁玲战斗生活过的张家口市桥东、桥西、宣化、涿鹿和怀来等县区，都是桑干河、洋河流经的地方。据丁玲之子蒋祖林著《丁玲传》[1]记载：丁玲1945年10月20日离开延安，率领延安文艺通讯团经过长途跋涉，于12月15或16日到达张家口，在张家口桥东区、桥西区、宣化区、怀来县、涿鹿县开展革命工作，1946年9月19日随军战略撤出张家口。所以，丁玲在张家口市三区两县战斗、工作、生活了将近10个月。丁玲82年的人生岁月中，虽然和张家口结缘只有10个月，但是丁玲在张家口创作或者以张家口为题材的作品却超过了40万字，几乎占丁玲文学创作总量400多万字的十分之一，创造了张家口革命文化的高峰，笔者称之为丁玲革命文学中的"张家口叙事"。丁玲和张家口的未了情缘，在中华人民共和国成立后继续延续。据丁玲秘书王增如和李向东合著《丁玲传》[2]记载，丁玲在北大荒时带着"1946年在张家口时发的灰布褥子"。蒋祖林也回忆，这条灰布褥子，丁玲一直用到1979年复出，后来丁玲把它送给了孙女小延，小延又将之捐赠给丁玲的家乡临澧县博物馆展示。2003年11月15日《人民日报》第7版《乡村丁玲纪念馆》记述：20世纪50年代，丁玲从《太阳照在桑干河上》

获得斯大林文艺奖的奖金中,"拿出五千元钱,为温泉屯村建起了丁玲文化站,购置了书画刊、留声机、乐器、电影《白毛女》及木偶戏、戏剧胶片,并安排专人管理。于是,千里桑干河畔有了一座农民文化站"。这是全国第一个农民文化站。丁玲在20世纪50年代和20世纪80年代复出后多次回访给她带来巨大声誉的温泉屯,乃至晚年曾想住在桑干河畔续写她的未了心愿《在严寒的日子里》。这一系列的事情说明,张家口对于丁玲有着特殊的意义。特殊的年代、特殊的情缘、特殊的印痕,化作丁玲对张家口的特殊感情。

笔者认为,丁玲在张家口10个月期间,心境发生了悄然变化,映射在她的作品以及后来她的回忆中。丁玲在张家口工作和从事革命文学活动大致可以划分为3个小阶段,这3个小阶段有着3种不同的心境。

一、第一阶段:延安来客,计划路过,心境兴奋

1945年8月24日,张家口光复的第二天,东北文艺工作团和华北文艺工作团便从延安出发,取道张家口,奔赴东北和华北解放区。9月初,经中央组织部批准,丁玲组织了延安文艺通讯团,也沿着相同的路线,准备先到张家口,再转道东北。据陈明在回忆录《我与丁玲五十年》中记述[3]:延安文艺工作团规模并不大,总共7人。据蒋祖林在《丁玲传》中记述,他们一行10人。他们记述的共同之处是正式队员只有丁玲、杨朔和陈明3个人,其他成员除了丁玲的一双儿女外,都是勤杂和公务员。

丁玲一行到达张家口之初,因为延安文艺通讯团预设的目的地是东北,所以他们并未设想在张家口长期停留,因此产生了过路式的心理。这种心理,反映在丁玲在张家口的活动和作品中。一是完成通讯团的工作任务。因为,1945年10月17日中共中央书记处办公厅开具的介绍信中要求"沿途所经各地,采集战争和建设事绩,写成报道文章,供前后方报章发表"[4]。所以有1945年12月8日发表的丁玲撰写的《阎日合流种种》、1945年12月10日发表的陈明撰写的《阎锡山光复离石真相》、1945年12月13日杨朔发表的《冤有头债有主——记丰镇铁路工人斗争》。这几篇文章是延安文艺通讯团一路的见闻,文章内容和张家口也没有直接关系。二是表明延安文艺通讯团是一个独立的单位。《晋察冀日报》在发表丁玲、陈明、杨朔上

述3篇文章时，无一例外地在文章末尾都标注着作者的单位——延安文艺通讯团。1946年1月6日，《晋察冀日报》报道："1月4日，新华社晋察冀分社和晋察冀日报社联合召开的新年茶会，招待张市的诗人作家记者，以及延安文艺通讯团、华北文艺工作团写作组织同志。"延安文艺通讯团也作为一个独立的组织名列其中。1946年1月6日，丁玲在华北联大礼堂的青年讲座上做了《青年知识分子的修养》的讲话，讲座内容围绕"人生观"，其中所举的例子是延安的袁广发和延安医务工作者的例子，丁玲应该也是以延安文艺通讯团团长的身份举办讲座。独立标注延安通讯工作团，应该是丁玲的刻意所为。三是发表关于张家口的作品时，体现来客的"延安身份"和"延安水平"。短小精悍的文章无疑是最好的表达形式。1945年12月23日发表的《躲飞机》，写的是张家口光复后，人民群众的思想意识和精神风貌，最后打消了疑虑和担心，转化对中国共产党的信心和保卫胜利果实的决心。1945年12月23日，晋察冀高等法院在张家口公审并判处了汉奸、卖国贼、被俘的伪蒙疆政府副主席于品卿死刑，12月24日执行。12月25日，丁玲写了杂文《窃国者诛》，发表于12月27日的《晋察冀日报》。这一阶段，最能代表丁玲心境的是《躲飞机》和《窃国者诛》这两篇短文，态度鲜明，酣畅淋漓，透射着兴奋之情。丁玲在《躲飞机》中写道："从乡村刚到城市，感觉常常是很新鲜的。走过乱石的山涧，爬过崎岖的高山，走过急流上的独木桥，而忽然踏着柏油马路；常常看见的是朴素诚恳的农民的脸，忽然却听到城市人的殷勤的腔调。马路上烫发的女郎，涂了口红擦了粉的脸孔，零食摊，这是阔别了多少年的东西。但这些差异并不能引起我的多少注意。我只好像偶然地又走回一个很陈旧的梦境里，但另外却有很多东西使我兴奋。""这城市时间很短，这并不是一个太大的城市，但却充满了光明。"初到张家口，丁玲的文风因兴奋而豪迈健朗。

二、第二阶段：晋察冀名人，自由书写，心境顺意

这一阶段的起始时间，应该是从受战争影响短时期不能出发到东北，丁玲决定留在晋察冀边区首府张家口工作，到1946年6月下乡搞土地改革。这几个月，丁玲的身份发生了微妙的变化，从延安来客变成了晋察冀名人。来则安之，她的革命文化活动日益融入晋察冀，按照自己的意愿，书写革

命城市。一是关注和书写张家口和宣化市。1946年1月,丁玲到宣化森下砖瓦厂采访,住在宣化古城,当时察哈尔省委和民主政府设在宣化古城。宣化古城是明朝王城、九边重要的军镇、清朝的府城,周长24里多,东北沦陷时期是宣化省府所在地。所以,《望乡台畔》这个剧本,书写的是城市的阶级斗争。丁玲写张家口的文章,自然更是在写张家口这座晋察冀边区首府里的事情。二是丁玲为晋察冀革命文学增光添彩。丁玲担任《北方文化》的编委、主编《晋察冀日报》文艺副刊、创办《长城》杂志,这些都是当时晋察冀解放区顶尖级的甚至在整个解放区也很有影响的报刊。丁玲为这些刊物写稿、邀稿、审稿、定稿,因为丁玲的身份、经历、视野和思想立场,使这些刊物的质量更好、层次更高,影响更大。如果不是丁玲留在张家口,这些晋察冀的刊物也许不会有机会刊登像《吊四殉难诸同志》和纪念博古的《我们永远在一起》这样有影响有分量的文章;晋察冀解放区的作家可能也不大会去关注发生在其他解放区的国民党上尉刘善本弃暗投明的事情,写出像丁玲的《海燕行》一样的政治立意很高的评论。三是丁玲赢得了更高的声誉。丁玲在张家口的社会活动,既是文化活动,又可以称为政治活动。笔者认为其中的三次很重要。一次是被选举为中国解放区妇女代表,准备出席国际民主妇联的候补理事,与蔡畅、邓颖超这样更有影响的革命大姐排列在一起。一次是美国驻华大使馆想邀请丁玲到美国进修学习一年,使得丁玲与周扬、成仿吾等这些在晋察冀地位高于丁玲的人列在一起,特别是史沫特莱就此事还给朱德写信争取,更增加了丁玲的政治和文化分量。一次是1946年4月24日,中华全国文艺协会张家口分会召开成立大会,丁玲与在张家口的从延安和晋察冀来的文化名人共23人当选理事。前两次出国虽然都未成行,但是把丁玲的地位提升到了解放区著名女性和著名作家的位置,后两次则将丁玲列入晋察冀边区一流文化名人中的行列。所以,丁玲的心境可以称为顺利和快意,简称顺意。顾棣在《晋察冀画报事略(六)》中记述道:"1946年6月上旬,著名女作家丁玲要到巴黎出席世界妇女联合会召开的会议,要求画报社选一套解放区妇女活动的照片,这一紧急任务由章文龙、赵启贤、叶曼之、顾棣4人承办。精选了120幅放大8寸照片,一个礼拜后由顾棣把照片送去。丁玲非常高兴,给沙飞写信对画报社表示十分感激。"丁玲在张家口给冯雪峰写的信[5]我们没有看到,但是冯雪峰在1946年7月15日写给丁玲的回信中说"读了你大略说你八九年来生活的经过和简单介绍陈明兄的信，我是很感到一种理解到什么叫真挚的愉快的"。这种愉快应该包括她在张家口顺意的心境。

三、第三阶段：土改工作者，解读大题，心境痛快

丁玲参加延安文艺座谈会后，就一直探索和寻觅书写能够反映毛主席在座谈会上讲话精神的重大题材，想创作出贯彻座谈会精神的精品力作。冯雪峰在 1946 年 7 月 15 日给丁玲的来信中也有这样的期许："是否已准备从事比较概括性的，历史性的，思想性的教巨型的作品的写作？"正在此时，1946 年 5 月 4 日，中共中央发出《关于清算减租及土地问题的指示》（即《五四指示》）。五四指示指出"解决解放区的土地问题是我党目前最基本的历史任务，是目前一切工作的最基本环节"。为贯彻中央精神，晋察冀解放区迅疾开展了土地改革运动。丁玲敏锐地意识到，开展土地改革必将带来中国革命的转折，也是他不断寻找并渴望找到的重大革命文学创作题材。随着丁玲亲身参加了在怀来县辛庄、下八里和涿鹿县温泉屯的土改工作，越发证明了丁玲的预想的正确。笔者本人揣度：以丁玲的政治的敏锐和作家的敏感，她可能隐约地意识到，这部作品一旦写成，一定会在全国解放区革命文学产生影响，会在晋察冀解放区文学中独领风骚，成为贯彻落实毛主席延安文艺座谈会精神的重要作品。丁玲此时的心境，首先是一种出于革命作家本能的高层次喜悦。但是，创作一部如此宏大题材的长篇小说，需要付出艰辛的心力劳动，如同迎接新生命分娩前的快乐，是"痛并快乐着"。这种心境，在丁玲创作于 1955 年 1 月的文章《一点经验》[6]里反映出来："于是我不能安宁了，我不能睡，我吃不好""他们带给我兴奋、紧张，不安定，好像不舒服，但是我感道幸福……我向我自己说：动起手来吧，不要等了"；体现在她 1979 年 5 月撰写的《〈太阳照在桑干河上〉重印前言》[7]中所言：在从张家口撤退到老根据地阜平途中，"脑子里却全是怀来、涿鹿两县，特别是温泉屯土改中活动着的人们。到了阜平的红土山时，我对一路的同志们说，《太阳照在桑干河上》已经构成了，现在需要的只是一张桌子、一叠纸、一支笔了。"

丁玲在晋察冀边区首府张家口时期的心境变化，笔者认为有其背后的原因。丁玲是中国共产党的高级干部、著名革命作家，更是有着丰富情感

渴望的妻子和母亲。作为党的高级干部，她有着坚定的革命信仰和政治原则；作为革命作家，她努力将革命和创作相结合；作为女性，她希望全家团圆共享天伦。这些希望，丁玲在张家口几乎都实现了。丁玲在延安整风中，因为过去的经历受到"质疑"，虽然丁玲相信组织忠诚于党，但是这些"质疑"无疑给她的心灵带来了某种压抑。在张家口新的环境里，丁玲在延安整风中的情况，未见有人提及，这对丁玲是一种解压乃至解脱。并且，晋察冀边区首府张家口，给予了丁玲这位来自延安的革命作家礼遇、尊敬和重视。丁玲在张家口期间的革命文学创作，几乎全部是自由的革命写作。丁玲按照自己的选择和意愿，写出了一系列上乘之作。这对于革命作家，是极其幸福的事情。丁玲在张家口，全家团圆，夫妻儿女欢乐地团聚在一起，家庭温暖又温馨。张家口作为察哈尔省会、政治经济文化中心，其物质条件和生活设施，是延安艰苦的环境所不可比拟的。从抗日战争胜利到解放战争全面爆发这段时间，是张家口一段安定祥和的短暂日子，其间还过了一个幸福快乐的农历春节。

综上所述，丁玲在张家口的10个月时间，心境悄然发生了三次变化，分别是：延安来客的兴奋、晋察冀名人的顺意、寻觅到创作大题材和新突破的"痛并快乐着"，在精神层次上不断提升。这三次心境变化，贯穿着丁玲这位革命作家对中国共产党的忠诚信念、对伟大革命事业的坚定信念、对革命文学事业的不懈追求，是毛主席延安文艺座谈会精神的指引、抗日战争胜利后的背景、晋察冀边区首府张家口的环境、革命作家的使命和求索交互相融的结果。

参考文献

〔1〕蒋祖林.丁玲传[M].北京：人民文学出版社，2016.

〔2〕李向东，王增如.丁玲传[M].北京：中国大百科全书出版社，2015.

〔3〕陈明.我与丁玲五十年[M].北京：中国大百科全书出版社，2010.

〔4〕李向东，王增如.丁玲传[M].北京：中国大百科全书出版社，2015.

〔5〕李向东，王增如.丁玲传[M].北京：中国大百科全书出版社，2015.

〔6〕张炯.丁玲全集：第7卷[M].石家庄：河北人民出版社，2001.

〔7〕张炯.丁玲全集：第9卷[M].石家庄：河北人民出版社，2001.

谈丁玲作品的思想前瞻性及其
在思想表达上的艺术独创性

——以《太阳照在桑干河上》为例

王保娥

一部好的文学作品必须是思想性和艺术性的统一，一部文学作品如果缺少了艺术性，那么就不能称其为文学作品。只有能引起大家共鸣、为人们喜闻乐见的作品，才是成功的作品，这是前提。作品的艺术性是通过准确的表达、鲜明的刻画、生动的表述以及通过对整个作品结构的合理安排和表现技巧的灵活运用来实现的。对文学艺术性的评价一般遵循两个标准，既圆熟性和独特性。圆熟性就是能够熟练巧妙地运用文学形式，能够将自己的思想通过文学形式，自然而合理地传达出来；独创性，是指以独立的创造性的姿态发展艺术表现方式和艺术理念。然而，一部传世之作之所以能够传世，其恒久的艺术魅力，不仅仅是因为它们的"艺术性"，更重要的是在艺术性中蕴含着第一次由它发现、揭示、表现的思想[1]。思想是作品的灵魂。"一部作品的思想将直接影响着作品如何独立存在，决定着作品能否有自己的气质和品格，从而完成与他人弥足的差异性"[2]。这是关键。"只是这种思想不是直接地表达出来的，而是蕴含在具体的形象之中"[3]。而且，不管作家表现什么思想，大体上对其思想评判的标准有两个，一是深刻性，一是前瞻性。所谓的"深刻性"，就是能否比一般人看得更深、更远、更准确。不管是对人，对社会，还是对人类生存，任何人都会有自己的看法，但是，真正优秀的作家对它们的认识肯定比一般人要深。他们能够见人所未能见，思人之未能思，能够给人以深刻的启迪，感受到文学思想的巨大魅力；所谓的"前瞻性"，其实与深刻性也密切相关，就是他不只能透析过去，还能预见未来，能够在时代发展之前做出对社会、对人类生存的独特思考。

丁玲是我国现代文学史上卓有成就的作家，她的作品在现代文学史上占据重要地位，尤其是她的长篇小说《太阳照在桑干河上》，以写实的手法，艺术地再现了中国农村从来未有过的巨大变革，塑造了一系列新型农民的形象，并预见性地提示了土改革命的关键问题，揭示了解决问题的途径和办法。正如许多人评论的那样："在这篇小说中，作者以其女性革命作家特有的艺术敏感性，捕捉生活中事物的萌芽状态，预测它的未来，从某种趋势看出一种倾向下掩盖的另一种倾向，以高度的艺术概括力、表现力，将一场前所未有、纷繁复杂、规模巨大的土改斗争有条不紊、深刻扎实、自然生动地铺开。"这是这部小说最大的思想和艺术成就。由于作品所写题材意义重大，且在思想上具有前瞻性，以及作品在思想表达上的独创性，不仅是她在自己创作艺术上的一次突破，乃至是现代文学在艺术创作上的一次突破，也使这部小说成为传世的经典不朽之作，铸就了她在现代文学史上不可替代的地位。本文旨在借鉴前人的研究成果，结合自己的理解，以《太阳照在桑干河上》这部小说为例，就丁玲作品的思想前瞻性及其在思想表达上的艺术独创性谈几点看法。

一、《太阳照在桑干河上》这部小说的思想前瞻性及其在思想表达上的艺术独创性的表现

丁玲的这部小说是一部最早的、最好的表达中国农村阶级斗争的小说。正如1948年8月5日和18日，丁玲动身去参加世界妇女大会途中在哈尔滨短暂停留期间，陈明给丁玲写信时提到的：江青跟他谈起《太阳照在桑干河上》，她说，很好，说作者在政策上、政治上有了很大进步，说还是时代前面的作品，不是时代后面的作品[4]。

（一）作者与时代同步，预见性地提示了土改革命的发展趋势和走向，凸显了这部小说的现实意义

这部小说反映的是华北农村土地改革最初阶段的斗争情况。作品的思想主题深刻，既反映了土改斗争的艰巨，又揭示了党和群众的辩证关系及党在土改斗争中起到的领导作用，揭示了土地改革不仅要改变几千年的封

建旧秩序，而且要从根本上改变人们的精神面貌。

1. 作者以独特的视角，通过塑造"钱文贵"这样一个人物形象，预见性地揭示了土改革命的关键问题。这部小说讲述的是暖水屯村土地改革中斗地主的过程。小说成功地塑造了众多生动的人物形象，比较重要的有三十几个，这些人物来自不同的阶级和阶层，有各自的身份、相貌和性格特征。在这众多的人物中，许多人物的设定其实是有深意的，比如"钱文贵"这个人物。

钱文贵这个人不是什么大地主，但在官面上说得上话，村干部都怕他，说，"你们一走，国民党一回来，我们都得掉脑袋"。这个人有个弟弟，是个农民，还是土改斗争的英雄。他就这样说："我哥哥不好，应该枪毙。"[5] 关于钱文贵，丁玲1954年在谈创作体会时说："我对要写个什么样的地主考虑过很久，最初'想写一个恶霸官僚，这样书里还会更突出，更热闹些，后来认为还是写一个不声不响的，但仍是一个最坏的地主吧，因为在我的经验中，知道最普遍存在的地主，是政治上统治一个村，而那些强奸妇女、无恶不作的恶霸地主是不多见的，看看我们土改的几个村和华北这一带的地主也多是这类情况。"他们无恶不作，一手遮天，的确是几千年来统治中国农村的封建势力的代表人。作者就是通过选择了钱文贵这样一个人物，揭示了土改革命中最关键的问题，既只有把最隐蔽，也是最狡猾、凶狠的恶霸地主斗倒，土改革命才能胜利。

2. 精心选材，通过关注顾涌和黑妮这两个人物的命运，提出的是土改政策问题。以顾涌为例，"我们的确是把顾涌这一类人划成富农，甚至划成地主的"。丁玲认为，"顾涌决不能把他划成富农，他应该是富裕中农""凡是以劳动起家的，我们把人家的财产、土地拿出来是不妥的，也是说不过去的"。从而提出了在土改革命中"如何区分中农与富农并正确对待中农"的问题[6]。

还有黑妮。有一天，丁玲见地主家一个十来岁的女孩子从外面跑进来，神情有些慌乱，挑起个竹帘子跨进北屋去了。丁玲立刻对她的命运产生忧虑："她生活在那个阶级里，但她并不属于那个阶级，土改中不应该把她划到那个阶级里，因为她在那个阶级里没有地位，没有参与剥削，她也是受压迫的。"[7] 在当时，当人们把注意力集中于斗争倒地主、完成土改的时候，黑妮这类人的命运如何，在许多人看来，这似乎并不重要，丁玲却超前地意识到应当把地主女儿同地主严格区分开来，不处理好，将给革命带来危害。

虽然顾涌这个人物塑上有些争议，黑妮这个人物写得不够扎实，但丁玲就是这样"见微知著"地从被人们忽视处看出症结，思考着未来社会[8]。

3.深刻思考，前瞻性地揭示了解决问题的途径。在这部小说中，丁玲并没有局限于只是真实生动地反映这场农村尖锐复杂的阶级斗争，而且前瞻性地揭示了土地革命须面对的问题的破解途径。

一是通过塑造"章品"这样一个重要人物，把工作组扭转局势的重任赋予他，指出土改革命只有跟共产党走，而且是必须坚持党的领导，才能取得真正的胜利。

揭示了党和群众的辩证关系，及党在土改斗争中起到的领导作用。

这部小说大约写到第40章，暖水屯的矛盾已经全部展示，钱文贵暗中破坏，连连得逞；工作组长文采敌友不辨，阵线不清；几个骨干如同散沙，正面力量没有形成拳头，工作停滞不前。接下来怎样解决矛盾，打开局面，收拾摊子，夺取胜利，丁玲把扭转局势的重任赋予"章品"——县委宣传部长，暖水屯的土改工作自此打开了局面，走上坦途。

二是借人物之口，强调了翻身要翻透，就得翻心，其本意旨在揭示土地改革不仅改变了几千年的封建旧秩序，而且要从根本上改变干部、农民的思想。

在这部小说中，面对土改革命之初，温泉屯农民既渴望翻身分土地，又犹豫、胆怯，顾虑重重，甚至分了东西还要给地主还回去的社会现状，深刻思考后，作者首先了强调农民要"翻身"，并借人物之口说出来。比如："开会啦！"张裕民跳上台中央，"咱们村闹土地改革到如今已经十多天了，咱们要翻身，可不容易，咱们村上有好些剥削咱们的地主，咱们今天就来拔尖。"，"翻身"一词在这部小说中是个高频词。1950年11月，《太阳照着桑干河上》经由丁玲修订后作为"中国人民文艺丛书"之一重新出版。在这次修订中，丁玲特意将小说第三十三章张裕民口中的"翻身"一词改成了"翻心"。她认为"农民要翻身，首先得翻心，翻不了身就翻不了心。""所谓翻心，就是觉醒，觉悟，就是改变千百年形成的历史观念"[9]。

（二）以写实的手法，寓思想于人物，在艺术表达上具有独创性

1. 以写实的手法原生态的展示方式开创了文学创作艺术先河

在这部小说中，作者是循着生活的脉络，把延续千百年的中国农村封建关系和社会情况真实生动地表现出来的。在塑造人物上，作者并没有特别去刻画几个主人公，而是像记述历史一样的，在事件中自然地展现了这样一群人，让人读罢感觉这群人都是现实存在的。对此，冯雪峰在《〈太阳照在桑干河上〉在我们文学发展上的意义》中写道："我们社会主义现实主义文学成长着，几个优秀的作家已经逐渐能写真实的人了，丁玲的这一本小说是这一方面的一个更为显著的成就。"譬如，"文采就是一个知识分子，他的一切可以说都有其出处"。在人物形象的塑造上也独具匠心，她没有把这个典型简单地理解为"美化"与"丑化"，比如，虽然文采是土改队工作组长，是党的路线方针政策执行者的代表，但她还是注重从现实主义出发，把人物放在当时那个特定的历史条件和斗争环境中，既努力发掘他从内心深处要求翻身、敢于革命的本质，又注意到千百年来封建生产关系在他们身上产生的影响，不去刻意地拔高，而是比较客观、真实地写出了文采这个人自命清高、刚愎自用、脱离群众、缺乏实践能力的知识分子性格弱点以及教条主义倾向。对县委宣传部长章品也同样如此，作者虽怀着敬意写他怎样深入群众，受到群众欢迎，又是怎样敏锐果断，既深刻理解党的政策，又具体了解群众的愿望和要求，然而并没有把他写成超现实的英雄，甚至还写了他外表上的几分稚气。正是因为这样，作品为人们展现的是一个个活生生的人，展示的是"一个平凡而又可信的工作组，经过本身的思想整顿，更好地理解和贯彻了党的政策，更好地了解了实际情况和群众要求，终于和农民群众紧紧地结合在一起，很快打开了局面，掀起了轰轰烈烈的斗争"。令人读来很容易就产生共情。

2. 选取人物有代表性且见作者"独特的个人感受"

作者以顾涌这样一个后来被错划成富农的富裕中农的人物，在附近村子听到土改斗争的风声作为小说的开头的，并将顾涌这个人物作为贯穿全书的一个线索，因为他对土改十分敏感，与此同时，又和农村的各阶层保有密切复杂的联系。

在丁玲看来，选择这个人物，更有助于更好地展现出斗争的错综复杂

性。她还选择了张裕民和程仁两个人物。她也没有把人物简单地当作某个阶级、阶层的代表。比如，张裕民虽然不是先进的农民形象，但出身雇农，身世困苦，踏实能干，虽然在战斗前也曾有过顾虑，战斗中也遇到过挫折，但后来成为村党支部书记，土改运动中的主要骨干。丁玲说："我遇到过比张裕民、程仁更进步的人，更了不起的人，但从丰富的现实生活来看，在斗争初期，走在最前边的常常也不全是崇高完美无缺的人，但他们可以从这里前进，成为崇高完美无缺的人。"从小说人物的选择上，作者"独特的个人感受"可见一斑。除此，在这部小说中，她除了写钱文贵外，还写了其他几个不同特点的地主：胆小绝望的李子俊、凶险厉害的江世荣、对农民恨得咬牙切齿的侯殿魁等，成功地塑造了一个个具有鲜明阶级性和个性的人物。

3. 在人物思想表达上的艺术创造性

在这部小说中，丁玲不但写出了土改斗争的曲折过程，更写出了干部、农民思想变化的曲折过程。正如冯雪峰说的那样：丁玲"把农民的思想斗争的胜利看得和对地主斗争的胜利同等重要"。而在人物的思想表达上，采用故事来展现人物形象，体现重大政治题材，体现斗争的艰巨和复杂，是她第一次成功的实践。丁玲在《关于自己的创作过程》（1952年4月）一书中说："现在我是想采用故事来烘托人物，不是用心理分析来写人物了。"在描写故事情节和人物时，她还注重将自己擅长的心理分析与环境描写相结合，使人物更加丰满，使小说有了独特的历史深度和思想高度，使作品更具可读性，引人入胜。比如，塑造李子俊的老婆时，可谓惟妙惟肖，入木三分。开始她装得百依百顺，想以此软化欺骗前来清算她家的贫雇农们；当这一着失灵时，虽然表面上还要强装笑脸，内心却恶毒咒骂斗争她的农民——特别是她在果树园中的心理活动，把一个地主婆在土改中的阴暗心理揭示得淋漓尽致。总之，在这部小说中，作者在作品思想表达上的艺术独创性，使她塑造的人物形象更具立体的现实感，让人读罢之后，既能感受到小说中的人物是有血有肉有温度地存在着，又能认识到农民需要在斗争中不断克服自己思想上的弱点和缺点，才能逐步成长起来。她也正是通过大量故事、人物活动、

场景和心理描写，真实、完整地还原了那个时代一个样板村庄的历史场景。

二、《太阳照在桑干河上》思想前瞻性及其在思想表达上的艺术独创性溯源

《太阳照在桑干河上》这部"引人思索的作品"之所以能够"闪耀着丁玲创作的独特光辉",同时也"铸就了她在现代文学史上不可替代的地位"[10],除了她个人与生俱来的从父亲那里继承的文艺天分,在幼年和少女时期喜欢作文和对文学的广泛阅读,接受过良好的教育,小学毕业后,先后就读周南女中、平民女校、上海大学,培养了自身精到的艺术修养外,究其原因,笔者以为主要有以下几方面。

(一)丁玲具有敏锐的感知力和洞察力

这与她的生活经历不无关系。她出生在一个没落的官僚家庭,幼逢家道中落,稍后甚至不得不寄人篱下,由于受生存环境及母亲自尊独立性格的影响,她是敏感、文艺和有个性且追求个性解放的。她有着敏锐的感知力和洞察力,善于观察人的内心。1946年5月4日,中共中央发出《关于清算减租及土地问题的指示》(即《五四指示》),将党在抗日时期实行的削弱封建的减租减息政策改为"耕者有其田"的政策。《五四指示》指出:"解放解放区的土地是我们党目前最基本的历史任务,是目前一切工作的最基本环节。"[11]《五四指示》发出后,晋察冀解放区迅速展开了土地制度改革运动。丁玲敏锐地感觉到,一场翻天覆地的大变革来临。她暂时放弃了去东北的打算,加入晋察冀中央局组织的土改工作队,先后参加了三个村子的土改。当时的华北,国共两党拉锯,温泉屯农民既渴望革命,又胆怯、顾虑,在这样的背景下,她通过做群众工作,与人民群众同吃同住,敏锐地捕捉到了农民对翻身的渴望及翻身的喜悦,还有对土地的热爱,并按照当时的斗争形势,款款写来,可以说是对当时中国乡村变革的迅速真实的记录,是伴着土改运动而同时进行的土改叙事。而这种"土改叙事"相对于过去的革命叙事有了新的特点,它是一个故事性极强的重大政治题材,被迫切地需要着[12]。对于这种"被迫切地需要着",丁玲在总结创作前的准备时说:"我在村里虽然没有做主要工作,但我在村里一面听,一面观察、体会、理解,我是想,在这样一个伟大的运动中,人们是怎样地

变化着、活动着，于是在观察当中，我的脑海里过去保存的许多人物也都被联想勾引起来着。"

（二）价值观的转变促成了她人生道路及创作观的改变

1922年，丁玲从那个没落官僚家庭来到上海进入平民女校。茅盾说："平民女校是党办的第一个学校"，"目的是培养一批妇运工作者"[13]。丁玲在这里接触到了一些富有艺术才情的共产党人。20世纪30年代初期，她发表了以《莎菲女士的日记》为代表的一系列女性解放题材的作品，轰动一时。如果她沿着这条道路走下去，很可能是另一个张爱玲，是一个"心灵上负着时代苦闷的创伤的青年女性的叛逆的绝叫者"。但由于与那些极富艺术才情的共产党人交往，文学修养稳步提高的同时，她的价值观已经发生转变，这也促成了她人生道路及创作观的转变。

《莎菲女士的日记》发表不久，她先是加入中国左翼作家联盟，成为鲁迅旗帜下一位具有重要影响的作家，后在解放区创作，1948年完成这部长篇小说《太阳照在桑干河上》。作为鲁迅精神传人，她崇尚鲁迅的创作观点："治人必先治心，立国必先立人。要治疗国人心灵的疾病，当首推文学艺术。""文学艺术可以唤起民众的觉醒。"她敬重"鲁迅'横眉冷对千夫指，俯首甘为孺子牛'，与人民大众同呼吸，共命运，终其一生，拼杀在新文化战线的最前列，是最正确、最勇敢、最坚决、最踏实、最热忱的民族英雄，是'五四'以来新文化运动的伟大旗手"。她坚定地认为："鲁迅的方向就是中华民族新文化的方向。""坚持了这个方向，就会有激情，有冲动，有追求，有力量，而且是永不枯竭的力量。"

环顾四周，如今的国民性如何，有病没有病？扩大来讲，作为人性，总有真善美的一面，也有假恶丑的一面，我们多么需要弘扬真善美，讴歌伟大的时代；同时，必须拿起批判的武器，向假恶丑，向时代的逆流做无情的斗争。在谈到文艺应当为什么人、写什么的时候，她主张：文艺应"深深地扎根在民众之中，因而有着广阔的前景"。"人民需要什么就写什么"，要"把握这个大原则"。在具体写的内容，采用的形式上，她认为"要真实地反映生活，就应该是千姿百态的，有自己的特点，决不能墨守成规，照搬照套"。她说："一个有出息的作者应深入到丰富多彩的群众生活中去，去发掘富有个性特征的素材。"

（三）注重不断修正和突破自己，坚定地走在斗争的最前沿

在谈自己的创作时，丁玲说："我诞生在20世纪初，因家败父亡，我成了一个贫穷的孤女。而当时的中国又处于半封建、半殖民地的黑暗时代，人民在水深火热中煎熬。这些痛苦不能不感染着我，使我感到寂寞、苦闷、愤懑。我要倾诉，要呐喊，要反抗。因此我拿起笔，要把笔作为投枪。"她也经历了从写作之初的"从来不考虑形式的框子，也不想拿什么主义来绳规自己，我只是任思绪的奔放而信笔之所之。""只要求保持我最初的原有的心灵上的触动，并且不歪曲生活中我所爱恋与欣赏的人物"，到"追随我的前辈，鲁迅、瞿秋白、茅盾……为人生、为民族的解放，为国家的独立，为人民的民主，为社会的进步而从事文学写作"创作过程。在创作的过程中，她注重不断修正自己，使自己的思想不断成熟起来，艺术上也不断地创新。比如，她的小说《田家冲》和《母亲》都是写农村的，只是在创作这两部小说时，她对生活在农村的人物，真正农民的思想、感情、要求，还只是一些抽象的表面了解。1931年，她的小说《水》发表后，产生较大影响。丁玲说："并不是它写得很好，主要是题材不同于过去了。过去，一般作家都喜欢写个人的苦闷，对封建社会的不满，大都以小资产阶级知识分子为主。而《水》在当时冲破了这个格格，写了农村，写了农民，而且写了农民的斗争。"

1936年11月，丁玲到达陕北保安，成为第一个到延安的文人。到延安后，她不仅担任过陕甘宁边区文化协会副主任等领导职务，为边区的文艺事业做出重要贡献，而且在推进马克思主义文艺思想中国化方面也有重要的建树，并形成了独具特色的文艺思想。延安时期是丁玲一生中的重要历史阶段。再后来，参加了延安文艺座谈会及文艺界整风运动后，丁玲的理论水平迅速地提高。她深刻地认识到作家政治立场问题的极端重要性，从而在政治与文艺关系的认识上达到新的高度。她说："文艺应该服从于政治，文艺是政治的一个环节，我们的文艺事业是整个无产阶级事业中的一个组成部分。这问题必定首先为我们的作家明确而肯定地承认。可以断言，我们这里绝没有一个艺术至上论者，也绝没有一个作家否认文艺的党性。"在这个过程中，她也逐步形成了自己新的写作风格，坚定地相信"文艺为工农兵"方向的决心。之后，她奉组织安排前往东北解放区，因战事阻隔，

被困张家口。1946年《五四指示》发出后，她主动要求参加晋察冀边区的土改革命工作组，坚持到土改革命的最前治，坚持扎根人民群众之中。

以上这些都为她成功创作《太阳照在桑干河上》这部小说奠定了基础。而她对《太阳照在桑干河上》在思想和艺术上的创新和改变，可以说是她创作上的又一个转折点。这部小说在结构、形式上截取生活的横断面，以线索联结成片，也开创了当时小说创作的先河。丁玲的小说艺术不仅在解放区，而且在整个现代文学史上都独树一帜[14]。

三、几点启示

这部作品的思想前瞻性及作者在思想表达上的艺术独创性，使这部小说的现实意义凸显。正如冯雪峰对这部作品产生的现实意义评论的那样："这部艺术上具有创作性的作品，是一部相当地反映土地改革的，带有一定高度的真实性的史诗似的作品，同时，这是我们社会主义、现实主义的最初的、比较明显的胜利。"作者"用史家的笔法反映中国农村翻天覆地的历史变化"，以及"理性对情感的统制，也使作品的思想内涵更深厚、更深沉"。

在以《太阳照在桑干河上》这部小说为例，分析丁玲作品在思想和艺术上取得成就的同时，我们也从中得到了诸多启示。

文学作为一种以口语或文字为媒介表达客观世界和主观认识的方式和手段，只有当它被赋予了其他思想和情感，并具有了艺术之美，才可称为文学艺术。文学代表一个民族的艺术和智慧，承担着成风化人之职责。真正的文学是一个时代的标尺，是时代发展的重要力量。

文学作品是作家用独特的语言艺术表现其独特的心灵世界的作品，离开了这样两个极具个性特点的独特性就没有真正的文学作品。在文学史上，有影响力的作品，不仅能给人以审美启示、精神指引、价值导向，且往往能唤起民众，在推动社会进步方面起到不可忽视的作用，甚至引领时代。

作家作为"担负着改造和提高人们思想重任"的"人类灵魂的工程师"，以文学的方式有力参与推动时代的进程是他们义不容辞的使命。伟大的时代呼唤伟大的作品，"文章"不仅要"合为时而著"，而且，一个杰出的作家，就是一个民族心灵世界的英雄，不但要勇于突破自我，勇于创新，做好时代发展的记录者，更应勇于走在时代的前列，在时代发展之前做出对人类生存的独特思考，为时代发声，做出前瞻性的社会预言，引人思索，给人以启迪。丁玲在《太阳照在桑干河上》的重印前言中也曾说过："作品是属于人民的、社会的，它应该在广大的读者中经受风雨。"诚然，历史是由人民缔造的，只有顺人心、顺民意、顺应时代发展的作品，才能成为经典不朽的作品。

参考文献

〔1〕封秋昌.思想是作品的灵魂[N].文艺报，2010-08-20（3）.

〔2〕贺颖.文学的思想性、独立性与差异性[N].文艺报，2013-10-25.

〔3〕封秋昌.思想是作品的灵魂[N].文艺报，2010-08-20（3）.

〔4〕李向东，王增如.丁玲传[M].北京：中国大百科全书出版社，2015.

〔5〕丁玲.丁玲全集：第7卷[M].石家庄：河北人民出版社，2001.

〔6〕李向东，王增如.丁玲传[M].北京：中国大百科全书出版社，2015.

〔7〕丁玲.丁玲全集：第七卷[M].石家庄：河北人民出版社，2001.

〔8〕游友基.中国和世界现代文学视界：丁玲小说的现实社会意义与审美价值简论[J].华侨大学学报（哲学社会科学版），1994（2）.

〔9〕李向东，王增如.丁玲传[M].北京：中国大百科全书出版社，2015.

〔10〕严家炎.《太阳照在桑干河上》与丁玲的创作个性[J].北京大学学报（哲学社会科学版），2008（2）.

〔11〕中共中央党史研究室.中国共产党历史大事记[M].北京：人民出版社，2011.

〔12〕严家炎.二十世纪中国文学史[M].北京：高等教育出版社，2010.

〔13〕茅盾.我走过的道路[M].北京：人民文学出版社，1997.

〔14〕游友基.中国和世界现代文文学视界：丁玲小说的社会意义与审美价值简论[J].华侨大学学报（哲学社会科学版），1994（2）.

论"土改"叙事中的"女性的时间"

——《太阳照在桑干河上》和《秧歌》对读

李 璐

丁玲（1904—1986）与张爱玲（1920—1995）在20世纪中叶都曾创作过"土地改革"题材的小说，即《太阳照在桑干河上》（1948）和《秧歌》（1953），它们也是中国文学史中较早地书写"土改"的代表性作品。这两部作品对于两位作者而言在一定程度上都象征着"转型"，《太阳照在桑干河上》是丁玲在"延安文艺座谈会"（1942）后"脱胎换骨"的名作，她按照阶级斗争的模式塑造人物，讲述了华北农村开展"土地改革"过程中发生的矛盾冲突，适应了延安文学的发展方向；在《秧歌》中，张爱玲一改之前对于都市男女情事、遗老家族秘史和沪港世俗传奇的迷恋，将眼光投向土地改革之后的乡野，描写了农民的生存境遇。

如此剧烈的转变也给她们带来了毁誉参半的评价，《太阳照在桑干河上》使丁玲名盛一时，在很长一段时间内，它被认为是毛泽东时代最光荣的作品之一，被称赞为"新中国诞生前的叙事诗"[1]，"有史诗的意义"[2]，"标明了延安文艺座谈会以后长篇小说创作达到的新高度"[3]，被翻译成俄文之后，还荣获了斯大林文艺奖。但是，作为"红色经典"之一，它也面临着"沦为政治的传声筒"[4]的质疑，在改革开放后的文学评论中常常得不到很高的评价。至于《秧歌》，夏志清表示它"在中国小说史上已经是本不朽之作"[5]，袁良骏却批判其为张爱玲的败笔之一，"毫无可取之处"[6]，并且由于政治立场的争议性，该书在大陆一直未曾正式出版。

　　丁玲与张爱玲均以真实描写幽微细腻的女性情感与体验，深刻反映现代女性的社会地位与生活状况而著称，她们从来不隐讳自己的女性主体身份，在男性主导的话语场域中犀利直率地表达作为女性的所观所思，塑造了一个又一个敏感复杂的女性形象。然而，在政权更迭的历史背景之下，她们都不可避免地受到了政治意识形态的影响，惯用的女性视点被更广大的革命视野所笼罩，在许多学者看来，都造成了作品艺术性的损失，并且于作家自身甚至于中国现代女性意识的觉醒而言是一种退步和妨害。王德威曾指出"明火执仗地写作政治小说"并不是张爱玲的专长，"如果彼时她能有更好的选择余地，她未必会将《秧歌》与《赤地之恋》式的题材，作为创作优先考虑的对象"[7]。刘再复和林岗毫不客气地批评道，丁玲在《太阳照在桑干河上》中"没有塑造好人物，其实不是缺乏足够的技巧和创造勇气（倒是'本来有能力'），而是她以政治式写作取代自己过去（创作《莎菲女士日记》时期）的文学式写作，用政治分析代替文学分析和文学描述，从而造成她自身的艺术退化和失败"[8]。《浮出历史地表》将丁玲的创作道路视为中国妇女解放道路的代表，认为《太阳照在桑干河上》意味着"妇女作为一个性别群体只是在都市异化环境中才有所觉醒，但随着都市生活的文学价值在左翼阵营中遭到冷淡，这一性别意识重新流入盲区"[9]。

　　客观上来说，纵然革命想象和政治话语侵占了小说的逻辑结构，丁玲和张爱玲依旧书写了土地改革时期农村女性于物质和精神方面的困境，围绕婚恋关系，描绘了妇联会和女性个体的真实生态。这些沉默无声、放弃抗争、失去自觉的女性形象，成为文学史中一个沉重的符号。同时，不可否认的是，政治问题这一20世纪最为重要的话题始终缠绕着这两位现代女性作家，丁玲作为最早一批到达陕北的文人，身处革命中心，拥有共产主义信仰和明确的政治站位，张爱玲于沪港两地生活，和不同党派的高层文人也有过接触，拥有复杂的阶级身份和对大时代近乎天才式的敏感。在这些不同的意识形态压力之下，她们在《太阳照在桑干河上》和《秧歌》的写作中或坚持或撤退的女性视点无异于一种女性主体的自我投射，反映了在时代背景中女性"浮出地表"所遭遇的压抑与挫折和突破性的对峙与努力，也使两位作者本人成为中国现代女性艰难独立历史进程的一部分。

一、"土地"的性别象征体系：地母与天父

"土地改革"，是政府对土地使用制度的大调整，狭义来讲，就是土地所有权的再分配和土地租赁契约的改变，把之前属于地主的土地分给了农民，从此农民不再是地主的雇佣劳动力，而是自己拥有土地，成为主人。在"土改"运动中，"土地"是毋庸置疑的核心，也是农民生存的根本。《秧歌》中曾描写了这样一个场景，在农村，由于没有钱埋葬死者，就把他们的棺材放在临时修建的简陋小屋里，停靠在田地旁边，"却也没有玩具的意味，而是像狗屋，让死者像忠心的狗一样，在这里看守着他挚爱的田地"[10]。农民在土地上劳作了一辈子，死后还要守护在它旁边。死者当然没有意识，但是这种举动未尝没有得到临死之人的授意，从对待死者的行为上更能看出生者的态度，体现出"土地"在农民心中的至高无上性。

在长期的农业活动中，农民在土地上耕种，依靠收获的粮食活着，繁衍生息。

一代代的农民耕种土地，从父亲到儿子，从儿子到孙子，渐渐地，土地的生产力与男性的生殖力结合在了一起，男性后代多就意味着有更多更强壮的劳动力来耕种土地，土地丰产则意味着有更充足的粮食来繁育更多的子子孙孙，从而形成一个密闭的循环。《太阳照在桑干河上》中顾涌的内心独白，代表着所有农民的心理："他对于土地的欲望，是无止尽的"，"把血汗洒在荒瘠的土地上，把希望放在那上面"[11]。实际上，这不仅是他作为农民对于土地的欲望，更是作为男性对于土地的欲望，对于他们来说，土地的占有和丰收指向着权力、财富、女性、子嗣等一切人生追求目标的实现，因此土地改革既是权力的重新分配，也象征着生殖能力的二次成长。被剥夺土地的人，就像一种人为去势，无不丧失了生命力和繁衍后代的可能，比如《太阳照在桑干河上》中的三个地主，大地主侯殿魁，被"斗争"后的形象是窝在墙角里晒太阳的老乞丐，静悄悄地远离人群，被村民发现后就弯腰逃走，"恶霸"钱文贵的儿子钱义参加抗日战争，到结尾也未曾回来，财主李子俊在小说中也没有男性继承人。

在中国和古希腊等原始文明的创世神话中，"地母"形象由来已久，并成为后世文学作品中一个广为流传的原型，张爱玲就曾在散文中讨论过奥涅尔（Eugeneo' Neill）《大神勃朗》（*The Great God Brown*）一剧中的地

母娘娘强壮、安静、肉感，永久地爱着世人。与"地母"相对应的是"天父"，在道家和基督教的思想体系中极其盛行，尽管中西方解释不同，但其都象征着万物的始祖和阳性本源。"天父地母"，本是一组平衡的二元对立，但《太阳照在桑干河上》将"土地"作为男权的核心意象，使其不仅坐拥阳性本源的意义，还吸取了女性无穷无尽繁衍的生命力，成了一元支配者。在这个象征体系之内，女性只是土地上生长出的果实，依附于男性而存在，在小说里，在斗争完地主李子俊之后，他的妻子被众人调笑，被指称为李子俊养种的"又白又嫩又肥的香果"〔12〕。用"香果"来比喻女性，意味着她们和土地一样可以被重新分配，是农民斗争地主的胜利果实之一。而丈夫去参军的顾二姑娘，被描绘为"脱离了土地的野草，萎缩了"〔13〕，之所以是野草而非花果，主要原因是她尚未生育。总之，土地象征男性，土地滋养的植物和结出的果实象征女性在《太阳照在桑干河上》里是一个完整自足的体系。

《秧歌》中的土地也具有性别象征的指向性，与《太阳照在桑干河上》相区别的是，在这里，土地被分割为城乡二元。位于乡村的，被用于农耕的土地依旧象征着男性，而城市的土地则象征着女性，男主角金根和女主角月香就是这两种象征的凝结体。虽然《秧歌》着力描写的场景是农村，但小说刚开始时月香是以在城里帮佣的形象出现的。在土地改革之前，金根家里没有土地，缺少收入，于是到城里去找工作，张爱玲使用了颇多笔墨描绘乡下人金根的"进城体验"：

他从来没上城去过，大城市里房子有山一样高，马路上无数车辆哄通哄通，像大河一样的流着，处处人都欺侮他，不是大声叱喝就是笑。他一辈子也没觉得自己不如人，这是第一次他自己觉得呆头呆脑的，剃了个光头，穿着不合身的太紧的褂袴。〔14〕

金根在上海觉得茫然而无所适从，到处都是奇异的景观和嘲笑的目光，他被一种压倒性的屈辱感包围。金根没有找到工作，而只是借住在看守弄堂的表兄那里，每天白天在后厨陪着月香。在这里，农村与都市的隔膜，借金根和妻子月香之间的隔膜表现出来，他们二人表面上不断交谈，实际上，至少在金根的心里，他和在城里生活工作的月香存在着无法跨越的隔阂：

他永远是脸朝外坐着，眼睛并不朝她看，身体向前倾，两肘撑在膝盖上，十指交叉着勾在一起。他们的谈话是断断续续的，但是总不能让它完全中断，因为进进出出的人很多，

如果两人坐在一起不说话，被人看见一定觉得很奇怪。金根向来是不大说话的，他觉得他从来一辈子也没说过那么许多话[15]。

金根在农村拿着月香向家里寄的工钱过活，往返上海的路费也是由月香提供，在城里的日子一直依靠着妻子，不仅是物质方面钱财饭食的依赖，也是精神方面安全感的需要，即使在他的心里，妻子已经并非和自己一样，归属于他挚爱的乡下土地。当金根离开时，小说里这样写："他的心是一个践踏得稀烂的东西，黏在他鞋底上。不该到城里来的。"[16]这在表面上看来是男性自尊受损而导致他内心产生的委屈和失落，实际上，是因为失去了土地的男性也就失去了宰治女性的权力，当男女为供养家庭奉献的财力平等，当女性的贡献和成就超越男性，男性当然会产生惶然的恐惧和无法遏制的不满。金根在城市里格格不入的最主要原因不是缺乏融入城市的智力或体力，而是象征性的城乡冲突，使他无法在城市里生存，必须回归到耕种、收获的田地之上，而重获土地的金根也重获了权力和生命力。因此，土地改革在《秧歌》中不啻为一场性别革命。小说里，金根一提起农村，"总带着一种护短的神气"，而对于月香曾经生活过的城市，也带有一种天然的排斥。他在夜里掏出来的地契，既是炫耀自己从此拥有了土地，更是向妻子炫耀他掌握了庇护她的能力和繁殖后代的保障，所以月香很自然地立即联想到"那幸福的未来，一代一代，像无穷尽的稻田，在阳光中伸展开去"[17]。

总而言之，土地改革这一事件的发生并不只关联土地的分配、农民翻身和地主地位的颠覆，也牵动着男性与女性之间的相互关系，具有性别象征的意义。只是在这两部小说中，无论是土地和植物、果实构建的性别象征体系，还是城乡二元的土地性别象征体系，女性在其中都处于被统治的附属地位，所以，女性视野中的土地改革并没有被授予于男性而言的根本性的革命意义，男性可以得到重新分配的土地和权力，重新拥有强盛的生殖力，而女性则成了被重新分配的对象。

二、"女性的时间"："纪念碑式"与"线性循环"

张爱玲在创作《秧歌》的十年之前，曾在《谈女人》一文中就男性和女性生存的不同时间历史维度发表过一个温和的说法：在任何文化阶段中，女人还是女人。男子偏于某一方面的发展，而女人是最普遍的、基本的，代表四季循环，土地，生老病死，饮食繁殖。女人把人类飞越太空的灵智拴在踏实的根桩上[18]。

在某种程度上，男性和女性拥有着两套不同的时间计算方式，明明生活在同一时空，甚至是同一屋檐下，却也生活在不同的时间历史维度中，因为他们的性别，主要是社会性别（gender）不同。当他们之间的差异被激化，在《太阳照在桑干河上》和《秧歌》的"土改"叙事中，就演变成男性生活的"进步""进化"的马克思主义时间历史维度，同时是一种价值逻辑，与女性生活的循环时间历史维度的对峙。前者即马克思历史唯物主义与社会进化论的结合，反映在人类的发展进程中，就是从原始社会、奴隶制社会、封建社会、资本主义社会、社会主义社会到共产主义社会是一个不以人的意志为转移的，从低级到高级的单向"进步"潮流，并且被价值判断所裹挟，顺应这一潮流并推动它前进的人，是进步的革命的力量，反之则为反动，一旦反动，便成为"历史罪人"。新生的革命阶级为了推动历史进步，对历史罪人进行清算和斗争，甚至是残忍地将其在精神与肉体上消灭，都是合理的，因为这是历史使命赋予他们的"正义"[19]。这一整套叙事逻辑的存在也使两部小说带有政治式写作模式的印迹，是邯郸学步的后果，提供了为他人所诟病的把柄。然而，后者的书写才是丁玲与张爱玲的拿手好戏，接续着她们成名初期的女性描绘，也使《太阳照在桑干河上》和《秧歌》在同时代一系列歌颂革命和想象政治的作品中脱颖而出，借用法国哲学家茱莉亚·克里斯蒂娃（Julia Kristeva）在《妇女的时间》（Women's Time）里提出的理论：女性的时间有两种具体维度（temporal dimensions），一种维度是线性的历史的时间（linear history），或者说是循环的时间（cursive time），另一种维度的历史的时间，是纪念碑式的时间（monumental time），它往往被包裹进超民族的以及社会文化结构组成的更大的实体之中。[20]

就前者而言，丁玲与张爱玲笔下的农村女性一直默默无闻地生活在循环之中，参与劳动，经营家庭，在家从父，出嫁从夫，夫死从子，看似线性向前，其实不过是辗转在不同家庭、不同男性的羽翼之下。《太阳照在桑干河上》中的董桂花曾形象地形容自己的一生是"水上的一根烂木头，东漂西漂，浪里来，浪里去，越流越没有下场了"[21]。尽管随着革命活动爆发，女性问题逐渐受到重视，改善女性的生存处境也成为革命的重要内容之一，但是在革命运动的主体任务完成之后，女性又回归到了之前从属于男权的轮回之中。正如一些现代中国女性主义著作的研究者达成的共识："女性解放"常常与其他反封建反传统的口号一起被提出，但一旦反封建的主要目的达到，女性的解放也就被放置到了一边[22]。只有在关键的纪念碑式的节点才会被推上历史舞台的女性，于是也生活在纪念碑式的时间之中，也就是克里斯蒂娃论述的第二个维度。从一个伟大的瞬间跳跃到另一个伟大的瞬间，每个纪念碑式的时间节点都会响起"解放女性"的口号，看似女性被带动进步，但是在这个伟大的瞬间过去，下一个伟大的瞬间到来之前，女性又退回到了被压迫的线性循环之中，间隔之中的女性往往被历史忽略。一个纪念碑式的伟大的瞬间就像一只长焦镜头，将隐没于黑暗中的女性身影突然曝光。

具体到这两部小说中，土地改革就是这样一个伟大的纪念碑式的瞬间。在那时，"女性解放"与"打倒地主""耕者有其田"的口号被并置讨论，革命政权建立，解放农民的同时建立妇会、妇联会，举办识字班，提倡人人平等，婚姻自由，妇女解放。然而，一些农村女性的婚姻成为劳动和革命的筹码，为了妇女抱团翻身而建立的某些妇会、妇联会形同虚设，甚至反过来压迫女性个体，长久处于被压迫地位的个体失声，人性和性别意识扭曲。张爱玲和丁玲通过自己的观察与体验，巧妙地捕捉并书写了土地改革时期部分农村女性在物质和精神方面的生存处境。两部作品的可贵之处在于，它们都相同地表现出，这些农村女性在土地改革这个伟大的瞬间获得翻身的希望，却又像历史上无数个伟大的瞬间之后一样，回归到被压迫的线性循环之中。

（一）婚姻

劳动与革命的筹码对于从属于男性的女性来说，婚姻乃头等大事，因为只有通过婚姻才能缔结女性依附于男性的合法性。《秧歌》中描写了两场结婚过程，小说的开头便是金根的妹妹金花与她的丈夫周大有去区公所登记，当他们被询问到为什么要和对方结婚时，他们回答了别人教授的标准答案："因为他／她能劳动。"原因是"任何别的回答都会引起更多的问句，或许会引起麻烦"[23]。对于农民来说，在土地上劳动是最重要的事情，因此所有其他的活动也必须为之服务。这个标准答案也代表着婚姻失去了爱情和幸福等一切主观意义，而仅是变成了提高劳动效率的工具。金根村上的"王同志"王霖曾经在合作社里向沙明求婚，他认为这是一个好兆头，是他们"革命岗位上终生合作的开始"，因为对于王霖这个干部而言，婚姻不仅可以促进劳动，更是有利于革命的工具。更稀奇的是，王霖在求婚的时候完全没有考虑过沙明的意见，哪怕她在被求婚之前根本不认识他，但他却笃定地说，"这桩事尽可以让组织上替我们决定"，仿佛缔结婚姻和男女双方的意愿毫无干系，仅仅是为了服从革命组织的安排，所以一旦婚姻对革命组织产生阻碍，便可以轻易地被抛弃。王霖在撤退的时候，将流产后的沙明抛弃在了农村里，因为担架不够用，抬担架的人手也不够，"伤兵总不能不带着走"，而沙明是"一个生病的女人，没关系的"[24]。王霖作为丈夫丝毫没有保护妻子的责任和自觉，这在侧面说明，在《秧歌》中，婚姻并没有保护妇女权利的作用。

在《太阳照在桑干河上》中，黑妮的婚姻成了男性争夺革命利益的筹码。她的伯父钱文贵并不喜欢她，却愿意养着她，因为她长相姣好，钱家人"希望在她身上捞回一笔钱"。这个心理活动表明在钱家人的眼里，女性是可以交易、贩卖，从而以此盈利的。钱文贵用黑妮的婚姻笼络小学教员任国忠和之前在钱家做长工、之后成为农会主任的程仁，还将自己的亲生女儿大妮嫁给了干部治安员张正典，以为这样就可以高枕无忧，平稳地度过土地改革的风波，回避被斗争。

而于黑妮钟情的程仁而言，虽然他和黑妮两情相悦，但因为她是穷人的死对头、恶霸钱文贵的侄女，所以便"有意地和她疏远""他很怕这种关系影响了他现在的地位，群众会说他闲话"[25]。所以，哪怕心中有愧，也选择矛盾地忍耐下来。因为对他来说，比起女性和婚姻，革命与权力的诱惑力和重要性显然要更高一筹。如此看来，无论是封建社会的盲婚哑嫁，还是在"恋爱自由"口号下的婚姻结合，决定性的因素并不是新郎和新娘的主观意愿，至少和女性的意愿关系甚微，而是婚姻在这个社会上所起的作用，在这两部小说中，就是方便生产与促进革命。

（二）形同虚设的妇会与失声的个体

妇会、妇联会建立之后，女性从个人变成了集体，这于女性的启蒙、自我保护、自我拯救而言是一个巨大的进步，意味着女性可以集中力量反抗男权的压迫。但是，在《秧歌》中，妇会并没有表现出这些作用，反而成为维护宗法伦理秩序的帮凶，对深陷泥潭的女性而言，无疑是雪上加霜。《秧歌》里曾借谭家人的回忆描绘了这样一件事情，有一个妇女因为被婆婆虐待，到村公所请求离婚，却被干部捆在树上打了一顿，送回之后，她又被婆家的人吊起来，公公、婆婆、小叔、丈夫几个人轮流打，打断了三根棍子。这一恐怖的情节强烈地讽刺了一些农村中的妇会，她们不仅没有站在女性本位，还加重了男权对于女性的压迫残害。在月香、谭大娘被丈夫家暴的时候，妇会也没有实质性的介入，而是一个自认为威吓男性的口号，起到自我安慰的作用。《太阳照在桑干河上》直接以妇联会主任董桂花的视角描绘了妇联会内部的情景。和妇联会结合在一起的是识字班，董桂花发现，坚持参会识字的人大多是家里比较富裕的人，穷苦人家的即使硬动员来了，也待不长久，因为土地的劳作需要全家的劳动力。积极参加识字班的女性也并不是为了识字，而是为了聚集起来聊天。董桂花认为，"这些年轻女人并不需要她，也不一定瞧得起她"，她在内心想"妇女要抱团体才能翻身，要识字才能讲平等"。

"这些道理有什么用呢？她再看看那些人，她们并不需要翻身，也从没有要什么平等。她自己呢，也是一样"[26]。《秧歌》中的月香对于冬学的功课也不大在意，"她并不想改造自己"[27]，她已经对生活感到知足。因为长期处于被统治的沉默无声的状态，这些女性已经遗忘了自己的基本权利，所以当她们拥有发声和反抗压迫的机会时，她们也无法及时把握，做出改变。沉默地为家庭付出，被男性榨取生命力已经成为历史和生活的常态，她们已经失去了统治自身的欲望，不祈求改变生活处境，甚至无法意识到自己的生活处境是扭曲畸形的，反而担心为改变现状，实现翻身而付出巨大代价，沦落到更差的地步。

女性个体的失声，在小说中不仅体现为她们丧失了统治自身的欲望，也体现为她们甚至失去了表达对外在事物的欲望的能力。《秧歌》中有一段这样的日常，金根和月香吃饭的时候，只有粥和咸菜，"月香几乎碰都没碰那咸菜。仿佛一个女人总不应当馋嘴，人家要笑话的。但是金根吃完了一碗，别过身去盛粥的时候，她很快地夹了些菜，连夹了两筷"[28]。这一细节读来让人心酸，月香不喜欢吃咸菜吗？并不是，她只是屈从于"女性不应当有欲望"这样的认知，所以当她有欲望的时候，她就会隐藏自己，压抑自己，只有在没有男性注视的时刻，才会适当地顺从自己的欲望，却丝毫没有表达和发声的念头。《太阳照在桑干河上》也有相似的描绘，干部赵得禄的妻子没有衣服穿，地主江世荣的老婆送给了她褂子以笼络她，被赵得禄发现后，对她又打又骂，关键是一下子完全撕破了她身上的衣服，

他的妻子面对暴行，只能哭泣，并且"双手不断地去拉着那件又小又短，绷紧在身上的漂亮的小衫，却怎么也不能再盖住她胸脯了"[29]。值得注意的是，丁玲在这里特地点出了那件衣服是"花洋布衫"，对缺乏衣物的农村女性的诱惑力可见一斑。这一情节在小说之中具有象征意味，因为赵得禄的妻子对于衣服，尤其是漂亮的衣服，有正常的欲望，但她却从来不诉之于口，因为她知道表达出来也不会有所满足，甚至会像文中那样受到丈夫的毒打，所以她就像所有的农村女性一样，失去了声音，把统治自己的权力交给了男性，任人索取，像工具一样没有欲望和要求。个体如此缺乏意识，集体便很难想象不是盲目的，在这种情况下的妇联会，对于改善女性的生活而言无法起到任何作用，更遑论能够以此翻身。

对于小说中的男性而言，妇联会的成立并没有促使他们平等地对待女性，而是产生了本能地对于被夺权的焦虑。在《太阳照在桑干河上》中，董桂花作为妇联会主任开完会回到家中，她的丈夫李之祥"摆着副冷冷的面孔，谁也没怄着他，可是他总觉得心里不舒服。想说老婆一顿，也没有什么好说的"，只能冷嘲热讽一句"赶明儿你就成天开会去吧"，并且叮嘱她"少出头"[30]。因为家里黑漆漆的，去摸灯的时候倒了一手油，便寻到了由头怨恨妻子，仿佛天然的分工就是女性负责家庭事务，而男性负责参与社交与政治，一旦他们的位置互换过来，男性就感到了失去统治地位，

甚至于被统治的威胁。哪怕这只是个别事件，而且尚且处于发展初期。面对这种威胁，男性的做法就是压制它的发展，所以在《秧歌》中，金根在打月香的时候，一旦听到"妇会"的字眼，便会打得变本加厉，除了发泄因为临时口角矛盾激起的愤怒，还有因为男性的地位受到挑衅，从而将惩罚施加于个体身上。

两位作家都描绘出，在一些农村，妇会形同虚设，个体处于失声状态。但是相比于张爱玲在《秧歌》中对妇会的质疑和妇女翻身假象的嘲讽，丁玲虽然也讲述了土改前期妇女联合的困境，她却明显相信，妇联会在推翻地主阶级这个主要矛盾完成之后，是可以发挥效用的，小说的结尾也描写了妇女解放的光明前景。

（三）扭曲的人性与性别意识

女性个体明明拥有正常的对于物质的欲望，但因为她们长久处于压迫之中，所以这种欲望被压制住了，只有在偶尔的情况下才能轻微释放，这种充满压抑的极度不正常的环境使得她们形成了扭曲的人性和不健全的精神。《秧歌》中着重描写了金根和妹妹金花之间的深厚情谊，他们从小一起长大，小时候金根找到什么东西都给妹妹，连"捉到一只好蟋蟀也要给她"[31]，土地改革时分配到的镜子也给妹妹做了嫁妆。但是在故事最后，当金根被枪打伤，需要金花帮忙收容的时候，金花却因为之前回娘家没有借到钱而记恨，忘却了童年时相依为命的情分，她害怕发生在她哥哥身上的这件可怕的事，眼见得马上就要泛滥到她日常生活的世界里来。她在那里是有责任的。她现在是很认真地做着妻子，做着媳妇。而她那些妯娌们一个个都是些敌人，永远在旁边虎视眈眈，她的一举一动都不能不特别小心，不然以后在他们家怎么能做人[32]。

她担心自己的生活因此受到连累，所以有意无意地把消息透露给了婆婆。金花在家庭地位受到影响的恐惧下，放弃了相依为命的哥哥，她明明知道这种放弃意味着见死不救，却自我欺骗地认为哥哥一定会原谅她。金花的行为也可以看作她对于从幼年时便统治她的兄长男权的报复，却屈从于统治她更深程度的夫权之下，这种自欺欺人、粉饰现实的做法反映出了她心灵世界的变异与空虚。张爱玲在《秧歌》之中延续了她对于书写破碎人性的迷恋，不仅描写了金花扭曲压抑的精神状态，还一如既往地嘲讽了亲情，刻画了恐怖的母女关系。月香和金花诉说自己的女儿阿招被踩死时，竟然是一种明亮愉快的表情和语调，仿佛卸下了重担。她们母女二人的相处也是惊悚扭曲的，不是打架就是争吵，没有一丝一毫的温情。《秧歌》借知识分子顾冈的视角，描写了与母亲争吵时的阿招："这五六岁的小女孩表现恐怖与焦急，简直像舞台上的一个坏演员的过火的表演，她那干瘦的小脸上看上去异样的苍老，她仿佛是最原始的人类，遇到不可抗拒的强敌。"[33]

明明是日常生活中一次简单常见的争吵，血脉至亲却变异为生死之敌。《秧歌》中的农村女性不仅生活在一种物质极度缺乏的状态下，她们的人性也是破碎扭曲的，她们没有作为"人"最基本的爱与被爱的感情需求，更不会经营亲情、友情和爱情，而只剩下原始的兽性：争夺地盘、摄取食物、交合繁衍。

在《太阳照在桑干河上》中，钱家有三个女人，也代表了农村女性的三类精神状态。钱文贵的妻子是一个"应声虫"，永远附和着丈夫的言论，"并非她真的有什么相同的见解，只不过掩饰自己的无思想，无能力，表示她的存在，再么就是为讨好"[34]。如果说她是依靠着夫权，无意识地作恶，那么钱家的女儿大妮则是倚仗着男权，以欺侮弱者为乐。被收留在钱家的黑妮，呈现出一种更加复杂的"伪自立"状态，她拥有自己的想法，热爱劳动，同情穷人，不做恶事，看似是自立的。但小说里多次强调她与程仁的对话，她对程仁说，他不能辜负她，"咱一个亲人也没有，就只有你啊！"[35]。可见黑妮并非丁玲以往塑造的自觉独立的新型女性形象，她自立的深层原因是没有男性可以依附。她也不完全憎恨父权的压迫，她偶尔听从钱文贵的指示去打听消息，偷听伯父与他人的谋划，对恶事无动于衷，甚至有报复性的快感。实际上，无论是钱文贵的妻子还是大妮、黑妮，她们都没有完整、健全的精神和人性，她们的心灵在随波逐流之中渐渐扭曲了。更可怕的是，《太阳照在桑干河上》中描写的女性，不仅于人性和精神状态方面扭曲破碎，她们甚至没有性别意识。小说里曾出现这样一个使人印象深刻的场景："有一个妇女正站在一家门口，赤着上身，前后两个全裸的孩子牵着她，孩子满脸都是眼屎鼻涕，又沾了好些苍蝇。"[36]乳房是女性的第二性征，在这里却被随意裸露着，除了贫穷使她衣不蔽体，还表明小说中的农村女性缺乏性别意识。她们没有充分认识自己的身体，没有正视自己与男性不同的生理构造，而且失去了对自己身体的主导权，被男性观看和控制着。她们做不到珍爱自身，同时丧失了作为"人"的尊严。

三、自我投射的女性主体：压抑与对峙

描绘农村女性的物质贫乏、精神扭曲的生存处境是《太阳照在桑干河上》和《秧歌》的共同着力点之一，但并不是丁玲和张爱玲的主要着力点，她们虽然维持了观察和描写女性的惯性，却丧失了一贯的丰富细腻，这也是被许多学者指摘的一点。小说里的女性形象片面苍白，如一潭死水，在压迫之下没有掀起任何反抗的涟漪，虽然两部小说的女性角色并不少，却很少有特点，相似之处大于相异之处，她们没有性格，没有灵魂，没有姓名，共同浓缩为一个被压迫的女性群体。《秧歌》中的月香、沙明、金花、金有嫂、谭大娘的言行举止主要是为了衬托干部王霖、顾冈等人的荒谬而存在，《太阳照在桑干河上》中的董桂花、黑妮、钱文贵、赵得禄、李子俊等人的妻子则是生活在封建压迫之中，被革命政权解放的女性形象，用以讴歌革命的伟大。《秧歌》结尾月香纵火烧粮仓，这一戏剧性的情节并不符合月香本人世故精明的性格，也缺少必要的铺垫和交代，无论是情节的发展还是人物的心理描写，都被张爱玲在仓促之中省略了。她为了抒发被残害的农民对于干部和政权的愤恨，在此撤退了女性视点。《太阳照在桑干河上》也是如此，在土地改革成功之后，附带着描绘女性被解放的情景，钱文贵的妻子在喊着"打倒封建地主"口号的队伍中发现了大妮和黑妮，如果说黑妮勉强算作被革命拯救的被男权压迫的女性，那么钱文贵的女儿大妮兴致勃勃地参加游行则不符合她依靠父权、耀武扬威的张扬性格，而且和小说中担心父亲被打倒，从而嘱咐与恳求在干部队伍中的丈夫的情节逻辑明显脱节。所以，在歌颂土地改革给农村带来新气象的这一目的之下，丁玲也撤退了女性视点。

两位作者在女性与革命的互动关系中塑造农村女性，缺少深入的心理描写和感情波动，这既可以看作这些女性缺乏思想，心灵荒芜，又可以看作与革命视野相比，女性视野只是一个侧视角，是附属品，全心全意为主视角服务，所以这两部作品都受到了"工具化"的评价。然而，小说中的

女性视角被革命视野所制约并不是由于两位女性作家媚于世俗，失去文学自觉。正如弗吉尼亚·伍尔夫（Virginia Woolf）在《一间自己的房间》（*A Room of One's Own*）中的观点：

"莎士比亚般的天才，不会出现在辛苦劳作、目不识丁的卑贱者中。不会出现在英国的撒克逊和不列颠人中。也不会出现在当今的工人阶级中。……女性几乎还在幼年，已经在父母的督促下开始劳作，法律和习俗也竭力维护这种做法。试想，她们又如何能够孕育出莎士比亚这份天才？"[37]

如果以物质条件为出发点，回到一个必要的先决要素，即生存保障之上，那么即使在绝对的女性视角面前，经济条件构成的阶级话语与革命视野仍占有先导作用。因为男女两性如果不能平等分配金钱和权力，那么性别还是会受到制约，在这种情况下的女性，以女性作家为例，很难保持思想的独立性和话语的无偏向性，毕竟她们甚至连一间属于自己的房间都没有。

在革命意识形态下，丁玲与张爱玲对于"土改"的书写是割裂的，她们无法像同时代的男性作家一样依据一个完整统一的世界观或者单一的创作动机来描摹现实和想象历史，因为她们甚至不具备属于自己的一套纯粹的思维模式，一切当时存在的语言文字、文学叙述，都潜藏着男性内容。但恰恰是这份割裂，为处于压抑之下的女性话语提供了站立和与男性主导的话语体系对峙的可能。她们在"历史暴力的势力场上的航行"之旅将铁板一块的男性意识形态撞击出一道细小的缝隙，尽管微不足道，却也石破天惊。

这份割裂和缝隙，不仅体现在丁玲与张爱玲描写的与"男性的时间"相悖的生活在线性循环历史中的女性形象身上，还被深入农村的知识分子以一种自我嘲讽、自我怀疑却又自我歌颂、自我安慰的自相矛盾的方式表现出来。《太阳照在桑干河上》中暖水屯的"土改"工作组组长文采，人如其名，是一个博览群书的知识分子，哪怕和农民交流，也总是喜欢吊书袋，用词文绉绉的。他在动员"土改"的时候开了"六个钟头的会"，将一些没有逻辑的句子翻来覆去地讲，尽管农民们完全听不懂，他却扬扬得意。在故事的前半部，文采几乎是一个搞笑的喜剧角色，但在小说的结尾，文采"被群众的力量和智慧纠正了很多自高自大"[38]，他已经完全融入了农民群众之中。一方面被农民改造的知识分子是对当时文艺政策的一个呼应，另一方面，自嘲又自得的文采何尝不是作者的自我投射，是她用来自我说服的一个具象。《秧歌》中来自上海的知识分子顾冈，到主人公生活的南方农村采风创作剧本，在小说的结尾顾冈虚构了一出间谍鼓动地主火烧水坝但被民兵及时发现的荒诞戏剧，戏里还有以月香为原型的风情万种的姨太太，但故事情节和他身处的农村现实风马牛不相及。因为他怕当作"国特造谣"而被公安局逮捕或者被集中批斗，所以顾冈不敢暴露现实中真实发生的问题，不敢书写农民忍受的饥饿苦难，尽管他有所意识，但他仍然选择了公式化的叙事。顾冈这一人物形象表达了张爱玲对于当时机械化和程式化描绘阶级斗争的小说的不满，具有讽刺意味的是，那些被讥笑的小说包括《太阳照在桑干河上》和《秧歌》本身。

张爱玲的弟弟张子静在回忆张爱玲的阅读史时说，在20世纪50年代去香港之前，她常常谈起一些中国现代作家的作品，其中就包括"丁玲的《太阳照在桑干河上》"[39]。张爱玲在20世纪40年代的许多场合都表示自己欣赏丁玲的作品，而她创作《秧歌》与《赤地之恋》之时恰逢《太阳照在桑干河上》获得斯大林文艺奖，因此，张爱玲会熟读并改写《太阳照在桑干河上》不足为奇。《秧歌》中顾冈明明目睹了农民暴动的惨剧，仍然在创作剧本的时候保持着歌颂革命和乐观主义的基调，这种意识形态压倒文学自觉的情节站在其对话性的角度，潜在的言语背景既包括明明揭露了"土改"过程中许多悬而未决的问题，却以"光明的尾巴"覆盖性地表达了革命主题的《太阳照在桑干河上》，也包括了张爱玲的《秧歌》，因为她历史性地见证了中国共产党成功施行"土地改革"和建立中央政权，却在小说的最后，让干部王霖不断重复"我们失败了"[40]，还以一种天聋地哑的场景收束了全书。因此，文采和顾冈是《太阳照在桑干河上》和《秧歌》中值得玩味的人物形象，它们使写作主体挣扎和矛盾的内心，以及割裂的视角与话语有迹可循。

结　语

"土地改革"，这一伟大的历史事件，贯穿了新民主主义革命和社会主义革命。从根本上说，推翻了封建地主的剥削，使中国得以迈入新时期，走向社会主义工业化。时至今日，这一历史事件已经被许多作家用想象的方式在文本中无数次再现。然而，对于目前的"土改小说"研究来说，对于在文学史早期状写"土改"的《太阳照在桑干河上》和《秧歌》的重视尚且不够，这两部小说不仅代表着"土改叙事"的起点，丁玲与张爱玲还在创作中将"女性的时间"与"男性的时间"相交织，使女性话语与男性话语相对峙，把个体生命史与作品、现实相融合，以至于"作者""作品""世界""读者"四要素完全熔于一炉。

总的来说，《太阳照在桑干河上》和《秧歌》中的"土地"蕴含着性别象征体系，代表着时人的普遍认知和两位作家对于"土改"背后性别意义的理解。两部小说中的农村女性，人性和性别意识破碎扭曲，作为常人的欲望被压抑而不敢表达，个体失声的同时使联合起来的妇女协会也无法发挥作用，她们的婚姻不被保护，而沦为劳动和革命的工具，她们本身被男性物化，成为可以交易、贩卖、重新分配的对象，于身于心都缺乏自觉。虽然张爱玲和丁玲只是截取了一个伟大的纪念碑式的瞬间与前后未名的瞬间的间隔，但足以证明在她们所在的时代，至少部分农村女性生活在这样扭曲压抑的循环轮回的时间之中。当然，文本中女性形象的塑造和故事叙述逻辑也存在为革命立场服务的倾向，但这种偏向性恰恰体现了文本之外的女性作家的生存处境，她们没有物质保障，被革命意识形态所影响，女性视点坚持和撤退之间的张力体现出她们挣扎独立，"浮出历史地表"的艰难过程。同时，不应忽略的是，虽然《太阳照在桑干河上》和《秧歌》中的女性处于革命主体的附属地位，被劳动和革命所"工具化"，丁玲和张爱玲的创作也被外力所制约，但是个例之外，随着革命的成功，更多的女性生活条件得到改善，拥有了学习的机会和婚姻的自由选择权，她们正一步步地觉醒，渐渐地"浮出历史地表"，成为社会中不容忽视的力量。

注 释

〔1〕王瑶:《中国新文学史稿》，新文艺出版社，1953，第327页。

〔2〕冯雪峰:《〈太阳照在桑干河上〉在我们文学发展上的意义》，载杨桂欣编:《观察丁玲》，大众文艺出版社，2001，第228页。

〔3〕严家炎、唐弢:《中国现代文学史三》，人民文学出版社，1980，第360—361页。

〔4〕刘再复、林岗:《中国现代小说的政治式写作——从〈春蚕〉到〈太阳照在桑干河上〉》，载唐小兵主编:《再解读:大众文艺与意识形态》，北京大学出版社，2007，第34-47页。

〔5〕夏志清:《中国现代小说史》，香港中文大学出版社，2001，第335页。

〔6〕袁良骏:《张爱玲的艺术败笔:〈秧歌〉和〈赤地之恋〉》，《华文文学》2008年第4期，第49-55页。

〔7〕王德威:《此恨绵绵无绝期——从〈金锁记〉到〈怨女〉》，载于王德威:《落地麦子不死:张爱玲与"张派"传人》，山东画报出版社，2004，第3页。

〔8〕刘再复、林岗:《中国现代小说的政治式写作:从〈春蚕〉到〈太阳照在桑干河上〉》，载于唐小兵主编:《再解读:大众文艺与意识形态》，北京大学出版社，2007，第41页。

〔9〕孟悦、戴锦华:《浮出历史地表:现代妇女文学研究》，北京大学出版社，2018，第165页。

〔10〕张爱玲:《秧歌》，皇冠文学出版社，2010，第25页。

〔11〕丁玲:《太阳照在桑干河上》，人民文学出版社，2009，第2页，第4页。

〔12〕丁玲:《太阳照在桑干河上》，人民文学出版社，2009，第147页。

〔13〕丁玲:《太阳照在桑干河上》，人民文学出版社，2009，第8页。

〔14〕张爱玲:《秧歌》，皇冠文学出版社，2010，第27页。

〔15〕张爱玲:《秧歌》，皇冠文学出版社，2010，第27页。

〔16〕张爱玲:《秧歌》，皇冠文学出版社，2010，第29-30页。

〔17〕张爱玲:《秧歌》，皇冠文学出版社，2010，第48页。

〔18〕张爱玲:《散文卷一:1939—1947年作品》，哈尔滨出版社，2003年，第59—64页。

〔19〕刘再复、林岗:《中国现代小说的政治式写作:从〈春蚕〉到〈太阳照在桑干河上〉》，载唐小兵主编《再解读:大众文艺与意识形态》，北京大学出版社，

2007，第39页。

〔20〕Julia Kristeva, Women's Time, tr. Alice Jardine and Harry Blake, Signs, Vol. 7, No. 1 (Autumn, 1981)，p. 13-35："we confront two temporal dimensions: the time of linear history, or cursive time (as Nietzsche called it)，and thetime of another history, thus another time, monumental time (again according to Nietzsche)，which englobes these supra-national, socio-cultural ensembles within even larger entities."这一观点被罗婷等著的《女性主义文学批评在西方与中国》和张京媛主编的《当代女性主义文学批评》误译为线性时间和循环时间的二元对立，而将纪念碑式的时间归为后者。之所以判定它们是误译，原因有二，一为作者在这段内容中补充，词语来源于尼采。虽然基督教所谓的"线性时间观"和古希腊"循环时间观"之间的对峙由来已久，但这两个理论并非泾渭分明，毫无交集。尼采在《查拉图斯特拉如是说》中提出了"永恒轮回观"，将它们二者的概念结合起来，在《不合时宜的沉思中》提出"纪念碑式的历史"。二为同篇论文中互文的句子："The fact that these two types of temporality (cyclical and monumental) are traditionally linked to female subjectivity ……"可以看出作者将循环轮回的时间与纪念碑式的时间并举为两种短暂性，所以它们不可能是同一组概念。因此，很明显，茱莉亚·克里斯蒂娃借用了尼采提出的"线性循环的时间"与"纪念碑式的时间"来论述女性的时间。

〔21〕丁玲：《太阳照在桑干河上》，人民文学出版社，2009，第68页。

〔22〕颜海平：《中国现代女性作家与中国革命，1905—1948》，季剑青译，北京大学出版社，2011年版；刘剑梅：《革命与情爱》，上海：上海三联书店，2008年版；孟悦、戴锦华：《浮出历史地表：现代妇女文学研究》，北京大学出版社，2018年版。

〔23〕张爱玲：《秧歌》，皇冠文学出版社，2010，第12页。

〔24〕张爱玲：《秧歌》，皇冠文学出版社，2010，第75—82页。

〔25〕丁玲：《太阳照在桑干河上》，人民文学出版社，2009，第12—14页。

〔26〕丁玲：《太阳照在桑干河上》，人民文学出版社，2009，第21页。

〔27〕张爱玲：《秧歌》，皇冠文学出版社，2010，第98页。

〔28〕张爱玲：《秧歌》，皇冠文学出版社，2010，第66页。

〔29〕丁玲：《太阳照在桑干河上》，人民文学出版社，2009，第128页。

〔30〕丁玲：《太阳照在桑干河上》，人民文学出版社，2009，第66—67页。

〔31〕张爱玲：《秧歌》，皇冠文学出版社，2010，第127页。

〔32〕张爱玲：《秧歌》，皇冠文学出版社，2010，第177页。

〔33〕张爱玲：《秧歌》，皇冠文学出版社，2010，第117页。

〔34〕丁玲：《太阳照在桑干河上》，人民文学出版社，2009，第12页。

〔35〕丁玲：《太阳照在桑干河上》，人民文学出版社，2009，第13页。

〔36〕丁玲：《太阳照在桑干河上》，人民文学出版社，2009，第43页。

〔37〕吴尔夫：《一间自己的房间：本涅特先生和布朗太太及其他》，吴辉丰译，人民文学出版社，2003，第41—42页。

〔38〕丁玲：《太阳照在桑干河上》，人民文学出版社，2009，第236页。

〔39〕张子静、季季：《我的姐姐张爱玲》，吉林出版集团有限责任公司，2009，第95页。

〔40〕张爱玲：《秧歌》，皇冠文学出版社，2010，第169页。

从话语空间到情感政治

——论丁玲《太阳照在桑干河上》的土改叙述

顾甦泳

一、"过程性"写作与话语空间的生成

抗战胜利后，在争取和平民主的大方针下，中共将"反奸清算，减租减息"作为土地改革的主要方式。但随着国共政争的加剧和"联合政府"动议的落空，1946年春，部分地区的群众性斗争已超过"减租减息"的界限，特别是在新解放区，由于此前不存在"统一战线"的考量，运动迅速触及了地主的土地。在此背景下，《中共中央关于土地问题的指示》（即《五四指示》）颁布，土地改革运动随即在解放区展开，大批作家也以"土改工作队员"的身份参与其中，并通过写作呈现亲历的土改现实，丁玲的《太阳照在桑干河上》是这一时段最早书写此类题材的长篇小说。

小说发表后，冯雪峰、陈涌、许杰等评论家随即捕捉到丁玲在写作方式、主体姿态和文学语言上的新变，并将小说视为社会主义现实主义原则在创作实践中的重要收获，然而，他们同样留意到小说携带的"杂音"，如"非典型"的地主形象、对地主家属和富农的"复杂性"及干部负面特质的呈现等，对于这种张力关系的瞩目，也构成了小说阐释史上的重要议题。1979年，在一篇带有总结性质的回忆文章中，丁玲谈道："从丰富的现实生活来看，在斗争初期，走在最前边的常常也不全是崇高、完美无缺的人；但他们可以从这里前进，成为崇高、完美无缺的人。"[1]也就是说，小说的面貌与它所要处理的"斗争初期"的土改经验密不可分，在丁玲看来，人物的不完满恰恰是作家忠实于"现实生活"的表征，背后则牵

连着小说在生产机制上与一般"新文学"作品的差别。

1946年初,随着战争局势的变化,原本打算从延安前往东北的丁玲暂留张家口,《五四指示》下达后,7月至9月,丁玲随晋察冀中央局组织的土改工作队,先后参加了怀来县辛庄、怀来县东八里村和涿鹿县温泉屯的土改工作,11月便开始创作这部小说,原计划写"斗争""分地""参军"三部分。1947年5月,小说写到一半,丁玲感到"动摇了","想再下去多经历些群众斗争",来弥补"生活和写作中的不足",于是暂时搁笔,去冀中参加了半个月的土改复查,随后回到阜平抬头湾村。9月,丁玲写完"闹斗争"后,把书稿交给周扬,在参加土地会议的过程中,她听到彭真的批评,并从侧面得知了周扬的负面评价,加上《中国土地法大纲》的颁布,便"对继续写下去又有点动摇"。土地会议结束后,丁玲随沙可夫去华北联大文艺学院,从1947年12月至1948年4月,和学院师生一同参加土改,并在获鹿县宋村担任工作组长,负责五个村的土改工作,4月底,她返回华北联大,又用一个多月时间,对前54章进行修改和补充,同时写完了最后4章[2]。

在晚近的研究中,刘卓首先关注到小说写作过程的特殊性。她从俄译本前言中"将作品与如何理解新中国联系起来"这一表述谈起,指出"丁玲创作的逻辑是在于捕捉到'新''变'",因此,小说是"围绕'斗争地主'这个事件来写农民的成长",而"农民主体性的建立"并不"仅仅依托在斗争关系之中",而是"要落实在政治形式、话语形式的创新上",由此,她最终把小说理解为"一个呈现各方矛盾关系的实验",因应着"现实政治运动的复杂性和辩证性"[3]。

1946年至1948年间,党的土改政策在调整和纠偏中动态发展,面对彼时变动不居又错综复杂的时势,如何在上下内外的联动关系中,因地、因时制宜地推进运动的展开,构成了政策演进的内在线索。因此,《太阳照在桑干河上》的写作不是在"有余裕"的状态下展开的,政策的调整、作家的下乡经历和小说的创作修改过程紧密穿插在一起,在这种"过程性"的写作中,丁玲需要对纷繁的现实经验予以迅捷的文学安排,将其转化为小说内部的形式构造。具体来看,斗争大会和农民"翻身"作为情节意义上的高潮,并不构成统摄小说的核心图景,丁玲最重要的设置,是将土改中的村庄构造为一个包含谣言、密谋、讨论、争辩的丰富而驳杂的话语空间，叙述者不断穿梭于戏台、合作社、学校等公共空间，追踪对话场景，展开对各色话语的勾勒，这些话语不仅关乎日常生活，也从不同角度参与着对政策的诠释，因此，也形塑着土改运动的展开过程。换句话说，小说中最重要的行动并非传达或执行政策，而是围绕政策展开的倾听、思考、商讨、辩驳，正是通过对讨论场景的广泛书写，小说将土改的现实经验形式化为涵纳诸种话语形态的话语空间，政策和命令经由这一中间环节，才得以落实为斗争地主的实际行动。

小说第八章集中呈现了土改政策进入村庄的最初形态：

由顾涌赶回了大车而引起的一些耳语，慢慢地从灶头，从门后边转到地里，转到街头了。自然也有的是从别方面得到了更丰富的更确实的消息。他们互相传播，又加入一些自己的企望，事实便成了各种各式，但有一点却是一致的，说"共产党又来帮穷人闹翻身，该有钱的人倒霉了！"[4]

抽象的政策在成为百姓的日常表达时，经历着多重"翻译"过程，"耳语""消息""企望"在村庄中积蓄和散播，并落实为"均贫富"式的读解，即把"土改"简单理解为旨在实现财产再分配的经济变革，而"阶级""剥削""压迫"等新名词尚未进入他们的视野。正如研究者普遍指出的，钱文贵并非典型地主，他的土地不多，又在形式上进行了分家，派儿子钱义当兵，使自己成为"抗属"，从而主动规避被斗争的风险。由于讨论常常局限于家庭内部或个体之间，干群间的话语通道和更具公共性的话语空间尚未生成，这种难以破除的理解错位，恰恰构成了斗争无法发动的症结，而如何解开这一症结，则构成了小说此后的叙述重心。

在第十章中，小说呈现了村干部们面对"土地改革问答"这一政策文本时的不同态度，由于性格、经验和工作方式的差别，他们"各有各的想法"，这种分歧难以通过对政策文本的封闭读解得以弥合。作为参照，小说又刻画了下乡干部文采的形象，他以政策化身的面目出现，热衷于召开"干部会"，逐条解释"背熟了的"指示，但参会者转而在合作社开辟新的讨论空间，尽管村干部之间不乏争辩，但借由公共空间中的"众声喧哗"，抽象的政策开始落实为对村庄形势的具体分析，其面貌才逐渐清晰。而土改工作小组的介入则进一步助推了话语空间的开辟，但此时，讨论仍局限于干部内部，在群众大会上，文采试图借助"演说"实现政策的下达，而群众虽然"对粮食，负担，向地主算账"了然于胸，但对"历史""阶段"等新名词感到隔膜，"不能明了那与自己生活有什么联系"，文采"想从干部中能解决一切问题"，最终仍难以促成群众观念的真正转变。

在单向的政策传递遭遇挫折后，小说借助"下到群众里面去"这一核心情节，集中书写了话语通道打开的具体过程。第二十四章"果树园"饶有意味地呈现了土改工作小组成员杨亮和农民郭全的交谈，尽管郭全对土改的理解尚未完全跳脱"均贫富"的维度，但随着杨亮的追问，政策的内涵在表述中渐趋丰满、明晰，正是在你一言我一语的话语互动中，杨亮从郭全身上体认到朦胧的政治意识，并将其进一步发掘、转化为"翻身"乃至"翻心"的主体动能。在这一过程中，村民们也开始依托工作组解决各类纠纷，讨论场景更频繁地出现于干群之间，叙述者以总括的口吻谈道：

> ……已经不像前几天，每到一家去，主人总是客气地招呼着："吃啦吗？"或者答应："土地改革，咱也不知道闹精密没有，主任们说的全对着啦，穷人要翻身嘛！"他们也笑着说："欢迎啦，咱们穷人不拥护共产党拥护谁！"可是也就只限于这么一点点简短的对话，不再往下说了。现在已经没有那么多的礼貌，他们叫着："老杨，咱有个问题，你给批判批判吧！"或者就挨过身来，悄悄地说："到咱家去吃饭吧，咱有几句悄悄话道叙道叙。……"〔5〕

干部从与抽象政策的"同一性"中挣脱出来，通过"批判批判""道叙道叙"这样的话语实践，楔入村庄的日常生活乃至伦理结构，成为勾连政策与地方社会的动态中介。在这一前提下，刘满的诉苦成为可能，借由他的生命经验与阶级革命话语的互通，土改运动的突破口才得以打开。

同时，丁玲敏锐地捕捉到这一时段的土改运动面临的特殊政治形势，在小说中，相应的心理情态被描述为"变天"思想，即村民们虽然认识到斗争的必要性，但普遍担心国民党政权会卷土重来，加之干部们陷于发动群众和害怕失控的两难之中，斗争仍难以彻底发动。在这一关节点上，干部章品出场了，值得注意的是，小说并未把章品塑造为无可争辩的权威，他一方面具备迅速解决问题的能力和大刀阔斧的工作作风，另一方面，对政策的把握又明显带有"左"的倾向，因此，他同样无法以命令化解困境，而仍然必须通过和群众、干部的讨论打开话语症结。章品并非政策的化身，只有作为助推者，他的"老百姓要怎样，就能怎样"才不至于使运动偏离政策本意，也只有借助公共空间中的话语激荡，他的主张才最终落实为助推斗争的动能。

可以看到，在土改推进的过程中，农民们被广泛动员起来，并表现为从缄默到呐喊的转变，新政权的干部们也频繁讨论政策，在对"旧名词"的翻转和对"新名词"的诠释中，逐步推进运动的展开。"新名词"抵达乡村并获得其"在地感"的过程，也意味着一次最基本的政治组织，即依托话语空间的生成，搅动原有的社会结构和伦理关系，并以具身性的地方经验对政策条文加以动态"转化"。在小说中，政策的具体意涵难以被化约为单一的意识形态图景，通过话语空间中的讨论和辩驳，人们对土改的理解从"均贫富"拓宽为对压迫关系的自觉反抗，地主、富农、中农、贫农的界限逐步明晰，"'中央'军也是中国人"的国族观念也开始转化为对"新社会""新中国"政治内涵的切身体认。正是在诸种话语的碰撞交汇中，工作才能展开，人物才能成长，政策才能落实为制度，远景才能实现为近景，革命与乡土之间并非"冲击—反应"式的二元关系，它们以相互"定义"的方式纠葛前进，小说因应这一历史情势，把土改中的乡村构造为涵纳诸种话语形态的话语空间，小说的土改叙述也在这个意义上获得了其最基本的文学形式。

二、作为话语的情感经验与情感政治的生成

通过对话语空间的构造，小说将土改运动的核心图景呈现为一种话语政治实践，即诸种话语经由讨论和辩证，最终通向阶级革命的话语逻辑。值得注意的是，这并不意味着运动的推进仅仅依赖理性思辨，通过调用自由间接引语、人物视角和紧贴人物感受等叙述方式，叙述者频繁介入人物内心，使人物的心理活动和情感状态生成为小说内部的重要话语形态。而在大量心理描摹中，除了围绕政策的理性考量，情感维度更得以凸显，人物的转变常常落实为情感的改造、丰富或复苏。由此，情感不仅形塑着小说的诗学机制，也构成了小说着力呈现的对象，只有当对政策的思辨和话

语创新落实为情感的更新乃至主体状态的转换，土改的构想才能转化为现实的可能。

如上文所述，土改的推进使农民生发了从缄默到呐喊的转变，通过对个体苦难的倾诉，他们逐步获得同属一个阶级的集体感受。而除了聚焦在新政权、新政策下得以"开口"的人物，丁玲还特别注意新兴话语空间中的边缘人物，如女性干部和男性干部的妻子、作为地主家属的黑妮、阶级身份模糊的顾涌等。

在文学语言层面，解放区另一位方向性作家赵树理的突破在于，其小说的叙述语言常常脱开"新文艺腔"，直接模拟农民或说书人口吻，从而构成对"新文学"固有位置、功能的撬动，并催生出新鲜的文学想象。经过延安时期的改造，丁玲的政治立场、主体姿态和小说写法也发生了重大转变，以赵树理为参照，《太阳照在桑干河上》同样展现出对农民语言的熟稔，小说的叙述语言虽处于混杂状态，部分保持了既有的叙述风格，但丁玲积极调用自由间接引语、人物视角和紧贴人物感受等叙述方式，正如她在自述中谈到的："我写《太阳照在桑干河上》就得进入书中人物的内心，为写他们而走进各种各样的生活。"[6] 这种"进入人物内心"的自觉追求使人物丰富的情感经验得以展露，从而呈现出更为完整的土改运动图景。

小说从富农顾涌回乡写起，巧妙地勾连起村庄内外的土改形势，并铺展开基本的人物架构：

老汉哒、哒、哒地敲着他的烟袋。路途是这样的难走啊！……车又走到河滩的路上了，一阵风吹来，好凉快呵！……顾老汉每次走过这一带就说不出的美慕，怎么自己也有这么一片好地呢？[7]

小说采取的是第三人称全知叙述的基本方式，但"路途是这样的难走啊""好凉快呵"显然并非出自叙述者的体验，而是叙述者紧贴人物感受生成的表达，"何时自己也能有这么一片好地呢"则作为人物的心理活动，以自由间接引语的形式融入叙述之中。在小说中，顾涌的阶级身份始终难以被明晰地锚定于既有的政策框架之内，他常常为此陷入疑惧和徘徊，极少在公共空间现身或介入讨论场景，但通过上述种种叙述方式的调用，他的话语并未在小说层面被湮没。临近结尾，叙述者又以大量自由间接引语带出了斗争大会后顾涌被说服、决定献地、转而产生顾虑并放弃的心理动因，尽管顾涌最终被认定为富农，但对他心理状态和情感经验的瞩目，则使划分标准本身成了有待讨论和辩驳的"问题"。

类似的叙述方式也出现在对众多女性形象的刻画中。"美人计"一章讲述了地主钱文贵试图利用侄女黑妮与干部程仁的私情扰乱公共决策的故事，其中，黑妮的内心世界构成了重要的书写对象：

她有时也为好奇心所驱使，想打听打听，究竟他们商量些什么呢？可是有时就赌气不去管他们，让他们鬼鬼祟祟地去闹吧。[8]

黑妮听到这些无礼的话，觉得太冤枉，便哭了，只想骂她姐姐，可是一个没有出嫁的姑娘，怎么能把这些事吵出去呢。[9]

不论在家庭内部还是公共空间中，黑妮都置身边缘，难以享有畅所欲言的机会，但她在土改运动中的情感经验并未付之阙如，叙述者嵌入大量自由间接引语，借以呈现黑妮的内心困境，并连带出阶级政治、家庭伦理与乡村共同体之间更为繁复的关联，从而使其在小说层面上与主导话语构成隐微参照。

另一位重要的女性形象董桂花虽然担任妇联会主任，但在新政权中并无太多话语权，从未以村干部的身份参与政策讨论，"妇联会主任"一章集中讲述了她组织开展妇联工作的基本状况，并特别注重呈现她的心理情态：

董桂花呢，她孤独地坐在一旁，她要告诉她们一些什么的欲望消失了。……她陡地有了一种奇怪的感觉，她不懂得她为的是什么？……董桂花第一次很早地离开了识字班，心里好像吃饱了什么一样的胀闷，又像饿过了时的那样空虚。[10]

在第三人称的整体叙述中，叙述者紧贴董桂花的感受，展开了对其心理和情感状态的描摹。值得注意的是，在左翼和中共的话语谱系中，这种"孤独""胀闷""空虚"的情绪往往与"小资产阶级知识分子"的主体形象互为表里，出现在这一情节中，多少显出与人物情感结构之间的距离，但叙述者不忘在上下文中阐明此种情绪的来由，并用"像吃饱了什么一样""像饿过了时的那样"这些"及物"的日常经验加以修饰，从而使叙述语言及由此传达出的人物感受更为可信。也正因为有此铺垫，在土改工作组成员杨亮的耐心开导下，董桂花心结的打开才获得了较为坚实的情感支撑，阶级政治和干部队伍内部的性别问题也在一种动态的结构关系中获得了被表述的可能。

在风景描写中，丁玲同样调用类似的叙述方式。"果树园闹腾起来了"一章集中呈现了新鲜的劳动气象：

> 当大地刚从薄明的晨曦中苏醒起来的时候，在肃穆的，清凉的果树园子里，便飘逝着清朗的笑声。[11]

读者可以分辨出这是小说叙事者的声音，这段描写也显然出自叙事者的视角。但这一章中更大量的描写则紧贴人物感受展开，下面两段即分别借助了老农李宝堂以及地主李子俊的女人的视角：

> 可是今天呢，他的嗅觉也和大地一同苏醒了过来……如同一个乞丐忽然发现许多金元一样，果子都发亮了，都在对他映着眼呢。[12]
> 她已经看见那个穿浅蓝布衫的黑妮，正挂在一棵大树上，像个啄木鸟似的，在往下边点头呢。树林又像个大笼子似的罩在她周围。……这时她的二嫂也像一个田野间的兔子似的跳了过来，把篮子抢了过去……[13]

"金元""啄木鸟""大笼子""田野间的兔子"这几个喻体即生成于人物李宝堂以及李子俊女人的感受中。随后，在呈现村民们欢庆收获的群像时，叙述者同样介入众人的内心世界：

> 有些本来只跑来瞧瞧热闹的，却也动起手来。河流都已冲上身来了，还怕溅点水沫吗？大伙儿都下了水，人人有份，就没有什么顾忌，如今只怕漏掉自己，好处全给人占了啦！[14]

在以第三人称交代基本情况后，叙述视角的出发点迅速切换至小说人物，"人人有份，就没有什么顾忌"即出自人物的判断，而"河流都已冲上身来了，还怕溅点水沫吗""如今只怕漏掉自己，好处全给人占了啦"则以类似自由间接引语的方式，在更细微的语调层面落实了人物的情感状态。

通过上述梳理，可以看到，在村庄的公共空间中，仍然存在不少难以直接发声的边缘人物，正是通过对各类叙述策略的调用，叙述者得以频繁介入人物内心，从而呈现更为完整、驳杂的土改运动图景，而诸种情感经验也作为小说内涵的重要话语，与人物的讨论、辩驳共同构成"众声喧哗"的话语空间。同时，对农民内心世界的观照和语言描写一起，形塑着更为丰满的主体形象，构成了主体转变和成长的经验支撑，并表征着作家本人主体姿态的更新，即由对"现代孤独个体"内面心灵的瞩目，拓展为对新兴历史主体情感经验的体认和对乡村情感共同体的呈现。

值得注意的是，叙述者不仅频繁介入边缘人物内心，将他们的情感经验发掘为小说内部的重要话语，在对各类人物的呈现中，情感维度同样得以凸显，工作的推进、斗争的展开最终都依托和落脚于情感的转变。"分歧"一章首次集中呈现了村干部们讨论、争辩的场景，叙述者总结道：

> 总之，大家的思想是否就一致了呢，不一定，大家也并不明白明天该办些什么事，但大家都轻松了好些，他们的情感结在一体了。他们都有一种气概，一种赴汤蹈火的气概。[15]

回顾讨论过程，村支书张裕民集中阐述了对政策的理解，试图以此回应论争焦点，即"斗争谁"的问题，但最终促动工作向前推进而非陷于延宕的并非这一阐释本身，而是同为党员的政治认同，更重要的则是"有福同享，有祸同当，跳黄河一起跳"的情感联结。

当土改工作组成员杨亮出场时，叙述者的介绍同样颇有意味，杨亮此前在边区政府图书馆担任图书管理员一职，具备"爱读书""爱用脑子""肯思想"等特质，但叙述者转而凸显他对农村实际工作的渴望：

> 尤其使他愿意去的是这里有一种最淳朴的感情，使他的冷静的理智，

融汇在群众的热烈的浪潮之中，使他感觉到充实和力量。他本来就是农村出身的，因为工作脱离了十来年，现在再反身到这里面，就更能体会这些感情，这是他在管理图书工作上所不能找到的。[16]

区别于科层化、体制化色彩较强的图书馆工作，农村对杨亮的吸引源于对"感情"的激发，也正是因为注重对感性经验和人心的体察，他才善于以情感动员的方式，顺畅地完成政策落实，并进一步激活被动员者的情感动能。

而情感维度同样构成了文采转变的核心线索。作为下乡干部，文采的工作常常无功而返，其症结即在于和群众存在着情感隔膜，他抱持着"农民本来就落后"的观念，自满于以"教条"来"吓唬"他们并博得"尊敬"。基于这一固化的情感结构，当他试图"下到群众里面去"时，也只能以碎片化的方式切割纷繁的生活样态，而难以翻转自身对"现实"的整体认知，遑论真正介入改造自我和世界的行动。但土改形势的推进终于使他生发了转变的契机：

他以前曾被这深邃的林地所眩惑。他想着这真是读书的圣地呵！也想着是最优美的疗养所在。……可是今天呢，他被欢愉的人们所吸引住了。他们敏捷，灵巧，他们轻松，诙谐，他们忙而不乱，他们谨慎却又自如。平日他觉得这些人的笨重，呆板，枯燥，这时都只成了自己的写真。[17]

"风景"的意涵和观看者的主体状态在这里发生了翻转，此前，对文采而言，果树园印证着身处特定位置的精英知识分子的"田园"想象，而面对被动员起来的群众和崭新的劳动场景，文采对农民的偏见翻转为对自身主体状态的省察，一种新的情感由此产生。自此，虽然文采对于"和群众的生疏"仍"不肯多所思虑"，但也开始尝试深入群众，为他们的斗争出谋划策，最终"被群众的力量和智慧纠正了很多自高自大"。

除了土改干部，小说同样在情感层面书写被动员起来的农民。"侯忠全老头"一章着力刻画了侯忠全因遭受压迫而产生的情感创伤，他的"精神和感情"都"让吸血者俘虏了去"。而在斗争大会后，小说写道：

这是他没有，也不敢想的，他应该快活，他的确快乐，不过这个快乐，已经不是他经受得起的，他的眼泪因快乐而流了出来，他活过来了，他的感情恢复了，他不是那么一个死老头了。[18]

对侯忠全而言，"翻身"不仅意味着经济状况的好转，更重要的是使他挣脱被剥削的命运，"恢复"为一个情感丰沛的"人"。而这种情感层面的解放不仅体现在侯忠全身上，在斗争大会的情节中，情感同样成为重要的表现对象：

人们只有一个感情——报复！他们要报仇！他们要泄恨，从祖宗起就被压迫的苦痛，这几千年来的深仇大恨，他们把所有的怨苦都集中到他一个人身上了。他们恨不能吃了他。[19]

农民们受压迫的记忆被唤醒，并表现为集体情感的凝聚、升温，最终推动了压迫关系的破除，使土改的阶段性远景成为现实的可能。在中秋节的欢庆中，翻身农民携带着"极度欢乐""极有意义"的"情感"投身其间，并以"说不出来的感情"迎接着去前线筑工事的新任务，从而在新的时势中保卫革命成果，继续推进革命的展开。

可以看到，在小说中，情感的涌动、联结源于话语的革新、激荡，但只有依托情感的"动力学"，话语才能获得激荡的动能，并最终落实为朝向远景的政治实践，土改运动的参与者也才能在认知结构和情感状态的更新、翻转中获得成长为新兴历史主体的可能。通过对个体心灵世界的发掘和对集体情感经验的呈现，叙述者完成了情感与政治的互文性表达，也使小说构造的话语空间最终通向了情感政治的图景。

对人物情感的细致描摹使村庄土改的整体图景得以展露，也使小说中出现了不少无法为既有政策和阶级话语所涵容的话语样态和情感表达，小说的张力乃至裂隙随之产生，在这个意义上，小说结尾陡然密集的抒情声音作为一种弥合策略，在症候的意义上提示我们进一步关注生成中的文学规范与小说的情感政治图景及其内涵的微观诗学机制之间的内在张力。

"公"与"私"是小说中一组重要的话语形态，在两者的辩证中，农民的集体情感被唤醒，并逐步获得明晰的阶级意识，但他们的情感动能很大

程度上仍依托土地私有的欲望。"果树园闹腾起来了"一章最后写道:

> 参加的人一加多,那些原来有些怕的,好像怀了什么鬼胎的人,便也不在乎了。……大伙儿都下了水,人人有份,就没有什么顾忌,如今只怕漏掉自己,好处全给人占了啦![20]

对村民而言,土改所依托的阶级观念和土地制度远景仍是朦胧的,在对评地过程的书写中,作者更着意呈现了村干部之间因私利而爆发冲突的情景。事实上,在社会主义革命与土地改革的长时段视野中,唤醒农民受压迫的集体记忆和对土地所有权的渴望,进而形成同属一个阶级的连带感,这一过程仍只是开端,更重要的是进一步把这种对土地所有权的渴望翻转为全新的革命意识,即超越"私有制"及其背后的情感观念,在"无产阶级意识"的层面建设一套新型的土地制度、生产关系和伦理结构。丁玲固然囿于具体历史时段和工作经验的限制,无法就这一面向做更为充分的展开,但对此种情感状态的描摹已暗示出上述改造的难度与复杂性。

在"性别"与"阶级"的话语脉络中,小说对"妇女翻身"的问题给出了明晰的回答,即只有依托阶级革命,个人、家庭和阶级的利益才能统一为整体,女性也才能真正获得解放,但同时,小说对几位男性干部的刻画却颇有意味,似乎对这一主导逻辑构成了某种"反拨"。在"好赵大爷"一章中,面对索要红契失败和打骂老婆的情形,张裕民分别评价道:

> "不,女人是不拿枪打仗的,女人的本领可多呢,人常说:'英雄难过美人关',嘿……哼!……"[21]
>
> "男不与女斗,老夫老妻了,打架也不像样,给人家笑话。"[22]

李子俊老婆的计谋源于对地主阶级利益的维护,而张裕民则将其背后的阶级对抗结构置换为对"女人"这一性别身份的负面指认。面对赵得禄对其妻子"人穷志短""蠢婆子死落后"的评价,张裕民也并未细致分梳这一话语所携带的"暴力",而仅仅在大事化小的意义上消弭矛盾,所借助的仍是刻板的性别话语。显然,在这两位男性干部身上,陈旧的性别意识并未随着阶级革命的推进自然消亡,甚至同为女性的村干部周月英也把黑妮指认为"狐狸精"，更显现出性别解放与阶级解放、政权更替间的某种错位。在刘满诉苦的情节中，叙述者在着力刻画刘满的阶级意识被唤醒的同时，也屡屡聚焦于他的妻子，面对妻子的劝慰，刘满以"没有理会"、咒骂和"恶狠狠"的目光予以回应，小说最后，刘满"被所有的人叫着"成为评地委员会成员，并带领村民奔赴前线，他从一个被压迫者转变为革命队伍中的一员，但小说并未安排妻子再次出现，或许也透露着丁玲对其前景不置可否的悬搁。

上述种种情节或情节的空缺、矛盾的悬置并非小说着力呈现的面向，但丁玲仍在一定程度上延续着《我在霞村的时候》《夜》等小说中对革命与性别问题的关注，这些"冗余"的细节使小说以阶级解放促成性别解放的主导话语不再严丝合缝，也提示着在革命的"大政治"中，推动更为细腻的人伦关系的重塑，在此刻仍是一个未完成的问题。

在"决战"情节后，小说用一章的篇幅交代了顾涌的心理转变。他从"就不献地"转而意识到"在新社会里生存，是只有更容易的"，因此愿意主动献地，但来到农会时，却面临无人搭理的窘境。叙述者这样呈现人物的感受：

顾涌仍不敢走过去，远远地看了半天，那里边的人全认识，全是些好人，要是单独在一块，和谁也敢说。如今他们在一道，他们结成了一气，后边又有几个区上同志撑腰，好像那些人就忽然高大了，他们成了有势力的人，他们真就成了办公事的人，也不寒碜，也不客气，有说有笑的，他们就谁也没有看见他，就让他老站在远远的……[23]

在旧有的社会结构中，顾涌同样受钱文贵等地主恶霸的剥削，但压迫关系的整体性破除仍未使他摆脱尴尬的处境，对他而言，革命似乎意味着新秩序甚或新的等级关系的确立，他则被"离弃"于朝向解放的队伍之外。而这一处境的症结在于阶级成分的认定：

大伙对于他的成分，争论很多，有人还想把他订成地主，有人说他应该是富裕中农，结果把他划成了富农，应该拿他一部分地……关于划成分的问题，工作组和干部们也曾起了一些争执。杨亮的意见是交给农会去划，但时间却不允许他们这么办。[24]

在瞬息万变的战争形势下，如何更为妥帖地认定剥削事实和阶级划分的关系，对村干部而言仍是一个难以完满解决的问题，通过对顾涌心理的描摹，小说在给出"结论"的同时，也"忠实"地呈现了这一难题。

1952年，丁玲谈及创作过程中的心理状态："土地改革运动里的我经历的一切问题，一切斗争，和所有的人物，仍旧盘踞在我的脑子里，我继续生活在一个剧烈斗争的运动里，那些人物命令我写，在斗争中我体味着一些新鲜东西催促着我，使我兴奋激动，我按捺不住去抓住它，把它向人们宣传。"[25]生活、斗争与写作的"同一性"所带来的情感动能，也构成了丁玲此后屡次反顾的创作经验，1955年，她进一步阐发道："这些生气勃勃的人，同我一道作过战的人，忽然在我身上发生了一种异样的感情，我好像一下就更懂得了许多他们的历史，他们的性情，他们喜欢什么和不喜欢什么……总之，他们带给我兴奋，紧张。不安定。"[26]也就是说，小说对人物情感的广泛开掘，首先依托于作者持续的情感动能，但在大部分篇幅中，叙述者极少进行叙述干预，并不直接展露自身的情感或立场，丁玲由现实催生的情感在小说中转化为了介入人物内心的具体叙述策略。然而值得注意的是，随着斗争的推进，叙述者的抒情声音开始浮出文本表层，特别是从"翻身乐"至结尾的几章中，这一抒情声音变得十分密集。小说临近结尾的段落这样写道：

> 而对河的村庄，不，不只是村庄，县城南关的农民也同样的敲起锣鼓来了。……呵！什么地方都是一样的呵！什么地方都是在这一个多月当中换了一个天地！世界由老百姓来管，那还有什么不能克服的困难呢。[27]

叙述者虽仍由土改工作队员的感受写起，但与上文列举的各类叙述方式有别，"不，不只是村庄"的急切表达和最后的感喟显然出自叙述者的直接抒情，借助由"地方"到"世界"的扩展，小说在强烈的抒情声音中收束情节并悬置了诸种难题。在变动不居的时势中，小说敏锐地将错综复杂的现实经验转化为话语空间和情感政治的图景，从而最大限度地为流动的现实"赋形"，也因此不可避免地面对着各类话语样态和情感表达之间的张力乃至裂隙，在这个意义上，当叙述者无法给出完满的解决时，抒情便构成了弥合性的叙述策略，并作为一种形式症候，显影了"过程性"写作的难题和小说与生成中的文学规范之间的内在张力。

在对小说的讨论中，钱理群首先关注到它与新兴的文学生产方式及文学体制的关联："细心的读者、研究者不难从这本书的写作、出版过程中的曲折，看出一种新的文学作品的生产、流通方式的产生。"

正是由于小说的"生产、流通方式"高度内在于新兴的文学体制，小说发表后的即时评论也并非一般意义上的知识生产或学术研究，而是合力建构新兴文学规范的尝试。许杰的评论文章写于第一次"文代会"召开后，他将小说定位为讲述新中国"创造"和"诞生"过程的"伟大的叙事诗"，因为其中包含着对新中国的历史任务、历史主体和土地政策的深度把握。具体来看，"生活经验"和"客观现实"通过社会主义现实主义的创作方法生成为具体的文学形态，"正确的思想意识"和"高强"的"艺术造形"的配合，使小说"真实"地反映了变动中的现实、指明了远景并对读者产生教育意义。[28]

与许杰将小说视为社会主义现实主义的典范文本不同，冯雪峰在捕捉到小说从"社会和生活的基础"及"斗争的发展"出发去塑造人物、并认可其遵循了"现实主义创造典型性格的方法"的同时，也着重指出了黑妮形象塑造的不成功，认为这种"把人物的心理脱离社会而孤立起来"的写法背后有旧现实主义的影响[29]。

许杰和冯雪峰的评论构成了小说所置身的重要历史语境，一方面，随着新政权和新兴文学规范的确立，他们得以站在历史的"延长线"上展开论断，这一"时间差"所带来的小说与评论之间的张力也为诸多研究者所瞩目，并由此探讨社会主义现实主义的文学规范和"旧现实主义"之间的张力关系[30]，而另一方面，1949年后，土改仍在广大南方地区持续进行，"建国"作为一个政治事实仍处在不断展开的过程中，上述评论所依托的文学规范同样尚未定型，借助对小说的讨论，他们试图在新的历史阶段和远景想象中，建构一种更具可能性的文学观念，在这个意义上，土改小说的生产、流通乃至"经典化"过程，都是在与党的政策和具体时势的碰撞中调校而成的，其"现实"判断也始终以一种"未来"感觉作为依托。

在1979年的回忆文章中,丁玲谈道:"我不愿把张裕民写成一无缺点的英雄,也不愿把程仁写成了不起的农会主席。他们可以逐渐成为了不起的人,他们不可能一眨眼就成为英雄。……从丰富的现实生活来看,在斗争初期,走在最前边的常常也不全是崇高、完美无缺的人;但他们可以从这里前进,成为崇高、完美无缺的人。"[31]应该说,丁玲对小说人物的"不完满"是有所自觉的,并将其视为忠于"现实生活"的表征,"现实"一方面构成了作家努力汲取并转化为文学形式的源泉,另一方面又反过来被文学写作中提出的问题或方案所搅动,政策、生活与文学始终处于相互修正的联动关系之中,由此生成的张力也不应被简单"锁定"为家与国、革命与乡土或社会主义现实主义与旧现实主义的二元对立。

1949年后,丁玲进一步在文论中阐发了写作与现实的关联,尤其注重"情感"的中介位置。在《到群众中去落户》一文中,她指出:"我们在那里是一个负责任的人,严肃的人,热情的人,理解人的人,而且最重要的是没有私心的人,我们慷慨地、勇敢地把力量拿出来,我们也将会得到最多的、丰富的、各种各样的情感。到那个时候,我们就不贫乏了,我们就富有了一切生活中多彩多样的人的心灵的、生动的生命的跃动。"[32]在丁玲看来,"深入群众"并非意味着对政策的机械执行或对现实的"客观"记录,只有在情感层面与群众达成互通,才有可能创作出与人民情感世界交相呼应的作品,"所谓'深入生活'最终要达成一个经由感情互相激发而产生的水乳交融的状态"[33]。而另一方面,在逐步稳定为文学规范并由特定文学体制支撑的社会主义现实主义原则中,"真实性"和"历史具体性"必须联通着"用社会主义精神改造和教育"的目的,在这一标准下,《太阳照在桑干河上》中纷繁的话语形态,特别是对于人物情感的广泛开掘以及由此带来的文本裂隙,或许并不说明它更"现实"或更"真实",而恰恰意味着写作者尚未以革命的阶级意识主动创造理想的典型人物,只是记录了"自在"的社会现实与情感状态。这种参差构成了丁玲继续改造自身写作的动因,并在日后的创作中表现为更尖锐的困境,也反过来折射出新兴文学规范的理论和实践尚未充分解答的难题。

注　释

〔1〕丁玲：《〈太阳照在桑干河上〉重印前言》，《人民日报》1979年7月18日。

〔2〕丁玲：《序〈桑干河上〉》，载《太阳照在桑干河上》，光华书店，1948；丁玲：《〈太阳照在桑干河上〉重印前言》，《人民日报》1979年7月18日。

〔3〕刘卓：《光明的尾巴？：试以〈太阳照在桑干河上〉谈土改小说如何处理"变"》，《现代中文学刊》2014年第6期。

〔4〕丁玲：《太阳照在桑干河上》，光华书店，1948，第32页。

〔5〕丁玲：《太阳照在桑干河上》，光华书店，1948，第192页。

〔6〕丁玲：《〈太阳照在桑干河上〉重印前言》，《人民日报》1979年7月18日。

〔7〕丁玲：《太阳照在桑干河上》，光华书店，1948，第1-2页。

〔8〕丁玲：《太阳照在桑干河上》，光华书店，1948，第163页。

〔9〕丁玲：《太阳照在桑干河上》，光华书店，1948，第166页。

〔10〕丁玲：《太阳照在桑干河上》，光华书店，1948，第29-31页。

〔11〕丁玲：《太阳照在桑干河上》，光华书店，1948，第210页。

〔12〕丁玲：《太阳照在桑干河上》，光华书店，1948，第211页。

〔13〕丁玲：《太阳照在桑干河上》，光华书店，1948，第216页。

〔14〕丁玲：《太阳照在桑干河上》，光华书店，1948，第221页。

〔15〕丁玲：《太阳照在桑干河上》，光华书店，1948，第59页。

〔16〕丁玲：《太阳照在桑干河上》，光华书店，1948，第60页。

〔17〕丁玲：《太阳照在桑干河上》，光华书店，1948，第220页。

〔18〕丁玲：《太阳照在桑干河上》，光华书店，1948，第325页。

〔19〕丁玲：《太阳照在桑干河上》，光华书店，1948，第310页。

〔20〕丁玲：《太阳照在桑干河上》，光华书店，1948，第221页。

〔21〕丁玲：《太阳照在桑干河上》，光华书店，1948，第184页。

〔22〕丁玲：《太阳照在桑干河上》，光华书店，1948，第188页。

〔23〕丁玲：《太阳照在桑干河上》，光华书店，1948，第323页。

〔24〕丁玲：《太阳照在桑干河上》，光华书店，1948，第323页。

〔25〕丁玲：《在旅大小平岛苏军疗养院的一次讲话》，载《丁玲文集》第9卷，湖南文艺出版社，1995，第72页。

〔26〕丁玲：《一点经验》，《文艺学习》1955年第2期。

〔27〕丁玲：《太阳照在桑干河上》，光华书店，1948，第356页。

〔28〕许杰：《论〈桑干河上〉》，《小说月刊》1949年3卷2期。

〔29〕冯雪峰：《〈太阳照在桑干河上〉在我们文学发展上的意义》，《文艺报》1952年第10号。

〔30〕参见袁红涛：《"一部关于中国变化的小说"：重评〈太阳照在桑干河上〉》，《中国现代文学研究丛刊》2008年第2期。

〔31〕丁玲：《〈太阳照在桑干河上〉重印前言》，《人民日报》1979年7月18日。

〔32〕丁玲：《到群众中去落户》，《文艺报》1953年第20号。

〔33〕程凯：《"深入生活"的难题：以〈徐光耀日记〉为中心的考察》，《中国现代文学研究丛刊》2020年第3期。

儿童抗战：主题、形象与叙事策略

——比较阅读《县长家庭》与《孩子的讲演》

刘 骧

丁玲率领西北战地服务团进行抗日宣传期间曾先后两次驻留山西临汾。第一次是在1937年10月，负责接待西战团的临汾县长前倨后恭的态度给丁玲留下了深刻的印象[1]，并据此创作出《县长家庭》。第二次是在1938年2月，西战团与受邀至山西民族革命大学任教的萧红等人在临汾相遇。民族革命大学师生为西战团举行欢迎会，西战团代表在会上发表演讲，这是萧红小说《孩子的讲演》的本事。《县长家庭》和《孩子的讲演》都描写了抗战时期中国儿童离开原生家庭，加入西战团从事抗日活动，使自己迅速成长为理性的"大人"、坚强的"战士"的情形。《县长家庭》中的八岁女孩阿铃在国难当头之际，遵从即将去115师做看护的母亲的意愿加入西战团。她在西战团中表现出色，赢得了众人的喜爱，但几天后就被身为县长的父亲连逼带哄地接回家去。《孩子的讲演》的主人公是在西战团里做勤务员的九岁男孩王根，他在一次演讲中发挥失常，不仅当场伤心哭泣，还在此后一周内经常从演讲失败的夜梦中惊醒。妈妈不在身边，王根独自克服着内心的恐惧，无声地继续入睡。同是书写儿童抗战，两位作家基于各自的生活经验，运用迥异的叙事策略，展现了抗战儿童生活与情感的不同侧面，一个理性而明晰，一个感性而敏锐。对两篇小说进行比较阅读，不仅可见两位作家的文学观念与创作立场的差异，亦可见二人寄寓在儿童抗战书写之中的生命体验。

一

西战团时期是丁玲从"文小姐"到"武将军"的角色转换期，她怀着强烈的政治热情投入革命实践，以西战团领导者的身份在晋、陕两省的抗日前线和国统区接触并处理了大量复杂的人事，对民众尤其是少年儿童的抗日热情深有感触，对统战政策下国民党顽固派"消极抗日，积极反共"的思想行径也了然于胸。因此，在创作《县长家庭》这篇取材于自己西战团生涯的小说时，丁玲以当仁不让的主体意识开启叙事，小说中的"我"就是作者丁玲的化身和代言人，丁玲本人的政治立场、政治意识使"我"对县长一家的外貌衣着、言行举止、情感态度等的描述具有明显的倾向性。在"我"眼中，县长夫妇面目平庸，所穿军装虽是量体而裁却并不合身。这个细节似乎暗示着他们对自我抗日主体身份的认同有所欠缺，参加抗战只是形势所迫，在思想上和行动上还不是真正的"战士"。"我"与二人相处时也是话不投机，彼此戒备，气氛尴尬不安。然而，县长夫妇的独生女阿铃在"我"眼中却是完美的抗战儿童：她穿着合身的小军衣，面孔玲珑秀丽，态度自然洒脱，平静愉快地告别母亲后，在西战团中像成人一般理智清晰地生活、工作，"使人不能小看她、忽视她的爱"[2]。"我"由衷地喜爱阿铃，认为她留在西战团会有更好的前途，但出于维护统战关系的政治目的，"我"没有阻止县长将阿铃接回家去。这篇小说的政治意义非常显豁：褒扬中国儿童投身于民族解放事业的决心与勇气，批判统战政策下国民党地方官员的狭隘、自私、怯懦，揭示抗战营垒内部的隐患。

在丁玲陕北时期的文学创作中，抗战儿童是经常出现的一类形象，如小说《一颗未出膛的枪弹》中的小红军，散文《孩子们》中的张百顺、张如亭、李强林等，但《县长家庭》中的阿铃是其中唯一的女童，也是年龄最小又最为理性的一个。丁玲视以阿铃为代表的中国儿童为全民族抗战的重要力量，不仅用与自己名字谐音的"铃"字来为她命名，而且在她身上投射了部分自我经验与自我意识。初到西战团的阿铃与初到陕北革命根据地的丁玲非常相似：她们都胸怀报国之志，以巾帼不让须眉的气概投身抗日，舍小家为大家，在全然陌生的环境中理智审慎地处理着与各色人等的关系，乐观沉静，隐忍克己，渴望获得接纳和认同。小说中有一段文字着意展现阿铃到西战团后第一次骑马时的镇定沉着："她无声地任人放置在马背上，她没有说一句怕，也不说不怕，昂着头，挺着腰，在我身后，每当崎岖的地方，我总调转头来叮咛她，她便给我一个信赖的微笑。"[2]这段描写明显带有丁玲个人生活的印记：1936年11月，丁玲在东北军的护送下前往保安，第一天的路程需要骑马行进。这是丁玲生平第一次骑马，免不了遭受紧张、狼狈和疲累，但她不说怕，不喊苦，咬着牙坚持下来[3]。阿铃是经革命理性规约的理想化的抗战儿童，她的身上闪动着作家本人的身影和气质，所以小说中的"我"与阿铃在短暂相处几日后便有了无言的默契。

与《县长家庭》不同，萧红的小说《孩子的讲演》无意于塑造理想化的抗战儿童形象，无意于传达宏大的政治主题，而意在揭示儿童世界与成人世界的隔膜以及儿童在国族话语规训下的个体生存状态。王根与欢迎会上的成人存在明显的认知差距：王根听不懂花胡子演讲者的话，不明白他演讲的笑点在哪里；轮到王根自己演讲时，他也不理解听众给以的掌声与笑声的用意，频频怀疑是自己讲错了；听众则多半把王根看作一个小玩物，喜爱中有蔑视，他们不断的掌声和笑声打乱了王根的演讲节奏；演讲难以为继，王根失控大哭，听众反而笑得更厉害了。显然，孩子王根尚欠缺成人的理性自制，不够成熟老练，无法理解和应对身边的各种状况；但成人们对王根亦缺乏足够的尊重，他们善意的戏弄挫伤了王根的自尊心，却对此无觉察无反省。在小说中，给王根造成巨大心理压力的不是日寇侵略、组织纪律或亲子关系，而是成人对儿童的个性与自尊的忽视，是抗日救亡的国族话语对个体私语的淹没——王根努力让自己变作大人，而成为大人的目的就是去打日本鬼子，成为大人的标志就是不再在感到恐惧时呼唤妈妈。

萧红是西战团的外来人员和短期参与者，她虽然支持抗战，却对政党政治较为疏离，缺乏从事政治活动的心力，也不认同主流抗战文学的教条主义。相较于处于政治场域中心的丁玲，萧红少了革命浪头弄潮儿的热情与自信，却多了几分岸边观察者的冷静与敏锐。在《孩子的讲演》中，抗日救亡的宏大话语被演讲者反复言说，千篇一律，近乎套路："由于开着窗子和门的关系，所有的讲演者的声音，都不十分响亮，平凡的，拖长的……因为那些所讲的悲惨的事情都没有变样，一个说日本帝国主义，另一个也说日本帝国主义。那些过于庄严的脸孔,在一个欢迎会是不大相宜。"[4] 相比之下,王根的演讲更令听众动容,他的儿童身份、儿童形象和从自我经验出发的童言童语自有一种打动人心的力量。但王根的演讲刚提到日本帝国主义就中止了,这也许是因为萧红不愿王根像其他成年人一样喊出空洞的抗日口号,失去原有的质朴真诚吧。欢迎会如同过眼云烟,很快被人们忘记,只有王根还在演讲失败所引发的精神恐惧中坚强地自愈、成长。萧红不去敷衍欢迎会上的抗日演讲可能产生的积极效果,反而对演讲的程式与内容略有微词;不对王根如何加入西战团这个具有鲜明政治意义的事件详加叙述,反而细表他因演讲失败而自尊心受挫这个在旁人看来无足轻重的小事,她就是要将个体生命存在从同质化的抗战叙事中解放出来,展现宏大国族话语无法彻底规训的生活本相与活泼人性。

二

《县长家庭》所采用的第一人称内聚焦叙事方式使"我"能够将自己的心理活动向读者和盘托出,却无法洞悉他人的感受与想法,阿铃的内心世界在整篇小说中付之阙如。她如何看待日本侵略者?离家后可曾思念父母?吃得惯西战团的小米、南瓜吗?学习唱歌跳舞时快乐吗?第一次骑马时是否害怕?诸如此类的问题在小说中都处于悬置状态,其根源在于丁玲对阿铃心理的有意遮蔽。阿铃身上呈现出共产党/国民党、家庭/国族、个人/集体等多重矛盾的盘互交错,这本是一个娇生惯养的八岁女孩无法承受也无法厘清的生命困局,若如实表现,就会淡化阿铃形象的理想色彩,偏离小说的政治主题;若失实描写,又会使阿铃形象流于概念化,削弱小说的艺术表现力。为了突出小说的政治意蕴,同时缓解真实性、思想性、艺术性三者之间的张力,丁玲放弃表现阿铃的内心世界,让她以一个成熟的小战士的面貌待人接物,又不断地通过"我"的观察和感受来质疑阿铃的"早熟":"孩子虽说没有哭过,也没有说要回家的话,可是她已经在过一种不是八岁的孩子所该有的一种理智生活"[2];"她给了凡见过她的人以大的惊异"[2];"她那样执着的生活,决不会是因为她的感情与思想,因为她的确才八岁,她可能是为了满足母亲的要求而委屈着自己的……"[2] "我"对阿铃参加西战团的动机与决心的质疑反而增强了阿铃形象的真实性,也调动读者发挥想象力去合理化阿铃的"早熟"：也许她只是年幼贪玩，觉得西战团人多热闹吧；她还是个孩子，不识愁滋味，不懂离别苦；她一定极爱母亲，不愿辜负母亲的期望，发誓做爱国的孩子，等等。

《孩子的讲演》整体上采用第三人称全知视角，但在刻画王根的心理时由零聚焦变为内聚焦，让王根自陈心理活动，由此构筑一个为成人所忽视的儿童自我意识世界。萧红通过这种叙述方式将童真还给儿童，既表现了王根活泼好动、纯真懵懂的情态，又使读者直接走进这个小男孩的心灵，体会他的幸福、悲伤、恐惧。王根的自我意识世界充满了童心童趣：他因在城门楼子里说话时空洞的声音、圆圆的月亮、满街的歌声而兴奋；他将莲花落作为日常游戏，得意时就偷着唱跳一段；他为可以在欢迎会上大量地食用零食糖果而心满意足；他在被点名演讲时紧张不安，一心求好，过分地在意听众的反应；他在演讲失败后又是那么羞愧懊恼，以致失控大哭；在欢迎会后的一周内，他还常因梦到自己演讲时的窘况而在恐惧中惊醒，随后又抑制着恋母之情入睡了。萧红从儿童心理出发，细腻地刻画了王根对外部世界的感知体验、对突发事件的应激反应、对自我价值的理解体认，而这些正是丁玲《县长家庭》中有意回避的抗战儿童"个人化""心理化"的生活内面。

抗战时期，成千上万的中国儿童"目睹了国破家亡的人间惨况，失去了正常生活、学习的条件与可能，成为中共抗战宣传和组织动员的受众群体。在中共的舆论宣传、抗战动员中，儿童作为小国民和小战士的身份、地位已经逐渐形成，儿童的主体意识也越来越强烈"[5]。丁玲到陕北后接触到大量的抗战儿童，她对小红军、小勤务兵、西战团中的儿童团员等有近距离的观察，积累了较为丰富的创作素材。战乱使这些本该在安宁的小家庭中备受父母呵护的儿童提前进入社会生活，在中共的宣传动员下形成身为"小国民"和"小战士"的主体意识，以稚弱的肩膀承担起抗日救亡的责任。丁玲在塑造阿铃形象时着重表现的就是抗战儿童这种早熟的主体意识和责任担当，将叙事重心放在阿铃的外在行为而非内在心理之上无疑更为稳妥。《孩子的讲演》中王根的抗日热情并不逊于阿铃，他不顾父母劝阻，留在西战团里从事战地服务，认为打日本鬼子不分男女老幼。但萧红虚写、弱化王根成人化、战斗性的这一面而实写、强化其孩子气、私人性的另一面，因为在她看来，抗战儿童在成长过程中需要鼓起勇气应对的不只是战争，还有日常生活中各种不为外人所知的哀乐悲欢。更有研究者指出：《孩子的讲演》在更深层意义上"隐含着一个具有象征意味的结构，它贮存了萧红本人作为一个作家对生命、对现实的不便明言的困惑与不安，以及在某种猛烈的外界倾向的干扰下突然陷入一种'失语状态'的惶惑心理，尤其是关于她走上文学道路后遇到的压力和阻碍的心情"[6]。可以说，《县长家庭》和《孩子的讲演》展示了抗战儿童生活与情感的不同侧面，前者代表了抗战文学儿童书写的主流，阿铃是丁玲自身革命气质的具象化表征；后者则凭借对王根内心世界的细腻描绘而补充、深化了抗战儿童形象，并在一定程度上泄露了萧红的心灵密码。

三

《县长家庭》由"我"应县长夫人的请求接受阿铃加入西战团、阿铃在西战团中的表现、县长在深夜逼劝阿铃回家三个按照时间发展顺序逐步展开的情节单元构成，整体行文结构单纯，叙事较少波澜。阿铃的出场算是小说的一个亮点，丁玲没有开门见山地介绍阿铃的出身和事迹，而是从"我"应邀到县长家做客写起。在与G先生、县长夫人、县长夫人的女伴几番不冷不热的应酬之后，"我"兴味索然，去意频生，这时，阿铃才被县衙中人如众星捧月般环侍着登场："忽然院子里传来一阵人声，同时好几人争着说话，这两个女人也争着跑出去了。跟着便涌进一堆人，除了勤务兵之外，还有类似科长之流的人们，我只好赶紧站起来，看见她们簇拥着一个小孩到我的面前来了。"[2]阿铃的出场，吊足了读者的胃口，彰显出这个八岁女孩在家中的重要地位，也为其后情节的展开做了铺垫：如此娇生惯养，无怪县长夫妇对阿铃难舍难分，阿铃毅然离家而入西战团的行为也更显难能可贵。除了设置悬念，丁玲还运用衬托的手法塑造阿铃形象，县长夫人是正衬，县长是反衬。县长夫人见战事危急，不甘坐以待毙，在决定去115师做看护后郑重地将阿铃托付给西战团主任的"我"。但她在与女儿分别时是那样不舍，分别后也常常哭泣，于审时度势、爱女情切中透出几分无奈与软弱，从而将阿铃衬托得镇定自若。县长身为男子，又是堂堂地方行政长官，却耽于小家小爱，不如妻女深明大义。为让阿铃回心转意，他不惜用残酷无情的话语折磨她的心灵，导致她崩溃大哭并在"不爱国"的道德负疚感中离开西战团。在这部分叙述中,"我"先后三次以房中画幅与横镜上所画"狐狸""类狗的狮子"等形象暗示县长的狡猾、残忍、狭隘、自私,以此反衬阿铃的抗日决心与爱国热情,褒贬之意非常明确。总体说来,《县长家庭》情节连贯,人物个性鲜明,叙述细致且饱含感情。

与《县长家庭》相比,《孩子的讲演》情节简单得近于无事,但笔法自由灵动,张弛有度。小说从描写欢迎会的热闹场面起笔,不久便转入王根对赴会途中有趣情景的回忆。这段插叙既凸显了王根的童心,又勾连着后文王根演讲中的若干细节。回忆结束,叙事重返当下,王根的演讲感染了听众,使原本闹哄哄的会场安静下来,叙事焦点由室内人群移至窗外明月,全知视角细致地描绘了月色笼罩下的校舍,营造出一种清冷静谧的氛围,叙事节奏明显放缓,抒情意味有所增强。写罢月亮,叙事再次回到王根的演讲,会场气氛的热烈程度和王根心理活动的强度达到顶点后渐趋平缓,直至夜半王根跟随队伍走在回程路上达到最静,此处又与前文王根的回忆形成呼应。小说结尾静中有动,以动衬静,尤为精妙:全知视角通过梦境揭示王根的潜意识,展现他的恐惧与自强,既出人意料又在情理之中,使王根这个可爱可敬的抗战儿童形象更加鲜活生动,可谓四两拨千斤。《孩子的讲演》不似《县长家庭》那样平铺直叙,萧红以才遣笔,将原本平淡的事件写得摇曳多姿,余味悠长。

丁玲在晚年如此评价萧红:"她这个人政治性太少,和革命老离得远远的。革命是什么?革命就是走在时代最前面的一股力量,是代表时代的东西。你跟它离得远远的,你就脱离了时代,脱离了群众。"[7]萧红的确不是站在时代政治前沿的激进作家,但由此说她"脱离了时代,脱离了群众"未免言过其实,而且丁玲所谓"政治性太少"正是萧红自觉的文学追求——她强调"作家不是属于某个阶级的,作家是属于人类的"[8],也是使其作品历久弥新的重要因素。萧红在《孩子的讲演》中将王根从抗日救亡的小战士还原为一个普通的九岁儿童,他的言行与心理被刻画得如此真切,使读者自然而然地联想起亲历的或观察到的儿童日常生活,引发会心一笑。在叙述王根演讲中途,萧红调转笔墨,对窗外明月细加描绘,从而将此时此地此事此人置于浩瀚无垠的宇宙时空之中:王根不过三尺孩童,遭逢乱世却如春草般倔强生长,以细幼的根须触摸着、响应着时代的脉搏;

月亮本为无情之物，周而复始地沿着既定的轨道运行，阴晴圆缺自古皆然，哪管人世沧桑变幻。但在1938年山西某城的一个春夜，月亮与王根不期而遇并成为他的伟大听众。借助"月亮"意象，萧红赋予王根的演讲一种超越具体的历史和政治语境的庄严感、神圣感——亘古的月亮见证的不仅是王根的抗日热情，更是王根的存在本身；这存在尽管渺小而短暂，却又如此纯真执着，令人肃然起敬。萧红超政治的文学观与精准描写儿童生活的手腕使这篇表现抗战儿童精神成长的小说散发出清新动人而又持久的艺术魅力。

如果说《孩子的讲演》成于所谓"政治性太少"，那么《县长家庭》则败在"政治性太多"。丁玲强烈的政治倾向性使叙事者"我"在观察、描述、评价人物时失之偏颇与片面，缩简了人物丰富的人性内涵。亲子间相互依恋乃人之常情，何况阿铃还是一个从未离开过家、离开过母亲的女童。县长劝转阿铃的方法确实欠妥，但他是阿铃的生父，有权决定女儿的去留。带女儿离开前，他又坦诚地自剖心曲，向"我"表达了懊恼自责之情。身为父亲，县长的态度和行为情有可原，不应受苛责；但他还是国民党地方行政官员，这重政治身份就使"我"必须立场坚定地对他表示厌恶与鄙视。同样出于政治考虑，丁玲让阿铃始终处于心理真空状态，导致这个本可血肉丰满的抗战儿童形象单薄且空洞。可见，以政治性遮蔽人性，将复杂立体的人物概念化为干瘪的政治符号，是小说《县长家庭》一个明显的艺术缺陷。

四

丁玲曾将自己从进入苏区到离开西战团这两年间的经历视为一生中的"黄金时代"[9]。激烈动荡而又充满活力与希望的集体战斗生活使她的生命焕发出夺目的光彩，山重水复的暗淡前途、难以理清的情欲困惑以及个人主义的自伤自怜都被一扫而空了，代之以充沛的革命激情和积极的革命实践，而这激情与实践正是丁玲的包括《县长家庭》在内的陕北时期文学创作的源头活水，虽有时不免导致作品"主题先行"的艺术缺陷，却体现出丁玲对时代精神的热烈响应和对历史发展趋势的执着追寻。反观萧红，她拥有天赋的文才和敏锐的直觉力、感受力，她对于自我个性与文学独立价值的坚守也令人感佩，但相比于丁玲，她将个人的情爱悲欢看得过重，缺乏开阔的胸襟和果敢的自决能力。其实，萧红本人对此亦有察觉，在1936年11月19日写给萧军的信中，她感慨自己于日本的独居生活像蛹一样被卷在茧里去了，这生活自由、舒适、平静、安闲，经济上一点也不压迫，但又是那么寂寞，自己的"黄金时代"是收起翅膀在笼子里度过的[8]。而彼时的丁玲初到陕北，正鼓足干劲，准备在革命斗争的广阔天地中展翅高飞，迎接人生的"黄金时代"。革命生活经验的匮乏使萧红无法像丁玲那样正面详细叙写西战团儿童的入团经过、入团后所从事的革命活动等，而只能撷取自己在与西战团短期接触过程中捕捉到的生活片段加以侧面描绘。

丁玲的《县长家庭》和萧红的《孩子的讲演》为读者展示了中国儿童在抗战时期由家庭走入社会、由父母的宠儿转变为祖国的战士的成长过程。两位作家以各自的身份和立场，从不同的距离和角度，运用多种修辞手法来布局谋篇，塑造人物，表达主题，使同一题材、同类人物呈现出相异的面貌。《县长家庭》是政治理性的产物，阿铃形象单纯明晰，符合意识形态的规约；《孩子的讲演》逸出主流抗战话语，向王根的个人生活与内心世界开掘，感性却不乏洞见。或许可以这样说：阿铃是迷你版的丁玲，王根是儿童化的萧红，两位作家对于战争与革命、政治与人性、自我与他者的理解与感悟都蕴含在各自的抗战儿童形象之中了。

参考文献

[1] 陈明. 西北战地服务团第一年纪实 [J]. 新文学史料，1982（2）:65—72.

[2] 丁玲. 丁玲文集：第三卷 [M]. 长沙：湖南人民出版社，1983.

[3] 李向东，王增如. 丁玲传：上册 [M]. 北京：中国大百科全书出版社，2015.

[4] 萧红. 萧红全集：第二卷 [M]. 哈尔滨：黑龙江大学出版社，2011.

[5] 侯杰，庞少哲. 从"小难民"到"小战士"：中国共产党与抗战时期的儿童动员 [J]. 河北学刊，2022（4）:38—46.

[6] 朱自奋.《孩子的讲演》告诉我们的：萧红创作的一种细读 [J]. 山东社会科学，2000（5）:91—93.

[7] 丁玲等. 丁玲答问：和北京语言学院留学生的一次谈话 [J]. 延河，1982（11）:3-8.

[8] 萧红. 萧红全集：第四卷 [M]. 哈尔滨：黑龙江大学出版社，2011.

[9] 蒋祖林. 丁玲传 [M]. 北京：人民文学出版社，2015.

殖民地时期朝鲜的丁玲接受研究

曲向楠　任佑卿

　　丁玲作为中国现当代文学最重要的作家之一，初登文坛不久后其作品就已被译介至海外。她作品中散发出的女性主体意识，随着中国革命史跌宕起伏的人生经历，在经历风雨后依然坚定不移的革命信仰，如何评价丁玲、如何解读丁玲的作品成为海内外学者一直关注的研究课题。改革开放后，伴随丁玲的复出，国内出现了研究丁玲的热潮，学者们也着手整理海外的丁玲研究。如王中忱、袁良骏、韩日新、文学武、陆文采、苏永延、赵焕亭等都在各自的研究中考察了丁玲的海外研究，其中重点介绍了日本与美国的研究情况，也涉及东欧、法国、新加坡等国的研究，但都没有提及韩国。

　　当然国内对于韩国丁玲研究的介绍并非没有，如韩国留学生成箕淑在其硕士论文《韩国的中国现代女性文学研究》中介绍了1980年至2008年期间韩国学界的丁玲、张爱玲和萧红研究。虽然朝鲜半岛对丁玲的关注始于20世纪30年代，早在这时就已经有人积极地将丁玲与其他中国现代女作家介绍至朝鲜半岛，但中韩学界受限于语言与早期材料挖掘困难等问题朝鲜半岛早期的丁玲接受研究仍处于起步阶段。不过，鲁迅的域外接受研究已经较为成熟，其中关于鲁迅在韩国的接受与传播，最近中韩两国都出现了较为丰富的研究成果。袁良骏曾总结过日本的丁玲研究很像日本的鲁迅研究，如研究与作家作品发表时间同步、论者众多、方面涉及广和形式多样[1]。事实上，韩国的丁玲研究也很像韩国的鲁迅研究，主要表现在接受群体的同一性。如，丁来东与辛岛骁既是著名的鲁迅研究者，又是重要的丁玲接受者。但，丁玲的女性身份与其曲折的人生经历使丁玲在韩国的接受与鲁迅相比呈现出更为多样的层面。

最近，随着朝鲜文人对中国现代文学接受研究逐渐增加，多位学者发现中国现代女作家是中国现代文学接受的重要组成部分，20世纪30年代开始的朝鲜文人对于中国女作家的介绍也渐渐浮出水面，而丁玲则是女作家群体中的代表人物之一。贺桂梅指出，丁玲的一生是中国革命史的肉身形态，也是中国妇女解放史的化身。在丁玲积极参与革命、参与妇女解放的现场，处于同一历史时空下隔海相望的朝鲜文人是如何评价她、如何解读她的作品的呢？早期报刊资料的整理与发现使解答这一提问成为可能。通过海外史料不仅能以此了解韩国对于中国女作家、对于中国现代文学的解读与态度随着历史不断变化的过程，而且能从侧面为中国现代文学史的书写提供佐证。同时，相关史料还能折射出两国文人在面对相同的历史课题时对于文学与政治的关系、新女性、现代性等一系列围绕国家走向问题所做出的思考。正如葛兆光所言"通过周边文献资料和不同文化视角来反观中国"，"既能摆脱'以中国解释中国'的固执偏见，也能跳出'以西方来透视中国'的单一模式"[2]。因此，殖民地时期朝鲜丁玲接受的史料发掘与考察具有重要的意义与价值。

进入本论之前，有必要明确"朝鲜"的定义，朝鲜半岛自1910年8月22日沦陷为日本殖民地，日本设"朝鲜总督府"对其实行殖民统治，直至日本战败。1945年8月15日，朝鲜半岛宣布解放，这天也被称为"光复日"。此后根据同盟国协议，美苏两军以北纬38度为界分别管理朝鲜半岛的以南和以北区域，大韩民国直到1948年8月才宣布成立，朝鲜民主主义人民共和国同年9月成立。韩国学界称1910年韩日合并至1945年日本投降前为殖民地时期，1945年至1948年建国前这段时期为"解放期"。本文中将以"朝鲜"指代1910年至1948年的朝鲜半岛，"韩国"指1948年建国的大韩民国，为了区别提及朝鲜民主主义人民共和国时将加以特殊说明。还需要说明的是，本文中涉及的史料全部收集于今天的韩国，殖民地时期朝鲜半岛北部的史料有待进一步挖掘。

一、朝鲜的丁玲接受概况

20世纪20年代至40年代受殖民历史背景影响，朝鲜文化界和学界专注于探究民族解放和近代民族国家建设这一历史课题。自1920年起，朝鲜文人在译介外国文学时，有意识地向民众介绍由受压迫民族所创作的具有反抗意识的文学。这种现象也正如王家平在总结鲁迅域外传播的特点时所说的，这种译介印证了国际文化交流中的一条规则，"人们接触'他者'，主要不是出于好奇心而寻找差异性，而是为了在'他者'身上找到与自己相同的共性"[3]。不过，此时的朝鲜文坛对欧美文学的译介占主导位置，但其中部分文人注意到中国的新文化运动以及蓬勃发展中的中国现代文学。其中曾在中国留学的丁来东和金光洲，以及京城帝国大学以辛岛骁为代表的师生等都在译介丁玲的过程中发挥了重要作用。因此，这一时期对丁玲的介绍主要是由具有中国留学经历的朝鲜文人在报纸或杂志上发表的译介文章和评论，以及京城帝国大学的中文系师生的研究构成。

随着1937年中日战争全面爆发，日本对朝鲜半岛的文化控制变得更加严格，因此，1937年后到1945年朝鲜文人较少发表中国现代文学的相关文章。到1940年以后，仅有的几篇朝鲜文人对丁玲的提及多受到日本丁玲研究的影响。殖民地时期朝鲜唯一的一篇丁玲小说的翻译，是日本武田泰淳翻译的《他走后》。日本投降后，朝鲜学者终于可以再次自由地研究中国现代文学，甚至被允许公开讨论中国的抗日文学，因此，解放期的朝鲜获得了短暂的中国文学介绍热潮。但是20世纪50年代由于大韩民国政府的建立以及朝鲜战争后的反共意识形态影响，韩国文人对中国现当代文学的研究陷入了困境。直到20世纪80年代，韩国中国现当代文学研究才得以重新开启。韩国的丁玲接受也是在上述历史背景下进行的。受篇幅限制，本文将详细介绍殖民地时期的丁玲接受。

下面，本文参考常景总结的殖民地时期朝鲜文人对中国现代女作家的接受目录[4]，整理了与丁玲有关的提及。

表 1　殖民地时期朝鲜文人对中国现代女作家的接受目录与三个和尚玲相关的提及

《标题》	作者	刊物	发表日期	提及女作家	备注
《中国尖端女性猛烈的活跃》	未详	《东亚日报》5次连载	1930.11.29—12.5	冰心、卢隐、白薇、绿漪、冯沅君、陈衡哲、丁玲、凌淑华、陈学昭、吴曙天、CF女士（张近芬）等	
《文学革命后的中国文艺观》	金台俊	《每日日报》18次连载	1930.11.12.—12.8	冰心、丁玲、苏雪林（绿漪）、君女士（冯淑兰）、陈学昭、白薇、卢隐	
《新兴中国文坛活跃的重要作家》	金台俊	《每日日报》17次连载	1931.1.1—1.24	冰心、白薇、丁玲、卢隐、冯沅君、陈学昭、陈衡哲、绿漪、林兰	
《中国文人的受难与荣誉1931年上半期文坛秘录》	李庆孙	《朝鲜日报》3次连载	1931.8.26.—8.29	白薇、丁玲、谢冰莹	
《动荡的中国文坛的最近相》	丁来东	《朝鲜日报》	1931.11.8—12.1	白薇、丁玲、庐隐、谢冰莹	
《现代中国新女性的印象》	丁来东	《新家庭》2号	1933.2	冰心、白薇、丁玲、绿漪、沅君、衡哲	
《蓝衣社干部死的咀呢》	未详	《朝鲜中央日报》2版	1933.6.19	丁玲	
《中国的女流作家》	丁来东	《新家庭》第1卷10号	1933.10	冰心、石评梅、卢隐、丁玲、绿漪、淑华、沅君、白薇、陈学昭等	
《中国现代文人绮谈》	梁白华	《朝鲜日报》20次连载	1933.10.12.—11.12	谢冰莹、冰心、卢隐、苏雪林（绿漪）、白薇、丁玲、陈学昭	

续表

《标题》	作者	刊物	发表日期	提及女作家	备注
《中国女流作家论》	金光洲	《东亚日报》21次连载	1934.2.24.—3.30	冰心、丁玲、卢隐	译贺玉波文章
《中国新文艺的百花阵》	庐子泳	《三千里》第6卷7号	1934.6.1	冰心、白薇、丁玲、虞琰	
《中国文坛杂话》	丁来东	《东亚日报》	1934.6.30—7.4	陈学昭、白薇、丁玲、凌淑华、冯沅君、冰心等	
《中国女流作家的创作论和创作经验》	丁来东	《新家庭》第9卷9号	1934.9	冰心、丁玲、白薇、卢隐	译丁玲作品
《引人注目的中国白色恐怖蓝衣社解剖》	张继青	《三千里》第6卷11号	1934.11.1	丁玲	
《现代中国文坛的十大女作家论》	李达	《东亚日报》4次连载	1935.1.16.—1.19	冰心、卢隐、凌淑华、丁玲、绿漪、冯沅君、沉樱、陈学昭、白薇等	译贺玉波文章
《中国文坛的现势一瞥》	金光洲	《东亚日报》	1935.2.5—2.8	丁玲	
《关于中国女流作家丁玲》	朴胜极	《朝鲜文坛》23号	1935.5.26	丁玲	
《鲁迅追悼文》	李陆史	《朝鲜日报》5版	1936.10.23	丁玲	
《上海南京的新女性从大学教授到女巡查》	未详	《三千里》第9卷5号	1937.10.1	冰心、丁玲、凌淑华	
《现代支那的新进作家》	李明善	《每日新报》	1938.12.11	丁玲	
《动乱中的中国作家》	金学俊	《三千里》第12卷4号	1940.4.1	丁玲	

《标题》	作者	刊物	发表日期	提及女作家	备注
《现代支那的女流作家》	李鲁夫	《朝鲜日报》	1940.7.5	冰心、卢隐、丁玲、凌叔华、萧红、冯沅君、谢冰莹、白薇	
《他走后》（小说翻译）	未详	《三千里》第12卷8号	1940.9.1	丁玲	译丁玲作品
《支那女流作家冰心丁玲的作品》	朴天顺（朴胜极）	《三千里》第13卷12号	1941.12.1	冰心、丁玲、卢隐、绿漪、白薇、陈衡哲、袁昌英、冯沅君、凌淑华、秋瑾	
《战争中的中国文艺》	荻崖	《大东亚》第14卷5号	1942.7.1	丁玲	

表格中列举的殖民地时期朝鲜文人对丁玲的提及主要集中在1930年至1937年（18次）。除丁玲之外，冰心、庐隐、白薇同样受到了较多关注。需要注意的是，上述罗列的文章中多为简略提及，以丁玲为主要研究对象的文章仅7篇。

纵观20世纪30年代朝鲜对丁玲的介绍，可以发现接受者主要关注其新女性作家身份和受迫害的左翼文人身份。换言之，殖民地时期朝鲜文坛对丁玲的译介主要在这两个语境下产生。第一，是中国新女性女作家的代表人物之一，或妇女解放的典范。正如中国的新文化运动中妇女解放是作为主要议题出现的，朝鲜在20世纪二三十年代也同样积极追求妇女解放。通过表中的数据可以得知早在20世纪30年代初，丁玲就作为五四女作家的代表人物之一被介绍到了朝鲜半岛，其作品因积极地反映社会问题，具有反封建等革命性因素受到朝鲜文人的青睐。由于丁玲20世纪30年代初的左转，以钱杏邨为代表的中国左翼评论家对其作品进行了大量的批评，因此，在中国丁玲的左翼作家身份逐渐闻名于文坛。但朝鲜的丁玲接受，对于丁玲左转后的作品关注极少，如丁来东对丁玲作品的评论主要集中在《在黑暗中》收录的早期作品。

第二，是国民党政府打压左翼人士进行文化专制的案例。1933年5月，丁玲的失踪事件成为中国文坛乃至政治界的热点新闻，报纸杂志争相报道事件的进展，关于丁玲是生是死谣言四起。同年，鲁迅在接受朝鲜《东亚日报》申彦俊的采访时，特意说到失踪的"丁玲是唯一的无产阶级作家"。1933年至1935年，丁来东、金光洲、辛岛骁等都在文章中斥责国民党抓捕暗杀左翼文人的残酷文化政策时提及该事件，也都表达了对国民党政府的批判与对左翼文人的同情。由于1933年丁玲失踪事件在中、日、韩均造成了较大的影响，多位文人都在文章中批判国民党专制的文艺政策时提及丁玲事件，表达对左翼文人的同情，这一类的提及也是最多的。事实上，丁玲在中国女作家的地位迅速攀升至代表人物很大限度上也是受到了胡也频被杀的影响，尤其是日本进步人士对丁玲的提及，他们多称呼丁玲为"被杀害的左翼文人胡也频的妻子"。日韩的左翼文学运动都如中国一样，受到了残酷的镇压。在殖民地时期的朝鲜丁玲左转后的作品被较少提及，也是因为朝鲜经历了1931和1934两次对左翼的大搜捕后，左翼文人都逐渐在文坛销声匿迹了。这种对丁玲事件的关注也体现出东亚，乃至世界范围内的进步人士在极端环境之下的联动与互助。

下文，将以上述两种丁玲形象为中心详细论述殖民地时期朝鲜的丁玲接受。

二、中国新女性作家代表

20世纪30年代朝鲜文坛公认的中国最著名的女作家是冰心、庐隐、丁玲和白薇。因此，在殖民地时期朝鲜的以女作家为题目的文章中，丁玲是作为代表之一被提及的，这一形象主要出现在以丁来东和金光洲为代表的朝鲜留学生的译介文章中。

19世纪末，世界政治局势风起云涌，为了改变祖国日益衰落的现状，朝鲜青年远赴美国、日本等地，汲取外国文化。20世纪初，逐渐有朝鲜学生选择到中国留学，到20世纪30年代，北京、上海等大城市已经聚集了大量的朝鲜留学生，上海复旦大学甚至成立了"高丽留学生联合会"，会员达到几百人[5]。在中朝鲜留学生是向朝鲜半岛介绍中国文坛的重要群体之一，其中发表评论文章最多的就是丁来东与金光洲。他们二人是好友，都立志将中国现代文学译介到朝鲜，且思想上都倾向于无政府主义[6]。两人中丁来东的文章数量更多[7]，从前文的表格中也能看出丁来东是最积极介绍中国现代女作家的朝鲜文人。

丁来东（1903—1985）1903年1月出生于朝鲜半岛全罗南道。1918年进入日本明治学院中学，1923年毕业于东京大成中学。1924年到中国北京的民国大学英文系继续学业。在中国求学期间，他加入了无政府主义团体，课余时间常到北京大学旁听鲁迅讲课。自1927年起，他开始于朝鲜报纸等媒体介绍中国现代文学。1930年大学毕业后回国，1932年就职于东亚日报社。1941年以后，他先后担任首尔大学和成均馆大学的中文教授。

丁来东是最早系统地介绍中国女作家的朝鲜文人。虽然梁白华与金台俊提及几位女作家的时期更早[8]，但都没有详细地评论丁玲及其作品。丁来东在1933年10月发表的《中国女流作家》一文中，详细列举了丁玲的作品，还评论了其创作特点。文中他介绍善于创作小说的女作家时，以丁玲为例并称赞了她的小说。接着在1934年9月中，他又以《中国女作家的创作论与创作经验谈》为题，翻译了丁玲介绍自己创作经验的文章[9]。下面将详细介绍这两篇文章。

在《中国女流作家》一文中，丁来东首先就为何单独讨论女作家列出了以下几点原因。第一，由于妇女解放的时间不久，女性在社会上受到的束缚更多、知识水平比男性低，因此出现与男性作家水平相近的女性作家时，往往予以更多关注。第二，写作的女性通常是知名文人的夫人或出版商的亲戚，作品更容易出版，且易获得较高评价，所以女性作家的作品很难区分出优劣。第三，中国文坛女作家有三十多名，但能与男作家相比肩的女作家仅有几人。于是丁来东筛选了几位他认为水平不输于男作家的女作家后，按体裁分类后逐一进行了介绍。如，诗歌方面的代表是冰心和石评梅，小说方面的庐隐、丁玲、绿漪、淑华、元君，戏曲方面的白薇，小品文方面的陈学昭。在介绍中国女作家的长篇小说时，他提到丁玲、陈学昭和庐隐。丁来东首先介绍了丁玲的《韦护》，还提到丁玲的爱情故事。引文如下：

"丁玲女士的《韦护》描写了无政府主义者女性和马克思主义者男性之间发生的恋爱关系。本来丁玲女士是无政府主义者，与一个名为胡也频的文人恋爱后，思想上发生了变动。丁玲与胡也频曾在上海发行过《红黑》

杂志，后编辑了杂志《北斗》。胡也频死后，丁玲与其他马克思主义者恋爱的过程中遭遇了上文提到的惨变。丁玲女士的作品特色在于善于描写恋爱时代的女性心理，可能是由于她恋爱经验丰富的关系。其女性心理描写在中国小说界也是不落人后。这一特点同样存在于她的短篇小说中。"[10]

如上文所示，丁来东认为《韦护》是以丁玲和胡也频的故事为原型创作的。众所周知，《韦护》的原型人物是瞿秋白，可见丁来东对于丁玲作品的解读存在一些常识性的错误。引文中提到丁玲早期是无政府主义者，受胡也频影响思想开始左倾，显然他在写这篇文章时参考了同时期中国的报道或评论。同时，他提到丁玲擅长描写女性心理是因为恋爱经验丰富。可见，当时中国的报纸杂志报道的关于丁玲的大量桃色绯闻，丁来东也注意到了。关于丁玲小说的特点，丁来东说"她不忽视个人所处的社会环境，且善于描写女性心理"。他一一列举丁玲的《在黑暗中》《自杀日记》《一个女人》后称赞丁玲作品的创作水平较高，其作品是中国重要的短篇小说。到20世纪60年代，丁来东回顾中国新文学时，曾提到女性作家中丁玲脱离了个人的自叙式创作，其特色在于创作出了以理性控制感情的女主人公形象[11]。

丁来东还指出，中国现代女作家的作品多为恋爱书简式的创作，小说居多，且多反映男女情感、回忆过去、青年苦恼、日常家中小事等主题，对社会问题、社会运动、女性解放等问题的描述相对较少。他由此引出庐隐、白薇的作品多反映现实问题和社会问题，认为通过阅读她们的作品可以从侧面了解到中国妇女解放运动、最近的社会问题和流行的主义运动等内容。紧接着他提到丁玲，他认为丁玲很关注社会的现实问题，并对此表示认可。

在《中国女流作家》的最后，丁来东还总结了当前（1933）中国女作家作品所具有的三个倾向。第一，从浪漫主义渐渐转向写实主义；第二，题材从家庭问题、恋爱问题转向社会问题；第三，不仅要脱离男性和家庭的束缚，而且具有挣脱社会束缚和反抗一切压迫的倾向，庐隐、白薇、丁玲具有这种新倾向。他认为，虽然这些作品表现出中国正在发生的激变，但中国女作家的短篇小说作品多数只能称为"感想文的延长或是长篇的随笔"，且作品主题仍多与家庭与学校有关，缺少对社会现实问题的关注，因此，女作家们需要继续努力。

1934年，丁来东在《新家庭》上发表《中国女作家的创作论与创作经验谈》，文中翻译了冰心、庐隐和丁玲写的介绍创作经验的文章。在这篇文章的开始他就指出中国新文化运动十多年来，五四后代女作家与初代相比思想变化很大。如丁玲、白薇等后代女作家大多因对家庭不满和对男性的反抗而选择离家出走后独立生活，且多数参加了社会运动。因此，丁来东问道："她们为什么不喜欢安逸的家庭生活，一定要经历痛苦成为'娜拉'呢？"接着他回答到，她们有摆脱社会、男性、家庭的束缚塑造独立人格的需求。由此可知，丁来东对于妇女解放运动的支持与赞许，他通过丁玲的作品看到了女性独立的需要，以及妇女解放的必要性。

文中并没有给出原文的出处，根据丁来东的译文内容，可以确定丁玲创作经验的部分原文来自丁玲创作于1933年4月的《我的创作生活》[12]。将译文与原文对照后发现，丁来东着重翻译了原文的前半部分，即丁玲童年、中学时期的阅读经历和写小说的初衷，而丁玲评判自己作品的部分却几乎没有翻译。如，她批评《韦护》是一个庸俗的故事，陷入了恋爱与革命的冲突的陷阱；《田家冲》的失败在于没有写出三小姐从地主女儿转变为革命女儿的步骤；现在仍未克服中农意识等。这种批判是以革命性为标尺的，丁玲对于不被左翼评论家认可的作品也给予了否定性评价。丁来东的不译，也许正是为了规避以革命性为价值判断的批评。这一倾向，在丁来东其他的评论文（包括其鲁迅研究）中也多次出现，他认为无产阶级文学理论欠缺内实与系统的体系，因此他更推崇"纯粹文学"。1971年，丁来东在《丁来东全集1》的序言中表示，早期日本对中国文学的介绍脱离事实的夸大评价和偏颇的评价较多，因此，他本着客观严谨的态度进行了介绍。事实上，殖民地时期日本的左翼文人对中国左翼作家的介绍较多，但丁来东希望自己在介绍时尽力做到给出符合中国文坛现状的评价并努力涉及各个文学阵营。不过有趣的是，他虽然对于革命文学的评价不高，但他一直在强调文学作品需要积极反映社会问题。

丁来东还在文中提到自己介绍中国知名女作家的目的是给朝鲜女作家提供参考。但这种参考，既包含对优点的学习，也包括对缺点的警惕。他认为，中国女作家作品中值得借鉴的部分有作品中反映社会问题、反对封建思想、追求女性独立等方面。同时，他指出中国女作家作品中最近含有挪揄男性的倾向，似乎是在报复曾经愚弄自己的男性，这种倾向既无趣又堕落，在创作中需要避免。虽然他没有明确指出哪些作品具有此种倾向，但我们确切地知道丁玲的《莎菲女士日记》中出现了愚弄男性的情节。换言之，丁来东支持妇女解放，也认可女性独立的需要，但对于有损男性尊严与权威的小说情节是坚决抗拒与反对的。丁来东处于开放与保守之间的想法在当时的朝鲜可以说是具有代表性的，20世纪30年代处于东亚文化圈的朝鲜半岛依然深受父权家长制思想影响，虽然接受西式教育的朝鲜文人意识到了妇女解放的重要性，但他们并没有五四运动时期中国知识分子反传统的深度与力度。或者说，以丁来东为代表的朝鲜文人对于何为男女平权、如何实现妇女解放有自己的思考。

朝鲜留学生中除了丁来东，金光洲（1910—1973）也积极参与了中国现代文学的译介。金光洲出生于韩国水原，殖民地时期向朝鲜介绍中国文学的同时，积极地将朝鲜文坛的情况介绍到中国。1933年，他在《新东亚》发表了处女作《夜深时分》。1947年，他参与了多种报纸杂志的创刊，此后还担任京乡新闻的文化部长。韩国建国后，他也一直从事文学创作，是韩国知名小说家。金光洲20世纪20年代末到中国留学，在中国生活十余年，在上海度过大部分时光。对于金光洲来说，上海是"让人摆脱殖民地附属身份的自由空间"[13]。1929年，金光洲进入上海私立南阳医学院专攻医学。由于医科大学是汉语授课，中文水平有限的他在听课过程中遇到了困难。为了快速提高中文水平，他开始大量地阅读现代文学作品。此后，他选择放弃医学，专门从事文学作品的阅读、译介与创作。对此韩国学者洪昔杓指出，金光州的经历与弃医从文的鲁迅十分相似[14]。

目前，已有研究主要考察了其在上海时期的创作，最近也出现了对他中国文学译介的研究[15]。其中，金哲的研究最为深入，他将金光洲的中国现代文学译介分为三个阶段。第一阶段是1931年至1934年初。这一时期金光洲主要翻译了中国现代文学评论家的文章，向朝鲜介绍了中国文坛和中国左翼文学。例如，1934年2月在《东亚日报》上连载了贺玉波的《中国现代女作家》的译文。文中极为详细地介绍了丁玲的早期作品。第二阶段是1934年至1938年2月。这一时期，金光洲撰写多篇对中国现代文学的评论。值得注意的是，金哲认为从这时起金光洲开始反思左翼文艺。但事实上，金光洲对左翼文学的反思事实上就一开始就存在。第三阶段是1945年日本投降后至1950年朝鲜战争爆发。这一时期，金光洲主要翻译了鲁迅和曹禺的文学作品。

　　金光洲对丁玲的介绍主要是《中国现代女作家》的译文。前文提到丁来东1933年以《中国女作家》为题，对中国女作家总体介绍，但没有详细说明内容。金光洲极有可能在看到丁来东的文章后，翻译了贺玉波的文章并以此作为对丁来东文章的补充说明。1934年2月24日至3月30日，《东亚日报》分21回刊载了金光洲的《贺玉波原著〈中国女流作家论〉》。贺玉波在1931年10月发表《现代中国女作家》一文于《现代文学评论》（中国文学特辑号）杂志，文中详细评价了冰心、庐隐和丁玲的作品，金光洲参考的正是这篇长文。他在译者后记中提到了翻译该文的原因。

　　"中国女流作家的作品中未被介绍到朝鲜的居多，未接触过这些作品的人不仅不会产生兴趣甚至有可能产生无聊之感。译者考虑到这一点，本来想以此文做参考简单地介绍其中要领，但由于短时间内无法读完数量如此之多的作品，而且相比于异邦人的观察直接翻译本国评论家的原文也许是更加正确的选择。"〔16〕

　　也就是说，金光洲本想亲自撰写评论文，但是在短时间内无法阅读数量如此庞大的作品，而且他认为中国评论家的叙述肯定比作为外国人的自己理解得更为准确，因为他们明确地知道作品具有什么倾向以及处于怎样的思潮当中。当时，中国文坛对女作家的评论非常多，为什么金光洲非要选择贺玉波的评论呢？金光洲表示："贺玉波的这篇论文是两三年前的，如今已有久远之感，但没有自派拥护的派别之见，且以诚实的态度讨论作品，译者希望通过译出此文为介绍中国女流作家助一臂之力"〔17〕。

　　金光洲认为贺玉波的评论没有"拥护自派的派别之见"。那么，贺玉波是否提出了拥护自派的派别见解，2017年出版的贺玉波《现代文学评论集》的序言中，谭桂林指出，贺玉波坚持立足于唯物主义的立场运用阶级分析的方法来分析文学作品〔18〕。比如，贺玉波批评冰心描写的多为家庭日常，对社会现实问题了解不够，不善于分析现社会的组织。但贺玉波作为丁玲的同学且同在左翼阵营，并没有手下留情，他尖锐地指出了丁玲作品的问题。且贺玉波十分关注国内外政治，对受帝国主义压迫的弱小民族表达了同情。所以,金光洲不仅认可贺玉波公平公正地客观评价作家作品的态度,还认同他的民族情怀。

金光洲的译文中有关丁玲的部分从1934年3月8日到1934年3月30日以《论丁玲女士和她的作品（1—10）》为题目,一共分为十次刊登于《东亚日报》。与原文对照的结果显示,金光洲的翻译除了少数错译[19]和故意改变了几段原文的顺序以外,几乎全部照原文翻译。由于当时朝鲜并没有如此详细地介绍和分析中国女作家以及作品的文章,因此金光洲的翻译具有很大的意义。译文最后是贺玉波对丁玲作品的总评,引文如下:

> "总的来说,丁玲女士的作品具有特殊的风格。她对女性心理状态的分析精确且细密。而且采用新的构想与大胆的描写,汲取的题材大部分是现社会的事实,且萃取出事实中的问题后能非常巧妙地表现出来……（中略）无论如何她是一位值得我们称赞的女作家"[20]。

引文高度评价了丁玲作品的题材多反映社会现实,这与丁来东的观点相似。先行研究表明,丁来东和金光洲都支持无政府主义,也就是说他们与贺玉波从事文学批评的立场存在不同。1930年前后,中国文坛的主要论争之一就是文学与政治的关系,朝鲜文坛也是如此。金光洲对于该问题在1933年1月7日的《朝鲜日报》上发表了自己的见解。他承认艺术应该具有社会性和阶级性,但否定了作为政治或政党宣传工具的文学作品的艺术价值[21]。金光洲曾写到艺术应该是为万人的艺术。此外,他早在1931年介绍中国左翼文学时,就提到中国左翼文艺运动停滞的原因主要在于国民党的政治压迫以及左翼文学本身"缺乏彻底的理论依据,没有独特的作品内容形式的建构"[22]。也就是说,金光洲与丁来东都在很早就认为中国左翼文学的理论基础薄弱,对于文学成为政治的工具持否定态度。但有趣的是,他们在进行文学评论时与左翼评论家贺玉波采用了相似的评价标准。

1935年,朝鲜抗日独立运动家李达（1910—1942）也翻译了贺玉波的女作家评论,题目为《现代中国文坛的十大女作家论》,发表于1935年1月16日至1月19日的《东亚日报》。这篇文章参考的是1932年上海北新书局出版的《中国现代女作家》,书中贺玉波增加了女作家的数量。李达并没有全文翻译,只是挑取了部分内容进行摘要,因此相关内容较少。根据常景的研究，李达选取的多为体现出作品革命性的评论。考察鲁迅在朝鲜的传播，可以发现在"七七事变"之前，在中国活动的朝鲜抗日志士是除朝鲜留学生外介绍鲁迅作品的重要力量之一[23]。但抗日志士对丁玲的译介材料仍有待进一步挖掘。

在对丁玲作品的研究中，比较具有特殊性的是朴天顺称赞丁玲作品中的丽嘉为难得的近代女性形象。1941年12月1日，朴天顺在《三千里》发表了《（支那女流作家）冰心　丁玲的作品》。这里首先可以注意到前文中提及中国文坛时，都用"中国"二字，但在这篇文章中使用了"支那"，可见日本殖民统治下的用语习惯，这与前文中提到的20世纪30年代的评论文有明显不同。朴天顺在文中指出，最先倡导男女平等的秋瑾为女子近代化第一人，而"支那女性"的近代化开始于五四运动以后，正是伴随着五四运动的文学革命，在反封建、反孔子的过程中使妇人参政、妇人从军、妇人兴学一步一步得以实现。值得注意的是，他将冰心与丁玲作为对立的两派代表来进行介绍。根据朴天顺的观点，与冰心相似的作家是庐隐和绿绮，与丁玲同为一派的是白薇。他认为，如果冰心的作品是纤细的、感性的，那么丁玲、白薇的作品就是粗线条的，饱含她们走过的危险旅途和经历的人生苦难。作者高度评价了冰心的成就，他指出，"支那文坛女流作家自谢冰心开始""冰心的人气在近代支那文坛中无人可及"，虽然冰心之后也出现了许多女作家，但如冰心般迷倒万千读者的作家很难找到第二个。在介绍丁玲时，他指出，其人气并不输于冰心，随后简单介绍了丁玲的生涯与作品。他对丁玲作品评的价如下：

"她擅长描写世纪末资产阶级女性，这些女性因疲困的肉体不断受情绪支配而哭哭笑笑，悲观地看待世界，不断地沉溺于梦想或是享乐于肉欲，因倦怠烦闷心灵备受折磨。可以说她前期的作品像是丁玲的自叙传，其中《韦护》尤其是杰作。这部作品描写了女主人公丽嘉作为被近代化的女性与思想指导者韦护的恋爱与生活的走马灯，是一篇粗线条的作品。由于恋爱与思想相违背，其内心的冲突、苦闷凸显而出，最终韦护留给丽嘉一封信后隐藏了自己的下落。丁玲将丽嘉刻画得非常好。丽嘉近代化的生活与性格的表现给读者展示了生动又热情的形象。巧妙地描写出近代女性的作品很难找到。聪明、放任以及操纵男性的方法丽嘉都具备。尤其是韦护与

丽嘉的恋爱场面，描写十分优雅，在近代文学中很难找到。"〔24〕

这篇文章作为专门针对冰心与丁玲的文学评论，以近代女性形象为主旨分析了冰心与丁玲的作品特点。其中对于冰心积极创作白话文作品，表现自己的真实的生活给予了高度的评价，认为冰心开启了"支那女性近代化的黎明期"，对丁玲的称赞则是认为《韦护》创作出了非常典型的近代女性形象丽嘉。由此可见，作者的意图主要是为读者提供表现女性近代化（现代化）的成功案例。而且，文中对于韦护身份只是用"思想指导者"一词，对其左翼革命者的身份进行了隐藏。尽管如此，通过这篇文章能感受到作者在使用更加迂回的方式介绍中国的文学作品，使文章得以顺利刊载。笔者认为，朝鲜文人在文化统治更加森严的时期，将作品的左翼倾向抹去有可能是一种文章发表的策略，为了能通过审查制度使文章传递到读者眼前。但更加值得注意的是在介绍丁玲时，其关注点的转变。如果说早期丁来东等留学生更加关注丁玲与其他女作家作品中展现的文学性与革命性（反映社会问题，批判社会黑暗），那么到了1940年似乎开始更加关注作品中展现的现代性（女性形象，现代生活）。也就是说，丁玲的左翼文学作品（如《韦护》）不是被解读为对于资本主义现代性的批判，而是成了资本主义现代性的呈现。这似乎也表现出朝鲜文人在日本殖民政府强压之下的某种转变，即在译介文艺作品时将关注的重心从反封建性转移到了"近代性"上。

在朝鲜对丁玲作品的介绍中，对其左转后作品的关注并不多，尤其是《水》这部作品。但庐子泳（1898—1940）〔25〕对于丁玲左转后的作品以及政治追求表现出认可，尤其是在丁玲多部作品中着重指出《水》是最有名的。1934年6月1日，他在《三千里》杂志发表《中国新文艺的百花阵》〔26〕。在介绍中国作家群体时提到了女作家，他指出"不能忘记女作家丁玲，她是具有政治热情的作家，她的丈夫被国民党杀害后她在与生活的战斗中精进文艺，创作出非常有名的《水》，除此之外还有《夜会》《在黑暗中》等，可以说她为了中国女作家倾吐出万丈气焰"〔27〕。从他的言语中可以发现，他的观点极有可能是参考了茅盾对丁玲的评论文。庐子泳介绍的其他中国文人中具有左翼思想的文人占大多数，可见其对进步思想的肯定。

前文中提到的几篇对丁玲的提及都发表于《三千里》杂志。《三千里》作为综合性杂志创刊于1929年，发行了14年，直到1942年3月改名为《大东亚》，杂志所刊载的多为趣味、时事和外国文学的翻译文。其主编兼发行人金东焕（1901—1950）既是叙事诗人，也曾担任过《朝鲜日报》和《东亚日报》的记者。《三千里》在创刊时确立的核心政治主张是脱离政派与主义从而实现"民族大团结"[28]。多数学者认为，以1937年为分界，以前翻译者多关注具有进步倾向的文学现象，之后《三千里》表现出完全的亲日倾向。但事实上，早期《三千里》确实对左翼思想和文学非常关注，但是1937年后并没有完全放弃对左翼文学的关注与支持，至少从对丁玲的提及中体现了这一特点。该杂志非常关注中国文坛，曾多次出现对中国文坛的介绍与中国作家作品的翻译。

对丁玲作品的翻译最为主要的也是《三千里》，文艺栏在1940年9月1日发表了《世界女流作家名作选》特辑，其中刊载了丁玲的《他走后》韩语译文。丁玲发表在1929年3月10日《小说月报》第20卷3号上的《他走后》描写了恋人秀冬离去后，女主人公丽婀变化莫测的恋爱心理。这部作品作为丁玲的早期作品，并没有获得非常多的关注，作品也没有明显的政治色彩与左翼思想。对于编者选取这部作品翻译的主旨大概是出于两点考虑，其一，在殖民政府严格的审查制度下，只能选取毫无政治色彩的纯文学作品；其二，由于是世界女作家作品特辑，选择的作品专门挑选了具有女作家创作特征的作品。丁玲早期因擅长女性心理描写而出名，很有可能是因为体现丁玲的创作特点选取了这部作品。而且这部作品的译者极有可能参考了1940年日本东城社出版的《现代支那文学全集》，其中第九卷《女作家文集》中翻译了冰心、庐隐、丁玲等人的作品，丁玲的作品有《松子》和《他走后》（武田泰淳译）。本文凭现有资料还不能断定朝鲜殖民地时期丁玲相关的评论文多为日本评论文的翻译，但可以确定的是，朝鲜文人从20世纪20年代开始，就在译介中国现代文学的过程中参考了日本研究。朝鲜殖民地时期的东亚，虽然中朝都遭受了日本帝国主义的侵略，但这一过程反方向促进了东亚知识分子的交流与互动。

通过对上述译介的考察，可以看出在这几位接受者的心目中丁玲是中国现代文学女作家中最具代表性的人物之一，且他们对丁玲的作品是十分认可与肯定的。尤其是金光洲，中国文坛当时出现多位女作家，而金光洲只译介了冰心、庐隐、丁玲三位的部分，并称她们为中国女性作家中最重要的人物。甚至庐子泳在文章中的女作家部分，只介绍了丁玲。不难看出当时的朝鲜文坛丁玲是被公认为中国女作家的代表人物之一。向朝鲜介绍中国女作家的文章主要集中在1933年至1936年之间。这一时期，朝鲜内部关于新女性和女性作家的讨论十分活跃。这也是丁玲失踪事件发生后，关于丁玲是生是死谣言四起的时候。1933年丁玲失踪事件在中国的文化界、政治界乃至世界范围内造成了非常大的影响，包括丁来东、金光洲在内的多位文人都在文章中批判国民党专制的文艺政策时提及了丁玲事件，表达对左翼文人的同情。其中最有代表性的就是殖民地时期朝鲜唯一的高等教育机关——京城帝国大学的日本教授辛岛骁对丁玲的介绍。

三、受难的左翼女作家

丁玲于1933年5月14日被国民党秘密抓捕，5月17日美商创办的《大美晚报》登载消息《丁玲女士失踪》，于是中国媒体一片哗然，包括外媒在内的众多媒体对丁玲的失踪进行了铺天盖地的报道，6月有报纸发布丁玲被处决的虚假消息。全国报纸刊物索引网上的搜索结果显示，截至1936年，"丁玲生死之谜""丁玲被处决""丁玲已转向"等相关报道达到400篇左右，其中不乏小报的花边新闻[29]。朝鲜文坛对于这一事件的提及也集中在1933至1935年。

丁来东在该事件发生后的几个月就在文章中提到"最近有报道称丁玲因为参加布尔什维克主义运动而牺牲（也有报道否认这一事实的，因此无法知道真相），但她的作品中并没有显露出这一倾向"[30]。通过这句话可以知道，其一，丁来东对于丁玲的生死之谜也不知真相为何；其二，丁来东认为从丁玲的作品中看不出她参加了布尔什维克主义运动。所以如果丁玲因此牺牲，他认为有被冤枉的可能。金光洲也在其译文后记中也提到了丁玲事件，他相信了丁玲已死的传闻。1935年，金光洲在《中国文坛的现势一瞥》中也批判了国民党对文艺运动的打压，还介绍了沈从文的《记丁玲》，他说："虽然这部作品出版时被削减掉四分之一，但仍然是了解中国受难期女流作家丁玲的重要资料。"[31]从他称呼丁玲为"受难期的女作家"，可见他对丁玲的同情。

除此之外，多位文人通过介绍国民党政府的特务机构蓝衣社从而批判其文化专制与思想控制，丁玲失踪事件就是作为其文化专制的最具代表性的案例被提及的。1934年11月1日，张继青在《三千里》发表《引人注目的中国白色恐怖蓝衣社解剖》。文中详细介绍了蓝衣社的建立经过、人员构成。作者指出，蒋介石借蓝衣社图谋什么人尽皆知，比如充实军资金，改善外交关系，实现军队的法西斯化，监视各地将领，以及讨伐共产军。蓝衣社制造的恐怖事件少说有数十件，其中的杨杏佛暗杀、丁玲女士的失踪等事件由于被新闻报纸的报道众人皆知。他介绍到"被暗杀的丁玲女士是左翼女流文士"，还批判国民党发起的新生活运动与文化建设运动，表面上是要宣传中国固有的文化并融合各国进步文化创新的中国文化，而真正的目的也是唯一的目的就是灭绝共产思想。朴胜极（朴天顺）也在《关于中国女流作家丁玲》中提到蓝衣社制造的暗杀事件[32]。在同一时期，日本在介绍丁玲事件时也非常关注国民党特务组织蓝衣社，如朝日新闻在1933年6月16日的报道《蓝衣社对共产党的大弹压》。虽然无法确定朝鲜文人在写作时参考了哪些资料，但这种对蓝衣社的关注大概是受到了日本方面的影响。

除上述几人外，日本人辛岛骁（1903—1967）曾多次撰专文控诉国民党实行白色恐怖打压左翼文人。在介绍辛岛骁之前，需要先了解他就职的京城帝国大学。1924年，日本在殖民地朝鲜设立的京城帝国大学是当地第一所高等教育机构，也是第一所设立"支那文学系"的大学，也就是说京城帝国大学是当时朝鲜半岛唯一研究中国文学的学术机构。但当时的中国文学主要指古代文学，甚至京城帝国大学内部并不认为中国现代文学应被引入课堂。这种情况从1928年4月起辛岛骁任学科教授后发生了改变。由于他关注当下历史进程中的中国，于是积极研究中国现代小说和戏曲，并且开设了中国现代文学与戏曲的相关课程。因此，他虽是日本人，却对丁玲在朝鲜的传播起到了至关重要的作用。或者说，正因为他是日本人，才能更轻易地触及丁玲的左翼作家身份。

辛岛骁对于从事鲁迅研究的学者来说并不陌生，他是日本汉学家盐谷温的学生和女婿，毕业于东京帝国大学。他曾于1926年、1928年、1933年三次到中国访问鲁迅，并且在1927年到1929年期间与鲁迅保持信件往来[33]。他正是通过与鲁迅的交谈了解到中国文坛的最新动向。1930年他在第二次访问鲁迅后，在《朝鲜及满洲》杂志上分三次发表了《关于中国的新文艺》一文。文中详细介绍了鲁迅受到左翼作家攻击的情况，并表现出对鲁迅的支持。1933年1月23日在两人第三次会面时，鲁迅批判国民政府的同时，向他介绍了文坛关于民族主义文艺运动的论争，并将"左联"的刊行物和传单等赠予辛岛骁[34]。而且，鲁迅还详细介绍了"左联"刊物上登载文章作者的真实身份。凭借当前发掘的资料我们无法得知两人详细的对话记录，但我们可以推测出在鲁迅与辛岛骁的最后一次会面中极有可能提到了丁玲。因为当时，正是丁玲担任"左联"刊物《北斗》主编的时期。

辛岛骁回到朝鲜后，于1934年末撰写了批判国民党压制左翼思想的文章《国民党政府的文化政策与中国文坛的动向》。他指出，国民党的文化政策包括所有反共产主义的文化运动，除此之外没有完成任何积极的文化工作。在列举国民党迫害左翼作家的事实时，他提及丁玲的失踪事件。"1931年2月，枪杀上海'左联'作家事件（当时民族主义统治着文坛），1933年左翼女作家丁玲失踪事件，跟着最近的……，暴风雨不断地继续着"[35]。除此之外，1935年5月，他在《现代支那的诸思想》中介绍了对抗国民党统治的左翼思想，其中提及丁玲的失踪并批判国民党的法西斯主义。辛岛骁指出"这种思想镇压的暴风必定不会只攻击激进左翼作家，它会席卷文化运动的所有部门。记载于此的两个事件，其一由于被害人闻名于世界使案件在短时间内被大多数人知晓。但我们必须意识到还有许多不为人知的残酷虐待仍在持续发生"[36]。

从引文中可以看出，辛岛骁批评国民党进行思想镇压，提醒人们要注意国民政府的文化运动中不为人知的"残酷虐待"。辛岛骁对左翼作家的关心和对国民党的批评是在与鲁迅谈话后，极有可能是受其影响所致。1933年前后，辛岛骁在日本积极参与日本中国文学研究会的学术活动，由于当时日本左翼人士也多次发文批判国民党的白色恐怖，积极关注丁玲的失踪事件，可以推测出辛岛骁也受到了日本方面的影响。但洪昔杓指出，虽然辛岛骁从表面上批评了中国国民党的文化镇压和思想压迫，但他的真实面目其实是帮助日本实施侵略政策的"反动派"。中国的鲁迅研究在谈及鲁迅与辛岛骁的交往过程时，多认为两人之间的交往属于中日进步文化交流，因此中国学者大多肯定辛岛骁作为外国友人对于中国文坛的关注。但韩国学者多因为辛岛骁在20世纪30年代后期积极协助日本在朝鲜的殖民政府进行文化宣传的历史事实，认为他协助日本宣传"国策"侵略朝鲜，因此他对中国文坛的关注与介绍也是虚伪的装腔作势[37]。那么，到底该如何评价辛岛骁呢？

被称为现代中国专家的辛岛骁在京城帝国大学任职期间，广泛收集同时期著名的中国白话文文学的相关书籍。可以说，在京城帝国大学的图书馆中能收藏近900多本的白话文文学藏书，辛岛骁所起的作用是决定性的[38]。他收集的1920年至1940年在中国出版的900多本白话文白话体文学书籍，现藏于首尔大学（其前身为京城帝国大学）图书馆。据韩国学者李允姬分析，收藏图书中革命文学相关书籍占了不少比重。其中，被收藏最多的三位作家是蒋光慈、郭沫若、鲁迅。令人感到意外的是，收藏的书中有5本是胡也频的，丁玲的只有一本，为1933年姚蓬子编天马书店出版的《丁玲选集》[39]。从辛岛骁收集的书籍和对于国民党专制文化之策的批判可以看出他早期对左翼文学和左翼作家的关注与同情。

辛岛骁在1936年发表专文介绍丁玲的小说《母亲》，文中他对丁玲的提及如下：

"作者对丁玲早在《改造》上介绍过，她也是1931年春由于参加革命运动而被逮捕后杀害的左翼作家胡也频的妻子。胡也频事件后她也失踪了，当时全世界的新闻媒体都在报道这一杰出女作家不可思议的失踪，这作为支那的黑暗问题给人们留下了深刻的印象"

"此次将介绍丁玲的《母亲》。（中略）她是湖南省出身，《母亲》中刻画的武陵就是她出生的乡村。除了这部作品以外她还出版了单行本《在黑暗中》《自杀日记》《韦护》《一个人的诞生》《一个女人》《丁玲选集》等。在日本她描写洪水的作品《水》非常有名。本来《母亲》是她长篇三部曲的第一部，但刚写完这一部分后她就失踪了，因此小说是未完成的状态。1933年由上海良友图书公司刊行，2百36钱，现在这一梗概是由井上胜君翻译后六西亘君总结归纳的，本人没有细读的机会才借用的。"[40]

根据引文可以得知，他早在日本的期刊《改造》上就介绍过丁玲，而且介绍丁玲身份时，他着重强调了她是"被杀害的左翼作家胡也频的妻子"。其实，该称呼与日本的进步文人十分关注中国左翼文学运动有关，在胡也频等"'左联'五烈士"被杀的消息传到日本后，日本进步人士迅速做出了反应，不仅在新闻媒体上谴责国民党的"白色恐怖"，同时还翻译出版了"'左联'五烈士"的作品集，收录于《国际普罗文学丛书》[41]。这大概也是辛岛骁收集了五本胡也频著作的原因。作为日本人的辛岛骁，受日本氛围的影响后积极关注中国的左翼运动与左翼文人，并且将这种关注与关怀传播到了朝鲜半岛。虽然他写了关于《母亲》的译介文章，但是辛岛骁并没有仔细阅读这部作品，而是借鉴了其他学者的缩略本。但他作为第一次在京城帝国大学开设中国现代文学相关课程的人，作为积极收集和介绍左翼文学的人，他确实为打破中国文学为古典文的偏见做出了贡献。特别是他的讲课引起了朝鲜学生对中国现代文学的关注。李明善和金台俊就在辛岛骁的影响下对中国现代文学产生了浓厚兴趣，并开始了中国现代文学的研究与介绍。

李明善在1937年考入京城帝国大学，专攻"支那文学"。他从大学时期就发表了评论、小说、随笔等多种体裁的文章。据金俊亨介绍，李明善的思想从1938年8月开始向无产阶级思想倾斜[42]。如果说李明善1938年8月以前的文章都是与政治无关的主题，那么之后则都是对中国现代文学的介绍与研究。1938年起，李明善在报纸上发表了鲁迅或中国左翼作家的介绍文章。他于1940年以《鲁迅研究》为题提交学位论文毕业。此后，他的思想逐渐"左"倾，到1949年为止，他一直在首尔大学中文系任教，1950年在越境去往朝鲜时失踪。

在现有的研究中，李明善转向的原因是受到了辛岛骁的影响。金俊亨指出，李明善的家人明确提出，李明善是受日本人教授的影响后接受的社会主义思想。另外，其同窗金成七的日记中也提到，大学时期李明善曾担任过辛岛骁的"跑腿儿"。实际上，李明善和金台俊（第三届毕业生）都是在辛岛骁在任时期毕业的京城帝国大学文学系的学生。辛岛骁在1930年开始开设的课程，增设了该学科以前没有的科目——"中国小说和戏曲故事"。在这门课上，辛岛骁介绍了中国现代文学的小说和戏曲。从辛岛骁发表的论文来看，他在1930年介绍了中国的新文艺，之后对中国的新剧、中国文化政策、中国无产阶级左翼文学和作家进行了研究。1938年10月，即李明善思想变化时期，辛岛骁发表了《日本文学与现代中国文学》的论文。由此可以推测，当时辛岛骁的关注领域在于日本文学和中国现代文学的比较研究。也许李明善在1938年的第一学期上了关于中国现代文学的课后，就对中国现代文学产生了兴趣。

李明善于1938年12月11日在《每日新报》上发表《现代支那的新进作家》，文中介绍了周文、塞先艾、艾芜和端木蕻良。在介绍端木蕻良的时候，提到端木最近在"支那西北部以女性作家身份闻名于世的丁玲主导的战地服务团"[43] 参加民众动员宣传活动。正如辛岛骁在1936年写了关于丁玲小说《母亲》的论文一样，认为丁玲是中国著名作家，也是一位有研究价值的作家。因此，李明善很有可能在辛岛骁的讲课中受到启发，产生了对丁玲的关注。

李明善在1946年发表了《中国女性解放》，由于时间已经不属于殖民地时期所以未列入表格中。这篇文章从几个方面指出中国的妇女解放陷入形式主义[44]。除了妇女解放较为形式主义的案例，也有彻底贯彻的成果。比如，投身革命运动、参加北伐的女兵谢冰莹，李明善称赞她为现代的木兰。他还表示，在延安似谢冰莹般的实践家一定数不胜数，曾以出版《母亲》等作品而著名的女作家丁玲，在延安的戏剧运动取得了相当的成果。可见，在李明善的文章中，丁玲是作为彻底贯彻女性解放的成功案例被介绍的。

四、结论

纵观上述殖民地时期朝鲜文坛对丁玲的译介可以发现，丁玲主要在两个语境下被提及。其一，是中国女作家的代表人物以及妇女解放或者现代女性的典范。20世纪30年代朝鲜文坛公认的中国最著名的女作家是冰心、庐隐、丁玲和白薇。换言之，早期的丁玲形象是五四女作家的代表人物，其作品因积极地反映社会问题，具有反对封建家庭等革命性因素受到韩国文人的追捧。正如中国的新文化运动中妇女解放是作为主要议题出现的，朝鲜在20世纪二三十年代也同样积极追求妇女解放。如李明善的文章中丁玲就是作为妇女解放的成功案例出现的。朴天顺则称赞丁玲作品中的丽嘉作为难得的近代女性形象。其二，是国民党政府打压左翼人士进行文化专制的案例。1933年，在中国报纸上刊载丁玲失踪消息不久后，一直紧密关注中国文坛的朝鲜文人都在文章中批判国民党专制的文艺政策时提及丁玲事件，表达对左翼文人的同情，这一类的提及也是最多的。

仔细观察殖民时期朝鲜的丁玲接受可以发现以下几点问题。

第一，胡也频被杀事件和丁玲失踪事件在日韩均造成了非常大的影响。丁玲在中国女作家中的地位迅速攀升至代表人物很大程度上也是受到了胡也频被杀的影响，且早期丁玲在日韩受到关注也是因为她是胡也频的妻子。但在今天的中国现代文学史叙述中，胡也频常以"丁玲的第一任丈夫"之身份出现，但曾几何时他是修饰丁玲的前缀。尤其是日本进步人士对丁玲的提及，多称呼丁玲为"被杀害的左翼文人胡也频的妻子"。日韩的左翼文学运动都如中国一样，受到了残酷的镇压。在殖民地时期的朝鲜丁玲左转后的作品被较少提及，也是因为朝鲜经历了1931和1934两次大搜捕后，左翼文人都逐渐在文坛销声匿迹了。这种对丁玲事件的关注也体现出东亚，乃至世界范围内的进步人士在极端环境之下的联动与互助。

第二，丁玲曲折又丰富的人生经历使她处于新女性话题论争的暴风眼。20世纪初在历史的变动期，何为近代女性、女性如何构建独立自主的主体性等新女性相关话题在东亚，乃至世界范围内引发了激烈的讨论。韩国学者金秀珍指出，新女性这一话题为不同的政治立场、思想主义提供了针锋相对的场域。丁玲也正是因为她的失踪，为20世纪30年代的各方势力提供了论争的阵地。丁玲在这一时期的舆论界存在"女伟人"与"荡妇"两种极端对立的形象，根据金秀珍对新女性话语的考察，这种极端对立的形象在世界范围内的新女性讨论中是普遍存在的[45]。朝鲜对于丁玲负面形象的提及较少，不过丁来东曾说过丁玲擅长描写女性心理是因为恋爱经验丰富。笔者认为极端对立的形象背后隐藏着对"现代性"的价值判断，但受篇幅限制，对于这一问题，将作为后续研究进行更为深入的分析。

第三，由作品引发的文学与政治关系的讨论。20世纪20年代末中韩知识分子都围绕文学与政治的关系进行了激烈的讨论。赵润济指出，1933年以后，随着时局日益险恶，朝鲜文人为了避免发生祸端，文坛上逃避于纯文学的倾向日渐浓厚。这也是为什么今天我们搜集到的朝鲜早期对丁玲文学作品的评论，多是如丁来东、金光洲等不谈其左转，而是支持"纯文学"的观点。尽管如此，他们也都重视作品的反封建与反映社会问题等特点。对此，韩国学者张东天指出，部分韩国的接受者在接受中国现代文学时带有一种矛盾心理，他们警惕并批判中国新文学的左倾化，同时对其所带有的反帝倾向一直非常关心[46]。正如中国文学的现代化过程也是反帝反侵略、争取民族独立和国家统一的过程，韩国文学同样肩负着现代化与民族化的双重使命。这也是为什么上文介绍的丁来东、金光洲、李明善，以及《三千里》杂志出现的文章作者虽然持有不同的思想倾向，但大都认可丁玲作品对社会问题的反映与反抗。因为对中国现代文学的译介背后隐藏着朝鲜文人期望通过引入中国的文学革命促进本国文学实现现代化的内在需求。

最后，从丁玲在朝鲜引发的一系列评论文中，我们可以观察到文学现代化、新女性话语，以及左翼运动的联动这三股潮流，而三股潮流的源头其实正是围绕关系国家走向的现代性问题的讨论。因此，探索丁玲的背后，实际上隐藏着知识分子对现代性问题的关注与讨论。而丁玲在其中则成为一个重要的参考，其是新女性作家的榜样，是妇女解放的先驱，也是对统治阶级文化专制的控诉，甚至是现代女性形象的代言人。

注　释

〔1〕袁良骏：《台港、海外丁玲研究巡礼》，《新文学史料》1991第3期。

〔2〕葛兆光：《想象异域：读李朝朝鲜汉文燕行文献札记》，中华书局，2014，第3页。

〔3〕王家平：《鲁迅域外百年传播史》，北京大学出版社，2009，第369页。

〔4〕常景：《殖民地朝鲜的中国现代女性文学接受研究》，硕士论文，成均馆大学，2022。

〔5〕金芳实：《本世纪20、30年代鲁迅在韩国的影响》，《鲁迅研究月刊》1999年第10期。

〔6〕20世纪30年代，《东亚日报》每年都刊登许多有关中国文坛的企划连载作品，其中丁来东和金光洲的文章最多。1934年3月5日《东亚日报》上登载的文章中，金光洲和丁来东作为"在中国朝鲜人文艺术协会"组织的发起人同时出现在报道中。且该协会的目的在于向朝鲜介绍中国文学和向国外介绍朝鲜文学。可以看出，作为协会共同发起人，丁来东和金光洲关系甚是亲密，两人都具有相似的思想倾向与文学追求。

〔7〕1971年丁来东出版了自己的文集《丁来东全集》，共三卷，其中第一、二卷分别是与中国相关的评论和学术论文，第三卷是他翻译的中国现代文学作品，如《沉沦》。

〔8〕梁白华在1929年编辑的《中国现代小说集》中收录了冰心、庐隐和凌淑华三位女作家的作品，并没有收录丁玲的作品，金台俊则只是在介绍中国知名作家的连载文上

用一句话简单介绍了丁玲的作品名与创作特点。

〔9〕丁玲原文曾被收录于1933年6月天马书店出版的《创作的经验》，该书收录了多位知名作家对于自己创作经验的介绍。

〔10〕丁来东：《中国女流作家》，《新家庭》1933年10月号，第152页。

〔11〕丁来东：《丁来东全集2（评论篇）》，（韩国）金刚出版社，1971，第118页。

〔12〕丁玲的《我的创作生活》收录于1933年上海天马书店出版的《创作的经验》，该书收集了鲁迅、郁达夫、冰心等知名作家所写的介绍作者本人创作经验的文章。

〔13〕朴南龙、朴恩惠：《金光洲的中国体验和中国新文学介绍，翻译与接受》，《中国研究》2009年，第17卷，第137页。

〔14〕洪昔杓：《金光洲的现代中国文艺批评与鲁迅小说翻译》，《中国文学》2016年87辑，第78页。

〔15〕朱慧敏：《金光洲〈晨报〉文学评论研究》，硕士论文，山东大学东北亚学院，2020;王慧，《金光洲的中国体验与中韩双语创作研究（1931—1938）》硕士论文，南京大学，2018;金哲：《旅居与传播:金光洲对中国现代文学的译介》，《中国比较文学》2020年.

〔16〕김경남编：《日帝强占期韩中知识交流的实践案例金光洲作品集（韩语篇）》，안나푸르나，2020，第138—139页。

〔17〕同上书，第139页。

〔18〕贺玉波：《现代文学评论集》，湖南文艺出版社，2017。

〔19〕错译的例子如，在原文中，对于《莎菲女士的日记》中女主人公不明确地对别人说爱，而是"她只是怊怊怅怅地用心计"，金光洲把这句话错译为"只是因为害羞而放在心里"。"心计"这个词在韩语中指心里的计划，但汉语"心计"具有否定意味。也许对他来说翻译的难点在于同时存在于中文和韩文中且仅有细微差异的汉字词。

〔20〕김경남编：《日帝强占期韩中知识交流的实践案例金光洲作品集（韩语篇）》，안나푸르나，2020，第137—138页。

〔21〕同上书，第137—138页。

〔22〕同上书，第189页。

〔23〕王家平：《鲁迅域外百年传播史》，北京大学出版社，2009，第63页。

〔24〕朴天顺：《（支那女流作家）冰心丁玲的作品》，《三千里》1941年，13卷12号。

〔25〕庐子泳，诗人，文学家。1919年开始发表文学作品。1925年到日本大学学习，同年回国。其作品内容较为浪漫感伤。

〔26〕《中国新文艺的百花阵》这篇文章分为中国新文艺发达小史、中国的文艺杂志、新中国的文人群和中国文坛与单行本四部分。作者感叹相比于一本文艺杂志都没有的朝鲜，中国的文艺杂志之多。且朝鲜的杂志出刊一期、两期就面临被结束的命运，中国的杂志一直出刊也让他感到敬佩。在介绍新中国的文人群时，他分为创造社（郭沫若和郁达夫）、太阳社（蒋光慈）、无政府主义派（巴金和冰心）、女作家、评论家（贺玉波）和批评家（成仿吾和钱杏邨等人）。

〔27〕庐子泳：《中国新文艺的百花阵》，《三千里》1934年，第6卷7号。

〔28〕千正焕：《初期〈三千里〉的指向与1930年代文化民族主义》，《民族文化史学报》2008年，36期，第214页。

〔29〕具体内容请参考曲向楠，《1930年代国共两党政治博弈中的丁玲形象研究》，《中国文学》111辑，2022年5月。

〔30〕丁来东：《中国女流作家》，《新家庭》1933年10月号，第150页。

〔31〕김경남编：《日帝强占期韩中知识交流的实践案例金光洲作品集（韩语篇）》，안나푸르나，2020，第241页。

〔32〕朴胜极，《关于中国女流作家丁玲》，《朝鲜文坛》1935年，第23号。在这篇文章的前部分作者介绍了丁玲的基本信息，提及丁玲失踪，并在文章的后半部分摘译了丁玲的《我的创作生活》。

〔33〕周美爱，《辛岛骁的京城帝国时期中国现代文学论研究:以"朝鲜及满洲"的评论为中心》，硕士论文，成均馆大学一般大学院，2018。

〔34〕陈梦熊，《〈鲁迅全集〉中的人和事》，上海社会科学院出版社，2004，第280页。

〔35〕[日]辛岛骁作，任钧摘译，《国民党政府的文化政策与中国文坛的动向》，引用陈梦熊《〈鲁迅全集〉中的人和事》，上海社会科学院出版社，2004。

〔36〕洪昔杓：《鲁迅和申彦俊，以及辛岛骁》，《中国文学》第69辑，第149页。

〔37〕比如，尹大石分析了三部以辛岛骁为原型创作的小说作品田中英光的《醉船》（1948年）、武田泰淳的《蝮蛇的最后》（1947年）、金史良的《天马》（1940年）后，指出三部文学作品的共同点就是都将辛岛骁刻画成了军国主义思想的代言人。其中《蝮蛇的最后》作者武田泰淳是辛岛骁的大学后辈。不仅如此，日本的中国文学研究会创始人竹内好曾在日记中写到，研究会会员们都表示不信任激进地介绍中国无产阶级文学的辛岛骁。详情请参考尹大石：《辛岛骁的中国现代文学研究与朝鲜》，《구보학보》第13辑，第316—317页。

〔38〕李允姬：《京城帝国大学附属图书馆内白话体文学藏书的构成研究》，《中国小说论丛》第57辑，第60页。

〔39〕《丁玲选集》是丁玲失踪后，姚蓬子以为丁玲已死，所以选编了丁玲的七部小说以及朋友们为丁玲写的纪念文和评论文后出版的。入选的丁玲小说有《莎菲女士的日记》《过年》《他走后》《1930年春上海》《水》《消息》《奔》《最后一页》。除小说以外，还有丁玲介绍创作经验的相关文章，与丁玲写的文艺大众化讨论的结论。而且，在这本书中收录了两篇评论文，即茅盾的《女作家丁玲》和冯雪峰的《关于新小说的诞生》。

〔40〕辛岛骁：《现代支那的小说·丁玲〈母亲〉》，《朝鲜及满洲》1936年344号。

〔41〕刘伟：《"日本视角"与中国现代文学研究：以竹内好、伊藤虎丸、木山英雄为中心》，人民出版社，2011，第22页。

〔42〕金埈亨：《路与希望:李明善的生活与学问世界（上）》，《民族文学史学报》28期，第395页。

〔43〕李明善：《李明善全集2》，首尔宝库出版社，2007，第52页。

〔44〕李明善在1946年发表的《中国女性解放》主要介绍了以下几个方面。首先，女学生们认为通过断发可以获得与男性相同的权利发起了断发运动，并波及各个阶层得到了较为彻底的实行。第二，因出版《性史》一书被北京大学免职的张竞生教授。当局不仅以破坏风俗最禁止书籍销售，甚至还发出了逮捕令。该事件体现了性解放的失败，张竞生也成了牺牲者。第三，冯玉祥和民国政府都进行了废娼运动，但多为政治家的宣传并无实际成果。民国政府曾在杭州通过抽签在百余名娼妓中选定十几名被解放者，目标在三年内完成废娼。解放的妓女被收容在济良所，但由于妓院经营者对济良所的进攻，不久后废娼运动就不了了之了。第四是上海某学校为了消除女子的虚荣心实行的废除一切装饰运动，不仅要除去身上的装饰物，师生们还需要洗去脸上的脂粉。

〔45〕金秀珍：《新女性现象的世界性次元与社会性差异：以英国、日本、印度及中国为中心》，《韩国女性学》2006年，22卷1号。

〔46〕张东天，《日据末期韩国期刊登载中国现代文学韩语译文的背景及特点：以〈三千里〉月刊为中心》，《中国语文论丛》2009年，第43期，第555页。

摹写与创造：再论《杜晚香》及晚年丁玲

陈久兰

新时期以来，学术界对丁玲的定位呈现出从"文学家"到"20世纪中国革命的肉身形态"的转变。就丁玲复出之际面世的《杜晚香》而言，20世纪80年代的研究有的从散文语言艺术角度加以品鉴，刘心武评价《杜晚香》"似乎拙朴，却颇隽永"[1]。宁义辉认为其意蕴隽永，形象优美，语言精湛，独具风采[2]。有的将之放在丁玲整个创作中考察丁玲的创作个性，把握丁玲的创作流变，探讨杜晚香与丁玲笔下女性性格的一致性或探讨20世纪妇女解放的进程。自李陀《丁玲不简单——革命时期知识分子在话语生产中的复杂角色》的发表，丁玲研究出现新的面向，李陀认为丁玲在文学上的艺术成就被文学史家和批评家放大了，并提供了一种更广阔的研究视角，他将"毛话语"放到现代性话语中考察，将丁玲等知识分子看作"毛话语"的生产者[3]，这为后来的研究者从革命史、文化史、社会史等角度讨论丁玲其人其作提供了新的研究范式，带动了研究者对丁玲创作中女性与政治、个体与政治等多个命题的讨论。以相同的思路，贺桂梅也多次提出"丁玲大于丁玲的文学"。于《杜晚香》这一作品而言，贺桂梅以一种肯定的态度认为《杜晚香》是丁玲最有意味的作品，从陆萍到杜晚香的过程，是丁玲经历艰难的改造和自我改造的过程[4]。换言之，即丁玲塑造的模范党员杜晚香是丁玲思想改造的最终结晶，透过杜晚香的形象塑造可以窥见丁玲晚年的思想。与这种富有意味的解读不同，秦晖揭示了《杜晚香》的另一面，批评晚年丁玲创作是政治功利与道德诉求的聚合，认为《杜晚香》选择了"永远正确"的题材和主题，并以陈旧的道德视角表现出落后的道德观念[5]。李美皆在晚年丁玲研究中结合当时的历史情境认为，《杜晚香》并不能真实地代表丁玲，《杜晚香》与其说是丁玲晚年文学上的代表作，不如说是政治上的代表作。政治行为以文学标准来衡量，实际上是错位的跨元批评。[6]基于研究界的不同观点，本文试解决以下几个问题：《杜晚香》能不能代表以及多大程度上代表晚年丁玲的思想？《杜晚香》在文学上讨论有没有价值？在丁玲的创作中该如何评价《杜晚香》。对于《杜晚香》，显然不能因创作动机而完全否定其价值，也不能仅仅将之放在一个既定的命题中大而化之地讨论。本文试通过历史考察与文本细读，期望对这几个小问题做出回答。

一、摹写：以英雄模范为题材的真人真事创作

在丁玲生活过十二年的北大荒，邓婉荣和杜晚香已成为当地的一张文化名片。现今，当地有以邓婉荣名字命名的宝泉岭农场婉荣幼儿园（2014年更名）和由邓婉荣和杜晚香两个名字各取一字命名的婉香湖（2011年建设）。忽略当下地方文化建设不说，对于《杜晚香》研究而言，它无疑给研究者提供了一种新的思路：丁玲笔下的杜晚香与其说是晚年丁玲思想的写照，不如说她是邓婉荣，一名农场的劳动标兵，一个实实在在的历史人物。换句话说，与其将《杜晚香》视作小说，不如将之看为散文（通讯）。

关于《杜晚香》本身是小说还是散文学界没有一致的观点[7]，对于这一问题，丁玲谈道："全国解放后，为了工作需要，我写了一些散文、评论。这本集子里选取了其中的两篇，一篇是五十年代写的《粮秣主任》，一篇是七十年代末写的《杜晚香》。有的同志认为，从文学体裁上看，这两篇都可以说是小说；另外有同志建议，把这两篇放进去，可以从中看出几十年来我走过的创作道路，'从莎菲到杜晚香'。我同意这种见解，就把这两篇选进来了。"[8]其实，《杜晚香》到底是什么文体没有太大的争辩意义，更为关键的问题在于某个时代的读者或研究者更愿意将它当作什么文体。自新时期以来，研究者更乐于把《杜晚香》视为晚年丁玲小说创作的代表，并将之纳入丁玲整个小说创作中进行考察。而对丁玲小说的关注及对丁玲是小说家的想象似乎也已成为一种默认的知识潜在于当下的研究之中。

　　换一种眼光将《杜晚香》看作真人真事创作未尝不比视作小说更为贴切恰当。1979年发表的《杜晚香》文末标注1965年始作，1977年重作。这篇短文始作时题为《垦区标兵邓婉荣》，单看题目即知这是一篇通讯报告，而创作这一作品，也的确是为了宣传垦区的劳动标兵。只是丁玲的创作文稿在"文革"中散佚，1977年复出之际丁玲在山西居住地重写旧作，有意思的是，在写作过程中谈论起《杜晚香》，丁玲仍称之为"散文通讯（或报道）"[9]，而完成之后《杜晚香》也发表在《人民文学》散文栏。

　　杜晚香实有其人，在写作时才改为此名。正是改名，使得本来毫无争议的叙事性散文通讯在文体上变得含混。然而不得不正视的问题是《杜晚香》一文中的事迹并非有意虚构，这些事迹都是与邓婉荣相关的真事，可以说《杜晚香》不过是某种意义上真人真事的重述[10]。最值得关注的是1975年丁玲在家信中讲到的关于邓婉荣的信息，至少与家人的通信丁玲没有虚构的必要，这一信件在一定程度上可以说是《杜晚香》的底本，叙述所及从幼年到"文革"，比《杜晚香》中的内容还要丰富。为方便对比，摘录部分内容：

　　　　邓婉荣是我在宝泉岭（农场）最好的朋友与老师。她同祖慧同年。原是宝泉岭一个转业的职工的家属。后来成为全农场的标兵……她出身在一个劳苦人家，也是在一个更不贤惠的后母的歧视和打骂下长大的。十三岁嫁到一个中农家当媳妇，有生以来有了一条羊毛毡做被子（不是垫子）。这家，妯娌多，工作多，脏活、累活都是她做。她学会各种活，锻炼出一副硬腰杆。解放后，她积极参加村子上的学习活动，慢慢地，当上了村妇联主任，入了党。丈夫参加解放军，抗美援朝，集体转业到宝泉岭。她随着到了宝泉岭，当家属，做饭，带孩子，做一个普通党员。可是，她就在这当中，不声不响地做了多多少少好事。好事也不是一天能被人发现的。她也从不宣传自己。[11]

　　接着丁玲又讲述了邓婉荣的几件事情：一是1960年、1961年低标准时期捡粮食，别人往家背，她交公。二是当知青组长，和知青相处时的事，诸如叫知青起床、给她们倒尿盆、扫地；一起劳动时，帮知青锄草，打芦席；得到知青认可后知青带家乡特产给她。三是与其他家属相处的事迹，水靴让给别人穿，背人过沟，看到有人脚冻了，解开衣服放在怀里捂暖；为建托儿所带领家属走三十多里刈草；自己出资出力制造黑板。另外，在信件中也提到邓婉荣经常参加会议、发言做报告，以及"文化大革命"初期，邓婉荣对自己的帮助等[12]。

对照《杜晚香》这篇短文，第一节"一枝红杏"中提到后母嫌厌的眼光、呵叱声和突然降临的耳光拳头，担负许多家务劳动等信息。第二节"做媳妇"，晚香满十三岁，做了媳妇，有生第一次盖羊毛毡，为一大家子忙碌。解放军到来，分土地，丈夫报名参军离开家乡。第三节"'妈妈'回来了"，土改复查工作队到来，杜晚香跟着同志学习，去县上培训，之后在乡里宣传政策，当上妇女组长，继而担任妇女主任，加入共产党。丈夫退伍后又离家去军事学校学习。第四节"飞向北大荒"丈夫从军事学校集体转业到北大荒，杜晚香决定同去。第七节"家属生活"讲到杜晚香当家属时默默地做好事。第九节"平凡不平凡"，集中写几件事：劝阻偷公家东西的人被骂多管闲事；低标准那年捡粮交公遭家人反对；杜晚香当知青组长，知青转变态度（具体事件包括冬天早晨过河时让水靴、背知青、把冰凉的脚放在怀里捂暖）。第十节"根深叶茂"杜晚香成为工会的女工干事，写其日常工作，经常参加出席模范工作者座谈会、劳模经验交流会等。

可以说，《杜晚香》里面讲到的有关杜晚香的信息基本上和信件中的邓婉荣的信息相合，介绍顺序也大致相同。《杜晚香》中写到的事件比信件中的还少一些[13]。在1978年12月17，丁玲《致蒋祖林、李灵源》信中提到改写《杜晚香》后三段减掉了许多事，添了一些北大荒景色及人的心灵活动，使笔调风格同前面相一致……[14] 按此推理，之前信件所提的刈草建托儿所、买木材做黑板等事很有可能在草稿中是有的，但在对后面三节的修改之后删去了。《杜晚香》中也有一部分内容出自丁玲对杜晚香的想象，即文中第五节、第六节对杜晚香去北大荒途中所见所闻的书写。这一点丁玲自己也交代过"杜晚香并没到过密山……那是我初到密山时的感情……她可能比我想得更高，但是她不一定会讲。她是一个普通的农村劳动妇女。我是一个作家，我可以体会，所以我就替她讲了"[15]。对于书写真人真事和塑造典型人物这一组看似矛盾的命题，丁玲认为，真正的文学作品，是真人真事又不是真人真事。文学写作不是把什么生活都照原样拿出来，而是要将素材熔铸提高一些以形成更精练的文本[16]。而总的来说，对于垦区标兵邓婉荣的书写，丁玲首先遵循的是邓婉荣的思想习惯和行为方式[17]。

二、创造：杜晚香形象与晚年丁玲的精神契合

然而，不能被忽略的是另外一种声音。丁玲在20世纪80年代公开的谈话中多次声称"杜晚香就是我"。诸多研究者也把《杜晚香》看作反映晚年丁玲政治、女性、文学等方面思想的代表作。那问题便是《杜晚香》在何种意义上、多大程度上与丁玲晚年的思想契合。要解决这一问题，首先要回答的是《杜晚香》要传达的最核心内容是什么。有一种比较一致的意见认为《杜晚香》传达了丁玲对祖国、共产党、北大荒及劳动人民的爱与歌颂。20世纪80年代丁玲曾被视为"歌德派"，当下也有将杜晚香看作"革命信念的化身"的观点，两者态度虽褒贬不一，但关注点都是一致的，即从政治、革命角度评价《杜晚香》；此外还有从女性主义角度出发，认为杜晚香是妇女解放的典型或杜晚香呈现出女性意识的缺失（性别立场的男权化）。这两种角度成为《杜晚香》研究的两大热点，也构成认识《杜晚香》的两个维度，但是需要注意的是这并不能代表晚年丁玲的思想。正如前文所言，杜晚香的身份是因党而翻身的普通劳动妇女，是大家公选出来的农垦标兵，是社会主义制度下培养出来的新人，丁玲笔下的杜晚香有人物自己的逻辑，而非丁玲的逻辑。当然，丁玲也并不是仅以客观的冷静的姿态创造这一人物，《杜晚香》中流淌着浓烈的感情，杜晚香的热情中可以有丁玲的共情，甚至有时叙述者还会跳出来直抒胸臆。

但这种共通的政治热情还不能算作《杜晚香》所要传达的主要内容。想要找到问题的根本还需回到文本。《杜晚香》全文共十节，大致内容和占用的篇幅如下：幼年生活（1）—在李家做媳妇（1）—土改复查工作组，成为妇女主任（1）—在北大荒途中（3）—在北大荒成长为标兵的过程（4）。由此，整篇短文可看作两个翻身故事。第一部分三节记述的是在党的带领下普通农村妇女翻身的故事。第二个故事是杜晚香从一个无处编排的闲人成长为一个受人尊重的劳动标兵的故事。问题就在于如果这是一个写垦区标兵的散文通讯，最后四节的内容就足够了（事实上之前的批评文章中对女性意识、功利的创作意图等议题的讨论也主要是针对这一部分内

容）。后四节从杜晚香到北大荒之后安家讲起："家属生活"写杜晚香在农场安顿下来，从闲着无事，安排工作无果到开始自觉地默默做一些小事。"欢乐的夏天"一节交代了北大荒的自然生态环境、现代化的农场景观、杜晚香等妇女共同劳动的场景，以及在集体劳动中杜晚香的第一次被发现；"平凡不平凡"一节以叙事为主，介绍杜晚香从平凡人到劳动标兵这一成长过程中的种种事迹；"根深叶茂"以杜晚香在文化宫的发言作结。发言可容纳的信息量很大，发言所采取的幼时生活、革命成功后的新生活这种对比式的结构方式完全可以将一二三节的内容囊括进来。

而退一步讲，丁玲采取从头说起的人物小传式的叙述方式写杜晚香的两次"翻身"也说得过去。但是，如何看这两个故事之间的三节，无论是在结构还是篇幅安排上，它在全文中都显得有点扎眼，也使得整篇短文琐碎、不顺畅。这三节文字是丁玲基于对杜晚香的认识而"想象"出来的内容，写的是杜晚香从天水到北大荒途中的所见所闻，全程杜晚香没有一句话，大部分篇幅被火车车窗外的风景、北大荒车站旁的现代化机械景观以及插入的周边人的交谈占据。当然，有人会说，这里是为了侧面烘托王震部长而设，因为在旁人的交谈中就有三个事件和王震相关。但这仍不太具有说服力，把王震事迹放在到北大荒安顿之后叙述也并非不可以。

这三节是重要的，虽说初看起来在结构上它显得有些多余。三节内容出于丁玲对杜晚香的想象，也包含有丁玲自己去北大荒途中的体验，是叙述者丁玲和被叙述者杜晚香两个视角合二为一的地方。为什么非要写这部分的内容，本文以为这是丁玲塑造人物的需要，丁玲想要突出杜晚香在陌生环境中安详自若的性格。这一意图在三节之中的最后一节最明显，丁玲写杜晚香主动地端茶倒水扫地，并借一路同车来的干部对杜晚香安详自若、从容愉快的赞赏加深这一印象。将人物放置到不同的环境中书写，是丁玲从古典小说中得来的写人经验。通观全文，整篇短文最想要表达的就是杜晚香安详自若的性格，而正是在这一点上，丁玲与杜晚香心灵相通。

杜晚香在苦难中从容自若的性格，是丁玲的《杜晚香》要传达的核心内容，与之相呼应是文中四次出现的"干旱的高塬上一枝耀眼的红杏"意象。苦难中的杜晚香，高原风沙里的红杏，人与物象在精神上高度契合——坚强、倔强、默默生长、安详自若、给人安慰。全文这一性格主题贯穿始终：幼年时期的杜晚香面对的是后母嫌厌的眼光，厉声的呵叱和突然降临的耳光拳头，但晚香不注意这些，只尽情享受着高原上寥廓的蓝天和天上飞逝的白云；做媳妇时生活中面临的是兄嫂们的尖嘴薄舌，杜晚香的策略是不多说话，看着周围的事物，听着家人的议论，心里有数。去北大荒途中杜晚香默默观察，不言不语，将得到的印象刻在心的深处，在陌生的场合中，被别人热情地招待，转而也像在家乡一样习惯地照顾着别人。

到北大荒之后，没有安排工作，她不说什么，但是家属区一天天变了样。低标准时期不顾别人笑骂，杜晚香说服家庭，捡粮交公。而对于城里下乡知青的轻视，杜晚香也依旧是无微不至地、始终如一地照顾她们，引导她们。

杜晚香安详从容的性格里传达出来的生命哲学是：在艰难的环境中生存不意味着要与环境对抗，更不主张自我主体的消弭，而是从艰难的环境中汲取力量默默顽强地生长以建立更强大的自我主体。就如干旱的高原上的红杏，一个根深叶茂的坚定强大的主体才能够抵御一切病毒，无论风残雨暴，黄沙遍野依然怒放出鲜艳耀眼的花。杜晚香对于外在的叱骂、耳光、议论、笑骂、轻视……采取的方式是"不注意""不顾""好像不懂得"，而默默地将目光转移到劳动、学习上。

梳理《杜晚香》文本，劳动与学习是与杜晚香从容不迫的性格相生相成的两个方面。在艰难的时刻，劳动是杜晚香自我主体价值得以实现的方式，在对自我主体价值的认可中抵抗乃至消解外来的"风沙"。幼年时的杜晚香从在高原中的劳动中获得身心的自由；做媳妇时的晚香在担水、烧火、刷锅做饭、喂鸡喂猪等家庭劳动中获得了兄嫂公婆的认可。在去北大荒途中她从容地倒水递水，扫烟头泥块，如同主人。做家属时默默打扫小区卫生，帮助周边人，得到农场人的肯定。生产劳动实践是杜晚香从容不迫的内在精神主体的存在基础，而这种精神气质也推动劳动主体投身于劳动实践之中。

学习的意义在于铸造更强大的精神主体，杜晚香在自觉地学习中不断进步，在学习中成长为党的工作者、垦区的先进标兵，而在人格上也表现得更加从容、稳定。杜晚香跟婆婆学做家里各种各样的活儿；工作队到来之后学识字，去县里上培训班，学工作队的人宣传政策；成为标兵后坚持到夜校学文化，学习整理成材料，学写发言稿。学习是其获得社会认可、提升自我价值的途径，与劳动共同铸造了杜晚香从容不迫的精神主体。

现实中"杜晚香"是一个丰富的人，丁玲写出了众人眼中的杜晚香，而最深刻的是写出了晚年自己眼中的"杜晚香"，即在苦难中通过沉默踏实的劳动、学习获得更强大的内在主体性，外在表现为无论处于何种环境都保持的从容不迫的精神气质。丁玲与其笔下的杜晚香的契合之处正在于此，受难归来的丁玲写杜晚香成长中的不公正的待遇，写杜晚香如何将遭遇忽略转而从劳动中、学习中汲取营养建构强大的人格主体，以及杜晚香在任何环境中都呈现出从容不迫的精神气质，也是丁玲在书写她自己，干旱的高原上那枝耀眼的红杏也是归来者丁玲的精神写照。

三、情感整合

"漂亮话"与"心里话"、写景语显然不能仅仅将杜晚香看作丁玲对邓婉荣的摹写，而应看作丁玲选取邓婉荣的性格主体进行创造性加工的成果。这种超出限制之外的创造是创作者创作水平的体现。而更深层面上，关于"限制"与"创造"的讨论涉及的是在政治性话语之下文学的生存空间问题。有观点认为《杜晚香》只能看作政治代表作而非文学代表作，完全否定了《杜晚香》的文学性，这依然是在政治、文学二元对立的思维框架下得出的结论。对政治和文学的关系这一问题，丁玲在20世纪50年代的一次讲话中讲得很明白："我们很强调作品的政治的社会价值，而今天我们作品里的那种政治的勇敢、热情，总觉得还没有'五四'时代的磅礴。"[18] 文学与政治之间的界限并非截然分明。刻意突出政治的作品不一定有政治性，而不标榜政治的作品也并非与政治毫无瓜葛，两者之间并不需要特意区分强调。

关于文学、政治两者的关系，丁玲在《序〈叶圣陶论创作〉——从头学习》中有更真切的表达。20世纪20年代末，叶圣陶发现了丁玲，将她的小说多次刊登于《小说月报》上，因文字结交的友谊自此开始。经历半个多世纪的坎坷，1981年，丁玲读《叶圣陶论创作》，为此书写序，文字间透出两人文学观念相通的欢欣。在序言的最后丁玲写道："凡是真正从事文学创作的人，他们总会走在一条道路上。一个真正从事文学创作的人，他总能在同一类人的感受中得到同感……"[19] 面对早年的文学导师，这是丁玲极真诚的一面。就文学与政治的关系，丁玲介绍了叶圣陶的观念：其一，具有正确的人生观的作品是水平线以上的，否则都属于水平线以下。其二，作家创作时应该一切条条框框都忘掉。丁玲在序文中大量引用了叶老的原话，对文学创作的动机是生活中浓厚的感情颇为认同，"有一分牵强，当初感受思想情绪之精微的方面便改换一分，牵强顾虑越多，改换的也越多……像'为圣人立言''文以载道''语必有本'……文艺家如受他们的拘束，一切堕入形式，文艺的生命就断绝了"[20]。在叶圣陶的观念中，既能体现"正确的人生观"，又能突破外在束缚，真正源于内心的情感冲动而写的作品才是水平线以上的作品。这里"正确的人生观"不一定就是政治，但可包含正确的政治信仰。

此外，文学中有正确的人生观和文学情感的自然流露这两者也并不冲突。

回到《杜晚香》，丁玲在重写时就声明这篇短文要"具有一定的水平，至少要有我个人的水平"[21]。情感是丁玲一直以来强调的因素，对于20世纪50年代文坛上出现的创作模式化的问题，丁玲指出，要深入生活，写自己熟悉的人，写自己有感情的人。"今天我们还不会写人物，只会写事情……我们只是见一点写一点，与人谈到一点，回来就写到一点，最多不过是说明介绍一番，介绍他什么出身，怎样参军、入党、立功……一般历史经过的叙述，至于他的内心思想和性格特点，等等，就描写得很少，不明显，不突出"[22]。"我们最好的作品，也没有写出人物。《白毛女》里的喜儿，作为一个人物的性格特征，我认为还是没有写出"[23]。《杜晚香》在写人上有着明显的自觉，凭着对人物的熟悉，抓住人物最核心的性格，通过多个事件及人物的行动一点点渲染，从而给读者留下深刻的印象。这是丁玲在20世纪50年代提炼写人经验之后进行的一次文学实践，显然，丁玲写出了人物的性格，杜晚香是邓婉荣，也是具有这一性格的一类人。丁玲能够创造出这一人物，关键也在于对人物的熟悉，对人物有感情。

对情感的强调在丁玲处理杜晚香的发言稿中也有所体现。杜晚香的发言稿起初被加工得完美、通顺、清楚，有引用的报纸社论，有学习毛主席著作的体会，有先进人物的经验，可是杜晚香总觉得那些漂亮话不是她自己讲的。她决定"自己去想，理出线索，用自己理解的字词，说自己的心里话"[24]。"漂亮话"和"心里话"两种话语的不同在于有没有感情，显然，较前者而言，后者更具有感性色彩，有生活的细节和情感的驱动，更加细腻丰富。文中写道:"听的人都跟着杜晚香走进了……他们回想到自己、回想到……""每个人的心都如痴如醉,沉浸在……""人们听到这里,从心中涌出一股热流,只想高呼……"丁玲描述听惯了"漂亮话"的听众对"心里话"感受,从杜晚香朴素的演讲里,"他们看到了、听到了,感触到了自己还没有看到、没有听到、没有感触到的东西,或者看到过、听到过、感触到过却又忽略了的现实生活和一些有意义的,发人深思的人和事"[25]。丁玲反对文坛上模式化、概念化的如化妆演讲的作品,用杜晚香的话表现文学应来自生活,应具有感染人心的作用。需要指明的是有的研究者将之认为是丁玲的"个人话语"对"政治话语"的抵抗,然而需要加以辨析的是"心里话"不一定就是"个人话语",而"漂亮话"也并非简单对应"政治话语",丁玲的追求在于如何更好地用"心里话"融合"漂亮话",其根本诉求在于回到文学本身。

能体现丁玲水平的还有精练老道的散文化的、诗化的语言,从写情的层面上说,它代表的是和心里话一致的抒情话语。《杜晚香》开头的西北高原早春的景象常为人引用,语言纯净、凝练,意象鲜明,层次丰富,几笔就勾勒出一幅西北高原早春图,不仅画出了景致,更凸显出了景物内里顽强倔强的生命力。同样富有意味的是对北大荒七月平静而富有生机的沃野的描写:"七月的北大荒,天色清明,微风徐来,袭人衣襟。茂密的草丛上,厚厚地盖着五颜六色的花朵,泛出迷人的香气。……蜜蜂、蝴蝶、蜻蜓闪着五彩缤纷的翅膀飞翔。野鸡野鸭、鹭鸶、水鸟,在低湿的水沼处欢跳,麂子、獐子在高坡上奔窜……"[26]丁玲以诗意之笔描写西北高原、北大荒的景致,凝练蕴藉,语言精湛。

一切景语皆情语,丁玲笔下的风景是经过其主观认识"赋值"的风景,对北大荒高原上的春天的描写是为了凸显在艰难的环境中保存的倔强的生命力,七月的北大荒看似平静,万事万物都在为自己的生长和生存而斗争。对农场、对杜晚香的劳动场景的描写也都并非闲笔,正如陈明所说:"有的朋友夸她会描写风景,实际上她不是写景,只是要写情,因为笔下有情,那景就好像活了。"[27]景语中蕴含了丁玲对北大荒的熟悉和深厚的感情。

四、《杜晚香》的位置

《杜晚香》没那么复杂，也没那么简单，不能简单把它当作小说，将杜晚香看作晚年丁玲的思想体现，也不能仅视为政治代表作而驱逐出丁玲的文学创作的考察范围。廓清这些问题之后，再看整个丁玲的创作生涯，寻找《杜晚香》的位置是一个难题。杜晚香是放在莎菲、贞贞、陆萍、黑妮这一人物序列中，还是放置于田保霖、袁广发、李卜、陈满、粮秣主任等这一类以真人真事为题材的劳模人物序列中考察。或者这两类人物能否放在一起讨论，在何种层面上可以放在一起讨论。

这一问题的根本在于对到达延安之后丁玲创作的变与不变的思考。显然，有大量的事实可以说明丁玲到延安之后的创作，尤其是在延安座谈会召开之后的创作与20世纪20年代和30年代的创作在各个方面都发生了显著的变化。1937年，丁玲带领西北战地服务团走上一线，扮演的是一个战地新闻记者的身份，创作了极具有新闻性的人物速写、战争速写等实录性文字。1942年座谈会召开后，作家身份取消，取而代之的是党的文艺工作者，丁玲响应号召创作了一批歌颂以真人真事为题材的英雄模范人物作品。毛泽东点名表扬，称之为"新的写作作风"，中华人民共和国成立前后丁玲被视为"知识分子改造的典型"。

从丁玲文学报道的创作情况来看，延安座谈会后丁玲的作品的确"焕然一新"。《三日杂记》是丁玲创作的第一篇下乡寻找英雄模范的文字，具有一定的实验性。文章以延安的公家人的眼光打量山沟里的小村庄，勾勒出麻塔村村民群像。语言上尤其注意对方言的刻意运用，对山西小调、民歌的记录，看得出丁玲学习新话语的自觉。《田保霖》是丁玲最早发表的一篇以真人真事为题材的劳模书写作品，文中使用真实的时间、人名、地名、事件，隐含作者退居幕后客观叙述田保霖的转变，介绍劳动经验。其后采访民间艺人李卜、袁广发等人，在创作上基本上按照"介绍人物经历+人物评价和价值引导"形式行文。

中华人民共和国成立之后到下放到北大荒前的这段时间里，丁玲只创作了少量的几篇散文作品[28]。在仅有的几篇散文里，丁玲的创作已出现很大的不同。在与群众的关系上，丁玲不再是简单的采访者、记录者，而是找到了和群众对话的途径。《粮秣主任——官厅水库散记之一》中，面对外来的公家人，李洛英保持一份机警与小心，但是共同话题取消了外来者和普通群众之间的隔膜。丁玲凭着土改时积累的农村生活经验，凭着对周边村庄和对当地人民生活的熟悉取得了李洛英的信任，丁玲对这片土地上人民命运的关注，对新生活的热情与企盼也使两人在感情上更近一层。不过，丁玲还是有所保留，整个文章"我"只有简短的几句话，更多时候扮演的还是一个思大于言的观察者角色。

从座谈会后丁玲第一篇创作《三日杂记》到20世纪50年代的散文通讯作品，在知识分子与群众的关系上，丁玲的创作呈现出从客观的外来的记录者，到有共同话题、共同愿景、精神相通的对话者的变化，而其中所包含的个人抒情的成分也越来越重。从创作题材和书写对象上看，20世纪70年代末创作的《杜晚香》也在这一创作脉络上，考察《杜晚香》理应放在延安文艺座谈会讲话之后丁玲的"新写作作风"创作中，可以将之看作新作风开端之后的延续与深化。杜晚香这一人物也应放在田保霖、李卜、袁广发、陈满、李洛英等人物序列之中进行考察。

这样的位置看起来可行，但值得注意的是与研究者关注断裂、改造不同，丁玲一直思考的是五四文学、左翼文学、延安文艺、新中国文艺乃至于新时期文学的贯通。20世纪50年代新中国文艺的建设中谈到如何对待五四时代的作品，丁玲不否定五四文学，而是强调要有文学史意识，"五四时代的语言是浅显明白朴素严谨的……一般所指的欧化太过、形式累赘、内容空虚的文体大体是后来资产阶级、小资产阶级作家将文学作为消遣品时，才往那种趣味上发展的"。这是丁玲试图从语言上为新中国文艺正本溯源。20世纪80年代的文字中丁玲指出文艺为人生、文艺为工农兵服务，文艺为社会主义为人民服务虽提法不同，但没有根本区别[30]。而在给叶圣陶的创作谈写的序言中，也可以清晰地看到丁玲从20世纪20年代创作之始就坚守的文学源于生活，文学缘于感情这一文学观念。

回到人物上，两个人物序列是否各据一边，没有放在一起讨论的可能？说明这个问题也应回到丁玲对自己作品的评判上。这种自我评价大都集中在延安时期的创作上。丁玲称自己创作的战地报告"只能算作实录"，《田保霖》不过是个"开会记录"，尤其是对收集了自己在延安时期创作的大部分散文的《陕北风光》的整体性评价，丁玲坦然地称此书单薄，只能算是开端。也就是说，丁玲对自己的创作有清晰的认识，知道它应有的高度。那么，如果将丁玲自己不认可的作品忽略不看，而将实现了丁玲创作意图的作品放在一起，两个人物序列就完全可以当作一个来看。当然，这种有意的忽略不是为丁玲自我改造时期幼稚的实验作品开脱，而是站在更高的角度，思考丁玲的文学追求。也就是说《杜晚香》可以看作丁玲在延安文艺座谈会召开之后，以真人真事题材创作的劳模书写的一个代表之作，它基本实现了丁玲的创作诉求。在这一层面上，《杜晚香》完全可以和丁玲小说作品放在一起讨论，而这或许正是研究者将《杜晚香》视为小说的深层原因。

注　释

〔1〕刘心武：《关于丁玲的〈杜晚香〉》，《杂文选刊》2009年第10期。

〔2〕宁义辉：《〈杜晚香〉的语言特色》，《当代修辞学》1988年第6期。

〔3〕李陀：《丁玲不简单：命时期知识分子在话语生产中的复杂角色》，《北京文学》（精彩阅读）1998年第7期。

〔4〕贺桂梅：《知识分子、女性与革命：从丁玲个案看延安另类实践中的身份政治》，《当代作家评论》2004年第3期。

〔5〕秦林芳：《丁玲〈杜晚香〉：政治功利与道德诉求的聚合》，《文教资料》2007年第36期。

〔6〕李美皆：《"晚年丁玲"研究》，博士论文，苏州大学，2013年。

〔7〕《丁玲全集》中收在短篇小说卷第4卷中。在传记和年谱中，王增如和李向东的《年谱长编》、秦林芳著《丁玲的最后37年》中将《杜晚香》视作小说，王中忱和尚侠的《丁玲的生活与文学的道路》、涂绍钧的《图本丁玲传》、蒋祖林和李灵源著的《我的母亲丁玲》将其视为散文。袁良骏的《丁玲研究五十年》中《丁玲晚年著作目录》后标为记实小说。小说、散文这两大体裁分类外，亦有学者注意到《杜晚香》是人物特写（李美皆），"散文（或报告文学）"（苏永延），"人物通讯和散文"（袁盛勇）。

〔8〕丁玲：《〈丁玲短篇小说选〉后记》，载《丁玲全集》第9卷，河北人民出版社，2001，第110页。

〔9〕〔21〕丁玲：《致蒋祖霖、李灵源的信》，载《丁玲全集》第11卷，河北人民出版社，2001，第242页。

〔10〕关于杜晚香与邓婉荣的对比，还可参看丁玲纪念馆发表的《浅析丁玲笔下的

杜晚香与北大荒精神》。

〔11〕丁玲:《致蒋祖林、李灵源》,载《丁玲全集》第11卷,河北人民出版社,2001,第160—161页。

〔12〕同上。

〔13〕第七节信件中没有提到,但是在《"牛棚"小品》中《晒肥场上的遐想》有相关描述邓婉荣在场院奔走忙碌的场景。参见丁玲:《"牛棚"小品》,载《丁玲全集》第10卷,河北人民出版社,2001,第171页。

〔14〕丁玲:《丁玲致蒋祖林、李灵源》,载《丁玲全集》第11卷,河北人民出版社,2001,第278页。

〔15〕丁玲:《关于文学创作》,载《丁玲全集》第8卷,河北人民出版社,2001,第284页。

〔16〕丁玲:《谈谈文艺创作问题》,载《丁玲全集》第7卷,河北人民出版社,2001,第251页。

〔17〕周维东认为,在摹写过程中,知识分子并没有塑造的主动权,将对人物的摹写看作知识分子对党的政策的"摹写"。路杨从"有意味的形式"出发回应过这一问题。她认为在艾青、丁玲、赵树理等作家那里,这一写作运动实际上包含相当丰富且自觉的形式探索,并不能简单等同于劳模运动的政策宣导,也不仅是知识分子进行思想改造的一个环节。本文强调情感在创作者创作中的重要作用,主动权体现在人物塑造、文学语言中创作者个人情感的渗透。参见周维东:《被"真人真事"改写的历史:论解放区文艺运动中的"真人真事"创作》,《中山大学学报》(社会科学版)2014年第2期。路杨:《作为生产的文艺与农民主体的创生:以艾青长诗〈吴满有〉为中心》,《文学评论》2018年第6期。

〔18〕丁玲:《五四杂谈》,载《丁玲全集》第7卷,河北人民出版社,2001,第156页。

〔19〕〔20〕丁玲:《序〈叶圣陶论创作〉:从头学习》,《丁玲全集》第9卷,河北人民出版社,2001,第148—149页。

〔22〕丁玲:《谈与创作有关诸问题》,载《丁玲全集》第7卷,河北人民出版社,2001,第338页。

〔23〕丁玲:《作家需要培养对群众的感情》,载《丁玲全集》第7卷,河北人民出版社,2001,第369页。

〔24〕这里不算是丁玲的虚构。丁玲在"文革"时写给农场党委的工作报告和检查

《在宝泉岭农场》中说："有些讲用会的材料，根本就是她们个人心里怎么想，嘴里就怎么说，没有什么整理。"参见丁玲：《丁玲全集》第10卷，河北人民出版社，2001，第315页。

〔25〕〔26〕丁玲：《杜晚香》，载《丁玲全集》第4卷，河北人民出版社，2001，第313页，第304-305页。

〔27〕陈明：《我说丁玲》，湖南文艺出版社，2004，第130页。

〔28〕这一时期的创作有《陈满》（1949年7月），《战士史沫特莱生平》（1951年5月），《粮秣主任》（1953年11月），《记游桃花坪》（1954年3月），《春日记事》（1955年2月）。

〔29〕丁玲：《怎样对待"五四"时代作品：为〈中国〉青年报写》，载《丁玲全集》第7卷，河北人民出版社，2001，第240页。

〔30〕丁玲：《漫谈文艺与政治的关系》，载《丁玲全集》第8卷，河北人民出版社，2001，第121页。

论丁玲《杜晚香》的创作设想与逸出

王燕芳　黄科安

　　《杜晚香》是丁玲晚年复出后在读者面前的正式亮相之作，也是研究丁玲晚年创作思想和生活道路的一个重要切入点。从内容上看，《杜晚香》是一篇很好理解的文本，它主旨突出，主线清晰，结构完整，语言清新秀美，全文没有一句晦涩难解的话语。但是，当我们考虑到丁玲一贯深刻的创作理念和她始终卓越的创作才能时，内容相对直白的《杜晚香》反而显得另类和怪异。有些人认为，晚年丁玲"江郎才尽"，在《杜晚香》中出现了"笔力衰退"的尴尬；既有的一些研究也未能很好地解释丁玲对《杜晚香》的偏爱。对于《杜晚香》，单纯的"以意逆志"显然是不够的，我们更需要"知人论世"——结合丁玲当时的身份境遇和作品的创作过程来考察，或许能更恰当、更深入地把握《杜晚香》的内涵和意义。

一、《杜晚香》文体的写作预设

　　一直以来，《杜晚香》的口碑毁誉参半，其文体属性也没有形成定论，一直在"小说"和"散文"中不断徘徊。在张炯主编的《丁玲全集》（河北人民出版社，2001）中，《杜晚香》被放在第4集的"短篇小说"队伍里，这似乎是一种比较权威的判定；目前来看，绝大部分研究者也是将其作为一篇"小说"看待——这种意见自然有其充分的理由和依据。但对于丁玲本人而言，她显然是将自己的《杜晚香》当作一篇"散文"来创作和审视的。

　　《杜晚香》女主人公的名字虽是虚构，但其人物却有现实原型，是丁玲在下放北大荒时在宝泉岭农场结识的邓婉荣。1964年夏天，丁玲初识邓婉荣，当时她已是著名的垦区女标兵；这年冬天，丁玲又刚好调到了宝泉岭农场，在和邓婉荣密切接触的过程中，丁玲被她毫不利己、专门利人的精神深深打动，起了以邓婉荣为中心进行创作的念头并付诸实践，而这就是《杜晚香》的初稿。所以《杜晚香》文末署的写作时间为"1965年始作，1977年重作"。丁玲说："我和杜晚香相处了一个时期，'文化大革命'前，我记录了一些她幼年的生活。"可以说，丁玲从一开始的写作就是缘事而起、有感而发，建立在真人真事的基础之上。"1965—1966年，她先后以这个奇女子为模特，写过一些文体界限模糊的文字，它们类似事迹材料、通讯特写，还像散文随笔等，可惜这些文字最终没有保留下来。"《杜晚香》的初稿，虽然在那个动荡的年代中不知去向，却不曾在丁玲的脑海中销声匿迹。1978年7月，刚刚摘掉右派帽子的丁玲，"开始考虑复出时，拿什么作品作为奉献给广大读者的见面礼，她选定了《杜晚香》。"[1] 1978年月24日，丁玲给曾任农垦部部长、时任国务院副总理的王震写信，信中提到："最近我在重写散文垦区标兵邓婉荣（在宝泉岭写的初稿已散失）……"直到这一年的8月底，丁玲才几乎完成了现在的这篇《杜晚香》。虽然是重写的作品，但丁玲并没有完全抛弃原稿的内容，反而在很大限度上忠于自己的记忆：无论是通过丁玲自己的诸多谈话、演讲、信件，还是通过一些相关的史料，都可以印证《杜晚香》中的故事大多实有其事；《杜晚香》中涉及的一些时间节点，也与邓婉荣本人的经历相符①。此外，丁玲每每回忆起与邓婉荣有关的往事，总是下意识地以"杜晚香"的名字称呼她，似乎二者原本就是同一人，丁玲的写作只是一种素描式的人物记录。因此，我们也就不难理解作家为何会在各种场合称自己的《杜晚香》是一篇"散文"②，她也许从未怀疑过《杜晚香》的文体属性。

　　《杜晚香》的一些文本内容，其实也能反映出丁玲内心的这种确证。相较于小说，散文的写作方式更灵活、更自由，显然更宜于情感的直接抒发。而丁玲恰恰就在《杜晚香》中写出了大量情感丰沛、纯粹自然、无所顾忌的个人抒情话语，这显然是她潜意识中认为自己在写"散文"的反映。丁玲说："我写了杜晚香对北大荒的无限深情，也同时抒发了我对北大荒、对党的事业的热爱。"[2]的确，当时丁玲刚刚在北京遭遇了生命中最严酷的打击,年老失意的她来到北大荒,却收获了许多来自普通劳动者的信任和关心。陈明回忆及此,也替丁玲感叹道:"这些感情,这些美好的人与人的关系,在这混乱的世界的一角,放着异样的感人的光彩。"落实到《杜晚香》的文本,她抒发这份对北大荒的深情的方式就不是含蓄委婉的了,事隔多年,作者似乎依然难以抑制自己的感叹和怀念,直接越过文本主体,不再借助于杜晚香的言行举止和心理活动,而是以第一人称的口吻表达自己的所见所闻、所思所感,常常沉醉于连绵的抒情之中:"整个场院在纯朴的音乐旋律中旋转着,歌声与笑脸四处浮动与飘扬。多么活跃的生命,多么幸福的人生呵!"特别是结尾部分对北大荒和北大荒人成段式的礼赞:"什么地方是最可爱的地方?是北大荒!什么事业是最崇高的事业?是开垦建设北大荒!什么人是最使人景仰的人?是开天辟地、艰苦卓绝、坚忍不拔、从斗争中取得胜利、从斗争中享受乐趣的北大荒人。他们远离家乡,为祖国开垦荒原,为祖国守住北大门,保卫边疆,建设边疆。他们同传统的意识感情决裂,豪情满怀,建设现代化的社会主义农业基地,把自己锻炼为有高尚品德的新型劳动者。他们生产财富,创立文化。这里是祖国的边疆,却又紧紧联系着祖国的心脏。"这段话凭空而出,虽是赞美却不空洞,语言质朴而又激情四溢,与上下文的话语视角都不一致,明显代表了作者的观点。《杜晚香》经历过多番打磨,但丁玲仍然保留这些语句,显然,她并不觉得这样的内容有什么突兀和怪异之处,她心中的豪情壮志似乎一泻千里,热情真诚地要为坚强勇敢、勤劳朴实的北大荒人唱一曲高亢嘹亮的颂歌。而像这样的表述,分明是更适合于散文的。

正因此,我们对于丁玲所说的"我写杜晚香对北大荒的感情,实际也是我自己的感情,也是北大荒人共有的感情。尽管我写得不够,但如果我自己没有这样的感情,我是写不出杜晚香的[2]也不会有更加深入到位的理解"。在丁玲笔下,除了杜晚香的美好品质,北大荒壮阔的自然景观和北大荒建设事业的伟大也一览无余。近年来,《杜晚香》作为北大荒文学代表作品的重要地位已被提出,正如有论者说,"不了解北大荒,就不可能理解北大荒文学,就不可能真正理解《杜晚香》"[3],丁玲及《杜晚香》与北大荒、北大荒文学之间的关系或许还值得更加丰富深入的挖掘。

二、杜晚香形象的塑造设想

丁玲本人在概括杜晚香的形象特点时，有两句话至关重要，其也是来源于她1983年发表的《〈"牛棚"小品〉刊出的故事——在"〈十月〉文学奖"授奖大会上的讲话》："杜晚香……的确是共产主义思想和社会主义制度培育出来的新人。现在我们国家百业待举，百废待兴，要实现四个现代化，在发扬民主，加强法治的同时，需要大批具有这种社会主义道德品质的人。"这番话的意义，不仅在于它是作者对自己作品的肯定，更重要的是，它揭示了丁玲创作《杜晚香》的一个强大动力。《杜晚香》诞生的原因自然是复杂多样的：它既出于丁玲对邓婉荣的敬佩和喜爱，也源于丁玲对北大荒建设事业的热爱；它既是为了记述邓婉荣的事迹，也是为了表明丁玲的"进步"；等等。但除此之外，还有一个动机不容忽视，那就是作家在新中国文学中创造出一个"新人"——特别是"社会主义新人"形象的愿望。

1979年，邓小平《在中国文学艺术工作者第四次代表大会上的祝辞》（以下简称《祝辞》）中郑重提出："我们的文艺，应当在描写和培养社会主义新人方面，付出更大的努力，取得更丰硕的成果。要塑造四个现代化建设的创业者，表现他们那种有革命理想和科学态度、有高尚的情操和创造能力、有宽阔的眼界和求实精神的崭新面貌。"《祝辞》中所呼唤的文艺中的"社会主义新人"，明显是"应时而生"，是为了回应"四化"建设的大政方针并为刚刚启动的改革开放政策提供思想和精神上的支持。此后数年间，在官方意识形态的推动下，书写"社会主义新人"问题逐渐受到广泛重视，文艺界也展开了相关的大讨论。此时已经复出的丁玲自然参与到讨论之中，同时，她敏锐地意识到，为杜晚香"立身正名"的机会来了。尽管自己笔下的杜晚香形象与邓小平在《祝辞》中所要求的"有革命理想和科学态度、有高尚的情操和创造能力、有宽阔的眼界和求实精神的崭新面貌"并非完全贴合，但丁玲依然紧紧抓住时下流行的"社会主义新人"概念，努力强调她身上的建设精神和"社会主义道德品质"，主动向读者隆重推荐。事实上，丁玲此时对"社会主义新人"概念的抓住，并不是机缘巧合吃现成饭，而是久久为功的结果。丁玲早就已经萌发了对文学中"社会主义新人"形象的关注和思考，《杜晚香》就是她付诸实践的尝试之一。甚至可以说，《杜晚香》所呈现出来的文本特质，与丁玲对"社会主义新人"文学形象的期待和追寻以及"社会主义新人"概念自身的历史遭际密切相关，形成了复杂缠绕的共生关系。

邓小平的《祝辞》并不是文艺界"社会主义新人"概念的第一次正式亮相。有学者认为，20世纪40年代解放区文艺中的新人形象，就已经是"社会主义新人"的雏形；甚至有人认为，早在左翼文学兴起的过程中，就曾有无数的批评家激情满怀地呼唤"社会主义新人"。或许这一概念出现的具体源头和最初定义我们难以追溯，但可以确定的是，在中国现代文学史上，对具有无产阶级革命理想并勇敢投身斗争的"新的人物"的呼唤，一直在左翼文学家和理论家的话语中若隐若现，而20世纪40年代的解放区文艺更为后来"社会主义新人"概念的破土而出涵养了丰沃的土壤。

笔者认为，"社会主义新人"的概念内涵不仅与人的某些特定品质（如集体主义、共产主义等）相关，也对人所处的时代环境有着严格的限制。"人的本质是一切社会关系的总和"，只有在由无产阶级政党执政、同时坚持和实践社会主义的独立民族国家中才能培养和造就"社会主义新人"；也只有在这样的环境中，"社会主义新人"身上的特质才能得到充分的实现和发展。因此，只有在中华人民共和国成立之后，即中国由新民主主义革命时期进入社会主义革命和建设时期之后，现实和文学中的"社会主义新人"形象才能真正出现和成立。经过了长时期的创作和理论铺垫，1953年，文艺界终于通过周扬的演讲严肃提出了新中国政权对文艺工作者塑造"新的人物"的需求或者说要求："这里就提出了当前文艺创作的最重要的、最中心的任务：表现新的人物和新的思想，同时反对人民的敌人，反对人民内部的一切落后的现象。我们的国家和社会，正在经历着一个巨大的改造过程。我们应当看到旧社会所遗留的坏思想和坏习惯在人民身上有根深蒂固的影响，但是同时更应该看到人民经过长期革命斗争的锻炼正在迅速地摆脱这些影响，特别是青年一代就更少受到这些影响的拘束。在现实生活中，新的人物正在涌现出来。而文艺创作的最崇高的任务，恰恰是要表现完全新型的人物，这种人物必须是和旧社会所遗留的坏影响水火不相容的，恰恰是不止要表现我们人民的今天，而且要展望到他们的明天。只有这样，文学艺术作品才能培养人民的新的品质，帮助人民前进。"周扬在这里着重强调的国家和社会正在经历着的"巨大的改造过程",正是指如火如荼的社会主义革命运动;而他对"新人物"尤其是"青年一代""和旧社会所遗留的坏影响水火不相容"的特质的看重,正突出了"社会主义新人"概念所包含的主体特性和时代特性。因此,周扬的这一段话,可视为文艺界"社会主义新人"概念的正式落地和它在历史大舞台上的隆重登场。

其实,丁玲对于"社会主义新人"的观察和觉悟远早于周扬的这篇报告。"她一直有个愿望,想要写出社会主义文学的新人物。早在1949年10月,她就在《西蒙诺夫给我的印象》中敏锐感觉到:'苏联文学中慢慢出现了新人物了,不特是陀思妥耶夫斯基的痛苦的人物,也不是高尔基小说中的人物,而是社会主义国家里的人物了。这些人物,已经不是阴沉的人物,不是有些忧虑的人物,也不是《铁流》里的郭如鹤,而是一种明朗的、新鲜的、单纯的、活泼的自然极了的人物。这些人物给我新的启示,我们看出一个国家变了,人民的品格也随之而更可爱了……这些人物的确没有托尔斯泰小说中的人物给我们的印象深刻,让我们去思索,但这些新人物却是多么发亮,多么吸引人呵!这些人物在当前的中国的作品里还不能找到。'"[1] 自从有了这一发现和感悟,丁玲就开始付出实践的努力,只不过由于工作繁忙和后来境遇的巨变,她的创作成果并不多。但丁玲晚年的主要创作成就,除了回忆自己北大荒生活的散文《风雪人间》之外,《粮秣主任》《杜晚香》《在严寒的日子里》等,都是竭力书写"社会主义新人"形象的作品。甚至在《杜晚香》中,丁玲也展示出了李桂等年轻人活泼向上的"新人"一面。而丁玲此时关于"社会主义新人"的印象总结,包括"明朗的、新鲜的、单纯的、活泼的自然极了"等特质,也十分具有丁玲的个人特色,显示出她对人物"可爱"的一面的关注。特别是在杜晚香这个年轻的女共产党员身上,她乐观的生活态度、对新事物的好奇和向往、对劳动的投入和热爱,都使她身上的明朗、新鲜、单纯等气质十分突出。丁玲对于"社会主义新人"的把握,更多地着重于"新",尽管她也强调产生"新人"的"社会主义"环境,但她此时显然更迷恋于"新人"所具有的阳光灿烂式的精神风貌,并不怎么强调他们身上背负的集体主义、阶级立场等政治因素。可贵的是,丁玲意识到了这些"社会主义新人"形象绝非完美,"没有托尔斯泰小说中的人物给我们的印象深刻,让我们去思索"；但她依然欣喜于"这些新人物却是多么发亮，多么吸引人"。这时丁玲对于"社会主义新人"的态度更偏于现实性，即这些形象鼓舞人、激励人的现实价值，而不大可惜其不够令人满意的文学价值。这种观点不仅与周扬演讲中利用"新的人物""培养人民的新的品质，帮助人民前进"的要求异曲同工，也与后来她对《杜晚香》的写作和价值判断遥相呼应。

三、杜晚香形象的塑造实践

然而，尽管丁玲的直觉敏锐且具有预见性，"社会主义新人"概念的历史遭际也远超其把握和设想。"社会主义新人"概念虽已正式落地并得到来自官方的肯定，但它的具体指涉对象却始终没有得到确切的说明；它的内涵不仅随社会历史情况变化而不断更新，还常常与"无产阶级英雄"概念纠缠在一起，直到"新人"完全被"英雄"所遮蔽和取代；最终在邓小平的《祝辞》中，"社会主义新人"才开始了它从"无产阶级英雄"阴影中撤退的旅程。事实上，至今仍有许多研究者会将这两个概念共置和混用，在很大限度上，这就是由中华人民共和国成立后"新人"一度被"英雄"所取代的历史语境造成的："在'十七年'文学批评中，'社会主义新人'的概念曾被频繁使用；1964年后，随着激进的'兴无灭资'意识形态的推行，'新人'逐渐被'无产阶级英雄'和'共产主义战士'等关键词所取代，'文革'文学中极'左'的人物形象规范逐渐形成。"[9]但是，"英雄"的阶级性和斗争性色彩分明过于鲜明，在非战争、非生死存亡关头的情境中，显然是不能轻易等同于"新人"的。如果说"新人"是"理想"，毕竟立足于脚下的大地，可能隐匿于眼前的现实生活当中，那么"新英雄"则接近于"幻想"，"完全割断了自身与历史、现实的关联，成为生活在真空中的新的时代的代言人。""英雄一旦脱离了'新人'的羁绊，就成为天马行空的形象，而写'英雄'，也变成了一场言之有据、逻辑清晰的'造神'运动。"[1]因此，当"新人"接近和蜕变为"英雄"之后，人们就开始要求作家要对人物形象的塑造有所"提高"，并表示出对无法忍受文艺作品书写英雄"缺点"的态度。在此规范下，写"英雄"如平地起高楼，尽管这些"高楼大厦"外强中干，掌权者却只希望它们建得更多、更快、更雄伟些，"高大全""三突出"等手法应运而生，"新人"口号不再是时鲜货,渐渐被人遗忘在历史的角落中。

在这一"新人"为"英雄"所取代的过程中,丁玲似乎也难以"明哲保身"。1975年在山西长治嶂头村,丁玲开始续写未完的小说《在严寒的日子里》,"此时丁玲的写作受到当时创作思潮影响,有一些变化。1975年7月在致蒋祖林信中说,这20年来,她在脑子里对书中的人物,'做了许多'提纯复壮'的工作,这些人很自然地成长、成熟、变高、变大、变活,变得自然,变得有血、有肉'。1976年2月,写作还未开始,又在致蒋祖林信中说:'我读了许多抗日战争、解放战争时期的长篇著作,也读了目前的一些作品。对于我过去的作品,也做了许多检查。的确感到文艺创作上的许多问题。'她特别强调:'一定要批判过去的那种自然主义的写法。'她说她有'生活的局限,也有写作上的弱点,还有思想的境界仍然是不高的',并且认为她现在才'好像懂得点写作'!……这样,丁玲就要把以李腊月为首的正面人物写得完美高大些,把人物的阶级属性和阶级阵营的对垒描述得更分明些,甚至为几个人物改了名字:区委书记江山青改为梁山青,地主的两个儿子赵厚、赵康,改为赵富、赵贵"[1]。很显然,丁玲也受到了写"无产阶级英雄"潮流的冲击。而这种创作观念的转变,势必将影响她接下来重写的《杜晚香》。

有学者认为,丁玲在《杜晚香》中使用了"单纯而幼稚的革命浪漫主义手法:杜晚香这个人物的成长明显带有'跃进'时代的特点,这种速成的劳模,完美得有虚夸痕迹;单纯的劳动热情和对社会主义事业的奉献以及在信仰的建立与自我和家庭、社会等的碰撞中,杜晚香几乎遇不到绊脚石,人物在任何境遇中也没有表现出多少的心理危机,即使有也能顺利战胜……"这一总结性评价是中肯的。在《杜晚香》中,女主人公身上确实找不到任何缺点和错处,即使她在生活中遇到了困难和挫折,也是因为正确的主体与错误的外界环境之间发生了矛盾,从不存在主体内在的心理冲突。再退一步,即使杜晚香的完美人格尚可真实存在,丁玲也不是没有对她进行主观上的进一步"提高",且这种"提高"还是比较明显和直露的,主要表现在作者对女主人公的魅力和影响力所进行的浪漫幻想式的夸大。

早在杜晚香的童年时期,这种夸大就已经出现。作者首先交代杜晚香成长环境的艰苦:"杜家八岁的那个晚香闺女,在后母嫌厌的眼光、厉声的呵斥声和突然降临的耳光拳头中,已经挨过了三年,居然能担负许多家务劳动了，她也就在劳动里边享受着劳动的乐趣。""她能下到半里地的深沟里挑上大半担水，把她父亲的这副担子完全接了过来，每天中午她又担着小小饭食担儿爬到三里高的塬上送给刨地的父亲。……可是晚香这个小女子，并不注意这些，只尽情享受着寥廓的蓝天，和蓝天上飞逝的白云。"这些描写细致动人，比较贴近现实，而且穿插着童年杜晚香的主动性表现，已经能够反映出她此时的天真、乐观和坚韧。但是，作者为了进一步突出杜晚香从小的不凡，还充满诗情画意地赞美道："晚香就是这样，像一枝红杏，不管风残雨暴，黄沙遍野，她总是在那乱石墙后，争先恐后地怒放出来，以她的鲜艳，唤醒这荒凉的山沟，给受苦人以安慰，而且鼓舞着他们去做向往光明的遐想。"只是文中并没有用具体事件说明小杜晚香如何"给受苦人以安慰，而且鼓舞着他们去做向往光明的遐想"，这样的"总结性升华"不免显得突兀和虚浮，而且并不适配她此时的儿童身份，明显是大而空的溢美之辞。类似的表述还有"全场院的人都……奇怪在她长得平平常常的脸上总有那么一股引得人家不得不去注意的一种崇高的、尊严而又纯洁的光辉"等。这样的笔法，尽管承载着的可能是真人真事或作者的真情实感，也不免显得虚夸。这些比较明显的矫饰痕迹可以表明，丁玲显然也"跳出了真人真事的局限"，使杜晚香的形象踮起脚尖，有脱离"新人"土壤而跃向"英雄"天空之势。

我们甚至可以说，除了使用"完美"和"提高"的手法，在某种程度上，丁玲笔下的杜晚香已经具有了"女英雄"形象的一些特质。有论者认为，"十七年"时期的小说在建构女性英雄人物时使用了三种叙述策略：雄化、道德化、非家庭化；"雄化"即让女性人物在外貌、言行举止和工作表现上贴近男性和模仿男性，并进一步引导她们加入男性的世界、认同他们的价值观念以致得到他们的认同和接受，最终成为英雄人物；"道德化"即强调贞洁、驯服、纯洁等中国传统女性道德的若干成分并将它们加诸女性人物身上；"非家庭化"即消解女性脑海中传统的以血缘关系为根据的家庭观念，代之以"革命大家庭"或"社会主义大家庭"的新观念和新关系。而这些策略无疑都是对女性主体的异化，它们的共同作用，使"十七年"小说中的女英雄形象被塑造成为一种在性别和英雄特征上都难于辨认或自相矛盾的人物。其实，这种现象何止存在于"十七年"小说中，它蔓延到了各个时期、各类文体的写作当中，成了不少作家描写正面女性形象时的惯用手段。对丁玲而言，她那格外敏感和洞见深邃的女性主体意识使她对"道德化"女性写作有着自觉的警惕和提防，但关于"雄化"和"非家庭化"，她的《杜晚香》却不能幸免。丁玲对杜晚香形象的塑造，一部分明显地具有将其男性同质化的去性别倾向，特别是在文本的后期，即杜晚香的共产主义思想"成熟"阶段。在"平凡不平凡"一节中，杜晚香已不再是家属群体中默默的一员，她获得了极大的自由劳动权，并表现出非比寻常的胆量和能力："上山伐木，野外刈草，取石开渠，这些都是只有被挑选出来的年轻棒小伙子，才能争得的鏖战权利；可是已经为自己闯开了劳动闸门的杜晚香，也像小伙子一样，勇敢地投入到这一些汹涌的劳动波涛，踏千层浪，攀万仞峰。"杜晚香展示出一种披荆斩棘、一往无前的英气和豪气，具备了与男性劳动力比肩甚至胜过他们的实力和气势。杜晚香在这种场景中几乎失去了性别特质，成了一个代表力量和勇气的符号。不过，也唯有如此，作者才能展示出杜晚香不让须眉、超凡脱俗的风采，杜晚香的"全垦区标兵"头衔才能更加闪光。此外，杜晚香从家属群体中脱颖而出成为家属领头人，又一跃而至全队、全农场、全垦区的领头人，也正是她从个人的小家庭中飞快走向农场集体大家庭的隐喻。丁玲说她第一次见到"杜晚香"时，"她在家，一家人正围着炕桌吃饭。杜晚香亲亲热热地招呼着我，同时又殷勤地给炕上的公公婆婆添饭舀菜，嘴里十分甜蜜，看来是一位很贤惠的女人。"[2]这一场景细致温暖，可见对于杜晚香更多的家庭生活，丁玲并不是没有发挥的余地。但作者显然更注重展示主人公的公共形象，作品中几乎没有深入、细腻的家庭生活书写，特别是在杜晚香主动要求参加集体劳动之后，唯一出现过的一次轻描淡写的家庭矛盾还是意在衬托杜晚香的集体主义精神。此外，丁玲丝毫不提杜晚香如何与自己的子女相处，却热情赞美她对于来自城市的知识青年的疼爱："她打心眼里爱这群姑娘……因此该体贴她们的时候，她像一个妈妈，该严格的时候，她像一个老师。她了解她们，宽得是地方，严得是时候。"总之，已然融入"集体生活"的杜晚香必定时时、事事要以集体利益的大局为重，以前她只是农场的普通一员，现在则俨然是一个有话语权的主事人，一个有影响力的大家长。尽管李家的小家庭依然需要她操持维系，但其格局已明显降低，不足为道。

结　语

当初，丁玲发表《杜晚香》频频受阻，作为《十月》杂志社编辑的刘心武在看完稿件后却给丁玲写了一封长信，信中赞扬道："的的确确，杜晚香这个形象'是从无垠的干旱的高原上挤出来、冒出来的一棵小草，是在风沙里傲然生长出来的一枝红杏'。当前的中国，实在需要更多的默默无语、扎实苦干的杜晚香；我们的文学画廊中，也实在需要增添杜晚香这样的形象！"[1]丁玲似乎很珍视这样的解读，她将刘心武的这封信"妥存在我的箱子里"，认为"等我死后，可能对研究我的作品有用"[6]。刘心武确切说出了丁玲创造杜晚香这一"新人"形象的价值，因此得到了来自作者的肯定。可以说，关于《杜晚香》，丁玲自始至终都保持了自己创作的初心：记录和宣传一个真实存在、明朗鲜活的"社会主义新人"。只是，历史的巨浪裹挟着每一个人，卷入政治风暴的丁玲在文学上也出现了航线的偏离而为文坛"主流"所笼罩和规训，在"新人"逐渐被"英雄"覆盖和取代的历史语境中，"杜晚香"同样出现了失真和异化。幸运的是，丁玲对《杜晚香》"散文"属性的坚持，保证了它绝大部分的人物和故事依然来源于客观事实，且不乏作者真切的深情和眷恋，令人感动；加上丁玲深厚的写作功底，文本依然能做到有血有肉。杜晚香最终没有成为一个完全意义上的"女英雄"而基本保持了她美好而又高尚、活泼而又生动的"新人"面貌，或许正是丁玲文学自觉不衰的一个证明。

注　释

①《丁玲研究》2016年第1期郭敏、梁源的文章《浅析丁玲笔下的杜晚香与北大荒精神》中就有"杜晚香与邓婉荣人物对比分析"一节，详细论述杜晚香与邓婉荣事迹的高度重合性。

②如在《关于〈杜晚香〉》一文中，她就开门见山地说："杜晚香是实有其人，是我们农场一个有名的女标兵，我在写这篇散文的时候，才给她改叫'杜晚香'的。"

参考文献

[1]李向东，王增如.丁玲传：下[M].北京：中国大百科全书出版社，2015.

[2]丁玲.关于《杜晚香》[M]//张炯.丁玲全集：第9集.石家庄：河北人民出版社，2001.

[3]林超然.《杜晚香》与丁玲北大荒文学记忆[J].小说评论，2020（6）.

[4]李向东，王增如.丁陈反党集团冤案始末[M].武汉：湖北人民出版社，2006.

[5]陈明.三访汤原[M].//张炯.丁玲全集：第10集.石家庄：河北人民出版社，2001.

[6]丁玲.《"牛棚"小品》刊出的故事：在"《十月》文学奖"授奖大会上的讲话[M].//张炯.丁玲全集：第9集.石家庄：河北人民出版社，2001.

[7]邓小平.在中国文学艺术工作者第四次代表大会上的祝辞[J].人民音乐，1979（Z1）.

[8]罗俊华.社会主义新人：一个历史的概念，一个动态的形象体系[J].江汉论坛，1997（7）.

[9]武新军."社会主义新人"大讨论与新时期文学[J].河南大学学报（社会科学版），2015，55（3）.

[10]周扬.为创造更多的优秀的文学艺术作品而奋斗[C]//中国文学艺术界联合会编.中国文学艺术工作者第二次代表大会资料.中国文学艺术界联合会，1953.

[11]刘卫东.从"新人"到"英雄"：社会主义新人理论的演变[J].文学评论，2010（5）.

[12]王文津.政治语境难以压服的个体自觉：从《杜晚香》看"十七年"时期的丁玲[C]//庄钟庆.丁玲与中国当代文学：第十一次（国际）丁玲学术研讨会论文集.厦门：厦门大学出版社，2012.

[13]韩大强.权力话语的女性叙事策略：关于十七年小说中"女英雄"形象[J].信阳师范学院学报（哲学社会科学版），2009，29（2）.

"苦于不能说清"的文学性尝试

——论丁玲《阿毛姑娘》与国民革命的隐微关联

毛馨儿

丁玲发表于1928年的小说《阿毛姑娘》叙述的是女主人公沉溺于都市的浮华幻想却又无法逃离乡村现实的故事，小说的结尾，阿毛吞下一把火柴杆结束了自己的生命。在文本内部，乡村女子阿毛的死亡被暗示为一场必然发生的悲剧，这悲剧源于阿毛身上错位的消费与时尚的现代性和无法彻底实现的都市想象；而将目光投向文本生成时刻的社会政治语境，对于阿毛悲剧命运的想象或许与丁玲写作时失败不久的国民革命有着复杂而隐秘的内在关联。丁玲也许不自觉地在阿毛身上投射了大革命的失败带给她本人的时代感受和内心体验，通过对农村女子身上倒错的都市经验与最终悲剧结局的想象和书写实行某种更为具体的"社会分析"，但小说中阿毛命运与国民革命之间的隐微关联也呈现出些许反讽的意味，甚至导致了小说内在的结构性分裂。丁玲在《阿毛姑娘》中植入的革命话语因而成为一次"苦于不能说清"的文学性尝试。

一、悲剧的想象与想象的悲剧

《阿毛姑娘》中的女主人公之死是必然事件。这一死亡事件在小说情节发展的逻辑上没有瑕疵，阿毛死于自尽，死于吞咽大量火柴杆所致的磷中毒，而她的自尽又源于无法超克的人生欲望与经济状况、乡村现实之间的矛盾，源于她对已被唤醒的生活希望最终必然沦为虚妄的洞察。人们容易理解这样的故事发展：女主人公在带来震惊体验的旅行和观看中接受了都市的想象力，却仍置身于乡村的现实，在经受欲望的失落、洞悉幸福幻景之后无法自洽，最终走向生命的毁灭。

在文本的内部，阿毛的悲剧结局作为一种必将奔赴的终点，以预言般的提示藏匿在对小说情节的叙述干预中，似乎"假使她父亲""不把她嫁到这最容易沾染富贵习气的西湖来"，或假使她的丈夫小二"稍微细致点，去一看他妻的不好言笑的脸"，或者"如若阿毛有机会了解那些她所羡慕的女人的内部生活"，又或者"如果小二能懂得她的苦衷""愿为他们幸福的生活去努力"……阿毛的生命就可以避免滑向那令人惋惜的"错"。

每一处"假使"和"如果"都是一种避免阿毛悲剧的设想，可当它们通过倒叙的口吻穿插在故事进程之中，只是增强了这种暗示：阿毛是渐进地、合理地走向这必然的结局，故事的结尾早已在小说此前的叙事中注定了。

为什么阿毛的人生中难以排除上述诸多假设，必须走向这场死亡呢？提出这个问题，意味着认定阿毛死亡的背后，另有一个真正的、更本质的原因。这同时意味着一种朗西埃式论断的提出：丁玲精心安排了这场死亡。更具体一些，是作家丁玲决心使一位出生自原始乡村的年轻女性首先嫁到杭州城郊的葛岭，领略城里的风景，艳羡都市的繁华，遭遇城里来的时髦男女，最后走向死亡。

这里有必要指出，尽管《阿毛姑娘》与福楼拜的《包法利夫人》被认为有可比之处，尤其是结尾处两位女主人公的死亡具有某些相同的特性，但或许正是在阿毛与艾玛"被杀死"的原因中，蕴含着两篇小说最根本的差别。如果说朗西埃解读《包法利夫人》是基于这样一个事实，即社会问题从未使福楼拜产生过兴趣，因而问题的关键得以转向艾玛之死与纯文学的关注之间的关联；而在阅读《阿毛姑娘》时则不能忽视，丁玲一生的写作中始终保持着对社会问题的关注与回应，阿毛之死与社会政治之间的扭结也就成为探究这篇小说的重点。

有论者试图引用《莎菲女士的日记》中"社会是黑暗的，生是乏味的，生不如死"来解释阿毛的命运，笼统地将丁玲的创作概括为对黑暗社会中苦闷灵魂的书写，但认为作者"不曾指出社会何以如此的黑暗，生活何以这样的乏味，以及何以生不如此的基本原理"。

也有女性主义研究者将阿毛的死视作她表述自己孤独的方式，将阿毛的自杀和都市女性如丁玲《莎菲女士的日记》中的女主人公写日记统合起来，都读作女性在精神的孤独困境中创造出的"自语"。

这些说法看似将阿毛之死放置于社会环境的透镜下进行解剖，得出的结论却趋于简单。如果说书写"死亡"仅是为了传递"黑暗的社会"使人"生不如死"的隐喻，为什么这种死亡没有发生在作家笔下同时期的其他人物身上？如果说彼时社会中的女性同处于一种均质的话语孤独之中，亟需自救，为什么丁玲笔下的莎菲以及《野草》中的女主人公选择转向写作，而阿毛只能决绝地寻求死亡这一毁灭性的生命言说方式？仅仅是因为莎菲们接受过教育，拥有运用文字符号的能力吗？在《阿毛姑娘》中，阿毛并不是唯一"被处死"的人，然而那位从城里来休假的美丽女子，她的死亡是被动承受肺结核病菌在体内扩张的结果，只有阿毛自发地结束了自己的生命。作为丁玲笔下第一位乡村女子，阿毛孤独地选择死去，处于丁玲早期塑造的女性形象序列边缘，在一众都市女性之中显得格格不入。

还有一种颇为有趣的提法将阿毛称作"莎菲类型的假农民"。

虽然"真假"的判断不构成对一位小说人物的真正批评，因为文学创作不是为了实现对社会生活的复制或求证；但从某种程度而言，"假农民"的确提示了丁玲建构阿毛的方式，这不是一种现实主义的书写，丁玲无意通过阿毛塑造一个贴切合理的"真农民"。阿毛是观念中的人物，她承载了丁玲展开的一次文学想象与社会分析。而"莎菲类型的假农民"这一表述中"莎菲类型"的概括也使人想要追问，阿毛在多大程度上能够称作"莎菲类型"的？阿毛与莎菲分享同一种类型的欲望和痛苦吗？

接受都市的想象力又置身于乡村的现实，在阿毛身上蕴含着丁玲试图传达的一场现代性的错位，阿毛的死亡源于她身上未完成也注定无法完成的对都市的幻想。未开化的纯净少女阿毛，对于嫁人的观念尚且模糊，就告别了地地道道的农民父亲只身嫁往葛岭，乡村传统礼教的规训与来自都市的物欲几乎是她同步习得的对象，她既不像隔壁待嫁的三姐从小绣得一手好花，也不像大嫂之女玉英那样具有接受现代教育的机会。她的复杂处境与城乡之间的葛岭具有某种同构性，一面是令她羞愧的其他乡村女子的贤惠善作，一面是远道而来的城市女子提供的跃升想象，她同时处在两种地理空间和生活形态的边缘地带。阿毛在羞愧中尝试过自我规劝，但接受城市的诱惑似乎更是出于某种本能。现代城市先是作为一种遥远的神话而非实体向她实行引诱，在对城市旅行的幻想中，阿毛获得了自己的首次脱嵌体验，进城之后的购物经历使她几乎在一瞬间就习得了消费的逻辑，进而开始对丈夫给予的用度由开心自足到心生不满；远道而来的城市女子又更新了她对时空关系的认知，这种人口的流动通过"内在性参照"机制，将她从"当地性"中抽离出来，试图完成一场新的自我定位。

然而这种富有现代性的自我体认又被证实为脆弱和矛盾的。阿毛的想象具有拜物教式的狂热渴求，"每一种联想都紧接在事物上"，同时她无法摆脱物质上对父权制主导的环境的依赖。那是一种强有力的束缚，阿毛无法改变自己帮衬丈夫劳动的从属地位，而她唯一自食其力、接触现代生活的机会——做国立艺术院学生的画像模特的希望，也被婆家剥夺，使得阿毛的生理和心理都受到鞭笞与规训。小说中多次暗示，假如丈夫更懂得体察与抚慰阿毛的情绪，或许悲剧就不会发生，说明阿毛的都市幻想更多地表现为一种并不明晰的"情绪"，存在被传统婚姻"抚平""解决"的可能。和承认甚至屈从于自己身上modern girl属性的莎菲不同，阿毛对都市和现代生活的向往实现得并不完全，这成为她痛苦的思想根源。丁玲对阿毛死亡的必然性的安排与书写，被确认为是对乡村女子的时代悲剧所展开的文学想象；在文本内部，阿毛姑娘的生命历程则呈现为一种由不彻底的都市想象所导致的悲剧。而这种悲剧的想象与想象的悲剧得以展开的原因，或许能在文本生成时刻的具体社会政治语境中找到更丰富的注解。

二、作为一种历史语境的"大革命失败"

作为一名极具时间意识的作者，从处女作《梦珂》的第一句话"这是九月初的一天"到《莎菲女士的日记》中每篇日记的具体日期，丁玲擅长以精细的刻度复现历时性的个体经验。但值得注意的是，在《莎菲女士的日记》《梦珂》《暑假中》等小说中，时间标记在更大的时间尺度内处于无名状态，无法确定它们具体位于哪个年份，说明小说的发生无需占据某个真实的历史刻度，只需要以模糊的时代氛围作为远景；而在《阿毛姑娘》中，通过追踪文本中留下的时间线索，能确定阿毛死亡的具体时间就在1928年夏季，这与丁玲写下小说的时间重合。

换言之，文本内外都清晰地指向同一个历史时间，"故事讲述的年代"就是"讲述故事的年代"，这为将这一小说文本与文本生成时刻的具体社会政治语境进行关联性的探究提供了可能。

《阿毛姑娘》的写作近似于丁玲对当下问题的一次即时书写，相较同时期的其他小说更具历史感和切身性。回到文本内外重合的这个历史时刻，经历了鲁迅曾冷眼观察的1928"新正"，大革命失败的阴影正逐渐扩散。虽然丁玲不曾直接参与这场革命的工作，但由于早期与共产党员的交往及上海大学学习等经历，处在北京文学青年群体中的她密切关注着革命的动向，大革命的失败激发了她强烈的情绪。

许多革命知识青年和左翼政治人物从北京向上海"撤退"，社会空间也随着大革命悲剧经历剧烈地震荡与重构。

在这种氛围下，丁玲开始从事小说写作，她的写作"充满了对社会的卑视"，同时她对革命的激情也转化为对退守到文化阵地的革命者的失望。

可以想象，丁玲此时"对社会的卑视"，除却对个体孤独处境的抒发，还怀有对大革命失败的不满，她的文学创作承载了相当一部分对社会政治的反思与对革命失败的情绪。因此，不难将阿毛的死亡与夭折的国民革命联系到一起。

阿毛之死是一次对失败的隐喻，未竟的革命进程与阿毛身上未完成的现代性实现了同构。昔日渡船之地修建为疗养的洋房，三姐嫁给国民革命军军官的消息，从城市来此地休养的知识青年……一次次改变阿毛认知的是城市空间的扩张与社会结构的变动。革命的翅翼发出微弱的震颤，这小小的震颤落到革命辐射末梢的阿毛身上，带来了想象的愉悦和认识的启蒙，但也止步于微弱的震颤，它不曾真正为阿毛提供现代社会自我认同的途径，因而，在前路等待阿毛的只有失望。

这一点在阿毛与疾病的关系上有更清晰的体现。关于阿毛存在着疾病的双重叙事，一重是由患病的城市女子带来的结核病想象，另一重是阿毛自身所遭遇的精神疾病。阿毛羡慕那个得病的女人，认为"即使那病可以治死她，也是一种幸福，也可以非常满足地死去"。结核病是文雅、精致和敏感的标志，在阿毛面前，脸色苍白、身体瘦弱、趿着嫣红拖鞋的姑娘，凭借"服装（身体的外部装饰）和疾病（身体的一种内在装饰）"所携带的双重比喻，确立了自己的"财富和地位"。阿毛只看到结核病审美化和浪漫的一面，她不曾了解患病之人内心情绪的起伏和精神焦虑。富有意味的是，由于缺乏睡眠和思虑过度，阿毛自身患上了精神性的臆想症和忧郁症，在身体器官没有发生任何显性病变的情况下，她"发青的脸色比那趿着拖鞋的女人的苍白还来得可怕"，从外表上看，阿毛也具有了一副虚弱的病体。

城市女人的结核病并没有真的传染给阿毛，但阿毛具有的精神症状，与结核病人几乎相同。结核病所表征的城市物欲，以及"财富和地位"的现代逻辑，蔓延到了阿毛的身上。阿毛以自身的精神疾病，感染了现代社会的症状。但在她所处的乡村社会中，人们只能感知到"她病了"，感知到她的不可接近，而无法提供更多的解释，遑论有效的治疗。

城市生活对阿毛的诱惑像传染病一般，因此，她没有多加思索或顾虑，对去做画像模特充满期待，不自觉地被这种病态的社会结构和市场消费的凝视方式所吸引。城市女人患病去世，这个事实极大地刺激了阿毛对死亡和幸福的理解，最终加速了阿毛的死亡。死亡也同传染病一般，掌控了阿毛的生命。

阿毛并未从病理上确诊城市的病症，却拥有着与之相似的症状，阿毛的"城市病"因而呈现为一种悬浮无根的无法言明的精神状态，它由城市的患者带来而不属于城市，更无法获得有效的治疗。它似乎是一种启蒙的后遗症，横亘于城乡之间，是未完成的革命的触角撩动又无力解决的部分，其中蕴含着个体与社会之间一种深刻的失调。

三、文本内外：理念差异与书写难题

在《阿毛姑娘》中，阿毛自身的死亡也许折射出大革命失败带给丁玲本人的体验与情绪，但在小说中的多数时刻，革命话语呈现出不在场的状态；只有一次，阿毛正面遭逢国民革命的氛围和后果，也是小说叙事中首次出现鲜明的时代标记的时刻，"国民革命歌"的字眼直接将阿毛所处的世界拉入更为具体的历史场景中：

> 出去的时候，是早半天。她们迎着太阳在湖边的路上，迤迤逦逦向城里走去。三姐一路指点她，她的眼光始终现着惊诧和贪馋随着四处转。玉

英不时拿脚尖去踢那路旁枯草中的石子，并曼声唱那刚学会的《国民革命歌》。阿毛觉得那歌声非常单调，又不激扬，苦于不能说清自己从歌声中得到的反感，于是就把脚步放慢了。一人落在后面，半眯着眼睛去审视那太阳。太阳正被薄云缠绕着，放出淡淡的射眼的白光。其外许多地方，望去不知有多么远，不知有多么深的蓝色的天空。水也清澈如一面镜子，把堤上的树影，清清楚楚地影印在那里，一动也不动。

走在通往城市的路上，这一刻玉英的歌声和阿毛的掉队都显得有些意味深长。依据前文推算的时间，此时是1927年冬天，国民革命的失败和动荡已然落幕，但玉英是刚从学校学会这首《国民革命歌》，关于革命信息及相关文艺的传播由于空间的阻隔呈现出一种时间上的滞后效果。而跟着平日里所依赖的女伴第一次进城的阿毛，因为反感《国民革命歌》的曲调，一个人走在了后面，开始观看起沿路的风景。阿毛这次短暂独处、"发现"风景的体验有些类似于柄谷行人所描述的"内在的人"的形成过程，但是就如同阿毛对城市并不彻底的认知和幻想，此处并没有真正的现代主体生成。阿毛对天空和湖水的注视与其说是源于一种孤独个体朝向内在时对风景的发现，毋宁说是对《国民革命歌》所带来的并不美好的听觉体验的回避和转移。在此出现的《国民革命歌》以阿毛所不能理解和欣赏的艺术形式，和阿毛拉开了距离。这种拉开距离看似是阿毛主动放慢脚步、使自己落在后面所致，但她的选择实际是出于一种非自觉，在不可能知晓歌词或歌名内容的情况下，仅仅是因为歌曲的"单调""不激扬"，阿毛被旋律从这首歌面前推开。阿毛对于《国民革命歌》的反应及有意落后的场景无疑不仅仅指向歌曲本身，更指向它所表征的革命话语和革命的场域。阿毛与《国民革命歌》的距离似乎展示了启蒙难题的一角：在无知和被动的情况下，阿毛不可能被革命话语吸引，而是在听到动员歌曲时落在后面，这就是她距离革命最近的、却与革命擦身而过的瞬间。

至于阿毛何以对《国民革命歌》的曲调反感，这首歌的来历或许能提供一种文本内部的解释，即采用西洋曲调的革命歌曲对城市中参与革命的人们而言不足为奇，却无法引起乡村女子的审美共振；但更耐人寻味的是作者丁玲在描述这一场景时所使用的略显矛盾的修辞。阿毛觉得那歌声"非常单调，又不激扬"，但对这种具体感觉却又"苦于不能说清"。既是不能说清的反感，又如何能感受到它的单调和不激扬呢？从"单调"与"不激扬"中，可以推断出评价者对歌曲的预期是有丰富的音乐性，同时更为昂扬激越，只有在认识到歌曲的革命动员属性和革命本身意义的前提下，才会以"激扬"为标准对歌曲的旋律效果进行判断。作为缺乏自己所处环境的必要知识、对学校和教育概念都知之甚少的阿毛，面对一首自己并不了解的革命歌曲能做出这样的评价，实属不自然。有理由猜测，此处认为《国民革命歌》的歌声"非常单调，又不激扬"并因此产生反感的是丁玲而非阿毛，丁玲将自身面对《国民革命歌》时产生的听觉经验，不自觉地投射到了阿毛身上。在这个意义上，阿毛对《国民革命歌》的反感作为小说中的表象固然涉及某种启蒙难题，但更关键的是，它承载了作者个人无意识流露的理念，所以此处达成的文学效果是，阿毛短暂地拥有了超出自己知识范畴的判断，并且这种判断影响了她的喜好。而"苦于不能说清"的状态，既指向文本中无法真正为自己代言的阿毛在经历复杂感受时所面临的失语和逃避，更指向作者丁玲此处所面临的转喻与阐释的困境，她无法从根本上解释阿毛对《国民革命歌》反感的原因，因为这是她将自身感受投射到小说人物身上的结果。

丁玲在小说中真正"苦于不能说清"的，其实是阿毛之死与失败的大革命之间的关联。可以确定的是，丁玲在对阿毛悲剧的叙事中投射了大革命带给作者自己的失败感，但是从小说情节看，阿毛之死是都市现代性的诱惑导致的自杀，这种诱惑不必然由革命带来，更不是革命失败的结果，只要城乡结构存在，城市与乡村、现代与传统之间的物质现实和观念的分野存在，这种诱惑及其携带的效应就不会消失。这也就是说，阿毛的死亡与大革命之间并没有必然的联系。虽然"讲述故事的年代"与"故事讲述的年代"在此重合，实际上却只有"讲述故事的人"遭遇了国民革命的失败并激发了情绪和思考，作者与文本中的人物并不真正共享知识结构、时代经验和历史语境。丁玲所体会到的那种革命构想破灭的灰心与失望，与阿毛都市幻想破灭的抑郁与踌躇，存在着显见的差别，并不能将丁玲的失败感与阿毛的失败感简单地等同起来。而作者与人物之间所承载的理念的差异，正是小说的内在的结构性分裂处。

丁玲将自己对大革命时代的氛围的感知带到阿毛的身上，但作为一个非自觉的个体，阿毛自身无力承担革命的失败这般沉重和巨大的后果。丁玲试图对阿毛的命运展开一种"社会分析"式的文学想象，人物身上有限的自觉使得这种分析与想象的开展常常遭遇瓶颈，不得不借助小说中内部占据更高视角的叙述者完成补充和评论，譬如强调阿毛在知识上的匮乏，对阶级概念的习得和认知，对社会上其他女人内部生活的缺少了解等阿毛自身无法自觉和表述的部分。这个拥有现代知识结构和城市生活经验的叙述者（或者说与作者距离更近的一种都市意识形态的代言人）进一步在文本内造成了不同理念和视野的撞击，从而赋予文本一种特殊的张力。同时，叙述者的补充和某种弥合的尝试恰恰意味着作者自身所具有的时代体悟和历史语境，难以真正落实到乡村女子阿毛身上，阿毛所自觉的只是一种乡村视角下来自都市的诱惑。这与丁玲在革命失败后的失望甚至反思情绪形成了断裂，阿毛的问题并不表现为一种具体的时代症候性问题或革命症候性问题，因此，这种反思无法真正在阿毛的意义上得到对应和实现，而只能在小说内部表现为一种情绪的投射，一种失败感的延伸。阿毛身上无法治愈的疾病、无可言说的对《国民革命歌》的反感以及无法抵抗的悲剧结局，这些更多只能在隐喻的层面上进行传达的无法真切透视的部分，正表明了丁玲所面临的书写难题，她的人物无法承载她对于时代和社会问题真正的思考。

但无论如何，《阿毛姑娘》中所蕴含的这种文本的张力和内在的结构性分裂，已经流露出丁玲在早期写作中有别于"莎菲式"的写作与思考的一面，尽管这种尝试未必指向一条成功的通路，但不可否认的是，其中已然蕴藏着一种革命的潜能，进而预示了丁玲此后文学道路上卓绝的"左转"。

谈丁玲和蔡畅早期的妇女解放之路

郑美林

一、丁玲和蔡畅妇女解放思想之启蒙

（一）家人影响，女性意识觉醒

丁玲和蔡畅都出生于20世纪湖南的封建大家族，旧式的礼教和家规让她们颇受约束。蔡畅出生于1900年，是家中最小的孩子，但因父亲冷漠自私和"重男轻女"的思想，她没有享受到父爱，却承受了父亲不让她上学和包办婚姻的强制命令。因为乡俗，六七岁就要缠足。丁玲1904年出生，4岁丧父，家道中落，"黑胡子冲留给她的记忆只有族人对她们母女的冷漠欺侮"[1]，1923年春，丁玲母女回到临澧老家，"母亲想从蒋家叔父那里要回10年前卖房地家产时被扣下的200吊钱，却遭到抵赖"[2]。"蒋家祠堂有个规矩：到长沙读书的子弟每年补助10石谷子，出省读书的补助20石，冰之跟着母亲跑了几个堂伯父家，却一个钱也没有拿到，理由是只补男，不补女"。丁玲的外祖母给她和表弟定了娃娃亲，当时她因为年纪小不懂事和对方的身份不能反抗。从懂事开始，这种不自由、不能自我做主的感觉让丁、蔡二人感到很压抑，她们想要改变现状，这一想法得到了她们家人的支持，特别是她们的母亲。

蔡畅母亲原名葛兰英，50岁与儿女去学校读书后改名葛健豪。幼时和哥哥读家馆，聪颖好学，性格刚毅，思想豁达，知书达理。她特别疼爱这个小女儿，供她读书，支持她的决定。在女儿因疼痛反抗包脚后，深受缠足痛苦的葛健豪就不再强求孩子包脚了。蔡畅不愿缠足，除了脚痛之外，更多的是"她看到母亲和姐姐走路那种不自由的样子，联想到自己缠足后再也不能跟和哥一样蹦蹦跳跳了，越想越不是滋味"[3]。这是蔡畅女性意识的萌芽，她开始注意到男女被区别对待的差异，她想要自由，渴望自主，"和哥能做的，她也要做"。这是蔡畅反封建的第一次胜利，她保住了天足，"在她幼小的头脑中装上了一个信念：无论什么事，只要自己坚持，就一定能办到"[4]。葛健豪不仅从小教子女读书识字，还给他们讲秋瑾的事迹。"母亲说秋瑾是一位了不起的女革命党人；说秋瑾是一位一心一意救国救民的女英雄；说秋瑾很有学问，讲男女平等，还创办女学堂，使女子也有受教育的机会……"[5]。蔡母行动上自发学习秋瑾，她和子女一起剪辫子，加入女子教育的革命思潮，和子女一起上学，开办双峰女子职业学校等，这一系列行为影响着她的儿女，特别是蔡畅，在母亲的言传身教下，女性意识在蔡畅心里萌芽。

丁玲的母亲原名余曼贞，后改名蒋胜眉，有"巾帼不让须眉"之意。丁母出身于一个书香世家，她自小与兄侄入学发蒙，聪慧机敏。丈夫早逝后，她发奋图强，独立自主，积极接受进步思想，她和向警予等人结金兰，誓约为"姐妹七人，誓同心愿，振奋女子志气，励志读书，男女平等，图强获胜，以达到教育救国之目的"[6]。丁母认为男女平等，女子须独立自主，因此，她从不以传统礼教规约孩子，不要求丁玲缠足，教孩子识字，带孩子一起上学。她"课余常给冰之讲中国的秋瑾和法国的罗兰夫人，悲壮、崇高的女杰故事和'秋风秋雨愁煞人'的诗句，深深感染着冰之。[7]"她接触到新书、新事、新思想，则会用来教育丁玲和学生。在这种环境下成长的丁玲知道独立的重要性，女性意识的种子在她心里发芽生根，并对她以后走上革命，关注女性解放，书写女性作品产生了深刻影响。

（二）学校教育，女性解放的探寻

教育学记载：对于个体而言，教育的过程是一种不断提升自我的过程，是激发并弘扬人的主体性的过程。人通过接受教育，形成道德观念，增进知识、发展能力而达到能动地适应客观世界并变革客观世界的目的。丁玲和蔡畅在家人的影响下女性意识受到启发，而学校教育则使她们的女性意识得到巩固和强化。

封建礼教训导"女子无才便是德"，这一观念剥夺了女性受教育的权利，把女孩圈养在家里，成为家庭中的附属品，丁玲和蔡畅都意识到了这个问题，主观意愿想上学，且赶上了社会革命，女子上学成为可能。1913年，女子教育的革命思潮在全国盛行，葛健豪带着子女前往湘乡县第一女中就学，这是蔡畅人生中第一次正式上学，让她开始系统地学习知识，从而在思想上武装自己，关注女性自身。之后，因为没钱，蔡畅只能改在蔡母开办的双峰女子职业学校就读。在这里，她"一面做学生继续学文化，一面做先生，担任了全校的音乐、体育教员"。此时，蔡畅和母亲葛健豪不仅仅追求自身的解放，更力图让更多的女性通过学习文化知识与掌握生活的本领来实现自我解放，但现实状况是残酷的，因为社会的旧观念以及个人认识的局限，以及许多女性没有上学和自我解放的自觉性，蔡畅等人奔走相劝，尽管女校取得了一些成效，但它仍然关停了。个体追求女性独立能否成功？女性意识的觉醒能否拯救自我？答案显而易见，辍学在家的蔡畅被父亲强行定了一门婚事，尽管蔡母和蔡畅本人极力拒绝，然而无法改变决定，最后在蔡母和哥姐的支持和帮助下，蔡畅出走长沙，就读于周南女子中学。周南女子中学的校长朱剑凡，因其庶出关系，从小便对弱者心存同情，特别是对中国苦难深重的广大妇女。他从日本留学归来后，创办了周南女子学校，旨在"妇女解放，培养人才，以振兴中华"。并相继创办刊物《周南学生》和《女界钟》，用于宣传妇女解放、经济独立、婚姻自主等思想。了解到蔡畅是为逃避封建包办婚姻才到周南女子中学就读后，朱剑凡校长决定免除她的学费，以此支持追求独立、寻求解放的行为。在这里，蔡畅遇到了开明的老师们，也遇见了许多志同道合的朋友，如向警予、陶毅等，她们一起谈男女平等，讨论未来的志向。毕业后蔡畅在这所学校的小学部任教，传授知识，这为她未来坚定地走向革命、从追求个体的解放到追求妇女解放打下了坚实的基础。

丁玲接受教育相对较早，因丁母余曼贞早年丧夫，她没有夫权的约束，为了解放思想，追求真理，她毅然踏上求学路，甚至带上自己的孩子。因此，丁玲很早就开始接受教育，在省立第一师范学校小学部、桃源省立第二女子师范就读，这塑造了她早期的世界观，尤其是在桃源省立第二女子师范，她结识了一生挚友王剑虹，她们一起讲演、剪头发，在贫民夜校当老师，响应革命的号召，找寻女性的解放之路。

可桃源的教育无法满足丁玲追求自身解放的需求，去长沙求学成了必然。1919年，丁玲在母亲的支持下，前往周南女子中学就读，成了蔡畅的学妹。由此可见，蔡畅和丁玲师出同校，接受学校女性解放思想的教育，受先进开明老师的影响，以及与同学思想的碰撞，丁玲追求新文化、新思想的愿望得以实现，备受鼓舞，"我在这种空气中，自然也变得有所思虑了，而且也有勇气和一切旧礼教去搏斗"。但周南女校开除进步老师陈启明，让丁玲看到该校解放的不彻底性和妥协性，她遵从内心，直接选择退学，后转入岳云男子中学。该校是男女同校，打破了中国自古以来的男女分校的传统教育制度，在一定程度上做到了无性别就学，实则是男女平等的体现。1922年，王剑虹邀请丁玲赴上海平民女校读书，在赴上海前，丁玲在母亲的支持下不惜与舅舅一家反目也要解除包办婚姻，从形式上摧毁了封建制度镣铐在自己身体上的枷锁。上海平民女校是中国共产党建立的第一所专门用来培养妇女干部的学校，该校有中国最进步的教员、一套较完整的教育体系，试图通过文化来武装女性，使女性对自身和社会具有一定的认知，从而加入女性解放和国家革命的浪潮中来。然而此时中国的妇女运动是国外的舶来品，上海平民女校的教育同样借鉴国外的女校教育，教员大部分是革命者，上课时间不固定，因此系统不成熟，学生上课体验不好，因此失望在所难免。丁玲对上海平民女校抱持较高期待，期望通过该校探寻自身的解放和生存之道，然而实际接触发现情况和想象不同，于是转入上海大学。读书期间，她发现某些女性革命者浮夸风的行为和老旧的思想与学校教育不符，因而没有加入革命的队伍，而是保持观望态度，拒绝向警予劝她去法国勤工俭学的建议，继续遵循内心在国内探求自我的解放之路。

二、丁玲和蔡畅早期妇女解放思想主张

1.获得女性自身独立

马克思曾说："经济基础决定上层建筑。"由此可知，经济是一切事物的基础，经济独立是妇女追求男女平等从而实现妇女解放的关键，经济独立必须通过女性走向社会工作来实现。丁玲和蔡畅都饱受经济困顿的制约，读书时期主要靠家里救济。两位母亲虽是从封建家庭走出来的新式女性，但手头并不宽裕，没有经济来源的情况下唯有典卖东西。二人深知经

济对人的影响，只有经济独立，才能实现个人解放，才能追求和实现个人理想。

1916年，蔡畅以优异的成绩从周南女子学校毕业，当时社会黑暗，男生毕业尚且找不到工作，何况女生。蔡畅一家生活困顿，因为蔡家祖孙三代皆在求学，没有经济来源，靠蔡母和大姐典当首饰、衣物维持生计。出于对女性的关爱和人才的怜惜，朱剑凡校长聘任蔡畅为周南女校附属小学的体育老师。蔡畅获得人生中第一份工作，这是她走入社会的第一步，也是走向经济独立的开始，更是她开启妇女解放之路的起点。这份工作提供了8块钱月薪，既支撑起她养家的重任，也给予她追求理想的资本。她竭力教授学生们掌握每项体育项目的准确动作，从而增强体质，为女子形体解放和精神解放打下坚实的基础。1919年，蔡畅在新民学会的组织下，与向警予等人发起湖南女子勤工俭学运动，于同年10月赴法勤工俭学。她深知当前国内环境对女性解放仍存在诸多限制，自身目前的工作和学识远不足以改变现状，唯有继续学习寻找出路。在法勤工俭学期间，蔡畅边学习边工作，在电灯厂、手帕厂的工作经历使她接触了法国女工，了解法国革命，为她回国参与妇女解放运动积累了经验。1925年8月回国到去延安之前，蔡畅致力于国内妇女解放事业，担任妇女干部，不仅为了实现自身经济独立，更是为了全中国妇女实现经济独立进而实现全面解放而奋斗，她组织不同阶级女性，特别是知识女性、妇工、妇农，积极融入社会，实现自身独立。

丁玲与蔡畅最初目的一致，上学主要是为了学最实用的学问，寻找谋生之路，从而实现自身的独立。丁母送她读书的目的就是"她的思想也不过要使得我将来有谋取职业的本领，不致于在家里受气，和一个人应该为社会上做一番事业"[8]。相较于蔡畅16岁毕业工作，丁玲实现经济独立较晚，一则因丁母帮衬，二则丁玲坚持探索适合自己的人生道路，直到23岁凭借发表处女作《梦珂》获得第一笔收入。1927年，丁玲实现了"以社会为大学，以文学为武器"的理想，跻身文坛，找到了适合自己的职业，开启了经济独立之路。即便丁玲自身有了经济收入，可以前经济的窘迫和当前女性生存困境仍使她陷入沉思，从而投射到创作中，从她的作品中我们可窥一二。从《梦珂》《莎菲女士的日记》《阿毛姑娘》《暑假中》等作品，丁玲塑造的主角都是女性，反映的是她们的生存困境，尽管她们中的大多数受过教育，思想受到洗礼，最后仍然无法摆脱悲惨的命运，或沦为男性的附属品，或向封建势力妥协，或抑郁而死，究其原因，经济不自由，一旦失去经济资助，她们便丧失了生活的能力，比如梦珂前往大城市投靠姑妈，平时的生活开支靠老家父亲寄钱，后父亲年纪大了没有多余的钱寄来，加上逃离姑妈家后生活无着落，一般的工作不愿干，最后妥协成为明星，沦为男性的玩物。丁玲有着清醒的认知，即使结婚后仍然坚持写作，在经济上不依附于家庭。在丈夫胡也频被国民党反动派杀害后，丁玲毅然投身革命事业，成为左翼作家的一员，在社会上独当一面，成为女性走上社会取得成功的典型。

2.保障女性自身权益

中国传统女性一直被围于家庭，"在家从父，出嫁从夫，夫死从子"的封建礼教思想压制着女性，使她们千百年来成为男性的附庸，没有自己的自主权，无法保障自身的权益。妇女解放的前提是自身权益获得保障，获得自主权。

纵观丁玲和蔡畅寻求解放的过程，她们伴随着女性意识的觉醒，开始追求女性的合法权益，努力掌握自身的命运。在婚姻恋爱方面，不再受传统观念"父母之命，媒妁之言"的束缚，追求自由恋爱。蔡畅为了逃离包办婚姻离家出走，在法国勤工俭学期间和同窗好友李富春相恋结婚。丁玲在1922年主动解除与表哥的婚约，之后与胡也频相恋，并在丁母支持下结婚生子，在胡也频为革命牺牲后，丁玲在延安遇到陈明，主动追求，两人相伴五十余载。在形体解放方面，打破"身体发肤，受之父母"的观念。丁玲和蔡畅都积极响应变革的号召，不裹脚、剪短发，表明反封建的决心，甚至积极锻炼身体，蔡畅曾担任体育老师期间，把形体解放视作女子寻求解放并振兴中华的前提。在教育方面，丁玲和蔡畅因女儿身，上学受到限制，但二人从小跟着大人识字，受到文化熏陶，对知识的渴望以及封建家庭的反抗，使她们在求学的道路上勇敢奔赴，成为湖南现代女界的典范。

三、丁玲和蔡畅早期妇女解放思想的影响

丁玲和蔡畅作为中国现代妇女界的重要人士，对中国的妇女解放事业做出了重要的贡献。二人早期的妇女解放思想影响了其人生道路的选择，

同时促进了中国早期妇女事业的发展。

丁玲从小受到母亲和学校对其的影响和教育，女性意识深植内心。她走入社会成为中国现代早期的女性作家，女性是其写作的对象之一，女性问题和女性困境成为她早期写作的重要主题，反映了她早期的个人主义解放的追求。茅盾在《女作家丁玲》中说："莎菲女士是心灵上负着时代苦闷创伤的青年女性的叛逆的叫绝者。"《梦珂》《莎菲女士的日记》等文章描写了五四以来现代女性自我意识与现实之间的碰撞，从而表现出悲伤和绝望的心理，这反映了丁玲及当时女性寻求出路、寻求解放的困境。之后，丁玲在朋友和丈夫胡也频的影响下，加入"左联"，创作开始运用革命话语，"革命+恋爱"的小说题材出现在作品中，如《韦护》《一九三〇年春上海》之一、《一九三〇年春上海》之二，丁玲开始有意识地把革命和女性解放相联系，使女性在恋爱与革命之间挣扎，最后得出结论，女性只有走向社会，走向革命，才能实现女性解放。丁玲的女性解放思想是中国近代妇女解放思想的一部分，影响了当时的一批读者，促进了中国近代解放事业的发展。早期女性解放思想对丁玲个人的影响是深远的，尽管去延安之后她的工作和写作重心转向革命，但她始终关注着女性的解放和生存，《我在霞村的时候》《在医院中》《"三八"节有感》等文章是丁玲对当时女性生存现状的反映和思考，她认为，女性参政和社会权利的获得是妇女解放的一个重要标志，但远不止于此，须长期奋斗。

蔡畅是中国早期妇女解放运动的领导人之一，妇女解放思想引导着她走向个人的解放，同时她的个人解放推动着中国妇女事业的前进。蔡畅和丁玲同属于封建家族的反叛者，基于女性的身份，遭受了诸多不公平对待，促使她们走上反封建、求解放的道路。一场包办婚姻成为蔡畅出走的导火索，她明白只有接受教育才能打破传统观念对女性的束缚，掌握自己的命运。在长沙周南女子学校读书并任教，蔡畅把妇女解放不再局限于个人，同时扩大到学生身上，认为形体和精神解放才是她们的出路。在与三哥蔡和森、毛泽东、向警予等一批早期共产党人接触下，蔡畅逐步接触马克思主义，了解只有把中国受压迫的妇女团结在一起，共同寻求解放，妇女解放才能取得成效。这一观念的转变，把女性解放范围从个人或小部分女性的解放过渡到了全国妇女解放的解放，加深了蔡畅对妇女解放道路的探索。蔡畅到法国勤工俭学和1925年访苏学习，学习了马克思主义理论，考察、研究了两国革命和妇女解放事业，对中国的妇女解放工作产生新的理解。回国后，蔡畅专事妇女解放工作，先后担任上海、两广、江西、湖北等地妇女干部，直到长征抵达延安，她在党组织的领导下，有意识地把妇女和革命相结合，认为在国家飘摇动荡时期，妇女解放不仅仅是走向社会取得经济和人身独立，应该投身革命，在革命过程中建立女性话语，在各领域真正实现"男女平等"。在此期间，中国早期妇女解放事业取得不错成效。

结　语

妇女解放事关社会和谐和人类发展，是人类共同且需长期坚持奋斗的事业，是一项历史性任务。丁玲和蔡畅作为20世纪中国妇女解放的代表之一，对中国早期的妇女解放做出了自身特有的贡献。二人因为封建家庭的压迫和母亲的影响下激发了个人解放启蒙，教育进一步推动了她们的妇女解放进程。丁玲作为女性作家以及革命者侧重于在文学上探索妇女解放，蔡畅作为妇女干部直接领导和参与妇女解放工作。尽管二人追寻妇女解放的方式不同，但目的一致：实现女性独立自主，在各领域享有平等的权益。

参考文献

〔1〕李向东，王增如.丁玲传[M].北京：中国大百科全书出版社，2015.

〔2〕李向东，王增如.丁玲传[M].北京：中国大百科全书出版社，2015.

〔3〕苏平.蔡畅传[M].北京：中国妇女出版社，1990.

〔4〕苏平.蔡畅传[M].北京：中国妇女出版社，1990.

〔5〕苏平.蔡畅传[M].北京：中国妇女出版社，1990.

〔6〕李向东，王增如.丁玲传[M].北京：中国大百科全书出版社，2015.

〔7〕李向东，王增如.丁玲传[M].北京：中国大百科全书出版社，2015.

〔8〕张炯.丁玲全集：第5卷[M].石家庄：河北人民出版社，2001:262.

丁玲在延安文艺座谈会的前后：
以《在医院中》及其检讨为中心

陈一伊

《在医院中》是丁玲创作于1941年的一篇小说，写作始于1941年春，终于1941年11月15日，以《在医院中时》初刊名发表在《谷雨》杂志上。1942年春，延安整风运动开始，5月文艺座谈会召开，6月10日，《解放日报》刊登燎荧的文章《"人……在艰苦中生长"——评丁玲同志的〈在医院中〉》，对小说及作者提出批评。对此，丁玲曾写检讨回应，但因种种因素并未发表，而检讨也处于未完成状态。直至2006年，王增如在整理陈明旧物时发现，以《一份未发表的检讨——读丁玲〈关于《在医院中》的草稿〉》为题在2007年召开的"第十届丁玲国际学术研讨会"上展出。同年，先后在《书城》第11期、《中国现代文学研究丛刊》第6期上发表。据王增如推测，此稿"写作时间，大约是1942年的下半年，而且极有可能是在8月重庆《文艺阵地》转载了《在医院中》之后"[1]。小说与检讨之间的时间距离，恰好融进了延安文艺座谈会这一重大事件，如果说《在医院中》可作为丁玲在座谈会前心境的参照，那检讨毫无疑问会透露出座谈会后丁玲的心境。故而，本文将以《在医院中》及其检讨为中心，结合相关文本，探讨作家丁玲在此时段的思想变化。

一、从《在医院中》的矛盾谈起

小说《在医院中》主要讲述了青年知识分子陆萍去医院工作并遭遇挫折的故事。挫折的产生源于陆萍与所处环境之间的矛盾。从这组矛盾出发，评论家们给出了各自不同的解释，代表性观点如燎荧认为，这是由于作者丁玲"站在小资产阶级知识分子的立场上""带着陈腐的阶级的偏见，对和自己出身不同的人做不正确的观察，甚至否定"[2]。严家炎则称这是"和高度的革命责任感相联系着出现的对现代科学文化要求，与小生产者的蒙昧无知、褊狭保守、自私苟安等思想习气所形成的尖锐对立"[3]，从而上演了一场被黄子平概括为"一个自以为'健康'的人物，力图治愈'病态'的环境，却终于被环境所治愈的故事"[4]。以上各家虽观点不同，然思路相同，共享着人物与环境对立的分析模式。近年来，随着学界研究的深入，孙尧天在反思对立式研究思路局限的同时，力图提供一种新的思路，他认为，小说提出的问题是"如何让陆萍融入现实"[5]而非暴露"对立"。

本文对《在医院中》的分析不能免俗，亦将从这组矛盾谈起，并以回到矛盾冲突最高点的方式，探究矛盾产生的原因。小说矛盾冲突的最高点是一场一氧化碳中毒事件，这场突发事件使得陆萍所有的累积情绪一次性爆发并转化为一连串的质询，"她想为什么那晚有很多人在她身旁走过，却没有一个人援助她。她想院长为节省几十块钱，宁肯把病人、医生、看护来冒险。她回省她日常的生活，到底于革命有什么用？革命既然是为着广大的人类，为什么连最亲近的同志却这样缺少爱。她踌躇着，她问她自己，是不是我对革命有了动摇呢"[6]。陆萍的质询从事件本身引申到日常生活中的人与物乃至革命，而逻辑的过度与延伸显示了革命日常与革命理想之间的落差。在陆萍眼里，日常生活是阴冷潮湿的窑洞，破旧残废的器械，既无专业知识也无工作热情的同事以及不遵医嘱、不懂科学卫生的产妇。而陆萍本人作为接受过现代专业医疗教育、满怀革命热情与理想的青年知识分子来到这样的医院，失望与矛盾在所难免。在革命理想的对比下，革命日常沦为革命庸常，存在着大量需要极力批评与消除的坏现象。与此对应，陆萍的不满、提建议与抗争，是值得赞许的英雄行为，是对革命理想崇高性与纯洁性的捍卫。而这种姿态，不单为小说中的陆萍一人，现实中的延安文人也在同时段内秉持着现实主义的批判精神，大发议论[7]。以上均可视为矛盾产生必然性的注脚。但奇怪之处在于，倘若陆萍所举如上述般占尽合理性与正当性，即矛盾产生的责任全应划归给日常生活，即环境。然而，为什么丁玲在作品结尾呈现的是对陆萍的劝导而不是对日常生活问题的解决？也许会被"高妙"地解释为一场进行中的"驱邪仪式"[8]。

　　由此可见，对陆萍这一形象的分析需纳入更多因素。在来医院之前，陆萍的理想职业是一名政治工作者，因此，对组织建议的医院工作，她产生过强烈的抗拒，因为这会使她失去光明的前途，只能成为一个很普通的助产婆。以这样的心境出发，陆萍的高兴与欣喜只能是有意做出的神情，内心的抵触一直存在，对事物的观察难免有所偏颇，主观情绪下的客观缺点无疑会被放大，以陆萍视角展开的叙述需受到质疑。然而，看似顺畅的逻辑也会遭到反问，作者丁玲曾明确表示医院的真实情况比她描写得更糟，"写的时候我还是手下留情"[9]，也有史料证明，延安的医院环境确实如此[10]。那么，陆萍的问题出在哪里呢？

　　也许问题出在，在指导员向陆萍陈述了医院的三大困境"第一，没有钱；第二，刚搬来，群众工作还不好，动员难；第三，医生太少，而且几个负责些的都是外边刚来的，不好对付"[11]后，陆萍也亲身经历过这些问题带来的困扰后，她依旧不顾现实条件的客观局限，在意见遭受冷遇时，执拗地认为人力与物力的缺乏不过是推辞的借口，真正的原因是相关负责人的因循守旧。陆萍判断的支撑无疑来自现代科学文明的标尺与革命前景的勾勒，但以理想阁楼的描绘去取代对于在地的现实的认知的做法，未免太不客观，曾经的合理与正当也在现实面前显露出它的局限性。回看陆萍向往的革命工作：在人前宣讲的活跃的政治工作者与在前线枪林弹雨中救死扶伤的外科医生，是理想职业的同时，更象征着革命的激情、热烈乃至刺激，具有浪漫色彩。而此刻从事的助产婆工作，日日恒温的重复，毫无激情可言的同时，更看不出对革命的意义。依陆萍之见，革命是血与火的浪漫，是热烈与激昂，也只有在这样的背景中方可烘托出一个英雄式的革命主体。正如在会议上宣读意见书的陆萍比照顾产妇的陆萍拥有更多的愉快，在对环境的批判中，在积极的争辩中获得情绪的高昂与满足——以一种战斗的激情来弥补日常工作的恒温。既然是弥补，便自然有裂隙，主体亦呈现出极度撕扯的状态，一个是在日常现实面前濒临崩溃的自我，一个是用浪漫理想批判日常现实的自我，一个是批判过后选择搭建希望楼阁的自我，不断循环与重复，使得自我愈发远离现实的革命日常，而不断靠近抽象浪漫的革命想象。热情、浪漫与爱幻想组成了陆萍的病症，理智、客观与坚强是丁玲给出的建议[12]，然而后者在小说中只能以夹杂在多数不满中的少许打气时刻与只言片语的心理描写方式来呈现，以此试图阐明陆萍重新变得愉快与富有理性，如此不可信。被不满包围的劝慰，正如被环境包围的陆萍，她可以实现有效突围吗？

二、矛盾产生怎么办

答案显而易见是不可以。而这种不可以，不仅是陆萍的不可以，也是丁玲的不可以。暂且将时间线拉得长一点，去找另一位也姓陆的青年人——陆祥，他刚离开大学生活，加入"左联"的工农兵通信写作。和陆萍一样，他也遇到了一些工作上的困难，每次受挫后，陆祥的脑海中都会回响起这样的一段话："开始总是困难的，一切棘手的事都应在我们意料之中，我们要忍耐，坚强，努力，克服自己的意识，一切浪漫的意识，这不是有趣或好玩的事情呵！认清了再去忠实地，刻苦地做，这就决不会有那些失败的情绪滋生。"[13] 在陆祥这里，洗掉的看似是对革命工作的浪漫想象，那不是容易的事，需要主体抱着极大的忍耐去克服环境的脏乱，同情群众的无知并耐心地教导他们，只有抱着这样的心态，在挫折的发生是理所当然的同时，也不至于消磨主体的热情。但仅在短短一天内，陆祥已将这份话语调动了四次，如何避免从热情走向麻木，仅靠内在意志的坚定与忍耐，自然不是长久之计。丁玲需要为青年革命者找到其他途径。

而其他途径要如何找寻？这离不开写作者丁玲本人的革命经历。在小说《在医院中》创作之前，丁玲经历了一段较为难熬的时光，一方面是个人情感生活的不顺利，一方面是组织对于南京被捕被禁经历的审查。而在这段时光结束后不久，丁玲开始了小说《我在霞村的时候》的创作，她想写一个"没有被苦难压倒"，而是"向往着光明"[14]往前走的女人，这一创作意图的表白很难不让人联想到作家的自身经历。在某种程度上，贞贞这一形象的成功打造，可映射出丁玲在此时段内的心得体会，她咀嚼出了什么呢？笔者认为，那是贞贞身上体现出的强烈的主体意识以及与此相应的傲岸与强悍，只有这样的人，方可直面苦难并战胜苦难。

回看陆祥希冀在写作中表现出的"一种在困难之中应有的，不退缩、不幻灭的精神"[15]与丁玲对陆萍的设想："能够迈过荆棘，在艰苦中生长与发光"[16]都可在贞贞身上找到对应。但三人又有不同，如果说贞贞面对苦难的强悍是一种对立与抵抗，并最终选择离开造成苦难的环境——霞村与日军部队，去延安。然而，陆祥与陆萍的挫折恰好来自革命内部，难道他们也可以选择以对立、抵抗甚至离开的方式去应对挫折吗？有意思的是，刚开始工作不久的陆祥选择以"一种在困难之中应有的，不退缩、不幻灭的精神"作为支撑并坚持下去，但其真实度与持久度是值得怀疑的，因为陆祥的表达方式仅限于书面写作。而在医院工作过一段时间的陆萍，在故事结尾恰好离开了医院，这是否会是陆祥最后的结果？面对革命日常内部的不理想，革命者究竟要如何做？

先看陆萍怎样做，面对环境中令人不满的物质条件，她选择以革命前景的标准来无视现实客观条件的局限，提出意见与批评；面对环境中令人不满的人，她的方式可概括为划定界限与拒绝交流。如张芳子，她是陆萍抗大的同学，有着温柔的性格，乐于助人，陆萍初见她时内心泛起喜悦却又瞬间冷淡下来，因为"她那庸俗平板的面孔""像一个没有骨头的人，烂棉花似的没有弹性，不能把别人的兴趣绊住"[17]，简言之平庸无趣。陆萍讨厌平庸，正如讨厌这份很普通的助产婆工作，她不甘平庸并且选择远离平庸落后的人，如爱从"粗人"（宿舍间壁的老百姓）那里学讲粗话的"舍友"——张医生的老婆，她只接近与她相似的黎涯、郑鹏。这些看起来似乎无可非议，人们交朋友往往讲究志趣相投，但这并不代表没有问题，正如陆萍自己提出了那个问题："为什么连最亲近的同志却这样缺少爱"——因内心隔绝远离带来的无爱，因划定界限，拒绝交流带来的无爱。同样的态度，也出现在陆萍与群众的交往中。院子里女人的一句养娃娃，让陆萍内心泛起如同吃了一个苍蝇似的嫌厌。产妇们的不遵医嘱，让工作之初的兴奋与安慰，在屡次的提醒中消失殆尽。在偌大的医院里，陆萍的朋友只有郑鹏与黎涯。而此类对于群众的看法，与"左联"时期的陆祥或有相似之处，陆祥眼中的群众依旧有愚昧无知的一面，甚至以其愚昧无知带给陆祥羞辱，然而，他却能从这些人的脸上看出忠厚与可怜，甚至在与部分群众的日常交往中体悟出粗话的表达并没有骂人的意义，反倒具有一些纯真的亲切。尚且不论陆祥的看法是否天真，显而易见的是，在对待群众陋习的态度上，陆祥比陆萍多了几分同情、宽容与忍耐，陆萍则一贯保持着批判与拒绝的姿态。后者恰好与同时期的丁玲不谋而合，如其在《我们需要杂文》中表达的要以批评的态度介入与现存坏现象的斗争。综上，丁玲为陆萍安排的应对方式可大略归纳为内里的坚韧与对外的批评，因其战斗之苦，故而要求主体的理智、客观与坚强，战斗又并非全然是苦，而是要学会视战斗为享受"只有在不断的战斗中，才会感到生活的意义，生命的存在，才会感到青春在生命内燃烧，才会感到光明和愉快呵！"[18]这种能做到"苦中有乐"的主体，其内在更是无比坚韧的吧。

然而，遗憾的是，陆萍并未完成内里的坚韧，她的热情、浪漫与爱幻想，在日常现实面前流于脆弱与伤感，从而使得自己在同环境的对立与斗争中面临崩溃，战斗亦以失败做结。同样，失败也印刻在写作者丁玲心上，从表面来看，是理想人物陆萍的未完成，作者只写出了自己熟悉的人物。而往深里探究，实质是作者自身思想的局限与设想道路的失败，她或许并没有那么强悍，在几乎全都是坏的环境中，如何坚持吃苦的决心与持续的战斗并非如文字表述般容易，在与环境过于对立起来的局面中，容易崩坏的反而是自己。谁人曾想，医院环境如此之恶的设置，最初是为了更好烘托出理想人物陆萍呢[19]？在布满荆棘的环境中，以一己之力去对抗并取得胜利的英雄人物模式显然不适合革命的现实，稍许带着强韧意志与战斗哲学的尼采式超人学说的色彩。丁玲陷入了长期的写作搁置，她不知道在矛盾冲突到达最高点后如何收尾，她想过很多办法，但都不够好，不得不暂时放弃，最后由于索稿很急，便"把我怀念着的梦秋同志（失去双脚的人）塞上去，作为了小说的结尾"[20]。

三、丁玲设想的弥补

情急之下的补救之道无疑存在于陆萍与无脚人的对话中。虽然丁玲曾对此表示不满，但本文认为不满的产生并非源于对话蕴含道理的不正确，而在于丁玲对此的不确信，即缺乏实感。

先来看这场对话，对话之初，无脚人便用一种家里人的亲切来接待她，这对曾在深夜孤独时，流露出对家和家人的思念并觉革命队伍中缺乏爱的陆萍来说，家人感的出现恰逢其时。在这种氛围内，无脚人循循善诱地告诉陆萍要用发展、体谅和换位思考的方式来看待医院的现状。这说辞初看起来平平无奇，让人质疑为何会产生效力？深究则不然，在无脚人的劝慰中就包含着如何看待医院问题、点破陆萍自身问题以及怎样做三个层面。

在医院问题层面，无脚人肯定了陆萍发现问题的存在，即陆萍批判性眼光的合理性，他在劝解中表达了和陆萍同样的诉求"是的，他们（院长、指导员）都不行""这个作风要改"，让陆萍直呼"你怎么什么都清楚。我要早认识你就好了"，这是找到精神同伴的激动。但无脚人不止于此，在陆萍向他抱怨医院物质条件差时，他告诉陆萍要用发展的眼光去看待，"现在已算好的了"；在陆萍向他吐槽医院中人时，他告诉陆萍要学着去体谅，如考虑他人出身、知识的限制，"院长是个不识字的庄稼人出身""指导员过去也就是个看牛娃娃，在军队里长大"[21]。也就是看到造成他们为何如此的社会现实原因。相对于陆萍的否定与批评，无脚人的建议融入了理解与体谅，以一种换位思考的方式去看见革命的现实困境，从而或许可以实现与批评对象的有效沟通。无脚人甚至告诉陆萍，你对于工作的胜任离不开专业对口的优势，你所指责他人未做好的工作，看似简单但全是事务，你能做吗？这是对陆萍自身问题的点破。同时，这种理解与体谅并非意味着以一种无所作为的态度，放任问题的出现直至被环境消融，而是以理解的态度去沟通交流从而实现改变，而不是以不理解的态度，以一己的逻辑去否定与批评，后者只会导致更深的矛盾与断裂，问题的解决不会由此产生，个人反而容易在对立的环境中陷入剧烈的自我斗争。问题尚未解决，个人就已经溃败了，陆萍的失败恰恰说明了这一点。

而在解决了如何看待医院问题以及指出陆萍个人局限后，无脚人告诉陆萍："不要急，慢慢来。"现存问题的解决并不是一朝一夕便可完成的，革命远景的实现需要一个漫长的过程，是一场持久战，并给陆萍提出以下建议：

一方面，无脚人告诉陆萍："人是要经过千锤百炼而不消溶才能真真有用。人是在艰苦中成长。"[22]正如无脚人自身虽经历过一些看来太残酷的斗争，但依旧能以平和的心态讲述，陆萍为之流泪，"他却似乎对本身的荣枯没有什么感觉似的"[23]。无脚人向陆萍展示的不仅是一个坚韧的革命主体，还有一种革命忘我精神。而这种坚韧需要经受千锤百炼的艰苦而不消溶才能获得，同时所谓千锤百炼的艰苦，不仅指向个人对外在客观环境问题的克服与解决，更指向在此过程中的一种抽象的自我内心搏斗，新我的生成需要依靠在实践中对旧我的斗争来实现，受难亦是"考验"和"磨砺"[24]，以此形成一个更加强韧结实的新我，是一种内里的坚韧，以此来修正陆萍的浪漫、幻想与脆弱，这是与丁玲原有药方设计中相同的部分。然而，忘我要如何实现呢？如何能够在长期的磨砺中，达到忘我而不是麻木？

另一方面，无脚人向陆萍指明医院中存在着另一类人"谁都清楚的，你去问问伙夫吧。谁告诉我这些话的呢？谁把你的事告诉我的呢？这些人都明白的，你应该多同他们谈谈才好"[25]。就是除郑鹏、黎涯外，医院内还有其他明白且关心她的人，这无疑在一定程度上解构了陆萍那些孤立无援的缺爱时刻——自身视野有限。而此处另一类人的身份值得玩味，既不是陆萍的工作对象，也不是陆萍工作的同事，简言之，是陆萍日常工作范围之外的人，医院的工作对陆萍来说只是工作，工作之外的人是不用理会的。而无脚人却向陆萍提出"多同他们谈谈"的要求，这是一种向外的扩展，号召主体走向更多的群众并深入进去和其交往，而不仅是关注作为工作对象的群众和以对待工作对象的方式与群众交往。不同于工作时要求的认真、理性、与冷静[26]，它或许指向一种有温度的情感交流。后者用无脚人现在的工作——"编通俗读本给战士们读"来加以说明，不同于五四式的启蒙，有利于打破"交换文学"的局面——创作和阅读仅在知识分子内部进行，而与一般文化程度低乃至不识字的民众隔绝开来，不仅考虑了接受者的文化水准也给编撰者一个去了解接受者所在世界，所有文化的途径，就是说这份工作改变的不仅有战士们也有无脚人，而"读"一词既可理解为战士们读书，也可理解为无脚人读给战士们听，文学或知识的传播方式，突破了"书写文字"和"印刷媒体"[27]的限制，不再是纯书面的交流而是一种实地的互动，与接受者打交道，由此理解掌握他们的习惯、心理与情感与。这可能是从上海来的陆萍未曾体验过的，也是守着"不会浪费她的时间和没有报酬的感情"[28]原则的陆萍从未想过的。而既然来到了，便必然要做出改变。

如果说，在内里的主体锻造中，无脚人向陆萍提出破除浪漫抽象的革命想象，直面现实的革命日常并投身进去，改造现实的同时，生成新我。那么，在向外的交往扩展中，无脚人告诉陆萍群众的多样以及交往的双向。而从情感角度来看，内里的锻造要求革命者在现实的革命日常中学会对他人的体谅，向外的交往则展示了他人对革命者关怀的可能，以此构成有情的双向互动，革命工作是工作的同时，又不等于工作，革命者的姿态也不至于太过苦硬，而是和群众（"工作对象"）一道在互动的、现实的革命日常中改变、历练。

回看这份包含着体谅与关怀的情感话语，它是否同陆祥比陆萍多出来的忍耐相似呢？如果与忍耐相似并由此可以解决问题的话，又要如何才能达到无脚人的忘我呢？也许不恰当的考虑在于，倘若在过程中时时强调自我的"忍耐"与"体谅"，正如陆祥的多次提醒一般，"忘我"又将如何实现？本文认为，忘我依旧可以在无脚人开出的"深入群众"的实践中完成，但在触动那份体谅与忍耐之前，即成功调动出情感话语之前，或许还需要改变的是对于群众的看法。不难看出陆萍对群众的看法延续着陆祥认为其愚昧无知的一面，但值得注意的是，在陆祥的理解中，群众存在着另外一面："张阿宝说的那些，他都将它分类记下来了，一些苛刻的待遇，一些惨死的情形，可怜的牺牲，一些斗争的胜利与失败，一些欺骗蒙混的暴露，他全记了下来，拿到另一个地方。于是第二天，所有这些同类的奴隶，都看到了，还讲给那些不识字的人听，他们讲到这些，讨论到这些，被一些有力的文字所鼓动，他们会觉悟起来，团结起来，这实在是最重要的不可少的任务。"[29] 后一种看法，无疑属于马克思主义者的群众观，"人民群众是'历史舞台上的演员'，是'即将来临的革命的信号'，是推动历史向前发展的真正的英雄。"[30] 也是陆祥所参与的"左联""群众运动"工作所秉持的群众观。而前一种群众观的看法，或许在承接国民性书写的同时，受到了以勒庞为代表的西方群众心理学的影响。两种群众观之间的接洽，或言之，从一种群众转变为另一种群众，所需要的似乎正是以陆祥、陆萍为代表的先锋队的作用，如陆祥自言"我们给他们文学教养，我们要训练我们自己，要深入到他们里面"[31]。然而，陆萍失败了，她甚至只停留在对于第一种群众形象的批判上，无法体会陆祥在两种群众形象之间的挣扎。而这是否在某种程度上暗示出，与第一种群众观对应的忍耐或体谅，依旧不足以支撑到第二种群众出现的那天？以及是否同样暗示出在无脚人所提醒的另一种群众里包含着这两种群众观所不能纳尽的群众形象？那或许是赵树理笔下的群众形象，也或许是毛泽东《在延安文艺座谈会上的讲话》中的群众形象。而无论是固化停滞的愚昧无知，还是极易实现的转变可能，带着些许想象成分的同时，更需要在切实、在地的深入群众的实践中，在具体的交往互动中，去得到有别与此的群众形象。

但此类探讨似乎显得为时尚早，毕竟，在故事的结尾，经过劝慰的陆萍并未去实践和另一类人谈谈的建议，而是提出离开医院继续学习的要求，用迎接春天的心情离开这里。让人质疑劝慰有效性的同时，反思上述阐释的合理性。作者丁玲究竟是如何想的呢？

四、丁玲想法的前与后

其实，丁玲的想法很简单。在检讨中，丁玲说："陆萍正是在我的逻辑里生长出来的人物。"即言之，陆萍的想法就是丁玲的想法。她确实对环境不满，并坦白承认重庆《新华日报》上的回护多此一举"环境之所以写得那么灰色，是因为我心里有灰色"，正如环境中的那些人，为什么不写得好一点，因为"我实在也没有对这些人起过很好的感情"。所以，面对自己写下的劝慰，丁玲自言："我只拿了一个空旧的人和几则教条来纠正了陆萍，这一段文章虽说说明了一些作者的态度和对事物的看法，这个态度和看法是和陆萍不一样的，是比较辩证的，但也可以看出我对这个态度和看法实际是很生硬而勉强的。于是这一段重要文章成了一个不自然的尾巴，完全是一个党八股。"这段话点明了三种态度和看法——陆萍、无脚人和作者。作者的态度和看法与陆萍不同，较为辩证一些。但作者又不能很好地理解无脚人的态度和看法，也就是丁玲对自己借无脚人之口说出的建议依旧存在理解上的局限，因此写完后"连清样都没有勇气看，另一种沉重，和另一种负疚跟在暂时的轻松之后，又来压在我的身上了。""这一种种沉重和负疚也如同我对于我的其他小说所引起的一样，秘密着希望在下一次的创作中而得到解脱，（可是什么时候才能真真地得到解脱呢？）"[32]。丁玲极为坦诚，她所袒露的不仅是真实的看法，还有真实的焦虑。陆萍在环境中的无法克服与无法转变，未尝不映射出丁玲自己，她或许在理性的认知上，较为客观冷静一点，但若置身如陆萍般的境地，突出重围，"打开局面，指示光明"[33]想必也是有些困难的。即使是下定吃苦如饴的决心，但正如丁玲自问"人并不是为了吃苦而革命而生存的"，陆萍并不能说服人，反而可能引起怀疑。自己过往强调的主体内里的强悍、坚韧、能吃苦，带着小资产阶级用以自我崇高化的自我牺牲色彩，"他的无原则的唯心坚强一定要在现实的礁石上碰碎"[34]。无法改变的对于现实的灰色看法，无法改变的对于现实的批评否定，外部环境汲取不到力量，自然只能内求，内求出强悍与傲岸的同时，内求出寂寞。革命是为了谁呢？

革命既然是为了群众，为什么又与群众隔阂？为什么不去践行和"另一类人谈谈"的要求？无法践行的实践与无法产生的耐心体谅，正如陆萍最后返回学校的选择。因其无法便无从产生最大的联合与团结，无脚人的劝慰也只能沦为作为弥补的教条，而丁玲写作上的真真解脱何时才能到来？作者本人的焦虑困境何时才能打破？

思想上的打通，得益于延安文艺座谈会的召开，"什么叫作大众化呢？就是我们文艺工作者的思想感情和工农兵大众的思想感情打成一片"。对照之下，自己确实没有对这些人起过很好的感情；对待人民的缺点"我们应该长期地耐心教育他们，帮助他们摆脱背上的包袱，同自己的缺点错误做斗争，使他们能够大踏步地前进"，对照之下，自己只能将无脚人开出的耐心与体谅作为教条来理解；至于文艺工作者应该"站在无产阶级的和人民大众的立场"，对照之下，自己反而给了陆萍过多同情；而如何检验作家的动机"不是看他的宣言，而是看他的行为（主要是作品）在社会大众中国产生的效果。社会实践及其效果是检验主观愿望或动机的标准"。对照之下，自己虽然怀着良好的动机，但对于革命环境的灰色描写，也许会有人更把这种感觉引申下去，把革命写得更森隐。诸如此类与《在延安文艺座谈会上的讲话》的对话，在检讨中还有很多，丁玲的确感到自己在立场、情感、态度与方法等方面存在的误区，"到了根据地，并不是说就已经和根据地的人民群众完全结合了"〔35〕。

自然，无论是此前教条式的理解，还是上述的诸种误区，伴随着思想上的打通之后，摆在丁玲面前急需进行的是长期而刻苦的自我改造和深入群众的实践。"要了解群众感情思想，要写无产阶级，就非同他们一起生活不可。要改变自己，要根本去掉就有的一切感情意识，就非长期地在群众斗争生活中受锻炼不可"〔36〕。也只有这样，从亭子间到革命根据地的作家才能写出新的历史时代中的群众，如苘村长、田保霖等，也只有当作家看见、了解与经历之后，即获得实感之后，那些过于苦硬的革命者姿态，自我牺牲的崇高幻想，也会被现实中的、大地上的群众拉得低一点、柔一点，有信心一点、有力量一点，外部是可以学习与结合的。到那时，无脚人的劝慰也不再是空洞的教条，而是有了主体实践经历的实感与厚度，先前的教条成了此后的真理，革命者丁玲也在一点一滴的历练中不断成长。

注 释

〔1〕丁玲：《关于〈在医院中〉》，《书城》2007年第11期。

〔2〕燎荧：《"人……在艰苦中成长"：评丁玲同志底〈在医院中〉》，《解放日报》1941年6月10日。

〔3〕严家炎：《现代文学史上的一桩旧案：重评丁玲小说〈在医院中〉》，《钟山》1981年第1期。

〔4〕黄子平：《灰阑中的叙述》，上海文艺出版社，2001，第157页。

〔5〕孙尧天：《浪漫的与现实的：革命语境中的内在冲突：丁玲〈在医院中〉的症候式解读》，《文艺理论与批评》2018年第1期。

〔6〕丁玲：《在医院中》，载《丁玲全集》第4卷，河北人民出版社，2001，第251页。

〔7〕如批判性墙报《轻骑队》、讽刺画展，见李书磊：《1942：走向民间》第五章载《延安文事（下）》，山东教育出版社，2002，第180—255页。

〔8〕黄子平：《灰阑中的叙述》，上海文艺出版社，2001，第156页。

〔9〕王增如，李向东：《丁玲传》，中国大百科全书出版社，2015，第253页。

〔10〕如金星：《亲历延安岁月：延安中央医院的往事》第一章载《建在山茆茆上的窑洞医院》，中国人民大学出版社，2015，第3—30页。

〔11〕丁玲：《在医院中》，载《丁玲全集》第4卷，河北人民出版社，2001，第240页。

〔12〕如小说中郑鹏、黎涯对陆萍的建议："两个朋友都说她，说她太热情，说热情没有通过理智便没有价值"，见丁玲：《在医院中》，载《丁玲全集》第4卷，河北人民出版社，2001，第245页。

〔13〕丁玲：《一天》，载《丁玲全集》第3卷，河北人民出版社，2001，第350页。

〔14〕王增如，李向东：《丁玲传》，中国大百科全书出版社，2015，第248页。

〔15〕丁玲：《一天》，载《丁玲全集》第卷，河北人民出版社，2001，第357页。

〔16〕丁玲：《关于〈在医院中〉》，《书城》，2007年第11期。

〔17〕丁玲：《在医院中》，载《丁玲全集》第4卷，河北人民出版社，2001，第241页。

〔18〕丁玲：《战斗是享受》，载《丁玲全集》第7卷，河北人民出版社，2001，第54页。

〔19〕如"我的确是以为只有把周围写得更多荆棘，女主人公才能有力量"，见丁

玲：《关于〈在医院中〉》，《书城》2007期年第11期。

〔20〕同上。

〔21〕丁玲：《在医院中》，载《丁玲全集》第4卷，河北人民出版社，2001，第252页。

〔22〕丁玲：《在医院中》，载《丁玲全集》第4卷，河北人民出版社，2001，第253页。

〔23〕同上。

〔24〕贺桂梅：《丁玲的逻辑》，《读书》，2015年第5期。

〔25〕丁玲：《在医院中》，载《丁玲全集》第4卷，河北人民出版社，2001，第253页。

〔26〕如小说中的郑鹏"他在手术室里是位最沉默的医生，不准谁多动一动，有着一副令人可怕的严肃的面孔，他吝啬到连两三个字一句的话也不说，总是用手代替说话"，见丁玲：《在医院中》，载《丁玲全集》第4卷，河北人民出版社，2001，第244页。

〔27〕罗岗：《"人民文艺"的历史构成与现实境遇》，《文学评论》，2018年第4期。

〔28〕丁玲：《在医院中》，载《丁玲全集》第4卷，河北人民出版社，2001，第239页。

〔29〕丁玲：《一天》，《丁玲全集》第3卷，河北人民出版社，2001，第352页。

〔30〕莫斯科维奇著.《群氓的时代》，许列民等译，江苏人民出版社，2003，第30-31页，转引自李里峰：《"群众"的面孔——基于近代中国的情境史考察》，《新史学》，2013年第7期。

〔31〕丁玲：《一天》，载《丁玲全集》第3卷，河北人民出版社，2001，第353页。

〔32〕丁玲：《关于〈在医院中〉》，《书城》2007期年第11期。

〔33〕丁玲：《风雨中忆萧红》，载《丁玲全集》第5卷，河北人民出版社，2001，第134页。

〔34〕丁玲：《关于〈在医院中〉》，《书城》2007期年第11期。

〔35〕毛泽东：《在延安文艺座谈会上的讲话》，载《毛泽东选集》第3卷，人民文学出版社，1991，第862页。

〔36〕丁玲：《关于立场之我见》，载《丁玲全集》第7卷，河北人民出版社，2001，第68页。

史料研究

陈涌对丁玲的解读

涂 途

陈涌（1919—2015）原名杨思仲。广东南海人。他是我国著名文艺理论家、鲁迅研究专家。20世纪40年代任延安鲁艺文艺理论室的研究员、《解放日报》副刊副主编。1949年后任《文艺报》编辑、主编、中国科学院文学研究所研究员、中国社会主义文艺学会会长等。著有论文集《鲁迅论》《陈涌文学论集》《在新时期面前》《陈涌文论选》等。在延安《解放日报》副刊任编辑时，丁玲曾是他的上级；全国解放初期，他任《文艺报》编委，再次在丁玲领导下工作。

在1957年起全国开展的轰轰烈烈的"反右派"运动中，继对"丁陈反党集团"的"揭发批判"，紧接着时任中国科学院文学研究所研究员的陈涌，也在全所的大会上遭到"揭发批判"，随后经周扬认定被开除党籍。1958年2月28日的《人民日报》和1958年第4期的《文艺报》，用大版篇幅刊载了周扬的长篇讲话整理稿《文艺战线上的一场大辩论》，其中重点是批判"丁玲、陈企霞、冯雪峰等人的反党活动"。同时，还附带地点名批判了陈涌，并严厉地指斥说："连一向不大过问世事的陈涌也说：'大变动的前夜到来了。'"以此暗示他是丁玲等人的同伙。之后的半个多世纪，丁玲被流放到东北的北大荒"劳动"，而陈涌则"派遣"往西北的甘肃"改造"。

1942年7月27日，杨思仲在《解放日报》发表了一篇题为《关于形象和思想——评严文井同志有关这问题的主张和创作》的文章，其中对艺术形象和思想倾向性的论述，在当时延安文艺界引起过不小的反响。有一次周扬告诉陈涌说，毛主席称赞他的观点，认为写这篇文章的是"一个有思想的人"。20世纪80年代，丁玲回到北京"平反"后创办《中国》杂志，特意邀请陈涌任编委。丁玲曾经不止一次地对人说"中国有两个半文艺理论家"，一个是冯雪峰，另一个是胡风，剩下的那半个，指的就是陈涌；因为无论从年龄上还是从资历上看，陈涌都不能与前两位平起平坐，所以只算得上半个。那么，这所谓"半个文艺理论家"的陈涌，又是如何看待和解读熟悉的领导和上司丁玲呢？

一、丁玲的《太阳照在桑干河上》

关于丁玲的长篇小说《太阳照在桑干河上》出版的复杂过程，几乎已人所共知。这就不能不涉及对它的评价。从目前已知的文献来看，1950年第2卷第5期《人民文学》发表陈涌的《丁玲的〈太阳照在桑干河上〉》一文，应当是他对丁玲创作最早的评论。据笔者所知，它比冯雪峰发表在《文艺报》1952年第10期上的《〈太阳照在桑干河上〉在我们文学发展上的意义》还要早两年多：这也许是关于《太阳照在桑干河上》的第一批书评吧！陈涌在这篇文章的开头写道：

中国伟大的土地改革运动给文艺创作带来了无限丰富的内容，《太阳照在桑干河上》便是最初出现的反映这个运动的长篇小说。这部小说所写的范围为土地改革初期，即1946年中共中央"五四指示"到1947年9月全国土地会议以前这一个时期。从全国土地改革会议以后，中国土地改革的具体政策曾经有过一些改变，中国农民为取得土地而进行的斗争也积累了更丰富的经验。由于历史的限制以及其他方面的限制，这部作品在现在看来还存在着一些缺点。但只要是一部大体上比较本质地反映了当时运动的作品，我们便应该承认这是一部正确的现实的作品。这样的作品，便不但在当时能够教育读者，而且在今天也不会丧失了它的根本的意义。也因为这样，《太阳照在桑干河上》这部在当时是比较成功的作品，也和别的比较成功的作品一样，被国内的和国外的读者视为可以从它们理解中国土地改革运动的代表作品之一[1]。

陈涌肯定《太阳照在桑干河上》这个作品，"最使我们不能忘记的，首先正是作者注意到了农村阶级斗争的复杂性，注意到了农村复杂的阶级关系。"他认为，过去出版的某些关于土地改革的文艺作品，"往往令人感到没有充分地表现农村斗争的复杂情况"。例如，这些作品很少写到地主阶级内部的差别和矛盾；在表现地主和农民的关系时，往往也容易公式化，往往过分简单地去看待农村的剥削和被剥削的关系，没有看到农村各个阶级之间的错综复杂的社会联系，而这种错综复杂的社会联系，正是使农村的阶级关系无限复杂化的根底。也就是说，这些作品"过分地简单地表现现实"，因而不能真实地反映我们复杂丰富的现实生活。

《太阳照在桑干河上》给予读者的印象则不同，作者是从多方面注意到农村阶级斗争的复杂性、尖锐性的。"她把这个斗争在一种严肃、紧张而微妙的气氛下加以描写"。这样，也就让读者从作品中感受和体验到现实的真实性的多姿多彩的生活图景。其实，从笔者与陈涌的接触中，深深感到他对文艺创作的公式化、简单化、教条化的不满是一贯的。在他平日的言行中，特别是在他的文章中，贯穿的一条红线，就是一定要按照唯物辩证法和历史唯物主义的基本原则，反对将复杂多样的文艺现象和文艺作品简单化和庸俗化，因为现实生活从来都是繁复多样、斑驳陆离的。

其次，陈涌赞赏的是《太阳照在桑干河上》"比较宏大繁复的结构"，这种比较宏大繁复的结构，是和农村阶级斗争的规模和它复杂的性质相适应的。作者在这里正面地展示了农村阶级斗争的各种场景，希图在尽可能正面的客观的描写里，使读者对土地改革的过程有一个比较丰富、完整的认识。他认为，应当承认，要完成这样一个复杂的任务并不是容易的，需要我们的作家具有较高的艺术修养、政治水平，以及比较丰富的农村斗争的知识。而这部作品出于一位亲身参加过土地改革的我们前一辈的作者，便不是偶然的。只有像丁玲这样的老一辈革命作家，才具有这样宏大的叙事气魄和全方位的驾驭才能。

最后，《太阳照在桑干河上》对人物细致的生动描绘，是非常具有特色的。他大段引用小说中对各个阶级、阶层不同人物深刻、全面描写的片断，例如关于地主李子俊女人的心理刻画，"就很可以看出我们作者的特性""作者显然并不满足于表面的描写，显然努力使自己设身处地地体会这个地主女人的灵魂的秘密，因而真实地写出了她在失势以后的绝望的怨恨"。又如，陈涌对《太阳照在桑干河上》中有关土改干部张正典走向叛变的道路，"也是颇近情理的，深刻的"。这个人最初对钱文贵的同情，是因为他年轻，没有经验，没有阶级觉悟，受了丈人的欺骗。后来却"为了自己的安全，有意识地明白自己需要凭借一种力量来把刘满压住，不准他起来"，于是他便"不得不关心和极力活动来保持他丈人在村里的势力"。作者在描述他最后完全和其他村干部决裂而投到钱文贵那里去的场面，是"使我们深深感到生活的逻辑力量的"，从这里可以看出"作者的严峻的现实主义的态度"。

对于在《太阳照在桑干河上》这部长篇小说中，丁玲创造了土改斗争的主要对象的地主的女儿（后来改写为侄女）黑妮，这样一个"异端"的人物形象，陈涌在自己的论著中，更是多次表示赞赏。他认为，这个艺术典型，充分地展示出了作家的创作个性。丁玲是带着自己的深情，对妇女的命运深切的关怀来表现这个人物的。至少在当时，别的同类作品的作家是看不到，即使看到大约也是不敢写的。正是这一点，在过去很长一段时间，包括周扬在内的一些人，认为这种表现，是作为一个作家的阶级立场问题被提出来批评的。"但正是这些地方，使人们看到，丁玲在最尖锐的问题上，也能保持忠实于生活的真正艺术家的勇气"〔2〕。

陈涌认为，尽管土地改革过去是丁玲从未经验过的，在创作这部作品时她参加土改工作也只有极短的时间，但这部作品的特点，它取得的成功，是有她过去的丰富艺术生活准备做基础的，它继承了丁玲自己已经形成的创作个性。没有像她那样一进入文学生活便开始显露的独立观察生活的禀赋，没有长久形成的敏锐和深沉的眼光，这部作品不可能成为中国表现土地改革斗争的最好作品。这部作品显著的特点，就是表现了农村复杂的阶级关系，包括敌对的阶级都会因为姻亲关系等而互相交错，展示出中国伟大土地革命运动的宏伟图景。

二、关于《莎菲女士的日记》和《"三八"节有感》

作为丁玲眼中的"半个文艺理论家"的陈涌，严格地按照鲁迅所主张的"坏处说坏，好处说好"的原则，实事求是，用"一分为二"的辩证态度来看待和分析作家和作品。多年后，陈涌回顾和梳理丁玲的创作过程时还说，在解放初期，《太阳照在桑干河上》荣获斯大林奖以后，他便写过肯定这部作品的评论。至今他还认为这是新中国成立前产生的表现土地改革的众多作品中最好的一部，它比其他不少作品更注意到表现土改时期生活和斗争的复杂性。

但他认为，《太阳照在桑干河上》不是已经尽善尽美，没有缺点的。一个已经很熟悉生活的作家，创作的时候，能够左右逢源，得心应手，而《太阳照在桑干河上》中的某些人物形象还不够丰满。如果将这部长篇小说和她前期的某些创作，例如《莎菲女士的日记》进行比较，就不难发现作家笔下的农民，没有她表现小资产阶级知识分子那样的深度。《莎菲女士的日记》中的莎菲和《太阳照在桑干河上》黑妮，虽然都体现出丁玲艺术上的独创性，是丁玲创作中的独特艺术的发现。但整体说来，丁玲对农民的理解，不如对知识分子的理解深。读者不难发现，丁玲对莎菲女士的内心世界能够深入细致地刻画，而《太阳照在桑干河上》中出现的农民，虽然也各具特点，但对他们像对莎菲一样深入对象灵魂深处的刻画，看来还没有做到。

《莎菲女士的日记》虽然仍取材于"五四"以后"传统"的小资产阶级知识分子的生活，虽然作者的思想仍没有超出革命的小资产阶级的民主主义性质，但这篇作品却有着为过去同类作品所罕见的强烈的历史感。它以无比勇敢的真实的表现，尽情地揭示了知识分子以个人为中心的个性解放、人的解放的思想危机，和它终归破灭的命运。尽管当时丁玲还不可能意识到这篇作品的真正意义，但陈涌认为，她的这篇早期的代表作，从一个方面，使我们能够从中听到1924年至1927年以后人民革命运动向纵深发展的历史音响。

陈涌解读说：说到一个作品的缺点，通常都是可以从思想上和艺术上加以讨论的，但对于我们目前谈论的这个作品，一般读者似乎首先感到的是艺术方面的问题。许多读者都共同感到，《太阳照在桑干河上》不少地方是令人感到沉闷的。在这个作品里，并不是每一个重要的地方都达到同样完满的地步，贫乏的令人厌倦的分析和深刻的成功的部分往往并列在一起。在前面大约三分之一的篇幅里，这类地方更加明显。在这里作者主要的注意力是介绍每个重要人物的身世和特点，以及他们对土地改革的态度。介绍的方法通常都采用单调的缺少色彩的叙述，并且附带还有若干不必要的景物的描写[3]。

这从根本上说，是因为她对小资产阶级知识分子了解的深度超过了对农民的了解，因此，在前期的创作中，更得心应手，写出来的作品自然也更容易令人觉得真切，而后来当作家已经逐渐接受新的思想、新的世界观以后，当然仍然可以在新思想、新的世界观的指导下，继续去写过去熟悉的生活；但是，大多数像他们那样已经逐渐实现了思想变革的先进作家，并不满意和满足于过去的成果，一般都会同时考虑和尝试创作范围的扩展和更新，不固守本来已经熟悉的旧生活。要进行新的内容的创作，需要有新的生活，新的人生体验。丁玲和其他一些革命作家一样，在20世纪30年代以后，都由从经历了的人生去创作，转变到为了创作而去体验人生的复杂过程。

这种情况也不能不使人们的思想感情随之复杂起来。忠实于生活的现实主义作家应正视这种复杂性，已经有了丰富的人生经验的丁玲正是这样做的，因此，她这部作品比同样题材的其他作品，更简单化，更接近生活的本来面貌。为什么丁玲前期创作的莎菲比描写土改的长篇小说中农民的形象更为细致和深刻呢？照陈涌看来，这和丁玲在解放后的农村时间毕竟比较短有很大的关系。而且土改结束后不久便着手写作，作者和生活距离太近，没有足够时间经过"内心的观照、反思、冲刷、过滤"，也是一个原因。如果丁玲在农村生活的时间更长一些，或者她对素材酝酿得更多，更好地做到"入乎其内，出乎其外"，她会使自己的长篇更丰满、更成熟。

陈涌特别指出，但如果因为这样，像某些人所歪曲的所谓"丁玲现象"那样，由此证明作家后来走工农兵文艺方向倒退了或错了，这是完全不得当的。恰恰相反，这证明了丁玲走文艺为人民服务的方向还只是开始，她对农民生活的了解还需要继续深入，而且人们也相信，如果丁玲不是后来生活和创作遭遇极大的挫折，她是完全有可能继续深入生活，并使这类作品更上一层楼的。

按照陈涌的看法，在思想政治品质方面，丁玲屡经风霜，并未动摇她的无产阶级作家的立场，并不断为社会主义文学做出自己的贡献，这是令人敬仰的，但不能否认，丁玲也是有缺点的，也犯过错误。丁玲在延安时期发表的《"三八"节有感》和《我们需要杂文》，应当说在当时是小资产阶级的个人主义平均主义思想的表现。显然，丁玲写这些杂文的时候，"思想是向不正确的方向倾斜、偏颇了，她甚至认为'在旧社会里，她们或许会被认为可怜、薄命，然而在今天，却是自作孽，活该。'""每一个敬重这位有才能的、寄予厚望的作家的人，都不愿意听到丁玲在自己的文章里出现这种言论，但丁玲这时候确实是被自己残存的主观主义和个人主义蒙蔽了自己的眼睛，以致一时看不到'延安'和'西安'的区别"[4]。

毛泽东对小资产阶级的批评是一针见血而且入木三分的，他认为小资产阶级知识分子的轻视人民和国民党的轻视人民是不同的，小资产阶级知识分子的灵魂深处，还有一个小资产阶级的王国。他们到了延安，不知道到了另一个地区，而且到了另一个时代。他们不知道延安和西安的区别，他们不知道这种思想对革命的危害性，特别是在国民党反动派三次反共高潮之后，抗日根据地正处在十分艰难的境地；这种小资产阶级个人主义、平均主义的思想，正反映了小资产阶级思想的离心倾向。"这类思想倾向，和王实味的思想是有区别的，但如果再多走一步，便会成为对党的对抗性的矛盾"[5]。

陈涌回忆说，记得20世纪50年代丁玲在批评"丁陈"的会上说过：我主要是对周扬不满，不是对党不满；周扬便反驳她：你的《"三八"节有感》，有哪一句哪一个字是针对我的呢？这也的确问倒了丁玲。

三、丁玲的《在医院中》和《夜》

对于丁玲在延安时期的创作，陈涌肯定她"也有过在艺术意义上，在现实主义的要求上深刻地表现了人民生活，承传她过去的优秀的特色的作品"。他表示，这是作家思想经历颇为曲折的转折时期。这时候的丁玲也和当时许多革命作家一样，在前进中有过失误和颠踬。她到延安后的优秀的短篇《在医院中》，在表现陆萍这个新型的知识分子的时候，仍然流露出置身革命队伍的小资产阶级出身知识分子的一个需要克服的根本性弱点，这就是她开始时还没有完全解决个人和党的关系，个人的爱好和革命需要的关系问题。而对这一点，丁玲"还是未能避免地带着同情的态度来加以表现"。就知识分子的形象来说，从莎菲到陆萍，应该看作丁玲思想和艺术发展的一个重要步伐。莎菲是一个陷于深刻的精神危机已经到了绝境的个人主义的知识分子，而陆萍却截然不同，她是已经走向新的生活，走向集体主义的年轻的共产党员，尽管在初到延安时，她还没有完全摆脱小资产阶级知识分子的感情、情绪，她因为爱好文学而立意放弃她本来学习的产科的专业，而组织却因为工作需要把她分配到一个刚建立的医院去，并且告诉她，"医务工作应该成为她对党的贡献的终身工作"。

这个受过四年正规医学科学教育，而且有理想有工作责任心的人，和这个医院里的一些不合理现象的矛盾和斗争，是科学和愚昧、先进和落后，以及为人民服务和官僚主义的矛盾和斗争。她并不是孤立的，和她站在一起的还有医院里一些和她有同样思想的医生和护士。依照陈涌的分析，这部作品之所以长久得不到公正的评价，主要就因为作者写到医院的愚昧落后现象，而和这些愚昧落后现象相对立的，却是一些小资产阶级或资产阶级出身的知识分子。这就很容易被认为是暴露解放区黑暗，而歌颂小资产阶级和资产阶级出身的知识分子的作品。照陈涌看来，其实，"作者并不是在她的作品里歌颂小资产阶级的思想，她也没有把这个医院写得漆黑一团，在作品结尾处出现的那位在战斗中失去两腿的老革命，就像画龙点睛一样表现出医院的多数人，对这个医院管理的官僚主义等不合理现象，都是有同感的"。

丁玲在艺术上的独创性，也如同《莎菲女士的日记》一样，首先是在于独立地观察生活，独立地发现问题，独立地按照自己的感受、理解来表现生活，哪怕这样的生活存在着尖锐的矛盾，发出对革命来说是应该消除的不协和音，她也毫不犹豫地认真倾听，以对现实对革命负责的态度，如实地为我们呈现出来，为的是克服革命内部的矛盾，消灭一切愚昧落后的现象，而《在医院中》便是这方面的一个典型的例子。

对于丁玲在延安创作的只有4000余字的短篇小说《夜》，陈涌认为，它在表现劳动人民生活，特别是表现解放区农村的新的人物方面，应该说作者过去还没有产生过比这个短篇在思想和艺术上更成熟的同类作品。丁玲总是善于从复杂的矛盾中看透生活的本质，在表现知识分子题材的《在医院中》是这样，在表现农村生活的《夜》更是这样。它有着丰富的容量，寄予了丁玲对人民的深刻理解和深厚热情。在有些解读《夜》的书评里，看到的都是着重研究和剖析作品中与主人公乡村指导员何华明相关的"三个女人"（比他大10来岁的妻子、对他有好感的妇联会的委员侯桂英和地主家的女儿清子），多多少少、有意无意地忽视和边缘化了它的中心人物和主题要旨。这似乎有些主次颠倒、本末倒置了。

与此不同，陈涌却强调，"在丁玲笔下，一个在共产党教育、成长起来,逐渐在很大的程度上克服了小生产者的弱点的农村干部的形象,令人信服地浮现在我们面前"。在这个短篇里,丁玲一贯的现实主义特色,在表现新的群众生活中体现了出来,也许还应该说,体现得比她过去的一些作品还要深刻。人民是我们一切事业的力量的源泉,在这里不是一个苍白的概念,而是无论什么痛苦和磨难都无法泯灭的深厚的潜力。这里,一切都只是如实描写,像生活本身一样朴素,没有动人的口号,没有豪言壮语,没有对生活的理想化,也没有因为在复杂、矛盾的生活面前令人觉得迷惘,迷失方向。这仿佛使人预见到几年以后,这位作家会产生更宏大的表现农村生活的作品——《太阳照在桑干河上》。将《夜》这样一篇不足5000千字的短篇小说,与宏伟的长篇巨著《太阳照在桑干河上》视为作者前因后果的发展进程,在评论丁玲的创作中,直到目前为止,据笔者所知只有陈涌是唯一的知音。

四、丁玲与周立波

周立波在延安鲁迅艺术学院是陈涌的老师,他在文学系讲授的"名著选读"课给学生们留下了极深刻的印象。在陈涌的眼中,他"更像一个平静的学者"。"举止优雅,风度翩翩,在同学中很快便赢得了很高的赞赏。"1979年在发表于《人民文学》第11期的《我的悼念》这篇短文中,他曾写道:

立波同志的《暴风骤雨》在全国解放以前我们便读到东北出版的本子。我有一种惊奇的印象。立波同志不但是一个能够细致、清晰分析作家和作品的好的老师和好的文学研究家,而且是一个在艺术上有准备的作家。特别使人惊奇的是,他,一个湖南人,怎么在很短的时间里便熟悉了东北农民的生活和语言呢?

对《暴风骤雨》和《太阳照在桑干河上》陈涌进行过比较研究,肯定这两部作品都是新中国最初出现的反映农民土地斗争的优秀长篇小说。虽然这两部小说的特点和成就并不相同,但在《太阳照在桑干河上》和《暴风骤雨》出现之前,中国还没有过像这两部作品一样的从整个过程来反映农民土地斗争的作品，这两部作品的出现无疑是新中国文学中的新现象。但这两部作品之所以有很大的意义，不仅因为它们是最初出现的，而且因为它们至今仍然是中国反映农民土地斗争的代表性作品。

陈涌进一步分析说，不少读者认为《暴风骤雨》在思想性方面，在反映现实的深度上，较《太阳照在桑干河上》是逊色的。然而，《暴风骤雨》也自有其特点，其中也有一些为《太阳照在桑干河上》所不及的形式上的优点。《暴风骤雨》"几乎排除了那一切引不起艺术效果而相反地会引起读者厌烦的叙述"。它也追述每一个重要人物的过去，但读者看到的往往是和对于现在的描写同样活跃的镜头。加之作者善于描摹农村日常生活的动态，甚至没有忘记在现实生活中存在的那许多幽默的、有趣的细节，而且这一切都出之于单纯、明快简洁的语言形式。许多同时读过《太阳照在桑干河上》和《暴风骤雨》的人表示，《暴风骤雨》更使他感到亲切。这里的原因自然很多，但在形式上的优点是起了重大作用的。

《暴风骤雨》的人物是比较单纯的，整个作品的情节和结构也是比较单纯的，也因为这样，它比较易于为一般读者所把握。作者的语言也是比较单纯的。这里没有太过复杂，太不合中国习惯的语法，也很少有由于缺少洗练和修饰而留下的语言的杂质以及过分累赘的痕迹。正如对于群众生活一样，作者对于群众语言也是热爱、敏感的。在这个作品里，作者吸收了不少群众的语汇和群众语言的长处，而脱离了知识分子语言的干瘪和贫乏。周立波的"《暴风骤雨》得到斯大林奖金，听说人家抱了一大捆人民币给他，他简直有点慌，好像发觉自己犯了什么错误似的。我们有些人就是这样单纯、淳朴"。

关于对丁玲与周立波的评价，陈涌不仅从思想和艺术的两方面，对《太阳照在桑干河上》和《暴风骤雨》进行对比分析，还从"文艺以外"的关系做过多方面的考虑，提出了个人的想法。2003年，兰州的郭国昌教授编选《陇上学术文存·陈涌卷》时，最初只选入论《暴风骤雨》的评论，而没有列入《太阳照在桑干河上》。陈涌得知后坦率地写信说：

我个人一直以为，周立波有较深的文化艺术修养，是一个学者型的作家，他的作品文笔流畅，但表现当年农村阶级斗争的复杂性，是不及丁玲的。在我看来，更重要的是，我是周扬的学生，周立波是周扬的侄子，而周扬和丁玲不和，尽管我的文艺批评与此无关，我原来写的有关周立波的《暴风骤雨》的评论入选了，而有关《太阳照在桑干河上》的评论却未选上，这是会引起文艺以外的麻烦的。我认为如果不能把有关周立波的评论改为有关丁玲的评论，最好两篇都不要。现在的时势，文艺问题还免不了人事关系，有时候比什么都重要，希望你也考虑一下这个问题。[6]

不能不说，陈涌的考虑是有一定的正当性、合理性的。作为周扬和周立波的学生，当社会上正纷纷扬扬议论他们与丁玲的"人事关系"时，他必须避免一切不必要的猜疑和误会。同样出于一人之笔的两部已发表的经典作品的评论，为什么只选其中之一呢？也许编者原来有什么打算或技术上的原因，甚至只是一时的疏忽，完全没有想到可能带来的意外的社会反应和负面效果。可扮演特殊角色的陈涌却不能不严肃、认真地去预料一切包括"人事关系"的"意外的意外"。这从他个人如何看待丁玲与周扬的关系上，也许会了解得更为直接、清晰、明白。

五、丁玲与周扬

当笔者和《文艺理论与批评》的编辑们多次去看望我们的老主编陈涌时，他常常不由自主地谈到，正准备撰写关于周扬和丁玲的文章。笔者多次对他说：这些回忆性的文章，写好后就在《文艺理论与批评》上公开发表吧！他每次都几乎是同样的回答：等写完定稿后再说！遗憾的是，直到他逝世后，这类未完成的文稿，才在由陈越编辑的《陈涌纪念文集》（文化艺术出版社，2018年版）中披露。在这部《文集》的"未刊手稿"一栏中，既有《漫谈周扬》的文稿，又有《散论丁玲》的专篇；而前者的小标题中，更有专题《我所看到的周扬（二）：周（扬）与丁（玲）》。

显然，陈涌关注丁玲与周扬的关系，是事出有因、有感而发的，甚至还是针对着某些表面的、片面的、简单的看法。他写道：

现在，不少和丁玲有过直接交往（的人），喜爱她，也掌握了一些鲜为外界知道的事实，他们都打算要写丁玲传，但他们恐怕很少考虑到，特别是丁玲去世以后，丁玲研究的社团产生了，也一直有专门的刊物按时出版，对丁玲的研究已经相当深入了，而我们的打算写丁玲传的人，却很少考虑到自己尽管有自己的优越性，但是否考虑过自己也有局限，写一部丁玲传是否力所能及。在他们的心目中，丁玲成了一个没有缺点、不可超过的作家，凡是对丁玲有过不满，反对过她的人都是完全错误的，特别是周扬也就很容易成不足道的人，成为一个反面人物。我以为，正是这种思想支配下，他们是不可能写出一部真正客观的、实事求是的丁玲传的[7]。

依据陈涌对周扬和丁玲的接触和了解，直到丁玲创作了《太阳照在桑干河上》以前，"周扬和她的关系是正常的，同志，相当密切的友谊的关系"。这种印象代表了相当多人的普遍看法，例如，在李向东、王增如的《丁陈反党集团冤案始末》一书中，就有类似的论述："平心而论，20世纪40年代末50年代初，周扬是很看重丁玲的。1949年把丁玲留在北京领导文协的工作，是周扬的坚持。一年前，1948年初夏，周扬担任华北局宣传部长时，就曾极力劝说丁玲来华北局领导文艺工作委员会""丁玲自己也在日记中说：'我知道他（周扬）的确愿意我在他领导下工作，他知道我这人还有些原则性，在许多老的文艺干部之中，他比较愿用我。'（1948年6月14日日记）。"[8]

不过，也有不同的看法。1979年第2期的《新文学史料》中刊发了一篇《周扬笑谈历史功过》的访谈，就引用周扬的话说："当时延安有两派，一派是以鲁艺为代表，包括何其芳，当然是以我为首。一派是以文抗为代表，以丁玲为首……我们鲁艺这一派人主张歌颂光明，而文抗这一派主张要暴露黑暗。"这就明显地指早在延安时期，周扬自指与丁玲是属于不同的对立的"两派"。还有的书籍和文章，谈到周扬和丁玲之间的"恩怨"时，甚至推本溯源到20世纪30年代的"左联"时期的"宗派主义"。也许，这些似乎属于捕风捉影、过度推测和联想吧！

根据陈涌个人的体会和认识，周扬认为《太阳照在桑干河上》是"一本同情地主、富农的书"，应当是受到当时土改大环境下"左"的思想影响，而且这是毫不奇怪的。"其时华北正在土改，刘少奇主持中央工委召开了土地会议，这个会议，在土改和整党问题上有明显的'左'（的）偏向"。陈涌也列席了这次会议，他举例说明了当时各地正流行"搬石头"，这是把许许多多基层干部看作有碍的石头搬掉，引起过许多干部和群众的强烈不满。"记得有些基层干部便说："少奇同志这样纵容这种做法，我们就不保护你。'这话也传到他的耳里，他在会议（上）便生气地说："这是叛徒！'"陈涌还举例说："当时'左'的思想，甚至牵涉到对毛泽东思想的看法。听说晋绥军区土改整党时，连毛泽东的著作《怎样分析阶级》也认为是不合时宜的，一把火烧了，毛泽东后来到了晋绥，听说了此事，他说："怎么把马列主义也烧了呢？'当时土改整党'左'的思想方针、政策，自然也影响到文化艺术领域。"[9]

陈涌还说，当时在土改的实际工作中，例如侵犯中农，把中农定为富农，划分中农的标准和对富农的政策，等等，都有"左"的偏向。周扬看了丁玲的小说后，表示过对小说不满，也和当时领导土改整党的领导同志说过。丁玲为此对周扬不满，为此上告到中央，结果是，当时组织了几位文化工作的知名人士，包含艾思奇在内，审查了这部作品，结果他们认为小说是好的，没有什么思想内容使它不能出版的问题。"周扬和丁玲的结怨是从这个时候开始的，我认为当时周扬对丁玲这部小说，不能正确地对待，这主要是思想认识的问题，也可以说，（这是）周扬也受了当时'左'的思想影响所造成的。"这在当时的周扬，主要是一个认识问题，不存在彼此间个人恩怨的问题。"但事实是，（在）此以后，他们两位都越来越失去冷静，在土改以致对关系到政治生活、思想生活的重大问题，也被情绪所左右，周、丁有如参商。这是他们两个文艺界举足轻重的代表人物的不幸，也是中国文艺领域的不幸"[10]。

作为最早审阅《太阳照在桑干河上》书稿当事人之一的胡乔木，在回忆的文章里也曾写道："《太阳照在桑干河上》写出以后，先是不能出版，有人反对。丁玲找了好几个人看，那是在西柏坡。艾思奇、陈伯达、萧三和我几个人看了，都认为这部书写得不错。因此，毛主席对丁玲更加看重。他曾说：丁玲下乡，到农民里面生活，写出小说来了，而有人经常说与工农兵结合，也没有写出什么作品，到底结合了没有？后来文艺界的风波，讲起来有些很难理解。文艺界一些人之间的关系好像不可调和，一说起来就充满仇恨。"[11]在周扬与丁玲的恩怨关系上，陈涌和胡乔木的说法虽不完全相同，但感觉和印象却似乎声应气求、同声相应。

六、不认同"半个文艺理论家"的称号

1984年10月间，丁玲主编的《中国》即将创刊，陈涌是编委之一，丁玲约陈涌为创刊号撰写一篇"有分量的评论文章"，并派秘书王增如去他的家中催稿和取稿。这篇发表在《中国》创刊号的长文为《一个理论工作者的手记》，约13000字。他写信给丁玲说明："丁玲同志：文章算是写出来了，虽然花了大力，但仍然深感力不从心，好像还有不少应该说的却说不出。本来还打算谈点自由化方面的问题，但已经来不及了。现在的确好像'以反左为主'。"

2011年，王增如的《丁玲办〈中国〉》由人民文学出版社出版，其中涉及此事，她将不久前已出版的一本集子《无奈的涅槃——丁玲最后的日子》和这本书一起寄赠陈涌。对方收到赠书后，给作者复信：

王增如同志：

收到你有关丁玲的著作，真是十分感谢！我因为身体、精神，视力不好，现在还只能大致看了一遍，但已经觉得你都是根据自己亲闻亲见，主要是亲见的事实写出来的，这很使人信服。

我因为过去是周扬领导的鲁艺的学生，对周扬也有一些亲见亲闻的认识，在我看来，周、丁的交恶是《桑干河上》问题出现以后。整个在延安时期，在华北相当长的一个时期，他们的关系还是正常的同志和同事的关系，许久以来，我都想就我所知用文字记录下来，但种种原因，一直未能实现。我现在下了决心，在身体不好的情况下也打算拖长一些时间，完成这个工作，如真有所成，发表后一定向你请教。其实我所知道的，写成也顶多两三万字，怎么能和你的大部头著作相比。

你好！

陈涌
2012年2月3日[12]

王增如接到信后，立即就给年逾九旬的陈涌打电话，告知信已经收到，感谢他的鼓励，并十分期待他把那篇想要写的稿子赶紧写出来，那是非常

珍贵的。次年3月，陈涌再次给王增如写信，向她回赠《陈涌文论选》，并谈及他仍在打算撰写关于回忆丁玲、周扬文章的心情：

增如同志：

好久没有联系了，在我收到你的有关丁玲著作后，我便想到应该把几年前出版（的书）向你回报，但其时，我的书只剩下一本有缺页的，不能送人，种种原因，最近总算从网上买到几本，现寄上一本，这其实有一半是几十年前的旧作，内容有许多现在连自己也记不起来了，你有时间随意翻翻就是了。

我也和你说过，你对丁玲的求实态度令人信服。丁玲向你说的"中国只有两个半理论家"，我算是半个，在她是盛意，是夸奖我，周扬尽管犯过许多错误，但他传播马克思主义和毛泽东思想功不可没，他是我成为右派最有决定权的人，但我也知道在一些重大问题上不能受情绪的支配，而丁玲对周扬却连是有过影响的理论家也排除在外，这不能不说是受个人恩怨的左右了。稍为冷静地想想，如果连周扬也算不上中国的文艺理论家，那么，连我这半个，也站不住的。而你对丁玲这类缺点也如实地记载，至少在客观上使人看到不加粉饰的真实的丁玲。

我也曾和你提到过，我要写有关周扬的回忆文章，也准备了一些材料，只因为我现在被迫看的书不少，也就是被迫要写文章或提意见的书不少，自己越是心焦，便越是东抓一把，西抓一把，费时费力，却很难有什么结果。

早已年老而又多病，视力衰退，书报只能看看停停，耳朵失聪，别人说话只听见声音，而听不出说什么，连在家里也只能以笔代口，进行交流别无选择，真是无法可想。[13]

陈涌虽然觉得丁玲"是盛意，是夸奖"，但明确表示不认同他是丁玲眼中的"半个理论家"。理由很简单，"如果连周扬也算不上中国的文艺理论家，那么，连我这半个，也站不住的"。一是周扬是他的老师，二是这不符合周扬在马克思主义文艺理论和毛泽东文艺思想的传播和阐述上功过的实际，受"个人恩怨的左右"。由此可见，一位曾经同样被周扬诬陷和打击为"右派分子"的"半个文艺理论家"陈涌的实事求是的高尚品格和风范。

对于某些人认为丁玲作为伟大的革命作家及其著作"是不可超越的"评价，陈涌也表示不能赞同。他说，历史上任何一个伟大、杰出的作家都有他的独创性，都是程度不同的他那个时代的文化艺术领域的代表人物，是不能代替的。但如果说，他们不能超越，这不等于说，文化发展已经到头了，到此为止了，不能再前进，不能再有继往开来的代表人物产生了吗？历史总是不断发展、前进的，任何人都不能说是不能超越的，文学领域上，丁玲也是可以超越的[14]。这同样是实话实说、不偏不倚，不为己甚、坚持真理。

陈涌晚年在《丁玲：一个在革命的共同方向和共同思想基础上的杰出作家》（发表于《真理的追求》1993年第6期）一文中写道：

> 还在20世纪20年代末，鲁迅便受到一些左翼的知识分子以革命和马克思主义的名义对他进行不公正的批判；在"左联"成立以后，在他已经成为无产阶级的战士和文学界思想界的精神领袖以后，也受到过一些有教条主义和宗派主义倾向的年轻共产党员的误解，没有得到应有的尊重，并且受到过错误的攻击。但鲁迅并不以革命中某些错误倾向对自己的态度来决定自己对革命的态度，他对党的信任坚贞不渝，对中国革命的前途始终抱有信心。丁玲也是一样。她受到鲁迅很高的赞誉当之无愧。她是鲁迅忠实的学生和战友。丁玲在逝世以后，越来越受到人们的敬仰，不是没有理由的。

丁玲精神是不朽的。巾帼精神、延安精神、中华民族优秀传统精神和人类理想精神都集中表现在丁玲精神中。丁玲精神与鲁迅精神一脉相承、一念通天。被丁玲称为"半个文艺理论家"的陈涌，对丁玲的为文、为人（包括对《太阳照在桑干河上》《莎菲女士的日记》《"三八"节有感》《在医院中》《夜》等创作，以及与周扬、周立波的关系）进行了独具一格的全方位解读。这是对21世纪丁玲精神的进一步阐释和发挥，是对21世纪丁玲精神的继承、弘扬和发展。进入21世纪20年代，丁玲精神更加大气磅礴、深入人心，其也必将走向世界、走向未来。

笔者个人觉得，陈涌针对丁玲研究中出现的一些个别问题和偏向，提出的意见是相当善意的、诚恳的、实事求是的，也是积极的、有益的，值得我们反思、深思。的确，任何科学的探讨和研究，都应当努力避免片面化、极端化，都应当排除"个人恩怨的左右"，真正做到鲁迅所说的"坏处说坏，好处说好"。

自然，陈涌对丁玲的解读，其中不少还是他生前未公开发表的言论，也只能说是一家之言，可以表示赞同，也可以表示不同的看法。笔者在这里只是就以上几个问题做一点初步的介绍，没有考虑过多的个人评点。仅想借此机会，与大家交流、商讨丁玲精神的方方面面，殷切希望我们"在革命的共同方向和共同思想基础上"，能多听取和吸收各方面更好、更多的意见，将丁玲精神永远发扬光大，代代相传！

注　释

〔1〕陈越：《陈涌文论选》，人民文学出版社，2009，第182页。

〔2〕陈越：《陈涌文论选》，人民文学出版社，2009，第167页。

〔3〕陈越：《陈涌文论选》，人民文学出版社，2009，第191—192页。

〔4〕中国丁玲研究会：《丁玲纪念集》，湖南文艺出版社，2004，第427—428页。

〔5〕陈越：《陈涌纪念文集》，文化艺术出版社，2018，第57—58页。

〔6〕陈越：《陈涌纪念文集》，文化艺术出版社，2018，第111页。

〔7〕陈越：《陈涌纪念文集》，文化艺术出版社，2018，第42页。

〔8〕李向东、王增如：《丁陈反党集团冤案始末》，湖北人民出版社，2006，第18页。该书中《我对周扬同志的意见》《围绕〈太阳照在桑干河上〉》两节，对周扬和丁玲的历史纠葛有详细的评介。

〔9〕陈越：《陈涌纪念文集》，文化艺术出版社，2018，第52页。

〔10〕陈越：《陈涌纪念文集》，文化艺术出版社，2018，第52页。

〔11〕胡乔木：《胡乔木回忆毛泽东》，人民出版社，1994，第55—56页。

〔12〕陈越：《陈涌纪念文集》，文化艺术出版社，2018，第344页。

〔13〕陈越：《陈涌纪念文集》，文化艺术出版社，2018，第345页。

〔14〕陈越：《陈涌纪念文集》，文化艺术出版社，2018，第56页。

从丁玲手稿看丁玲小说创作

——"《丁玲小说手稿三种（影印本）》出版座谈会"会议综述

俞宽宏

2022年是丁玲加入中国共产党90周年，也是她的长篇小说《太阳照在桑干河上》获得斯大林文学奖70周年。为纪念这位20世纪的伟大作家和党的文艺政策的杰出实践者，中国左翼作家联盟会址纪念馆联合上海鲁迅纪念馆，于近期出版了《丁玲小说手稿三种（影印本）》。此书由上海文化出版社出版，内容包括丁玲的处女作《梦珂》、成名作《莎菲女士的日记》和另一篇小说《暑假中》三篇小说手稿。这些手稿是由上海鲁迅纪念馆第一任副馆长谢旦如先生冒着生命危险保存下来的，十分珍贵，对于学术界开展丁玲研究和20世纪中国文学史研究意义重大。

《丁玲小说手稿三种（影印本）》出版，是主办单位馆藏文物学术研究社会化转化的一项重要实践项目。为更好地推进这项工作，2022年8月27日，中国左翼作家联盟会址纪念馆和上海鲁迅纪念馆，在上海联合主办《丁玲小说手稿三种（影印本）》出版座谈会。来自中国社会科学院、清华大学、北京大学、复旦大学、上海交通大学、同济大学、华东师范大学、上海师范大学、北京鲁迅博物馆、北京新文化运动纪念馆、中国艺术研究院、中国现代文学馆、上海市党史研究室、上海鲁迅纪念馆、巴金纪念馆、中国左翼作家联盟会址纪念馆、湖南丁玲纪念馆的30位专家学者和领导，就《丁玲小说手稿三种（影印本）》出版，发表了一系列颇具见地的研究心得，使这场座谈会具有了丰富的学术价值。座谈会采用线上和线下相结合的方式进行，中共上海市虹口区委宣传部副部长、虹口区文化旅游局党组书记赵明，上海鲁迅纪念馆馆长郑亚，上海作协党组专职副书记马文运，上海文化出版社有限公司总经理姜逸青和中国左翼作家联盟会址纪念馆馆长何瑛到会讲话。

一、《丁玲小说手稿三种（影印本）》出版的价值

（一）小说手稿出版的文化价值

座谈会充分肯定了《丁玲小说手稿三种（影印本）》的文化价值。王中枕、陈子善、何吉贤、孙晓忠、姜异新、吴海勇、王增如等研究者都认为丁玲一生漂泊动荡，她的早期手稿存世不多，这三种小说手稿能完整保存下来并出版，令人非常惊喜。这是丁玲小说手稿第一次结集出版，是一件大好事，是上海文化界值得庆贺的盛事。

王锡荣和陈子善教授强调了丁玲小说手稿出版的文化价值，认为小说手稿同时存在着文物价值、文献价值、收藏价值和研究价值。丁玲早期小说手稿是很重要的历史文献，非常珍贵。对于已经出版的著作，通过校勘，手稿可以为研究者提供更多方面展开的可能。这些年来手稿出版取得了相当的成绩，但现代作家早期手稿的保存很不尽如人意，鲁迅早期一、二、三篇作品手稿和《狂人日记》手稿都没留下来，然而丁玲最早发表的三篇小说手稿，一下子都留下来了，非常有代表性。王锡荣认为，手稿学发展今后会有两个倾向——应用手稿学和理论手稿学。从理论手稿学的角度来看，这三部丁玲小说手稿，是一个中国现代经典写作者，最初登上文坛的系列性经典手稿样本。她有特定的视角，是谈女性同性感情的非常早的一个作品，提供了一个具有标本意义的手稿案例，手稿学样本价值非常高。周立民研究员认为，如果没有手稿，丁玲早期小说发表中编辑的很多劳迹就完全淹没了。

罗岗、贺桂梅和张闳三位教授认为，今天人类已进入数字时代，印刷文化都快要被抛弃了，手稿成了一种非常珍贵的文物。手稿是作家创作的物质化载体，研究者要格外关注的它物质性。比如手稿的书写工具、稿纸质量，书法如何，甚至是否有折痕，等等。研究者可以通过手稿上面的修改、涂改等痕迹，和已经发表的初刊本、初印本，以致最后选录的全集本，做很多比较、对勘，这样就会产生很多文学史意义。

张闳教授特别强调，手稿是写作者存留的一种物质性遗迹，显示了一

个作家全部的精神活动。读者对丁玲小说手稿的认知，首先不是对文字、文学和语言声音的认知，而是她的自信和书写节奏带来的一种震撼、亲切感、忧郁感，甚至是跟书写活动相关的一种肢体感知。这种手稿的出版，还原了一种写作不断地生成、改变，甚至扭转的过程，有一种现场感。且编辑也加入其中，也有手迹。让我们感到那种文学写作，是个体生命的在场活动，会唤醒我们一种对书写和创作的冲动。现在的出版业，切断了个体书写、审美活动同读者之间的关联性。丁玲小说手稿是一种视觉文本，使读者与文化之间不仅仅有了一种观念上的关联，而且使读者与作者的生命意识活动之间，也有了一种更紧密的关联性。

吴海勇处长、何吉贤研究员、丁玲纪念馆馆长毛雅琴和《丁玲传》作者王增如等研究者，都强调了丁玲小说手稿的美学价值。吴海勇和毛雅琴认为，丁玲小说手稿里的丁玲字迹，是自然书写出来的女性书法，呈现出闺秀之气、清雅之风和典型的文人书法特征。吴海勇认为，虽然三部手稿的工整程度不一样，但呈现出了齐正结合、繁简结合和个性化书写三个不同的特点，令人感到非常亲切。何吉贤认为，这部手稿中的丁玲手迹娟秀、整齐，同她晚年洒脱奔放、刚劲、有沧桑感的字迹形成了强烈的反差，从中可以窥见丁玲人生的沧桑，能给人带来启示。

（二）小说手稿出版对于学科建设的意义

座谈会论述了《丁玲小说手稿三种（影印本）》对于丁玲研究和20世纪文学学科建设的意义。王中枕、贺桂梅、董丽敏等教授认为，丁玲研究的学科化和系统资料整理，是20世纪80年代开始的。《丁玲全集》不全，很多作品是从文集转化过来的，很多校勘注释也不是很精细。21世纪丁玲研究，首先要整理丁玲的创作文献和研究文献，在文献整理的基础上再阐释，然后把丁玲研究向前推进。同鲁迅研究、萧红研究、茅盾研究等比起来，丁玲研究这方面做得还不是很深入。丁玲小说手稿是现代文学独具的一种文献，作为祖文本，较之于小说初版本具有独特的价值。随着今后研究者的探索，手稿中潜藏着的信息，肯定会不断地释放出来，成为丁玲和现代文学研究的新课题，这无疑会对现代文学学科建设带来影响。

王中忱、罗岗教授强调，丁玲手稿的重新发掘，使丁玲研究面临着不同的文本，会带来一些比较复杂的问题。处理文本之间的关系，需要做进一步考虑。2001年出版的《丁玲全集》，是在原《丁玲文集》的基础上编就的，做了大量的改动。将来重编《丁玲全集》，这些改动究竟怎么来处理？《丁玲全集》不可能简单地回到初版本。丁玲作品文献学，不仅要处理版本之间的差异，也要深挖版本差异背后的文学史含义。丁玲研究有庞大的手稿、文献资料，对于这些手稿、文献的研究，是有利于推进丁玲研究和现代文学学科建设的。《丁玲小说手稿三种（影印本）》出版让研究者意识到，全面整理、校勘丁玲作品，已经是丁玲研究的一个紧迫课题。

孙晓忠教授强调了作家手稿的价值，认为通过单篇小说手稿和不同时期小说手稿的校勘，研究者可以看出作者修改的原因、心态变化和创作风格的不同。丁玲小说手稿出版，对于丁玲研究非常重要的推进，她的全部手稿都值得出版。何吉贤研究员就《梦珂》《暑假中》手稿，对照开明版和《丁玲全集》，做了很多细致的校勘工作，认为《丁玲小说手稿三种（影印本）》的出版，为丁玲研究奠定了基础，划了一个重要的边界，对以后进一步做校勘，确定整个版本的变化，起着非常大的促进作用。

（三）小说手稿出版对于虹口文化史研究的价值

虹口是海派文化的发祥地和中国先进文化的策源地，座谈会认为，《丁玲小说手稿三种（影印本）》出版，对于虹口文化史研究和文化强区建设，也非常重要。

王锡荣教授认为，丁玲跟虹口有很多渊源。当时，小说编辑叶圣陶就住在虹口景云里。丁玲出任"左联"党团书记，也住在虹口，之后又在这里被捕。现在"左联"会址纪念馆和收藏丁玲文献的上海鲁迅纪念馆都在虹口。所以，《丁玲小说手稿三种（影印本）》出版，不但对于丁玲研究，对于虹口文化史研究来说也相当重要。

"左联"会址纪念馆对丁玲早期小说手稿进行整理、出版和研究，责无旁贷。

俞宽宏副研究员首先对丁玲与虹口的关系进行了系统梳理，认为丁玲与虹口存在两方面关系。首先，虹口是培养作家丁玲的一个孵化基地。她在这里碰到了叶圣陶这样的伯乐，走上了职业作家的道路。她的第一部作品集《在黑暗中》，也是叶圣陶提出并在虹口开明书店出版的。《在黑暗中》1928年10月出版，到1934年再版了6次，累计发行10万多册，一下子奠定了丁玲的作家地位。其次，丁玲一生的革命事业是从虹口起航的。1930年初夏丁玲夫妇从济南回来，"左联"已经在虹口成立，丁玲夫妇应邀加入"左联"，从此走上了革命的道路。胡也频牺牲后，丁玲思想快速左转，当然同住在这里的冯雪峰、鲁迅等人的影响有关。1931年9月丁玲主编《北斗》，开始了跟鲁迅的交往，到1933年5月丁玲被捕，她生活、工作的大部分时间就在虹口。丁玲在这里搞文艺大众化运动，开展工农兵通信工作，被捕以后在良友出版《母亲》。可以说丁玲的革命事业基础是在虹口定下的。

俞宽宏强调，虹口文化十分丰富，它不仅是丁玲、艾芜、沙丁、周扬、周立波、安娥等人文学的起航之地，也是太阳社、创造社在此伸展才华倡导无产阶级革命文学的圣地，这里也孕育了以新感觉派小说为代表的海派文化。《丁玲小说手稿三种（影印本）》出版，给虹口文化史研究奠定了一个很好的基础。

二、从丁玲手稿看丁玲文学

从小说手稿研究丁玲文学是这次座谈会的一个重要主题。王锡荣、符杰祥等教授强调，《丁玲小说手稿三种（影印本）》是丁玲创作最原始的记载，是作者创作过程的一个很好展示。王锡荣和王中枕教授都认为，从手稿来看，丁玲处女作《梦珂》的构思已经很成熟，下笔流畅，思路上没有太多青年新手写作的那种纠结、反复。丁玲一生奔波，小说创作风格也有所变化。但她作为一名女性作家，这部手稿所呈现出来的细腻绵密的叙事风格，奠定了其一生的创作基调。

（一）《梦珂》与丁玲前期小说研究

张业松教授认为，小说手稿充满了激动不安的内容，人物之间和人物内心都有激烈冲突，形成了一个奇异的世界。《梦珂》书写细若蚊虫，笔迹同内容之间形成了强烈的反差。

《梦珂》所展示的，是一个女学生对学校、对梦工厂、对小市民生活、对都市娱乐、对与异性交往，甚至是对无政府革命活动的不适，概而言之是对整个消费文化生产体系的不适。这是一个格格不入的人，每一个场景的转换，女主人都体现出了一种强烈的反叛躁动。女主人最后有一种克服，就是投身其中成为被欲望的主体，然后以这个身份去反叛。丁玲到延安以前的创作，大都是这样一种都市不适症的表述。包括两种极端类型的反叛方式，苏菲亚之路和茶花女之路，都被公开讨论。这是反叛性书写，作者最终还是要寻找一个反叛的解决方案的，所以丁玲最终成为一个越来越坚定的革命者。这种可能性，在她的初期写作里面已经展示出来。

符杰祥教授对《梦珂》小说的成形提供了另一种解释。题目是《梦珂》，但正文中写成了"梦可"，"可"是法文，手稿多次修改变为"珂"，一个原因可能是加王剑虹的"王"字旁，以形成对王剑虹的一种纪念。《梦珂》既是一种对王剑虹纪念，又是丁玲对自我的一种投射，是丁玲和王剑虹的双重影像。王剑虹在这个小说里面，既是一种陈述主体，又是一种倾诉的对象。小说中苏菲亚与茶花女的形象，包含了丁玲在学习过程中的多种可能性，是革命还是从事文艺？在那里面寻路，处处种种碰壁。"游璘"也好、"丁玲"也好，这个笔名有点瞿秋白给丁玲评价"在黑暗中飞蛾扑火"的意思。"游璘""飞蛾扑火"都显示了一种不断寻找，不断遭遇挫折，但从来没有放弃对未来光明的寻找的内心斗争。这是丁玲特殊主体性的一种表现。

（二）对《莎菲女士的日记》手稿研究

姜异新研究员强调，文学文本有几重生命：腹稿、手稿本、共存本和铅印本。《丁玲小说手稿三种（影印本）》是一种至少内涵了3种不同身份人的共存本。这是发挥了作者和编辑最大生产激情的黄金时刻，是最富创造力的。姜异新对《莎菲女士的日记》手稿本进行认真考证，认为手稿至少有4个人留下了文字痕迹，不同的颜色体现了作者、编辑、校对的"共脑"，这是发稿前集体思路的一个呈现。这部手稿呈现了小说整个的文学场域生产，读者从中能看到作者生命之流绘入手稿生命的痕迹。《莎菲女士的日记》是非常正常的青春抑郁书写，把肺病作为一个隐喻，内涵了灵与欲的冲突。这种冲突后又带入左翼文学。

（三）对《暑假中》手稿研究

乔丽华研究员认为，这部小说手稿是一个誊清稿，但当中作者还有大量的修改。乔丽华通过对《暑假中》手稿本、开明版和《丁玲全集》的校勘，对小说多处修改表达了自己的意见。乔丽华认为，这个作品中表现出的是青春的抑郁，最主要还是刚刚解放的女性的抑郁。嘉瑛做教员才十八九岁，她们非常感伤，还面临着很大的压力。但对于20世纪20年代的女性来说，她们的选择并不多，如果是丁玲这样，要追求文艺、文学的，可能她们的路就更坎坷。她认为，当代女性也很不容易，正是因为前辈的开拓才为我们稍稍抬高了一点天空。

（四）丁玲文学理论研究

鲁太光研究员重点论述了丁玲在文艺理论方面的贡献。从手稿里可以看出，丁玲创作意识特别敏锐。丁玲每个时期都是引领时代潮流的，从在上海时期的摩登文学和左翼创作，到延安的《在医院中》，再到河北的《太阳照在桑干河上》

对土改的书写，甚至是晚年的《杜晚香》，一生创作充满自觉。丁玲的创作理论，在延安文艺座谈会之后一步步发展起来。一是深入生活理论。丁玲在不同时期，从不同维度，对深入生活做了很深的阐释。二是创作的感情问题。从年轻时《莎菲女士的日记》那种焦虑、纠结、不甘心，到《杜晚香》的叙事，丁玲一生都在用生命的热情来创作。丁玲在一些理论性的或者是讲话的文章中，对情感与文学创作的关系都有一些论述。丁玲对现实主义，特别是社会主义现实主义，也有很多认识。中华人民共和国成立后，她在中国作家协会担任领导工作期间，有很深的理论思考，深化了我们对马克思主义文艺理论中国化的认识。

（五）对"丁玲"笔名修改的考证

"丁玲"笔名首次出现在《梦珂》手稿之中时，出现了明显的圈涂。郑亚馆长在座谈会讲话中提出疑问，这涂去的两个字，初步猜测是"游璘"，而字体相对硕大的落款"丁玲"两字，究竟是谁的手笔？为何选定"丁玲"？

围绕这个话题，5位专家进行了考证。王锡荣教授认为，"丁玲"两字签名为她本人的可能性更大。如果从手稿学上讲,这两个字,尤其是"玲"字,确实同她所有的签名几乎都不一样。但这两字是用钢笔写的,编辑用的是毛笔,这两字在编辑拿到之前已经存在。这种观点得到了何吉贤研究员的支持。他认为,钢笔字改的大多是字迹不清的字,字迹跟原来的很相似。王锡荣教授还认为,从文本生成学的角度来看,小说手稿第三章,作者的签名感觉像"迦玲"两字,"迦"字可能性更大。这个观察结果得到陈子善教授的支持。

王增如观点同王锡荣教授相近,认为《梦珂》笔名是丁玲自己改的。她说丁玲晚年签名有的也这样。大部分是用草书的签名,如果遇到有学校、杂志让她题词,她还是挺正规的,就写成这样的"丁玲"。丁玲自己说得很清楚,投稿时便用了"丁玲"两字。这个笔名是1925年春天她给鲁迅第一次写信用过,1926年在上海明星电影公司用过,再就是1927年发表《梦珂》的时候,自己决定就叫丁玲了。

"丁玲"这两个字,周立民倾向认为是叶圣陶的字。原因有两点:一是"丁玲"两字同叶圣陶晚年用毛笔书写的字十分相近,尤其是"玲"字的最后一笔顿,显示了一个人的书写习惯;"丁玲"两个字明显很大、很饱满,不同于丁玲的其他字。

二是叶圣陶喜欢给人家取名和改名字的编辑家,茅盾的笔名就是他帮忙改成的。

符杰祥教授认为,《梦珂》笔名的修改,由"游璘"改为"丁玲",反映了作者当时的内心情绪,都有种流浪、飘零之意,又带着寻找光明的一种倔强。"丁玲"这个笔名,可能更像人名。毛雅琴馆长提出了另一种可能。她认为"丁玲"的笔名,丁玲到上海不久就有了,但《梦珂》手稿上的笔名,为什么最初没有用,是否可能是胡也频改的?当时丁玲和胡也频生活在一起。手稿那个字迹不太像是丁玲的。

三、丁玲小说手稿问题研究

（一）对于"华字部公证图章"的考证

陈子善教授认为,《丁玲小说手稿三种（影印本）》每页上所盖的"华字部公证图章",可能是商务印书馆的。"华字部"可以理解为商务印书馆的。商务印书馆有外文部和华字部两部分，华字部就是中文部，《小说月报》属中文部。但这里的"公证"是什么意思？上海有个公证处，中华人民共和国成立后林语堂留在上海的藏书，就盖有"上海市公证处1957年几月几日公证"的印章。王锡荣教授倾向于陈子善教授的观点，认为按照商务印书馆庞大的组织机构运作，它里面或许就有这样一个盖章环节。王锡荣认为，三种手稿前面的"小说月报号用"是个橡皮图章，也是商务印书馆编辑规范化的一种体现。

（二）对于小说手稿的编辑考证

周立民馆长认为，手稿价值，其中一个就是手稿中的编辑、出版信息。编辑处理稿子的过程在正式出版作品中经常是被隐没掉的，但丁玲小说手稿能够看出来这个过程。周立民、王锡荣、董丽敏、姜异新、孙晓忠、符杰祥都倾向认为，这三部丁玲小说手稿，大部分是叶圣陶的修改笔迹。周立民特别强调，手稿里有大量的文字编辑工作，叶圣陶从头改到尾，显示了编辑的认真。但这三部小说手稿，是否都出自叶圣陶一个编辑之手，有些研究者是存疑的。王增如认为，徐调孚也有参编的可能性。除了文字编辑，王锡荣认为，这三部小说手稿，还有一个共同的美编，美编的笔迹在三部小说手稿同时出现。有研究者还认为，小说手稿存有校对的修改和排字工人的手迹。比如"六号——（留）"，很可能是排字工人的。

（三）编辑修改对作品艺术的贡献

座谈会专家充分肯定了手稿编辑对作者的提携作用。董丽敏、周立民、符杰祥、姜异新、罗岗、孙晓忠等研究者都认为，编辑对手稿的修改给作品增色不少。董丽敏、罗岗特别认为，《梦珂》中编辑对"女学生""新学生""一个女生"的修改，是对自我身份的一种强化，充分展示了女学生这样一种新的时代人物形象，其向社会转化过程中的辛酸与纠结。《梦珂》手稿中的"我们"改为"大家"，淡化了主观性的带入感，使它不至于滥情化，叙事更客观，更好地控制了小说的叙事节奏，这明显是对小说创作水平的提炼和提高。姜异新认为，《莎菲女士的日记》手稿编辑的修改，使小说更能符合时代的思潮和社会文化心里，是对作家个性流淌的一种约束。

周立民、符杰祥、郜元宝都认为，编辑是扶持年轻作家成长的一股重要力量。《小说月报》不是全发小说的，每期有两三篇原创小说就已经挺多了，有一期丁玲是头题，郁达夫排在后面，这能看出编辑家的用心。把一个年轻作者的作品连续放在重要位置发表，今天很多编辑都不敢想象。丁玲说"自己是打头排的"，这是同编辑的努力分不开的。丁玲小说手稿，充分体现了老作家提携新作家，特别是性别不同、经历不同的两代作家之间的经验互动关系。郜元宝教授强调，编辑叶圣陶对《梦珂》的修改较多，但《莎菲女士的日记》就改得越来越少了，说明对作者越来越信任。《莎菲女士的日记》通篇欧化生造程度惊人，有一些明显费解不通的湖南方言和生造的用语，叶圣陶都没有加以修改，让它原汁原味地呈现出来，真是功德无量。

（四）丁玲的上海经历与她的文学道路研究

朱鸿召和乐融深度论证了丁玲早期上海经历与她一生文学道路的关系。丁玲1922年初到上海，在学校里同共产党人有较多接触，开始了学生社会化的过程。丁玲三种小说手稿，使丁玲走上了文坛。这段时间文坛疲软，叶圣陶大量发表新人新作，丁玲的出现可谓恰逢其时。丁玲的心与青年人是相通的，这三部小说手稿展示了妇女的觉醒，倾注了丁玲人生道路的迷茫、动摇，引起了社会上一些知识妇女的共鸣，产生了广泛的影响。但1930年丁玲参加左翼文化运动后，又碰到丈夫牺牲、自己被绑架等事件。可以说，丁玲的"祸福都在上海"。朱鸿召教授特别从三篇小说手稿引申开去，通过丁玲在延安的工作实践，深度论证了政治、文学与丁玲的关系。她认为丁玲在自己走投无路时候从事政治，她站在文学角度看政治，政治无外乎是一种生活体验；但政治看文学、看丁玲，完全是两回事。丁玲从上海开始，就遭遇到文学和政治的"张力"，这种东西贯穿了丁玲的一生。丁玲在上海的祸福关系，是值得深入研究的课题。

吴海勇、毛雅琴和何吉贤都强调，三篇小说手稿，丁玲写出了青春期知识女性对自己的人生、事业、情感困境的心绪。吴海勇认为，每个时代都有一些有关人生困境的书写，"五四"以来的白话小说家，像丁玲这么写的是不多的。丁玲这三篇貌似写困顿生活和负面情绪的小说，它文学的正面意义，要从时代大背景中去挖掘。毛雅琴强调，三篇手稿写作时丁玲才24岁左右，是孤独苦闷不得不借助文学慰藉抒发的一个产物。但她作为一个追求个性解放的时代女性，为寻求出路南北奔波，饱尝彷徨失落的苦闷，这一切都是丁玲对文学有备而来，有感而发。

孙晓忠教授主要从丁玲对瞿秋白的认识，来谈丁玲前后的变化。他认为，从丁玲手稿可以看出，丁玲前后变化很大，不断地自我否定，往前走。20世纪30年代瞿秋白第一次提倡文艺大众化时丁玲还停留在现代文学写作阶段，有点瞧不起瞿秋白。到20世纪40年代在延安时，丁玲意识到了当年欧化的痕迹。在纪念瞿秋白罹难11周年的文章里面，丁玲就讲到自己早期句子的欧化、西化的痕迹。20世纪50年代，赵树理成立大众文艺研究会，丁玲去演讲时批评了通俗文艺，但目的是要改变旧的城市文化、旧的趣味。不能由此认为，丁玲好像是走精英路线。后来，丁玲日记4次提到赵树理，肯定了他的大众通俗文艺研究。

四、丁玲手稿、文献馆藏情况介绍

上海鲁迅纪念馆、中国现代文学馆和湖南丁玲纪念馆分别介绍了各自的丁玲手稿和其他文献的馆藏情况。

上海鲁迅纪念馆藏有两批丁玲研究文献：一批是谢旦如20世纪五六十年代捐献给上海鲁迅纪念馆的革命文物，其中就包括这次影印出版的丁玲三篇小说手稿。二是2006年陈明捐赠给上海鲁迅纪念馆的一批丁玲资料。包括丁玲日记、书稿、书信、照片、书籍、简报、实物等。其中有丁玲1942年在延安时创作的两篇手稿，涉及丁玲《在医院中》的创作背景等信息材料，此外还有钢笔书写的《母亲》第三部提纲、第一章、第二章等，都是非常珍贵的文物藏品。

中国现代文学馆藏有丁玲多种文物，有手稿、实物、书信、照片等，包括她获得的斯大林奖章、《太阳照在桑干河上》素材笔记本、丁玲不死的大旗等。

大致来说，文学馆所收藏的丁玲文献可分为二类：一类是笔记本。《在严寒的日子里》笔记本（共四个）、《粮秣主任》笔记本、《杜晚香》笔记本、《风雪人间》笔记本等。这些笔记本有的是手稿，也有她大量收集的创作素材。素材笔记更多，但难被外界使用，比如她在官亭水库采访的素材等。其中两个笔记本在学术界比较有影响：一个是1943年的笔记本，上面有一个英文词；另外一个是1949年的笔记本，其叙述语调与今天讨论的小说手稿叙事笔调很像。第二类是来往信件。重要的一些是党和国家领导人给她的回信，如邓颖超、胡锦涛给她的回信。当然还有很多朋友之间的交往信件，包括很多国外作家、记者、编辑等给她的回信。除此之外，还有一些分散的材料，如中华人民共和国成立后丁玲在作协的讲话稿、受批评后的交代材料等，文学馆也保存，一些。

湖南丁玲纪念馆藏有丁玲作品类书信类手稿30件套，分别为1982年丁玲为《丁玲短篇小说》（意大利文版）所作的《序》手稿，1953年出版丁玲《作家需要培养对群众的感情》手稿，1979年为《丁玲近作》一书写的《写在后边》的手稿，1980年丁玲为《萌芽》杂志所写的《恋爱与文艺创作》手稿，1981年丁玲藏诗《歌德之歌》部分手稿。

最后，一批学者还谈了一些企望。黄乔生、符杰祥、郜元宝等研究者希望，上海鲁迅纪念馆、"左联"纪念馆和其他单位，把这个项目更扩大一些，让丁玲、胡也频、柔石、瞿秋白等人的手稿也影印出来形成一个系统。这不仅是研究所需，也是一种纪念。这些作家手稿出版对近现代中国文化，尤其是上海文化研究是个转折点，非常有价值。手稿出版只有延续下去，手稿学才能显出更多的价值。郜元宝认为，手稿出版未必非要出纸质的，电子版可以放大，更加实用，且经济节约。他强调，现代作家从鲁迅、叶圣陶、郭沫若、茅盾到丁玲，三代手稿有很大不同，毛笔和钢笔同时呈现出来，是很重要的一个转换。现在首先要做的，应该还是校勘。贺桂梅认为，这次会议组织很有特色，集合了高校、文博系统和跨学科的地方党政部门三个系统的研究者，在一个学术平台上来讨论问题，拓宽了研讨会的视野，这是现当代文学研究一个好的方式，希望能总结经验。

丁玲《在医院中》初刊本
与再版本异文辨析

陈广根

丁玲延安时期的文学创作短篇小说《在医院中》给作者带来了异常复杂的影响。但是，《在医院中》存在着五个重要的版本，每个版本都具有独特的版本属性。《在医院中》最早发表于《谷雨》1941年第1期创刊号，原题为《在医院中时》，这个可谓初刊本。1942年，《文艺阵地》第7卷第1期转载，更名为《在医院中》，此版本为再刊本。1981年，《在医院中》第一次收入由人民文学出版社出版的《丁玲短篇小说选》，这个版本为初版本。1983年，湖南人民出版社出版《丁玲文集》，《在医院中》收入第三卷，这个版本为文集版。2001年，河北人民出版社出版《丁玲全集》，《在医院中》收入第四卷，这个版本为全集版。再刊本对初刊本做了较大幅度的修改，基本奠定了此后初版本、文集版、全集本的版本基础，呈现出独特的异文现象。

一

文学源于生活，作家对生活的感知通过艺术表现形式提炼出来。丁玲谈及自己创作习惯时曾说，"每写一篇小说之前，一定要把小说中出现的人物考虑得详细"，"爬进小说中每一个人物的心里，替他们想，应该有哪一种心情"[1]，然后才开始提笔来写。

1939年1月，丁玲在延安拐峁医院做痔疮手术。住院期间，一位叫余武一的助产士触发了她的艺术灵感，"偶然便有了把她放进我的小说的冲动"[2]。小说写到一半，丁玲发现，小说中的陆萍与自己当初设想的女主人公有些错位："这个人物是我所熟悉的，但不是我理想的"，"我要修改这小说"[3]。苦于无法找到最恰当的处理方式，丁玲便将这篇小说暂且搁置起来，"把那些原稿子都请到我的箱子里睡觉，不再思索它们了"[4]。

1941年，陕甘宁边区文协整体转为全国文抗延安分会，并着手创办《谷雨》杂志，由丁玲、艾青、萧军、舒群轮流编辑。《谷雨》杂志创刊急需稿件，丁玲便将已中断多时的《在医院中时》手稿拿出进行修改，"把我怀念着的梦秋同志（失去双脚的人）塞上去，作为了小说的结尾"，"用了还愿的心情把稿子送到印刷厂，连清样都没有勇气看"[5]，最终在1941年11月15日出版的《谷雨》第1期创刊号上公开发表。

在丁玲所有小说作品中，《在医院中》可谓最为不幸，发表没多久，便在延安文艺整风运动中受到猛烈批判。《在医院中》被视为"毒草"，打入时代的冷宫。

在已公开的《关于〈在医院中〉（草稿）》一文中，丁玲对小说《在医院中》创作背景、作者创作意图及安排、主要人物塑造、环境描写等方面做了交代。《关于〈在医院中〉（草稿）》是小说发表受到批判后所作的一份检讨与说明，是一篇未完成也未在公开场合宣读的"检讨"草稿，未收入作者任何公开出版的文集。在这篇草稿中，丁玲将《在医院中》定性为一篇失败之作，这也符合当时"检讨"的需要。

1942年8月30日，《文艺阵地》第7卷第1期转载《在医院中时》，将小说更名为《在医院中》。此版本为《在医院中》的再刊本。再刊本对初刊本做了较大幅度修改，基本奠定了此后初版本、文集版、全集本的版本基础。

二

《在医院中》共计5章，12000余字。笔者以句节为修改单位，仔细辨别初刊本、再刊本变动之处，涉及修改共有195处。具体章节修改次数如下：第一章，修改30次；第二章，修改38次；第三章，修改46次；第四章，修改49次；第五章，修改32次。仅以修改次数来看，第四章修改次数最多，为49次；第一章修改次数最少，为30次。

与初刊本相比，再刊本最大的变化是将小说名由《在医院中时》变成《在医院中》，是同一部小说的两个不同版本。

标题也可以看作一个副文本。如果一本书不断地更换标题，那么标题也会成为版本的一个外在标志，影响对正文本的理解与诠释。古代文学作品在文学传播中有不同的版本，常常会有多个书名，如《红楼梦》有《石头记》《金陵十二钗》等多种别名。现代文学作品有些因特定的原因也会有不同的标题，如张爱玲的《十八春》，改名为《惘然记》《半生缘》，从版本角度看就有三个版本，从文本角度看更是有三个文本。在文学创作或修改过程中，作家往往会根据文本与标题的对应关系，或标题的美感来修改、更换标题，这样就形成了同一文学作品的不同版本，也就产生了同一文学作品的不同文本。

除了修改小说名以外，小说文本内容也做了大量修改，主要有以下几类情况：

（一）标点符号修改

1. 将句号修改为逗号，如：

初刊本"曾闪过白衣的人影。"，修改为再刊本"曾闪过白衣的人影，"。

初刊本"却也不敢把生活想得太坏。"，修改为再刊本"却也不敢把生活想得太坏，"。

初刊本"这简直与她的希望相反。"，修改为再刊本"这简直与她的希望相反，"。

初刊本"她只好又走回来。"，修改为再刊本"她只好又走回来，"。

初刊本"也不凶暴。"，修改为再刊本"也不凶暴，"。

初刊本"又不见得愚蠢。"，修改为再刊本"又不见得愚蠢，"。

初刊本"带着高兴的走了进去。"，修改为再刊本"带着高兴的走了进去，"。

初刊本"陆萍是上海一个产科学校毕业的学生。"，修改为再刊本"陆萍是上海一个产科学校毕业的学生，"。

初刊本"她有时甚至讨厌一切医生。"，修改为再刊本"她有时甚至讨厌一切医生，"。

初刊本"替他们写信给家里。"，修改为再刊本"替他们写信给家里，"。

初刊本"可是他们走了。"，修改为再刊本"可是他们走了，"。

初刊本"她是一个富于幻想的人。"，修改为再刊本"她是一个富于幻想的人，"。初刊本"不能把别人的兴趣绊住。"，修改为再刊本"不能把别人的兴趣绊住，"。

初刊本"生产还不到三天就悄悄爬起来自己去上厕所。"，修改为再刊本"生产还不到三天就悄悄爬起来自己去上厕所，"。

初刊本"养育着几个不死的苍蝇。"，修改为再刊本"养育着几个不死的苍蝇，"。

初刊本"但敏感的陆萍却一点也没有得到暗示。"，修改为再刊本"但敏感的陆萍却一点也没有得到暗示，"。

初刊本"到枪林弹雨里奔波忙碌。"，修改为再刊本"到枪林弹雨里奔波忙碌，"。

初刊本"天便大亮了。"，修改为再刊本"天便大亮了，"。

初刊本"黎涯也没有穿棉衣。"，修改为再刊本"黎涯也没有穿棉衣，"。

初刊本"有一寸长的一条线。"，修改为再刊本"有一寸长的一条线，"。

初刊本"时间过去快半点钟了。"，修改为再刊本"时间过去快半点钟了，"。

初刊本"郑鹏的动作更快。"，修改为再刊本"郑鹏的动作更快，"。

初刊本"她心想天已经不早了。"，修改为再刊本"她心想天已经不早了，"。

初刊本"她不住的嘤嘤的哭了起来。"，修改为再刊本"她不住的嘤嘤的哭了起来，"。

初刊本"旧有的神经衰弱症又来缠着她了。"，修改为再刊本"旧有的神经衰弱症又来缠着她了，"。

初刊本"却又把她激怒起来了。"，修改为再刊本"却又把她激怒起来了，"。

2. 将逗号修改为句号，如：

初刊本"有初生婴儿的啼哭，"，修改为再刊本"有初生婴儿的啼哭。"。

初刊本"耐心的为他们洗换，"，修改为再刊本"耐心的为他们洗换。"。

初刊本"她为他们愉快，"，修改为再刊本"她为他们愉快。"。

初刊本"他以一种对女同志并不须要尊敬和客气的态度接见了陆萍，"，修改为再刊本"他以一种对女同志并不须要尊敬和客气的态度接见陆萍。"。

初刊本"可是谈起闲天来便漫无止境了，"，修改为再刊本"可是谈起闲天来便漫无止境了。"。

初刊本"脸都冻肿了，"，修改为再刊本"脸都冻肿了。"。

初刊本"她总是爱飞，"，修改为再刊本"她总是爱飞。"。

初刊本"我想无论如何在今天是不可能，"，修改为再刊本"我想无论如何在今天是不可能。"。

初刊本"科罗芳的气味她马上呼吸到了，"，修改为再刊本"科罗芳的气味她马上呼吸到了。"。

初刊本"她只希望能见到她母亲，"，修改为再刊本"她只希望能见到她母亲。"。

初刊本"总有一点用处，"，修改为再刊本"总有一点用处。"。

3. 其他标点符号修改，如：

初刊本"而这时政治处的主任找她谈话了："，修改为再刊本"而这时政治处的主任找她谈话了，"。

初刊本"'不愉快只是生活的耻辱。'"，修改为再刊本"'不愉快只是生活的耻辱'。"。

初刊本"她替他们要图书，书报，"，修改为再刊本"她替他们要图画、书报，"。

初刊本"显得比她结实，"，修改为再刊本"显得比她结实、"。

初刊本"单纯，"，修改为再刊本"单纯、"。

初刊本"譬如林莎到底会爱谁呢，"，修改为再刊本"譬如林莎到底会爱谁呢？"。

初刊本"'很好'。",修改为再刊本"'很好。'"。

初刊本"在抗大又住了一年她成了一个共产党员。",修改为再刊本"在抗大又住了一年,她成了一个共产党员。"。

初刊本"那就有嫌疑……",修改为再刊本"那就有嫌疑!……"。

(二)词语精确化修改

客观来说,初刊本很多词语断句、句式等都存在或多或少问题,如人称指代词误用、别字、语气词混用、多余的虚词等。初刊本文本语言存在的上述问题,在1942年再刊时做了细致的完善。经过一番修改,再刊本句子更为通顺,词语精确化程度获得提升。

1.人称指代词校对,如:

初刊本"她替他们要清洁的被袄,",修改为再刊本"她替她们要清洁的被袄,"。

初刊本"为什么他不固执着一定要装煤炉,",修改为再刊本"为什么她不固执着一定要装煤炉,"。

2.别字校对,如:

初刊本"她把鞋面翻看了一会之后,",修改为再刊本"她把鞋面翻看了一回之后,"。

初刊本"或是显的猥亵。",修改为再刊本"或是显得猥亵。"。

初刊本"她又去拜访了产科主任王俊华医生。",修改为再刊本"她又去拜访了产科主任王梭华医生,"。

初刊本"又显的慈悲,",修改为再刊本"又显得慈悲,"。

初刊本"又显的委曲。",修改为再刊本"又显得委曲。"。

初刊本"每天重复着那在叮咛的话,",修改为再刊本"每天重复着那些叮咛的话,"。

初刊本"知识份子的英雄主义自由主义等等的帽子都往她头上戴,",修改为再刊本"知识分子的英雄主义自由主义等等的帽子都往她头上戴,"。

3.语气词混用校对,如:

初刊本"也似乎是从四方搜罗来的残废者呵!",修改为再刊本"也似乎是从四方搜罗来的残废者啊!"。

初刊本"没吃嘛！"，修改为再刊本"没吃啦！"。

初刊本"却是一种如何的享受呵！"，修改为再刊本"却是一种如何的享受啊！"。

初刊本"却仍需要着母亲的爱抚呵！……"，修改为再刊本"却仍需要母亲的爱抚啊！……"。

初刊本"她带着欢喜的希企要去看开刀呵！"，修改为再刊本"她带着欢喜的希企要去看开刀啊！"。

4. 多余虚词校对，如：

初刊本"像特意要安慰自己似的说："，修改为再刊本"像特意要安慰自己说："。

初刊本"而且走进了一个窑洞。"，修改为再刊本"而且走进一个窑洞。"。

初刊本"却是半透明的那么一个世界中，"，修改为再刊本"却是半透明的那么一个世界，"。

初刊本"即是在队伍里像这样薄的被子也不多见的。"，修改为再刊本"即在队伍里像这样薄的被子也不多见的。"。

初刊本"她连串的熟悉的骂着那些极其粗鲁的话，"，修改为再刊本"他连串的熟悉的骂那些极其粗鲁的话，"。

初刊本"她只不过是一个很普通的产婆。"，修改为再刊本"她不过是一个很普通的产婆。"。

初刊本"也并不动手作别的事。"，修改为再刊本"也并不动手作别事。"。

初刊本"表现出一股很朴直很幼稚的热情。"，修改为再刊本"表现一股很朴直很幼稚的热情。"。

初刊本"却又企图装得很大方。"，修改为再刊本"却又企图装得大方。"。

初刊本"只不过因为她像一个没有头的人，"，修改为再刊本"只不过因为她像一个没有骨头的人，"。

初刊本"她没有办法，"，修改为再刊本"她没办法，"。

初刊本"连看护也在内都围着看她。"，修改为再刊本"连看护在内都围着看她。"。

初刊本"发炎了的换药，"，修改为再刊本"发炎的换药，"。

初刊本"如何适合于产妇和落生的婴儿……"，修改为再刊本"如何适合于产妇和落生婴儿……"。

初刊本"然而除了笑一笑以外再没有什么有用处的东西了。"，修改为再刊本"然而除了笑一笑以外再没什么有用处的东西。"。

初刊本"可是总只有一觉好睡，"，修改为再刊本"可是只有一觉好睡，"。

初刊本"却仍需要着母亲的爱抚呵！……"，修改为再刊本"却仍需要母亲的爱抚啊！……"。

初刊本"陆萍时常担心着把肚子露在外边而又上了蒙药的病人。"，修改为再刊本"陆萍时常担心着把肚子露在外边而上了蒙药的病人。"。

初刊本"头里边有东西猛力的往外撞。"，修改为再刊本"头里边有东西猛力往外撞。"。

初刊本"她飘飘摇摇的在雪地上奔跑"，修改为再刊本"她飘飘摇摇在雪地上奔跑，"。

初刊本"她到了第六号病房那里住得有一个没有脚的害着疟疾病的人"，修改为再刊本"她到了第六号病房那里住得有一个没有脚的害着疟病的人。"。

初刊本"冤冤枉枉的就把双脚锯了。"，修改为再刊本"冤冤枉枉就把双脚锯了。"。

5. 词语其他精确化校对，如：

初刊本"仅仅以不管遇着怎样的环境，"，修改为再刊本"所以不管遇着怎样的环境，"。

初刊本"黄昏的阳光照在那里的土墙上，"，修改为再刊本"黄昏的阳光照在那黑的土墙上，"。

初刊本"已经有一个铺陈很好的铺，"，修改为再刊本"已经有一个铺得很好的铺，"。

初刊本"是应该有一个伴的。"，修改为再刊本"是应该有个伴的。"。

初刊本"而且播弄那些切碎了的。"，修改为再刊本"而且播弄那些切碎了的草。"。

初刊本"她的铺也许支妥当了。"，修改为再刊本"她的铺也许弄妥当了。"。

初刊本"重新又唱着一个陕北小调。"，修改为再刊本"从新又唱着一个陕北小调。"。

初刊本"她从那些大兵们学得很好，"，修改为再刊本"她从那些大兵们学的很好，"。

初刊本"常常为了一点点的需索奔走，"，修改为再刊本"常常为了一点点的须索奔走。"。

初刊本"他们也把她当一个母亲一个情人似的依靠着。"，修改为再刊本"他们也把她当着一个母亲一个情人似的依靠着。"。

初刊本"几乎消磨了她一整年，"，修改为再刊本"几乎消磨了一整年，"。

初刊本"她不曾浪费她的时间，"，修改为再刊本"她不会浪费她的时间，"。

初刊本"她必得脱离学习到离延安四十里地的一个刚开办的医院去工作。"，修改为再刊本"她必须脱离学习到离延安四十里地的一个刚开办的医院去工作。"。

初刊本"但这些理由不够动摇那主任的决心，"，修改为再刊本"但这些理由不能够动摇那主任的决心，"。

初刊本"那些理论她全懂，"，修改为再刊本"那些理由她全懂，"。

初刊本"有、或者没有都没有什么关系。"，修改为再刊本"或者有没有都没有什么关系。"。

初刊本"在军队里工作很久。"，修改为再刊本"在军队里工作得很久。"。

初刊本"他是多么想回到连上去呵。"，修改为再刊本"他是多么想到连上去呵。"。

初刊本"在一个下午还遇见了几个有关系的同事。"，修改为再刊本"在一个下午还遇了几个有关系的同事。"。

初刊本"可是在工作上她是乐意和这种人合作的。"，修改为再刊本"可是在工作上她是乐意和这人合作的。"。

初刊本"却要别人把她们当小孩子看待，"，修改为再刊本"却要别人把她们当着小孩子看待，"。

初刊本"谁也不会感觉到有什么抱歉。"，修改为再刊本"谁也不会感觉的有什么抱歉。"。

初刊本"可以认十个字，"，修改为再刊本"可以认几十个字，"。

初刊本"新的恐慌在压迫着。"，修改为再刊本"新的恐惶在压迫着。"。

初刊本"从外边来了一批又一批的女学生，"，修改为再刊本"从外面来了一批又一批的女学生，"。

初刊本"倾泻着她成天所看见到的一些不合理的事。"，修改为再刊本"倾吐着她成天所看见到的一些不合理的事，"。

初刊本"她不懂得观察别人的颜色，"，修改为再刊本"她不懂的观察别人的颜色，"。

初刊本"可是多发两三斤炭是可以的。"，修改为再刊本"可是多用两三斤炭是可以的。"。

初刊本"她替他们要图书，书报，"，修改为再刊本"她替他们要图画、书报，"。

初刊本"说热情要是没有通过理智便没有价值。"，修改为再刊本"说过热情没有通过理智便没有价值。"。

初刊本"她们都讨厌医院里关于这新闻的太多和太坏的传说，"，修改为再刊本"她们都讨厌医院里关于这新闻太多或太坏的传说，"。

6. 词语精确化校对存在问题。再刊本词语精确化修改，少数地方出现错误，将原本正确的词语校对成错误的词语，这种情况，在后来的版本中再次校正回来。这种情况如：

初刊本"仅仅在这一下午"，再刊本误改为"尽尽在这一下午"。

初刊本"她看见她小皮箱和铺盖卷已经孤零零的放在那冷地上。"，再刊本误改为"她看见她小皮箱和铺盖卷已经孤另另的放在那冷地上。"。

初刊本"她一头剪短了的头发乱蓬得像个孵蛋的母鸡尾巴。"，再刊本误改为"她一头剪短了的头发乱蓬的得像个孵蛋的母鸡尾巴。"。

初刊本"他有一位浑身都是教会女人气味的太太"，再刊本误改为"他有一位混身都是教会女人气味的太太"。

初刊本"即使在她和气和做得很明朗的气氛之下"，再刊本误改为"即使在他和气和做得很明朗的气氛之下"。

初刊本"愿意刻苦一点，"，再刊本误改为"愿意克苦一点，"。

初刊本"炭气把她熏坏了。"，再刊本误改为"炭气把她焦坏了。"。

初刊本"郑鹏一样也头晕得厉害，"，再刊本误改为"郑鹏一样也头晕得利害，"。

初刊本"现在她似乎在为另一种力量支持着，"，再刊本误改为"现在她似乎在为另一种力支持着，"。

初刊本"他像同一个久别的小弟妹们似的向她述说着许多事。"，再刊本误改为"他像同一个个别的小弟妹们似的向她述说着许多事。"。

（三）语句修改

除了标点符号、词语精确化修改以外，再刊本对部分语句进行了较大修改。

1. 艺术性修改。初刊本第一章"他们也会很微妙的送一点鸡，鸡蛋，南瓜子给秘书长，总务处长，或者主任。"，再刊本将"总务处长，"予以删除。在作者看来，"总务处长"这一职务身份比较敏感，放在此处有些不适合，以免产生不必要的联想。

初刊本第五章"有的说她和郑鹏在恋爱，有的说郑鹏不爱她，她那夜就发疯了，现在还在害相思病。"，再刊本将"有的说郑鹏不爱她，"给予删除。结合上下文语境来看，缺少"有的说郑鹏不爱她，"这一前提，陆萍被人误会的"行为反应"显得有些突兀。有意思的是，在后续各版本中，均延续再刊本这一修改。

初版本第五章"他的精神是非常健康着的呵！"，再刊本予以删除，以省略号进行标识。初刊本这一表述体现出陆萍从那位失去双脚的住院病人身上看到一种精神力量，虽然身体残疾了，但精神是健康的，可能存在过度阐释。再刊本将这句话予以删除，以省略号进行标识。

小说第五章，再刊本与初刊本相比，那位失去双脚的住院病人和陆萍的谈话，有一段涉及五处重要语句修改。

第一处，初刊本"同志，现在，现在简直太享福了。"，再刊本将"现在简直太享福了"，修改为"现在已算好的了"，更符合小说文本所设置的情节背景，这一修改合理、适当。对于一位三年前被医院"冤冤枉枉的就把双脚锯了"、曾多少个夜晚想要自杀的病人来说，谈现在的住院体验，无论如何都不适宜用"现在简直太享福了"进行自我体验评价。再刊本注意到初刊本这一表述问题，做了修改，以"现在已算好的了"做了校对，以呈现当下住院条件比过去有所改善。

第二处，初刊本"我知道的，什么事都得慢慢来，"，再刊本直接删除。初刊本这句话是说话人对改善医疗条件所做的总体评价，强调医疗条件的改善不可能一蹴而就，而是有过程的。再刊本将这句话予以删除，恐疑此话表述有些过于拔高，与说话人的身份多少有些错位。

第三处，初刊本"现在总算不错了吧。"，再刊本直接删除。初刊本这句话是说话人对当下医院院长所做的总评价，强调大字不识的一个庄稼人，如今成为一所医院的负责人，医院正常运转，总体是好的。再刊本将这句话予以删除，恐疑此话表述对医院院长过于给予肯定评价。

第四处，初刊本"你别看我破破烂烂，这个样子，我见的漂亮医院比你多，可是我还说，这就最好了呢，你得看什么环境和条件。"，再刊本予以删除，以省略号进行标识。初刊本这句话是说话人以自己的医疗体验经历来现身说法，强调这所医院当下条件是最好的，不能忽视环境与条件进行简单比较。此话表述对当下医疗条件过于给予肯定评价，与小说文本主题阐释有些错位，再刊本予以删除。

第五处，初刊本"告告状也好，总有一点用处，但也没有什么了不起的用处。"，再刊本将"但也没有什么了不起的用处"直接删除。初刊本这句话更多的是强调告状即使有用，但作用不大，更多体现出说话人对此抱有消极态度。再刊本将此话予以删除，突显这一行为的积极作用，亦符合上下文语境。

此外，初版本第五章"而是被控告了。"，再刊本予以删除。初刊本这一表述，表明陆萍最终放弃了告状，但她本人却被别人告了，突显出医院内部有一股反陆萍的势力在采取行动，游离出小说文本原有主题之外，引申出更多的意义阐释。再刊本将此话予以删除，以便更为集中地呈现小说文本的创作意图。

总体而言，上述几处艺术性修改，后续各版本均延续下来。

2. 出版审查性修改。抗日战争期间，国民政府先后出台了《战时图书杂志原稿审查办法》《〈战时新闻检查办法〉图书杂志查禁解禁暂行办法》

《修正抗战期间图书杂志审查标准》《检查书店发售违禁出版品办法》等一系列出版审查办法，加大对国统区进步出版物的打压与查禁，对来自解放区敏感信息的审查尤甚。

在图书、杂志的审查过程中，国民政府制定了严厉禁载标准，出台了多达70余项禁载内容，如禁载"违背或曲解三民主义及本党政纲、政策者""破坏统一及诬蔑中央者"等[6]。在《抗战期间宣传名词正误表》中规定，"凡中国共产党和抗日民主力量所常用的名词和术语都不能用"，把"长征时代""争取民主""国共合作"等称为"谬误名词"[7]。

初版本第三章"这儿大半是陕北妇女，和长征来的四川女同志，和很少的几个抗大，陕公或鲁艺的学生。"，再刊本修改为"这儿大半是陕北妇女，和很少的几个××，××或××的学生。"，有深层次现实原因。

"抗大"，中国人民抗日军事政治大学的简称，前身为中国抗日红军大学，是中国共产党为培养抗日干部而设立的学校。1936年6月，"抗大"在陕西瓦窑堡成立，不久迁往陕西保安。1937年1月，"抗大"更名为中国人民抗日军事政治大学，校址迁往陕西延安。"抗大"成立时，校长为林彪，副校长为刘伯承，教育委员会主席为毛泽东，教育长为罗瑞卿，训练部长为刘亚楼，校务部长为杨至成，学员主体为革命军队中红军干部和来自全国各地的知识青年。1939年，"抗大"总校迁往晋冀豫边区，各主要根据地先后成立12所分校。1943年，"抗大"总校迁回陕西绥德。1945年8月，随着抗日战争取得胜利，"抗大"也随之结束其历史使命，前后共培养十万余名抗日干部。

"陕公"，陕北公学的简称，为中国共产党创办的培养抗日军政干部的学校。1937年11月，陕北公学正式成立，校长兼党组书记为成仿吾，教务长为邵式平。"陕公"重点培养抗日军政干部，以短期培训干部为主，学员经过培训后即分配到敌后抗日根据地开展工作。1938年7月，"陕公"分校在关中栒邑县看花宫成立，分校校长为李维汉。1939年1月，"陕公"总校迁至栒邑，与分校合并。1939年夏，"陕公""鲁艺"、延安工人学校等联合，成立华北联合大学，校址迁至晋察冀根据地，校长为成仿吾。1939年11月，留在延安的原"陕公"恢复重建。

1941年8月，"陕公"与中国女子大学、泽东青年干部学校合并，成立延安大学。

"陕公"共培养6000多名学生，加入中国共产党的学生达3000多名。

"鲁艺"，鲁迅艺术学院的简称，1938年4月10日成立于延安，是中国共产党为培养抗战文艺干部和文艺工作者创办的一所综合性文学艺术学校，赵毅敏、沙可夫、吴玉章、周扬等人先后担任正、副院长。1939年夏，"鲁艺"部分干部奔赴晋察冀抗日根据地，联合"陕公"等校创办华北联合大学。1939年11月，留在延安的原"鲁艺"恢复重建。1943年4月，"鲁艺"并入延安大学，组建延安大学文艺学院。抗战胜利后，"鲁艺"迁往东北。

再刊本1942年发表于战时重庆《文艺阵地》杂志。为了顺利通过审查，再刊本对"抗大""陕公""鲁艺"此类敏感词汇做了技术处理，以"××"替换，并且删除"和长征来的四川女同志，"语句。

三

1958年，《文艺报》将批判王实味、丁玲、萧军、罗烽、艾青等人的文章以《再批判》为名，由作家出版社结集出版。该书附录有上述五人共七篇文章，分别为王实味的《野百合花》，丁玲的《"三八"节有感》《在医院中》《我在霞村的时候》，萧军的《论同志之"爱"与"耐"》，罗烽的《还是杂文的时代》，艾青的《了解作家，尊重作家》。其中，《在医院中》文末注："抄自1942年8月25日在重庆出版的'文艺阵地'第7卷第1期"[8]。

《在医院中》曾被视为"毒草"，受到猛烈批判。丁玲记忆犹新，作品发表之后四十年里没有收入其任何一本文集。20世纪80年代丁玲复出，其小说重新引起了研究者的关注。1981年1月，《在医院中》第一次收入《丁玲短篇小说选》，由人民文学出版社出版。随后，1983年出版的《丁玲文集》，收录了《在医院中》，位于文集第三卷。2001年出版的《丁玲全集》，亦收录《在医院中》，位于全集第四卷。2001年《丁玲全集》收录的版本，可以说是《在医院中》的定本。

通过《在医院中》初刊本与再刊本的演进比较，我们看到了《在医院中》内容的变异和艺术的变化，弄清楚了提升《在医院中》有着复杂的版本谱系，其不同的版本其实就是不同的文本，这将有助于《在医院中》研究的有效性和科学性。一部作品不同版本优劣的比较，只有通过对不同版本的综合研究才能做出客观评判。

评判的基本准则为，在所有版本中，好的版本应该是最具审美价值和历史真实性的版本。丁玲《在医院中》的版本变迁，亦有待后人评价。

注 释

〔1〕丁玲：《我的创作经验》，载《丁玲全集》第7卷，河北人民出版社，2001，第12页。

〔2〕丁玲：《关于〈在医院中〉（草稿）》，转引自《新气象新开拓：第十次丁玲国际学术研讨会文集》，同济大学出版社，2009，第302页。

〔3〕丁玲：《关于〈在医院中〉（草稿）》，转引自《新气象新开拓：第十次丁玲国际学术研讨会文集》，同济大学出版社，2009，第303页。

〔4〕丁玲：《关于〈在医院中〉（草稿）》，转引自《新气象新开拓：第十次丁玲国际学术研讨会文集》，同济大学出版社，2009，第303页。

〔5〕丁玲：《关于〈在医院中〉（草稿）》，转引自《新气象新开拓：第十次丁玲国际学术研讨会文集》，同济大学出版社，2009，第303页。

〔6〕中国第二历史档案馆编：《中华民国史档案资料汇编》第5辑第2编，凤凰出版社，1994，第401页。

〔7〕中国社会科学院近代史研究所编：《中华民国史料丛稿·大事记》第25辑，中华书局，1981，第73页。

〔8〕文艺报编辑部编：《再批判》，作家出版社，1958，第145页。

论涂绍钧《图本丁玲传》文献的
严谨性和图片的珍稀性

赵焕亭

目前已经出版的丁玲传记主要有宗诚的《风雨人生——丁玲传》、宋建元的《丁玲评传》、周良沛的《丁玲传》、秦林芳的《丁玲的最后37年》、杨桂欣的《丁玲评传》、周芬娜的《丁玲与中共文学》、邢小群的《丁玲与文学研究所的兴衰》、潘剑冰的《豪客丁玲》、蒋祖林的《丁玲传》、王增如和李向东合著的《丁玲传》等，除了这些传记之外，还有一部比较特殊的丁玲传记，那就是涂绍钧的《图本丁玲传》。称这部传记特殊，主要有两个原因：第一，这部传记使用的部分史料是作者亲自发现的原始材料或者是通过访谈当事人得到印证的史料。第二，这部传记是迄今为止使用图片最多，而且明确以"图本"命名的丁玲传记，更重要的是，这部传记提供了一些珍稀的图片。本文就这两点展开如下讨论。

一、传记作者亲自采集或见证过的文献史料保证了其严谨性

任亚忠在《馆史研究中史料建构存在的几个问题》一文中写道："史料留存于过去，同样由人整理、书写，史料自身在建构过程中是否受当时政治环境或者其他因素影响不得而知。一份史料不经过严格考证直接加以使用，史料自身价值同样无法体现……"[1]的确，使用文献史料的人如果能够对这些文献史料有一些考证，尤其是能够做到眼见为实、耳听为明，那么，这些文献史料的价值就更高了，可信度就更强了。《图本丁玲传》

中有相当一部分文献史料是传记作者本人亲自经历过的，传记作者考证或见证了这些文献史料，保证了文献使用的严谨性。

下面举出传记对三个相关文献进行考证或见证的实例。

当传记写到丁玲与沈从文关系的变迁，尤其是涉及丁玲被捕后沈从文的态度与行动时，不仅仅引用了楼适夷写给陈明书信中的内容，还写了自己在1988年6月亲耳听到的王会悟老人对沈从文的评价。

《图本丁玲传》出示了楼适夷1988年3月28日写给陈明的书信内容，其中有一段是这样记述的："我对丁玲的证言只是我的孤证，但王会悟同志尚健在，她应该是比我更有权威的知情人。她给沈从文写信，托其南下共商营救事宜，被复信拒绝，情态十分冷淡，根据胡适向上海市长吴铁城探问，否认丁的被捕，并表示与丁已经没有共同言语，不打算参与其事。不知此事你们向会悟同志问过否？"[2]

正是有了楼适夷的这一封信，才引发了陈明对王会悟的探访，传记作者参与了这次探访。

1988年6月，笔者曾经和陈明同志一同去建国门外永安里灵通观探访王会悟同志，也听过王会悟同志谈沈从文的讲话录音。老太太讲得很激动，末了用她的浙江桐乡口音骂了一句："沈从文混蛋！"现在，所有当事人多作古，我们只能从现存的文字资料和录音资料中究其真伪[3]。

这段记述写了传记作者自己与陈明一道探望王会悟时获得的信息，事情发生的时间、地点具体，很有现场感和亲历性。这充分体现了作者使用文献的严谨态度。

这部图传披露了原军统特务沈醉写给丁玲的一封信，而这封信的原件是传记作者本人亲自发现的。

传记作者涂绍钧先生1988年受中共常德地委负责同志派遣、在协助陈明整理丁玲的资料时发现了沈醉在1984年写给丁玲的一封信。信中讲述了丁玲当年被国民党当局绑架后由关押改为软禁，并没有杀害她的原因主要是因为丁玲的名望大，害怕杀害她会引起"社会舆论、国际影响"。一般来说，书信是不会轻易发表的，因此说，这是一个独家史料。传记写道：

1988年春夏时节，笔者受当时中共常德地委负责同志派遣，前往北京协助陈明同志整理丁玲同志的文稿、书信和有关资料，在一摞尘封已久的书信中，发现1984年6月24日时任全国政协委员、原军统特务沈醉写给丁玲的一封信。他在信中写道：

丁玲大姐：

……

还有一个情况要向您汇报："四人帮"的爪牙多次派人追逼我，说您被捕而没有送到雨花台去，是您叛变了。我坚持是由于您相当有名（不是您说的"是一个小有名气的作家"），除了有许多人出面援救外，更重要的一个原因，是由于您是一个女青年作家。这样就有很多人同情您。反动派比之"四人帮"虽同样凶狠残暴，但还有一点点不同，就是对您和一些知名人士不敢随便杀害，是有八个字的原则：即怕"社会舆论、国际影响"〔4〕。

沈醉这封信的披露，揭开了国民党"中统"特务机关绑架、软禁丁玲的谜团，进一步证明了1940年10月4日《中央组织审查丁玲同志被捕被禁经过的结论》和中组部1984年8月1日颁发的《关于为丁玲同志恢复名誉的通知》这两个文件对丁玲是一个忠实的共产党员的定论的正确性。传记使用自己亲眼所见的沈醉书信来揭示丁玲被绑架却没有被杀害的原因，很有说服力。

传记作者以自己亲自访问过的西战团最早的团员之一的夏革非的回忆来写丁玲对下属的体贴和帮助。

传记写了丁玲1937年在西北战地服务团担任主任时每天和团员们一起行军、演出，组织同志们写稿子、编歌曲、排练节目等的工作状况。在紧张而忙碌的工作中，她十分关心大家，处处以身作则，给大家留下了很好的印象。对此，传记写道：

如笔者曾于1999年7月访问过西战团最早的团员之一夏革非，她回忆说："1937年我在延安抗大学习，那时候年轻，喜欢参加文艺活动，参加过抗大组织的一些演出。抗日战争全面爆发以后。丁玲同志在延安组建西北战地服务团，我是最早参加的一个，接着我爱人王玉清也参加进来，根据组织上的安排，他除了参加演出，还负责西战团的政治保卫工作。我们是在西战团到了太原，王玉清请示八路军驻太原办事处周恩来副主席批准后结婚的。当时演出任务很重，又有敌机轰炸，丁玲同志还是领着团里一些同志，在一家小旅馆里，为我们张罗了一个简朴而又热闹的婚礼。丁玲同志善解人意，这件事我至今不忘。……丁玲同志是一位著名的作家，在抗日战争的艰苦岁月里，她把自己全部的精力、全部的热情都献给了那场拯救民族危亡的伟大战争，她的一言一行，为我们当时的年轻团员们做出了表率。"[5]

这里，作者把自己的采访资料写进传记，真实再现了丁玲当年是如何关心和帮助西战团团员的，显示了丁玲的组织能力、善良品格和工作责任心。这类由当事人口述的文献材料令人信服、无懈可击。

在这部传记中，类似这种作者亲自采集来的史料还有很多，比如在讲述陈明和丁玲的婚恋经过的情况时，作者写了这样一段话："笔者自1979年3月和丁玲、陈明开始交往。真正比较详细地了解了陈明以及他和丁玲的婚恋经过情况，是在丁玲去世之后，1988年我在北京木樨地协助他整理丁玲有关资料的那几个月。"[6] 再如，为了探明周扬对《太阳照在桑干河上》的态度，传记写了自己亲自向朱子奇老先生求教的事情：

1993年3月，朱子奇偕夫人陆璀前来常德桃花源参加丁玲文学创作国际研讨会，会议期间，笔者曾向朱老先生请教："您在《悼丁玲》文章中提到，对《桑干河上》'中国有权威人士发表了否定性的评论'，这位'权威人士'有具体所指吗？"老先生明确地回答说："当然有，周扬嘛。"这不能不使笔者陷入深深的困惑之中[7]。

作为长期从事丁玲研究的专职工作者，作者对这些文献的准确性要求很高，因而不怕麻烦、一次又一次地亲自去求证。传记中诸如此类的"笔者"亲历性史料还有一些，这里就不再一一赘述。这些独家史料成为这部传记的一大亮点。

传记作者涂绍钧之所以能够搜集到这些一手资料，与他的特殊身份和对丁玲研究的巨大贡献有直接联系。涂绍钧于1989年元月由常德市群众艺术馆调至常德市文联任中国丁玲研究会、常德丁玲文学基金会（后更名常德丁玲文学创作促进会），1991年8月开始任中国丁玲研究会副秘书长，1996年8月任秘书长，2004年8月任副会长，至2017年4月换届离任。他在丁玲两会副会长兼秘书长任上，寂寞坚守了近30年。作为常德市文联丁玲研究的专职研究员，他还长期担任《丁玲研究》的执行主编，他在2012年出版《图本丁玲传》之前，就分别在2003年和2009年先后出版了《走近丁玲》《纤笔一枝谁与似——丁玲》等。他与丁玲、陈明、蒋祖林、蒋祖慧等都有直接的交往，其中与陈明先生的交往时间从1979开始到2012年《图本丁玲传》出版，就已经长达33年。这些得天独厚的条件成就了他这部传记在文献史料和图片呈现上无与伦比的特色。

二、大量珍稀的图片增加了传记的人文内涵和艺术品位

《图本丁玲传》提供了大量与丁玲相关的珍稀图片，直观地反映了丁玲的人生活动轨迹，增加了著作的人文内涵和艺术品位。

王增如、李向东在2015年出版的《丁玲传》引用了大量书信、日记、文件、讲话等第一手资料，披露了很多前所未闻的新鲜史料，可谓一部材料翔实、思想深刻的优秀传记，但是，由于体例的缘故，这部传记没有附上相关的图片，这不能不说有些遗憾，而涂绍钧的《图本丁玲传》没有这个缺憾。这部传记采用了大量珍稀的图片。这些图片既有丁玲族谱中的片段、书信照片、相关的人物照片、建筑物照片，又有书刊封面照片、文章发表页照片等，种类繁多，内容十分丰富。阎浩岗在《看丁玲的不同距离与角度——2012年出版的两部丁玲》一文中就指出了这一特点："涂本的最大特色，当然是书中那大量的'图'，即丁玲及其相关人物各个历史年代的珍贵照片。全书配图共计234幅。这些照片，有些是笔者在其他各种丁玲传或选集、全集中所曾见，有些则属首次见到。"[8] 可以说，《图本丁玲传》的插图是花了大功夫的，也是极其成功的。笔者在写这篇文章的时候，通过微信向涂绍钧老师请教："您著作中的图片，我不确定哪些是首次公开发表。"涂老师回复道："拙作中所选图片，很多是陈明老拍摄珍藏提供的。有几张丁玲和她母亲的早期照片，是第一次问世。"从传记作

者本人的回复中可以知道这些图片的珍稀性。当年拍摄、珍藏和提供这些图片的陈明先生已经于2019年5月去世。今天看来，这些图片愈加显得珍贵。下面对传记部分章节所使用的图片加以介绍，并分析其作用。

第一章"飘零孤女"中在写到丁玲家族史时，出示了临澧县《蒋氏五修族谱》中有关丁玲父亲蒋保黔和母亲余曼贞的记载，还有丁玲祖父蒋定礼的记载。此外，这一章还附上了1911年丁玲母亲余曼贞在常德女子师范学校读书时与中国妇女革命先驱向警予等同班好友在常德的合影，并显示了照片上所有人的名字：余曼贞、胡善伦、余子敏、许友莲、向警予、唐婉容、罴万铺。照片中的向警予对丁玲后来的革命思想产生过较大的影响。还有一张照片是丁玲和弟弟蒋宗大、母亲余曼贞等人的合影。蒋宗大是丁玲生命中一个重要的亲人，他后来的夭折让丁玲陷入悲伤。这些照片在其他的书刊资料中比较罕见，它们与文字互映互照，生动、直观地叙说着丁玲的家世和生平。

第五章"南下上海"出示的人物照片有冯雪峰早年相片，1928年胡也频与丁玲在西湖葛岭的合影，1928年任杭州国立艺术院西洋画教授的蔡元培女儿蔡威廉的照片及蔡威廉所作的丁玲画像，1928年春丁玲、胡也频与母亲余曼贞及母亲挚友蒋毅仁在杭州的合影，叶圣陶和夫人合影，在济南高中教书时的胡也频照片，1930年在济南高中毕业时的季羡林的照片，楚图南青年时期的照片，济南高中校长张默生的照片，等等。本章出现的书刊封面照片有丁玲、胡也频、沈从文三人合办的《红黑》月刊第一期封面，沈从文著《记丁玲》封面和《记丁玲续集》封面，沈从文著《记胡也频》封面，此外还有山东省立高级中学校园照片，等等。这些照片都是很珍稀的，在其他著作中并不多见。通过这些照片，基本可以明确丁玲在1927至1930年初的生活轨迹。丁玲在1927年与冯雪峰相识相知、在1928年才与胡也频开始真正的婚姻生活、1928年在杭州期间与蔡威廉女士结下友谊、获得《小说月报》编辑叶圣陶的鼎力支持、1930年去济南高中看望从事革命活动的胡也频、1934年成为沈从文著作《记丁玲》和《记丁玲续集》中的人物等。

第七章"入党前后"出示的人物照片有出席丁玲入党宣誓仪式的中宣部代表瞿秋白照片，丁玲入党介绍人华汉（阳翰笙）照片、烈士丁九（应修人）、宋庆龄、鲁迅、胡愈之等中国民权保障同盟委员合影，鲁迅与杨杏佛合影，出版家赵家璧照片，沈从文和张兆和合影，瞿秋白1935年在福建长汀就义前留影，丁玲1952年访问南京时在她曾被幽禁的苜蓿园房前留影，丁玲1936年在北平李达寓所前留影，为丁玲向鲁迅传递"回家"信息的中国大学教授曹靖华照片，1936年夏思虑中的丁玲照片，丁玲的第二任丈夫冯达晚年照片，等等。传记对这些人物照片都做了何时何地、与丁玲何种关系等较为详细的文字情况说明。本章还出示了1933年5月14日丁玲、潘梓年遭到国民党中统特务绑架的地点——上海昆山花园路7号的建筑物照片、1933年关押丁玲的莫干山的房屋照片、鲁迅于1933年6月28日所做丁玲《悼丁君》诗歌手迹、楼适夷给陈明的书信复印件、1936年10月在日本出版的瞿秋白译文集《海上述林》照片、1936年上海良友图书印刷公司出版的丁玲著《意外集》封面照片等。这些照片清晰地勾勒出了丁玲在胡也频牺牲后坚定地加入共产党、被国民党绑架后艰难屈辱的生活等。

第十章"为了新中国文学的繁荣"出示的照片有1949年4月丁玲与出席世界和平大会的部分代表在布拉格游作家堡的照片、1949年7月丁玲与参加全国第一次文代会的部分代表的合影、1950年1月丁玲全家（余曼贞、陈明、蒋祖林、丁玲、蒋祖慧）在北京的合影、1952年丁玲在北京多福巷寓所与中央文讲所部分学员座谈的合影等。这些照片反映了丁玲在解放后曾经拥有的家人团聚、事业发展的幸福愉快的一段日子。

第十二章"重返文坛"出示的照片有1979年丁玲看望阔别二十多年的叶圣陶时的留影，1981年7月丁玲与陈明重返北大荒在麦田里的合影，1981年11月丁玲在美国耶鲁大学讲演的照片，1983年4月下旬丁玲一行应邀访问法国时受到法国总统密特朗在爱丽舍宫会见的照片，1985年4月6日丁玲在延安大学热心宣传《中国》的照片，1985年4月6日丁玲、陈明、冯夏熊在杨家岭毛泽东同志故居前的留影，1986年2月25日美国文学艺术院授予丁玲的荣誉院士证书，等等。这一组照片反映了丁玲在1979年复出之后直到生命临终这一段时间内的主要出访活动。

总之，这些图片在一般的资料中并不多见，有一定的珍稀性。这些经过精心编排的图片自身就构成了一条特有的叙事线索。如果把每章的照片按照时间先后顺序前后串联在一起的话，基本上可以勾勒出丁玲一段一段人生轨迹的起伏变化，让读者真切地感受到丁玲所处的时代历史风云等。

这些珍稀的图片增加了传记的人文内涵和艺术品位，也增加了文字的感染力，它们就是传记内容的视觉说明，使得读者在阅读传记时可以图文互为映照和阐释，这样不仅有助于理解文字内容，还可以提高读者的阅读兴趣和信任度等。

显然，在文献史料的使用和珍稀图片的呈现方面，《图本丁玲传》都带有作者自身独有的风格。这其实就是传记作者的主体性体现。该传在描述丁玲与同时代人的关系等方面同样显示了自己的特点，如丁玲与瞿秋白、叶圣陶、沈从文等人，尤其是与林伯渠的交往方面，都有不同于一般书刊的细节记述。例如，传记引述了丁玲的一段回忆，这段回忆中写了林伯渠曾经告诉丁玲她一个伯父建造的"蒋宅"比《红楼梦》里的房屋更华丽。传记还写了林伯渠参加了1936年在保安窑洞为丁玲举办的欢迎会，也参加了1936年11月22日任命丁玲为"中国文艺协会"主任的"中国文艺协会"成立大会，见证了丁玲在解放区所受到的党中央的重视。传记还写了1949年1月，丁玲到沈阳"大和旅馆"看望了林伯渠时的一次谈话，林伯渠告诉丁玲，江青称赞《太阳照在桑干河上》写得很好。传记还记述了1947年7月丁玲在布拉格参加世界和平大会时，与林伯渠之女林利同住一室的细节。

诸如此类关于丁玲与林伯渠交往细节的记述也是这部传记作者主体性的体现，因为其他丁玲传几乎都不涉及这些细节。《图本丁玲传》之所以能够做到这一点，是因为涂绍钧在林伯渠研究方面也是个专家，他曾经是中央党校林伯渠传记组成员，出版著作《林伯渠》《风雨征程》《林伯渠的青少年时代》（合著）等。

优秀的作家传记往往具备明显的，而且是发挥适度的作者主体性。笔者在《中国现代作家传记研究》一书中指出："突出作者主体性是优秀传记的标准之一。"[9]涂绍钧个人的文化视野和学术专长让《图本丁玲传》有了独特的作者主体性，而且这种作者主体性既显而易见又贴切自然、恰到好处。仅从这一角度来讲，《图本丁玲传》做得也是很出色的，不可谓不优秀。

注 释

〔1〕任亚忠：《馆史研究中史料建构存在的几个问题》，《河南图书馆学刊》2016年第5期。

〔2〕涂绍钧：《图本丁玲传》，长春出版社，2012，第132页。

〔3〕涂绍钧：《图本丁玲传》，长春出版社，2012，第132页。

〔4〕涂绍钧：《图本丁玲传》，长春出版社，2012，第145—146页。

〔5〕涂绍钧：《图本丁玲传》，长春出版社，2012，第163—164页。

〔6〕涂绍钧：《图本丁玲传》，长春出版社，2012，第166页。

〔7〕涂绍钧：《图本丁玲传》，长春出版社，2012，第234页。

〔8〕阎浩岗：《看丁玲的不同距离与角度：2012年出版的两部丁玲》，《武陵学刊》2013年第4期。

〔9〕赵焕亭：《中国现代作家传记研究》，中国社会科学出版社，2016，第26页。

其他

"丁玲与二十世纪中国文学的历史经验"
全国学术研讨会综述

佘丹清

2023年4月7日—10日,"丁玲与二十世纪中国文学的历史经验"全国学术研讨会在湖南文理学院举行。研讨会由中国丁玲研究会、湖南文理学院联合主办,来自中国作协、中山大学、厦门大学、中央民族大学、湖南大学、北京语言文化大学、上海财经大学、贵州师范大学等和上海中国左翼作家联盟会址纪念馆、陕西省社科院、北大荒集团宝泉岭分公司汤原农场、河北省长治嶂头村等单位的专家学者,以及山东大学、韩国成均馆大学、湖南文理学院等高校的学生代表等200余人参加会议,9日下午闭幕式后,与会人员参观了丁玲纪念馆,并于晚上参加了中国丁玲文学奖颁奖仪式。

湖南文理学院党委委员、副院长晏昱在开幕式上表示,丁玲同志诞生于湖南临澧,少年生活于湖南常德,文学起步于上海,成长于党的旗帜下,是我国20世纪杰出的革命女作家,她的文艺作品和创作生涯凝聚了中国现当代文学史乃至思想史的丰富内涵。回顾她的创作历程,弘扬她的文学精神,深化她的学术研究,必将对繁荣中国特色社会主义文艺,谱写中国式现代化文化篇章产生积极的影响。作为丁玲故乡的高校,一定加强对丁玲的研究与宣传,建设丁玲研究的高地,打造一支高水平的研究团队,出更多优秀成果。

中国作协社联部社团管理处处长、二级巡视员丰玉波也在开幕式上强调,中国丁玲研究会运行规范、成果突出、影响较大,是模范社团之一。

希望中国丁玲研究会在今后的建设和发展中，进一步强化党建引领、履行社会责任、抓好内部管理、做强主责主业，把研究会建设成新时代文学社团高质量发展的典范。会后，丰处长还在秘书处参与了学会支部换届仪式，徐坤同志任新一届学会党支部书记。

作为本次参会的丁玲的直系亲属，清华大学附中语文高级教师、丁玲的外孙周欣在开幕式上做了热情洋溢的讲话。他认为，文学创作必须扎根人民才能立足于时代，才能创作出人民喜闻乐见的优秀作品。他还就如何成为一名优秀的语文教师与青年学生做了交流。

4月8日上午9时至4月9日下午5时，是学术研讨的集中时间，研讨会按照5个议题进行了8场分组研讨会。五个议题是：（1）有关丁玲的理论研究；（2）丁玲文学作品研究；（3）文献资料研究；（4）丁玲与女性创作研究；（5）相关研究。担任主持和评议的专家有郭冰茹、刘卫国、熊权、徐仲佳、苏永延、梁向阳、黄蓉、赵焕婷、桂强等，在主持和评论中，他们进行规范化、客观化、激励化的评价，并进行新的研究方法和知识的推介。与会专家学者围绕上述一系列议题展开自述对话、讨论和交流、评议，为进一步深化和拓展丁玲研究提供积极的理论探索与实践。

本次会议收到论文60多篇，经过筛选，提交大会讨论29篇，其中多为与会学者和后学们的精心之作，在研究文献、研究论题、研究论证等方面，都有不少创新与突破。而各组评议人针对发言人的学术观点、思维方法、创新突破、文献运用等方面所做的分析、评论乃至质疑，引发了与会者对相关问题更深入全面的讨论，亦为研讨会增色不少。以下，就对这次研讨会的内容做一简单介绍。

对于文献史料的重视和敏感，是本次研讨会论文的一大亮点。与会学者在新材料的发掘与运用上具有高度的自觉，如丁玲研究会副会长、厦门大学苏永延副教授对丁玲研讨会成立始末及其相关的史料关注，就是新的增长点，体现一个新；中国左翼作家联盟会址纪念馆俞宽宏副研究员就《丁玲小说手稿三种（影印本）》出版来探究手稿与小说创作的关系，是至关重要的整理研究，均是自觉意识的体现。难能可贵的是，与会学者不仅重视对新材料的整理，更加重视利用新材料来阐发新问题。贵州师范大学陈广艮副教授对《在医院中》进行初刊本和再版本异文分析，延续了近些年火热的版本研究热。北京鲁迅博物馆的姜新义和李静宜的《莎菲女士日记》上稿版研究，再次拓展了作者与手稿的关系，进一步加深了对作家的了解和作品的认知，打开了手稿研究的另外一扇窗。

除了关注新材料外，与会学者也注意对习见材料的史料价值做进一步的发掘，注重文本研究。中山大学郭冰茹教授的《杜晚香》研究搁置在社会主义广阔的背景里，通过详细史料和多角度论证，来阐释社会主义"新人"形象意义，学理通透，角度全新，事业辽阔，逻辑缜密，是为新开创、新突破。陈久兰的《摹写与创造：再论〈杜晚香〉及晚年丁玲》体现了一位年轻学人的研究高度与自觉。刘卫国等的丁玲同题小说《一九三〇年春上海》，王保娥、李璐等的《太阳照在桑干河上》再研究，对思想、叙事、女性人物等问题有新的探究。肖学周研究《魍魉世界》的话语体系，刘骧研究丁玲文学中的"儿童抗战"，都是新发现。另外，曲晓楠的《殖民地时期朝鲜的丁玲接受史》和任胜勇的《"丁玲"在日本：以文艺为武器的革命女性》，收集朝鲜和日本对丁玲的接受、传播和评价，极大地拓展了丁玲研究园地，丰富了研究资料库。

本次与会学者论文中所提出的许多新观点，直接源自其丰富的知识、对材料的全面收集和细致整理，以及深度思考与理论批评。中国社会科学院文学所何吉贤研究员从发生学的角度，学理化地阐释《在延安文艺座谈会上的讲话》对丁玲身份和创作的深刻影响；中央民族大学的熊权教授对丁玲的家族书写进行了开合有度的阐释，展示了丁玲研究新路径。河北大学阎浩岗教授对党员作家丁玲形象从文学发展学角度进行梳理；延安大学梁向阳教授等对丁玲延安前期创作中"五四"文学传统所做的新结论，亦建立在对史料的精细阐释和对比的基础之上；陕西社会科学院杜睿博士用全新理论研究丁玲作品，学理性很强，创新性十足。

提交的论文在选题方面，呈现出一幅多元化的图景，既有对旧有理论问题的重新审视，又有对开拓性新论题的探索，以往一度趋于冷淡的问题，例如党员作家丁玲、《讲话》前后的丁玲创作变化等，在本次研讨会议上又得到了广泛注意，并被与会学者从新的角度进行了讨论。其实，无论是对旧有论题的重新审视，抑或对新论题的拓展，都反映出与会学者在"问题意识"上的突破。从本次研讨会文本和讨论话题看，多种突破与下列因素相关：

第一，关注史料、关注文献，把考据作为方法集成元素之一，推动了广域化。苏永延的丁玲研究会成立经过补遗，实际在重新整理和呈现丁玲研究史。

第二，实施跨学科、跨领域研究，拉动了研究的理论拓展。何吉贤利用《在延安文艺座谈会上讲话》文献，讨论丁玲思想与创作的演变，是将政治学与文艺学研究相结合的范例。陈韶涵《晋察冀边区首府张家口时期丁玲的心境分析》将经济史、社会史、政治史等不同领域的讨论融为一体，具有很强的启发意义。

第三，质疑旧有成说的，对以往习焉不察的方法、概念、观念的反思，推动着研究的进一步深入。熊权等《士绅家史与"写家事"》，将引发出对相关问题的重新讨论。

第四，诸多新问题的提出在很大程度上取决于与会学者能否转换自己观察丁玲及其研究的角度。很多学者对研究丁玲时的思维过程，以及其提出某些观点时的具体"语境"做了细致考察。可以说，正是在过去研究的基础上，与会学者视角的变化，引发出了一系列新的研究成果。

与很多次研讨会一样，在本次研讨会中，与会学者所选择的论文题目，既有宏观性的"大"题目，又有微观性的"小"题目。从文本看，"大"与"小"并非绝对对立，宏观性问题的研究者，是将自己的论点建立在若干局部性、细节性的观察之上的；而微观性问题的研究者，则力图通过自己的描述，来分析丁玲研究的以小见大问题。

参加本次研讨会的学者也有共同的建议：第一，研讨会要始终不移地坚持学术观点的碰撞，坚持思维路径的交锋，坚持学术史的疏通，坚持文学史料的共享，坚持体现当下学术研究前沿；第二，要加强未涉及的丁玲作品研究；第三，要实施对丁玲学术会议研究；第四，要创建会员交流平台，定期发布交流议题；第五，要加强丁玲活动区域与创作关系研究；第六，要实施跨学科研究，加强对丁玲人格精神与创作心理的研究。

4月9日下午5时，研讨会在中国丁玲研究会副会长佘丹清教授主持下举行了闭幕式并做了闭幕致辞。学术研讨会后，与会学者所感受到的，除了对丁玲女士的崇敬和学者的互相尊重之外，最突出的则是洋溢在会场上的浓厚的学术氛围。

编 后

2023年4月7日至10日，以"丁玲与二十世纪中国文学的历史经验"为中心议题的丁玲全国学术研讨会在湖南常德召开，大会收到论文50余篇，精选约30篇。本次会议由中国丁玲研究会、湖南文理学院主办，常德丁玲文学研究中心、湘西北文化与文艺发展研究中心协办。来自北京、上海、广东、湖北、河北、陕西、北大荒等地的专家学者、学术新人参加了本次会议。与会学者围绕"丁玲的文学作品""丁玲文献与史料"等进行探讨，以回顾她的创作历程，弘扬她的文学精神，深化她的学术研究。

丁玲学术研讨会至今（含青年论坛）已召开近20次，基本每次会后都会出版一本论文集。而这次丁玲学术研讨会不同寻常，由于疫情影响，筹备中的海南会议没有办法召开。筹备已久的中国丁玲研究会换届会议及学术研讨会，也多有坎坷。因民政部对学会换届有严格规定，中国丁玲研究会不得不在2022年12月举行线上线下混合式会议进行换届。而丁玲学术会不得不推迟，与丁玲文学奖颁奖活动同时展开。因此，本次丁玲学术研究在学会领导下，依然颇大收获。

本文集的出版自然离不开常德市委宣传部、市文联的大力支持，也离不开丁玲研究会的同人们的支持。

中国丁玲研究会选编小组

2023年10月